LA DAME DE ZAGREB

Philip Kerr

LA DAME DE ZAGREB

Traduit de l'anglais par Philippe Bonnet

ÉDITIONS DU MASQUE
17, rue Jacob 75006 Paris

Titre original
The Lady of Zagreb
publié par Quercus, Londres

COUVERTURE
Maquette : We-We
Photographie : © akg-images / Tony Vaccaro
akg-images / Album / Clarence Sinclair Bull

ISBN : 978-2-7024-4557-0

*À Ivan Held, sans les encouragements de qui
ce livre n'aurait pas existé.*

*Et quiconque me demandera encore s'il est une justice
en ce monde, qu'il se contente de cette réponse :
pour l'instant non, tout du moins pas jusqu'à ce vendredi.*

ALFRED DÖBLIN

*J'étais venue en Yougoslavie pour voir ce que représentait
l'histoire en termes de chair et de sang.*

REBECCA WEST

... il était écrit que je resterais fidèle au cauchemar de mon choix.

JOSEPH CONRAD

Prologue

Côte d'Azur, 1956

Les loups naissent d'ordinaire avec des yeux bleu foncé qui s'éclaircissent et se délavent petit à petit pour atteindre leur couleur adulte, en général le jaune. Les huskies, en revanche, ont les yeux bleus, et à cause de cela les gens pensent que ce sont eux aussi des loups aux yeux bleus, ce qui n'est pas le cas à strictement parler ; si jamais vous rencontrez un loup avec les yeux bleus, ce n'est probablement pas un loup de race pure, mais un hybride. Dalia Dresner possédait les yeux bleus les plus saisissants qu'il m'ait été donné de voir chez une femme ; mais je parierais qu'une petite partie d'elle était un loup.

Dresner avait été une vedette du cinéma allemand dans les années trente et quarante, époque où nous avions eu une liaison, quoique brève. Elle doit avoir la quarantaine aujourd'hui, mais, même dans un Technicolor impitoyable, elle reste d'une époustouflante beauté, surtout ces yeux bleus à rayons X, aux lents battements de paupières, qui donnent l'impression de pouvoir détruire plusieurs immeubles d'un regard désinvolte ou d'un écarquillement de prunelles un peu plus prononcé. Ils ont indéniablement réussi à me transpercer le cœur.

11

Tout comme la douleur des séparations, on n'oublie jamais totalement le visage des femmes qu'on a aimées, à fortiori celui d'une femme que la presse avait surnommée la Garbo allemande. Sans parler de leur manière de faire l'amour ; ça a tendance, Dieu sait pourquoi, à vous rester aussi en mémoire. Ce qui n'est peut-être pas plus mal quand faire l'amour se résume quasiment pour vous à des souvenirs.

« N'arrête pas », gémissait-elle les quelques fois où je m'étais efforcé de la satisfaire au lit. Comme si j'avais la moindre intention de m'arrêter ; j'aurais été ravi de continuer à faire l'amour à Dalia jusqu'à la fin des temps.

Ce fut une surprise de la revoir à l'Éden de La Ciotat, près de Marseille, connu pour être la plus vieille et peut-être la plus petite salle de cinéma du monde. C'est là que les frères Lumière avaient montré leur premier film, en 1895. Il se trouve en bord de mer, face à une marina où quantité de bateaux et de yachts de luxe sont ancrés toute l'année, et juste à côté de l'appartement minable où j'habitais depuis mon départ de Berlin. La Ciotat est un ancien village de pêcheurs ayant bénéficié d'un regain d'activité grâce à un chantier naval important, si l'on peut utiliser un qualificatif comme important à propos de la marine française. Il y a une jolie plage et plusieurs hôtels, dont un où je travaille.

J'allumai une cigarette et regardai le film tout en essayant de me rappeler les circonstances qui avaient conduit à notre première rencontre. Quand était-ce au juste ? En 1942 ? En 1943 ? En fait, je n'avais jamais trouvé que Dalia ressemblait tellement à Garbo. Pour moi, l'actrice dont elle se rapprochait le plus était Lauren Bacall. L'idée de la Garbo allemande venait de Joseph Goebbels. Il m'avait confié que la solitaire Suédoise était une des actrices préférées du Führer et *Le Roman de Marguerite Gautier,* un de ses films favoris. On a du mal à imaginer que Hitler ait eu un film favori, surtout un film aussi sentimental que *Le Roman de Marguerite Gautier,* mais Goebbels prétendait que, chaque fois que le Führer le voyait, il avait les larmes aux yeux et rayonnait ensuite pendant des heures. Pour Goebbels, je ne doute pas que relancer Dalia comme une réponse du cinéma allemand à Greta Garbo ait été également un moyen de gagner les faveurs de Hitler, et de Dalia elle-même, bien entendu ; Goebbels était sans cesse à faire du plat à une actrice ou une autre. Non que je puisse lui reprocher d'avoir tenté sa chance avec Dalia Dresner. Des tas d'hommes en faisaient autant.

Elle avait passé une grande partie de sa vie en Suisse, mais elle était née à Pula, en Istrie, ville qui, après 1918 et la dissolution de l'Autriche-Hongrie, avait été cédée à l'Italie. Mais la péninsule avait toujours fait partie intégrante de la Yougoslavie – du reste, tous les ancêtres de Dalia étaient croates – et, pour échapper à l'italianisation forcée et à la répression culturelle pratiquées par les fascistes de Mussolini, on l'avait emmenée vivre à Zagreb dès son plus jeune âge. Elle s'appelait de son vrai nom Sofia Branković.

Une fois la guerre terminée, elle avait décidé de quitter son domicile près de Zurich et de retourner à Zagreb pour voir ce qu'il restait de sa famille, si tant est qu'il en restât. En 1947, elle avait été arrêtée par les autorités yougoslaves, qui la soupçonnaient d'avoir collaboré avec les nazis durant le conflit, mais Tito, dont on racontait qu'il s'était entiché d'elle, intervint personnellement et la fit libérer. Rentrée en Allemagne, elle tenta de relancer sa carrière, mais les circonstances freinèrent son retour sur les écrans. Heureusement pour elle, on lui proposa du travail en Italie, et elle apparut dans plusieurs films qui reçurent un accueil favorable. Lorsque Cecil B. DeMille chercha des acteurs pour *Samson et Dalila*, en 1949, il songea d'abord à Dalia Dresner, avant d'opter pour la plus politiquement correcte Hedy Lamarr. Hedy était excellente – assurément très belle –, mais je crois fermement que Dalia aurait été plus convaincante. Hedy joua le rôle à la façon d'une écolière de trente-cinq ans. Dalia l'aurait joué comme dans la réalité. Comme une séductrice au cerveau non moins développé que les muscles de Samson. En 1955, elle travaillait de nouveau pour le cinéma allemand lorsqu'elle remporta la Coupe Volpi de la meilleure actrice au festival de Venise pour un film intitulé *Le Général du diable*, où elle donnait la réplique à Curd Jürgens. Mais ce furent les Anglais qui lui offrirent ses plus grands rôles, et notamment British Lion Films, qui l'employa dans deux films aux côtés de Dirk Bogarde.

Je trouvai tous ces renseignements dans le programme que j'achetai au minuscule foyer de l'Éden avant le commencement de la séance, histoire de me mettre à jour sur les détails de la vie de Dalia. Encore que moins intéressante que la mienne, elle paraissait aussi – et pour la même raison – beaucoup plus amusante.

Le film dans lequel je la contemplais à cet instant était une comédie avec Rex Harrison intitulée en français *Un mari presque fidèle*. C'était bizarre. Bizarre d'entendre une voix qui n'était pas la sienne, et parlant français par-dessus le marché. L'allemand de Dalia avait toujours été pétri de miel et de cigarettes. Le film tenait peut-être la route en anglais, mais pas en français. Et cela n'avait aucun rapport, à mon avis, avec le fait qu'il était doublé ou que j'avais une boule dans la gorge rien que de la revoir. Non, il s'agissait tout simplement d'un navet et, peu à peu, mes yeux se fermant dans la chaude obscurité de la Côte d'Azur, il me sembla qu'on était à l'été 1942...

1

Je m'éveillai d'un sommeil long mais agité sur un monde noir et blanc, surtout noir en fait, à passepoil argenté. J'avais volé du Luminal dans la résidence de Heydrich à l'extérieur de Prague pour m'aider à dormir. Il n'en avait plus l'utilité pour la simple et bonne raison qu'il avait rendu l'âme, sinon je ne le lui aurais sûrement pas barboté. Mais on avait encore plus de mal à trouver des comprimés que de l'alcool, qui, comme tout le reste, était devenu une denrée rare. Or j'en avais besoin, car, en ma qualité d'officier du SD, je faisais maintenant partie de l'horreur bien plus que Heydrich. Lui était mort, enterré le mois précédent avec les honneurs militaires, une gousse d'ail dans la bouche et un pieu dans le cœur. Il avait la chance de ne plus être concerné, même si ses ultimes idées de vengeance contre ses assassins tchèques continuaient à flotter dans son crâne à la Greco comme autant de boue grise gelée, et il ne pouvait plus nuire à personne. Contrairement à moi qui, dans mes misérables efforts pour survivre à tout prix ou presque, pouvais encore donner des coups et en recevoir. Tant que le noir orgue de Barbarie de la mort la jouerait, il me faudrait apparemment danser au rythme de la lugubre et angoissante rengaine tournant inexorablement sur le cylindre, pareil à un singe en livrée, un rictus terrifié sur le visage et une tasse en fer-blanc à la main.

Berlin avait un regard hanté cet été-là, à croire que chaque arbre et chaque carrefour cachaient une tête de mort grimaçante ou

15

un *alp*[1] protéiforme aux yeux exorbités. Parfois, quand je me réveillais dans mon lit dans l'appartement de la Fasanenstrasse, trempé de sueur, c'était comme si un démon avait été assis sur ma poitrine, me coupant le souffle, et, dans ma hâte de reprendre haleine et de vérifier que j'étais toujours vivant, je me surprenais fréquemment à pousser des cris et à tendre les bras pour attraper l'air vicié que j'avais exhalé durant la journée, alors que j'étais couché. En général, j'allumais une cigarette avec l'empressement de quelqu'un ayant besoin de fumée de tabac pour respirer un peu plus confortablement et faire passer le goût omniprésent de massacre et de cadavre en décomposition qui me restait dans la bouche comme une vieille dent pourrie.

Le temps estival n'apportait aucune joie. Il paraissait même exercer un effet sinistre, rendant les Berlinois irritables à cause de la chaleur torride parce qu'il n'y avait que de l'eau à boire, et leur rappelant en permanence qu'il devait faire nettement plus chaud dans les steppes arides de la Russie et de l'Ukraine, où nos garçons livraient en ce moment une bataille qui avait déjà l'air de nous réserver bien des surprises. Le soleil de fin d'après-midi projetait de grandes ombres dans les rues autour de l'Alexanderplatz et nous jouait des tours visuels, si bien que les phosphènes sur nos rétines, fruits de la lumière éblouissante, semblaient devenir les auras verdâtres de tant d'hommes morts. C'est aux ombres que j'appartenais et là que je me sentais à l'aise, telle une vieille araignée seulement désireuse qu'on lui fiche la paix. Sauf qu'il y avait peu chance que cela se produise. Être économe de ses talents était toujours payant en Allemagne. J'avais été autrefois un bon policier à la Kripo[2], mais c'était il y a longtemps, avant que les criminels ne s'affublent d'élégants uniformes gris et que les prisons ne regorgent d'innocents. Être flic en 1942, c'était un peu comme installer des souricières dans une cage remplie de tigres.

Sur l'ordre de Heydrich, on m'avait affecté au travail de nuit au Praesidium de la police sur l'Alexanderplatz, ce qui me convenait

---

1. Terme allemand : fantôme vêtu de blanc apparaissant aux hommes durant leur sommeil. *(Toutes les notes sont du traducteur.)*

2. La Kriminalpolizei (« police criminelle »), ou Kripo, s'occupait des crimes de droit commun : assassinat, séquestration, fraude, etc.

parfaitement. Il n'y avait pas de travail de police à proprement parler, mais je n'avais que peu d'attirance, sinon aucune, pour la compagnie de mes collègues nazis ou pour leur conversation bornée. Chargée d'enquêter sur les homicides, la Commission criminelle, ou ce qu'il en restait, me laissait à moi-même, tel un prisonnier oublié dont le visage signifierait la mort pour quiconque aurait la témérité de lui jeter un regard. Ça ne me tentait pas trop moi non plus. Contrairement à Hambourg ou à Brême, il n'y avait pour ainsi dire pas de raid aérien après la tombée de la nuit, ce qui faisait que les rues devenaient d'un silence sépulcral, sans commune mesure avec le Berlin de l'époque de Weimar, lorsque c'était la ville la plus bruyante et la plus excitante de la terre. Tout ce néon, ce jazz et, plus encore, toute cette liberté, quand il n'y avait rien de caché et que personne n'avait à dissimuler qui ou ce qu'il était... On avait du mal à croire que de telles choses aient pu exister. Mais le Berlin de Weimar m'avait beaucoup mieux convenu. La République de Weimar avait été la plus démocratique des démocraties. Pour autant, comme toutes les démocraties, elle avait légèrement perdu les pédales. Avant 1933, tout était permis, dans la mesure où, comme Socrate en avait fait la cruelle expérience, il est dans la nature de la démocratie de favoriser la corruption et l'excès sous toutes ses formes. Cependant, la corruption et l'excès de Weimar étaient encore préférables aux abominations bibliques perpétrées à présent au nom des lois de Nuremberg. Je ne crois pas avoir jamais su ce que signifie réellement l'expression « péché mortel » avant de vivre dans l'Allemagne nazie.

Quelquefois, quand je regardais par la fenêtre de mon bureau la nuit, je voyais mon reflet me regarder à son tour – identique et pourtant différent, une sorte de version mal définie de moi-même, un *alter ego* plus sombre, mon jumeau diabolique ou peut-être un signe avant-coureur de la mort. De temps à autre, j'entendais ce double fantomatique et étiolé me demander d'un ton sarcastique : « Dis-moi, Gunther, que vas-tu devoir faire et quel cul vas-tu être obligé de lécher pour sauver ta misérable peau aujourd'hui ? »

C'était une bonne question.

De mon bureau, dans la tour d'angle est, j'entendais le plus souvent le bruit des trains à vapeur entrant et sortant de la gare de l'Alexanderplatz. On pouvait apercevoir le toit – ou le peu qui subsistait – de la vieille synagogue orthodoxe de la Kaiserstrasse, qui datait, si je ne me trompe, de la guerre franco-prussienne et qui était une des plus grandes synagogues d'Allemagne, avec près de mille huit cents fidèles. Autrement dit, des Juifs. La synagogue de la Kaiserstrasse faisait partie d'un secteur où, jeune Schupo[1], j'effectuais des rondes dans les années vingt. Il m'arrivait de bavarder avec certains des gosses qui fréquentaient l'école juive de garçons et qui allaient guetter les trains à la gare. Une fois, m'ayant vu leur adresser la parole, un autre flic en uniforme m'avait demandé : « De quoi est-ce que tu peux bien discuter avec ces Juifs, au juste ? » Je lui avais répondu que c'étaient seulement des enfants et que nous avions parlé de ce dont on a coutume de parler avec les enfants. Évidemment, tout ça se passait avant que je ne découvre que j'avais moi-même quelques gouttes de sang juif. Tout compte fait, ça explique peut-être pourquoi je me montrais gentil avec eux. Mais je préfère penser que ça n'explique rien du tout.

Cela faisait un certain temps que je n'avais pas vu de garçons juifs dans la Kaiserstrasse. Depuis le début de juin, on déportait les Juifs de Berlin d'un camp de transit de la Grosse-Hamburger Strasse vers des destinations quelque part à l'Est, même si l'on commençait à se douter que les destinations en question étaient plus définitives que ne semblait l'indiquer un point cardinal nébuleux. En général, ces déportations se déroulaient la nuit, alors qu'il n'y avait personne dans les parages, mais un matin, vers cinq heures, tandis que j'enquêtais sur un menu larcin à la gare d'Anhalt, je vis une cinquantaine de Juifs âgés qu'on embarquait dans des wagons fermés à bord d'un train attendant impatiemment. Ils ressemblaient à un sujet qu'un Pieter Bruegel aurait pu peindre en un siècle où l'Europe était un endroit beaucoup plus barbare qu'elle ne l'est aujourd'hui, quand les rois et les empereurs commettaient de noirs délits au grand jour et non à une époque où il n'y avait encore personne de levé pour y assister. Les wagons n'avaient pas l'air si mal, mais j'avais alors une assez bonne idée de ce qui allait arriver à ces Juifs,

---

1. La Schutzpolizei (« police de protection ») était chargée de la sécurité publique. Ses membres, surnommés les Schupos, travaillaient en uniforme.

ce qui était bien plus qu'ils n'en savaient eux-mêmes, je présume, sans quoi j'ai du mal à croire qu'ils seraient montés dans ces trains.

J'étais sur le point de me faire refouler par un vieux Schupo berlinois lorsque je lui fourrai la capsule de bière, à quoi ressemblait mon insigne, sous le nez et l'envoyai se faire foutre.

« Désolé, Kommissar, dit-il en portant vivement sa main à son shako en cuir. Je ne savais pas que vous étiez du RSHA[1].

— Où les emmène-t-on ? demandai-je.

— Quelque part en Bohême. Theresienstadt, que ça s'appelle, paraît-il. Ils feraient presque pitié, hein ? Mais en réalité, je pense que ça vaut mieux pour eux et pour nous. Nous autres Allemands, je veux dire. Ils auront une vie meilleure là-bas, parmi les leurs, dans une nouvelle ville, n'est-ce pas ?

— Non, pas à Theresienstadt, répondis-je. Je rentre à peine de Bohême. »

Je lui expliquai alors tout ce que je savais sur l'endroit et même un peu plus pour faire bonne mesure, sur ce qui se passait en Russie et en Ukraine. L'expression horrifiée de son visage rougeaud valait presque le risque que je prenais en lui disant la vérité indigeste et sans fard.

« Vous n'êtes pas sérieux.

— Oh, mais si ! C'est un fait que nous tuons systématiquement des êtres humains par milliers là-bas, dans les marais de l'est de la Pologne. Je le sais. Je l'ai vu de mes propres yeux. Et par "nous", j'entends : la police. Le RSHA. C'est nous qui commettons ces assassinats. »

Le Schupo battit frénétiquement des paupières comme si je lui avais tenu des propos inintelligibles.

« Ça ne peut pas être vrai, Kommissar. Vous plaisantez certainement.

— Je ne plaisante pas. Ce que je vous ai raconté est la seule chose vraie que vous entendrez probablement aujourd'hui. Demandez autour de vous, mais faites-le discrètement. Les gens n'aiment

---

1. Créé en 1939 et dirigé jusqu'à sa mort par Reinhard Heydrich, le Reichssicherheitshauptamt regroupait le SD (le service de la sécurité de la SS), la Gestapo et la Kripo. À partir de 1941, il fut chargé d'organiser la déportation et l'extermination des Juifs d'Europe.

pas beaucoup parler de ça, pour des raisons évidentes. Vous pourriez vous attirer des ennuis. Nous en attirer à tous les deux. Croyez-moi, ces Juifs s'acheminent lentement mais sûrement vers l'enfer. Et nous aussi. »

Je m'éloignai, souriant sadiquement en moi-même ; dans l'Allemagne nazie, la vérité constituait une arme redoutable.

Mais c'est un de ces assassins du RSHA qui me fit revenir du froid. On prétendait qu'un Autrichien, Ernst Kaltenbrunner, serait le prochain chef de l'Office central de sécurité du Reich, le RSHA, mais, d'après la même rumeur, sa nomination ne pourrait être ratifiée par le Führer que lorsqu'il aurait achevé une cure de désintoxication dans un sanatorium de Chur, en Suisse. Ce qui laissait la Kripo entre les mains judiciairement expertes bien que non moins meurtrières du général Arthur Nebe, qui, jusqu'au mois de novembre dernier, avait commandé l'Einsatzgruppe[1] B en Biélorussie. Le Groupe B était maintenant commandé par quelqu'un d'autre, mais, si le bruit qui courait à l'Alex était exact – et j'avais de bonnes raisons de le penser –, ses hommes avaient massacré plus de quarante-cinq mille personnes avant que Nebe ne finisse par obtenir son billet de retour pour Berlin.

Quarante-cinq mille personnes. On avait du mal à se représenter un tel chiffre dans un contexte de meurtre. Le Sportpalast de Berlin, où les nazis avaient organisé quelques-uns de leurs meetings, pouvait accueillir quatorze mille personnes. Trois Sportpalast entiers, bourrés de quidams venus applaudir un discours de Goebbels. Voilà à quoi ressemblaient quarante-cinq mille personnes. Sauf qu'aucune des victimes n'avait applaudi, ça va sans dire.

Je me demandais ce que Nebe avait dit à sa femme, Elise, et à sa fille, Gisela, sur ce qu'il avait fait dans les marais popov. Gisela était à présent une belle adolescente de seize ans, et je savais qu'Arthur l'adorait. Intelligente en plus. Lui avait-elle jamais posé des

---

1. Les Einsatzgruppen (groupes d'action spéciale) étaient des unités de police militarisées opérant à l'arrière des troupes allemandes lors de l'invasion de la Pologne puis de l'Union soviétique et des États baltes. Ils assassinèrent plus d'un million de personnes de 1940 à 1943, essentiellement des Juifs et des prisonniers de guerre soviétiques. Au nombre de quatre (A, B, C, D), ils étaient divisés en Einsatzkommandos (commandos d'intervention) et en Sonderkommandos (commandos spéciaux).

questions sur son travail dans la SS ? Ou bien, apercevant une lueur indéfinissable dans les yeux de renard de son père, s'était-elle mise à parler d'autre chose, comme les gens avaient l'habitude de le faire quand le sujet de la Grande Guerre arrivait dans la conversation ? Je n'ai jamais connu quelqu'un qui se sente à l'aise pour parler de ça. Moi, certainement pas. À moins d'être allé soi-même dans les tranchées, personne ne pouvait seulement imaginer ce que c'était. Non qu'Arthur Nebe eût le moins du monde à rougir de la conduite qui avait été alors la sienne. Jeune lieutenant dans un bataillon du génie au sein du 17ᵉ corps d'armée (1ᵉʳ de Prusse occidentale) sur le front de l'Est, il avait été gazé à deux reprises et avait reçu la croix de fer de première classe. Par conséquent, Nebe n'aimait pas beaucoup les Russes, mais il était impensable qu'il ait confié à sa famille avoir passé l'été 1941 à assassiner quarante-cinq mille Juifs. Cependant, il savait que je savais, ce qui lui permettait d'une manière ou d'une autre de continuer à me regarder dans les yeux ; et, bien que nous n'en parlions pas, m'étonnait encore plus que lui le fait que j'arrivais, à peu près, à supporter sa compagnie. Il est vrai que, si je pouvais travailler pour Heydrich, je pouvais travailler pour n'importe qui. Je ne dirais pas que nous étions amis, Nebe et moi. On s'entendait bien, même si je n'ai jamais compris comment quelqu'un ayant comploté contre Hitler dès 1938 avait pu devenir un meurtrier de masse avec une telle sérénité apparente. Nebe avait essayé de s'expliquer quand nous étions à Minsk. Il m'avait déclaré avoir besoin de garder suffisamment longtemps son grand nez propre pour que ses amis et lui aient une nouvelle occasion de tuer Hitler ; je ne voyais pas en quoi cela justifiait l'assassinat de quarante-cinq mille Juifs. Je ne l'avais pas compris à ce moment-là et je ne le comprends toujours pas maintenant.

À l'instigation de Nebe, nous nous rencontrâmes pour un déjeuner dominical dans un salon privé du Wirtshaus Moorlake, un peu au sud-ouest de l'île aux Paons, au bord du Wannsee. Avec son agréable terrasse et son orchestre, l'établissement faisait plus bavarois que prussien et était très populaire auprès des Berlinois l'été. Cet été-là ne faisait pas exception. C'était une belle journée, et ni lui ni moi n'étions en uniforme. Nebe portait un costume trois pièces knickerbocker en tweed pied-de-poule gris clair. Avec ses chaussettes également gris clair et ses chaussures marron bien cirées, il semblait avoir prévu de tirer du gibier à plumes, ce qui aurait été sans conteste un heureux changement. Pour ma part, j'avais mon costume d'été, le même costume trois pièces bleu marine à rayures que je mettais en hiver, si ce n'est que j'avais renoncé à la veste en guise de concession au temps chaud ; j'avais l'air aussi chic qu'une penne de mouette et m'en souciais comme d'une guigne.

Nous mangeâmes de la truite avec des pommes de terre, suivie de fraises à la crème, et vidâmes deux bouteilles d'un bon vin de Moselle. Après le déjeuner, nous louâmes une sorte de longue barque pour nous balader sur le lac. En raison de ma vaste expérience maritime, Nebe me laissa ramer, naturellement, encore que cela avait peut-être à voir avec le fait que j'étais capitaine et lui, général. Et tandis que je m'escrimais avec les avirons, lui fumait un gros havane, les yeux levés vers un ciel bleu de Prusse immaculé comme s'il n'avait pas le plus petit souci au monde. Ce qui était peut-être le cas. La conscience était un luxe que bien peu d'officiers de la SS et du SD pouvaient se payer. Le Wannsee ressemblait à un tableau impressionniste d'un paysage idyllique le long de la Seine au début du siècle, du genre qui donne l'impression d'avoir de sérieux problèmes de taches. Il y avait des canoës et des barques, des bateaux à voile et des sloops, mais aucune embarcation nécessitant de l'essence. L'essence était devenue aussi rare que les comprimés et l'alcool. Il y avait également un grand nombre de jeunes femmes dans les parages – ce qui était une des raisons pour lesquelles Nebe appréciait l'endroit –, mais pas de jeunes gens ; ils étaient tous sous les drapeaux, probablement en train de défendre leur vie dans quelque trou d'obus russe. Les femmes dans les canoës longs et étroits portaient des maillots blancs et des shorts ultra courts, soit un progrès notable par rapport aux corsets et aux robes à traîne, car ils mettaient leurs seins et leurs fesses en valeur pour tous ceux qui, comme moi, s'intéressaient à ce genre de chose. Elles étaient bronzées, vigoureuses et aguicheuses aussi de temps à autre. Ce n'étaient que des êtres humains, après tout, et elles recherchaient l'attention des hommes presque autant que je recherchais la possibilité de leur en accorder. Quelquefois, elles ramaient un moment près de nous et faisaient la conversation, jusqu'à ce qu'elles se rendent compte de notre âge ; j'avais la quarantaine et Nebe devait, je pense, approcher de la cinquantaine. Mais une des filles retint mon regard. Il m'apparut soudain qu'elle habitait pas très loin de chez moi. Je savais qu'elle se prénommait Kirsten et qu'elle était institutrice au Fichte Gymnasium, dans la Emser Strasse. En la voyant ramer, je me promis de faire plus ample connaissance avec la Emser Strasse et, par un heureux hasard, avec elle. Tandis qu'elle poussait au large en compagnie de ses agiles compagnes, je gardais un œil sur leur bateau, au cas où. On ne sait jamais quand une jolie fille va tomber à l'eau et avoir besoin d'un coup de main.

L'autre raison pour laquelle Nebe se plaisait sur le Wannsee, c'est qu'il pouvait avoir la certitude que personne n'écoutait notre conversation. Depuis septembre 1938, date de l'échec de la conspiration Oster[1] dont il avait été un élément important, Nebe soupçonnait qu'on le soupçonnait de quelque chose ; mais il s'exprimait toujours très librement avec moi, ne serait-ce que parce qu'il savait que je faisais l'objet d'encore plus de soupçons que lui. J'étais le meilleur genre d'ami que puisse avoir quelqu'un comme Nebe ; le genre d'ami que vous pouvez et êtes prêt à balancer à la Gestapo sans la moindre hésitation si cela signifie sauver votre propre peau.

« Merci pour le déjeuner, dis-je. Voilà longtemps que je n'avais pas levé le coude pour un truc aussi bon que ce moselle.

— À quoi bon être à la tête de la Kripo si l'on ne peut pas avoir de tickets de nourriture et de boisson supplémentaires ? » répondit-il.

Il fallait des tickets pour le système de rationnement, qui semblait de plus en plus draconien, surtout si vous étiez juif.

« Remarquez, nous n'avons mangé que des produits locaux, ajouta-t-il. Truites, pommes de terre, fraises. Si l'on ne peut plus s'en procurer à Berlin l'été, autant capituler tout de suite. La vie ne

---

1. En 1938, à la suite de l'annexion de l'Autriche, le lieutenant-colonel Hans Oster, membre de l'Abwehr, réunit des militaires de haut rang pour assassiner Hitler afin d'éviter l'invasion de la Tchécoslovaquie et sa conséquence directe, une guerre mondiale. Mais les accords de Munich mirent fin à l'opération.

vaudrait pas la peine d'être vécue. » Il poussa un soupir et souffla un nuage de fumée de cigare dans le ciel au-dessus de sa tête gris argenté. « Vous savez, parfois, je viens ici, je prends un bateau pour moi tout seul, je largue les amarres, puis je me laisse dériver sans même songer à l'endroit où je vais.

— Il n'y a nulle part où aller. Pas sur ce lac.

— À vous entendre, on croirait qu'il y a quelque chose de mal à ça. Mais c'est la nature des lacs. Ils sont faits pour la contemplation et l'agrément, et non pour quoi que ce soit d'aussi pratique que ce que vous sous-entendez. »

Je haussai les épaules, levai les rames et regardai par-dessus bord dans l'eau tiède.

« Chaque fois que je me trouve sur un lac comme celui-ci, je ne tarde pas à me demander ce qu'il y a sous la surface. Quels crimes pas encore découverts se dissimulent dans ses profondeurs ? Quel pauvre bougre gît au fond, chaussé d'une paire de bottes en fer ? S'il n'y a pas un sous-marin juif essayant d'échapper aux nazis ? Ou quelque gauchiste jeté là par les Freikorps[1] dans les années vingt. »

Nebe se mit à rire.

« Toujours ce bon vieux détective. Et vous vous demandez pourquoi vous continuez à être utile à nos maîtres ?

— Est-ce pour ça que nous sommes ici ? Pour que vous puissiez me flatter en me prodiguant des assurances quant à mon utilité ?

— Possible.

— Je crains que l'époque où j'étais utile à quiconque ne soit depuis longtemps révolue, Arthur.

— Comme d'habitude, vous vous sous-estimez, Bernie. Vous savez, vous me faites penser à une de ces voitures du peuple conçues par le Dr Porsche. Un peu brusques, mais d'un fonctionnement peu coûteux et très performantes. Et construites pour durer, au point d'être quasiment indestructibles.

---

1. Milices de droite qui furent utilisées à partir de 1919 soit pour défendre la frontière allemande à l'Est, soit pour réprimer les activités communistes. Dissous en 1921, les Freikorps rejoignirent l'armée ou la SA, puis les organisations hitlériennes.

« — À l'heure actuelle, mon moteur aurait bien besoin d'un refroidissement à air, dis-je en me reposant sur les rames. Il chauffe. »

Nebe tira une bouffée de son cigare, puis laissa une main traîner dans l'eau.

« Que faites-vous, Bernie ? Quand vous voulez vous détendre ? Tout oublier ?

— Tout oublier demande du temps, Arthur. Surtout à Berlin. Croyez-moi, j'ai essayé. J'ai le terrible pressentiment que ça va me prendre le reste de ma vie pour en oublier autant. »

Nebe hocha la tête.

« Vous avez tort, vous savez. Il est facile d'oublier si on le veut vraiment.

— Et comment faites-vous ?

— En ayant une certaine vision du monde. Un concept à coup sûr familier à tous les Allemands. Mon père, qui était enseignant, avait l'habitude de dire : "Cherche ce à quoi tu crois, Arthur, quelle place tu y occupes et ensuite tiens-t'en à ça. Sers-toi de cette vision du monde pour organiser ton existence, quoi qu'on dise." Et la conclusion à laquelle je suis arrivé est la suivante : la vie ne relève que du hasard. Si on ne m'avait pas envoyé à Minsk, à la tête du Groupe B, cela aurait été quelqu'un d'autre. Ce salopard d'Erich Naumann, probablement. L'espèce de porc qui m'a succédé. Mais parfois, j'ai le sentiment de n'être jamais allé réellement là-bas. Du moins, pas mon vrai moi. J'en garde fort peu de souvenirs. Oui, fort peu.

« Voyez-vous, en 1919, j'ai essayé de décrocher une place chez Siemens, pour vendre des ampoules Osram. J'ai même failli devenir pompier. Bon, vous savez comment ça se passait à ce moment-là. N'importe quel travail semblait en valoir la peine. Mais il ne devait pas en être ainsi. Après mon départ de l'armée, seule la Kripo a bien voulu de moi. C'est là que je veux en venir. Qu'est-ce qui fait que la vie peut mener un homme dans une voie, vendre des ampoules ou éteindre des incendies, ou bien l'entraîner dans une voie radicalement différente, de sorte qu'il se transforme en bourreau d'État ?

— C'est ainsi que vous appelez ça ?

— Pourquoi pas ? Certes, je ne porte pas de haut-de-forme, mais la besogne est la même. Le fait est que, bien souvent, ces choses-là n'ont rien à voir avec l'individu proprement dit. Je n'ai pas atterri à Minsk parce que j'étais un être mauvais, Bernie. Je le crois sincèrement. Que je me sois trouvé là-bas relève du pur hasard. C'est du moins ainsi que je vois les choses. Je suis le même homme que celui que j'ai toujours été. Le destin m'a fait entrer dans la police plutôt que dans le corps de pompiers de Berlin. Le même destin qui a tué tous ces Juifs. La vie n'est rien d'autre qu'une série d'événements aléatoires. Ce qui arrive n'a aucune logique, Bernie. Parfois, je me dis que là réside votre problème. Vous ne cessez de chercher un sens profond aux choses, mais il n'y en a pas. Il n'y en a jamais eu. Tout ça n'est qu'une erreur de catégorie. Et essayer de résoudre les difficultés ne résout rien du tout. Après ce dont vous avez été témoin, vous le savez sûrement à présent.

— Merci pour le cours de philosophie. Je commence, en effet.

— Vous devriez me remercier. Je suis ici pour vous faire une faveur.

— Vous ne donnez pas l'impression d'avoir une arme sur vous, Arthur.

— Non, vraiment. Je vous ai trouvé un emploi au Bureau des crimes de guerre, au Bendlerblock, à partir de septembre. »

J'éclatai de rire.

« S'agit-il d'une plaisanterie ?

— Oui, c'est assez cocasse quand on y songe, admit Nebe. Que je vous déniche un boulot dans ce département, aussi incroyable que cela puisse paraître. Mais je suis parfaitement sérieux, Bernie. C'est une bonne affaire pour vous. Cela vous sortira de l'Alex et vous mettra là où vos talents seront appréciés à leur juste valeur. Certes, vous faites toujours partie du SD, mais je n'y peux pas grand-chose. Toutefois, d'après le juge Goldsche, sous les ordres de qui vous serez placé, votre uniforme et votre expérience en matière d'investigation ouvriront quelques portes qui restent fermées aux énergumènes travaillant là actuellement. Des juristes von ceci et von cela, du genre col cassé, ayant gagné leurs cicatrices dans des associations étudiantes plutôt que sur le champ de bataille. Sapristi, vous gagnerez même davantage d'argent. (Il rit.) Eh bien, ne

26

voyez-vous pas ? J'essaie de vous rendre de nouveau respectable, mon ami. Semi-respectable, en tout cas. Qui sait, vous aurez peut-être même les moyens de vous payer un nouveau costume.

— Vous êtes sérieux ?

— Bien sûr. Vous ne croyez tout de même pas que je perdrais mon temps à déjeuner avec vous sans une fichue bonne raison. J'aurais emmené une fille bien, ou même pas si bien, et non une fripouille telle que vous. Vous pouvez me dire merci à présent.

— Merci.

— Bon, maintenant que je vous ai rendu service, j'aimerais que vous fassiez quelque chose pour moi en contrepartie.

— En contrepartie ? Peut-être avez-vous oublié notre week-end pourri à Prague, Arthur. C'est vous qui m'avez demandé d'enquêter sur la mort de Heydrich, n'est-ce pas ? Il y a de ça à peine un mois. Mes conclusions ne vous ont pas plu. Lorsque nous nous sommes retrouvés à l'hôtel Esplanade, vous m'avez dit que cette conversation n'avait jamais eu lieu. Je n'ai retiré aucun bénéfice de ce service-là.

— C'était bénéfique pour nous deux, Bernie. Vous et moi. » Nebe se mit à gratter l'eczéma sur le dos de ses mains, signe qu'il commençait à devenir irritable. « Ceci est différent. Même si vous devriez pouvoir le faire sans provoquer d'embrouilles.

— Ce qui m'incite à me demander si je suis la personne adéquate. »

Il mit le cigare dans sa bouche et se gratta avec encore plus d'énergie, comme si une meilleure solution à son problème résidait sous la peau. Le bateau effectua lentement un tour sur lui-même, si bien que nous nous dirigions maintenant vers notre point de départ ; sensation dont j'avais l'habitude. Toute ma vie tournait en rond depuis 1939.

« S'agit-il d'une affaire personnelle, Arthur ? Ou de ce que nous autres enquêteurs appelons pour rire le travail ?

— Je vous le dirai si vous fermez un instant votre trou à bière. Vraiment, je me demande. Comment un type avec une grande gueule comme la vôtre a-t-il pu rester aussi longtemps en vie ?

— Je me suis posé la même question.

— Il s'agit de travail, d'accord ? D'une chose pour laquelle vous êtes particulièrement qualifié, en l'occurrence.

— Vous me connaissez, je suis particulièrement qualifié pour toutes sortes de boulots auxquels, semble-t-il, les autres ne toucheraient pas avec des pincettes.

— Vous vous souvenez de la Commission internationale de police criminelle[1] ?

— Ne me dites pas qu'elle existe encore ?

— J'en suis le président par intérim, répondit-il avec amertume. Et épargnez-moi vos sarcasmes sur le loup dans la bergerie ou je vous descends.

— Je suis simplement un peu surpris, voilà tout.

— Comme vous le savez peut-être, elle était basée à Vienne jusqu'en 1940, date à laquelle Heydrich a décidé qu'elle devait avoir son siège ici, à Berlin. »

Nebe montra, de l'autre côté du lac, un pont enjambant la Havel, un peu au sud du pavillon suédois.

« Là-bas, en fait. Avec lui à sa tête, bien entendu. Une vitrine de plus dans la grande parade Reinhard Heydrich, et j'espérais que, maintenant que ce salaud est mort, nous pourrions utiliser cette excuse pour liquider l'IKPK, devenue sans aucun intérêt, si tant est qu'elle en ait jamais eu. Mais Himmler n'est pas de cet avis et insiste pour que la conférence ait lieu. Oui, vous avez bien compris... il y a une conférence de prévue dans une ou deux semaines. Les invitations aux différents chefs de police d'Europe avaient déjà été envoyées avant l'assassinat de Heydrich. Par conséquent, nous sommes coincés.

— Mais on est en guerre, objectai-je. Qui diable va venir, Arthur ?

— Vous seriez surpris. La Sûreté française, bien sûr. Ils adorent les banquets et n'importe quelle occasion d'exprimer leur opinion leur est bonne. Les Suédois. Les Danois. Les Espagnols. Les Italiens. Les Roumains. Même les Suisses seront là. Et la Gestapo, bien évidemment. Ne l'oublions pas. Presque tout le monde,

---

1. En allemand : Internationale Kriminalpolizeiliche Kommission (IKPK), mieux connue à partir de 1956 sous l'appellation Interpol.

à vrai dire, excepté les Britanniques. Oh ! ce ne sont pas les délégués qui font défaut, je peux vous l'assurer. L'ennui, c'est que je me suis vu confier la tâche de dresser une liste d'intervenants. Et je me creuse la tête pour trouver des noms.

— Oh non ! Vous ne voulez pas dire que...

— C'est exactement ce que je veux dire. Vous allez devoir mettre la main à la pâte, j'en ai peur. J'ai pensé que vous pourriez peut-être parler de la façon dont vous avez capturé Gormann l'étrangleur. Même hors de l'Allemagne, c'est une affaire célèbre. Quarante minutes, si possible.

— Ce n'est pas du creusage, Arthur. C'est du raclage. Gormann, ça remonte à près de quinze ans. Écoutez, il doit y avoir quelqu'un d'autre à votre nouveau siège de la police du Werderscher Markt.

— Bien sûr. Le commissaire Lüdtke est déjà inscrit. Et, avant que vous ne le suggériez, Kurt Daluege et Bernhard Wehner aussi. Mais il nous manque encore quelques orateurs pour une conférence qui dure deux jours entiers.

— Et Otto Steinhäusl ? Il était président de l'IKPK, non ?

— Mort de la tuberculose, à Vienne, il y a deux ans.

— Et ce collègue de Prague ? Heinz Pannwitz ?

— Une brute, Bernie. Je doute qu'il arrive à parler plus de cinq minutes sans proférer un juron ou taper sur le lutrin à coups de matraque.

— Schellenberg ?

— Trop secret. Et beaucoup trop distant.

— Bon. Et ce flic qui a attrapé Ogorzow, l'assassin de la S-Bahn ? Ça ne date que de l'an dernier. Heuser, Georg Heuser. C'est à lui que vous devriez demander.

— Heuser dirige la Gestapo de Minsk, répondit Nebe. De plus, depuis qu'il a arrêté Ogorzow, Lüdtke est terriblement jaloux de lui. Voilà pourquoi il va demeurer à Minsk pour le moment. Non, je ne vois que vous, hélas.

— Lüdtke le bouche-trou ne me porte pas précisément dans son cœur non plus. Vous en avez conscience.

— Il fera ce que je lui dirai. Par ailleurs, personne n'est jaloux de vous, Bernie, Lüdtke encore moins. Vous ne représentez une menace pour personne. Plus maintenant. Votre carrière n'avance pas. Vous pourriez être général à l'heure qu'il est, tout comme moi, si vous aviez joué vos cartes correctement. »

Je haussai les épaules.

« Croyez-moi, je suis avant tout une déception pour moi-même. Mais je ne suis pas un orateur, Arthur. J'ai bien donné quelques conférences de mon temps, cependant ce n'était rien comparé à ce que vous me demandez. Je serai exécrable. Mon idée d'un discours se résume à beugler depuis le fond du bar pour avoir une bière. »

Nebe sourit et s'efforça de redonner vie à son havane ; ce qui prit un peu de temps, mais il réussit finalement à rallumer le cigare. Ce faisant, je pouvais voir qu'il pensait à moi.

« Que vous soyez nul, j'y compte bien, dit-il. En fait, je m'attends à ce que tous nos intervenants soient affreusement mauvais. J'espère que cette conférence de l'IKPK sera si fichtrement rasoir que nous n'aurons plus jamais à en organiser. Il est ridicule de discuter de criminalité internationale pendant que les nazis s'appliquent à commettre le crime international du siècle.

— Première fois que je vous entends appeler ça ainsi, Arthur.

— Je m'adressais à vous, par conséquent, ça ne compte pas.

— Supposez que je dise quelque chose de déplacé. Quelque chose qui vous mette dans l'embarras. Songez aux personnes qui seront là. La dernière fois que j'ai rencontré Himmler, il m'a flanqué un coup de pied dans le tibia.

— Je m'en souviens. (Nebe sourit.) Impayable. (Il secoua la tête.) Non, vous n'avez pas à craindre de mettre les pieds dans le plat. Lorsque vous aurez rédigé votre discours, vous devrez soumettre l'ensemble du texte au ministère de l'Éducation du peuple et de la Propagande. Ils le transcriront en bon allemand politiquement correct. Le secrétaire d'État Gutterer a accepté de jeter un coup d'œil aux discours des uns et des autres. C'est un SS, de toute façon, si bien qu'il ne devrait pas y avoir de problème entre nos services. Il est dans son intérêt que chacun ait l'air encore plus insipide que lui, si tant est que ce soit possible.

— Je me sens déjà rassuré. Bon Dieu, quelle farce ! Est-ce que Chaplin parlera aussi ? »

Nebe secoua la tête.

« Vous savez, je pense qu'un de ces jours, quelqu'un va réellement vous descendre. Et alors, au revoir, Gunther.

— Rien de mieux qu'une balle de Walther 9 mm pour vous dire adieu. »

Au loin, à l'extrémité scintillante du lac, je pouvais presque voir Kirsten, l'institutrice. Elle et ses amies aux silhouettes bien proportionnées débarquaient à cet instant sur l'appontement situé en face du Pavillon suédois. Récupérant les avirons, je me remis à ramer, sauf que cette fois je donnai le meilleur de moi-même. Nebe ne me l'avait pas demandé et je ne le lui avais pas dit, mais j'aime les jolies filles. C'est ma vision du monde.

2

Depuis le Deuxième Reich, les urbanistes de Berlin s'étaient efforcés d'instiller à ses habitants un sentiment de petitesse et d'insignifiance, et la nouvelle aile du ministère de l'Éducation du peuple et de la Propagande ne faisait pas exception. Situé sur la Wilhelmplatz, à un jet de pierre de la chancellerie du Reich, il présentait une forte similitude avec le ministère de l'Aviation, au coin de la Leipziger Strasse. En les regardant côte à côte, il était facile d'imaginer que l'architecte, Albert Speer, avait réussi à mélanger les dessins des deux bâtiments en pierre grise tellement ils se ressemblaient. Depuis février, Speer était devenu ministre de l'Armement et de la Production de guerre, et j'espérais qu'il ferait du meilleur boulot dans ce domaine qu'il n'en avait accompli comme architecte de cour de Hitler. On raconte que Giotto était capable de dessiner un cercle parfait à main levée ; Speer arrivait à tracer une ligne parfaitement droite – du moins, avec une règle – et pas grand-chose d'autre. Les lignes droites constituaient manifestement son point fort en dessin. Autrefois, je pouvais moi-même exécuter des croquis d'éléphant tout à fait honorables. Mais il n'y a pas beaucoup de demande pour ça quand on est architecte. Sauf si l'éléphant est blanc, bien entendu.

J'avais lu dans le *Völkischer Beobachter* que les nazis n'appréciaient pas beaucoup le modernisme allemand, des édifices tels que l'université technique de Weimar ou le siège de la confédération syndicale de Bernau. Ils trouvaient le modernisme cosmopolite et non allemand, quoi que cela signifie. À vrai dire, cela signifiait probablement, d'après moi, que les nazis ne se sentaient pas à l'aise à l'idée de vivre et de travailler dans des bureaux conçus par des Juifs et constitués principalement de verre, au cas où il leur faudrait réprimer brusquement une révolution. Il aurait été beaucoup plus facile de défendre un bâtiment en pierre comme le ministère de l'Éducation du peuple et de la Propagande que le Bauhaus de Dessau. Un historien allemand de l'art – un Juif lui aussi, sans doute – a dit un jour que Dieu se manifeste dans les détails. J'aime bien les détails, mais, pour les nazis, un soldat posté à une fenêtre en hauteur avec une mitrailleuse offrait plus de confort que quoi que ce soit d'aussi capricieux et aléatoire qu'un dieu. Depuis n'importe laquelle des petites fenêtres standard du nouveau ministère, un type armé d'un MP40 avait un champ de vision dégagé sur toute la Wilhelmplatz et était en mesure de tenir en respect une foule berlinoise surexcitée aussi longtemps que notre élégant ministre de l'Armement et de la Production de guerre pourrait l'approvisionner en munitions. Quand même, assister à une telle rencontre ne m'aurait pas déplu. Rien ne vaut une foule berlinoise en action.

À l'intérieur du ministère, les choses avaient un aspect un peu moins rustique et ressemblaient davantage à un paquebot ultra-moderne aux lignes pures : ce n'était que noyer poli, murs crème et épais tapis fauve. Dans le hall d'entrée de la dimension d'une salle de bal, sous un gigantesque portrait de Hitler – sans lequel aucun ministère allemand ne pourrait peu ou prou s'acquitter de sa tâche –, se trouvait un énorme vase aux bords dentelés contenant des gardé-nias blancs qui parfumaient tout l'immeuble et aidaient sans nul doute à masquer l'odeur prépondérante de merde de bouc, rançon inévitable de l'éducation du peuple dans l'Allemagne nazie, et qui, sans cela, aurait heurté les narines de notre glorieux Führer.

« Bonjour, messieurs », dis-je en franchissant les lourdes portes et en pénétrant dans ce que je présumais être l'ancien palais Prinz Leopold.

Derrière un solide comptoir de réception en chêne qui aurait pu servir de redoute pour fournir une seconde ligne de défense contre des masses déchaînées, deux employé muets, à col mou et mains encore plus molles, observaient ma lente progression sur leur sol avec une expression d'indifférence bien rôdée. Ce dont je me félicitais : le seul plaisir que m'ait jamais procuré le fait de porter un uniforme d'officier du SD est de savoir que, à défaut, il me faudrait subir encore bien plus d'humiliations de la part des bureaucrates au visage indéchiffrable qui gouvernent ce pays. Il m'arrive même d'avoir la chance de leur infliger une petite humiliation de mon cru. Un jeu berlinois des plus sadiques et qui ne semble jamais me lasser.

Les deux gratte-papier minables n'avaient pas l'air particulière-ment débordés, mais ils n'en continuèrent pas moins le numéro qu'ils avaient mis au point, censé me persuader du contraire. Plu-sieurs minutes s'écoulèrent avant que l'un d'eux paraisse me remarquer.

Puis une autre.

« Vous êtes disponibles, à présent ? demandai-je.

— Heil Hitler », lancèrent-ils.

Je touchai ma casquette avec un doigt et me fendis d'un signe de tête. Paradoxalement, en l'absence de SA dans les parages pour vous botter le train, ne pas faire le salut hitlérien était relativement sans risque dans un ministère du Reich.

« Heil Hitler », répondis-je, parce qu'il y a une limite à la résistance que l'on peut offrir en toute sécurité à un instant donné. Je levai les yeux vers le plafond peint et approuvai d'un hochement de tête. « Splendide. C'est l'ancien palais cérémoniel, n'est-ce pas ? Ça doit être sympa de bosser ici. Dites-moi, avez-vous encore la salle du trône ? Là où le Kaiser décernait les médailles et décora-tions importantes ? Non que ma propre croix de fer puisse se comparer à quoi que ce soit de ce genre. Elle m'a été remise dans les tranchées et, pour me l'accrocher à la poitrine, mon comman-dant a dû chercher un endroit sur ma tunique qui ne soit pas couvert de boue et de merde.

— Passionnant, j'en suis sûr, répondit le plus grand des deux. Mais c'est le siège du service de presse du gouvernement depuis 1919. »

Il portait un pince-nez et se dressait sur la pointe des pieds tout en parlant comme un agent de la circulation. Je fus tenté de lui donner quelques directives personnelles. L'œillet blanc à la

35

boutonnière de sa veste croisée noire d'été ajoutait une touche d'humanité, mais la moustache cirée et le mouchoir de poche étaient de la pure Wilhelmstrasse. Sa bouche donnait à penser qu'on avait versé du vinaigre dans son café le matin ; son épouse, s'il en avait une, aurait certainement choisi quelque chose d'un peu plus fatal.

« Si vous pouviez en venir au fait. Nous sommes très occupés. »

Je sentis le sourire se figer sur mon visage comme du bouillon de la veille.

« Je n'en doute pas. Est-ce que vous faites tous les deux partie intégrante de l'immeuble ou est-ce qu'on vous a installés avec les téléphones ?

— Que pouvons-nous faire pour vous, capitaine ? demanda le plus petit, qui n'était pas moins guindé que son collègue et avait l'air d'être sorti des entrailles de sa mère avec un pantalon rayé et des guêtres.

— Kommissar de police Bernhard Gunther, dis-je. Du Praesidium de l'Alexanderplatz. J'ai rendez-vous avec le secrétaire d'État Gutterer. »

Le premier fonctionnaire consultait déjà une écritoire à pince, après quoi il leva un téléphone crème vers son oreille rosâtre. Il répéta mon nom à la personne au bout du fil, puis opina.

« Vous devez monter immédiatement au bureau du secrétariat d'État, annonça-t-il en reposant le combiné.

— Merci de votre aide. »

Il indiqua du doigt un escalier sur lequel on aurait pu mettre en scène *Lullaby of Broadway*.

« Quelqu'un vous attendra au premier étage.

— Espérons-le, répondis-je. Je n'aimerais pas avoir à redescendre ici pour qu'on me laisse encore en carafe. »

Je grimpai les marches deux par deux, ce qui représentait beaucoup plus d'énergie qu'on en avait vue dans ce palais depuis que le Kaiser Guillaume II avait retiré sa dernière Blue Max[1] d'un coussin en soie, et m'arrêtai sur un immense palier. Personne ne

---

1. Bleu et or, la croix pour le mérite, surnommée la Blue Max, avait été créée par Frédéric II en 1740.

m'attendait, mais, sans jumelles, il était difficile d'être catégorique. Je me penchai par-dessus la balustrade en marbre, puis repoussai l'idée de siffler les deux pantins en bas. J'allumai donc ma dernière cigarette et garai mon postérieur sur un canapé jaune d'or d'époque française, lequel était un peu trop bas, même pour un Français. De sorte qu'au bout d'un moment je me dirigeai vers une grande porte ouverte menant à ce que je supposai être l'ancienne Galerie bleue. Il y avait des fresques et des chandeliers, et ça semblait l'endroit idéal si on avait besoin de mettre un sous-marin en cale sèche pour effectuer des réparations. Les fresques couvrant les murs représentaient pour la plupart des personnages nus faisant des trucs avec des lyres et des arcs ou debout sur des socles, poireautant jusqu'à ce que quelqu'un leur donne une serviette de bain ; ils avaient tous l'air de s'ennuyer ferme et de regretter de ne pas être sur la plage naturiste de Strandbad Wannsee, à profiter du soleil au lieu de poser dans un ministère. Sentiment que je partageais.

Une jeune femme mince en jupe droite sombre et chemisier blanc apparut à hauteur de mon épaule.

« J'admirais les graffitis, dis-je.

— En fait, cela s'appelle des fresques, fit-elle remarquer.

— Vraiment ? Ça a l'air italien.

— Oui. Cela veut dire frais.

— Je me disais bien. Personnellement, j'estime qu'il y a une limite au nombre de personnes nues qu'on peut laisser se rafraîchir les unes avec les autres sur un mur avant que ça ne commence à ressembler à un hammam marocain. Qu'en pensez-vous ?

— C'est de l'art classique, répondit-elle. Et vous devez être le capitaine Gunther.

— Ça se voit tant que ça ?

— En l'occurrence, oui.

— Bravo. Je suppose que j'aurais dû ôter mes vêtements si je voulais me fondre un tant soit peu dans le décor.

— Par ici, dit-elle sans l'ombre d'un sourire. Le secrétaire d'État Gutterer vous attend. »

Elle pivota dans un nuage de Mystikum, et je la suivis comme un chien en laisse. Tout en marchant, je regardais son cul et l'évaluais avec soin. Il était un peu maigre à mon goût, mais ne manquait pas d'une certaine souplesse dans le mouvement ; je suppose que courir d'un bout à l'autre du bâtiment lui faisait pas mal d'exercice. Pour un ministre aussi petit que Jo le boiteux, c'était un très grand ministère.

« Croyez-le ou non, dis-je, ça me plaît bien. »

Elle s'arrêta, rougit légèrement, puis repartit. Je commençais à l'avoir à la bonne.

« Vraiment, je ne vois pas de quoi vous parlez, capitaine.

— Bien sûr que si. Mais je serais heureux de vous éclairer à ce sujet, si ça vous dit de me rencontrer pour prendre un verre après le travail. C'est ce que les gens font ici, non ? S'éclairer les uns les autres ? Écoutez, tout va bien. J'ai mon *abitur*. Je sais ce que c'est qu'une fresque. Je faisais juste un peu d'humour. Et l'effrayant insigne noir sur ma manche est purement décoratif. En réalité, je suis un type adorable. On pourrait se retrouver à l'Adlon autour d'une coupe de champagne. J'y ai travaillé. J'ai du piston auprès du barman. »

Elle resta silencieuse. Elle continua simplement à marcher. Comme font les femmes quand elles ne veulent pas dire non : elles vous ignorent en espérant que vous allez déguerpir illico, jusqu'au moment où, comme vous êtes toujours là, elles inventent une excuse pour dire oui. Hegel s'est totalement trompé ; les relations entre les sexes n'ont rien de compliqué, un jeu d'enfants. C'est ce qui les rend si excitantes. Sans quoi les gosses ne s'y adonneraient pas.

S'empourprant soudain, elle m'introduisit dans ce qui ressemblait à la bibliothèque du Herrenklub[1], en présence d'un individu costaud, rasé de près, d'une quarantaine d'années. Cheveux gris épais et assez longs, yeux marron pénétrants et une bouche comme un arc qu'aucun mortel n'aurait pu tendre en un sourire. Je résolus de ne pas essayer. L'air arrogant lui appartenait en propre, mais l'eau de Cologne qui l'accompagnait était de la lotion Tarr de Scherk, qui avait dû inonder les vitres des fenêtres à double hauteur tellement il en avait mis. Il portait une alliance à la main gauche et une floraison d'insignes sur les revers de sa vareuse de la SS, sans

---

1. « Club des seigneurs », association conservatrice créée en 1924 et regroupant l'élite de l'ancienne classe dirigeante, désireuse de lutter contre la République afin de restaurer l'« esprit de l'Allemagne d'avant-guerre ».

parler d'un insigne en or du parti à sa poche de veste gauche ; mais la barrette au-dessus de la poche était de celles que vous achetiez comme des sucres d'orge chez Holter, où l'on fabriquait les uniformes. Par un jour aussi chaud, la chemise d'un blanc éclatant lui serrait peut-être un peu trop le cou pour être confortable, mais elle était impeccablement repassée, ce qui me donna à penser qu'il était heureux en ménage. Être bien nourri et trouver la lessive faite, voilà à quoi aspirent en fin de compte la plupart des mâles allemands. Moi, à coup sûr. Il y avait un gros stylo plume or entre ses doigts et de l'encre rouge sur une feuille de papier devant lui ; l'écriture paraissait plus soignée que la dactylographie, qui était la mienne. Je n'avais pas vu autant d'encre rouge sur mes devoirs depuis que j'avais quitté l'école.

Il indiqua un siège face à lui, tout en consultant une montre demi-savonnette en or posée sur son bureau comme s'il avait déjà décidé de la durée pendant laquelle j'allais lui faire perdre son temps. Il esquissa un sourire tel que je n'en avais jamais vu, sauf dans un aquarium de reptiles, et s'appuya contre le dossier de son fauteuil en attendant que je me mette à l'aise. Je n'en fis rien, mais pour un homme de son importance, peu importait. Il me fixa avec une expression de pitié presque comique et secoua la tête.

« Vous n'êtes pas un très bon écrivain, n'est-ce pas, capitaine Gunther ?

— Le comité du prix Nobel ne me proposera pas de sitôt, si c'est ce que vous entendez par là. Mais Pearl Buck pense que je peux m'améliorer.

— Ah oui ?

— Si elle peut l'obtenir, c'est à la portée de n'importe qui, non ?

— Peut-être. Si j'en crois le général Nebe, ce sera la première fois que vous prendrez la parole à la tribune devant un public.

— La première et, j'espère, la dernière. » Je montrai d'un petit signe de tête la boîte en argent sur le bureau devant moi. « En outre, je ne parle jamais mieux qu'avec une cigarette à la bouche. »

Il ouvrit la boîte.

« Servez-vous. »

J'en pris une, la coinçai entre mes lèvres et l'allumai prestement.

« Dites-moi, combien de délégués attendez-vous à cette conférence de l'IKPK ? »

Je haussai les épaules et aspirai une bouffée. Dernièrement, j'avais pris l'habitude de tirer deux fois sur mes cigarettes avant d'inhaler ; de façon à augmenter les effets du tabac merdique quand la fumée atteignait mes poumons. Mais c'était une bonne cigarette ; suffisamment bonne pour être savourée ; beaucoup trop bonne pour être gaspillée en discutant de choses aussi triviales que ce qu'il avait en tête.

« D'après ce que m'a dit le général Nebe, de hauts responsables gouvernementaux seront présents, répondit-il.

— Je l'ignorais, Herr Staatssekretär.

— Ne vous méprenez pas, ce que vous avez écrit est tout à fait passionnant, j'en suis persuadé, et vous êtes un personnage intéressant, je le reconnais volontiers, mais, à en juger d'après le texte que j'ai sous les yeux, vous avez assurément beaucoup à apprendre s'agissant de parler en public.

— Je m'en étais allègrement dispensé jusqu'à maintenant. Comme dit le proverbe : on ne fait pas de l'huile d'olive avec une pierre. Si ça n'avait tenu qu'à moi, Brutus et Cassius s'en seraient sortis et la première croisade n'aurait jamais eu lieu. Sans parler de Portia dans *Le Marchand de Venise*.

— Quoi donc, à propos d'elle ?

— Avec mes talents d'orateur, jamais Antonio n'aurait échappé à Shylock. Non, pas même en Allemagne.

— Alors estimons-nous heureux que vous ne travailliez pas pour ce ministère, fit observer Gutterer. Shylock et sa tribu sont un peu une spécialité dans notre service.

— Je le crois volontiers.

— Et dans le vôtre aussi. »

Je tirai une nouvelle bouffée de sa clope ; c'est ce qu'il y a de formidable avec une cigarette : il arrive que ça vous sauve la mise. La seule chose qui a besoin de sortir de votre bouche, c'est de la fumée, et on ne peut pas vous arrêter pour ça ; du moins, pas encore. Telles sont les libertés importantes.

Gutterer rassembla les feuilles de papier laborieusement tapées à la machine en un petit tas bien net et les poussa sur le bureau comme s'il s'agissait d'une espèce dangereuse de bacilles. Du reste, ils avaient bien failli me tuer. Je suis un dactylographe lamentable.

« Votre discours a été réécrit par moi et retapé par ma secrétaire, expliqua-t-il.

— C'est extrêmement gentil de sa part. Vous avez vraiment fait ça pour moi ? »

Me tournant sur mon siège, je souris chaleureusement à la femme qui m'avait amené à Gutterer. Installée derrière une Continental Silenta noire et brillante de la taille d'une tourelle de char, elle s'efforça de m'ignorer, la mine excédée, mais une touche de couleur sur ses joues m'indiqua qu'elle était en train de perdre la bataille.

« Vous n'auriez pas dû.

— C'est son travail, dit Gutterer. Et je lui ai demandé de le faire.

— Même dans ce cas. Merci beaucoup, mademoiselle... ?

— Ballack.

— Mademoiselle Ballack. D'accord.

— Si nous pouvions continuer, dit Gutterer. Voici votre original, ainsi vous pourrez comparer les deux versions et voir là où j'ai modifié ou censuré ce que vous aviez écrit, capitaine. À plusieurs endroits, vous vous êtes laissé aller à devenir un tantinet sentimental à propos de la façon dont les choses se déroulaient dans la vieille République de Weimar. Pour ne pas dire désinvolte. (Il fonça les sourcils.) Charlie Chaplin a-t-il vraiment visité le Praesidium de la police sur l'Alexanderplatz ?

— Oui. Oui, c'est exact. En mars 1931. Je m'en souviens très bien.

— Mais pour quelle raison ?

— Vous devriez lui poser la question. Peut-être faisait-il ce que les Américains appellent une "recherche". Après tout, la Commission criminelle était célèbre. Aussi célèbre que Scotland Yard.

— N'importe comment, vous ne pouvez pas le mentionner.

— Puis-je savoir pourquoi ? »

Mais je connaissais parfaitement la réponse : Chaplin venait de faire un film intitulé *Le Dictateur*, dans lequel il interprétait un sosie d'Adolf Hitler, nommé d'après notre propre ministre de la

Culture, Hinkel, dont le train de vie fastueux à l'hôtel Bogota faisait l'objet d'un flot de commérages.

« Parce que vous ne pouvez pas le mentionner, lui, sans mentionner également votre ex-patron, l'ancien chef de la Kripo. Le Juif Bernhard Weiss. Ils ont dîné ensemble, n'est-ce pas ?

— Ah oui ! Malheureusement, ça m'était sorti de la tête. Qu'il était juif. »

Gutterer parut un instant peiné.

« Vous savez, j'en suis resté ahuri. Ce pays a eu vingt gouvernements différents en quatorze ans. Les gens avaient perdu le respect des normes habituelles de la moralité publique. L'inflation avait ruiné notre monnaie. Le communisme représentait un danger réel. Et malgré cela, vous avez l'air de sous-entendre qu'on vivait mieux à cette époque. Je ne prétends pas que vous le dites, seulement que vous avez l'air de le sous-entendre.

— Comme vous l'avez déclaré vous-même, Herr Staatssekretär, j'étais sentimental. Au début de la République de Weimar, ma femme vivait encore. Ce qui, je suppose, pourrait expliquer cet écart, à défaut de l'excuser.

— Oui, sans doute. Quoi qu'il en soit, nous ne pouvons pas vous laisser tenir de tels propos devant quelqu'un comme Himmler ou Müller. Vous auriez rapidement de gros ennuis.

— Je compte sur vous pour me sauver de la Gestapo. Et je suis sûr que votre version constitue une nette amélioration par rapport à la mienne, Herr Staatssekretär.

— En effet. Une nette amélioration. Et au cas où vous auriez le moindre doute à ce sujet, permettez-moi de vous rappeler que j'ai parlé à de nombreux rassemblements du parti. Adolf Hitler m'a même dit qu'il me considérait comme l'homme le plus éloquent d'Allemagne après le Dr Goebbels. »

Je laissai échapper un petit sifflement pouvant donner l'impression que j'étais sans voix et impertinent à la fois, ce qui est une de mes spécialités.

« Impressionnant. Et je suis bien certain que le Führer ne pouvait pas se tromper, pas dans ce domaine. Je parie que vous chérissez un tel compliment presque autant que toutes ces médailles réunies. À votre place, c'est ce que je ferais. »

Il hocha la tête et scruta le sourire plaqué sur mon visage comme pour y chercher un signe que j'étais absolument sincère. Ce en quoi il perdait son temps. Hitler avait beau avoir jugé que Gutterer était l'un des hommes les plus éloquents d'Allemagne, pour ma part, j'étais passé maître dans l'art de feindre la sincérité. Après tout, je m'exerçais depuis 1933.

« Je présume que vous souhaiteriez quelques conseils sur la manière de parler en public, dit-il sans la moindre gêne.

— Puisque vous le proposez, oui. Si ça ne vous dérange pas.

— Renoncez tout de suite avant de vous ridiculiser complètement. »

Gutterer éclata d'un gros rire dont on aurait pu sentir l'odeur jusqu'à l'Alex.

Je répondis par un sourire patient.

« Je ne crois pas que le général Nebe serait très content si je lui disais que je ne peux pas prononcer ce discours, Herr Staatssekretär. Cette conférence est très importante pour lui. Et pour le Reichsführer Himmler, bien sûr. Je ne voudrais surtout pas le décevoir.

— Oui, je vois ça. »

Ce n'était pas très drôle, raison pour laquelle probablement il ne rit pas beaucoup. Toutefois, en entendant le nom de Himmler, il commença à se montrer un peu plus coopératif.

« Écoutez. Allons à la salle de cinéma, et vous m'en ferez une lecture. Je vous expliquerai où ça ne va pas. » Il jeta un coup d'œil autour de lui. « Est-ce que la salle de cinéma est libre actuellement, mademoiselle Ballack ? »

La pauvre Mlle Ballack saisit un agenda sur sa table, trouva la date concernée, puis lui adressa un signe de tête.

« Oui, Herr Staatssekretär.

— Excellent. » Gutterer repoussa son fauteuil et se leva. Il faisait une tête de moins que moi, mais il se mit à marcher comme s'il mesurait un mètre de plus. « Venez avec nous, mademoiselle Ballack. Vous servirez également de public au capitaine. »

Nous nous dirigeâmes vers la porte de la vaste superficie non cultivée qu'il qualifiait de bureau.

« Est-ce bien judicieux ? demandai-je. Après tout, mon discours... Il y a certains détails sur les meurtres commis par Gormann qu'une dame pourrait trouver pénibles à entendre.

— C'est très galant de votre part, j'en suis certain, mais il est un peu tard pour songer à ménager les sentiments de cette pauvre Mlle Ballack, capitaine. En définitive, c'est elle qui a tapé votre discours, non ?

— Oui, je suppose. » Tout en marchant, je regardai la secrétaire de Gutterer. « Je suis navré que vous ayez dû lire ce genre de choses, mademoiselle Ballack. Je suis un peu vieux jeu à cet égard. Je continue à penser que le meurtre est un sujet qu'il vaut mieux laisser aux meurtriers.

— Et à la police, naturellement », ajouta Gutterer sans se retourner.

Je jugeai préférable de laisser tomber. L'idée même que des policiers aient tué plus d'individus que n'importe quel tueur en série était aussi inconcevable qu'Achille sautant à cloche-pied sans pouvoir dépasser la tortue la plus lente du monde.

« Oh ! ça ne fait rien, répondit Mlle Ballack. Mais ces malheureuses... » Elle regarda Gutterer juste assez longtemps pour que je comprenne que sa remarque suivante visait son patron entre les deux omoplates. « Il me semble que les meurtres, c'est un peu comme gagner à la loterie nationale. Apparemment, cela arrive toujours aux mauvaises personnes.

— Je vois ce que vous voulez dire.

— À propos, où ferez-vous ce discours ? demanda Gutterer.

— Il y a une villa à Wannsee que la SS utilise comme maison d'hôtes. Non loin de l'IKPK.

— Oui, je la connais. Heydrich m'a invité à un petit déjeuner de travail qu'il a organisé là-bas en janvier. Mais je n'ai pas pu m'y rendre pour une raison ou une autre. Pourquoi était-ce, mademoiselle Ballack ? J'ai oublié.

— Il s'agissait de la conférence qui devait avoir lieu en décembre, Herr Staatssekretär, répondit-elle. À l'IKPK. Vous n'avez pas pu y aller à cause de ce qui s'est passé à Pearl Harbor. Et il y avait déjà quelque chose dans l'agenda à la date qu'ils ont proposée en janvier.

— Vous voyez comme elle s'occupe bien de moi, capitaine.

« — Je peux voir un tas de choses si je le veux vraiment. C'est mon problème. »

Nous longeâmes le couloir jusqu'à une salle de cinéma luxueusement aménagée et pouvant accueillir deux cents personnes. Il y avait de petits lustres sur les murs, d'élégantes moulures au plafond, une ribambelle de hautes fenêtres avec des rideaux en soie et une forte odeur de peinture fraîche. En plus de l'écran, elle était équipée d'une radio Telefunken de la grosseur d'un tonneau, avec deux haut-parleurs et tellement de stations au choix qu'on aurait cru une liste de bières dans une brasserie en plein air.

« Jolie salle, dis-je. Un peu trop jolie pour Mickey Mouse, à mon avis.

— Nous ne passons pas de films de Mickey Mouse ici, répondit Gutterer. Malgré tout, cela vous intéressera sûrement de savoir que le Führer adore Mickey Mouse. Je ne pense pas qu'il m'en voudrait si je vous disais que le Dr Goebbels lui a offert une fois dix-huit films de Mickey comme cadeau de Noël.

— Cela bat indéniablement la paire de chaussettes que j'ai eue. »

Avec fierté, Gutterer balaya la salle d'un coup d'œil.

« Mais c'est un merveilleux espace, comme vous dites. Ce qui me fait penser : conseil numéro un. Essayer de vous familiariser avec la salle où vous devez prononcer un discours, de façon à vous y sentir à l'aise. C'est une chose que j'ai apprise du Führer lui-même.

— Vraiment ?

— Vous savez, si j'avais réfléchi à la question, nous aurions pu filmer ceci, dit Gutterer en ricanant bêtement. En guise de film de démonstration sur comment ne pas être un orateur. »

Je souris, tirai une longue bouffée d'une nouvelle cigarette et soufflai la fumée dans sa direction, encore que j'aurais préféré et de loin que ce soit un obus brûlant d'un canon de char.

« Hé, professeur ? Je sais bien que je suis un flic stupide, mais je crois avoir une bonne idée. Que diriez-vous de me laisser une chance équitable de réussir avant que je ne me ramasse dans les grandes largeurs ? Après tout, vous l'avez déclaré vous-même, j'ai le troisième meilleur orateur d'Allemagne pour m'instruire. »

3

Je pris un train de la S-Bahn pour Wannsee. La RAF avait
lâché pour la forme quelques bombes près de la gare de Halensee,
où toute une équipe de cheminots travaillait à présent sur les rails
à rétablir la fluidité du trafic dans l'ouest de Berlin. Les hommes
reculèrent au moment où le petit train rouge et jaune passait lentement, et un jeune garçon dans le wagon où je me trouvais leur
fit gravement le salut hitlérien. Lorsqu'un des ouvriers lui retourna
son salut comme s'il s'agissait du Führer lui-même, des rires fusèrent
à bord et près du train. À Berlin, l'humour subversif n'était jamais
très loin sous le simulacre de patriotisme dans les gestes de la vie
quotidienne. Surtout quand il y avait un enfant pour protéger vos
arrières ; après tout, il était déloyal envers le Führer de ne pas rendre
le salut hitlérien, n'est-ce pas ?

C'était le même trajet que j'avais fait lorsque j'avais déjeuné
avec Arthur Nebe au Pavillon suédois, sauf que cette fois je portais
un uniforme. Il y avait une rangée de taxis beiges stationnés devant
la gare digne d'une maquette de trains électriques Märklin, mais
aucun d'entre eux ne faisait beaucoup d'affaires, et la seule circulation dans les parages était sur deux roues. Un énorme porte-vélos
se trouvait près de l'entrée, rappelant une aire de repos du Tour de
France. Certains des chauffeurs et le fleuriste du coin regardaient
un homme perché sur une échelle, occupé à peindre une des
fenêtres en forme de vitrail de la gare. À Wannsee, où il ne se

passait jamais rien, c'était, je suppose, une sorte de spectacle. Ils attendaient peut-être qu'il dégringole.

Je traversai un large pont sur la Havel menant à la König-strasse, puis, laissant Am Kleinen Wannsee, qui m'aurait amené aux bureaux de la Commission internationale de police criminelle, au numéro 16, je longeai la rive nord-ouest du plus grand des lacs de Berlin en suivant Am Grossen Wannsee, passai devant plusieurs clubs nautiques et villas huppées pour arriver à l'adresse de la maison d'hôtes de la SS que m'avait communiquée Nebe : le numéro 56-58. Dans une rue aussi cossue, il aurait fallu être aveugle pour la rater. Il y avait un véhicule blindé de la SS garé devant un grand portail en fer forgé et un corps de garde avec un drapeau, sinon tout était aussi tranquille et respectable qu'une famille d'abeilles à la retraite. S'il devait y avoir des problèmes dans les alentours, ils ne viendraient certainement pas de la villa des voisins conservateurs. À Wannsee, le mot problème signifiait que votre tondeuse à gazon était tombée en panne ou que la domestique n'était pas arrivée à temps. Garer un véhicule blindé dans Am Gros-sen Wannsee, c'était comme veiller à ce qu'un enfant de chœur viennois chante des cantiques de Noël.

À l'intérieur d'un vaste parc paysager se dressait une villa de style néoclassique avec trente ou quarante fenêtres. Ce n'était pas la plus grande demeure donnant sur le lac, mais les plus grandes maisons avaient les plus grands murs, et seuls des directeurs de banques ou des millionnaires pouvaient les voir. L'adresse m'avait semblé familière et, dès que j'aperçus l'endroit, je sus pourquoi : j'y étais déjà venu. La maison avait appartenu à un de mes clients. Au milieu des années trente, avant que je ne sois réintégré de force dans la Kripo par Heydrich, j'avais tenté ma chance comme détec-tive privé. Pendant un moment, j'avais été engagé par un riche industriel allemand nommé Friedrich Minoux. Actionnaire impor-tant dans un certain nombre de grosses sociétés pétrolières et gazières, Minoux m'avait embauché pour sous-traiter un espion à Garmisch-Partenkirchen, où il possédait une maison non moins imposante, afin de garder un œil sur sa jeune épouse, Lilly, qui avait choisi d'y vivre, officiellement pour des raisons de santé. Peut-être l'air de Wannsee avait-il quelque chose d'insalubre. Peut-être était-il trop riche pour elle ou peut-être n'aimait-elle pas tout ce ciel et cette eau bleus. Je n'en savais rien car, ne l'ayant jamais rencontrée, je n'avais pas été en mesure de lui poser la question, mais, de façon sans doute compréhensible, Herr Minoux doutait des raisons qu'elle lui avait données pour ne pas habiter Wannsee et, une fois par mois durant la majeure partie de l'année 1935, je m'étais rendu en voiture à la villa pour faire mon rapport sur la conduite par ailleurs irréprochable de sa femme. Il n'existe pas de meilleurs clients pour un détective privé que ceux qui possèdent assez de fric pour le dépenser à chercher quelque chose d'inexistant, et ce furent les deux cents marks par semaine les plus faciles que j'aie jamais gagnés de ma vie. Auparavant, Minoux avait été un fervent partisan d'Adolf Hitler ; mais ça n'avait pas suffi à lui éviter la prison lorsqu'on avait découvert qu'il avait escroqué la Compagnie du gaz de Berlin d'au moins 7,4 millions de marks. Friedrich Minoux purgeait à présent une peine de cinq ans d'emprisonnement. D'après ce que j'avais lu dans les journaux, sa maison de Wannsee avait été vendue pour payer ses frais d'avocat, mais je ne m'étais pas rendu compte jusque-là que l'acheteur était la SS.

Le garde à l'entrée me salua élégamment, puis, ayant jeté un coup d'œil à sa liste, me laissa pénétrer dans le parc parfaitement entretenu. Je me promenai jusqu'à l'avant de la maison, puis au bord du lac, où, tout en fumant une cigarette, je me revis en 1935, bien habillé, avec une voiture à moi, menant une vie décente et sans personne pour me faire la leçon. Enfin, personne d'autre que les nazis. À l'époque, je m'étais dit qu'il me suffirait de fermer les yeux. J'avais eu tort, bien sûr, de même qu'une flopée de gens plus intelligents que moi, Chamberlain et Daladier inclus. Les nazis étaient comme la syphilis ; fermer les yeux en espérant que les choses s'arrangeraient toutes seules n'avait jamais été une option réaliste.

Lorsque j'eus fini ma cigarette, je pénétrai dans la grande salle d'un étage et demi située au centre de la bâtisse. Là, tout était identique et différent en même temps. À un bout de la maison se trouvait une bibliothèque avec une baie vitrée et une table sur laquelle était posée toute une pile d'exemplaires de *Das Schwarze Korps*, mais ces temps-ci, même les nazis les plus fanatiques évitaient le journal de la SS, lequel était rempli d'avis de décès de fils chéris, des hommes et officiers de la SS tombés « à l'Est » ou « dans la lutte contre le bolchevisme ». À l'autre bout de la maison s'étendait une véranda avec une fontaine intérieure en marbre verdâtre. On avait arrêté la fontaine ; le bruit d'une chose aussi claire et pure que l'eau de Berlin gênait peut-être les lascars qui séjournaient là. Entre la bibliothèque et la fontaine se trouvaient plusieurs salons, dont deux comportant de magnifiques cheminées. Le meilleur du mobilier et une rare tapisserie des Gobelins avaient disparu, mais il restait quelques objets que je connaissais, parmi lesquels un grand coffret à cigarettes dans lequel je puisai une poignée de clopes pour remplir mon étui vide.

Trois officiers supérieurs SS de Budapest, Bratislava et Cracovie logeaient à la villa, et il semblait que j'étais arrivé pile pour avoir du veau aux pommes de terre et du café avant qu'on ait fini de servir le déjeuner. Je regrettai très vite d'avoir cédé à la tentation lorsque le trio engagea la conversation avec moi. Je leur dis que j'étais rentré de Prague depuis peu de temps, et ils m'apprirent que l'ancien chef de la police de Berlin, Kurt Daluege, était maintenant le protecteur adjoint de Bohême-Moravie et que, un mois entier après la mort de Heydrich, les recherches pour capturer ses assassins se poursuivaient. Je savais déjà que Lidice, un village soupçonné de les avoir hébergés, avait été détruit et sa population exécutée. Mais, comme si cet acte de représailles stupide ne suffisait pas, les trois officiers me racontèrent ensuite qu'un second village appelé Ležáky avait été également rasé voilà tout juste deux semaines et que les trente-trois hommes et femmes qui l'habitaient avaient été massacrés eux aussi.

« Il paraît que Hitler avait ordonné la mort de dix mille Tchécos choisis au hasard, expliqua le colonel de Cracovie, qui était autrichien, mais que le général Frank l'en a dissuadé, Dieu merci. Je veux dire, à quoi bon des représailles si c'est pour se tirer une balle dans le pied finalement ? Désormais, l'industrie de la Bohême est bien trop nécessaire à l'Allemagne pour qu'on fasse chier les Tchécos. Ce qui est le seul résultat qu'on obtiendra si on en massacre autant. Il a donc fallu se contenter de Lidice et de Ležáky. À ma connaissance, il n'y a rien d'important à Lidice et à Ležáky.

— Plus maintenant ! » s'exclama l'un des deux autres en riant.

Je m'excusai et partis à la recherche des toilettes.

Arthur Nebe m'avait dit que toutes les allocutions aux délégués de l'IKPK seraient prononcées dans la salle centrale, et c'est là que je me rendis à cet instant, histoire de voir où se déroulerait mon supplice. Rien que d'y penser, j'en avais les nerfs légèrement patraques, encore que cela avait peut-être un rapport avec ce que je venais d'entendre sur Ležáky. Au demeurant, je savais que ce qui m'attendait n'était qu'une peccadille comparée à l'épreuve que Friedrich Minoux subissait lui-même en ce moment. Cinq ans à la prison de Brandebourg n'avaient rien d'un week-end à l'Adlon pour un bureaucrate de carrière.

Un des officiers offrit de me ramener à Berlin dans sa Mercedes, proposition que je déclinai pour divers motifs que j'espérais ne pas être flagrants. Je lui expliquai qu'il y avait un concert dans le jardin botanique de Zehlendorf auquel je désirais assister. Je n'étais pas pressé de profiter de nouveau de la blague sur Ležáky. Je descendis à pied la Königstrasse et regagnai la gare où, sous le plafond octogonal du hall d'entrée, je tombai sur un homme portant des *lederhosen*[1] vert olive que je n'avais pas vu depuis sept ans.

« Herr Gunther, n'est-ce pas ?

— C'est exact. »

L'homme avait la cinquantaine, les cheveux blonds ; les manches de sa chemise bleue sans col étaient retroussées, révélant des avant-bras aussi volumineux que des bouches d'incendie. Il avait l'air assez robuste, je fus donc content de voir qu'il souriait.

« Gantner, dit-il. Je conduisais la Daimler de Herr Minoux.

— Oui, je me souviens. Quelle coïncidence. Je reviens justement de la villa.

— Je pensais bien, étant donné que vous êtes du SD et tout. À présent, ça grouille de vos petits copains là-bas. »

Je me sentis péteux à l'idée que les membres du SD soient mes « petits copains ».

« En réalité, je ne suis toujours qu'un simple policier, expliquai-je, désireux de me démarquer de SS comme ceux qui avaient détruit Lidice et Ležáky. J'ai été rappelé dans les forces de

---

1. Culottes de cuir bavaroises.

l'ordre en 1938. Et ils nous ont tous mis en uniforme lorsqu'on a envahi la Russie. Il n'y avait pas grand-chose que je puisse faire. »

Je ne comptais plus le nombre de fois où je m'étais entendu invoquer cette excuse. Quelqu'un y croyait-il ? Et était-ce vraiment important pour quiconque à part moi ? Plus vite je ferais partie d'une chose aussi louable que le Bureau des crimes de guerre, mieux ce serait.

« Toujours est-il qu'on m'a collé au service de nuit à l'Alex pour que mon choix d'eau de Cologne n'indispose personne. Bon, que faites-vous ici ?

— J'habite à côté, monsieur. La Königstrasse. En fait, nous sommes plusieurs qui avons travaillé pour Herr Minoux à y habiter actuellement. Numéro 58, si jamais vous repassez dans le quartier. Un endroit agréable. Appartenant au marchand de charbon. Un dénommé Schulze, qui connaissait le patron.

— J'ai été absolument navré d'apprendre ce qui était arrivé à Herr Minoux. C'était un bon client. Comment s'accommode-t-il de l'auberge de *der deutsche Michel*[1] ?

— À soixante-cinq ans, il commence seulement à faire de la taule à Brandebourg, alors, pas très bien. Le lit est un peu dur, comme on pouvait s'y attendre. Quant à la nourriture... Bon sang, nous avons tous des rations limitées à cause de la guerre, pas vrai ? Mais ce qu'ils appellent de la nourriture là-dedans, je ne le donnerais pas à un chien. Je me rends donc chaque matin à la prison pour lui apporter son petit déjeuner. Pas avec la Daimler, bien entendu. Cela fait longtemps qu'elle est partie à la casse, malheureusement. J'ai une Horch à présent.

— C'est permis ? D'apporter le petit déjeuner ?

— Ce n'est pas seulement permis, c'est vivement encouragé. Cela dispense le gouvernement d'avoir à nourrir les détenus. Les seuls aliments qu'il accepte de manger sont ceux que je lui apporte en voiture. Des œufs à la coque, du pain et de la confiture. D'ailleurs, j'étais justement sorti chercher de sa confiture favorite chez quelqu'un qui en fait spécialement pour lui. Je prends la S-Bahn

---

1. Littéralement : « l'Allemand Michel ». Personnage mythique incarnant l'Allemagne, souvent représenté avec un bonnet de nuit sur la tête.

pour économiser de l'essence. Frau Minoux est toujours à Garmisch, bien qu'elle loue également une maison à Dahlem. Et Monika, la fille de Herr Minoux, habite dans la Hagenstrasse, à Grunewald. Je transmettrai vos salutations au patron si vous voulez.

— Je vous en remercie.

— À propos, qu'est-ce que vous faites à la villa ? C'est à cause de cette conférence qu'ils ont prévue ?

— Oui. Hélas. Mon patron, Arthur Nebe, le chef de la Kripo, veut que je prononce un discours sur le métier d'inspecteur de police à Berlin.

— Cela devrait être facile, dit Gantner. Vu que vous êtes inspecteur de police.

— Je suppose. Il m'a donné l'ordre d'aller à Wannsee raconter à un tas de flics étrangers importants quel grand détective j'étais. Bernie Gunther, le policier berlinois qui a arrêté Gormann l'étrangleur. »

Le secrétaire d'État Gutterer avait exagéré tout ça, bien entendu, ce qui était son travail, j'imagine. Je doutais qu'aucun homme puisse être le limier omniscient sous les traits duquel mon discours me décrivait à présent. Mais il n'y avait pas besoin d'être Charlie Chan pour comprendre que mon petit laïus fut une des causes principales de ce qui se passa pendant l'été 1942, sans parler de l'été 1943.

4

Devant les bureaux de la Kripo se trouvait un meuble avec des casiers où on glissait votre courrier comme dans un hôtel. La première chose que je faisais en prenant mon service, c'était de vérifier mon casier. D'habitude, de la propagande du parti ou des brochures du syndicat de la police prussienne auxquelles personne ne prêtait la moindre attention. Les plis importants étaient déposés directement sur votre table par un des deux agents en tenue, deux vieillards affreusement grognons, connus de tout le monde comme les frères Grimm, pour des raisons évidentes. Vous n'auriez même pas songé qu'on puisse vous laisser quoi que ce soit de précieux dans votre casier, ni nulle part ailleurs, en l'occurrence – pas au quartier général de la police. Quelques vieux flicards comme moi se souvenaient encore des maîtres cambrioleurs de Berlin, Emil et Erich Krauss, qui avaient volé leurs outils dans notre propre musée du crime. Mais il n'y avait pas que nos clients à avoir les doigts longs ; certains flics dans la maison n'étaient pas moins tordus. Vous laissiez traîner un étui à cigarettes à vos risques et périls, surtout si vous aviez la chance d'avoir des cigarettes dedans, et des objets tels que le savon et le papier hygiénique des toilettes disparaissaient sans cesse. Une fois, quelqu'un n'avait pas hésité à faucher toutes les ampoules électriques de la cantine de la police, moyennant quoi il nous avait fallu manger dans le noir pendant plusieurs jours, ce qui avait eu au moins pour résultat que la nourriture avait meilleur goût. (Un électricien de la Elsasser Strasse payait six marks les ampoules de seconde main sans poser de questions.) Aussi, quelle ne fut pas ma surprise lorsque, tard un soir, j'allai à mon casier pour y trouver une enveloppe contenant cinq portraits d'Albrecht Dürer flambant neufs ; il me semble même les avoir retournés pour vérifier que la porte de Brandebourg figurait bien au dos, comme à l'accoutumée. Il y avait aussi une lettre d'avocat, mais il s'écoula un petit moment avant que la nouveauté d'avoir cent marks en poche se fût suffisamment estompée pour que j'y jette un coup d'œil.

L'enveloppe avait un petit Hitler brun au coin. C'était bizarre qu'il soit sur les timbres et pas sur les billets de banque. Sans doute une mesure de précaution pour qu'on ne puisse pas l'associer à une nouvelle hyperinflation. Ou peut-être voulait-il que les gens le croient au-dessus de choses bassement matérielles comme l'argent, ce qui, à bien y réfléchir, était une excellente raison de ne pas lui faire confiance. Quiconque pense qu'il est trop bien pour notre argent ne réussira jamais en Allemagne. Le cachet de la poste était de Berlin et le papier à lettres aussi épais qu'une taie d'oreiller amidonnée. Sur l'en-tête de l'expéditeur apparaissait un dessin de Justitia, les yeux bandés et levant une balance, ce qui me fit presque sourire. Voilà belle lurette que la justice n'était plus aussi objective et impartiale dans ce pays. Je rapportai la lettre – qui n'était pas datée – dans mon bureau pour la lire sous un meilleur éclairage. Dès que j'eus fini, je la fourrai dans ma poche de veste et quittai l'Alex. Je traversai la rue jusqu'à la gare pour pouvoir me servir des cabines publiques. L'auteur disait soupçonner qu'on surveillait son téléphone, ce qui était peut-être le cas, mais m'inquiétaient davantage les lignes téléphoniques de l'Alex, certainement sur écoute depuis l'époque où Goering dirigeait la police prussienne.

Bien qu'il fût presque dix heures, le ciel était encore clair, et la gare de l'Alexanderplatz – pleine de gens revenant d'un après-midi d'école buissonnière passé à la plage, le visage rougi par le soleil, les cheveux en bataille et les vêtements poudrés de sable blanc – bourdonnait d'activité, tel un gigantesque tronc d'arbre creux colonisé par un essaim d'abeilles. Dieu merci, la gare avait jusqu'ici échappé aux bombes et demeurait un de mes endroits préférés. La vie humaine tout entière était là, dans cette arche de Noé en verre, remplie de choses que j'aimais dans le vieux Berlin. Je décrochai un téléphone et appelai.

« Herr Doktor Heckholz ?

— Lui-même.

— Je suis l'homme avec les cinq billets de vingt reichsmarks et une question pressante.

— Laquelle ?

— Que dois-je faire en échange ?

— Venez me voir à mon bureau demain matin. J'ai une proposition à vous faire. Je dirais même une proposition séduisante.

— Cela vous ennuierait de me donner une idée de ce dont il s'agit ? Je risque de vous faire perdre votre temps.

— Je pense qu'il ne vaut mieux pas. Je soupçonne fortement la Gestapo d'écouter mes conversations téléphoniques.

— Si quelqu'un écoute, ce n'est certainement pas la Gestapo, lui dis-je. Le Forschungsamt[1] – le FA – est placé sous le contrôle du ministre de l'Air, Goering, et Hermann le garde jalousement pour lui. Les informations obtenues par le FA sont rarement partagées avec quelqu'un du RSHA. Tant que vous ne tenez pas des propos désagréables sur Hitler ou Goering, mon opinion de professionnel est que vous n'avez aucune crainte à avoir.

— Dans ce cas, vous avez déjà gagné votre argent. Mais venez quand même. En fait, pourquoi ne pas passer prendre le petit déjeuner ? Vous aimez les crêpes ? »

Son accent semblait autrichien ; sa manière de prononcer le mot « crêpes » était très différente de celle dont l'aurait prononcé un Allemand, légèrement plus proche du hongrois. Mais je n'allais pas lui en tenir rigueur avec ses Albrecht dans ma poche.

« Bien sûr que j'aime les crêpes.

— À quelle heure finissez-vous votre service ?

— À 9 heures.

— Alors disons à 9 h 30. »

Je raccrochai et retournai à l'Alex.

---

1. « Bureau de recherches ».

C'était une nuit calme. J'avais de la paperasse urgente, mais maintenant que j'étais en partance pour le Bureau des crimes de guerre, je n'étais pas très enclin à m'en occuper ; c'est ce qu'il y a de bien avec la paperasse urgente : plus vous la laissez de côté et moins elle devient urgente. Je me contentai donc de rester assis, de lire le journal et de fumer deux des cigarettes que j'avais piquées à la villa de Wannsee. À un moment, j'allai vérifier les stores occultants, histoire de me dégourdir les jambes ; et une autre fois, j'essayai les mots croisées de l'*Illustrierter Beobachter*. En général, j'attendais que le téléphone sonne. Ce qu'il ne fit pas. Quand vous travaillez de nuit pour la Commission criminelle, vous n'existez pas vraiment, à moins qu'un meurtre ne se produise, évidemment. De quoi vous avez l'air ou ce que vous pensez n'intéresse personne. Tout ce qu'on vous demande, c'est d'être là jusqu'au moment où vous devez rentrer chez vous.

À 9 heures, je signai le registre en partant, puis regagnai la gare, où je sautai dans un train de la S-Bahn pour la station Zoo, marchai une centaine de mètres vers le nord, traversai le Knie et pris la Bismarckstrasse. La Bedeuten Strasse se trouvait près de la Wallstrasse, derrière l'Opéra allemand. Dans une solide construction en brique rouge de cinq étages, un court escalier menait à une porte en arche avec une grande lucarne arrondie. Je montai les marches et regardai autour de moi. De l'autre côté de la rue, un vieillard vêtu d'un costume gris bon marché lisait le *Beobachter*. Il n'était pas de la Gestapo ; cela dit, il ne lisait pas vraiment le journal non plus. Personne ne s'appuie à un réverbère pour lire le journal, surtout un torchon aussi terne et ennuyeux que le *Völkischer Beobachter,* à moins d'être en planque. Au-dessus du numéro sur le mur, il y avait une mosaïque de plaques en cuivre pour des médecins allemands, des dentistes allemands, des architectes allemands et des avocats allemands. Étant donné qu'il ne restait presque plus de Juifs à Berlin, et certainement pas dans ces métiers nobles, la mention de leur caractère aryen ne semblait guère utile. Tout le monde était aryen à présent, que ça lui plaise ou non.

5

Je tirai sur un cordon de sonnette en bronze de la taille d'un poids de boucher, entendis la porte se déverrouiller et grimpai un escalier en marbre blanc jusqu'au troisième étage où, à l'extrémité d'un palier bien ciré, j'aperçus une porte vitrée ouverte et un petit homme à la barbe épaisse, la main tendue vers moi. Il arborait un large sourire et faisait penser à un roi de conte de fées. Nous nous serrâmes la main. Il était vêtu d'un costume sur mesure en lin crème et portait une paire de lunettes à monture d'écaille reliée à une chaîne en or autour de son cou. Dans une salle d'attente derrière lui se trouvait une rousse pulpeuse, vêtue d'une robe portefeuille d'été et coiffée d'un chapeau de paille à larges bords qui aurait pu servir de parasol de plage. Elle lisait un magazine, tout en fumant à l'aide d'un petit fume-cigarette en ambre de la même teinte incandescente que ses cheveux. Il y avait un ensemble complet de malles courrier avec garnitures en cuir et laiton près de son siège, et je supposai qu'elle était de passage ; elle avait l'air beaucoup trop fraîche pour venir d'ailleurs. L'homme était aussi accueillant qu'un chaton, mais la rouquine resta sur le canapé en cuir et ne me fut pas présentée, ni ne m'accorda le moindre regard. À croire qu'elle n'existait pas. Peut-être s'agissait-il d'une cliente pour un autre avocat. Dans tous les cas, elle gardait ses distances, ce qui lui convenait beaucoup mieux qu'à moi.

« Je suis Gunther », dis-je.

Heckholz serra les talons en silence et s'inclina.

« Herr Gunther, je vous remercie d'être venu dans un délai aussi bref. Je suis Heinrich Heckholz.

— Il y avait cinq bonnes raisons de venir, Herr Doktor. Ou peut-être une centaine, selon le point de vue où l'on se place.

— Vous oubliez sûrement les crêpes. Vous joindrez-vous à moi ?

— Je n'ai songé à rien d'autre depuis minuit. »

Nous longeâmes un couloir au parquet de bois blanc rempli d'ouvrages de droit et de boîtes à archives, toutes ornées du même petit dessin de Justitia figurant sur son en-tête. Il me conduisit dans une cuisine étroite où la pâte était déjà prête, enfila un tablier blanc et se mit à faire les crêpes, mais je sentais qu'il me jaugeait du coin de l'œil.

« Avez-vous terminé votre service ?

— Oui, je suis venu directement.

— Je pensais que vous seriez en uniforme.

— Uniquement sur le terrain. Ou lors des cérémonies.

— Dans ce cas, je me demande comment vous trouvez le temps de le retirer. Il y a plus de cérémonies à Berlin que dans la Rome impériale. Les nazis adorent le grand spectacle.

— Pour ça, vous avez raison. »

Il chauffa de la sauce aux cerises dans une petite casserole en cuivre, puis en arrosa généreusement les crêpes, après quoi nous emportâmes des assiettes de Meissen dans une salle de réunion. Il y avait une table ronde Biedermeier avec quatre chaises assorties ; sur le papier peint jaune, un portrait de Hitler et, sur un buffet près de la fenêtre, un grand vase contenant des orchidées blanches. Par une autre porte ouverte, sur un parquet de bois blanc, on apercevait un bureau double face, un grand classeur et un coffre-fort. Un buste en bronze du Führer trônait sur le bureau. Apparemment, Heckholz ne prenait pas de risques avec les apparences. Une troisième porte était entrouverte, et j'avais dans l'idée que, derrière, se trouvait une pièce avec quelqu'un dedans ; quelqu'un portant le même parfum que la rousse de la salle d'attente.

Heckholz me tendit une serviette, et nous mangeâmes les crêpes en silence. Elles étaient délicieuses, comme on pouvait s'y attendre.

« Je vous aurais volontiers offert un excellent schnaps avec ça, mais il est un peu tôt, même pour moi. »

J'acquiesçai. C'était aussi bien qu'il ne m'ait pas forcé la main, dans la mesure où il n'est jamais trop tôt pour boire un verre de schnaps, surtout quand vous venez de finir votre journée de travail.

Il vit que je regardais le portrait sur le mur et haussa les épaules.

« C'est bon pour les affaires. Pas nécessairement pour la digestion. » Il eut un hochement de tête. « Il a l'air très affamé, notre Führer. Sans doute le résultat de ses longues années de lutte dans ma ville natale de Vienne. Pauvre homme. On croirait presque qu'on l'a privé de crêpes et envoyé au lit de bonne heure, vous ne trouvez pas ?

— Je ne saurais le dire.

— N'empêche, c'est une histoire édifiante que la sienne. Arriver au sommet en partant de rien. J'ai visité Braunau am Inn, la ville où il est né. Totalement banale. Ce qui rend son itinéraire d'autant plus remarquable. Encore que, pour être tout à fait franc avec vous, en tant qu'Autrichien, je préfère ne pas y penser. Nous autres Autrichiens sommes certes responsables de lui avoir donné le jour. Mais c'est vous, les Allemands, je le crains, qui êtes responsables de lui avoir donné le pouvoir absolu. »

Je gardai le silence.

« Oh ! allons, reprit Heckholz, ne soyez donc pas si timide, Herr Gunther. Nous savons tous les deux que vous n'êtes pas plus nazi que moi. Malgré toutes les preuves du contraire. J'ai été membre du Parti social-chrétien, mais un nazi, jamais. Les nazis ne sont que façade, et une façade de loyauté envers le Führer suffit généralement à détourner les soupçons. Sinon, comment expliquer que tant d'Autrichiens et d'Allemands détestant les nazis fassent le salut hitlérien avec un tel enthousiasme ?

— D'ordinaire, je trouve que l'explication la plus sûre consiste à croire que ce sont des nazis également. »

Heckholz gloussa.

« Oui, je suppose. Ce qui explique probablement que vous soyez resté en vie si longtemps. Vous vous souvenez de Herr Gantner, l'ancien chauffeur de Friedrich Minoux ? Il raconte qu'à l'époque où vous avez travaillé comme détective privé pour Herr Minoux, il y a de cela des années, vous lui avez confié avoir été un social-démocrate convaincu, jusqu'au moment où les nazis ont pris le pouvoir en 1933, date à laquelle vous avez dû quitter la police.

— C'est donc lui qui m'a recommandé à vous.

— En effet. Sauf que maintenant, vous faites partie du SD. (Le Dr Heckholz sourit.) Comment est-ce possible ? Je veux dire, comment quelqu'un qui soutenait le SPD peut-il finir capitaine du SD ?

— Tout le monde change. Surtout en Allemagne. Si l'on sait ce qui est bon pour soi.

— Certains. Mais pas vous, je pense. Gantner m'a relaté votre rencontre. À Wannsee. D'après lui, vous vous seriez presque excusé de porter l'uniforme. Comme si vous en aviez honte.

— En voyant sur ma manche le sinistre insigne du SD, les gens ont tendance à être pris de panique. C'est une de mes mauvaises habitudes, voilà tout. D'essayer de les mettre à l'aise.

— C'est assez inhabituel en Allemagne, effectivement. »

Heckholz débarrassa les assiettes, ôta son tablier et s'assit ; de toute évidence, il ne croyait pas un traître mot de ce que j'avais dit.

« Herr Gantner a toutefois jugé vos remarques suffisamment notables pour m'en faire part, dans l'espoir que vous pourriez nous apporter votre aide.

— Quel genre d'aide ?

— Pour régler un problème découlant de ce qui est arrivé à Herr Minoux.

— Vous parlez de l'escroquerie concernant la Compagnie du gaz de Berlin ?

— L'escroquerie concernant la Compagnie du gaz de Berlin. Oui, c'est bien de ça que je parle.

— Merci pour les crêpes », dis-je en me levant. Je jetai les cinq Albrecht sur la table. « Quoi que vous ayez à vendre, je ne suis pas intéressé.

— Ne partez pas encore. Vous n'avez pas entendu ma séduisante proposition.

— Je commence à croire que votre séduisante proposition est sur le point de se métamorphoser en un vilain crapaud. Du reste, je n'ai plus de baisers en réserve.

— Que diriez-vous de gagner dix mille reichsmarks ?

— Le plus grand bien, pourvu que je sois encore en mesure de les dépenser. Mais si je suis resté en vie si longtemps, c'est parce que j'ai appris à ne pas avoir ce genre de conversation avec des inconnus, surtout à proximité d'une porte ouverte. Si vous souhaitez que je continue à vous écouter, Herr Doktor Heckholz, vous feriez mieux de demander à votre amie au parfum Arabian Nights de se joindre à nous. »

Heckholz se leva en souriant.

« J'aurais dû me rendre compte de la difficulté d'essayer de tromper un célèbre policier de l'Alex.

— Non, c'est très facile. Il suffit de lui envoyer cent marks dans une enveloppe.

— Lilly, ma chère, voulez-vous venir, s'il vous plaît ? »

Une minute plus tard, la rousse était dans la salle de réunion. Elle était plus grande que je ne l'avais supposé, avec une poitrine plus généreuse et, tandis que Heckholz faisait les présentations, elle prit ma main comme elle aurait tendu une aumône à Lazare.

« Herr Gunther, voici Frau Minoux.

— C'est une mauvaise habitude, Frau Minoux. D'écouter aux portes comme ça.

— Je voulais savoir quel genre d'homme vous êtes avant de me forger une opinion à votre sujet.

— Et quelle est la conclusion ?

— Je n'ai pas encore décidé.

— Alors nous sommes deux.

— D'ailleurs, je tiens cette mauvaise habitude de vous, Herr Gunther. C'est vous que mon mari payait pour m'espionner chez moi, à Garmisch-Partenkirchen, n'est-ce pas ? Quand était-ce exactement ? »

J'opinai.

« En 1935. » Frau Minoux roula les yeux et poussa un soupir. « Tant de choses se sont produites depuis.

— Eh bien, j'imagine qu'il n'a rien trouvé, lui dit Heckholz, autrement vous ne seriez probablement pas ici, n'est-ce pas ? Toujours mariée à Friedrich.

— C'est à Herr Gunther que vous devriez poser la question, répondit Frau Minoux.

— Je n'ai rien trouvé, non. Mais, à proprement parler, Frau Minoux, je n'ai jamais écouté à votre porte. En l'occurrence, j'avais confié le travail à un détective de Garmisch, un Autrichien nommé Max Ahrweiler. C'est lui qui vous épiait par le trou de la serrure, pas moi. »

Frau Minoux s'assit et, comme elle croisait les jambes, la robe portefeuille qu'elle portait remonta sur sa cuisse, révélant une jarretelle couleur lilas ; je me détournai poliment, le temps qu'elle y remédie, mais, lorsque je regardai de nouveau, la jarretelle était toujours visible. J'en conclus que, si ça ne la dérangeait pas que je la voie, je n'avais rien contre non plus. C'était une jolie jarretelle. Mais l'étendue de cuisse lisse et d'un blanc crémeux sur laquelle elle s'étirait était encore mieux. Elle vissa une cigarette dans son fume-cigarette et laissa Heckholz la lui allumer.

« C'est bien Arabian Nights ? demandai-je. Le parfum que vous mettez, Lilly ? Juste par curiosité.

— Oui », répondit-elle.

Heckholz rangea son briquet et se tourna vers moi.

« Je suis impressionné. Vous avez un excellent flair, Herr Gunther.

— Ne le soyez pas. Mon flair pour le parfum est le même que celui que j'utilise pour détecter les ennuis. Et à cet instant, je perçois une forte odeur de ce genre émanant de vous deux. »

Je m'assis quand même. Ce n'était pas comme si j'avais une foule de choses à faire chez moi, à part contempler les murs et roupiller, et je l'avais déjà fait suffisamment au bureau.

« S'il vous plaît, dit-elle. Remettez cet argent dans votre poche et au moins écoutez-nous. »

J'acquiesçai et fis ce qu'elle demandait.

« Tout d'abord, déclara Heckholz, je dois préciser que mon siège social se trouve en Autriche, où Frau Minoux a toujours sa résidence principale. Cependant, elle loue aussi une maison ici à Dahlem. Je les représente tous les deux, elle et Herr Minoux, lequel, comme vous ne l'ignorez pas, se morfond à l'heure actuelle à la prison de Brandebourg. Je suppose que les faits essentiels de l'affaire de la Compagnie du gaz de Berlin vous sont familiers.

— Lui et deux autres personnes ont escroqué la compagnie de sept millions et demi de reichsmarks, et il purge à présent une peine de cinq ans d'emprisonnement. (Je haussai les épaules.) Mais avant ça, il avait trempé dans le vol d'une société – la fabrique de papier Okriftel – appartenant à une famille juive de Francfort.

— Cette société avait déjà été aryanisée par la chambre de commerce de Francfort, dit Frau Minoux. Friedrich n'a fait que racheter une entreprise à des propriétaires légalement obligés de vendre.

— Peut-être. Mais si vous voulez mon avis, il n'a eu que ce qu'il méritait. Voilà ce que je sais de Herr Friedrich Minoux. »

Frau Minoux ne broncha pas. Manifestement, elle était faite d'une étoffe plus résistante que celle de son mari. Pendant un instant, je laissai mon imagination jouer avec sa petite culotte. Peut-être sentit-elle quelque chose dans l'air. Il est étonnant de constater que les femmes devinent souvent ce que je manigance ; c'est une technique que j'utilise parfois pour leur faire savoir que je suis un homme. Mais elle finit par prendre conscience qu'une de ses jarretelles se voyait et tira sa robe sur sa cuisse.

« Il ne s'agit pas des tenants et aboutissants de l'affaire de la Compagnie du gaz de Berlin, déclara Heckholz. Et cela vous intéressera peut-être de savoir que plusieurs millions de reichsmarks ont déjà été remboursés par les trois condamnés. Non, c'est ce qui s'est passé ensuite qui préoccupe les Minoux. Peut-être connaissez-vous un détective privé berlinois du nom d'Arthur Müller ?

— Oui, je l'ai rencontré.

— Parlez-moi de lui si vous le voulez bien.

— Il est efficace. Quelque peu dénué d'imagination. A été flic au Praesidium de la police à Charlottenburg, mais il est originaire de Brême, me semble-t-il. Un jour, un SA l'a poignardé dans le cou, de sorte qu'il ne porte pas les nazis dans son cœur. Se faire poignarder... c'est parfois ainsi que ça marche. Pourquoi ?

— Herr Müller a été engagé par la Compagnie du gaz de Berlin pour savoir si Herr Minoux ne possédait pas des actifs cachés, dans l'espoir de lui arracher davantage d'argent. Et aussi, plus judicieusement, Frau Minoux. À cette fin, lui et ses propres limiers ont mis sous surveillance le domicile de Frau Minoux et de sa fille Monika ici, à Berlin, ainsi que la maison de Garmisch. Et très vraisemblablement ce bureau.

— Il y a un homme qui fait le guet sur le trottoir d'en face. Mais ce n'est assurément pas Arthur Müller. Ce type a l'air d'avoir appris le métier en lisant *Émile et les détectives*. J'imagine qu'il vous a à l'œil pendant qu'Arthur fait un somme.

— Nous pensions que la Gestapo était impliquée également, jusqu'à ce que vous m'expliquiez la situation à propos des écoutes téléphoniques. Enfin bref. Le fait est que Frau Minoux possède de son côté des œuvres d'art et des meubles de valeur qui se trouvaient au domicile conjugal de Wannsee et qu'elle a dû dissimuler dans un entrepôt de Lichtenberg, de peur qu'ils ne soient confisqués eux aussi par le gouvernement.

— Je commence à saisir le problème.

— Diriez-vous que Herr Müller est quelqu'un d'honnête ?

— Je sais ce que ça signifiait autrefois. Être honnête. Mais je n'ai aucune idée de ce que ça signifie aujourd'hui. Du moins, pas en Allemagne.

— Peut-on le soudoyer ?

— Possible. Tout dépend de la somme, je présume. S'agissant de dix mille reichsmarks, la réponse est presque certainement : oui, éventuellement. Qui refuserait ? Ce qui m'amène à me demander pourquoi vous feuilletez ces billets devant mon nez et pas devant le sien.

— Parce que ce n'est que la moitié du problème, Herr Gunther. Avez-vous entendu parler d'une société appelée la Stiftung Nordhav ?

— Non.

— En êtes-vous sûr ?

— Je ne traîne pas à la Börse Berlin. Les pages financières ne m'ont jamais beaucoup intéressé. Et les seuls entiers naturels qui m'attirent actuellement portent des maillots de bain. Ou non. Selon le côté de la plage qu'ils affectionnent. »

Heckholz alluma un petit cigare et, souriant, tira légèrement dessus comme s'il aimait le goût plus que la sensation qu'il procurait.

« Ce n'est pas une société du genre coté en Bourse. Mais une fondation prétendument charitable créée par votre ancien patron, Reinhard Heydrich, en 1939, officiellement dans le but de construire des centres de vacances pour les membres du RSHA. En réalité, il s'agit d'une entreprise puissante, réalisant toutes sortes d'affaires visant à enrichir les administrateurs, dont Heydrich était le président. Depuis sa mort, il reste cinq administrateurs : Walter Schellenberg, Werner Best, Herbert Mehlhorn, Karl Wilhelm Albert et Kurt Pomme. C'est la Stiftung Nordhav qui a racheté la villa de Herr Minoux à Wannsee en novembre 1940 pour 1,95 million de reichsmarks, soit beaucoup moins que sa valeur réelle. La majeure partie de cette somme a permis à Herr Minoux de payer amendes, indemnisation et frais de justice. Depuis lors, la Fondation Nordhav a acquis plusieurs propriétés, y compris la propre résidence secondaire de Heydrich à Fehmarn, en utilisant l'argent volé aux Juifs privés de leurs droits et assassinés. Nous soupçonnons fortement que pas un sou de cet argent ne va au gouvernement et qu'il profite en totalité aux cinq administrateurs encore en place.

— En d'autres termes, conclut Frau Minoux, ces hommes sont coupables du même délit pour lequel mon mari purge actuellement cinq ans de prison.

— Nous pensons que la villa de Wannsee devait devenir la nouvelle habitation de Heydrich à Berlin, expliqua Heckholz. Ce n'est pas très loin de son ancien domicile, dans la Augustastrasse, à Schlachtensee. Évidemment, maintenant qu'il est mort, elle ne présente guère d'utilité réelle pour la fondation, en dehors d'accueillir la conférence de l'IKPK qui doit s'y tenir après-demain, n'est-ce pas ? »

J'acquiesçai.

« Vous êtes bien informé.

— Herr Gantner vit avec Katrin, une domestique qui continue à travailler à la villa.

— Oui, il me semble qu'il l'a mentionnée.

— Après cela, on voit mal ce qu'ils pourraient faire avec, le marché de l'immobilier berlinois étant ce qu'il est.

— Notre but est simple, dit Frau Minoux. Trouver des preuves des malversations et actes répréhensibles de l'un quelconque des cinq administrateurs restants de la Fondation Nordhav. Une fois que nous les aurons, nous essaierons de récupérer la maison, à une fraction du prix que nous l'avons payée. Mais si les administrateurs refusent de coopérer, nous n'aurons pas d'autre solution que de soumettre les éléments dont nous disposons au secrétaire d'État Wilhelm Stuckart, au ministère de l'Intérieur. Et si cela ne donne rien, de faire passer l'histoire dans la presse internationale.

— C'est là que vous entrez en scène, dit Heckholz. En tant que capitaine du SD, ayant accès à la villa et aux échelons supérieurs de la SS, il se pourrait que vous entendiez par hasard des informations pertinentes pour la vente de celle-ci et, par conséquent, pour la suite de notre affaire. Peut-être même vous serait-il possible d'effectuer une fouille des lieux pendant que vous serez sur place. À tout le moins, ce que nous vous demandons, c'est de garder les oreilles et les yeux grands ouverts. Nous pourrions vous proposer une provision en espèces ; disons, cent marks par semaine. De toute façon, il y a dix mille reichsmarks de prime si vous découvrez quelque chose d'important.

— Quelque chose qui nous permettrait d'obtenir justice », ajouta-t-elle.

J'allumai une de mes cigarettes et souris tristement. Ils me faisaient presque pitié de croire qu'ils vivaient encore dans un monde où des idées comme la justice étaient même concevables. À mon avis, Heckholz avait probablement autant de chance d'engager des poursuites contre les administrateurs de la Fondation Nordhav que d'avoir le prix Nobel de la paix et de faire don de l'argent au Congrès juif mondial.

« Nous serions également très heureux d'avoir votre aide quant à la manière de s'y prendre avec Arthur Müller, continua Frau Minoux.

— Maintenant que vous m'avez dit ce que vous aviez en tête, il me paraît encore moins probable que je sois en mesure de dépenser cette prime. Les gens auxquels vous vous attaquez sont dangereux. Albert est actuellement le chef de la police de Litzmannstadt, en Pologne. Il y a un ghetto à Litzmannstadt[1], avec plus de cent

1. Łódź en polonais. Premier grand ghetto institué par les nazis, en avril 1940.

mille Juifs à l'intérieur. Avez-vous une idée de ce qui se passe dans un endroit pareil ? »

Lorsque je les vis se regarder, l'air ébahi, j'eus envie de cogner leurs têtes l'une contre l'autre.

« Non, c'est bien ce que je pensais. Best et Schellenberg ne sont pas précisément des petits saints. Leurs amis sont tout aussi redoutables pour la plupart : Himmler, Gestapo Müller[1], Kaltenbrunner. Et extrêmement puissants, de surcroît. Les directeurs de cette Fondation Nordhav se livrent peut-être à un trafic, mais comme tout le monde au RSHA. Enfin, tout le monde sauf moi. Si j'ai un conseil à vous donner, c'est de laisser tomber. Oubliez l'idée de vous en prendre à la Nordhav. C'est beaucoup trop dangereux. Si vous ne faites pas attention, vous risquez de finir derrière les barreaux en compagnie de Herr Minoux. Sinon pire. »

Frau Minoux sortit un minuscule carré de coton ridiculement appelé mouchoir et tamponna chaque côté de son nez superbe.

« S'il vous plaît, Herr Gunther, dit-elle avec un reniflement. Il s'agit simplement de nous aider. Je ne sais pas quoi faire. À qui d'autre m'adresser. »

Heckholz s'approcha d'elle, puis passa un bras autour de ses épaules pour essayer de la faire s'arrêter de pleurer. Un boulot dont je me serais volontiers chargé.

« Au moins, promettez-moi de tendre l'oreille et d'ouvrir l'œil quand vous serez à la conférence, reprit Frau Minoux. Mes cent reichsmarks devraient au moins m'acheter ça. Et il y en a deux cents autres si vous revenez informer le Dr Heckholz de ce que vous avez pu apprendre sur la vente de la villa. Quoi que ce soit. Personnellement, je ne serai pas là. Je rentre en Autriche cet après-midi. »

Ce furent les larmes, je suppose. Une femme pleure et quelque chose s'ouvre en moi, comme avec les sanglots de Raiponce[2], sauf qu'ils sont censés rendre la vue à son prince charmant et non lui masquer le danger de fouiner dans une villa appartenant à la SS. J'aurais dû éclater de rire et leur dire à tous les deux d'aller au

---

1. Surnom donné à Heinrich Müller, qui dirigeait le Département IV (Gestapo et police des frontières) du RSHA.
2. Héroïne du conte des frères Grimm.

diable avant de filer vers la sortie. Au lieu de ça, je pris un instant pour réfléchir, ce qui était une erreur ; on devrait toujours se fier à son instinct dans ce domaine. Bref, je me dis que je ne courais pas un grand risque à fureter un peu quand je serais à Wannsee, et que je n'avais pas l'intention d'en faire davantage. Du reste, Frau Minoux avait l'air d'avoir les moyens de perdre cent marks supplémentaires. Alors quelle importance ? Je prononcerais mon petit discours, boirais un café, faucherais quelques clopes, puis je m'en irais, et ni Frau Minoux ni le Dr Heckholz n'en sauraient rien.

« Très bien. C'est d'accord.

— Merci », dit-elle.

Je me levai et me dirigeai vers la porte.

« Et s'agissant d'Arthur Müller ? demanda Heckholz. Le détective privé ?

— Vous voulez qu'il vous fiche la paix, c'est ça ? »

Tous deux hochèrent la tête.

« Le temps pour moi de sortir mes biens du pays, dit Frau Minoux. De leur faire passer la frontière pour les mettre en Suisse.

— Laissez-moi m'en occuper. Mais je prends dix pour cent sur tous les pots-de-vin que j'arrive à négocier.

— Cela paraît équitable. »

Je ne pus m'empêcher de rire.

« Qu'y a-t-il de drôle ? demanda Heckholz.

— L'équité n'a rien à voir là-dedans, répondis-je. C'est un mot pour enfant. Quand les gens vont-ils enfin se réveiller et se rendre compte de ce qui se passe en Allemagne ? Les gens comme vous. Et pire que ça, de ce qui se passe à l'Est. Dans de prétendus marais. Dans des villes comme Litzmannstadt. Croyez-moi, l'équité n'a absolument rien à voir avec quoi que ce soit. Plus maintenant. »

6

Tôt le premier matin de la conférence, je pris la S-Bahn pour retourner à Wannsee. Lorsque j'arrivai là-bas, ma chemise blanche collait à mon dos, au point que je regrettai presque de ne pas avoir ma propre Mercedes d'état-major. J'étais apparemment le seul officier débarquant à la villa dans ce cas. Des voitures bien astiquées jouaient au chat et à la souris dans l'allée, déversant leurs passagers imbus d'eux-mêmes, tandis que, à l'arrière de la maison, sur une terrasse faisant face au lac, trente ou quarante officiers portant des costumes de ville et tout un assortiment d'uniformes de parade étrangers fumaient des cigarettes, papotaient et buvaient du café. Très atmosphère de club. On avait du mal à imaginer qu'on était en guerre.

Devant l'entrée néoclassique s'étendaient des massifs de fleurs pleins de géraniums bleus. Dans le jardin d'hiver, on avait remis la fontaine en route, mais quelqu'un avait eu l'idée judicieuse d'enlever tous les exemplaires de *Das Schwarze Korps* de la bibliothèque ; un coup d'œil même bref à ces pages morbides aurait pu inciter n'importe quel lecteur à douter que l'Allemagne soit en train de gagner la guerre à l'Est, comme l'affirmait le Dr Goebbels.

Bien en vue sous l'escalier courbe de la grande salle, se trouvait un masque mortuaire en bronze de Heydrich, qui le faisait paraître curieusement inoffensif. Avec ses yeux clos, sa tête semblait avoir été récupérée dans le vieux Panoptikum de Lindenpassage, ou peut-être dans le panier de la guillotine à Brandebourg, pour être exposée

71

dans une vitrine du musée de la police. Sur un chevalet juste à côté, un grand fac-similé d'un timbre de soixante pfennigs avec la photo du masque mortuaire que les autorités d'occupation prévoyaient d'utiliser sur les lettres de Bohême-Moravie, ce qui était un peu comme accrocher un portrait de Barbe Bleue dans le dortoir d'un collège de filles.

Fixant d'un œil critique le masque et le timbre géant, se tenait là un grand gaillard à côté duquel se trouvait un officier subalterne ; d'après la balançoire de singe sur l'épaule de ce dernier, je compris qu'il s'agissait de l'aide de camp du grand escogriffe. Je montai quelques marches de façon à me trouver juste au-dessus d'eux et, dans le vague espoir d'entendre quelque chose d'intéressant sur la Stiftung Nordhav, je me mis à écouter leur conversation. Ma conscience avait beau s'être quelque peu engourdie ces derniers temps, je n'avais pas de problème d'audition. Leurs vannes provenaient toutes du recueil de blagues de la SS, lequel, croyez-moi sur parole, ne fait rire qu'elle.

« Ce n'est pas un timbre que je mettrai sur mes putains de cartes de Noël », dit l'officier supérieur.

Il devait mesurer pas loin de deux mètres.

« Pas si vous tenez à ce qu'elles arrivent à temps pour les fêtes, répondit l'aide de camp.

— D'ailleurs, quelle importance ? Nous avons déclaré Noël illégal en Bohême. »

Les deux hommes s'esclaffèrent de manière déplaisante.

« Ils voulaient mettre une photo de Lidice sur le timbre de dix pfennigs, reprit l'aide de camp, jusqu'à ce que quelqu'un leur dise qu'il ne restait plus rien à photographier, en fait. Juste une chaussure égarée et une ribambelle de douilles vides.

— Je regrette seulement qu'il ne soit pas ici, répondit l'officier supérieur. J'aurais aimé voir l'expression de sa gueule de chèvre. Un étrange salopard, ce Heydrich. Vous ne trouvez pas ? On dirait un parfumeur parisien inhalant une essence rare.

— La mort, probablement. L'essence qui remplit ce long nez. La sienne, Dieu soit loué. »

L'officier supérieur se remit à rire.

« Excellent, Werner, dit-il. Excellent.

« — Pensez-vous qu'il était réellement juif, monsieur ? Comme on le prétend ?

— Non, c'est Himmler qui a répandu cette rumeur. Pour détourner l'attention de ses propres origines douteuses.

— Vraiment ?

— Gardez ça pour vous, Werner, mais il s'appelle en réalité Heymann, et il est à moitié juif.

— Bon Dieu !

— Heydrich le savait. Il avait tout un dossier sur la famille Heymann. Le fumier. N'empêche, on ne pourrait en vouloir à personne de croire que Heydrich était juif. Je veux dire, regardez-moi ce foutu nez. Il semble tout droit sorti de *Der Stürmer*. »

Je n'avais jamais aimé Heydrich ; mais j'avais indéniablement peur de lui. Il était impossible de ne pas avoir peur d'un homme comme Heydrich. Ces deux-là auraient-ils critiqué aussi ouvertement l'ancien protecteur de Bohême s'il avait été encore en vie ? J'en doutais fort. Du moins, jusqu'à ce que l'officier supérieur regarde autour de lui et que je sache exactement de qui il s'agissait. Je ne le connaissais qu'en photo, mais il était difficile de l'oublier. Il y avait tellement de cicatrices sur son visage buriné qu'elles auraient pu avoir été laissées par un glacier se retirant de sa personnalité menaçante. C'était Ernst Kaltenbrunner, le futur chef du RSHA, à en croire la rumeur. La clinique suisse l'avait désintoxiqué plus rapidement qu'on ne l'aurait imaginé.

Je grimpai à l'étage supérieur pour fouiner. Il y avait un long couloir bordé de portes. Sur l'une d'elles étaient peints les mots : STIFTUNG NORDHAV et EXPORT DRIVES GMBH. PRIVÉ. Je m'apprêtais à tourner la poignée lorsqu'un major sortit. Il était accompagné d'un officier de haute taille, à l'air étranger, dont je supposai, d'après la casquette sous son bras, qu'il était français, jusqu'à ce que je voie les petites croix sur ses boutons. Il devait être suisse.

« Comme précédemment, nous conclurons l'accord par l'intermédiaire d'Export Drives, disait le major. La société dont nous nous sommes servis pour acheter les mitrailleuses.

— Je me souviens », dit le Suisse.

En me voyant ils interrompirent brusquement leur conversation.

« Puis-je vous aider ? demanda le major SS.

— Non. Je cherchais un endroit tranquille pour rassembler mes idées. Je suis le premier orateur de la matinée. Quelle poisse !

— Eh bien, bonne chance », répondit-il avant de verrouiller la porte derrière lui.

Les deux hommes descendirent, puis sortirent sur la terrasse. Je les suivis à distance.

À un demi-kilomètre de là, de l'autre côté du lac, à Strandbad Wannsee, des centaines de Berlinois arrivaient pour la journée à la station balnéaire préférée de la capitale, réservant leurs chaises longues en osier ou étalant leurs serviettes sur quatre-vingts mètres de sable blanc. Une légère brise agitait les drapeaux bleus de la promenade à double niveau, portant le son des haut-parleurs, qui signalaient déjà un enfant perdu, jusqu'aux oreilles indifférentes des hommes présents dans la villa : Français, Italiens, Danois, Croates, Roumains, Suédois et Suisses. Ce qui se passait sur la plage semblait à des années-lumière du sujet dont j'étais venu parler.

« On se sent nerveux ? »

Arthur Nebe sourit et me donna une tape sur l'épaule.

« Oui. Je me disais justement que j'aimerais bien être là-bas, sur cette plage, à bavarder avec une jolie fille.

— Vous avez progressé avec cette institutrice que nous avons vue au Pavillon suédois ? Comment s'appelle-t-elle déjà ?

— Kirsten ? Oui. Un peu. Je sais où elle travaille. Et plus important, où elle habite. Dans la Krumme Strasse. Je sais même qu'elle va nager deux soirs par semaine aux bains publics du quartier.

— Comme toujours, vous faites d'une histoire d'amour une enquête pour meurtre. » Nebe secoua la tête et sourit. « Si vous permettez. Vous avez un morceau de papier-toilette collé au menton. »

Il le retira et le laissa tomber par terre.

« Je me demandais aussi pourquoi les passagers dans le wagon me regardaient bizarrement. Ils pensaient sans doute : "Personne n'a de papier-toilette dans cette ville, comment se fait-il que lui en ait ?"

— Vous avez besoin d'un cognac, dit Nebe, et il me ramena dans la villa, où il nous trouva à boire. Nous en avons besoin tous les deux. Il est un peu tôt, je sais, même pour moi. Mais à la vérité, je me sens un tantinet nerveux également. Je serai bien content quand tout ça sera fini et que je pourrai me remettre sérieusement au travail. »

Je me demandai en quoi cela pouvait consister pour un homme comme Arthur Nebe.

« Curieux, n'est-ce pas ? dit-il. Après tout, on en a vu de toutes les couleurs à Minsk. Des cinglés de Popov essayant de nous tuer tous azimuts, et c'est un truc pareil qui nous serre les boyaux. »

Je regardai par la fenêtre : le Reichsführer discutait à cet instant avec le secrétaire d'État Gutterer. Walter Schellenberg était en grande conversation avec Kaltenbrunner et Gestapo Müller.

« Ce n'est guère étonnant quand on examine la liste des invités. »

J'avalai une grande gorgée de cognac.

« Du calme, m'intima Nebe. Si votre discours fait un four complet, nous rejetterons tout bonnement la faute sur Leo Gutterer. Il est grand temps que ce type odieux se fasse rabattre son caquet.

— Je pensais que vous vouliez que je me foute dedans, Arthur.

— Qu'est-ce qui vous a donné cette idée ?

— Vous.

— Je plaisantais, bien sûr. Écoutez, la seule chose que je désire, c'est ne plus jamais être président de l'IKPK. L'année prochaine, tout ça deviendra le problème de Kaltenbrunner. Pas le mien, ni le vôtre. Vous serez bien à l'abri au Bureau des crimes de guerre, et moi, j'aurai gentiment mis les voiles, j'espère. En Suisse, s'ils veulent bien de moi. Ou en Espagne. J'ai toujours eu envie d'aller en Espagne. L'amiral Canaris adore ce pays. Et, soit dit en passant, au cas où vous vous poseriez la question, je plaisante là encore.

— De l'humour. C'est agréable. Il en faut pour se lever le matin. »

Nebe vida son cognac et fit la grimace.

« D'ailleurs, tout ira bien. Vous serez l'orateur le plus intéressant de la journée, j'en suis convaincu. »

J'opinai et jetai un regard alentour.

« Chouette bicoque.

— Conçue par l'architecte favori de Hitler, Paul Baumgarten.

— Je croyais que c'était Speer.

75

— Speer aussi, je pense. Mais il semble qu'il se soit trompé à cet égard également.

— À qui appartient-elle à présent ?

— Nous. La SS. Seul Dieu sait pourquoi. Nous possédons plusieurs maisons dans les parages. L'Institut Havel. L'École d'horticulture.

— Depuis quand la SS s'intéresse-t-elle à l'horticulture ?

— Il s'agit d'un foyer, me semble-t-il, pour les Juifs. Les travailleurs forcés travaillant dans les jardins autour d'ici.

— Ça paraît presque inoffensif. Et l'Institut Havel ?

— Un centre de transmission dirigeant des opérations de sabotage et d'espionnage contre l'Union soviétique. (Nebe haussa les épaules.) Il y a probablement d'autres maisons que, même moi, je ne connais pas. Franchement, l'État saisit tellement de biens pour les transformer en propriétés publiques que le ministère de l'Intérieur pourrait ouvrir sa propre agence immobilière. Je devrais peut-être faire ça au lieu d'être flic.

— Alors ce n'est pas la Fondation Nordhav qui possède cette maison ?

— Que savez-vous sur la Fondation Nordhav ?

— Pas grand-chose. Il y a un bureau au premier avec ce nom sur la porte. À part ça, pas grand-chose. Raison pour laquelle je vous pose la question. »

Je haussai les épaules.

« En ce qui concerne la Nordhav, rien est encore ce qu'il y a de mieux à savoir. Suivez mon conseil, Bernie. Cantonnez-vous aux homicides. C'est beaucoup plus sûr. » Nebe jeta un regard circulaire tandis que les délégués entraient l'un derrière l'autre dans la salle centrale où devaient être prononcés les discours. « Venez. Finissons-en au plus vite. »

7

L'ironie d'être présenté au public d'une conférence de la Commission internationale de police criminelle par un homme ayant assassiné il y a peu quarante-cinq mille personnes ne m'échappait pas, ni du reste à Nebe lui-même. Arthur Nebe, ex-membre de la police politique, du temps où un tel département existait encore, n'avait jamais été un grand détective. Ses oreilles s'empourprèrent quelque peu lorsqu'il évoqua, brièvement, la Commission criminelle, presque comme s'il reconnaissait que la perpétration de meurtres était un domaine dans lequel il s'estimait beaucoup plus compétent. Je ne pense pas que quiconque dans l'assistance ait regardé la mort en face plus souvent qu'Arthur Nebe. Pas même Himmler ni Kaltenbrunner. Je me souvenais encore de ce que Nebe m'avait dit à Minsk, à propos de faire sauter des Juifs à titre expérimental afin de trouver une méthode d'extermination massive plus rapide et plus « humaine ». Je me demandais ce qu'auraient dit certains des Suédois et des Suisses présents dans la salle s'ils avaient été au courant des crimes que commettait la police allemande en Europe de l'Est et en Russie au moment même où nous parlions. S'en seraient-ils souciés ? Peut-être pas. On ne pouvait jamais prévoir la façon dont les gens réagiraient à la question juive, comme on l'appelait.

Lorsqu'il eut fini son introduction, il y eut une vague d'applaudissements polis, puis ce fut mon tour. Les lames du parquet craquèrent comme un vieux manteau en cuir tandis que je me dirigeais, les jambes en coton, vers le pupitre, encore que c'était peut-être le bruit de mes nerfs tirant sur les muscles de mon cœur et de mes poumons.

J'avais vu des auditoires coriaces de mon temps, mais celui-ci méritait la palme. Au moins cinq ou six de ces zèbres n'auraient eu qu'à lever le petit doigt pour que je me retrouve face à un peloton d'exécution avant d'avoir fini mon café du matin. Galilée avait eu la tâche plus facile en essayant de persuader l'Inquisition qu'il existait de l'algèbre dans la Bible. Les habitués du Café Dalles, dans la Neue Schönhauser Strasse, avaient l'habitude de lancer des chaises sur le pianiste quand ils s'ennuyaient. Et j'avais vu une fois un tigre se montrer un peu brusque avec un clown au cirque Busch. Sauf que c'était drôle. Mais les visages que je regardais à présent auraient fait réfléchir Jack Dempsey[1]. Anita Berber, disait-on, pissait sur les clients dont la tête ne lui revenait pas et, malgré mon envie de suivre son exemple, il me paraissait préférable de lire ce qu'il y avait d'écrit sur les pages que j'avais étalées sur le pupitre devant moi, même si une grande partie de ce que je dis avait été ajoutée à mon discours par Leo Gutterer et enfoncée dans ma gorge tel un crochet sorti de la boîte à cigares d'un cambrioleur.

« Heil Hitler. Messieurs, chers collègues, criminologues et invités distingués, si ces dix dernières années ont prouvé quoi que ce soit, c'est que bien des frustrations éprouvées par la police allemande sous la République de Weimar ont diminué au point d'avoir totalement disparu. Les combats de rue et la menace d'une insurrection communiste qui caractérisaient la période ayant précédé l'élection d'un gouvernement national-socialiste font partie du passé. Les effectifs de la police ont augmenté, notre équipement a été modernisé, tout cela rendant les organismes de sécurité nationale beaucoup plus efficaces.

« Par rapport à l'époque où l'Allemagne et Berlin en particulier étaient pratiquement dirigées par des gangs criminels et condamnées par un gouvernement incapable après l'autre, un État sans classes, fortement centralisé, existe à présent, là où un système politique reposant sur des factions favorisait auparavant le règne de l'anarchie.

---

1. Boxeur américain (1895-1983), première grande star de la boxe moderne.

Lorsque les nationaux-socialistes arrivèrent au pouvoir, le parti et ses intentions laissèrent quelques policiers comme moi légèrement sceptiques ; mais c'était alors. Les choses ont bien changé aujourd'hui. Un sain respect pour la loi et ses institutions constitue désormais l'héritage naturel de tous les vrais Allemands. »

Tandis que je parlais, Himmler, qui, quelques instants plus tôt, avait enlevé ses lunettes pour les astiquer avec un mouchoir soigneusement plié, sourit et mit un bonbon à la menthe dans sa bouche. Il ne montrait aucun signe indiquant qu'il se souvenait de notre première et unique rencontre, au château de Wewelsburg, en novembre 1938, lorsqu'il m'avait donné un coup de pied dans le tibia pour être porteur de mauvaises nouvelles relativement à un de ses collègues de la SS. Même équipé de bottes, je ne tenais pas à répéter l'expérience. Pendant ce temps, Kaltenbrunner inspectait ses ongles d'un air renfrogné ; il donnait l'impression d'un homme ayant un besoin pressant de boire un verre. Je baissai la tête et continuai.

« Je m'appelle Bernhard Gunther et je suis policier à Berlin depuis 1920. J'ai appartenu à la Commission criminelle, qui, comme l'a expliqué le général Nebe, se compose d'un groupe d'enquêteurs assisté par des experts tels qu'un médecin légiste et un photographe. Les Kommissars, dont certains sont également juristes, constituent la pierre angulaire de la commission. Sous les ordres de chaque Kommissar se trouve une équipe de huit hommes, qui font tout le travail, naturellement. La commission est dirigée par le commissaire Friedrich Wilhelm Lüdtke, que beaucoup d'entre vous connaissent. Quiconque désire en savoir plus sur la police de Berlin et, notamment, sa fameuse Commission criminelle devrait lire l'ouvrage intitulé *Crimes continentaux*, d'Erich Liebermann von Sonnenberg – qui a été lui-même directeur de la Kripo jusqu'à sa mort l'an passé – et du Kriminalkommissar Otto Trettin. À propos des histoires figurant dans ce livre, le célèbre chroniqueur judiciaire George Dilnot a écrit : "Il y a suffisamment de drame et d'émoi dans ces récits pour satisfaire les appétits les plus voraces." »

C'était un mensonge, bien entendu : en réalité, Dilnot détestait le bouquin, qu'il trouvait naïf et bourré de clichés. Ses multiples défauts n'étaient peut-être pas étonnants, dans la mesure où il avait été soumis à la censure du ministère de la Vérité et de la

Propagande et où un grand nombre des affaires les plus intéressantes sur lesquelles la Commission criminelle avait enquêté, dont celle de Fritz Ulbrich, avaient été jugées trop sensationnalistes pour la consommation du public. Mais ce n'est pas Dilnot, un Anglais, qui allait me contredire, ni même Gutterer.

« Pour ma part, j'ai bien peur de ne pas pouvoir vous fournir beaucoup de drame et d'émoi. Nul doute que Liebermann von Sonnenberg ou Otto Trettin m'aurait avantageusement remplacé auprès de vous aujourd'hui ; de même que le commissaire Lüdtke ou l'inspecteur Georg Heuser, qui a arrêté récemment et avec maestria Ogorzow, l'assassin de la S-Bahn, ici, à Berlin. Le fait est que, même d'après les normes rudimentaires de cette ville, je suis un orateur médiocre. Mais j'ai toujours cru qu'une certaine dose de franc-parler faisait partie de l'emploi. Par conséquent, si vous voulez bien me pardonner mon manque de grandiloquence, je ferai de mon mieux pour vous présenter une série de crimes précis qui, à l'époque où je repris l'enquête, était devenue une affaire non résolue et qui illustre de façon générale la désastreuse absence de morale dont souffrait la police de Berlin sous le gouvernement précédent.

« En effet, en 1928, cinq ans après les événements que je m'apprête à évoquer devant vous, le dossier avait quasiment fini aux oubliettes et, lorsqu'il me fut assigné par le commissaire d'alors, Ernst Engelbrecht, au Praesidium de la police de l'Alexanderplatz, c'était dans l'espoir que je revienne les mains vides. À vrai dire, cette affaire était presque devenue un moyen de remettre fermement à leur place les jeunes enquêteurs arrogants de mon espèce, comme étaient tentés de le faire les policiers plus expérimentés. Et le fait que j'ai fini par appréhender le coupable doit autant à ma bonne étoile qu'à mon discernement. La chance n'est pas un facteur dont on devrait tenir compte dans une enquête criminelle. La plupart des enquêteurs se fient à elle bien plus qu'ils n'aimeraient le laisser croire – y compris Engelbrecht, qui fut une sorte de héros et de mentor pour moi. Engelbrecht me déclara un jour qu'un bon enquêteur devait croire à la chance ; que c'était la seule raison pour laquelle les malfaiteurs réussissent à s'échapper. »

Mon discours omettait de mentionner qu'Ernst Engelbrecht avait été contraint de quitter la police de Berlin en raison de ce qu'il avait dit sur la SA dans son essai *À la poursuite de la criminalité*, publié en 1931.

« Hormis quelques faits bruts qui parurent dans les journaux de l'époque, les éléments complets de l'affaire ne furent jamais rendus publics. Si peu de temps après le cas sensationnel de Fritz Haarmann, le Vampire de Hanovre, les autorités estimaient que les détails de l'affaire Gormann étaient beaucoup trop déplaisants et salaces pour être communiqués au grand public, même si l'on pouvait légitimement prétendre que ces meurtres étaient le corollaire inévitable de politiques libérales irréfléchies menées par toute une succession de gouvernements de Weimar impuissants.

« Fritz Gormann était employé à la Dresdner Bank, dans la Behrenstrasse. Un homme paisible, modeste, habitant l'ouest de Berlin en compagnie de sa femme, avec qui il était marié depuis quinze ans, et de ses trois enfants. Très apprécié par ses employeurs, et bien payé de surcroît, il semblait être un membre respectable de la communauté, fréquentant régulièrement l'église luthérienne locale. Il n'arrivait jamais en retard à son travail, ne buvait pas d'alcool, ne fumait même pas. Je connais beaucoup de policiers, moi inclus, qui n'auraient pas pu se mesurer à l'étalon des hautes valeurs morales de Fritz Gormann.

« L'oncle de Gormann était un cinéaste amateur. À sa mort, en 1920, il laissa à son neveu le studio et le matériel cinématographiques qu'il possédait à Lichterfelde. Gormann ne connaissait absolument rien à la réalisation de films, mais il se montra suffisamment intéressé pour s'inscrire à des cours du soir sur ce métier. S'étant fait la main en tournant et en effectuant le montage de petits films anodins, il porta ensuite son attention vers ce qui l'attirait vraiment : les films érotiques. À cette fin, en 1921, il passa une annonce dans le *Berliner Morgenpost*, invitant des modèles en herbe à boire un thé au Palmenhaus Café, dans la Hardenbergstrasse.

« Sa première candidate fut Amalie Ziethen, âgée de vingt-cinq ans, venue un peu plus tôt de Cottbus à Berlin ; elle avait un bon travail à la parfumerie Treu & Nuglisch, dans la Werderstrasse, et était considérée comme une excellente employée. Mais, à l'instar de beaucoup de jeunes femmes de son âge, elle nourrissait l'ambition de devenir actrice de cinéma. Gormann semblait inoffensif, voire affable ; il lui expliqua que des studios comme l'UFA-Babelsberg recherchaient continuellement des filles, mais que, vu la concurrence acharnée, il était nécessaire qu'elle dispose de son propre bout d'essai. Il lui expliqua que ce bout d'essai devait tenter de répondre à un maximum de questions, et notamment de quoi une fille avait l'air nue et quand elle atteignait l'extase. Habilement, il ajouta que c'était pour cette raison qu'il rencontrait toujours les filles au café plutôt qu'à son studio : pour qu'elles ne se sentent pas soumises à des pressions et qu'elles aient le temps de bien réfléchir. Mais Amalie n'avait pas vraiment besoin de réfléchir à deux fois à la proposition de Gormann. Toute sa vie, elle avait rêvé de faire du cinéma et elle avait déjà posé nue pour deux ou trois magazines, y compris pour la couverture d'une revue naturiste intitulée *Die Schönheit*.

« Elle et Gormann quittèrent le café pour monter dans la voiture de celui-ci et prirent la direction de Lichterfelde, où, après avoir figuré dans un des films pornographiques de Gormann, elle fut étranglée avec du fil électrique. Et son corps abandonné ensuite dans la forêt de Grunewald, pas très loin de l'endroit où nous nous trouvons. S'il n'était arrivé que cela à cette pauvre Fräulein Ziethen, ce serait déjà bien suffisant. Ce n'est que beaucoup plus tard, lorsque nous eûmes finalement arrêté Gormann, que le visionnage de sa collection de films nous révéla les souffrances qu'avaient endurées Amalie et plusieurs autres jeunes filles avant qu'il ne leur ôte la vie. Qu'il suffise de dire que c'était un Torquemada moderne.

« De manière typique s'agissant des meurtriers sexuels, le scénario était terriblement identique avec chaque fille : Gormann la filmait dans le studio de Lichterfelde jusqu'à ce qu'elle soit allée aussi loin que l'y autorisait sa pudeur, après quoi il la droguait et la soumettait à une machine à sexe commandée par une pédale et qu'il avait fait fabriquer spécialement à Dresde. Puis il torturait la fille pendant des heures avant d'avoir des relations sexuelles avec elle, et c'est durant le rapport lui-même qu'il l'étranglait au moyen d'un lien constitué d'un fil Kuhlo[1]. Il avait même conçu un

---

1. Sorte de câble électrique de fabrication allemande, utilisant un, deux ou trois fils isolés par du caoutchouc et placés dans un tube métallique recouvert de laiton ou de plomb.

dispositif ingénieux lui permettant de tourner la manivelle de la caméra et d'apparaître devant l'objectif afin de se filmer en train de commettre le meurtre, dispositif qu'il fit ensuite breveter et qu'il vendit à une société cinématographique allemande.

« Neuf filles au moins disparurent ainsi entre 1921 et 1923, et leurs cadavres furent retrouvés abandonnés sur des sites aussi éloignés que Treptow et Falkensee. La Commission criminelle savait que les filles mortes présentaient toutes un point commun : elles avaient été étranglées avec du fil Kuhlo, raison pour laquelle, au Praesidium de la police de l'Alexanderplatz, ces crimes furent longtemps appelés les homicides Kuhlo.

« Plusieurs bons policiers – Tegtmeyer, Ernst Gennat, Nasse, Trettin – tentèrent d'élucider les homicides Kuhlo. Sans révéler trop de détails, la Commission criminelle chercha à tirer parti de l'énorme intérêt du grand public pour cette affaire. Lors d'un épisode célèbre, deux marchands de meubles – Gebrüder-Bauer dans la Bellevuestrasse et J. C. Pfaff sur le Kurfürstendamm – prêtèrent chacun une de leurs vitrines pour qu'on puisse y exposer divers objets provenant des meurtres au cas où quelqu'un les reconnaîtrait : des vêtements ; un morceau du rideau dans lequel avait été enveloppé un des cadavres ; le fil électrique ayant servi à étrangler les filles et des photographies des endroits où avaient été retrouvés les corps. Mais cet étalage provoqua d'immenses rassemblements devant les vitrines, au point que la police dut intervenir, avec pour résultat que les propriétaires des magasins demandèrent qu'on retire les objets parce qu'ils nuisaient à leurs affaires. D'autres appels à témoins n'eurent pas plus de succès. Des enquêteurs de Scotland Yard en Angleterre et de la Sûreté à Paris furent même conviés à apporter leur aide, mais en vain.

« Dans l'intervalle, la nature particulière du fil utilisé pour étrangler les filles permit de remonter jusqu'aux studios de l'UFA, à Babelsberg ; ce qui, joint au fait que deux d'entre elles avaient dit à leurs amis avoir rendez-vous avec Rudolf Meinert pour un casting, amena la Commission criminelle à se concentrer pendant un temps sur l'industrie cinématographique. Afin de rencontrer certaines de ses victimes, Gormann avait utilisé ce nom sachant qu'il existait bel et bien un Rudolf Meinert, directeur de production à l'UFA. Les enquêteurs l'interrogèrent à plusieurs reprises. De même que d'autres producteurs et réalisateurs des studios de l'UFA. Au bout d'un moment, quiconque avait quelque chose à voir avec le cinéma allemand fut interrogé. Les enquêteurs virent même une annonce de Gormann dans le journal et allèrent lui parler ; mais il ne ressemblait en rien à l'image que l'on se fait d'un suspect dans une affaire de meurtre. C'était un responsable religieux ; un homme qui avait obtenu la croix de fer et avait été blessé pendant la guerre ; il donnait même de l'argent à la caisse de bienfaisance de la police prussienne.

« Gormann montra en outre aux enquêteurs quelques-uns des films qu'il avait tournés : d'innocentes auditions à mille lieues de son genre de production favori ; et il leur indiqua certaines des filles qu'il avait filmées et qui témoignèrent de sa gentillesse et de sa générosité. C'est-à-dire celles qu'il n'avait pas étranglées. Mais ce que personne ne songea à vérifier, ce sont les relations de Gormann avec le studio de cinéma. Pour ce dernier, Gormann n'était qu'un quémandeur de plus sur une longue liste de quémandeurs auxquels on ne prêtait le plus souvent aucune attention.

« Puis, en 1923, alors même que Gormann avait été écarté comme suspect, les meurtres cessèrent complètement. Du moins, les meurtres portant la signature de Gormann. Tout enquêteur vous dira que la pire chose qui puisse se produire dans une enquête sur des crimes sexuels en série, c'est que l'assassin s'arrête de tuer avant d'avoir été capturé. Il s'agit de l'un des sentiments les plus effroyables au monde que d'en venir à souhaiter qu'un nouveau meurtre soit commis dans l'espoir qu'il fournira l'indice crucial susceptible de résoudre l'affaire. De tels paradoxes moraux rendent parfois le travail extrêmement difficile et valent pas mal d'insomnies aux membres de la Criminelle. J'ai même connu des enquêteurs qui, dans des circonstances analogues, se reprochaient la mort d'une victime. En matière de paradoxe, désirer la mort de quelqu'un pour arriver à sauver une vie est l'un des dilemmes les plus terribles auxquels on puisse être confronté en temps de paix. Il ne sert à rien d'expliquer à un flic que, comme l'affirme le philosophe Kant, agir de façon moralement juste, c'est agir par devoir. Ni que, toujours selon Kant, ce ne sont pas les conséquences d'un acte qui le rendent bon ou mauvais, mais les intentions de celui qui l'accomplit. La plupart des flics que j'ai connus n'auraient même pas été capables d'épeler "impératif catégorique". Et je sais que je suis moi-même bien en deçà de cette norme morale absolue chaque fois que je pars travailler le matin.

« Mais revenons-en à Fritz Gormann. Lorsque les homicides Kuhlo croisèrent mon chemin en 1928, j'emportai les dossiers chez moi et passai plusieurs nuits de suite à les lire dans leur intégralité. Puis je les relus. Voyez-vous, il se trouve presque invariablement que, lorsque vous finissez par procéder à une arrestation, la preuve n'avait cessé de se trouver devant votre nez ; et, dans cette optique, la meilleure chose que vous puissiez faire, c'est de vous livrer à un examen de tous les éléments disponibles, dans l'espoir de repérer quelque chose passé inaperçu jusque-là. Une affaire non résolue n'est en fin de compte que la somme des indices faux ou trompeurs qui, pendant des années, ont été admis comme vrais. En d'autres termes, vous commencez par remettre patiemment en cause tout ce que vous pensiez savoir ; même l'identité des victimes.

« On pourrait raisonnablement supposer qu'il est impossible de se méprendre sur l'identité d'une jeune fille assassinée. Ce en quoi on aurait tort. Il s'avéra que l'une des neuf victimes était quelqu'un d'autre : après avoir vécu un an à Hanovre, la fille que nous pensions qu'elle était réapparut saine et sauve. Entre-temps, je fus frappé par les efforts considérables qu'on avait déployés dans cette enquête et par le nombre de personnes que les policiers de la Commission criminelle avaient réussi à interroger. Mais lorsque j'eus fini, je connaissais l'affaire aussi bien que n'importe quel enquêteur ayant travaillé dessus depuis le commencement.

« Cela dit, avant de rejoindre la Commission criminelle, j'avais été sergent à la Brigade des mœurs. Par conséquent, beaucoup de mes informateurs fréquentaient des endroits on ne peut moins recommandables, parmi lesquels un établissement nommé le Hundegustav Bar. Connu précédemment comme la Cave Borsig, c'était un véritable bouge. Au Hundegustav, il y avait des pièces privées qui servaient à projeter ce qu'on appelait des films de minettes – des films montrant explicitement des filles nues. Non seulement de tels films pornographiques étaient tolérés sous la République de Weimar, mais, chose incroyable, ils étaient activement encouragés comme une manière d'affirmer la liberté complète qui caractérise une société moderne, c'est-à-dire une société ayant laissé derrière elle des notions aussi désuètes que la morale et les bonnes mœurs. Ce qui est une des raisons pour lesquelles l'Allemagne exigeait en premier lieu une révolution nazie.

« Quoi qu'il en soit, alors que je me trouvais là dans le cadre d'une mission de police – enfin, c'est ce que je dirais, n'est-ce pas ? –, je vis un de ces films, et quelque chose chez la fille me parut familier. Je l'avais déjà rencontrée quelque part. Mais il s'écoula plusieurs jours avant que je ne songe à vérifier dans les dossiers de l'affaire Kuhlo, et lorsque je le fis, il s'avéra que la fille dans le film n'était autre qu'Amalie Ziethen, celle-là même que Gormann avait étranglée.

« Je retournai à la boîte de nuit en compagnie de mon commissaire afin d'interroger un voleur appelé Gustave le Chien, patron du Hundegustav Bar. Nous visionnâmes le film pour constater avec stupéfaction que le nom de la fille avait été griffonné sur l'amorce, de même que la date réelle de sa mort. Gustave nous déclara qu'il avait payé le film en argent liquide ; l'homme qui le lui avait vendu n'avait pas laissé de nom, bien sûr, mais il en donna une description assez précise : l'air respectable, nœud papillon, col dur, boitant, peut-être un bras blessé, chapeau melon et une croix de fer à son revers. Je demandai à un ami artiste de dessiner un portrait en suivant fidèlement les indications de Gustave. Puis je fis la tournée de quelques-unes des autres boîtes de nuit, à la recherche d'un individu de ce genre qui leur aurait vendu un film de minette. Mais je fis chaque fois chou blanc.

« Bon nombre d'entre vous connaissent certainement la formule "*Media vita in morte sumus*[1]". Je gage que tous les enquêteurs judiciaires ont ça de marqué dans leur chapeau. Et l'on retrouve ce sentiment dans un des poèmes du grand poète allemand Rilke, que j'aime beaucoup, poème où il écrit : "La Mort est grande. / Nous

---

1. « Au milieu de la vie nous sommes dans la mort. » Titre et début d'un psaume latin devenu très populaire à l'époque baroque.

sommes à elle, / la bouche riante. / Lorsque nous nous croyons au sein de la vie / elle ose pleurer / dans notre sein[1]." »

Je levai les yeux juste au moment où Heinrich Gestapo Müller sortait un calepin et se mettait à griffonner avec un stylo en argent. Était-il comme moi un admirateur de Rilke ? Ou y avait-il une autre raison, plus sinistre, à son besoin de noter quelque chose ? Par exemple, de ne pas oublier d'envoyer ses brutes à mon appartement de la Fasanenstrasse au petit matin pour m'arrêter ? C'était le problème avec Müller ; en tant que policier, il avait tout d'une brosse métallique : on l'imaginait mal avoir des raisons autres que sinistres de faire quoi que ce soit.

« Les enquêteurs de la Commission criminelle côtoyant la mort comme n'importe qui, il est probablement naturel qu'ils supposent bien souvent qu'un assassin ne s'arrête que parce qu'il a été capturé ou qu'il est passé de vie à trépas. Presque tous ceux qui avaient participé à l'enquête initiale croyaient ce qu'ils avaient envie de croire, à savoir que le tueur, pris de remords, s'était suicidé. Mais, dans la mesure où le meurtrier était peut-être l'homme au chapeau melon ayant vendu le film de minette à Gustave, il était également possible que cette première explication quant au motif pour lequel il avait tout bonnement arrêté après le dernier homicide Kuhlo, celui sur Lieschen Ulbrich, soit fausse. Ce qui m'amena à me demander quelle autre raison aurait bien pu inciter l'étrangleur à renoncer à une activité qui semblait lui procurer autant de plaisir. Était-il arrivé quelque chose à l'assassin ? Quelque chose qui l'avait forcé à s'interrompre. S'il n'était pas mort, peut-être avait-il quitté Berlin ? Revenant à la longue liste des témoins qui avaient été interrogés, je me mis à chercher si un événement dramatique n'était pas survenu dans l'existence d'un de ces hommes cinq ans auparavant, événement qui aurait pu jeter une poignée de sable dans l'engrenage d'une carrière de criminel sexuel. Et je finis par établir une liste de suspects possibles, en haut de laquelle figurait le nom de Fritz Gormann.

« Gormann avait été décoré de la croix de fer de seconde classe en 1917, ayant servi comme commandant de train avec un

---

1. « Der Tod ist groß. / Wir sind die Seinen / lachenden Munds. / Wenn wir uns mitten im Leben meinen, / wagt er zu weinen / mitten in uns. » (*Schlussstück*, vers 1900.)

régiment d'artillerie de campagne. Il boitait à cause d'une blessure reçue en 1916. Comme je l'ai déjà mentionné, il avait été suspecté jusqu'à ce que les enquêteurs l'écartent sous prétexte qu'un employé, et maintenant directeur de banque, était jugé d'un tempérament beaucoup trop doux pour pouvoir tuer quelqu'un. Ce qui était absurde, son livret militaire montrant clairement qu'on lui avait décerné sa médaille pour son courage sous le feu de l'ennemi.

« De nouvelles recherches révélèrent qu'à l'été 1923, la veille de son quatorzième anniversaire de mariage, Fritz Gormann s'était rendu à la bijouterie Braun, 74 Alte Jakobstrasse. Celle-ci avait été dévalisée deux fois par le passé, en janvier 1912, puis de nouveau en août 1919. À son insu, lorsqu'il arriva pour acheter une broche à sa femme, on était en train de dévaliser la bijouterie une troisième fois. Il entra dans le magasin pour trouver le patron gisant inerte par terre, tandis qu'un homme surgi de l'arrière-boutique s'avançait vers lui pistolet au poing en réclamant l'argent qu'il avait apporté pour l'achat de la broche. Gormann refusa de le lui donner et reçut une balle, mais pas avant d'avoir frappé le voleur avec la matraque en plomb que Braun gardait pour se défendre. Le voleur fut ensuite capturé et exécuté, tandis que Gormann passait six mois à se remettre de sa blessure à l'hôpital de la Charité.

« Mais à la suite de cette blessure, il perdit l'usage de son bras droit, ce qui, vous en conviendrez avec moi, j'en suis sûr, est un inconvénient considérable pour un étrangleur. Et, reconnaissant que sa carrière de meurtrier sexuel touchait maintenant à sa fin, il vendit son studio de Lichterfelde et redevint un membre respectable des institutions bancaires de Berlin. Cela paraît incroyable, mais c'est aussi simple que ça.

« La photo de Gormann en héros de la Alte Jakobstrasse avait été publiée dans les journaux de l'époque. Je l'emportai donc au Hundegustav Bar, où Gustave lui-même me confirma que Gormann était bien l'homme qui lui avait vendu le film pornographique de minette. Mais était-il l'assassin ? Vendre un film érotique comportant un vrai meurtre est une chose, mais cela ne fait pas nécessairement du vendeur un meurtrier.

« Le lendemain, je me rendis à la Dresdner Bank, au 35 de la Behrenstrasse, pour examiner de plus près mon suspect. Je n'étais pas encore entièrement convaincu qu'il s'agisse de notre homme, impression renforcée par le fait que lorsque, après l'avoir arrêté, on perquisitionna à son domicile, on ne trouva... rien. Pas de boîte de film. Pas de fil Kuhlo. Ni de tissu de rideau correspondant au morceau que nous possédions. Absolument rien. Et bien sûr, Gormann lui-même niait tout. De retour au Praesidium de la police de l'Alexanderplatz, je commençais à me sentir légèrement ridicule. C'était même pire que ça. J'avais le moral suffisamment en berne pour me dire que je n'étais peut-être pas fait pour être policier, en fin de compte. Je ne vous cacherai pas que je faillis rendre ma plaque sur-le-champ.

« Ce sont les moments sombres qui hantent tout enquêteur. Les ombres des ombres, comme je les qualifie parfois, quand on peut facilement confondre les choses entre elles. Que le mal se fait passer pour le bien et que le mensonge prend le visage de la vérité. Mais, de temps en temps, aux ombres succède la lumière.

« L'expérience vous enseigne la patience. On s'appuie sur la routine. Les habitudes. On se fie, par nécessité, à sa propre manière de faire plusieurs choses à la fois. À mon avis, être policier, c'est un peu comme la tour de signalisation qui se dresse au milieu de la Potsdamer Platz : non seulement ses feux doivent régler le trafic venant de cinq directions différentes, mais elle indique aussi l'heure et, par mauvais temps, elle fournit un abri particulièrement bienvenu aux agents de la circulation.

« Dans le quartier de Gormann à Schlachtensee, je parlai à un de ses voisins, qui me raconta l'avoir vu, plusieurs années auparavant, enterrer quelque chose dans son jardin. Ce qui n'a certes rien d'insolite dans les parages, du moins quand l'homme en question possède l'usage de ses deux bras. Mais un manchot enterrant un objet dans son jardin, voilà qui est sans doute nettement plus insolite, même à Berlin après une guerre atroce ayant fait tant de mutilés. Bref, on pouvait raisonnablement penser qu'un manchot se livrant à une telle besogne avait quelque chose d'important à cacher. Aussi, munis d'une ordonnance d'un tribunal, nous effectuâmes des fouilles, pour découvrir une caisse recouverte d'une bâche avec, à l'intérieur, plusieurs dizaines de boîtes de film.

« Gormann continua à tout nier. Jusqu'à ce qu'on s'aperçoive que, dans un des derniers films, il apparaissait en fait sur plusieurs images ; et armés de cette preuve, nous finîmes par obtenir des aveux complets. Il nous raconta tout... chaque détail horrible. Son mode opératoire. Même son mobile : il reprochait à une femme de l'avoir incité à s'engager comme volontaire dans l'armée en 1914, ce qui l'avait traumatisé pour le restant de ses jours. Et il avait vendu le film au Hundegustav Bar pour avoir la possibilité de voir une de ses victimes chaque fois qu'il le souhaitait. Le reste, il avait prévu de le détruire. Trois mois plus tard, Gormann fut décapité à la prison de Brandebourg. J'assistai moi-même à l'exécution, et je n'éprouve aucun plaisir à mentionner qu'il ne mourut pas dignement. Au demeurant, pour ceux que cela intéresse, on peut voir le masque mortuaire de sa tête tranchée dans notre musée de la police à l'Alexanderplatz.

« Le nombre exact des victimes de Gormann n'est pas facile à calculer. Lui-même ne se rappelait pas combien de femmes il avait tuées. Il avait détruit la majeure partie de son catalogue de films après la vente du studio. En outre, durant la décennie de la République de Weimar, les criminels sexuels, comme on les appelait, étaient monnaie courante et les crimes en série bizarres occupaient régulièrement les premières pages des journaux. Ces affaires captivaient et épouvantaient à la fois l'opinion publique allemande, et c'est ce déclin de la fibre morale de ce pays qui amena un grand nombre de gens à réclamer le rétablissement de la loi et de l'ordre sous la forme d'un gouvernement national-socialiste. Les meurtres de ce type sont beaucoup moins répandus aujourd'hui. De fait, on peut dire en toute honnêteté qu'il s'en produit rarement. Paul Ogorzow, l'assassin de la S-Bahn dont les crimes horrifièrent cette ville l'année dernière, n'était même pas allemand. C'était un Polonais, originaire de la Mazurie. »

Les méfaits de Paul Ogorzow avaient bien d'autres motifs que son infériorité raciale – explication eugéniste simpliste fournie par le secrétaire d'État et dont je n'avais nullement l'intention de me faire le porte-parole. En outre, la Mazurie faisait partie de la Prusse-Orientale, et Ogorzow, qui avait grandi en parlant l'allemand, n'était pas plus slave que moi. À la place, je décidai de finir sur une note édifiante d'un genre plus personnel, quelque chose qui, comme le gâteau forêt-noire du célèbre Café Buchwald, présentait des couches de sens multiples pas immédiatement perceptibles. J'improvisais, naturellement, ce qui allait certainement alarmer Gutterer ; d'un autre côté, personne, pas même le secrétaire d'État à la Propagande, ne m'interromprait maintenant, devant tous nos éminents hôtes étrangers.

« Messieurs, en tant que policier, je ne peux pas prétendre avoir appris grand-chose au cours de mes vingt ans de service. Franchement, plus je vieillis, moins j'en sais, semble-t-il, et plus j'en ai conscience. »

À mon léger étonnement, Himmler se mit à hocher la tête, alors que je savais pertinemment qu'il n'avait pas encore quarante-deux ans et qu'il n'était pas du genre à admettre ses lacunes sur quoi que ce soit. Nebe m'avait raconté qu'il gardait toujours dans sa serviette une copie d'un poème hindou, la *Bhagavad-Gita*. Je ne lisais guère ce style de chose et j'ignorais si cela faisait de lui un sage ; mais je suppose que lui en était persuadé.

« Toutefois, je suis sûr de ceci : ce sont les individus ordinaires comme Fritz Gormann qui commettent les crimes les plus extra-ordinaires. Ce sont les dames qui jouent un impromptu de Schubert au piano qui versent du poison dans votre thé, les mères dévouées qui étouffent leurs enfants, les employés de banque et les agents d'assurance qui violent et étranglent leurs clients, et les chefs scouts qui massacrent leur famille à coups de hache. Dockers, camionneurs, opérateurs de machines, serveurs, pharmaciens, enseignants. Des gens dignes de confiance. Des personnes tranquilles. Des pères et maris aimants. Des piliers de la communauté. Des citoyens respectables. Voilà vos meurtriers modernes. Si on m'avait donné cinq marks pour chaque assassin passant pour un brave Fritz qui ne ferait pas de mal à une mouche, je serais aujourd'hui un homme riche.

« Le mal ne survient pas vêtu d'une redingote et parlant avec un accent étranger. Il n'a ni cicatrice sur le visage ni sourire sinistre. Il possède rarement un château avec un laboratoire dans le grenier et n'a pas les sourcils qui se rejoignent, ni un trou entre les dents. De fait, il est facile de reconnaître un être malfaisant quand on en voit un : il ressemble à vous et moi. Les assassins ne sont pas des monstres ; ils sont rarement inhumains et, si j'en crois ma propre expérience, presque toujours quelconques, ternes, soporifiques, banals. Ici, l'important, c'est le facteur humain. Comme l'a lui-même souligné Adolf Hitler, nous devons admettre que l'homme est aussi cruel que la nature. Par conséquent, c'est peut-être le type d'à côté, la bête dont nous ferions mieux de nous méfier. Ce qui fait que c'est peut-être aussi le type d'à côté le mieux armé pour l'attraper. Un homme très ordinaire comme moi. Merci et Heil Hitler. »

Les lascars assis devant moi se mirent à applaudir ; ils étaient probablement soulagés à l'idée de pouvoir sortir de cette pièce étouffante et enfumée pour boire un café sur la terrasse. Certains des orateurs qui devaient suivre – Albert Widmann, Paul Werner et Friedrich Panzinger – me regardaient avec un mélange d'envie et de mépris. Le mépris, j'en avais l'habitude, bien sûr. Comme me l'avait rappelé Nebe, ma carrière était définitivement au point mort ; je n'étais qu'un souffle de brise et ne constituais une menace pour personne ; néanmoins, il leur restait à passer leur propre épreuve orale, et je ne tardai pas à me rendre compte que j'avais placé la barre assez haut. Comme je m'asseyais, Nebe se répandit en remerciements à la tribune, ajoutant que j'avais modestement omis de mentionner la décoration que j'avais reçue pour l'arrestation de Gormann et combien je représentais un atout pour chacun à la Kripo du Werderscher Markt. Une nouveauté pour moi, dans la mesure où je n'avais jamais franchi les portes de l'élégant siège de la police construit récemment sur le Werderscher Markt et que je n'y connaissais quasiment personne, à part Nebe lui-même. Cela ressemblait beaucoup à un compliment, mais il aurait aussi bien pu être en train de prononcer l'éloge funèbre d'Ebert sur les marches du Reichstag. Quand même, c'était gentil à lui d'avoir pris cette peine ; après tout, il y en avait certains, comme Panzinger et Widmann, qui n'auraient pas été mécontents de me voir prendre le chemin du camp de concentration de Buchenwald.

8

« Le général Schellenberg vous présente ses compliments et demande si vous pouvez le rejoindre sur la terrasse. Il y a là quelqu'un qui tient beaucoup à faire votre connaissance. »

Je me dissimulais dans le jardin d'hiver, près de la statue en marbre, fumant tranquillement une cigarette loin de toutes les grosses légumes dehors. L'homme qui s'adressait à moi était major, mais les majors travaillant pour Walter Schellenberg étaient habituellement promis à des tâches plus élevées, et je ne doutais pas que des feuilles de chêne ne tarderaient pas à remplacer les quatre galons sur les pattes de col de sa tunique grise. Âgé d'une trentaine d'années, il avait été, comme je l'appris par la suite, avocat quelque part près de Hanovre. Il s'appelait Hans Wilhelm Eggen, et c'était l'officier que j'avais vu sortir du bureau de la Stiftung Nordhav au premier étage.

Je jetai un coup d'œil à la cigarette allumée entre mes doigts. Une Manoli, qui avait meilleur goût que celles que j'avais déjà fauchées. Quelqu'un avait sans doute jugé important de faire bonne impression sur nos visiteurs étrangers et, d'après mon expérience, il n'y a pas de méthode plus efficace en temps de guerre que de garnir les coffrets à cigarettes de clopes de première qualité. Mon propre étui était de nouveau plein. La situation s'améliorait. À ce rythme, j'allais retrouver ma toux de fumeur en un rien de temps. Je tirai une nouvelle bouffée, puis écrasai le mégot sur un bloc de cristal pouvant passer pour un cendrier.

« Bien sûr, mentis-je. J'en serais ravi. »

Tout en suivant le major Eggen jusqu'à la terrasse de la villa, je priais pour qu'on ne soit pas sur le point de me présenter à un des trois grands, comme on les appelait en plaisantant : Himmler, Kaltenbrunner et Müller. Je ne pensais pas que mes nerfs résisteraient à une conversation avec l'un d'entre eux, pas sans un crucifix en argent dans ma poche. Mais je n'aurais pas dû m'inquiéter. Lorsque j'allai dehors, je m'aperçus que Schellenberg se trouvait avec le même officier suisse que j'avais vu sortir du bureau de la Nordhav en compagnie du major Eggen. J'avais déjà rencontré Schellenberg à la Prinz-Albrecht Strasse[1], quand il travaillait en étroite collaboration avec Heydrich. Séduisant, aussi lisse que le caleçon en soie d'un majordome anglais et, depuis le décès de Heydrich, responsable du service de renseignements à l'étranger du SD. Beaucoup avaient cru, y compris Schellenberg lui-même, qu'il prendrait la succession de Heydrich après l'assassinat de celui-ci. Il était suffisamment capable. Mais le bruit courait dans les toilettes pour hommes du RSHA que Himmler trouvait Schellenberg trop malin pour le poste ; et si le Reichsführer avait préféré Kaltenbrunner, c'était uniquement parce qu'il voulait quelqu'un de plus facile à manipuler, surtout alors que le bon cognac était devenu si rare.

Le Suisse avait une tête de plus que le petit Schellenberg et était aussi pimpant que sûr de lui. Vu ses manières, je me dis qu'il possédait peut-être une petite banque, mais il apparut qu'il s'agissait juste d'un grand château. Les bottes qu'il portait avaient l'air d'avoir été polies par Carl Zeiss, tandis que les cuisses de sa culotte de cheval étaient si évasées qu'il aurait pu obtenir l'autorisation de décoller à Tempelhof. Une de ses mains était rentrée dans sa vareuse grise, style Napoléon, encore qu'elle tenait peut-être le Broomhandle[2] replié en deux comme une épine dorsale. Mais son sourire semblait plutôt sincère ; il était content de me voir, je suppose.

« Voici le capitaine Paul Meyer-Schwertenbach, déclara Schellenberg. De la police militaire helvétique. »

---

1. Le siège de la Gestapo à Berlin.

2. Surnom donné par les collectionneurs américains au pistolet Mauser C96 à cause de sa crosse en bois ressemblant à un manche à balai.

Le Suisse s'inclina avec raideur.

« Capitaine Gunther, dit-il. C'est pour moi un honneur.

— Le capitaine Meyer est un écrivain suisse célèbre, expliqua Schellenberg. Il écrit des récits d'aventures et des romans policiers sous le pseudonyme de Wolf Schwertenbach.

— Je ne lis pas beaucoup de romans policiers, admis-je. Ni grand-chose d'autre non plus. C'est à cause de mes yeux, vous comprenez. Ils ne voient plus aussi bien qu'avant. Mais j'ai connu un inspecteur suisse, autrefois. Du moins, je lui ai parlé à plusieurs reprises au téléphone. Il s'appelait Heinrich Rothmund.

— Rothmund est à présent le chef de la police fédérale, dit Meyer.

— Alors je me demande pourquoi il n'est pas ici, fis-je remarquer en regardant autour de moi.

— Il devait venir, répondit Schellenberg. Mais, hélas, son visa n'est pas arrivé à temps.

— Cela expliquerait son absence », dis-je. Même si ça pouvait difficilement expliquer qu'on ait délivré à un simple capitaine un visa pour se rendre en Allemagne avant de le faire pour un policier du calibre de Heinrich Rothmund. « Dommage. J'aurais bien aimé discuter de nouveau avec lui.

— Je dois avouer que je suis un de vos grands admirateurs.

— De sacrés aveux par les temps qui courent.

— À la fois comme auteur de fiction policière et criminologue. Avant d'être écrivain, j'étais avocat. Tous les avocats de Zurich se rappellent avoir lu les comptes rendus de la presse sur la fameuse affaire Gormann.

— Comme je l'ai dit, j'ai eu de la chance. Enfin, presque. C'est peut-être que je suis le seul Fritz ici à ne jamais avoir été avocat. » Je regardai Schellenberg. « Et vous, général ?

— Oui, j'ai étudié le droit.

— Major Eggen ? »

Eggen eut un hochement de tête.

« Je plaide coupable.

— J'ai apprécié votre discours, dit Meyer. Pendant que je suis à Berlin, j'aimerais beaucoup m'entretenir avec vous en privé, capitaine Gunther. Peut-être accepterez-vous de répondre aux questions

95

d'un amateur enthousiaste. Dans le cadre de mes recherches, vous comprenez.

— Vous écrivez un nouveau roman ?

— J'écris sans cesse un nouveau roman.

— C'est bien. En Allemagne, il y a toujours de la place pour de nouveaux romans tant qu'on continue à les brûler. »

Schellenberg sourit.

« Le capitaine Gunther est un phénomène rare à l'Office de sécurité du Reich. Un très mauvais nazi. Ce qui le rend parfois fort divertissant pour le reste d'entre nous.

— Est-ce que cela vous inclut, général ? »

J'avais longtemps soupçonné Walter Schellenberg d'être, comme Arthur Nebe, un nazi assez tiède, plus intéressé par son avancement et son profit personnel que par quoi que ce soit d'autre.

« Cela se pourrait. Sauf que ce n'est pas mon propre divertissement qui nous occupe à cette minute. Mais celui du capitaine Meyer.

— Il a tout à fait raison, me dit Meyer. En tant qu'auteur, je n'ai pas souvent l'occasion de voir où commence et où finit l'inspiration d'un véritable policier. »

Je songeai à quelques questions que j'avais peut-être moi-même pour le capitaine Meyer ; concernant la Stiftung Nordhav, éventuellement, ou Export Drives GmbH.

« Je ne connais pas grand-chose à l'inspiration, capitaine Meyer. Mais je serais heureux de vous aider dans toute la mesure du possible. Vous logez ici, à la villa Minoux ?

— Non, à l'hôtel Adlon.

— Alors vous êtes dans de bonnes mains.

— Pourquoi ne pas vous y retrouver pour prendre un verre ? suggéra Schellenberg. Ce soir ? Je suis sûr que vous avez bien un peu de temps à consacrer au capitaine, Gunther.

— En fait, j'ai des billets pour l'Opéra allemand, indiqua Meyer. *Der Freischütz* de Weber. Mais ce serait possible avant. Ou après.

— Il n'y a pas d'après dans l'opéra allemand, répondis-je. Il n'y a que l'éternel présent. En outre, l'Opéra se trouve un peu trop loin de l'Adlon pour le lever de rideau. Nous ferions peut-être mieux de nous rencontrer au Grand Hotel am Knie.

— Gunther a raison, approuva Schellenberg. Le Grand Hotel serait plus commode pour vous, Paul.

— Disons à 18 heures ? » demanda le capitaine Meyer.

J'acquiesçai ; les divers groupes regagnaient la villa pour la conférence suivante, mais avant, le major Eggen me prit à part.

« Le général aimerait que vous preniez un soin particulier du capitaine Meyer et du lieutenant Leuthard.

— Il est suisse également ?

— Oui. C'est lui là-bas. » Eggen indiqua d'un signe de tête un homme jeune, de haute taille, dont le visage impénétrable aurait facilement trouvé place dans la Gestapo. « Allez aux bureaux du général dans la Berkaer Strasse et empruntez une voiture. Je vais leur téléphoner pour les prévenir que vous passerez. Ensuite, revenez ici. Emmenez-les au Grand Hotel pour boire un verre, à l'Opéra, partout où ils auront envie d'aller. Arrangez-vous pour qu'ils prennent du bon temps.

— À l'Opéra allemand ? (Je souris.) Je ne suis pas sûr qu'une telle chose soit seulement possible.

— Avant. Pendant l'entracte. Après. Puis ramenez-les à l'Adlon. Faites en sorte qu'ils soient contents, d'accord ?

— C'est beaucoup demander, vous ne croyez pas ? Ils sont suisses. Le jeune surtout. Il a vraiment l'air très suisse. Je pourrais rendre un bracelet montre plus content que lui.

— Possible. Mais pour l'instant, vous êtes l'idole du capitaine Meyer, et ce que le capitaine Meyer veut, il l'obtient. Compris ? »

Il me remit une poignée de billets ainsi que des coupons de boissons et de nourriture.

« Je parie que c'est vous qui avez veillé à ce que les boîtes à cigarettes soient pleines aujourd'hui.

— Je vous demande pardon ?

— Ne m'en veuillez pas de poser cette question, major, mais qui diable êtes-vous donc ? Je ne suis pas sous vos ordres. Pour qui travaillez-vous exactement ? Le renseignement étranger ? La Stiftung Nordhav ? Avec cette manucure, je présume que vous n'appartenez pas à la police. C'est le général Nebe qui m'a demandé d'être ici aujourd'hui. Il n'aimerait pas beaucoup, j'en suis sûr, que je quitte la ferme avant qu'on n'ait fini de couper les foins pour filer en ville, comme vous le demandez. Ce n'est pas très poli de prononcer un discours, puis de s'en aller sans attendre que ses collègues soient passés à la tribune.

— Je travaille pour le ministère du Reich à l'Économie, expliqua-t-il. Et si je règle ça avec Nebe, ferez-vous ce que demande le général Schellenberg ?

— Eh bien, je serais au regret de m'arracher à cette conférence sur la criminalité. D'ordinaire, je suis très bon pour dissimuler mon ennui. Mais si ça ne dérange pas Nebe, alors moi non plus. À dire vrai, j'ai entendu suffisamment de balivernes pour la journée. Je sais. Je pourrais l'emmener dans deux ou trois librairies pour voir si on peut trouver ses bouquins. Chez Marga Schoeller, par exemple. J'imagine que ça lui plairait, en tant qu'auteur. »

Marga Schoeller, sur le Ku'damm, était la seule librairie de Berlin qui continuait à refuser de vendre la littérature nazie.

« Peu m'importe où vous l'emmenez, pourvu qu'il s'amuse. Entendu ? »

Une demi-heure plus tard, je descendais de nouveau Am Grosser Wannsee, mais d'un pas plus léger, cette fois. Franchement, j'étais ravi de m'éloigner de la villa Minoux, même si cela signifiait passer à côté d'un déjeuner d'œufs à la moutarde et de jarret de porc avec de la purée de pois, sans parler d'un supplément de cigarettes gratuites. L'idée de rencontrer une seconde fois Himmler était beaucoup trop effrayante ; mes tibias n'auraient pas tenu le choc. Le sourire sur mon visage dura exactement une centaine de mètres, jusqu'à ce que je sois à l'École d'horticulture SS, où trois jeunes gens sous-alimentés s'affairaient en plein soleil avec des râteaux et des houes. Je m'approchai du portail en fer forgé et les regardai travailler. Je suis aussi doué pour ça. Mais je n'ai jamais tellement aimé le jardinage, même lorsqu'il y avait un bac bien achalandé sur le balcon, de la taille d'un sarcophage, de ma salle de séjour. Je n'ai la main verte que lorsque je la trempe dans une Berliner Weisse[1]

---

1. Bière fortement fermentée, au goût acide, sans couleur résiduelle. Avec du sirop d'aspérule, elle prend une teinte verte.

avec du sirop d'aspérule – le champagne du Nord. Le trio ne leva pas la tête. Pas même pour s'essuyer le front, et le ciel bleu aurait aussi bien pu être gris pour tout l'intérêt qu'ils lui portaient.

Il ne semblait pas y avoir de garde, aussi je sifflai en direction de l'un des hommes et, voyant mon uniforme, il accourut vers le portail, arracha son bonnet, puis inclina la tête, comme si quelqu'un de la SS lui avait enseigné ce petit numéro de respect avec la pointe d'une botte et l'extrémité d'une cravache. Maintenant qu'il se trouvait à une courte distance, je pouvais voir que ce n'était guère plus qu'un adolescent ; âgé de quinze ou seize ans, peut-être.

« Juif ?

— Oui, monsieur.

— De Berlin ?

— Oui, monsieur.

— Que faisais-tu, fiston ? Je veux dire, avant qu'ils ne t'obligent à participer à un effort de guerre aussi vital pour le pays ?

— Je préparais mon *abitur*, répondit-il.

— Quelle école ?

— L'école juive de la Kaiserstrasse.

— Je la connais. Je la connaissais bien. » Ma gorge se serra. Je sortis un poing de la poche de mon pantalon, le poussai entre les barreaux de la grille en fer forgé. « Prends vite. Avant qu'on ne te voie. »

Il regarda avec ahurissement les billets de banque et les cigarettes que j'avais laissés tomber dans sa main, puis il les empocha prestement. Trop surpris pour remercier, il resta planté là, son bonnet entre ses doigts osseux, transpirant avec embarras, les yeux aussi creux que des catacombes à moitié vides.

« Un *abitur* ne sert pas grand-chose de nos jours si l'on se retrouve vêtu d'un uniforme comme celui-ci. Crois-moi sur parole, mon garçon. Au moins, tu as le parfum de ces jolies fleurs dans les narines. Contrairement à moi. Je dois respirer l'odeur de la merde toute la journée. Et même parfois la manger, en plus. »

9

J'allai en train à la gare de Grunewald, puis je pris la Fontanestrasse jusqu'au Hohenzollerndamm. Le Département VI du RSHA était situé dans un bâtiment moderne de quatre étages de la Berkaer Strasse faisant davantage penser à des appartements qu'au siège du service de renseignements à l'étranger, avec juste un mât sur le toit plat et quelques voitures officielles garées devant la façade courbe pour suggérer qu'il différait des habitations endormies tout autour. Sauf à gérer les activités d'espionnage du SD depuis l'arrière-salle d'un petit cinéma de banlieue, le numéro 22 n'aurait pas pu être plus anonyme et quelconque, contrastant de manière flagrante avec les constructions grandioses et intimidantes ayant la faveur des sinistres maîtres de Schellenberg. Rien que de regarder l'immeuble à cette minute m'en disait long sur Schellenberg lui-même. Un Allemand ne se souciant pas de faire de l'épate est quelqu'un qui a beaucoup à cacher. Alors que j'atteignais l'entrée sobre et non gardée, je me demandais, par ailleurs, comment il avait pu couper au service actif dans un des groupes d'intervention meurtriers de Heydrich. Habile, ça aussi. Je devais rendre cette justice à Walter Schellenberg ; il paraissait avoir beaucoup mieux réussi que moi s'agissant de faire semblant d'être un nazi.

Un capitaine du SD nommé Horst Janssen descendit à la réception pour me remettre les clés d'une des voitures garées devant.

« Joli endroit que vous avez là, fis-je remarquer en le suivant dehors.

— Autrefois, c'était une maison de retraite juive », répondit-il sans la moindre trace de gêne.

Cela dit, il revenait de Kiev, où il avait probablement fait des choses nettement plus horribles que de flanquer quelques vieillards à la rue à coups de pompe – cela se voyait dans ses yeux bleus –, le genre de chose que des types comme Schellenberg et moi avions pris bien soin d'éviter. Une conférence internationale sur le crime peut affûter votre instinct comme ça.

« Ce qui explique que ce soit aussi calme par ici, dis-je.

— Ça l'est maintenant qu'ils sont tous au ghetto de Lublin, répliqua-t-il avant de me lancer les clés. C'est celle-là, ajouta-t-il en montrant une Mercedes 170.

— Elle a de l'essence ?

— Bien sûr. C'est pour ça qu'on a envahi le Caucase.

— Farceur. Comment est-ce de travailler pour lui ? Schellenberg ?

— Pas de problème.

— Où habite-t-il ? Près d'ici, je suppose. Dans une somptueuse villa. Comme celle de Heydrich à Schlachtensee.

— Pas du tout. C'est un homme très modeste, notre général. Écoutez, pourriez-vous me déposer dans l'ouest de la ville ?

— Bien sûr. Où précisément ?

— Le Tribunal militaire du Reich à Charlottenburg. Je dois témoigner dans un procès.

— Oh ?

— Un SS accusé de lâcheté.

— Ça ne devrait pas être long. »

Mais Janssen n'était pas du genre loquace. Il n'ouvrit pas la bouche pendant tout le trajet jusqu'au tribunal, et à part l'interroger de manière directe sur Schellenberg et la Stiftung Nordhav, je me dis que je n'en tirerais rien de plus.

Je le laissai devant le tribunal dans la Witzlebenstrasse, à quelques rues de l'Opéra allemand, et passai le reste de la matinée et la plus grande partie de l'après-midi à me balader. Cela faisait un bail que je n'avais pas parcouru Berlin en voiture sans destination précise, même s'il y avait bel et bien un endroit où j'étais censé me trouver ; cela dit, c'est la meilleure façon de visiter une ville – je veux dire, quand on devrait être en train de faire autre chose. Les plaisirs volés surpassent tout.

Vers cinq heures, je retournai à la villa. Dans la grande salle, tout le monde était occupé à écouter quelqu'un d'autre exécuter un solo interminable sur les méthodes de police modernes, et je profitai de cette diversion pour monter de nouveau à l'étage afin de jeter un coup d'œil au bureau de la Stiftung Nordhav. La porte était toujours verrouillée, bien évidemment, mais un regard rapide au-dehors me révéla que, si je grimpais sur le balcon incurvé occupant l'espace au-dessus de l'entrée néoclassique, je pourrais peut-être m'introduire par la fenêtre. Quelques minutes plus tard, j'étais assis à une petite table en bois et inspectais les tiroirs à la recherche d'un morceau de choix que je pourrais servir au Dr Heckholz et à sa charmante cliente, Frau Minoux.

Il y avait de nombreux dossiers sur l'IKPK, auxquels je ne prêtai pas attention, si ce n'est pour noter que la Commission internationale de police criminelle jouait maintenant un rôle actif dans la Gestapo. Et il y avait une correspondance abondante entre Export Drives GmbH, qui se trouvait appartenir au major Eggen, et une société basée à Zurich, le Syndicat suisse du bois, dont un certain nombre de lettres signées par Paul Meyer. Il y avait également un tas de documents sur un marché, négocié par le ministère de l'Économie, entre Deutsche Waffen und Munitionsfabriken, une entreprise d'État, et la société Luchsinger de Zurich, pour la fourniture à la Suisse de 275 mitraillettes et 200 000 cartouches. Mais il n'y avait pas le plus petit document relatif à la vente de la villa Minoux à la Stiftung Nordhav. Pas même un titre de propriété moisi.

Avec le recul, il semble incroyable que j'aie eu autant d'informations vitales en main sans songer à en faire quelque chose parce qu'aucune ne concernait la villa. Mais c'était la mission que m'avaient confiée Heckholz et Frau Minoux, après tout. Comment aurais-je pu savoir que, bien plus tard, le Syndicat suisse du bois se révélerait avoir de l'importance ? Du sacré travail de détective, c'est sûr ! Si je devais recommencer ce stupide exposé, j'ajouterais que, parfois, faire ce boulot, c'est un peu comme traiter avec une jolie femme dont vous êtes amoureux : vous ne savez jamais ce que vous y gagnez jusqu'à ce qu'elle ne soit plus là.

Je descendis, m'adjugeai quelques cigarettes supplémentaires ainsi qu'un schnaps bien tassé d'une bouteille posée sur un plateau en argent dans la bibliothèque – la meilleure sorte, fabriquée avec les meilleurs fruits, des poires en l'occurrence, probablement autrichienne comme la plupart des grands schnaps et vous donnant l'impression de déguster la poire la plus succulente que vous ayez jamais mangée, pour vous apercevoir soudain qu'il s'agit d'une merveilleuse poire magique dont l'effet s'étend bien au-delà de la bouche, jusque dans tous les recoins du corps humain, tel le sort bienfaisant d'une sorcière. Je m'en versai rapidement un autre et sentis un sourire s'étaler sur mon visage comme un nuage s'écartant du soleil. Cette bouteille était beaucoup trop bonne pour la laisser traîner dans un endroit pareil. Si quelque chose méritait d'être délivré des nazis, c'était bien elle.

La dernière conférence de la journée était maintenant terminée. Les délégués commençaient à sortir de la grande salle. J'avalai le schnaps et, après avoir échangé avec eux quelques mots, je conduisis le capitaine Meyer et son sombre compagnon jusqu'à la voiture.

« Hélas, après votre départ, tout est allé en se dégradant, déclara Meyer. Absolument soporifique.

— Je suis désolé.

— Je ne vous cacherai pas que je me suis réjoui toute la journée de vous rencontrer de nouveau. »

Ayant travaillé mon sourire, je le déployai prestement en ouvrant la porte de la voiture.

« Mais c'est toujours agréable de retourner à Berlin, ajouta-t-il poliment.

— Qu'en dites-vous, lieutenant… ?

— Leuthard, répondit l'homme d'un ton morne.

— Vous aimez Berlin ?

— Non. Je ne me suis jamais beaucoup plu ici. Et encore moins maintenant. »

Le capitaine Meyer éclata de rire.

« Ueli dit généralement ce qu'il pense. »

— Ce n'est pas recommandé à Berlin. »

Nous nous dirigeâmes vers le nord, continuâmes tout droit sur la vieille voie express Avus, puis nous prîmes la Bismarckstrasse, où, devant le Grand Hotel am Knie, je garai la voiture et désignai l'entrée aux deux Suisses.

« On y va ? »

Le lieutenant Leuthard examina d'un air revêche la haute façade de l'hôtel avec ses tours jumelles et son pignon flamand pentu, alluma une cigarette et jeta ensuite un coup d'œil à sa montre. Je pris mentalement note de la taille de ses mains et de ses épaules, et résolus de n'avoir aucune espèce de désaccord avec lui. Il avait beau être suisse, il ne donnait pas l'impression d'un type sur la neutralité duquel vous pouviez compter.

« C'est un meilleur hôtel que l'Adlon ? demanda-t-il.

— Non. Pas d'après moi.

— Qu'est-ce qui vous fait dire ça ?

— Avant la guerre, j'ai travaillé à l'Adlon.

— Mon père est dans l'industrie hôtelière. J'ai pensé que je pourrais peut-être y faire carrière moi aussi. Après la guerre.

— Avec votre sens de la diplomatie, je suis certain que vous réussirez. »

Leuthard arbora un sourire patient.

« Excusez-moi, mais j'ai entendu suffisamment de blabla pour la journée. Je vais faire une promenade. Pour m'étirer les jambes. Je vous verrai au foyer de l'Opéra dans une heure, capitaine. Herr Gunther. »

Sur ce, il enfonça sa casquette sur son crâne et remonta la Berliner Strasse en direction du Tiergarten.

« Je suis désolé, dit Meyer. Ueli est un personnage difficile, dans le meilleur des cas. Légèrement tête brûlée, pour parler franchement. Mais je pense que c'est un bon policier. »

Nous nous assîmes devant l'entrée de l'hôtel sous le grand auvent couvrant le bar en plein air et nous commandâmes des bières, pour lesquelles je me sentis obligé de m'excuser à l'avance.

« La bonne bière se fait rare.

— Croyez-moi, les choses vont tout aussi mal en Suisse. Nous sommes un pays enclavé, et totalement dépendants de la bonne volonté de l'Allemagne pour notre survie. Qu'il n'est pas facile de préserver, compte tenu de certains événements récents. »

Je haussai les épaules, ignorant à quels événements récents il faisait allusion.

« Je parle de Maurice Bavaud, expliqua Meyer. L'étudiant suisse en théologie qui a tenté d'abattre Hitler en 1938. Il a été exécuté l'année dernière. »

Je haussai de nouveau les épaules.

« En ce qui me concerne, je n'ai pas l'intention de retenir une peccadille de ce genre contre vous. »

Meyer gloussa.

« Schellenberg avait raison. Vous êtes un excellent policier, mais un très mauvais nazi. Je me demande comment vous avez pu vivre si longtemps.

— On est à Berlin. Le plus souvent, les gens ne remarquent même pas quand vous traitez un marmot de tous les noms. Le lieutenant Leuthard n'est pas le seul à nous détester. Nos maîtres également. C'est comme ça depuis l'époque de Bismarck. Nous sommes constitutionnellement ingouvernables. Un peu comme la populace parisienne, mais avec des femmes plus laides. »

Il éclata de rire.

« Vous êtes un homme très amusant. Je suis sûr que mon épouse, Patrizia, serait ravie de vous rencontrer. Si jamais vous venez en Suisse, vous devez passer nous voir. »

Il me tendit une petite carte rigide avec plus de noms et d'adresses qu'un escroc maltais.

« Sûr. Je suis souvent dans votre coin. À vrai dire, mes banquiers de Zurich pensent que je devrais m'y installer définitivement. Mais j'aime bien être ici. D'une part, il y a notre air réputé. Ça me manquerait. Sans parler de toutes nos libertés durement gagnées.

— Sérieusement. Il y a une vieille affaire de meurtre qui m'a toujours fasciné. Survenue dans une commune appelée Rapperswil. Une femme retrouvée morte dans un bateau. L'inspecteur local est un de mes amis. J'imagine qu'il serait enchanté de profiter de vos observations. Nous le serions l'un et l'autre.

— La seule observation que je puisse vous offrir pour le moment, c'est qu'accueillir une conférence internationale sur la criminalité en Allemagne équivaut aux Goths et aux Vandales suggérant de nouveaux moyens de lutter contre les atteintes à la propriété privée pendant le sac de Rome. Mais ce serait franchement dommage d'aller en Suisse rien que pour vous dire ça. »

Les bières arrivèrent. Elles étaient meilleures que je ne m'y attendais. Mais très chères.

« Vous êtes vraiment écrivain ?

— Bien sûr. Pourquoi cette question ?

— Je n'avais encore jamais rencontré d'écrivain. Surtout un qui soit policier. »

Meyer eut un haussement d'épaules.

« Je suis plus du côté de l'intellect des choses.

— Ce qui explique que vous connaissiez Schellenberg. Il a beaucoup d'intellect. Peut-être assez pour survivre à la guerre. On verra.

— Je l'aime bien. Et il m'aime bien, semble-t-il.

— Comment vous êtes-vous rencontrés ?

— À Bucarest. À l'assemblée générale de 1938 de l'IKPK, où il a été proposé que le siège de la Commission soit transféré de Vienne à Genève. Schellenberg était tout à fait pour. Jusqu'à ce que votre général Heydrich le fasse changer d'avis.

— Il pouvait être très persuasif quand il voulait.

— D'après Schellenberg, c'est Heydrich qui vous a fait revenir à la Kripo, n'est-ce pas ? Après cinq ans de chambre froide.

— Oui, mais il ne faisait pas si froid que ça. C'est du moins ce que je croyais.

— Schelli raconte qu'il y avait eu une vague d'assassinats qu'il désirait que vous élucidiez. En 1938. Des jeunes filles juives.

— Beaucoup de Juifs ont été assassinés dans cette ville.

— Mais vous savez à quoi je fais allusion. Cela se passait juste avant la Nuit de Cristal de sinistre mémoire, n'est-ce pas ? »

J'acquiesçai.

« Pouvez-vous m'en dire davantage ?

— D'accord. »

De la poche de sa tunique, Meyer tira un calepin et un stylo. « Ça vous ennuie ?

— Non, je vous en prie. Mais vous auriez intérêt à attendre que je sois mort pour écrire sur ce sujet. Ou mieux encore, qu'un autre étudiant en théologie se pointe avec un flingue. »

Nous parlâmes pendant une quarantaine de minutes, puis je l'emmenai le long de la Bismarckstrasse jusqu'à l'Opéra allemand, où Leuthard faisait déjà le pied de grue à l'extérieur, l'air encore plus agressif qu'auparavant. Vous n'auriez pas été surpris de le voir dans un opéra – ceux de Wagner, pleins de brutes épaisses avec des épées et des ailes à leurs casques –, mais, quant à y assister, c'était une autre affaire. Il y avait de l'herbe sur le dos de sa tunique, comme s'il s'était couché dans le Tiergarten. Il se dirigea vers moi, une espèce de sourire aux lèvres et un programme à la main, mais il aurait aussi bien pu tenir un pistolet.

« Qu'est-ce que vous avez fabriqué ? lui demanda Meyer.

— Pas grand-chose, répondit Leuthard. J'ai pris un bain de soleil et je me suis endormi.

— Je vous récupérerai à l'hôtel après le spectacle, les informai-je. Après quoi nous pourrons aller dîner. Ou je vous ramènerai à l'Adlon. Ou les deux si vous préférez.

— Je suis sûr qu'il y aurait moyen de vous avoir un billet, dit Meyer.

— Une des choses qu'on ne peut pas critiquer dans l'opéra, c'est la musique. Même s'il est dommage qu'ils mettent si long-temps à la jouer.

— Qu'allez-vous faire ?

— Ne vous inquiétez pas pour moi. Je n'habite pas très loin d'ici.

— Vous savez quoi ? J'aimerais bien voir le domicile d'un vrai détective de Berlin.

— Non, ça ne vous plairait pas. Il n'y a pas de panoplie de chimiste, ni de pantoufle persane où je range mon tabac. Il n'y a même pas de violon. La banalité du lieu a de quoi horrifier un écrivain. Vous pourriez ne plus écrire un mot sous le coup de la déception. En outre, nous ne recevons pas de visiteurs actuellement car nous attendons un nouveau livre d'or de chez Liebmann.

— Bon. Alors l'Alex. J'aimerais bien jeter un coup d'œil à cette célèbre Alex.

— Schellenberg vous arrangera ça. Et maintenant, je rentre chez moi. Je vous retrouverai ici à dix heures. »

Je repris la direction du Grand ; mais je ne rentrai pas chez moi. Je n'en avais nullement l'intention. À deux pas se trouvaient les bains publics où, deux soirs par semaine, Kirsten Handlöser, l'institutrice que j'avais rencontrée en bateau sur le Wannsee, allait nager. C'est en tout cas ce qu'elle m'avait dit. On ne sait jamais avec les femmes. Ce qu'elles vous disent et ce qu'elles ne vous disent pas est un pont très long sur un fleuve très large contenant toutes sortes de poissons.

L'établissement de bains était un grand bâtiment en brique rouge avec des dauphins sur la façade. À l'intérieur, il y avait un élégant toit en verre surplombant un bassin d'environ trente ou quarante mètres de longueur, et au-dessus de l'horloge, tout au bout, s'étalait une jolie peinture murale d'une scène bucolique au bord d'un lac : un couple de hérons regardant un homme barbu en toge rouge qui s'efforçait d'attirer l'attention d'une jeune fille nue, assise sur un petit monticule herbeux. Elle avait l'air partagée quant à ce qu'il suggérait, même si, de là où je me tenais, il semblait déjà trop tard pour qu'elle change d'avis sur quoi que ce soit, à part peut-être sur le bus à prendre pour rentrer chez elle.

Je fis rapidement le tour du bassin, mais Kirsten n'était pas là, et je n'avais assurément aucune envie de me baigner. M'humecter les amygdales paraissait un meilleur choix. Je me souvins que le Dr Heckholz s'était vanté de posséder un excellent schnaps. Son cabinet n'était pas très loin, dans la Bedeuten Strasse, et il était encore suffisamment tôt pour trouver un avocat consciencieux à son bureau. D'ailleurs, j'avais des nouvelles pour lui au sujet de la Stiftung Nordhav, à savoir que j'avais mené une enquête aussi approfondie que possible sans me flanquer dans le pétrin.

Je remontai la Wallstrasse et regardai machinalement s'il y avait de la lumière chez Heckholz. Non que ce fût nécessaire : il faisait encore jour. Et non qu'il y en aurait eu ; s'il avait fait nuit, ç'aurait été le black-out, mais les vieilles habitudes ont la vie dure. Je tirai donc la sonnette, puis, comme il ne se passait rien, je les tirai toutes, ce qui marche rarement, sauf que ce fut le cas.

Il y avait un ascenseur, mais, comme précédemment, je montai l'escalier en marbre blanc jusqu'au troisième étage et traversai le palier bien ciré menant à la porte en verre dépoli qui, comme précédemment aussi, était légèrement entrouverte, seulement cette fois-ci il ne m'attendait pas. Il n'attendait personne. Plus maintenant. Il était allongé sur le sol comme s'il épiait les gens travaillant dans le bureau situé juste au-dessous. Mais il n'aurait rien entendu ni vu qui que ce soit, parce qu'il était tout ce qu'il y a de plus mort. Il n'aurait pas pu avoir l'air plus mort s'il avait été couché au bord d'une tranchée à Verdun, une balle dans la tête.

10

De la dimension d'une roue de bicyclette, la flaque de sang sur le parquet blanc s'étirait depuis l'œuf cassé qu'était le crâne de l'avocat. De la cervelle apparaissait sous le sang et l'os, et il était clair qu'on l'avait frappé de plein fouet, à plusieurs reprises, avec le buste en bronze de Hitler ornant auparavant sa table et qui gisait maintenant abandonné par terre. Il y avait du sang sur le visage grave du Führer et de minuscules fibres de cheveux appartenant au Dr Heckholz sur le sommet de sa tête. Je faillis éclater de rire en m'entendant déjà déclarer aux flics du Praesidium de Berlin-Charlottenburg que la victime avait été assassinée par Hitler. En fin de compte, je me servis du schnaps d'une bouteille posée sur un plateau en argent près de la fenêtre. Comme j'avais déjà laissé mes empreintes sur les poignées de portes et la table, qu'il y en ait également sur un verre ne semblait pas très important. Du reste, si on ne peut même pas boire un coup en regardant un type avec le crâne fracassé, je me demande bien pourquoi on a inventé la gnôle. Et Heckholz avait raison ; c'était un excellent schnaps, au moins aussi bon que celui auquel j'avais eu droit à la villa Minoux. Je m'en versai un autre. Du schnaps à tire-larigot, mais pas vraiment de quoi se réjouir, cette fois.

Je jetai un nouveau coup d'œil, plus attentif, au cadavre. Il y avait tellement de sang. On oublie toujours la quantité contenue dans l'organisme d'un homme adulte, notamment sa tête. Mais on ne peut jamais oublier la première fois qu'on a vu un type tué d'une balle dans le crâne, surtout si c'est vous qui l'avez fait. Parfois, on dirait qu'une source naturelle de rouge s'en échappe ; et c'est le cas, bien sûr, sauf que cette source s'appelle la vie. Et une fois qu'elle s'écoule, il est très difficile de l'arrêter. La main droite de Heckholz, posée près de son visage, baignait dans ce machin. On aurait dit qu'il avait trempé le doigt dans son propre sang et qu'il s'en était servi pour essayer d'écrire quelque chose – peut-être le nom de son assassin –, mais, de toute façon, je n'arrivais pas à comprendre. Je me baissai pour toucher la mare de sang et frottai celui-ci entre mes doigts ; il était encore assez visqueux, comme si le malheureux Heckholz n'était pas mort depuis très longtemps.

Je pris son mouchoir dans la poche de poitrine de son costume et m'essuyai les mains. Sortant de sa poche de pantalon, une chaîne de clé ondulait sur le sol tel un serpent doré, mais il n'y avait pas de clé au bout ; elle se trouvait sur le coffre, qui était grand ouvert à l'instar du sésame d'Ali Baba, et je vis immédiatement que le mobile du meurtre n'était pas le vol. Si quelque chose avait disparu du coffre, ce n'était pas l'argent, car il y avait plusieurs liasses de billets sur l'étagère du haut, comme ceux qu'il m'avait envoyés à l'Alex. Je fis main basse sur les deux cents marks qu'on m'avait promis et laissai le reste pour les gars du Praesidium du quartier. Lequel se trouvait juste au coin de la Bismarckstrasse. Ils l'avaient sans doute construit au cas où ils auraient des problèmes avec la foule à l'Opéra allemand. C'étaient des durs, ces fans d'opéra et de ballet, comme Nijinski aurait probablement pu en témoigner.

Au bout d'un moment, je m'assis dans la salle de réunion où j'avais mangé ces délicieuses crêpes quelques jours plus tôt. J'avais amplement matière à réflexion. J'allais devoir informer la police, bien entendu. Toute la question était de savoir si j'allais ou non mêler Frau Minoux à ça. Dans le premier cas, on risquait de s'apercevoir que je m'étais chargé de graisser la patte à Arthur Müller, le détective privé engagé par la Compagnie du gaz de Berlin pour l'espionner et voir si elle ne conservait pas par-devers elle des biens de son mari qu'ils pourraient réclamer. Müller irait alors en prison et moi aussi ; Frau Minoux également si l'un de nous deux décidait de déposer contre elle. Je ne voyais aucune raison de faire ce genre de truc. Sans compter qu'elle devait avoir bien assez de soucis comme ça, avec un mari sous les verrous à Brandebourg. En dire le moins possible paraissait et de loin la meilleure option ; c'était toujours la meilleure option avec les nazis aux commandes.

Je me rendis au Praesidium de la Kaiserstrasse – une version réduite de l'Alex –, puis revins une demi-heure plus tard avec deux flics en civil, dont un que je connaissais. Le Kriminalkommissar Friedrich Heimenz était un vieil homme nanti d'une pipe et doté d'une attitude aussi circonspecte qu'un coup d'échecs, qui lui servait à dissimuler le fait qu'il ne connaissait pratiquement rien au travail d'enquêteur, sans parler de faire la lumière sur un meurtre. Avant d'être promu à Charlottenburg, il avait été inspecteur au poste de Grunewald, et la dernière fois que je l'avais vu, nous enquêtions tous les deux sur la mort d'Ernst Udet, l'as de l'aviation. La promotion, présumais-je, était une récompense pour avoir accepté la fable que le décès d'Udet était un suicide et non un meurtre. De petite taille, avec de petites mains, il avait l'air de venir de finir d'essuyer la vaisselle. En l'occurrence, il essaya manifestement de m'embobiner, en espérant que je passerais sa bordure de trottoir à la chaux pour lui éviter de se ramasser un gadin dans le black-out que renfermait son cerveau.

« Je suppose que vous souhaitez vous occuper vous-même de cette affaire, Herr Kommissar, dit-il.

— Où avez-vous pêché cette idée ? C'est votre juridiction, pas la mienne. Je ne suis même pas en service.

— Néanmoins, vous avez davantage d'expérience.

— J'ai beau avoir découvert le corps, je ne suis pas en odeur de sainteté auprès des petits gars du Werderscher Markt. En outre, ce ne serait pas la meilleure chose à faire. Je ne peux pas vraiment dire que je connaissais cet homme. Il m'a écrit en me priant de passer à son cabinet. Et on s'est parlé au téléphone. C'était hier, et me voilà. Un témoin éventuel. »

Je lui remis la lettre non datée que Heckholz m'avait envoyée à l'Alex et cinq des Albrecht que j'avais pris dans son coffre. Mais je conservai l'enveloppe avec le cachet de la poste.

« Qui sait ? ajoutai-je de manière provocatrice. Peut-être même un suspect. »

Heimenz lut la lettre, puis hocha la tête.

« A-t-il dit de quoi il désirait vous parler ?

— Seulement qu'il avait une proposition à me faire et qu'il y aurait encore cent marks pour moi si je venais.

— C'est tout ?

— C'est tout. »

Heimenz opina et brandit l'argent que je lui avais donné.

« Je vais devoir garder ceci pour le moment. À titre de pièce à conviction.

— Je vous en prie.

— On vous établira un reçu, naturellement. »

La nuit commençait à tomber. L'autre policier, un vieux sergent lui aussi – les jeunes flics servaient tous dans l'armée –, alluma distraitement la lumière, dans le vain espoir qu'elle pourrait éclaircir leurs pensées dépourvues d'imagination.

« Je ne ferais pas ça à votre place. Vous allez vous retrouver avec le RLB sur le dos. »

Le RLB[1] était la ligue de défense aérienne.

« Bien sûr », dit-il, et il éteignit aussitôt.

Heimenz baissa les yeux vers le corps avec un dégoût manifeste, avant de chercher son propre mouchoir et de le presser contre sa bouche comme s'il allait vomir. Puis il se détourna et ouvrit une fenêtre.

« Horrible, marmonna-t-il. On ne s'attendrait pas à ce qu'il y ait autant de sang.

— Non. Vu la quantité, je suppose que ça a traversé le plancher. Demain matin, le plafond du bureau au-dessous ressemblera à un as de carreau. Ou de cœur.

— C'est une salle d'attente de dentiste, dit le sergent.

— Ça leur donnera à réfléchir pendant qu'ils patientent avant de se faire arracher les dents. »

Heimenz n'évoqua pas la possibilité que Heckholz ait essayé d'écrire quelque chose avec son propre sang, ni moi non plus. Il me posa de nouvelles questions, et, au bout d'un moment, je jetai un coup d'œil à ma montre et lui annonçai qu'il fallait que j'y aille.

---

1. Soit le *Reichsluftschutzbund*.

« Je serai à l'Alex si vous avez besoin de moi. Durant le service de nuit. »

Les Schupos avaient établi un cordon de sécurité autour de l'entrée de l'immeuble de la Bedeuten Strasse, et certains des voisins étaient sortis de leurs terriers pour connaître la raison de tout ce remue-ménage. Ce n'est qu'un cadavre, avais-je envie de leur dire. Il y en a des dizaines de milliers d'autres dans les alentours, si vous savez où chercher.

Je retournai à l'Opéra. À l'intérieur, on pouvait entendre le bruit des applaudissements. Les gens commencèrent à quitter la salle. Ils avaient l'air contents que le spectacle soit fini, mais pas autant que le lieutenant Leuthard. Il se tenait le bas du dos et bâillait.

« Ça vous a plu ? demandai-je.

— Pas le moins du monde. Pour être tout à fait franc avec vous, je n'ai pas le souvenir de m'être jamais autant ennuyé.

— Il a dormi tout au long de l'acte trois, précisa Meyer.

— Nom de Dieu, j'ai besoin de boire quelque chose, s'exclama Leuthard.

— Moi aussi, dis-je. Venez. En l'occurrence, je connais le meilleur bar du Tiergarten. »

Je les conduisis jusqu'à un endroit tranquille au bord du Neuer See où il y avait un café en plein air et une multitude de bateaux.

« Je suis venu là tout à l'heure, fit remarquer le lieutenant Leuthard. Ils n'avaient rien à boire, même avec des tickets de rationnement.

— J'y ai pensé », dis-je, et je pris dans la boîte à gants la bouteille de schnaps de poire et trois verres.

Nous nous installâmes à une table, puis je remplis les verres. Meyer en leva un, regarda le « SS » gravé dessus et sourit.

« Vous les avez volés ? À la villa Minoux ?

— Bien sûr. Ce qui me fait penser à un autre petit aperçu intéressant pour votre calepin, capitaine Meyer. Un bon détective doit toujours être honnête, mais pas trop. Pas trop pour son propre bien. Et pas trop curieux non plus. Il y a des choses qu'il vaut mieux ne pas savoir. De ça, je suis absolument convaincu. Et vous pouvez le mettre dans votre prochain livre. »

11

C'était un bon conseil, que j'aurais suivi dans la plupart des cas. Que m'importait qui avait tué le Dr Heckholz ? Je ne l'avais rencontré qu'une fois et j'étais pratiquement certain de ne jamais revoir Frau Minoux. Elle se trouvait en sécurité à Vienne et, dès qu'elle apprendrait que son avocat était mort, elle y resterait probablement un bon moment, au moins jusqu'à ce qu'elle juge sans risque de venir enlever ses biens de l'entrepôt de Lichtenberg. C'est ce que j'aurais fait à sa place. L'ennui, c'est que j'avais trouvé le Dr Heckholz sympathique. Comment ne pas aimer un homme qui vous prépare des crêpes ? Ainsi que Frau Minoux, mais d'une autre manière, naturellement. Qui plus est, j'avais pris leur argent. Peut-être avais-je le sentiment que ça ne tirait guère à conséquence si, pendant que je disposais encore d'une voiture, je faisais un saut à la prison de Brandebourg, du moment que j'étais armé d'un petit déjeuner. De sorte que, très tôt le lendemain matin, je me rendis au 58 Königstrasse à Wannsee, où Herr Gantner, le chauffeur de Herr Minoux, m'avait dit habiter avec Katrin, qui était domestique à la villa. J'avais maintenant la nette impression qu'en dépit de toute sa cupidité apparente, Minoux avait dû être un bon employeur pour avoir inspiré une telle loyauté, ce qui prouve bien qu'un homme n'est jamais entièrement mauvais.

Il y avait ça, et également ceci : parfois, vous devez absolument savoir quelque chose parce que vous êtes constitué ainsi et

117

que ce qui compte réellement, c'est ce que vous en ferez ensuite. Ou pas. Tout dépend de ce que vous arrivez à savoir. Et si ça peut avoir l'air de vouloir le beurre et l'argent du beurre, j'ajouterai simplement cette remarque : nous autres Allemands avons l'habitude. Depuis 1933, notre vie a consisté à essayer d'avoir deux choses incompatibles : la paix et la fierté allemande.

Wannsee se trouve sur le chemin de Brandebourg. Au volant d'une bonne voiture, seul sur la voie express Avus, j'appuyai sur le champignon, comme si la sensation de vitesse pouvait dissiper le malaise que j'éprouvais à me rendre dans la plus grande et la plus sûre prison d'Europe. Pendant longtemps, j'avais souvent pensé qu'elle m'offrirait un jour le gîte et le couvert à moi aussi.

La maison du marchand de charbon dans la Königstrasse était un modeste pavillon situé entre un apothicaire et une station-service, avec des volets et un petit balcon en bois. Il y avait une Horch garée devant et un chien couché sur un carré de pelouse dans le jardin. Comme je m'approchais de la porte, le chien me considéra du coin de l'œil avec méfiance et se mit à grogner tout bas. Je pouvais difficilement lui en vouloir. Si j'avais vu un homme portant un uniforme vert-de-gris du SD près de ma porte d'entrée, je l'aurais probablement mordu, surtout à une heure pareille. Je frappai et attendis. La porte finit par s'ouvrir, révélant une femme d'environ trente-cinq ans, en robe de chambre, une masse de cheveux blonds empilée au sommet du crâne. Quelque peu débraillée, mais jolie. Elle me bâilla en pleine figure et se gratta un peu ; je pouvais sentir l'odeur de sexe sur elle, ce qui m'allait parfaitement. J'aime bien l'odeur du sexe le matin.

« Excusez-moi de vous déranger de si bonne heure. Mais j'ai besoin de parler à Herr Gantner. Est-ce qu'il est là ?

— Vous devez être Gunther. »

J'acquiesçai.

« Alors vous feriez mieux d'entrer. »

Je pénétrai dans un petit salon aussi bien rangé que le tiroir d'un banquier suisse et attendis pendant qu'elle allait chercher Gantner. Le chien, qui m'avait suivi, se glissa dans la cuisine en quête de quelque chose à boire ; c'est du moins l'impression que ça donnait. Ou alors ils avaient un poisson rouge extrêmement bruyant. J'allumai une cigarette et fis le tour de la pièce, ce qui prit à peu près deux secondes. Il y avait un buffet semblable à un retable de cathédrale et une chaise de taverne joliment sculptée, mais plus intéressante à voir qu'à utiliser. Au mur, une grande aquarelle représentant un pochard adossé à une brasserie. On n'aurait su dire s'il attendait d'y entrer ou s'il en était déjà sorti, ce qui, vu la pénurie de bière à Berlin, constitue aujourd'hui un problème pour la plupart d'entre nous. Au bout d'un moment, j'entendis des pas dans l'escalier, et l'instant suivant Gantner se tenait devant moi, vêtu simplement de son pantalon et enfilant ses bretelles. Il devait être plus tôt que je ne l'imaginais.

« Que se passe-t-il ? »

Il frotta un visage aussi rêche que les écailles d'un cœlacanthe et tout aussi laid, puis explora sa bouche avec une grosse langue jaunâtre.

« Le Dr Heckholz est mort, répondis-je. Assassiné. Je suis passé le voir vers 8 heures hier soir pour le trouver gisant sur le sol de son bureau, la tête défoncée. Il ne s'agissait pas d'argent. Son coffre était ouvert et contenait pas mal d'espèces. Par conséquent, je présume que cela avait trait aux affaires. Peut-être la même affaire qui les avait incités, Frau Minoux et lui, à me demander de voir ce que je pourrais découvrir sur la vente de la villa à la Stiftung Nordhav. Auquel cas, il est possible que vous soyez vous-même en danger. » Je m'arrêtai, dans l'attente d'une réaction. « Bien sûr. Je vous en prie. »

Il poussa un soupir.

« Vous voulez du café, Herr Gunther ?

— Non, merci. Je pensais me rendre à Brandebourg pour parler avec Herr Minoux. Entendre toute l'histoire d'une bouche autorisée, en quelque sorte. Et éventuellement, vous éviter un trajet en voiture avec le pain et le jambon. »

Il indiqua d'un signe de tête la cigarette dans ma main.

« Vous n'en auriez pas une autre comme celle-ci ? »

Je lui en donnai une de mon étui et l'allumai. Il la fuma avec plus d'intérêt qu'il ne semblait opportun dans ces circonstances. Cela dit, peut-être cherchait-il ses mots.

« C'était un chic type, ce Dr Heckholz », finit-il par déclarer.

Quelque peu déçu de sa réaction, je haussai les épaules.

« Il avait l'air sympathique.

— Avez-vous une idée de qui a fait ça ?

— Deux ou trois. La Stiftung Nordhav est, comme vous le savez certainement, une société ayant cinq hauts responsables de la SS au conseil d'administration. De sorte que nous ne risquons pas de manquer de suspects. Je l'avais averti, ainsi que Frau Minoux, qu'il était probablement préférable de laisser tomber. Je suis vraiment désolé que les événements m'aient donné raison. Ça m'arrive souvent ces temps-ci. Quoi qu'il en soit, Herr Minoux pourrait peut-être nous éclairer sur la mort du Dr Heckholz. Dans tous les cas, il est nécessaire que quelqu'un lui annonce la nouvelle, et il vaut sans doute mieux que ce soit moi, compte tenu de ma position.

— Quelle position ?

— Cela peut paraître un peu tard étant donné que le chat est déjà tombé dans l'égout, en l'occurrence, mais j'aimerais bien en savoir un peu plus sur la façon dont il a atterri là. Bref, je voudrais comprendre un peu mieux dans quoi vous m'avez fourré afin de trouver le meilleur moyen d'en sortir.

— D'accord.

— Il en va de même pour vous, du reste, Herr Gantner. S'il y a quoi que ce soit que vous puissiez me dire. Un homme averti en vaut deux, pas vrai ?

— Je n'ai pas grand-chose à vous raconter. Moi, je ne suis que le chauffeur. En vous apercevant devant la gare l'autre jour, j'ai pensé que vous étiez l'homme qu'il fallait pour les aider. Vu que vous faites partie du SD, que vous connaissez le boulot et tout. Il vous a toujours apprécié, Herr Gunther. Écoutez, les détails, je ne les connais pas, à part le nom de la société que vous avez cité. La Fondation Nordhav. Plus le fait que Minoux est logé par *der deutsche Michel* pour des actes que commettent également un tas d'autres, en pire, si vous voulez mon avis.

— Et alors, vous vous attendiez à de l'honnêteté de la part de ces gens-là, espèce de crétin de Fritz ? C'est ainsi que fonctionne le monde aujourd'hui. Le monde nazi que nous nous sommes fabriqué. Au cas où vous ne l'auriez pas remarqué, l'hypocrisie suinte par tous les pores de ce golem que nous appelons un pays.

Réveillez-vous. » Je secouai la tête. « Ou mieux, passez-moi le pain et le jambon, et retournez vous coucher. C'est une jolie fille que vous avez là, fiston. Allez la retrouver et profitez d'elle. Bon Dieu, si je pouvais en faire autant ! »

Cinq minutes plus tard, je longeais la Havel avec le petit déjeuner de Minoux sur le siège à côté de moi.

Il existe trois édifices notables pour les touristes visitant Brandebourg : la cathédrale, l'église Sainte-Catherine et le vieil hôtel de ville avec sa célèbre statue de Roland, le neveu de Charlemagne, qui, d'après le Baedeker, symbolise les libertés individuelles. Mais à présent, la seule raison pour laquelle quiconque venait de Berlin à Brandebourg, c'était de voir une des quatre mille personnes enfermées dans la prison la plus tristement célèbre de l'Allemagne nazie. Au temps pour Roland. Il y avait eu une prison dans le quartier de Görden depuis 1820, mais c'est seulement en 1931 qu'on avait construit un nouveau bâtiment et, deux ans après, qu'il était devenu ce qu'il est aujourd'hui : une prétendue maison de discipline et un lieu d'exécution, avec près de deux détenus par jour conduits à la guillotine, laquelle, selon tous les témoignages, se dresse dans l'ancien garage, à côté d'une potence non moins active. J'ignore comment on décide qui se fait raccourcir et qui moisit dans un cachot. C'est le genre de gentil petit détail qu'ils pourraient sans doute mieux expliquer devant le tribunal du Peuple de la Elssholzstrasse à Schöneberg, ce qu'ils font probablement. Il paraît que le président de la cour, Roland Freisler – un ex-bolchevik lui-même – hurle les peines de mort à tue-tête, vraisemblablement pour échapper à d'éventuels soupçons concernant sa propre loyauté.

Sorte d'arche de Noé en pierre grise, la prison de Brandebourg-Görden regorge de créatures tout aussi désespérées. Elle est entourée de forêts et de lacs mal entretenus, et des invasions de moustiques viennent s'ajouter en été aux tourments quotidiens des prisonniers. Et comme si ça ne suffisait pas, il y a un aéroport à quelques kilomètres au nord, où des bombardiers et des avions ravitailleurs vont et viennent à toute heure de la nuit. C'est comme si Belzébuth régnait sur l'air des alentours.

Je garai ma voiture et allai me placer en tête de la file des visiteurs. Au moins, l'uniforme servait à ça. Un gardien me conduisit jusqu'à une pièce sombre offrant une jolie vue de la cour de la prison. Au bout d'une dizaine de minutes, on amena Friedrich Minoux. De taille médiocre, avec un visage en lame de couteau et une petite moustache, il avait toujours été mince, mais il avait maintenant l'air squelettique. Ma première pensée en le voyant fut que, même avec quelqu'un lui apportant tous les jours son petit déjeuner, il n'allait pas s'en tirer ; la mauvaise nourriture associée au travail épuisant le tuerait aussi sûrement que n'importe quelle guillotine.

« Ah ! c'est vous, dit-il, comme si nous nous étions vus pas plus tard que la veille – en fait, cela remontait à plus de six ans.

— Vous avez bonne mine. »

Minoux poussa un grognement.

« Même une sorcière ayant de bons yeux trouverait ce Hansel trop maigre pour être mangé, je le crains. Mais c'est gentil à vous de le dire. Malgré tout, je ne peux pas me plaindre. Il y en a ici… » Il s'interrompit, la gorge apparemment serrée par l'émotion. « On doit exécuter Siegfried Gohl ce matin. Un objecteur de conscience christadelphe. (Il secoua la tête.) Nous vivons chaque jour avec ce genre de chose. »

Minoux prit une profonde inspiration, puis attrapa une cigarette dans l'étui que j'avais poussé sur la table. Il l'alluma et inhala avec gratitude. Je n'avais aucune envie de lui dire que la cigarette qu'il fumait avait été volée dans son propre coffret en argent à la villa Minoux.

« Je vous ai apporté votre petit déjeuner, dis-je en lui remettant un sac en papier que le gardien avait déjà fouillé. Comme je venais vous voir, j'ai pensé épargner un déplacement à Herr Gantner.

— Merci. Je vais le garder pour plus tard, quand je pourrai prendre le temps de le savourer. Vous n'imaginez pas combien de temps je peux faire durer un petit déjeuner. Parfois jusqu'au dîner.

— Mais si je suis venu vous voir aujourd'hui, c'est avant tout pour vous dire que le Dr Heckholz est mort. Quelqu'un est allé à son cabinet hier soir et lui a défoncé le crâne.

— Je suis vraiment navré de l'apprendre.

— C'est moi qui l'ai découvert, en fait. J'espérais que vous seriez en mesure d'apporter des éclaircissements sur ce qu'il pouvait bien mijoter. Encore que j'en aie une vague idée, mais il m'a semblé que vous pourriez m'en dire davantage que ce que je sais déjà, et qui se résume à bien peu de chose, en définitive. Compte tenu des circonstances, je préférerais ne pas prendre contact avec votre femme. La police n'est pas au courant de son implication, et il vaut mieux, je suppose, que cela reste ainsi. Vous ne croyez pas ? »

Friedrich Minoux eut un haussement d'épaules.

« Pourquoi me demander à moi ?

— Est-ce que quelque chose m'aurait échappé ? J'avais comme l'impression que leurs efforts avaient pour but de vous faire sortir d'ici. Auquel cas, tout ce que vous pourrez me dire...

— Je ne sais pas ce que vous attendez de moi. Jamais je n'ai engagé Heckholz, je vous le garantis. Comment aurais-je pu ? Je n'ai pas d'argent. Tout ce je possédais est parti en amendes, frais juridiques et indemnisation de la Compagnie du gaz de Berlin.

— Vraiment ? Il m'a affirmé le contraire.

— Alors je regrette de devoir dire qu'il a menti.

— Et votre femme est-elle aussi une menteuse ?

— J'ai bien peur que ce ne soit à vous d'en décider. Quel que soit le motif qui a pu inciter ma femme à louer ses services, elle l'a fait entièrement à mon insu. Mais cela ne devrait pas vous étonner, surtout vous, étant donné notre histoire commune. Nous n'avons jamais été très proches, Lilly et moi, comme vous vous en souvenez sûrement. Elle est son propre maître, avec son propre argent et ses intérêts égoïstes. C'est très bien pour elle de remuer ces choses alors qu'elle vit dans le luxe à Garmisch. Mais elle ne se soucie absolument pas des incidences que ses actes pourraient avoir sur moi pendant que je suis en prison. Pas le moins du monde. Et je n'approuve en aucune manière non plus qu'on ait fait appel à vous dans cette affaire. C'était aussi déraisonnable que précipité. Écoutez, je suis désolé que vous ayez gaspillé un trajet depuis Berlin, mais permettez-moi de vous préciser ceci, Herr Gunther. Je n'ai nullement intérêt à contester le verdict du tribunal. Ni d'ailleurs à mettre en cause les termes de la vente de la villa Minoux de Wannsee à la Fondation Nordhav. J'ai été condamné à juste titre pour avoir escroqué la Compagnie du gaz de Berlin, et la sentence aurait pu être beaucoup plus lourde. De surcroît, j'ai reçu un très bon prix pour la villa Minoux. Eh bien, tout cela est-il parfaitement clair pour vous ? »

Il s'efforçait de prendre un ton dur, mais ses mains tremblaient et la cigarette qu'il fumait gisait, abandonnée, dans le petit cendrier en papier d'aluminium. En taule, personne ne laisse une cigarette à moitié entamée.

« Comme de l'eau de roche, Herr Minoux. »

Il se leva et tapa sur la porte pour appeler le gardien.

« Et s'il vous plaît. Sans vouloir me montrer grossier, je vous serais reconnaissant de ne pas revenir. Plus jamais. Que vous soyez là à soulever des questions qui n'ont pas besoin de l'être risque de diminuer mes chances de libération conditionnelle. Le directeur est obligé de tenir un registre de tous mes visiteurs, même ceux que je n'ai pas invités. »

Je ramassai mon étui à cigarettes sur la table, le glissai dans ma poche et inclinai la tête en un acquiescement muet. Et l'instant d'après, sans un mot de plus, il avait disparu dans le néant gris et sonore de Brandebourg-Görden. Je ne parvenais pas à éprouver de la colère envers lui. Il avait peur, c'était visible. Dans un tel lieu, j'aurais eu peur moi aussi.

12

Le directeur adjoint de la prison était un ancien flic de l'Alex nommé Ernst Kracauer. Il avait été avocat, puis Kommissar dans la Schupo pendant vingt ans et, bien que nazi convaincu, il avait la réputation d'être sévère mais juste, si tant est qu'une telle chose soit possible dans ce genre d'endroit. J'allai le voir à son bureau et attendis seul qu'il revienne d'une de ses nombreuses obligations. Il y avait un classeur contre un des murs jaunis et une table à caissons près de la fenêtre. Dessus, un encrier en chêne et laiton rappelant les cercueils des Habsbourg et, accrochée au mur, une vue du Tiergarten dans les années vingt avec une famille près d'un kiosque à musique ; écoutant probablement *Das Lied von der Krummen Lanke*[1], supposai-je. La fenêtre poussiéreuse avait la taille d'un triptyque d'église, mais la pièce nécessitait tout de même la lumière électrique pour que le regard puisse transpercer les ténèbres. Dehors, quelques prisonniers entretenaient un grand potager orné d'un épouvantail, mais cela aurait très bien pu être un autre prisonnier.

À son retour, je saluai Kracauer avec affabilité, mais il ne répondit pas. Au lieu de cela, il ôta son pince-nez, prit une bouteille sur une étagère dans le classeur, remplit deux verres de cognac et m'en tendit un en silence. La veste de son costume gris faisait

---

1. Chanson écrite en 1923 par le chanteur traditionnel berlinois Fredy Sieg. Le Krumme Lanke est un lac situé dans le sud-ouest de Berlin.

davantage penser à un rideau devant une scène de crime qu'à quoi que ce soit confectionné par un tailleur. Il était corpulent et manifestement sous pression, mais pas autant que la chaise en acajou derrière la table, qui craqua de façon inquiétante lorsqu'il s'assit.

« J'en ai besoin, dit-il, avant d'avaler le cognac d'un trait comme si c'était du jus de fruits.

— Je vois ça.

— Assister aux exécutions fait partie de mon travail. À l'heure actuelle, il y en a une par jour. Quelquefois plus. On pourrait penser que j'ai désormais l'habitude. Mais je doute qu'on puisse jamais s'habituer à ça.

— Siegfried Gohl.

— J'ai les nerfs tendus comme des cordes de cithare. À propos, qu'est-ce que c'est que des christadelphes ?

— Des frères en Christ, j'imagine. Si je ne m'abuse, ils ne croient pas à l'immortalité de l'âme. »

Je bus une gorgée de cognac. Il avait meilleur goût que mon petit déjeuner.

« Alors à cet égard, ils sont comme les nazis. (Il secoua la tête.) Je veux dire, si les nazis croyaient à l'immortalité de l'âme, au ciel et à l'enfer, eh bien… »

Il haussa les épaules.

« Ils ne pourraient pas faire ce qu'ils font, suggérai-je.

— En effet. »

Il se remplit un second verre, comme si l'idée de rencontrer son créateur le tracassait.

Nous parlâmes du bon vieux temps pendant quelques minutes, et il parvint même à sourire en me racontant que, pour des raisons manifestes, les prisonniers l'appelaient « le Polonais », mais je n'étais pas dupe ; de toute évidence, il avait appris à haïr son boulot.

« Tu vois ce téléphone, dit-il en indiquant du doigt un des deux appareils posés sur sa table. Il est relié au bureau de Franz Schlegelberger. »

Schlegelberger était le dernier ministre du Reich à la Justice.

« Il va bientôt prendre sa retraite, je crois. Otto Thierack devrait le remplacer. Non que Schlegelberger ait occupé le poste très longtemps. Quoi qu'il en soit, ce téléphone est censé sonner quand une condamnation à mort est commuée en emprisonnement à vie. Mais depuis toutes ces années que je suis ici, il n'a sonné qu'une fois. Quelqu'un qui pensait qu'il s'agissait de l'hôtel Schwarzer Adler. (Il rit.) Bon Dieu, j'aurais bien aimé.

— Tu ne dois pas être le seul.

— Que puis-je pour toi, Bernie ?

— Je rendais visite à un de tes prisonniers. Friedrich Minoux.

— L'escroc de la Compagnie du gaz. Je sais. Je suis censé inscrire ton nom dans le dossier des personnes venues le voir. » Il ouvrit une chemise. « Ce dossier, là.

— Minoux ne s'en sort pas très bien.

— Mieux que ses complices. Max Kessler et Hans Tiemessen tirent l'un et l'autre cinq ans de taule à Luckau, et, d'après ce que j'ai entendu dire, ils en bavent.

— Il a soixante-cinq ans, Ernst. Je ne suis pas sûr que j'arriverais à tenir cinq ans ici.

— Je ne peux rien faire, Bernie. Lui rendre la vie plus facile m'est impossible. Beaucoup de gens au-dehors veillent à ce qu'il ne bénéficie pas d'un traitement de faveur en raison de la fortune de sa femme. Quand l'attention sera un peu retombée, je tâcherai de voir ce que je peux faire, mais jusque-là j'ai les mains liées.

— Merci, Ernst. » Je haussai les épaules. « Encore une chose. Lorsque je l'ai vu tout à l'heure, il semblait nerveux. Sinon effrayé.

— Effrayé ?

— Est-ce qu'on le brutalise, à ton avis ? »

Kracauer secoua la tête.

« La discipline ici est bonne. Si on le brutalisait, je le saurais, crois-moi. Les sanctions pour ce genre de chose sont sévères, pour le moins.

— Des pressions exercées de l'extérieur ? A-t-il eu des visiteurs, à part Gantner, son chauffeur, celui qui lui apporte son petit déjeuner tous les jours ? Quelqu'un qui l'aurait menacé, peut-être ?

— Ceci a-t-il un caractère officiel ?

— Non.

— Alors tu sais que je ne suis pas autorisé à te le dire. Mais écoute. Je ne marquerai pas ton nom dans ce dossier. Ça te va ?

« — Merci, Ernst. J'apprécie. (Je souris.) Comment se portent ta femme et tes enfants ?

— Bien. Bien. Mon aîné vient de s'engager dans la Luftwaffe.

— Tu dois être très fier de lui.

— En effet. Bon, tu veux bien m'excuser un instant ? Il faut que j'aille aux toilettes. Ressers-toi si tu veux. »

Il désigna vaguement la bouteille sur la table. Elle se trouvait à côté du dossier toujours ouvert de Friedrich Minoux.

« Merci. Je crois que oui. »

J'attendis qu'il ait quitté la pièce pour me remplir un autre verre de cognac et jetai par la même occasion un coup d'œil au dossier de Minoux, comme Kracauer avait prévu que je le ferais, bien entendu. Il n'y avait pas assez de temps pour grand-chose d'autre que parcourir la liste des visiteurs. Le matin précédent, Minoux en avait reçu deux : Gantner lui apportant son petit déjeuner, puis le capitaine Horst Janssen, du RSHA.

Je m'assis et allumai une cigarette. Ernst Kracauer revint quelques minutes plus tard.

« Eh bien, il faut que je m'y remette, dit-il en se frottant les mains. J'espère que ta visite a été satisfaisante ?

— Oui, Ernst. Merci. Et prends soin de toi. »

Avec de quoi réfléchir encore plus, je retournai lentement à Berlin et au siège du service de renseignements à l'étranger du RSHA, dans la Berkaer Strasse. Janssen, qui était probablement déjà un meurtrier de masse, travaillait pour Schellenberg, un des administrateurs de la Stiftung Nordhav. Avait-il flanqué le *schreck*[1] à Minoux ? Ça semblait hautement probable. En outre, ne l'avais-je pas déposé le même jour au Tribunal militaire de Charlottenburg ? Il y avait aussi ça à considérer. La Witzlebenstrasse se trouvait à seulement un quart d'heure à pied du cabinet de Heckholz dans la Bedeuten Strasse. Il avait fort bien pu témoigner à un procès et assassiner Heckholz en rentrant chez lui, la journée terminée. Du travail de routine pour un homme comme Janssen. Je le préférais indéniablement pour le meurtre de Heckholz à mon seul autre suspect, le lieutenant Leuthard. Je le préférais parce que, malgré tout,

---

1. Allemand : peur, frousse.

128

j'aimais bien Leuthard. Quelqu'un capable de s'endormir pendant un opéra ne pouvait être que réglo, d'après moi. Du reste, si vous venez de tuer un type de sang-froid, il n'est pas facile de faire une sieste, même à l'Opéra allemand. Cela indiquait une conscience tranquille. En revanche, il n'était que trop facile d'imaginer le capitaine Janssen assassinant le Dr Heckholz sur les ordres de Schellenberg. J'en connaissais moi-même un rayon pour ce qui était de faire le sale boulot d'un autre. J'en avais eu largement ma part avec Heydrich et Nebe.

J'apportai les clés au bureau et rencontrai Janssen alors qu'il descendait l'escalier.

« Vous avez fini de balader ces deux Suisses dans Berlin avec ma voiture ? demanda-t-il.

— Fini.

— Qu'avez-vous fait avec eux au juste ?

— Je les ai emmenés à l'Opéra allemand.

— L'opéra ? C'est agréable.

— Ça aurait pu, mais il y a eu un meurtre au coin de la Bedeuten Strasse, et les sirènes de la police ont perturbé la musique. Du moins, je suppose. On n'est jamais certain avec les opéras modernes. Un avocat qui s'est fait défoncer le crâne à coups de tuyau en plomb. Je veux dire, en vrai. Pas dans l'opéra. »

Je n'ai jamais été un bon joueur de cartes, mais je suis capable de bluffer un brin et je sais reconnaître quand quelqu'un surveille ses paroles.

« Vraiment ? » Janssen fronça les sourcils. « Sauf que, si j'en crois les manchettes de ce matin, le meurtrier s'est servi d'un buste de Hitler pour frapper l'homme à la tête. Plutôt comique quand on y songe. Tué ainsi par Hitler. Et la victime n'était même pas juive.

— Hilarant, présenté de cette manière.

— Êtes-vous chargé de l'enquête ?

— Non. Il se trouve que je quitte la Kripo et le RSHA. J'ai un nouvel emploi. Je rejoins la semaine prochaine le Bureau des crimes de guerre.

— Vous me surprenez. Je ne savais pas qu'une chose semblable existait.

« — Vous voulez dire une chose comme un crime de guerre ? Ou un bureau enquêtant à ce sujet.

— Les deux.

— J'ai la nette impression qu'il va devenir plus important que vous ne le pensez. (Je souris patiemment.) En tout cas, merci pour la voiture.

— Puis-je vous déposer quelque part ?

— Non, j'irai à pied. À cette heure de la journée, j'ai générale-ment besoin d'air. Surtout quand je suis en uniforme.

— Il fait plutôt chaud aujourd'hui », se contenta-t-il de répondre.

Je retournai à la gare de Grunewald. Je me disais que j'avais poussé aussi loin que possible mes investigations sans finir comme Friedrich Minoux ou même le Dr Heckholz, et j'éprouvais un pro-fond soulagement à pouvoir laisser tout ça derrière moi. Que m'im-portait qui tirait profit de la Stiftung Nordhav ? Ou d'Export Drives GmbH ? À coup sûr, ça ne me regardait pas. Moi-même, je n'aurais pas craché sur un peu de bel et bon argent. En l'occur-rence, il y avait encore moins de chance que Wilhelm Stuckart, le secrétaire d'État au ministère de l'Intérieur, examine leurs preuves de malversations et autres actes répréhensibles que je ne l'aurais imaginé. Car j'avais découvert depuis que Stuckart était général honoraire dans la SS.

Comme une grande partie de ce qui se passait avec les nazis, mieux valait laisser toute l'histoire de côté. La vie était trop courte pour aller fourrer son nez dans les entreprises de pontes comme Walter Schellenberg ou Werner Best. Avec un peu de chance, per-sonne ne saurait que j'avais jamais été impliqué. La seule chose qui comptait à présent, c'est que je serais bientôt loin de l'Alex et hors du RSHA, à travailler pour des hommes aux yeux de qui l'honneur n'était pas un simple mot sur un ceinturon de cérémonie. Certes, rien de comparable avec la Commission criminelle – en tout cas, celle qui existait à l'époque où Bernhard Weiss dirigeait la Kripo –, et je ne pensais pas, en toute honnêteté, qu'aucun des dossiers dont on pourrait me charger pèserait très lourd dans la balance de Justi-tia, mais ça ferait l'affaire pour le moment.

Intermède

Côte d'Azur, 1956

Sur l'écran, Dalia écarta ses jolies lèvres rouges, révélant une rangée de dents parfaites, éclata de rire, puis fixa la caméra de ses grands yeux bleus, et je retombai d'un seul coup amoureux. Après plus de dix ans, c'était comme si nous ne nous étions jamais quittés. Enfin, presque. Le cinéma est cruel. Si cruel qu'il a dû être inventé, ou du moins imaginé, par un Allemand. Nietzsche, peut-être, avec son idée de l'éternel retour. Je ne peux pas songer à une idée plus cinématographique que celle-là, car, en toute honnêteté, il est fort probable que, pour des raisons évidentes, je voie ce film plusieurs fois. Pourquoi pas ? J'arrivais presque à sentir son odeur.

Et pourtant, de manière déchirante, je ne pouvais pas la toucher et ne le ferais jamais plus, selon toute vraisemblance. Rien que d'y penser, je me sentis soudain si faible et mal en point que c'était comme si j'avais perdu la volonté de vivre. On ne peut jamais combler tout à fait le vide laissé par une femme qu'on a aimée. Se souvenait-elle seulement de moi ? Y avait-il un seul instant dans la journée où quelque chose lui traversait l'esprit pour lui rappeler Gunther et ce qu'il y avait eu entre nous ? J'en doutais, tout comme, en dernière analyse, elle avait certainement douté de moi.

131

Jamais elle n'aurait cru que j'assumerais une partie de la responsabilité qui était la sienne. Elle ne l'avait sans doute pas cru jusqu'à ce qu'elle soit en sécurité chez elle. Franchement, je m'étais surpris moi-même à l'époque, et je m'attendais bel et bien à y laisser ma peau ; sans elle, c'était peut-être même ce que je désirais le plus au monde. Mourir. Après mon retour de Biélorussie, j'en avais assez de survivre à n'importe quel prix. D'ordinaire, bien sûr, je ne suis pas aussi magnanime, mais l'amour peut avoir de curieux effets sur un homme. De la voir à cet instant sur l'écran, partageant la vedette avec Rex Harrison, un homme qui était le prototype de tout ce que je détestais chez les Anglais – suffisant, narcissique, snob, vaguement hétérosexuel –, m'amena à la conclusion que je n'étais vraisemblablement qu'une note de bas de page dans sa liaison notoire avec Joseph Goebbels, liaison que, pour être juste, Dalia n'avait cessé de nier, mais qui continuait à s'accrocher à ses basques. Aux autorités yougoslaves, elle avait toujours affirmé que, même si le ministre de la Propagande de Hitler l'avait effectivement poursuivie de ses assiduités, elle ne lui avait jamais cédé, invoquant pour preuve le fait qu'elle avait passé les dernières années de la guerre en Suisse plutôt que d'accepter les rôles que lui proposait Goebbels en sa qualité de patron des studios de l'UFA à Babelsberg.

Croyais-je à ces dénégations ? J'aurais bien aimé. Même à l'époque, j'avais des doutes, quoiqu'on ne puisse pas vraiment reprocher à Dalia l'intérêt que lui portait le priapique Doktor. Pas entièrement. Une femme peut seulement choisir les hommes qu'elle essaie de séduire et non ceux qu'elle séduit véritablement. Et je ne reprochais certainement pas à Goebbels de s'être entiché d'elle car, à bien des égards, il n'était guère différent de moi. Nous avions l'un comme l'autre l'œil pour les jolis minois – les deux pour un très beau –, et il était facile de se laisser envoûter par une femme comme Dalia Dresner. Une heure en sa compagnie suffisait à vous faire succomber à son charme. Cela peut sembler une exagération, et ça l'est peut-être pour certains, mais pas pour moi. Je tombai amoureux d'elle pratiquement à la minute même où je la vis, ce qui n'a sans doute rien d'étonnant puisqu'elle était alors complètement nue dans son jardin de Griebnitzsee. Mais j'anticipe. Les histoires doivent avoir un début, un milieu, mais je ne suis pas sûr que celles de ce genre aient jamais réellement une fin ; pas tant que je peux encore éprouver de tels sentiments vis-à-vis d'une femme que je n'ai ni vue, ni touchée, ni entendue depuis un millier d'années.

13

Près d'un an après la conférence sur la criminalité à la villa Minoux, je fus de nouveau convoqué au ministère de l'Éducation du peuple et de la Propagande. Cette fois, ce n'était pas pour voir le secrétaire d'État Leo Gutterer, mais pour rencontrer le ministre lui-même. Le Mahatma Propagandhi. À vrai dire, nous nous étions déjà rencontrés une ou deux fois. J'étais rentré depuis peu de Biélorussie, où j'avais été ses yeux et ses oreilles durant l'enquête sur le massacre de la forêt de Katyn. On avait découvert les cadavres de quatre mille officiers et sous-officiers polonais dans un charnier près de Smolensk et, en tant que membre du Bureau des crimes de guerre, j'avais contribué à faciliter le déroulement de l'enquête internationale, dont Goebbels continuait à exploiter la valeur sur le plan de la propagande dans l'espoir de provoquer une brèche entre les Soviétiques, qui avaient assassiné les Polonais, et leurs alliés britanniques et américains plongés dans l'embarras. Un espoir bien mince, mais, dans l'ensemble, Goebbels était content de ce que j'avais accompli. Moi, beaucoup moins, même si ça commençait à devenir une sorte de risque du métier. Après avoir travaillé ici et là pour Heydrich pendant trois ans, je m'étais habitué à me sentir utilisé comme un instrument profitable par des gens qui ne l'étaient eux-mêmes en rien. Si j'avais possédé davantage d'imagination, j'aurais peut-être trouvé un moyen de cesser de travailler ou même de disparaître ; après tout, quantité de gens disparaissaient dans l'Allemagne nazie. Tout le problème était d'arriver à le faire sans que ce soit définitif.

J'étais déjà allé dans le bureau de Jo, mais j'avais oublié à quel point il était grand. Henry Morton Stanley aurait réfléchi à deux fois avant de monter une expédition pour essayer de trouver les toilettes. Et dans cette vaste étendue de tapis épais et de tissus d'ameublement moelleux, il aurait été facile de rater complètement le tout petit ministre, qui occupait un minuscule coin d'un canapé de dimension planétaire, tel un enfant infernal mis à juste titre en quarantaine. Goebbels portait un costume trois-pièces d'été impeccable, aux revers de la largeur d'une hallebarde de garde suisse ; sa chemise blanche était encore plus éblouissante qu'un lever de soleil sur le mont Sapo et, en guise de cravate, il arborait une lavallière à rayures ornée d'une épingle en perle. Ce qui lui donnait l'air d'un maquereau. Cela dit, un nœud de cravate lui faisait peut-être beaucoup trop l'effet d'un nœud coulant. Il posa le livre de Knut Hamsun[1] qu'il était en train de lire et se leva. En dépit de sa petite stature, il n'était pas dépourvu de charme et de bonnes manières. Il était tout sourire, compliments et gratitude pour le travail bien fait. Il alla jusqu'à serrer ma main dans la sienne, plus petite et légèrement plus moite que la mienne.

« Installez-vous et mettez-vous à votre aise. »

Je m'assis à l'autre bout du canapé, mais je ne me serais pas senti moins à l'aise avec une vipère du Gabon lovée sur un des coussins en soie.

« Détendez-vous. Il y a des cigarettes. Du café. J'irai chercher quelque chose à boire si vous préférez.

— Le café sera très bien, merci. »

Il y avait un pot en argent avec une poignée et des tasses de Meissen sur un petit plateau ; je me versai un café noir, mais ne le bus pas. Ma vessie me jouait déjà des tours, il valait mieux éviter. Je pris une cigarette, que je me contentai de rouler entre mes doigts. Se détendre n'était jamais aussi éprouvant. Il est vrai que mon hôte

---

1. Fervent soutien du parti pro-nazi norvégien, l'auteur de *La Faim* fut reçu par Hitler en 1943. Peu après, il offrit à Goebbels la médaille du prix Nobel dont il avait été lauréat en 1920.

comptait parmi les intimes d'Adolf Hitler ; en outre, c'était un homme intelligent ; un homme capable de persuader un troupeau de gorfous sauteurs de piquer une tête dans un sauna.

« Lorsque je vous ai confié cette mission à Katyn, je savais que ce ne serait pas très agréable. »

Le Doktor semblait avoir un don pour l'euphémisme tout autant que pour l'exagération. Chaque matin, je me levais en sentant encore l'odeur de ces quatre mille cadavres polonais.

« Et, si vous vous rappelez, je vous avais promis qu'en échange je vous offrirais la possibilité de travailler pour moi à titre privé. Quelque chose de très avantageux pour vous. C'est pourquoi je vous ai prié de venir me voir aujourd'hui. Pour vous offrir cette occasion.

— Merci, Herr Doktor. Et ne croyez pas que je ne vous sois pas reconnaissant. Simplement, depuis que je suis rentré de Smolensk, mes fonctions au Bureau des crimes de guerre m'ont tenu continuellement occupé. J'ai une montagne de paperasse à remplir et deux enquêtes à entreprendre. »

Ce qui était vrai ; des plans top secret avaient apparemment disparu de la Section de la planification stratégique de l'armée au Bendlerblock[1] et, peu désireux de faire appel à la Gestapo, mon patron, le juge Goldsche – qui était très ami avec les bonzes au sommet – m'avait demandé d'examiner cette affaire. Mais la Section de la planification ayant été touchée par les bombes de la RAF, il y avait de fortes chances pour que les plans disparus aient été détruits.

« Absurde. Je suis certain que le Bendlerblock peut vous accorder quelques jours pour moi. J'appellerai le juge Goldsche afin de l'informer que je vous emprunte au Bureau. Vous aurez tout le temps de rattraper la paperasse en retard une fois que vous m'aurez rendu ce service. Lequel ne sera pas sans agrément, mais requiert par ailleurs des compétences très particulières. Bref, il nécessite les services d'un vrai détective. Non, plus que ça. Il nécessite les services d'un détective à la réputation éprouvée. »

---

1. Siège du haut commandement de la Wehrmacht, surnommé ainsi parce qu'il était situé dans la Bendlerstrasse, aujourd'hui la Stauffenbergstrasse.

À présent, je commençais à deviner pour laquelle des deux personnes présentes dans la pièce c'était un boulot avantageux. Et ça n'avait pas l'air d'être moi.

« Il y a longtemps qu'on ne m'avait pas décrit de cette manière.

— Vraiment ? Si je me souviens bien, pas plus tard que l'an dernier, vous avez été présenté aux divers invités lors d'une conférence internationale de police criminelle comme la réponse de Berlin à Sherlock Holmes. Ou avez-vous oublié ce discours que vous avez prononcé à la villa Minoux ? Celui que le secrétaire d'État Gutterer vous avait aidé à écrire.

— En fait, ça m'était sorti de la tête. J'avais en outre l'impression que c'était bien le dernier endroit où les exagérations du Dr Gutterer concernant mes qualités de policier seraient effectivement prises au sérieux.

— Est-ce possible, grand Dieu ? » Goebbels laissa échapper un gloussement. « Eh bien, vous auriez tort. Tous les doutes que nous aurions pu avoir sur vos incomparables talents ont été levés lorsque vous avez réussi à si bien arranger les choses à Katyn. Je ne me trompais pas à votre sujet, Gunther. Je me rends compte que nous aurions pu avoir là-bas un ou deux différends. J'aurais même pu vous mettre dans une position délicate. Mais vous êtes un homme de valeur dans les situations épineuses. Et voilà dans quoi je suis en ce moment.

— Désolé de l'apprendre », dis-je avec fort peu de sincérité.

Trop peu de sincérité pour un homme aux oreilles non moins attentives au sens des mots que celles du Mahatma.

Il ôta un minuscule bout de fil de son pantalon de costume et le laissa tomber sur l'épais tapis comme si c'était moi.

« Oh ! je sais que vous n'êtes pas un nazi. J'ai lu votre dossier de la Gestapo, qui, soit dit en passant, est aussi épais qu'un scénario de Cecil B. DeMille et probablement aussi divertissant. À dire vrai, si vous étiez un nazi, vous seriez un peu plus en faveur auprès du quartier général du RSHA, mais sans aucune utilité pour moi. De fait, je désire que cette question soit traitée de façon officieuse. Ce qui signifie que je ne veux absolument pas que des salopards comme Himmler et Kaltenbrunner en aient vent. Il s'agit d'une affaire privée. Est-ce clair ?

— Tout à fait clair.

— Néanmoins, ils essaieront de savoir ce que nous faisons. Ils peuvent bien se raconter à qui mieux mieux qu'il est nécessaire dans l'intérêt du pays de connaître la vie privée des membres du gouvernement. Ce n'est pas vrai. Il est dans leur intérêt de collectionner les commérages sur tout un chacun afin de s'en servir ensuite pour consolider leur propre position auprès du Führer. Non qu'il y ait quoi que ce soit de répréhensible ici, vous comprenez. Simplement, ils pourraient aisément le laisser croire. Insinuations. Rumeurs. Ragots. Chantage. C'est une seconde nature chez des individus comme Müller et Kaltenbrunner. Vous ne serez peut-être pas en mesure de les envoyer au diable à proprement parler, mais je suis persuadé qu'un gaillard tel que vous pourrait se montrer plus malin qu'eux. Avec discrétion. Raison pour laquelle je suis prêt à vous payer, de ma poche. Que diriez-vous de cent reichsmarks par jour ?

— Sincèrement ? Cela paraît trop beau pour être vrai. Ce qui, après tout, est une habitude chez vous. »

Goebbels fronça les sourcils comme s'il n'arrivait pas à décider si j'étais insolent ou non.

« Qu'avez-vous dit ?

— Vous m'avez très bien entendu. Vous me pardonnerez, monsieur le ministre, mais, au cas où je finirais par travailler pour vous, je dois être franc. Croyez-moi, si cette tâche requiert la discrétion que vous dites, vous ne voudriez pas qu'il en soit autrement. Je n'ai encore jamais connu de client qui désirait que je mette du sirop sur un fromage à pâte dure.

— Oui », fit-il d'une voix hésitante. Puis, avec moins d'hésitation, il ajouta : « Oui, vous avez raison. Je ne suis pas habitué à ce qu'on soit franc avec moi, voilà tout. La vérité est une denrée rare de nos jours, surtout quand vous devez pouvoir compter sur des fonctionnaires allemands. Mais même les Britanniques sont devenus des experts s'agissant de tordre les faits. Leurs déclarations relatives à un raid nocturne sur Dresde constituaient le summum du mensonge et du faux-fuyant. On pourrait croire qu'il n'y a eu aucune perte civile, qu'ils ont bombardé la ville sans faire une seule victime parmi la population. Mais c'est une autre question. Merci pour la leçon de pragmatisme. Et comme on prétend que les bons comptes font les bons amis, il vaudrait peut-être mieux que je vous paie à l'avance. »

Goebbels glissa sa main dans sa veste, en retira un portefeuille en cuir souple, puis se mit à compter cinq billets de cent marks sur la table devant nous. Je laissai l'argent là pour le moment. Je le prendrais, bien sûr, mais je devais au préalable m'occuper de mon amour-propre ; ce sentiment résiduel de ma propre dignité – un mince fragment de respect de soi, tout au plus – allait avoir besoin d'une prudente gestion de dernière minute.

« Pourquoi ne pas m'exposer le problème, et je vous dirai ce qu'il est possible de faire ? »

Goebbels eut un haussement d'épaules.

« Comme vous le souhaitez. » Il s'interrompit, alluma une cigarette. « J'imagine que vous avez entendu parler de Dalia Dresner. »

J'acquiesçai. Tout le monde en Allemagne avait entendu parler de Dalia Dresner. Ou, à défaut, de *La sainte qui n'existait pas*, l'un des films les plus sensationnels dans lesquels elle avait joué. Dalia Dresner était une des grandes vedettes de cinéma de l'UFA-Babelsberg.

« Je veux qu'elle soit dans *Siebenkäs*, mon prochain film pour l'UFA. Basé sur le célèbre roman de Jean Paul, *Fleurs, fruits, et épines ou Vie conjugale, mort et mariage de l'avocat des pauvres F. St. Siebenkäs*. Vous l'avez lu ?

— Non. Mais je comprends que vous ayez jugé nécessaire de changer le titre.

— Elle serait parfaite pour le rôle principal de Natalie. Je le sais, elle le sait, le réalisateur, Veit Harlan, le sait. L'ennui, c'est qu'elle ne veut pas. Du moins, jusqu'à ce qu'elle soit rassurée sur le sort de son père, avec qui elle semble avoir coupé les ponts. Je crois qu'ils ont été longtemps brouillés, mais, sa mère étant morte récemment, elle a décidé de reprendre contact avec lui. Une histoire assez typique de notre époque, en fait. Quoi qu'il en soit, elle affirme qu'elle a besoin d'un détective pour le retrouver. Et comme il s'agit de Dalia Dresner, cela ne peut pas être n'importe lequel. Il faut que ce soit le meilleur. En conséquence, jusqu'à ce qu'elle ait parlé à cet homme et qu'il ait accepté de faire ce qu'elle demande, il est clair qu'elle aura autre chose en tête que le tournage de ce film.

— Et vous ne voulez pas que la Gestapo s'en occupe.

— Exact.

— Puis-je vous demander pourquoi ?

— Je ne crois pas que ce soient vos fichus oignons.

— Et cela peut très bien rester ainsi. Franchement, moins j'en sais sur vos affaires personnelles et mieux je me porte. Je n'ai nullement sollicité ce travail. Ni même demandé à venir ici pour qu'on me fasse une proposition avantageuse. Si l'un ou l'autre m'intéressait, je ne serais pas assis à côté de vous sur ce canapé, comme vous l'avez reconnu vous-même. Mais je ne travaillerai pas pour vous avec un bandeau sur l'œil et une main attachée dans le dos. Si je dois jouer les renards avec des types comme Kaltenbrunner et Müller, je ne peux pas être traité comme votre caniche, Herr Doktor. Ce n'est pas ainsi qu'opèrent les renards.

— Vous avez raison. Je dois faire confiance à quelqu'un. Les événements récents ont sérieusement ébranlé ma santé, et j'ai été contraint d'annuler des vacances dont j'aurais eu grand besoin. Cette affaire ne m'aide pas non plus. Il faudrait que je retrouve la forme, mais je ne vois absolument pas comment c'est possible. En réalité, tout cela me déprime. »

Il croisa les jambes, puis ramena vers lui son genou droit, de sorte que j'avais une excellente vue de son pied droit à la déformation célèbre.

« Avez-vous une petite amie, Herr Gunther ?

— Il y a une fille que je vois de temps en temps.

— Parlez-moi d'elle.

— Elle s'appelle Kirsten Handlöser et est institutrice au Fichte-Gymnasium, dans la Emser Strasse.

— Êtes-vous amoureux d'elle ?

— Non, je ne crois pas. Mais ces derniers temps, nous sommes devenus très proches.

— Malgré tout, vous avez déjà été amoureux, Herr Gunther ?

— Oh oui !

— Et qu'est-ce que vous en pensez, d'être amoureux ?

— À mon avis, ça ressemble à une croisière. Ce n'est pas si mal quand on navigue sur une mer calme. Mais quand le temps se met à se gâter, on devient facilement nauséeux. En fait, c'est même étonnant à quel point ça peut se produire vite. »

Goebbels opina.

« Vous l'avez très bien formulé. La plupart des policiers qu'il m'a été donné de rencontrer étaient des instruments contondants. Mais je vois que vous avez un côté plus subtil. Ça me plaît. Il se trouve que je suis amoureux. Ce qui n'a rien d'une situation inhabituelle pour moi. J'aime les femmes. Je les ai toujours aimées. Et elles ont l'air de m'apprécier. Je suis marié, bien entendu, et père de plusieurs enfants. Il m'arrive d'oublier combien. Toutefois, avant la guerre, il y avait une autre actrice. Nommée Lída Baarová. Vous avez probablement entendu parler d'elle également. »

J'acquiesçai et finis par allumer la cigarette entre mes doigts. Ce n'est pas tous les jours que le ministre de la Propagande du Reich vous dévoile sa vie amoureuse, et je tenais à lui accorder toute mon attention.

« Je rêvais de quitter ma femme pour vivre avec elle, mais le Führer n'a rien voulu entendre. Lída est une Slave, vous comprenez, et donc considérée comme racialement inférieure. De même que Dalia Dresner. » Il hocha la tête. « Dans l'intérêt de Dalia, j'ai essayé de ne pas trop m'impliquer avec elle. Himmler et Kaltenbrunner ne demanderaient pas mieux que de me nuire en racontant au Führer que j'ai une nouvelle liaison avec une Slave. Il serait furieux, naturellement. Le Führer voit d'un très mauvais œil tout ce qui n'est pas une monogamie absolue. Je me suis donc efforcé de garder des distances. Mais je suis amoureux d'elle. Et il est vrai qu'elle me rappelle beaucoup Lída.

— Maintenant que vous en parlez, il existe une certaine ressemblance.

— Exactement. J'ai même tenté de la vendre comme la Garbo allemande afin que Hitler l'oublie. La ressemblance entre elle et Baarová, je veux dire. Qu'on ne pense pas que c'est pour ça que je favorise la carrière de Dalia.

— Et alors ? Est-ce pour cette raison que vous voulez faire d'elle une star ?

— Peut-être un peu, oui. Voyez-vous, quand je suis avec Dalia, j'ai l'impression de ne pas avoir vraiment besoin de vacances.

Et à l'heure actuelle, tout ce que je désire, c'est la rendre heureuse.

— Je peux comprendre ce genre de chose.

— Bien. Parce que vous devez comprendre aussi que je trouverais très inopportun qu'il se passe quoi que ce soit qui puisse nous mettre dans une situation embarrassante, elle ou moi.

— Je suis capable de tenir ma langue si c'est ce que vous voulez dire, Herr Doktor.

— C'est ce que je veux dire. Je souhaite que cette affaire soit traitée avec la plus grande discrétion.

— Je ne l'envisageais pas autrement.

— Ainsi donc. Ce que je désire, c'est que vous la rencontriez, que vous déterminiez quel est le problème et que vous lui rendiez le sourire. J'ai besoin de ce sourire. Et le cinéma aussi en a besoin. Nous en avons besoin de manière à pouvoir commencer la production de ce film avant la fin de l'été. J'ai Veit Harlan et Werner Krauss sous contrat, ce qui coûte au studio une fortune. Non seulement ça, mais ce beau temps serait idéal pour nous, sauf que nous ne pouvons pas tourner une seule scène jusqu'à ce qu'elle ait obtenu ce qu'elle veut. »

Je secouai la tête.

« Il y a autre chose que vous ne me dites pas. Ce qui ne me surprend guère. »

Goebbels se mit à rire.

« Mon Dieu, mais vous êtes un impudent.

— Je présume que c'est aussi dans mon dossier. Alors pourquoi feindre l'étonnement ? Comme vous l'avez dit vous-même, si j'étais un bon national-socialiste, j'aurais déjà fait mon chemin au sein du RSHA et je ne vous serais donc d'aucune utilité. »

Goebbels acquiesça patiemment. Je l'avais poussé aussi loin que je pouvais et même un peu plus que ça. Une des leçons que j'ai apprises sur les gens de pouvoir et d'argent : si vous avez quelque chose qu'ils veulent, ils seront prêts à entendre quasiment n'importe quoi pour l'avoir.

« Vous avez raison. Mais je préférerais qu'elle vous en parle elle-même. Eh bien, irez-vous la voir ? Écouter au moins ce qu'elle a à dire ? »

Je ramassai l'argent sur la table. Discuter avec sa copine était apparemment le moins que je puisse faire. Comme je l'ai dit, ce n'est pas tous les jours que le ministre de la Propagande du Reich vous ouvre son cœur et, plus important, son portefeuille. Ni que vous avez l'occasion de rencontrer une vedette de l'écran.

« Très bien. Où puis-je la trouver ?

— À Potsdam. Au bord du Griebnitzsee, près des studios. Il y a une maison que j'ai acquise récemment dans la Kaiserstrasse. Ma secrétaire vous donnera tous les détails. Adresse, numéro de téléphone, etc. Quand puis-je lui dire que vous passerez ? »

Je haussai les épaules et jetai un coup d'œil à ma montre.

« Cet après-midi ? Je ne sais pas. Y a-t-il une gare dans les parages ? Je ne connais pas très bien Potsdam.

— Neubabelsberg, répondit Goebbels. Je crois que cela fait une bonne trotte depuis la gare. Mais en partant maintenant, vous pourrez y être avant le déjeuner si vous empruntez ma voiture.

— Bien sûr. »

Il me lança un trousseau de clés.

« Une chose à propos de la voiture, ajouta-t-il, comme s'il regrettait déjà de me la prêter. Le compresseur a tendance à vrombir au démarrage. Et il faut laisser l'huile chauffer avant d'embrayer. »

Je me dirigeai vers la porte.

« Je vous confie les deux choses que j'aime le plus au monde. Ma voiture. Et mon premier rôle féminin. J'espère que c'est suffisamment clair.

— Comme de l'eau de roche, Herr Doktor. Comme de l'eau de roche. »

14

J'aurais dû être de meilleure humeur. Je conduisais une Mercedes-Benz 540K Spezial-Roadster, celle avec le corps fuselé et la roue de secours montée sur le coffre. La capote était baissée, j'avais le vent dans les cheveux et le pied à fond sur l'accélérateur. J'aimais bien conduire, surtout sur la voie express Avus, et j'aurais dû sourire d'une oreille à l'autre, mais, jusqu'à ce que Goebbels me pose la question dans son bureau, je ne m'étais pas rendu compte que je n'étais pas amoureux de Kirsten et que je ne le serais probablement jamais. Ce qui m'amenait à me demander si c'était vraiment une bonne idée de sortir avec elle. Même une voiture aussi superbe qu'une 540K ne suffisait pas à compenser ce type de sentiment. Après tout, l'amour est une denrée rare, et s'apercevoir que vous n'êtes pas amoureux est presque aussi troublant pour l'esprit humain que le contraire.

Je m'étais mis à la fréquenter à mon retour de Smolensk après qu'elle m'eut parlé d'un ton brusque dans la file pour le pain à cause de l'uniforme que je portais. Elle m'avait accusé d'être passé devant les autres, ce qui n'était pas vrai. Un peu plus tard dans la journée, je l'avais revue aux bains publics de la Schlachtstrasse, et elle s'était excusée. Elle avait les nerfs en pelote, m'avait-elle expliqué, parce que le SD était venu poser des questions dans son école afin d'essayer de déterminer pourquoi aucun des élèves de l'établissement n'avait choisi d'être évacué dans un

145

camp KLV[1] du fait des bombardements. Elle avait répondu au SD que tout le monde savait à Berlin que ces camps avaient mauvaise réputation, que les parents ne voulaient pas que leurs filles soient abusées par les membres des Jeunesses hitlériennes également présents dans ces camps. Kirsten craignait d'avoir eu la langue trop bien pendue, ce qui était probablement le cas, mais je lui dis de ne pas s'inquiéter et que, si jamais elle se retrouvait dans de sales draps, je prendrais sa défense, initiative qui, à la vérité, n'aurait guère servi sa cause.

Je compris que, lorsque j'aurais rendu à Goebbels et à Dalia Dresner le service qu'ils attendaient de moi, il me faudrait discuter calmement avec Kirsten et lui annoncer la mauvaise nouvelle ; comme c'était une jolie fille, elle n'aurait pas de mal à trouver un autre homme, peut-être même un peu plus de son âge, à supposer qu'il en reste une fois la guerre terminée.

Je sortis de l'Avus et ralentis pour traverser Wannsee. Quelques passants se retournèrent pour regarder la voiture rouge ; ils devaient me prendre pour Tazio Nuvolari. Je sais que c'était mon cas.

Jusqu'à ce que la 540K arrive là, Potsdam était une ville paisible, d'environ quatre-vingt-cinq mille habitants, située à une cinquantaine de kilomètres seulement de Berlin, encore qu'elle aurait très bien pu être perchée sur le mont Palatin à Rome. La plupart des rois prussiens en avaient fait leur résidence d'été, ce qui est un peu comme dire que Louis XIII possédait un pavillon de chasse à Versailles. Avec plusieurs superbes parcs et palais, et entourée par la Havel et ses lacs, Potsdam abrite aujourd'hui quelques-uns des citoyens les plus riches d'Allemagne. Dont les plus riches vivent probablement au bord du Griebnitzsee, dans ce qu'on appelle la colonie de villas de la Kaiserstrasse, où les maisons sont un peu plus petites qu'un palais ordinaire, mais nettement plus privées, ce que l'argent peut procurer de nos jours. Ça et vingt-cinq pièces et entrées semblables au Parthénon, sans compter des jardins assez grands pour y stationner une escadrille de Dornier.

---

1. Le *Kinderlandverschichkung* était un programme mis en place par les Jeunesses hitlériennes pour évacuer les enfants vivant dans des villes susceptibles d'être bombardées.

Les épis de la grille en fer forgée devant l'adresse qu'on m'avait donnée ressemblaient à des chênes ; il y en avait de plus petits dans le jardin de devant. Je n'avais jamais vu l'Alhambra, mais j'imagine que certaines parties – peut-être les dépendances – ressemblaient à l'endroit que j'examinais à cet instant. Construite en pierre couleur crème, avec des ornements en brique rouge et des vitraux, la villa avait même des tours et des créneaux, sans parler d'une voiture garée dans l'allée de gravier qui était la réplique exacte de celle que j'avais laissée dans la rue. Tout à fait le genre de baraque où vous vous attendiez à rencontrer une vedette de cinéma, de sorte que la petite marque en forme de losange à droite du montant de la porte, là où une *mezouza* avait été fixée sur l'encadrement, me laissa bouche bée. Il n'y avait pas besoin d'être le rabbin local ni de voir une fête de bar-mitsva dans le parc pour comprendre que cette vaste demeure excentrique avait jadis appartenu à une famille de Juifs.

Je tirai sur la poignée en métal argenté de la sonnette à l'ancienne et l'entendis tinter bruyamment dans l'entrée. J'attendis, tirai de nouveau et, comme il ne se passait rien, je lorgnai un moment à travers la vitre de la porte, mais, n'apercevant qu'un meuble à patères avec un miroir de la taille d'un écran de cinéma, je gagnai l'arrière de la bâtisse, où la pelouse descendait en pente douce jusqu'au bord du lac. Plusieurs balises de marquage orange avaient été déployées dans l'eau pour rappeler aux touristes en bateau que les occupants de la maison n'étaient jamais là pour eux. Cependant, je ne regardais pas l'eau, mais la pelouse de feutre vert et ce qu'il y avait dessus car c'est là, allongée sur une grande couverture en lin blanc, que je posai pour la première fois les yeux sur Dalia Dresner en chair et en os, laquelle montrait bien plus qu'escompté. Elle était aussi nue que la baïonnette des géants de Potsdam[1] et tout aussi dangereuse pour les hommes, comme je n'allais pas tarder à le découvrir. Finalement, mes bonnes manières naturelles me persuadèrent – au bout de certainement cinq minutes – que j'aurais dû m'annoncer ou au moins me racler la gorge.

---

1. Surnommé la « garde des géants de Potsdam », le 6ᵉ régiment d'infanterie prussienne, créé en 1675 sous le règne de Frédéric-Guillaume Iᵉʳ de Prusse, était composé d'hommes de taille supérieure à la moyenne.

« Lorsque le Dr Goebbels m'a demandé d'aller vous voir, je n'avais pas idée que c'est ce qu'il entendait par là. »

Elle se redressa prestement et s'enveloppa avec la couverture en lin, mais pas avant d'avoir fait en sorte que rien ne m'échappe.

« Oh ! se contenta-t-elle de dire.

— Je suis désolé, déclarai-je, même si je ne l'étais nullement. J'ai sonné, mais personne n'a répondu.

— J'ai donné sa journée à la bonne.

— Si elle ne revient pas, je veux bien prendre le poste.

— Vous êtes Gunther, bien sûr. Le détective. Joseph m'a prévenue que vous alliez venir.

— Je suis Gunther.

— Le studio nous oblige à nous étendre ainsi au soleil. Pour bronzer. Je doute que ce soit très bon pour ma peau, mais Joseph prétend que c'est ce que désire le public.

— Je n'ai pas de problème à ce sujet. »

Elle sourit timidement.

« Je devrais peut-être attendre dans la maison.

— Ce n'est pas grave. Restez ici. Je vais aller mettre des vêtements. Je ne serai pas longue. »

Elle se leva et se dirigea vers la villa.

« Servez-vous de la limonade », dit-elle sans se retourner.

C'est alors seulement que je remarquai les chaises et la table de jardin, ainsi que la carafe de limonade qui s'y trouvait. S'il y avait eu un éléphant rose dans le jardin, je ne l'aurais probablement pas remarqué non plus. Je déboutonnai ma tunique, m'assis, allumai une cigarette et laissai le chaud soleil de juillet baigner mon visage. Il y avait maintenant un sourire dessus, qui n'avait guère de raison d'être. J'avais déjà vu Dalia Dresner nue, en fin de compte. De même que des millions de spectateurs. C'était la seule scène intéressante de *La sainte qui n'existait pas*, une sorte de *Juif Süss* inversé, relatant l'histoire d'une philosophe grecque du IVe siècle nommée Hypatie. À la fin du film, également réalisé par Veit Harlan, Hypatie, jouée par Dalia Dresner, est dépouillée de ses vêtements et lapidée par les Juifs d'Alexandrie. Jusque-là, le film distillait un ennui profond, et certaines des femmes que je connaissais trouvaient même que Hypatie ne l'avait pas volé, que l'interprétation de Dresner n'avait rien d'exceptionnel. D'autres, moins critiques à l'égard des acteurs et de leur façon de jouer, surtout des hommes tels que moi, appréciaient le film pour ce qu'il était : un bon prétexte pour voir une belle femme enlever ses vêtements. Goebbels connaissait tout au moins la moitié de son public. Le sourire sur mon visage persistait ; mais, au lieu de repasser dans mon esprit la séquence avec le corps nu de Fräulein Dresner, j'aurais dû me demander comment il se faisait, si elle était prévenue de ma venue à la villa de la Kaiserstrasse, qu'elle se soit donné tant de mal pour préparer mon arrivée – après tout, il y avait deux verres sur la table à côté de la carafe de limonade – en se mettant complètement à poil dans son jardin.

Elle revint quelques minutes plus tard, vêtue d'une robe à fleurs bleu foncé. Les bottes de cow-boy marron ajoutaient une petite touche personnelle fantasque. Je n'avais encore jamais vu d'Allemande portant des bottes de cow-boy, et encore moins avec les jambes nues. J'aimais bien ses jambes. Elles étaient longues, brunes et musclées, et attachées à ses fesses, qui m'avaient paru irréprochables. Ses cheveux blond doré étaient à présent rassemblés en chignon. À son poignet solide scintillait une Rolex en or et, à son annulaire, un saphir gros comme une pièce de cinq pfennigs. Ses ongles étaient joliment manucurés et vernis en rose, pareils aux pétales parfaitement découpés de petits géraniums. Elle s'assit et se mit à me dévisager avec plus d'intensité qu'aucune femme ne l'avait jamais fait ; quand elle me regardait, c'était comme faire face à un chat aux yeux bleus. Le genre de chat qui joue avec une souris jusqu'à ce que la souris n'en puisse plus, et même au-delà.

« D'après Joseph, vous êtes un détective célèbre. » Sa voix était basse et douce comme un oreiller en duvet. « J'ai toujours pensé qu'ils avaient une moustache cirée et une pipe.

— Oh ! je fumerai la pipe dès que je pourrai trouver du tabac. Et c'est vous qui êtes célèbre, Fräulein Dresner. Pas moi.

— Mais vous êtes bien détective. »

Je lui montrai ma capsule de bière – mon petit insigne de police en cuivre.

« Parlez-moi de vous, dit-elle.

— Les éléments importants ?

— Bien entendu. »

Je haussai les épaules.

« J'ai quarante-sept ans. Je fume trop. Je bois trop. Quand j'en ai la possibilité.

— Malheureusement, je n'ai ici que de la limonade.

— La limonade ira très bien, merci. »

Elle remplit deux verres et m'en tendit un.

« Pourquoi buvez-vous trop ?

— Je n'ai ni femme ni enfants. Je travaille actuellement pour l'armée parce que la police, la vraie, ne veut plus de moi. Vous comprenez, il n'y a plus de place dans ce pays pour les gens désireux de connaître la vérité, sur n'importe quoi. C'est-à-dire les gens de mon acabit. Je possède un bon costume et une paire de chaussures qu'il me faut bourrer de papier journal l'hiver. Un lit avec un pied cassé. Tout cela dans un minuscule appartement de la Fasanen-strasse. Je déteste les nazis et je me déteste moi-même, mais pas toujours dans cet ordre. Voilà pourquoi. (Je souris tristement.) Je vais vous confier un secret, Fräulein. J'ignore pour quelle raison, mais je vais le faire quand même. Il y a des moments où je crois que j'aimerais être quelqu'un d'autre. »

Elle sourit, révélant une rangée de dents parfaites. Tout chez cette femme était parfait. Elle commençait à me plaire.

« C'est quelque chose qui ne m'est pas totalement inconnu. Qui ? Qui souhaiteriez-vous être ?

— "Qui" ne change pas grand-chose en réalité. L'important, c'est "quoi".

— Quoi alors ?

— Mort.

— Cela devrait être assez facile à régler en Allemagne.

— On pourrait le croire, n'est-ce pas ? Mais voyez-vous, il y a deux catégories de morts. Il y a les morts ordinaires et puis il y a les morts nazis. La pire, ce sont les morts nazis. Et je ne voudrais pas mourir avant que le dernier nazi ne l'ait d'abord fait.

— Vous n'avez pas l'air d'un détective. Plutôt d'un homme ayant perdu la foi. Rempli de doute sur tout.

— C'est ce qui fait de moi un bon détective. Ça et un certain charme romantique qui me caractérise probablement.

150

— Ainsi vous êtes un romantique. Vous commencez à m'intéresser, Herr Gunther.

— Sans conteste. Je suis un authentique héros, aspirant à un retour aux temps anciens. Presque onze ans, pour être précis. Vous devriez me voir me promener au bord de la mer. Je peux devenir très sensible à un tas de choses. L'aube, une tempête, le prix du poisson. Mais ma principale spécialité est le secours aux jouvencelles en détresse.

— Voilà que vous vous moquez de moi.

— Non, je suis sérieux. Surtout la partie concernant les jouvencelles en détresse. Le ministre de la Propagande m'a expliqué que vous aviez des ennuis et que vous aviez besoin de mon aide. Alors me voici.

— Il vous a dit ça ? Que vous a-t-il raconté d'autre à mon sujet ?

— Qu'il était amoureux de vous. Évidemment, il a très bien pu mentir. Ce ne serait pas la première fois. Qu'il tombe amoureux, j'imagine. Sur ce genre de chose du moins, je suppose qu'il dit toujours la vérité. Et maintenant que je vous ai rencontrée, il est facile de comprendre qu'on puisse éprouver un tel sentiment.

— Vous a-t-il dit aussi que j'étais mariée ?

— Il a omis ce détail. Comme souvent les hommes amoureux. C'est ce que les poètes appellent l'illusion pathétique.

— Vous parlez d'expérience ?

— Oui. J'ai été détective privé pendant environ cinq ans. Je me suis occupé de pas mal de personnes disparues, et notamment des maris. Pour une raison ou une autre.

— Alors vous semblez être celui qui pourrait m'aider.

— Je parie que vous avez dit exactement la même chose à... Joseph.

— Il m'a prévenue que vous étiez un dur à cuire.

— Seulement quand je me trouve à côté du Doktor. »
Elle sourit.

« Vous savez, je ne pense pas que ce soit un vrai docteur.

— Je ne me déshabillerais pas devant lui, si c'est ce que voulez dire. Mais c'est un vrai docteur, pas de doute. En tout cas, il possède un doctorat de l'université de Heidelberg sur la littérature

151

du XIXᵉ siècle. Raison pour laquelle, je présume, on lui a confié la charge de l'autodafé. Il n'y a pas mieux qu'une formation universitaire pour vous faire détester les livres.

— Quel autodafé ? »

Je souris

« Vous n'étiez sans doute pas née. Je sens tout à coup le poids des ans. Ça vous ennuie si je vous demande votre âge, Fräulein Dresner ?

— Vingt-six ans. Et ça ne m'ennuie pas du tout.

— C'est parce que vous en avez vingt-six. Dans dix ans, vous commencerez à voir les choses sous un autre angle. Quoi qu'il en soit, en 1933, alors que vous aviez quinze ans, si je ne m'abuse, ce bon docteur a participé à l'organisation d'une action contre l'esprit non allemand. Comme ils l'appelaient. Ils ont brûlé toute une cargaison de livres ici à Berlin, sur l'Opernplatz. Des bouquins écrits par des Juifs et à peu près tous ceux qui s'opposaient aux nazis, mais principalement des gens sachant tout bonnement écrire. Tels que Heinrich Mann. »

Elle paraissait horrifiée.

« Je ne vivais pas en Allemagne à l'époque, de sorte que je n'en avais pas la moindre idée. Ils ont vraiment fait ça. Brûler des livres ?

— Sûr et certain. Et pas parce que c'était la fin du carême ou que les bibliothèques publiques cherchaient à faire de la place, ni même à cause de la rudesse de l'hiver que nous avions eu. On était en mai. Ils ont monté tout un spectacle. Illuminé la ville entière. J'ai dû tirer mes rideaux de bonne heure ce jour-là. »

Dalia secoua la tête.

« Vous tenez des propos très étranges. Au point que je me demande comment Joseph peut connaître quelqu'un comme vous, Herr Gunther.

— Je me suis posé la même question.

— Je veux dire, vêtu de cet uniforme, vous avez l'air d'un nazi, mais vous avez clairement montré, à moi du moins, que vous les désapprouviez.

— Manifestement, je n'ai pas été assez clair. C'est bien plus que de la désapprobation. Je les exècre.

— Vous savez, je vous crois volontiers, simplement j'ai appris à être un de ces singes avisés quand j'entends ce genre de discours subversif. Après tout, si l'on est un bon citoyen, on a l'obligation de faire quelque chose à ce sujet, n'est-ce pas ? Appeler la Gestapo, par exemple.

— Libre à vous.

— Mais alors, vous seriez incapable de m'aider. Et moi, après ça ? Je serais toujours en peine.

— Je ne voudrais pas vous faire de promesses, Fräulein Dresner. Pas encore. En définitive, vous ne m'avez pas dit quel était le problème. J'ai la fâcheuse habitude de décevoir les gens.

— Je ferais peut-être mieux de tout vous raconter.

— Ce serait sans doute préférable. Ensuite, nous saurons si je peux vous aider. »

J'attendis un instant, mais elle garda le silence comme si elle n'était pas encore tout à fait prête à parler. Ce qui arrive fréquemment. En règle générale, vous n'avez plus qu'à patienter jusqu'à ce qu'ils soient disposés à l'ouvrir.

« Joseph m'a dit qu'il était certain que vous le pourriez, dit-elle d'une voix incertaine.

— Joseph est le ministre de la Propagande. Pas celui du Pragmatisme. C'est à moi de décider si j'ai envie de risquer ma peau pour vous. C'est ma peau, après tout.

— Je ne vous demande pas de risquer votre peau pour moi.

— Joseph, si.

— Je ne vois pas en quoi. »

Je lui parlai de Kaltenbrunner et de Müller, et de leur désir de dénicher un scandale qui pourrait mettre le petit Doktor dans l'embarras auprès du Führer.

« C'est ce que j'entends par risquer ma peau. Ces types ont tendance à la jouer brutale.

— Je n'ai rien fait qui pourrait embarrasser l'un d'entre nous.

— Dans le cas contraire, ce n'est sûrement pas mes affaires.

— Je n'ai pas couché avec lui, si c'est que ce que vous voulez dire, rétorqua-t-elle, l'air indignée, avant d'être parcourue d'un frisson.

— Il a la réputation d'être un homme à femmes.

— Et je devrais être une sainte, après ce film débile sur Hypatie dans lequel j'ai tourné. Mais cela ne signifie pas que je le sois, ni lui un homme à femmes, pour reprendre votre expression, ou le diable. »

Je ne relevai pas.

« Je me demande même comment vous pouvez penser une chose pareille. Il n'est pas du tout mon type. Et comme je vous l'ai dit, je suis mariée.

— Ce qui empêche généralement ce genre de chose de se produire. »

Elle se détendit un peu et retrouva son sourire.

« Quoi, vous ne croyez pas que les gens puissent être heureux en ménage ?

— Bien sûr que si. C'est juste que l'histoire nous montre comment, de temps en temps, les gens décident d'être heureux en ménage avec quelqu'un d'autre.

— Quel cynique vous faites. J'aime ça.

— Ce qui, à mon avis, est sans doute la vraie raison pour laquelle le Doktor semble bien m'aimer également.

— Peut-être.

— Sauf qu'il semble vous aimer davantage.

— Vous ne pouvez pas me le reprocher.

— En tant que flic, je ne saurais vous reprocher quoi que ce soit. Même si vous étiez seule dans une pièce fermée à clé avec un cadavre par terre et l'arme du crime dans votre main ensanglantée.

— Pourquoi dites-vous ça ?

— Je vous le répète. Je suis un romantique. De la pire espèce.

— Un cas incurable ?

— En phase terminale. »

Dalia Dresner alluma une cigarette et croisa les jambes. Elle me regarda un instant les regarder, puis sourit.

« Vous êtes un homme singulier.

— J'imagine que vous inspirez ce sentiment à quantité d'hommes.

— Oh ! j'ai l'habitude. Non, ce que je veux dire, c'est qu'avec vous j'ai presque l'impression d'être une personne normale. Ce qui n'arrive pas souvent, Herr Gunther. Pour quelqu'un travaillant dans l'industrie du cinéma, je n'ai pas beaucoup d'amis. Comment le pourrais-je ? Il suffit de voir ce mausolée dans lequel je vis. Même le roi du Siam en aurait la chair de poule. Lorsqu'ils me rencontrent, la plupart des Fritz deviennent silencieux et timides, et se précipitent pour me donner du feu ou me trouver une chaise. Mais vous êtes différent. D'une part, vous savez ce qu'il faut dire pour maintenir mon intérêt. Et d'autre part, vous savez comment me faire rire. N'importe quel homme peut m'ouvrir une porte ou me faire un joli compliment. Mais bien peu sont capables de me faire me sentir à l'aise en leur compagnie. C'est ce qui me plaît chez vous. Cela tient peut-être au fait que vous êtes un peu plus vieux que la plupart de ceux que je connais.

— Très bien. Inutile de tout gâcher. Je suis un vrai Dietrich de Vérone[1]. Alors peut-être vous sentez-vous suffisamment à l'aise à présent pour m'expliquer ce qui vous empêche de vous rendre au travail le matin.

— Oui, maintenant, je crois que je suis prête. »

---

1. Héros de plusieurs épopées médiévales, il apparaît dans la *Chanson des Nibelungen.*

15

« Mon vrai nom est Dragica Djurkovic, et je suis née dans ce qu'on désignait autrefois, de façon assez poétique, comme le royaume des Serbes, des Croates et des Slovènes. C'était un peu long à dire, même pour les Serbes et les Croates, aussi, en 1929, nous commençâmes à nous appeler le royaume de Yougoslavie, ce qui sonna probablement le glas du malheureux souverain. Mon père était un prêtre catholique défroqué, originaire de Banja Luka, une petite ville de Serbie. Après la guerre, il avait perdu la foi, quitté l'Église et épousé ma mère, une actrice et Croate germanophone. J'allais à l'école à Novi Sad, mais, comme ma mère et lui ne s'entendaient plus, elle retourna à Zagreb, sa ville natale, tandis que, regrettant d'avoir abjuré sa foi, mon père partait vivre dans un monastère franciscain à Banja Luka. La politique en Yougoslavie était toujours conflictuelle, c'est le moins qu'on puisse dire. En octobre 1934, lors d'une visite officielle en France, le roi Alexandre Ier fut assassiné à Marseille par un Bulgare. »

Je hochai la tête. Je me rappelais avoir vu le film d'actualité de son assassinat. Comme tout le monde. C'était probablement la première fois qu'on voyait une chose semblable dans des cinémas allemands. Le monarque avait été abattu dans sa limousine, de la même manière que l'archiduc Ferdinand. Ce qui montre que, si vous êtes roi ou archiduc, il vaut mieux louer une voiture avec un toit rigide.

« À la suite de l'assassinat d'Alexandre Ier, ma mère décida que le destin de la Yougoslavie était scellé, et peu après nous quittâmes définitivement le pays pour aller habiter avec son frère à Zurich, où on m'inscrivit au lycée de jeunes filles. Je réussis la *matura* avec d'excellentes notes et obtins une place à l'École polytechnique fédérale pour étudier les mathématiques, domaine où résident, je pense, mes véritables talents. J'ai toujours été intéressée par la science et les mathématiques avant tout. Dans une autre vie, j'aurais souhaité être inventeur. C'est peut-être ce que je ferai quand on sera lassé de voir ma tête sur les écrans. Cependant, à cause de ma mère, la scène m'attirait aussi, et je me mis à faire du théâtre en amateur, pour m'apercevoir que les gens pensaient que j'étais réellement douée. Je jouai Cordélia dans *Le Roi Lear* au célèbre Theater Neumarkt de Zurich ; et, en 1936, Léna dans *Léonce et Léna*, de Büchner, où je fus découverte, comme on dit dans le cinéma, par Carl Froelich, un des grands manitous des studios UFA et le second en importance après Joseph lui-même. Carl s'arrangea pour me faire passer un bout d'essai à Berlin, grâce à quoi on m'offrit un contrat de sept ans. À sa suggestion, je changeai mon nom en Dalia Dresner, parce que cela faisait plus allemand, pris une multitude de cours d'art dramatique et de maintien, et fus façonnée de manière générale pour devenir une vedette, même si, en toute sincérité, aller à l'École polytechnique fédérale et achever mes études m'intéressaient davantage. Vous ne le savez peut-être pas, mais Albert Einstein a étudié à l'École polytechnique fédérale de Zurich ; et il a toujours été un peu un héros pour moi. En tout cas, jouer la comédie n'a rien de difficile ni de bien malin. Même un chien saurait le faire. Du reste, les chiens le font souvent. Une des plus grandes stars de Hollywood était un berger allemand nommé Rintintin.

« Naturellement, ma mère avait encore plus envie de ce contrat avec l'UFA que moi, si bien que nous nous installâmes toutes les deux à Berlin en 1937. Ma mère obtenait généralement ce qu'elle désirait. Elle a toujours été une figure quelque peu dominatrice dans ma vie, et il suffisait de la rencontrer pour comprendre comment elle avait pu inciter mon père à retourner dans le giron de l'Église. Ce qui explique sans doute que j'aie épousé Stefan, mon mari. Un avocat serbo-suisse qui réside et travaille à Zurich. Il est beaucoup plus âgé que moi, mais il m'aime énormément et m'a aidée à briser l'emprise que ma mère avait sur moi. Quand je ne travaille pas, je vis là-bas avec lui. Mais la plupart du temps, je suis ici, à Babelsberg, faisant trois ou quatre films quelconques par an. »

Elle secoua la tête.

« Pour être aussi honnête à cet égard que vous tout à l'heure, Herr Gunther, quelconque est un euphémisme. Tout ce que réalise Veit Harlan est, pour le moins, sujet à controverse. J'ai évité de justesse de jouer Dorothea dans *Le Juif Süss*. Heureusement, Harlan a donné le rôle à sa femme. Mais *La sainte qui n'existait pas* avait son côté antisémite. Ce ne sont pas les Juifs qui ont lapidé Hypatie, mais les chrétiens. Du moins, à en croire les livres d'histoire, même s'il est parfaitement possible que beaucoup de ces chrétiens aient été auparavant des Juifs. »

Elle marqua un temps d'arrêt.

« Quoi qu'il en soit, ma mère est décédée récemment.

— Je suis désolé.

— Ne le soyez pas. C'était une femme difficile. Mais malgré ça, elle me manque. Et me sentant soudain très seule, en dépit de mon mari, je me suis rendu compte que je devais essayer de reprendre tout simplement contact avec mon père. Lorsque vous perdez un parent, celui qui reste, aussi éloigné qu'il soit devenu, se met à revêtir davantage d'importance. Bien sûr, depuis que j'ai quitté la Yougoslavie, la situation politique s'est considérablement détériorée. Pour résumer, les troupes allemandes, italiennes et hongroises ont envahi mon pays en avril 1941. L'État indépendant de Croatie a été instauré en tant qu'entité nazie, dirigée par une milice fasciste appelée les oustachis. Dans l'autre camp se trouvent deux factions : les Partisans yougoslaves, conduits par les communistes, et les Tchetniks royalistes. Les Partisans constituent probablement la plus importante armée de résistance en Europe occidentale occupée. Et il n'est probablement pas exagéré de dire que, en dehors de la Croatie et loin de l'influence des puissances de l'Axe, la Yougoslavie est actuellement en proie à un chaos total. Ce qui explique sûrement que je n'aie pas réussi à prendre contact avec mon père. J'ai envoyé plusieurs lettres, sans résultat. J'ai rencontré le ministre des Affaires étrangères, Ribbentrop, pour solliciter son aide. Je suis même allée voir le cardinal Frings à Cologne, en secret, au cas où il pourrait faire quelque chose.

— Pourquoi en secret ?

— Parce que Joseph n'aurait pas approuvé. En fait, il aurait même été furieux. Il est farouchement opposé au clergé catholique en Allemagne. De même que n'importe où ailleurs. Mais le cardinal ne pouvait pas m'aider non plus. Franchement, je retournerais moi-même en Yougoslavie chercher mon père, mais Joseph ne veut tout simplement pas en entendre parler. D'après lui, c'est beaucoup trop dangereux.

— Il a probablement raison sur ce point, répondis-je. Les belles vedettes de cinéma se font rares ces temps-ci.

— Tout ce qu'il souhaite en réalité, c'est que je commence ce film stupide le plus vite possible.

— Il ne s'agit que d'une supposition, mais je ne pense pas que ce soit tout ce qu'il souhaite.

— Non, peut-être pas. Mais faites-moi confiance, je sais comment m'y prendre avec lui. Si jamais les frasques de Magda, la femme de Joseph – ses « liaisons de représailles » –, arrivaient aux oreilles du Führer, il y aurait du grabuge.

— Vous le lui diriez ?

— Si j'y étais forcée. Indirectement, en tout cas. Je n'ai aucune envie de grossir la liste des nombreuses conquêtes de Joseph.

— Je me félicite presque de ne pas être marié.

— Si seulement je pouvais avoir la certitude que mon père est en vie. Qu'il peut lire les lettres que je lui écris. J'aurais certainement l'impression d'avoir fait tout ce qui était possible. Mais jusque-là, j'ai l'esprit ailleurs. Je suis absolument incapable de me concentrer sur une chose aussi futile qu'un film comme *Siebenkäs*. Vous avez lu le livre ?

— Non, et j'ai dans l'idée que je ne le ferai pas. »

Elle secoua la tête comme s'il s'agissait d'un vulgaire torchon.

« Je sais que c'est beaucoup demander à quelqu'un, d'aller en Yougoslavie à cause de moi, mais si je pouvais me dire que tout a été entrepris pour le retrouver, je me sentirais beaucoup mieux. Vous comprenez ? Ensuite, j'arriverais peut-être à faire ce film stupide. »

J'opinai.

« Si je comprends bien, Fräulein Dresner, vous voulez que je vous serve de facteur. Que j'aille en Yougoslavie remettre, en personne, une lettre à votre père, si je parviens à lui mettre la main dessus.

— C'est ça, Herr Gunther. Afin de lui rappeler qu'il a une fille qui aimerait le revoir. Je me disais que Joseph pourrait lui obtenir un visa pour aller en Allemagne et qu'il me serait alors possible de le rencontrer ici à Berlin. Cela signifierait tellement pour moi.

— Et le ministre est prêt à le faire ? À faciliter les choses pour que je me rende là-bas et pour que votre père vienne ici ?

— Oui.

— Ce monastère à Banja Luka, c'est sa dernière adresse connue ? »

Elle acquiesça.

« Que pouvez-vous me dire sur cet endroit ?

— Banja Luka se trouve en Bosnie-Herzégovine, à environ deux cents kilomètres de Zagreb. C'est une ville assez grande, aux mains des oustachis. Et donc relativement sûre pour les Allemands, je présume. Le trajet en voiture ne devrait pas vous prendre plus d'une journée, en fonction de l'état des routes. Le monastère de la Sainte-Trinité de Petrićevac est tenu par les franciscains. Je n'y suis allée qu'une fois, quand j'étais toute petite. C'est probablement le plus grand édifice de Banja Luka, aussi vous ne pouvez pas le rater.

— Comment s'appelle votre père ?

— Antun Djurkovic. Lorsqu'il a rejoint l'ordre, il a choisi Ladislaus comme nom religieux. D'après le saint. Il s'appelle maintenant le père Ladislaus. J'ai quelques photos de lui dans la maison, si vous voulez les voir.

— Bien sûr. Mais j'aurais sans doute besoin de les prendre avec moi si je pars à sa recherche.

— Cela signifie que vous acceptez ? D'aller en Yougoslavie ?

— Ne me bousculez pas, Fräulein Dresner. Il est considéré comme normal, quand on s'apprête à mettre la tête dans la gueule d'un lion, de réfléchir avant, même au cirque. Ne serait-ce que pour se renseigner sur le lion. Savoir s'il a été nourri. Comment est son haleine. Ce genre de trucs.

161

— Ce qui veut dire quoi, au juste ?

— Ce qui veut dire que je vais probablement aller parler à quelques-uns de nos collègues du renseignement étranger cet après-midi. De ceux qui connaissent le pays et qui peuvent me brosser un tableau de la situation là-bas. Et il y a un juge dans mon propre département, le juge Dorfmüller, qui a mené de nombreuses enquêtes en Yougoslavie. Je suppose qu'il aura lui aussi des informations intéressantes à me donner. Après quoi, je reviendrai ici vous dire ce que je propose. Qu'en pensez-vous ?

— C'est parfait si vous me laissez vous préparer à dîner par la même occasion. Je suis une excellente cuisinière, compte tenu du fait qu'on ne m'autorise jamais à faire la cuisine. Disons à 8 heures ? »

Je réfléchis un instant. En allant au Bureau des crimes de guerre dans Blumeshof, je pourrais passer par la Berkaer Strasse pour parler à quelqu'un du service de renseignement extérieur de Schellenberg connaissant la Yougoslavie. Bien sûr, il me faudrait rendre la voiture de Jo et revenir chez elle en train, mais ça ne posait pas de problème. D'un autre côté, je pouvais peut-être persuader Jo de me laisser la voiture pour la soirée. En outre, voilà des lustres qu'une jolie fille ne m'avait pas fait ne serait-ce qu'une tasse de café.

« Ne dites pas oui trop vite. Ou je finirai par penser que je vous plais.

— Oh ! pour me plaire, vous me plaisez ! J'essayais juste de voir si j'avais le temps de faire ce que je dois, c'est-à-dire parler aux personnes adéquates, et de revenir ensuite avec une chemise propre en ayant appris quelque chose d'utile.

— Et quelle est la conclusion ?

— Que je devrais y aller. Mais je serai de retour ici à 8 heures. Si votre cuisine est aussi bonne que vous le dites, pour rien au monde je ne voudrais manquer ça. Un peu comme votre costume de bain. Je serais ravi de le revoir un de ces jours. »

16

Je ramenai la 540K à Berlin. C'était comme piloter un Messerschmitt flambant neuf. Et Jo avait raison : le compresseur se mettait à rugir quand on démarrait. Mais une fois lancée, la voiture était une merveille. Le nec plus ultra des automobiles.

Au Département VI de la Berkaer Strasse, je demandai à m'entretenir de la situation en Yougoslavie avec un des collaborateurs de Schellenberg et fus conduit à l'étage en présence du petit général lui-même. Ce n'était pas un grand bureau comme celui du ministre. Et la vue depuis la fenêtre semblait inexorablement banlieusarde. Mais on comprenait aisément pourquoi il préférait être là plutôt qu'à une distance plus réduite de la Prinz-Albrecht Strasse ; on pouvait rester tout seul ici en pleine cambrousse sans avoir quelqu'un comme Himmler sur le dos. Il se leva et fit le tour de sa table de style moderne. Il y avait un peu de gris dans ses cheveux bien peignés. Il paraissait plus mince que la dernière fois où je l'avais vu – son uniforme avait au moins une taille en trop – et il reconnut avoir des problèmes avec son foie et sa vésiculaire biliaire.

« Ces derniers temps, il semble que je ne cesse de prendre des kilos, remarquai-je. Encore qu'ils se concentrent en majeure partie sur ma conscience et non sur mon tour de taille. »

Schellenberg trouva ça drôle. C'était un bon début.

« Cela fera la seconde fois cette année que je suis obligé de retourner chez Holters pour faire modifier mes costumes et mes uniformes, dit-il. Je vois même le masseur de Himmler. C'est la seule personne qui semble me faire du bien. Mais il ne peut apparemment rien en ce qui concerne ma perte de poids. »

Une sacrée confession de la part d'un homme comme Schellenberg. Dans un service bourré d'assassins, dont n'importe lequel ne demandait qu'à récupérer son poste de chef du renseignement à l'étranger du SD, ce qu'il m'avait dit pouvait être interprété comme un aveu de faiblesse, et si je n'avais pas su que ses locaux avaient abrité autrefois une maison de retraite, ni eu la conviction qu'il avait joué un rôle dans le meurtre du Dr Heckholz l'été précédent, j'aurais peut-être eu pitié de lui. De Horst Janssen, que je tenais pour le coupable proprement dit, il n'y avait pas trace, et lorsque je le questionnai à son sujet, Schellenberg me répondit :

« De retour sain et sauf à Kiev, pour le moment.

— À quoi faire ? »

Schellenberg secoua la tête, manifestement peu enclin à en discuter, puis se mit à frotter la pierre bleue de sa chevalière comme dans l'espoir qu'elle puisse faire disparaître à jamais Janssen. Et il ne s'écoulerait peut-être pas longtemps avant que la chose ne se réalise : à en croire la rumeur, le bataille de Koursk ne se passait pas très bien pour les troupes allemandes ; si nous perdions ce front, Kiev suivrait certainement.

« Eh bien, quel est ce crime de guerre sur lequel vous enquêtez à Zagreb ? demanda-t-il. Dans un endroit comme la Croatie, vous n'avez sûrement que l'embarras du choix. »

Que Schellenberg croie que ma mission à Zagreb était pour le compte du Bureau des crimes de guerre de l'armée allemande me convenait très bien ; en même temps, je n'avais guère envie de lui mentir de façon éhontée. J'étais encore un officier du SD, après tout.

« Désolé, général, mais je ne peux pas en parler.

— Je respecte ça. J'aime qu'un homme soit capable de la boucler. Dommage qu'il n'y en ait pas davantage comme vous, Gunther. Je vous ai longtemps pris pour un valet de Heydrich. Mais je sais maintenant qu'il n'en est rien. C'était un maître de la casuistique et de la réserve mentale. Un peu comme un jésuite. À ses yeux, la fin justifiait toujours les moyens. Vous n'aviez probablement pas d'autre choix que de travailler pour lui. Mais pour ma part, j'ai une approche différente. Je ne pourrais jamais faire confiance à un homme que j'ai contraint à travailler pour moi.

— Je ne manquerai pas de m'en souvenir, général.

— Je vous en prie. Vous savez, votre intervention à la conférence de l'IKPK de l'année dernière m'a marqué. En fait, j'ai même noté une chose que vous avez dite. À savoir qu'être détective, cela ressemble un peu à la tour de signalisation qui se trouve au milieu de la Potsdamer Platz : non seulement ses feux doivent régler le trafic venant de cinq directions différentes, mais elle indique aussi l'heure et, par mauvais temps, elle fournit un précieux abri aux agents de la circulation. De plus, c'est une assez bonne analogie pour ce que je fais dans ce bureau.

— Avez-vous vu la Potsdamer Platz récemment ? Il n'y a pratiquement plus aucune circulation. Personne n'a d'essence à gaspiller en conduisant dans Berlin. »

Personne à l'exception de Goebbels, apparemment.

« Vous m'impressionnez, Gunther. D'ailleurs, vous avez également fait impression sur le capitaine Meyer-Schwertenbach. Vous vous souvenez ? Le Suisse que vous avez rencontré à la conférence. Il m'a dit que, d'après lui, vous étiez quelqu'un sur qui on pouvait compter. Et c'est aussi mon avis. Ce qui me fait penser que vous pourriez me rendre un petit service quand vous serez à Zagreb.

— C'est bien ce que je craignais.

— Oh ! rien d'important. Et vous n'y êtes pas obligé si vous ne voulez pas. Appelons ça une faveur si vous aimez mieux. J'ai juste besoin d'un homme pour remettre quelque chose, un homme à qui je puisse me fier. Et croyez-moi, c'est une espèce plutôt rare dans le coin, avec les espions de Kaltenbrunner un peu partout. Vous n'imaginez pas combien ce type est paranoïaque. Mais avant de vous dire ce que je souhaiterais que vous fassiez, laissez-moi vous parler de la situation à Zagreb, sur laquelle vous êtes venu vous renseigner. Cette situation est absolument épouvantable, et elle risque de s'aggraver encore si, comme cela paraît probable, ces foutus Italiens capitulent avant Noël. Pour ne pas changer, c'est nous qui devrons aller faire le ménage. Tout comme en Grèce. Mais, dans l'immédiat, vous ne devriez pas avoir de problème pour vous rendre là-bas. S'agissant d'aller ailleurs, par exemple à Banja Luka, il est impossible de se prononcer depuis Berlin sur le niveau de sécurité. Naturellement, vous pourriez solliciter les conseils du grand mufti de Jérusalem, Hadj Amin al-Husseini. Il habite juste un peu plus loin, dans une très jolie villa de la Goethestrasse qui coûte à Ribbentrop soixante-quinze mille reichsmarks par mois.

— Qu'a-t-il à voir avec la Yougoslavie ?

— Il y a beaucoup de musulmans en Yougoslavie. Himmler a fait Hadj Amin général de la SS pour lui permettre de constituer une division de la Waffen-SS islamo-bosniaque. Ils sont tout un tas à suivre en ce moment une formation en France et à Brandebourg. Et Goebbels l'a autorisé à faire plusieurs émissions de radio à destination des pays arabes afin d'appeler les musulmans à tuer les Juifs.

— Depuis la Maison de la radio ? Dans la Masurenallee ?

— Non, il dispose de son propre émetteur à la villa. Ça a l'air dément, je sais.

— Je me demande jusqu'où va aller la démence avant que tout ne soit fini.

— Bien plus loin que tout ce que vous pouvez imaginer, du moins je l'espère pour vous. Mais en ce qui concerne la Yougoslavie, vous feriez peut-être mieux de demander une évaluation de la situation dans l'ensemble du pays à mon agent sur place, un dénommé Koob. Le Sturmbannführer Emil Koob. C'est plus un expert de la Bulgarie, mais il connaît bien les Balkans en général. Je voudrais que vous lui apportiez des dollars américains, c'est tout. Nous mettons actuellement en place un système de communication sans fil à Zagreb ; baptisé I-Netz, il permettra de communiquer avec l'Institut de Wannsee. Dans le cas où les Balkans seraient envahis par les Alliés, il nous faudra des gens qui puissent fonctionner derrière les lignes ennemies. J'enverrai un message à Koob pour le prévenir de votre venue. Vous le trouverez à l'hôtel Esplanade. C'est le seul endroit convenable où loger à Zagreb. Eh bien, voilà des renseignements étrangers vraiment intéressants à connaître. Pensez-vous pouvoir vous en charger ?

— Pas de problème. Et merci pour le tuyau au sujet de l'hôtel.

— Bon, venez me voir quand vous serez de retour à Berlin. J'aimerais bien avoir moi aussi une évaluation de la situation actuelle en Croatie. Pourriez-vous faire ça ?

— Certainement, général. »

Avant que je parte, Schellenberg me donna une mallette contenant un petit paquet, plein d'argent, m'informa-t-il. Après quoi je continuai mon chemin.

Au Bendlerblock, j'allai trouver Eugen Dorfmüller, un juge qui, comme moi, faisait partie des collaborateurs affectés à titre provisoire au Bureau des crimes de guerre. Dorfmüller possédait une expérience considérable en matière d'enquête sur les crimes de guerre en Yougoslavie. Il avait le même âge que moi et peut-être autant de cynisme.

« Une simple affaire de personnes disparues, lui dis-je. Avec un peu de chance, je pourrai avoir terminé en un rien de temps. Je voudrais simplement un avis quant au danger que je cours en allant là-bas. Je n'aime pas beaucoup risquer mon cou à moins d'y être forcé. Compte tenu du fait que ma tête est fixée dessus. Ce qui est indispensable pour saluer.

— Un avis ? Mon avis est le suivant : si vous allez en Croatie, tâchez de vous tenir à l'écart des oustachis. Une bande de fumiers. Cruels.

— Je suis à la recherche d'un prêtre, alors espérons que je n'aurai pas besoin d'avoir trop de contacts avec eux.

— Un prêtre, hein ? En Croatie, vous en trouverez à foison. C'est un pays très catholique. (Il secoua la tête.) Je ne sais pas grand-chose sur Banja Luka. Mais il y a surtout des SS maintenant dans le secteur. Une division de volontaires, la Prinz Eugen, commandée par un général germano-roumain hautement décoré du nom d'Artur Phleps. Un petit salopard, pour être franc, même d'après les normes de la SS. Vous auriez intérêt à les éviter également. Mais je n'ai pas besoin de vous le dire, bien entendu. Vous étiez à Smolensk, n'est-ce pas ? Le massacre de la forêt de Katyn, c'est ça ? Bon Dieu, enquêter sur un meurtre de masse russe, eh bien, ça ressemble à l'âne se moquant des grandes oreilles du baudet.

— Plutôt ridicule.

— En fait, c'est une bonne chose que vous alliez en Croatie. J'aimerais que vous me confirmiez une décision prise par le Bureau au début de l'année, à savoir arrêter d'enquêter sur les crimes de guerre commis en Yougoslavie.

— Pourquoi avons-nous arrêté ?

— Parce qu'il y en avait tellement que ça ne semblait plus guère avoir d'importance. D'ailleurs, j'ai découvert un détail intéressant l'autre jour. Tous les dossiers du Bureau sur des crimes de guerre dans la région ont disparu. Toutes les dépositions que j'ai prises, toutes mes notes d'enquête, toutes mes observations, absolument tout. Des centaines de pages de documents, envolées. C'est comme si je n'avais jamais été là. Soyez prudent. En Yougoslavie, ce ne sont pas seulement les dossiers qui peuvent disparaître, Bernie. Les hommes aussi. Surtout les hommes tels que vous. Voici mon conseil lorsque vous serez là-bas : ne dites rien de votre rattachement actuel au Bureau des crimes de guerre. Faites ce boulot pour le ministère de la Propagande, puis revenez le plus vite possible et oubliez avoir jamais entendu prononcer le mot Croatie. »

Ma dernière escale était le ministère lui-même, pour rendre à Jo son magnifique bolide et tenter de le garder pour la soirée. J'étais content d'avoir de nouveau une voiture. En avoir une rend les déplacements tellement plus faciles. Il suffit de démarrer le moteur, puis de viser au bout du capot l'endroit où vous voulez aller.

Au ministère de la Propagande, une secrétaire m'informa que Jo avait regagné son hôtel particulier, au coin de la Hermann-Göring Strasse. C'était à deux pas de la Wilhelmplatz, et n'importe qui à Berlin aurait pu le trouver les yeux fermés : autrefois palais des magistrats de la cour royale de Prusse, le bâtiment avait été démoli et remplacé par une coûteuse demeure conçue par Albert Speer. Je songeais moi-même à demander à Speer ce qu'il pouvait faire avec mon appartement de la Fasanenstrasse. Goebbels avait la totalité du Tiergarten autour de son hôtel particulier, plus une partie non négligeable sur les murs ; je n'avais encore jamais vu une telle quantité de boiseries en chêne. Un majordome au faciès d'éléphant à moitié fondu me conduisit dans une petite pièce confortable, avec une tapisserie de la taille d'un champ de bataille et une vue imprenable sur un Berlin édénique ; rien que de l'herbe et au loin, au-dessus de la cime des arbres, la déesse dorée surplombant la colonne de la Victoire. Beaucoup prétendaient que c'était la seule femme de Berlin avec laquelle Goebbels n'avait pas couché.

Il était au téléphone et semblait de mauvaise humeur. D'après ce que je pus saisir, Hitler avait décidé de décerner à titre posthume la croix de Chevalier de la croix de fer avec feuilles de chêne et glaives au commandant de la flotte nippone ; sauf que l'empereur du Japon avait, semble-t-il, soulevé des objections à l'idée qu'un officier japonais puisse être décoré par des « barbares », expression par laquelle il voulait dire, je présume, nous.

« Mais il s'agit d'un grand honneur, protesta Goebbels. La première fois qu'un officier étranger reçoit cette décoration. Insistez, s'il vous plaît, auprès de Tōjō et de Sa Majesté impériale sur le fait que le Führer souhaite seulement exprimer le respect qu'il avait pour l'amiral et que cela n'est en rien destiné à concurrencer votre ordre du Chrysanthème. Oui, je comprends. Merci. »

Goebbels raccrocha brutalement le combiné et me lança un regard noir.

« Eh bien ? Que voulez-vous ?

— Je peux revenir si vous préférez, Herr Doktor. »

Goebbels secoua la tête.

« Non, non. Dites-moi ce que vous en pensez. »

Il montra une chaise du doigt, et je m'assis.

Finalement, il se fendit d'un sourire.

« Elle est belle, n'est-ce pas ?

— Oui, je suppose », répondis-je avec un scepticisme taquin. Et juste après : « Incroyablement. D'une beauté fantastique, surnaturelle, comme dans les rêves.

— C'est cela. Et son visage. Vous avez remarqué combien il est lumineux ? Comme s'il avait son propre éclairage principal. » Voyant mon expression déconcertée, Goebbels ajouta : « C'est un terme de technique cinématographique pour désigner un projecteur de scène braqué sur une seule personne. En général, la vedette du film.

— Oui, j'ai remarqué, en effet. » Vu les circonstances, je jugeai préférable de ne pas m'appesantir davantage sur les attraits de Dalia Dresner. J'en avais déjà trop dit. « Je peux partir pour la Yougoslavie dès que vous voudrez, pourvu que j'arrive à pénétrer dans l'hôtel Esplanade. Mais avant, j'aimerais faire un saut à Brandebourg pour m'entretenir de la situation dans leur pays avec un détachement SS de musulmans bosniaques. Si je dois aller à Banja Luka, je tiens à être parfaitement au courant du contexte local, lequel, d'après tous les témoignages que j'ai recueillis jusqu'ici, semble pour le moins incertain. À ce que j'ai entendu dire, je vais gagner chaque pfennig de l'argent que vous m'avez versé.

— Oui, oui, naturellement. Allez-y, je vous en prie. Et je demanderai à quelqu'un de faire le nécessaire pour que vous vous rendiez à Zagreb par le prochain avion disponible.

— Ce qu'il y a, c'est que Brandebourg se trouve à soixante kilomètres et que je vais avoir besoin d'une voiture pour effectuer l'aller et retour.

— Bien sûr. Et oui, vous pouvez emprunter le roadster jusqu'à demain. Seulement, ramenez-le ici avant 10 heures. J'ai prévu un pique-nique à Schwanenwerder. »

Je me levai pour partir et entamai le long trajet en direction de la porte. À mi-chemin, il ajouta brusquement :

« Vos remarques de tout à l'heure à propos de Fräulein Dresner. J'ai bien aimé. Vraiment. Elle est comme vous le dites, d'une beauté fantastique, surnaturelle, comme dans les rêves. Mais c'est tout ce qu'elle pourra jamais être pour quelqu'un comme vous, Herr Gunther. Elle ne peut exister que dans vos rêves. Et rien que dans vos rêves. Est-ce que nous nous sommes bien compris ?

— Comme toujours, Herr Doktor, vous avez exprimé votre pensée de façon extrêmement limpide. »

17

Il n'était pas rare que les paroles du Dr Goebbels résonnent aux oreilles des Allemands tandis qu'ils vaquaient à leurs occupations quotidiennes. Il passait souvent à la radio, bien évidemment, prononçant des discours importants depuis le Sportpalast ou la Maison de la radio. Tout le monde se rappelait encore avec des frissons le discours qu'il avait fait en février lorsqu'il avait appelé à une « guerre totale », laquelle avait réussi à paraître encore plus terrifiante que la guerre qui ne nous était déjà que trop familière. En général, nous avions appris à ne pas nous soucier de ce que racontait Jo. Mais le discours qu'il avait tenu juste avant que je ne quitte son hôtel particulier était différent ; ce discours-là ne s'adressait qu'à moi. Un discours qui aurait dû m'effrayer autant que celui sur la guerre totale.

Après être passé chez moi pour enfiler une chemise propre et mon meilleur costume, je retournai à la voiture, chassai des gamins qui la regardaient comme si elle venait d'une autre planète et démarrai. Et à cette minute, pensant qu'il valait mieux que Goebbels ne sache pas que je n'allais nullement à Brandebourg, mais dîner avec la femme qu'il aimait, je décidai de faire de petits détours, juste au cas où je serais suivi. Cependant, pour l'essentiel, je me contentai d'appuyer sur le champignon dès que j'eus mon ticket pour la voie express Avus, car la 540K était capable de distancer presque n'importe quelle autre voiture sur la route.

J'arrivai à la maison au bord du Griebnitzsee un peu avant 8 heures et me garai à quelques rues de là pour éviter que quelqu'un ne remarque la présence de deux roadsters rouges identiques dans l'allée. Je vérifiai les véhicules dans la rue, mais elle était déserte ; si Goebbels la faisait surveiller, ça ne pouvait être que depuis les fenêtres d'une de ces énormes bâtisses. Sans les galons aux revers de mon uniforme, j'étais probablement plus difficile à identifier, mais je rabattis néanmoins le rebord de mon chapeau sur mes yeux, au cas où. Quand vous vous efforcez de voler la petite amie d'un ministre, il vaut mieux vous montrer prudent. J'avais acheté des fleurs chez Harry Lehmann dans la Friedrichstrasse et, les serrant tel un soupirant transi d'amour, j'actionnai de nouveau la sonnette. Cette fois, ce fut la bonne qui répondit. Elle me regarda lentement de la tête aux pieds comme si j'étais une chose que le chat avait déposée devant la porte, puis fit la grimace.

« Alors la voilà, lança-t-elle. La raison pour laquelle il m'a fallu interrompre ma journée de congé pour permettre à Son Altesse royale de jouer les Arsène Avignon dans la cuisine.

— Qui est-ce ? m'enquis-je en m'avançant dans le hall.

— Vous ne le connaissez pas. C'est un chef français. Travaillant au Ritz. Un hôtel de luxe, au cas où vous ne le sauriez pas non plus. Qu'est-ce que vous tenez là ? Un genre de parapluie bon marché ?

— *Pour votre maîtresse*[1], dis-je.

— Je croyais que tous les cimetières étaient fermés à cette heure-ci. Un peu petit, non ? »

Dalia apparut derrière l'épaule de sa domestique. Elle portait une robe du soir en taffetas bleu marine irisé, au col et à l'ourlet matelassés, épousant étroitement les lignes de ses hanches, sur lesquelles mes yeux s'attardèrent quelques instants.

« Elles sont pour moi ? demanda-t-elle. Oh ! Harry Lehmann ! Comme c'est charmant. Et tellement gentil.

— Si j'avais su que vous aviez un tel cerbère pour vous protéger, j'aurais apporté un os à moelle. »

Dalia prit les fleurs et les donna à la domestique.

---

1. En français dans le texte.

« Agnes, mettez-les dans de l'eau, voulez-vous ?

— Je croyais que vous aviez dit qu'il était beau, répliqua Agnes d'un ton aigre. Et officier en plus. Vous avez jeté un coup d'œil à ses dents ? Il a l'air un peu vieux pour le bœuf que vous avez fait cuire, princesse. »

Je baisai la main de Dalia.

« Suivez mon conseil à l'égard de celui-là, princesse, ajouta Agnes. Regardez avant de sauter. Même les fleurs parfumées peuvent cacher des serpents. »

Dans le couloir, Agnes partit d'un côté, Dalia et moi de l'autre.

« Elle est toujours aussi aimable ?

— En fait, elle vous trouve sympathique.

— Comment le savez-vous ?

— La télépathie. Je vous ai averti que j'étais une fine mouche. Vous devriez l'entendre quand Jo se présente à la porte. On croirait qu'elle parle au marchand de charbon.

— J'aimerais être au premier rang la prochaine fois que ça se produit.

— Elle a dit à Veit Harlan qu'il devrait écrire une scène de suicide avec lui-même comme vedette. »

Les productions de Harlan pullulaient de suicides ; sa femme, l'actrice suédoise Kristina Söderbaum, n'arrêtait pas de s'ôter la vie dans ses films, ce qui aurait dû inciter la comédienne à se demander s'il n'essayait pas de lui dire quelque chose.

« Je commence à comprendre pourquoi vous la gardez. Elle ne fait pas que grogner. Elle mord aussi.

— Oui. Mais pas autant que moi. »

Dans le salon se trouvaient un ensemble canapé et fauteuils Swan Biedermeier garni de cuir blanc, plusieurs tables élégantes et une grande commode, sauf que vous ne faisiez guère attention au mobilier à cause des tableaux sur les murs. De couleurs vives, ils étaient en outre reconnaissables ; voilà comment j'aime l'art moderne. Elle m'expliqua qu'il s'agissait d'œuvres de l'artiste allemand Emil Nolde et qu'ils étaient accrochés aux murs de l'hôtel particulier de Jo jusqu'à ce que Hitler les voie.

173

« Il a dit à Joseph de s'en débarrasser, qu'ils étaient dégénérés, et ils ont donc atterri ici. Je les aime assez, pas vous ?

— Moi aussi, maintenant que vous m'avez raconté cette histoire. En fait, Emil Nolde vient juste de devenir mon artiste allemand préféré. »

Il y avait une pendule en forme de lyre sur la cheminée et un piano à queue en acajou, dont on ne devait pas beaucoup se servir étant donné qu'il y avait autant de photographies de Dalia sur le couvercle que de chevaux ailés sur le tapis. La plupart des clichés la représentaient en compagnie de quelqu'un de célèbre, comme Emil Jannings, Werner Krauss, Viktoria von Ballasko ou Leni Riefenstahl. Elle me désigna un seau à glace et une bouteille de Pol Roger, que je parvins à ouvrir sans effrayer le lapin blanc sautillant sur le sol.

« Si c'est le dîner, il n'est pas assez cuit à mon goût. »

Elle feignit de me gronder et me fit asseoir à côté d'elle sur le canapé, ce qui me convenait très bien. C'était un canapé plutôt étroit.

« Eh bien, qu'avez-vous découvert cet après-midi ? demanda-t-elle.

— Sur la Yougoslavie ? Seulement qu'un tas de gens me conseillaient de ne pas y aller, Fräulein Dresner. Et si j'y vais, de me montrer prudent. Je croyais que l'Allemagne pouvait donner des leçons de haine au reste du monde, mais il semble que vos compatriotes en connaissent eux-mêmes un rayon en la matière. Tout ce que j'ai appris d'un tant soit peu utile pour moi, c'est le nom du meilleur hôtel de Zagreb : l'Esplanade. Où je logerai, je pense.

— Alors vous allez là-bas ?

— Oui. Dès que Jo m'aura réservé un vol.

— Merci, dit-elle à voix basse. Je vous suis très reconnaissante, Herr Gunther. Mais appelez-moi Dalia. Et si je dois m'asseoir à côté de vous sur ce canapé, je peux difficilement vous appeler Herr Gunther. Je connaissais un Herr Gunther à Zurich. C'était un boucher, et si nous n'y prenons pas garde, je risque de vous demander de la saucisse, ce qui n'irait pas du tout.

— Bernie, dis-je. C'est Bernie. »

Nous bavardâmes un moment, le genre d'échanges brefs et élégants qui passe pour une conversation, mais qui n'est en réalité

174

qu'un duel à coups de dague, où un homme et une femme se livrent à d'aimables attaques, parades et ripostes. Pas de cicatrices, et les organes vitaux sont toujours épargnés. Une heure très agréable s'écoula ainsi avant que nous ne passions dans la salle à manger, qui n'était pas moins coquette que le salon, avec un plafond assez haut pour accueillir un lustre de la taille d'un arbre de Noël. Le grain du bois de la table était si parfait qu'on aurait dit un de ces tests avec des taches d'encre destinés à sonder votre imagination. La mienne était en pleine forme grâce au parfum que portait Dalia, au crissement de ses bas, à la courbe de son cou et à la fréquence de ses sourires d'un blanc éblouissant. À deux ou trois reprises, nous penchâmes nos têtes et nos cigarettes vers la même allumette, et une fois elle me laissa même toucher ses cheveux blonds, qui étaient aussi fins que ceux d'un enfant. Dans l'intervalle, Agnes servit un dîner que Dalia m'assura avoir préparé elle-même, ce dont je me fichais éperdument. Je n'étais pas venu là pour me goberger – même si cela faisait au moins un an que je n'avais pas aussi bien mangé –, ni en tant qu'admirateur de ses films : ce n'était pas le cas. Je ne vais pas beaucoup au cinéma ces temps-ci parce que je déteste qu'on me dise que les Juifs ressemblent à des rats, que les chansons folkloriques ne sont pas des créations humaines mais des émana-tions célestes et que Frédéric le Grand est le meilleur roi qui ait jamais existé. Sans compter les actualités à supporter : toutes ces nouvelles continuellement positives sur les succès de nos armées en Russie. Non, j'étais là, en train de manger la nourriture de Dalia Dresner et de boire son champagne Pol Roger, parce que Goebbels avait raison : le visage de cette femme sirène était illuminé en per-manence non pas par quelque chose d'aussi rudimentaire qu'une ampoule électrique placée sur scène par un cameraman habile, mais par une lumière spéciale – le soleil, la lune ou toute autre étoile traversant à ce moment le ciel. Chaque fois qu'elle me fixait des yeux, l'effet était dévastateur, comme si mon cœur avait cessé de battre à cause de quelque splendide Méduse.

Dalia mangeait à peine ; la plupart du temps elle se contentait de fumer, de siroter du champagne et de me regarder me goinfrer, ce qui n'était pas difficile. Néanmoins, je suppose que je fis la conversation car je sais qu'elle rit beaucoup à certaines de mes blagues. Dont quelques-unes assez faibles par-dessus le marché, ce qui aurait dû me mettre en garde quant à ce qu'elle voulait. Peut-être était-ce moi, après tout ; d'un autre côté, je ne suis pas un cadeau, et avec le recul je me dis qu'elle espérait simplement s'assurer que je ferais de mon mieux pour retrouver son père une fois que je serais en Yougoslavie. Ce qu'on pourrait appeler une incitation. Mais en fait d'incitation, ce qui se passa ensuite, lorsque nous revînmes au salon pour le café – du vrai café – et les eaux-de-vie – de véritables eaux-de-vie –, battait des records.

« Eh bien, Bernie Gunther, je crois que je vais mourir si vous ne m'embrassez pas sans tarder. Vous êtes assis là à vous demander si vous devez le faire et je suis assise ici à le souhaiter. Écoutez, quoi que vous ait dit Joseph, je suis une femme libre et non sa propriété. Grâce à lui, cela fait une éternité qu'un homme n'a pas eu le courage de m'embrasser. À mon avis, vous êtes exactement le remède qu'il faut pour soigner ça, n'est-ce pas ? »

Je me glissai vers elle sur le canapé blanc, pressai mes lèvres contre les siennes, et elle s'abandonna à moi. Il ne fallut pas long-temps pour que ma bouche anticipe des effleurements plus intimes, les exquises suavités secrètes et saveurs acides de l'autre sexe que seule la gent masculine peut connaître.

« Un abominable mystère, dit-elle d'une voix haletante.

— Quoi ?

— Le comportement sexuel. C'est ainsi que le qualifie Darwin. Un abominable mystère. J'aime bien, pas vous ? Cela sous-entend que nous ne pouvons exercer que très peu de contrôle sur ce qui nous arrive.

— C'est à coup sûr ce que je ressens en ce moment. »

Elle m'embrassa une nouvelle fois, puis se mit à mâchonner doucement le lobe de mon oreille tandis que je me régalais de son cou parfumé, et je me souvins que rien ne peut se comparer à la sensation d'une peau et d'une chair plus jeunes que les vôtres. Des fruits fraîchement cueillis, contrairement à ceux ayant séjourné sur une étagère pendant une période prolongée comme les miens.

« J'ai souvent pensé, reprit-elle, qu'il y avait une importante étude scientifique à faire sur les mathématiques de l'attirance fatale. Les gamétophytes mâles et femelles. Le grain de pollen. Le sac de l'embryon. L'irrésistible attrait pour l'ovule. Le sacrifice altruiste du tube pollinique explosant pour fournir les cellules spermatiques à la poche embryonnaire.

— Je parie que vous dites ça à tous les Fritz que vous rencontrez.

— C'est de la pure chimie organique, bien sûr, et là où il y a de la chimie, il y a aussi des mathématiques.

— Je n'ai jamais été très bon en maths. Ni en chimie.

— Oh ! je ne sais pas. J'ai l'impression que vous êtes plutôt doué dans ce domaine, Bernie. En fait, je pense même que vous vous améliorez de minute en minute. »

Je l'embrassai une nouvelle fois, apprenant à apprécier ma tâche, et pourquoi pas ? Il était agréable de l'embrasser. À vrai dire, on n'oublie jamais totalement comment faire. Au bout d'un moment, elle me repoussa gentiment et, me prenant par la main, elle m'entraîna hors du salon vers un escalier de fer en colimaçon.

« On y va ?

— Vous êtes sûre ?

— Non, répondit-elle simplement. Mais c'est ce qui rend la chose excitante, pas vrai ? Personne ne peut jamais être sûr. Être vraiment humain est une affaire de risques, pas de certitudes. En tout cas, de mon point de vue. »

Elle posa une main sur la rampe en bois poli et me conduisit lentement au premier étage.

« D'ailleurs, je vous l'ai déjà dit, Bernie Gunther – j'aime bien prononcer votre nom –, je suis une fille futée. Vous n'avez pas à craindre de vous servir de moi.

— C'est peut-être l'inverse, m'entendis-je répondre.

— Prévenez-moi quand vous voudrez que je vous appelle un taxi. Je ne voudrais pas avoir l'impression que je vous ai obligé à passer la nuit avec moi contre votre volonté. »

À ces mots, je sentis mon cœur faire un léger bond dans ma poitrine. Mais maintenant qu'elle l'avait dit, je savais qu'il n'y avait pas de retour en arrière. Au milieu de l'escalier, je songeai à Goebbels et à l'avertissement qu'il m'avait donné. Cela n'avait pas fonctionné. La vie semblait trop courte pour se préoccuper outre mesure du lendemain ; si je devais me retrouver face à un peloton d'exécution sur une colline du Murellenberge, où étaient appliquées toutes les sentences de mort du Tribunal de guerre du Reich, cela en aurait valu la peine. Quitte à mourir, autant le faire avec en tête le doux souvenir d'une femme comme Dalia Dresner.

À la porte de sa chambre, nous rencontrâmes Agnes, qui ne dit mot et ne croisa même pas mon regard, mais il était clair qu'elle était venue préparer notre arrivée. On avait tiré les lourds rideaux ; une musique d'orchestre assourdie s'échappait de la radio et les lumières étaient tamisées ; les draps de l'énorme lit avait été rabattus ; un déshabillé s'étalait dessus ; les fleurs que j'avais achetées se trouvaient à présent dans un vase sur la coiffeuse ; il y avait un plateau de boissons avec plusieurs carafes et deux verres à cognac ; le coffret à cigarettes à côté du lit était ouvert ; un journal reposait sur le coussin de l'unique fauteuil ; et dans la salle de bains, on avait fait couler un bain. Je me rendais compte que tout ça avait été planifié, même si ça ne me préoccupait pas particulièrement. Le corps d'un homme ne contient qu'une quantité de sang limitée, et manifestement insuffisante pour son cerveau et ce qui fait sa spécificité. Ce qui est probablement aussi bien, dans la mesure où je ne vois pas comment la race humaine pourrait survivre autrement. J'espérais seulement qu'elle ne me dévorerait pas une fois que tout serait fini, telle une mante religieuse. Cela dit, c'était peut-être une voie à explorer.

Dalia ramassa son déshabillé. Elle n'avait pas besoin de mon aide, il n'était pas très lourd.

« Prenez un verre et une cigarette, dit-elle. Détendez-vous. Je ne serai pas longue. »

Elle passa dans la salle de bains. Je me servis à boire, allumai une cigarette, puis m'installai dans le fauteuil pour parcourir le journal. Je n'aurais pas pu me sentir moins détendu si Goebbels avait été assis dans le lit à m'observer. Je ne lus pas le journal parce que j'étais trop occupé à épier les bruits alors qu'elle entrait dans l'eau en éclaboussant autour d'elle. C'était certainement mieux que tout ce que je pouvais entendre à la radio. Au bout d'un moment, je m'aperçus qu'il y avait sur la coiffeuse une photo qu'on avait posée à plat. Étant du genre curieux, je la redressai. L'homme sur le cliché ne me disait rien, mais je supposai qu'il s'agissait du mari de Dalia car elle et lui étaient en train de couper un gâteau de mariage. Il était plus âgé et plus grisonnant que moi, ce qui me plut énormément. Dans toutes nos discussions à propos de Goebbels, elle n'avait pas fait mention de son mari, et je n'allais certainement pas soulever la question maintenant. Je replaçai la photo dans sa position initiale et retournai à mon journal. Il était sans doute préférable qu'il ne voie pas ce qui allait se passer et auquel je n'osais pas encore croire tout à fait.

Lorsqu'elle sortit de la salle de bains, elle portait le déshabillé. Du moins, j'imagine. Franchement, il était si mince et transparent que ça aurait aussi bien pu être le cognac à travers lequel je la regardais. Mais je ne craignais pas que l'alcool que j'avais ingurgité m'empêche de lui faire l'amour. Goebbels et son mari – Stefan ? – auraient pu me taper sur la tête avec un marteau que je ne l'aurais pas remarqué. Rien n'allait plus m'arrêter.

« Vous aimez ? demanda-t-elle en se tournant deux ou trois fois pour me permettre d'apprécier son presque vêtement et l'harmonieux contenu de celui-ci.

— Ça et vous aussi. Même beaucoup. J'aime les filles qui ont de la suite dans les idées. Vous voulez quelque chose, et rien ne vous empêchera de l'avoir. J'ai le merveilleux pressentiment que vous avez manigancé tout cela depuis que je suis parti ce matin.

— Oh ! j'ai compris que cela allait se produire dès que je vous ai vu, répondit-elle d'un ton prosaïque. Ce matin, quand vous m'avez trouvée en train de prendre un bain de soleil nue, vous m'auriez prise sur-le-champ que je vous aurais laissé faire tout ce que vous désiriez. En fait, c'est ce que je désirais moi-même. Vous ne vous en êtes pas aperçu ? J'étais sûre que si.

— Vous savez, en Biélorussie, il y avait des femmes dans l'armée russe. Des tireurs d'élite et des artilleurs embusqués. Les *babouchkas* tueuses, comme on les surnommait. Des championnes, sans exception. Une fois qu'elles vous avaient dans leur ligne de mire, vous étiez certain de ne pas y couper car elles rataient rarement leur cible. Elles attrapaient toujours leur homme, avait-on l'habitude de dire. C'est à ça que vous me faites penser. J'ai comme l'impression de m'être pris une balle dans la cervelle. »

Ce n'était qu'en partie vrai ; quand elle parvenait à les capturer, l'armée allemande les appelait des « putes tueuses » et les pendait, mais, vu les circonstances, je ne pensais pas qu'elle avait besoin de précisions. Ni personne d'autre.

Elle sourit.

« Je suppose que cela répond à une question que j'allais vous poser.

— Laquelle ?

— D'où vous viennent ces grands yeux bleus au regard triste.

— Vous voulez savoir pourquoi ils sont tristes ? Parce qu'ils ne vous ont pas vue depuis des années. »

Elle s'assit sur mes genoux et embrassa mes paupières.

« En outre, ajoutai-je, mes yeux ne sont pas si tristes que ça en ce moment. En fait, j'étais justement en train de me dire que c'est la première fois depuis très longtemps que j'ai l'impression que la vie en vaut réellement la chandelle. Que j'arrive vraiment à sourire sans y mettre une pointe de sarcasme.

— J'en suis ravie.

— Je pourrais finir par me plaire ici, avec vous.

— Bien. J'espère que vous reviendrez. À propos, je vous ai fait couler un bain, au cas où vous souhaiteriez en prendre un. Voulez-vous que je vous lave ?

— À Berlin, ils ont plusieurs termes pour qualifier les filles comme vous. »

Elle fronça les sourcils.

« Ah ? Tels que ?

— Incroyable. Inconcevable. Inouïe. »

Elle sourit.

« C'était une question simple, Bernie Gunther. Désirez-vous que je vous donne un bain ?

— Vous croyez que j'en ai besoin ?

— Le besoin n'a absolument rien à voir là-dedans, roucoula-t-elle. Le désir est la seule chose qui importe à présent. Ce que vous avez envie que je fasse pour vous procurer la félicité. »

Dalia prit ma tête dans ses mains parfumées et se mit à la couvrir de minuscules baisers, aussi petits que ses ongles roses. À travers le déshabillé, je pouvais voir et sentir chaque partie de son corps délicieux. Je caressai sa poitrine, puis son postérieur ; maintenant que je l'avais réellement en main, il était encore plus parfait que je ne l'avais supposé. Elle changea de place et écarta légèrement les cuisses pour que mes doigts puissent la caresser un peu.

« C'est tout ce qui compte quand vous êtes avec moi, Bernie Gunther. » Chaque mot qu'elle prononçait était à présent ponctué d'un baiser. « Tout ce que vous avez toujours voulu d'une femme, voilà exactement ce que vous allez avoir. Alors, de grâce. Tâchez de vous détendre et de fourrer dans votre belle grosse caboche que, quand vous êtes ici, dans cette pièce, vous donner du plaisir, c'est à ça que je sers. Davantage de plaisir que vous n'en avez jamais reçu d'une femme.

— Vous savez quoi ? Tout bien considéré, je crois que j'aimerais bien prendre un bain. »

18

Le Fieseler Fi 156 Storch plongea dans l'air chaud vers l'aéroport de Borongaj, à l'est de Zagreb. L'appareil de reconnaissance à trois places portait bien son nom ; avec son train d'atterrissage haut sur pattes et ses grandes ailes, le Storch ressemblait effectivement à une cigogne, sauf que ce n'étaient pas des bébés qu'il apportait, mais seulement moi et un général autrichien mal embouché, chef de la police et des SS, nommé August Meyszner. Le général retournait en Yougoslavie après une semaine de congé à Berlin et considérait ma mission — quelle qu'elle fût — comme peu, voire nullement importante. Durant le vol, il indiqua tout à fait clairement que je ne devais pas lui parler à moins qu'il ne s'adresse à moi. Ce qui m'allait parfaitement, dans la mesure où cela m'évitait de mentionner que tout le monde savait dans les cercles de police berlinois que Meyszner — antisémite notoire — avait un frère, Rudolf, qui venait d'épouser la belle-fille, connue pour être juive, du célèbre compositeur et chef d'orchestre Johann Strauss fils.

Vue du ciel, la campagne autour de Zagreb se composait principalement de forêts entrecoupées de grands champs divisés en longues bandes étroites, comme si on continuait à cultiver la terre selon les principes du système féodal. Ce qui n'était pas très loin de la vérité. Alors que le Storch s'approchait du sol, le général Meyszner, oubliant qu'il s'efforçait de m'ignorer, m'expliqua que les Yougoslaves étaient pour la plupart des « paysans souabes » et qu'ils ne connaissaient « pas plus la notion de clôture et de rotation des cultures que celle de calcul d'une variable simple ». Je ne dis rien. À l'intérieur de l'habitacle, j'agrippai le siège devant moi et fermai les yeux, tandis qu'une violente rafale de vent s'abattait sur les ailes et que l'appareil se mettait à osciller de façon inquiétante, ce qui n'aida pas mes nerfs, ni mes sous-vêtements. Quelques balades en avion avaient fini par m'inspirer un certain respect pour Heydrich, qui, dans les mois précédant sa mort, avait fait un peu de service actif dans la Luftwaffe, d'abord comme mitrailleur arrière à bord d'un Donier et ensuite comme apprenti pilote de chasse, jusqu'à ce qu'un crash puis Himmler l'obligent à jeter l'éponge. J'aurais été aussi incapable de servir dans notre aviation que de traverser les chutes de Reichenbach dans un tonneau de bière.

Nous atterrîmes, et je laissai échapper un soupir qui embua tout le hublot à côté de moi. Au bout de quelques minutes, je sortis en chancelant de l'avion, pour voir le général disparaître dans le seul moyen de transport qui semblait avoir été mis à disposition – une Horch conduite par des membres de la Feldgendarmerie[1] locale, aisément reconnaissables au collier de chien gris métallisé suspendu à leur cou. J'attrapai mon sac et me dirigeai vers le bâtiment de l'aéroport, où, après avoir attendu près d'une demi-heure, je réussis à me faire emmener en ville par le pilote allemand du Storch devenu soudain loquace et qui se mit à me donner des explications de guide touristique sur la vie dans la Yougoslavie moderne.

L'hôtel Esplanade, dans Mihanovićeva, avait été construit au début du siècle pour héberger les voyageurs de l'Orient-Express faisant le trajet entre Vienne et Zagreb. Il renfermait toute une cargaison de marbre noir et blanc, plusieurs plafonds Art déco, une salle de bal de la dimension d'un chapiteau de cirque, sans compter une politesse cérémonieuse qui aurait mieux convenu à Vienne et qui frisait le ridicule dans une ville de quelques milliers d'habitants seulement. C'était comme découvrir un conducteur de tram affublé d'un smoking blanc. À vrai dire, ce genre de formalisme du vieux monde semble tout aussi incongru de nos jours à Vienne. Mais à

---

1. Corps de police militaire auquel incombaient des missions d'occupation des territoires sous contrôle de la Wehrmacht, la traque des déserteurs et la lutte contre les partisans.

Zagreb, le passé impérial austro-hongrois avait la vie dure ; du reste, c'était peut-être ce contre quoi les oustachis s'imaginaient à tort qu'ils se battaient.

Et pourtant, d'après mon chauffeur, la vieille inimitié entre Croates et Serbes ne pouvait se ramener purement et simplement à un conflit entre deux empires défunts. Si les Croates haïssaient leurs proches voisins serbes, ce n'était pas uniquement à cause du passé ottoman de ces derniers. Les Croates avaient beau être antisémites, ils se montraient tolérants à l'égard de l'islam. Sinon pourquoi auraient-ils bâti une mosquée sur une de leurs places principales ?

Après avoir rempli ma fiche, j'allai trouver l'agent du SD de Schellenberg, le Sturmbannführer Emil Koob, mais il était sorti, aussi je lui laissai un message à la réception de l'hôtel. Puis je cherchai l'officier de liaison local, qui avait également un bureau à l'Esplanade. C'était un lieutenant de la Wehrmacht, un Autrichien tout comme Meyszner. Il s'appelait Kurt Waldheim. Très grand et mince, avec un nez semblable à une serpette, il devait avoir dans les vingt-cinq ans et me rappelait de manière frappante Heydrich. Je lui montrai mes lettres de créance, qui étaient bien évidemment irréprochables, puis lui expliquai ma mission.

« J'ai besoin de prendre contact avec l'antenne du SD et de me rendre ensuite à Banja Luka, en Croatie. Je suis à la recherche de cet homme. » Je lui tendis la photographie du père Ladislaus que m'avait donnée Dalia Dresner. « Aux dernières nouvelles, il vivait au monastère de la Sainte-Trinité de Petrićevac, qui est dirigé par des franciscains. Le Dr Goebbels m'a chargé de lui remettre un message important et, s'il le souhaite, de faciliter sa venue à Berlin à un stade ultérieur. J'apprécierais toute aide ou suggestion que vous pourriez m'apporter.

— Je ne connais pas très bien cette partie du pays. En fait, c'est ma dernière semaine en tant qu'officier de liaison du groupe d'armées avec la 9ᵉ armée italienne en Yougoslavie. Après un bref congé, je pars en Grèce rejoindre le groupe d'armées Sud pour assurer la liaison avec la 11ᵉ armée italienne. Mais ce que je peux vous dire, c'est que les routes entre ici et Sarajevo ne sont pas trop mauvaises, surtout en ce moment, avec des températures avoisinant les trente degrés. Légèrement endommagées par les bombardements, bien sûr. En hiver, c'est une autre paire de manches. Il y a presque deux cents kilomètres jusqu'à Banja Luka. À mon avis, vous pourriez y être en une journée. La plupart des Partisans opèrent au sud-est, dans les montagnes de Zelengora. Mais ils sont sacrément tenaces et se déplacent dans le pays à une vitesse ahurissante, de sorte qu'il vaut mieux être sur ses gardes en permanence. Au moins en Bosnie. Vous trouverez le SD au siège de la Gestapo, dans la rue du Roi-Pierre-Krešimir. Ils pourront probablement arranger votre transport vers le sud. Une voiture ou une ambulance, je présume. Je pourrais vous y conduire si vous voulez. C'est un peu loin pour aller à pied par cette chaleur.

— Merci, lieutenant, je vous en serais reconnaissant. »

Waldheim n'était pas un mauvais bougre. Il se trouvait en Yougoslavie depuis l'été précédent, après avoir été blessé sur le front de l'Est et démobilisé des forces combattantes ; depuis lors, il s'était borné à servir d'agent liaison avec les Italiens parce qu'il parlait la langue. Mais il voyait d'un œil sombre les perspectives de notre principal partenaire de l'Axe.

« Tout le monde sait bien que, maintenant que les Alliés ont envahi la Sicile, les jeux sont faits pour Mussolini. Je serais très étonné s'il réussissait à garder le pouvoir jusqu'à la fin du mois. Pas sans l'aide de l'Allemagne, en tout cas.

— Ils vous envoient, non ? »

Il sourit d'un air incertain au moment où nous passions devant la nouvelle mosquée de la ville. Avec ses trois grands minarets toujours en construction, ce n'était assurément pas le genre d'édifice qu'on s'attendait à trouver dans un des pays les plus catholiques d'Europe. Waldheim expliqua qu'elle devait ouvrir l'été prochain, à supposer là encore qu'Ante Pavelić, le chef des milices fascistes oustachies, dure suffisamment longtemps, la mosquée étant son initiative.

« Dites-moi, lieutenant Waldheim, est-ce que vous ne connaissez que l'italien ou parlez-vous aussi la langue locale ? Le croate, je présume. Parce qu'une fois à Banja Luka j'aurai sans doute besoin d'un interprète.

— Je parle le tchèque et un peu le croate. Mais, comme je vous l'ai dit, je dois prendre un congé très bientôt. Et ensuite, destination la Grèce, malheureusement.

— Et comme vous l'avez dit aussi, Banja Luka n'est qu'à une journée de trajet de Zagreb. Ce qui laisse pas mal de temps avant votre départ en Grèce. Du reste, la 9ᵉ armée italienne a cessé d'exister dans ce théâtre d'opérations. Étant donné qu'elle est retournée au grand complet défendre sa mère patrie contre les Alliés. Ou plus probablement, se rendre aussi vite que possible. Et qui pourrait l'en blâmer ? »

Waldheim fonça les sourcils.

« Je suis très flatté que vous me demandiez ça, mais mon commandant, le général Löhr, ne peut pas se passer de moi en ce moment. »

Waldheim s'arrêta devant un vaste bâtiment moderne. Bordée d'érables perdant leur écorce, la rue était fermée à la circulation, exception faite des activités de la Gestapo. Devant l'entrée principale s'alignait une rangée de voitures allemandes camouflées. Derrière s'étendait un petit jardin pittoresque, avec des massifs de roses et une statue en bronze représentant une jeune fille nue en train de danser, ce qui changeait agréablement des statues équestres de rois croates oubliés qui semblaient parsemer la ville comme autant de crottes de chien géantes.

« Nous y sommes, capitaine. Le siège de la Gestapo.

— Je pourrais lui poser la question, si vous voulez ? Au général Löhr. Je pourrais lui demander de vous laisser venir avec moi à Banja Luka. Après tout, cette mission est hautement prioritaire pour le ministère de l'Éducation du peuple et de la Propagande. Je suis sûr que votre général voudra s'assurer que j'ai tout ce qu'il me faut pour en faire un succès. Le Dr Goebbels n'est pas un homme qui aime beaucoup les échecs. »

Waldheim paraissait très embarrassé et regrettait probablement de m'avoir jamais vu.

« Écoutez, dit-il, et si je vous trouvais quelqu'un d'autre ? Quelqu'un parlant beaucoup mieux le croate que moi ?

— C'est possible ?

— Oh oui ! Mon croate n'est pas très bon. (Il salua.) Faites-moi confiance, capitaine. Je vais voir ce que je peux faire. »

Un sourire aux lèvres, je regardai le lieutenant Waldheim repartir dare-dare ; il n'y a pas beaucoup de boulots qui vous hissent quasiment au rang de représentant de Dieu sur terre, mais débarquer dans un endroit comme Zagreb avec une lettre de Jo dans la poche de sa tunique en faisait partie. Elle disait :

> *À qui de droit : Le porteur de cette lettre, le capitaine Bernhard Gunther, Polizeikommissar du RSHA à Berlin, se verra accorder toute la coopération et la courtoisie souhaitables. Il est mon envoyé personnel à Zagreb et devra toujours être traité avec la même considération que s'il s'agissait de moi, sa mission étant de la plus haute importance pour mon ministère. Signé : Dr Joseph Goebbels, ministre de l'Éducation du peuple et de la Propagande du Reich.*

Avec une lettre pareille, j'allais bien m'amuser en Yougoslavie. Du moins, c'est ce que je croyais.

Le siège de la Gestapo était d'une fraîcheur miséricordieuse après la chaleur torride de la rue. Les photos de Hitler, Himmler et Ante Pavelić sur les murs de l'entrée n'avaient rien d'une surprise, pas plus que la carte géante de la Yougoslavie, mais, dans les circonstances présentes, le portrait de Benito Mussolini – celui où il porte un casque noir et ressemble à s'y méprendre à un clown sur le point d'être éjecté d'un canon, ce qui n'était peut-être pas très loin de la vérité – semblait déjà quelque peu déplacé dans cette compagnie.

Et pourtant, c'était une image qui me redonnait de l'espoir, l'espoir qu'un jour prochain des individus comme le jeune lieutenant Kurt Waldheim prédiraient la fin imminente d'Adolf Hitler.

19

Le lendemain matin, après une nuit agitée en raison des nombreux tramways passant en une succession presque ininterrompue de faisceaux bleus sous la fenêtre ouverte de ma chambre étouffante située au premier étage, je me levai tôt et attendis devant l'hôtel, prêt à quitter Zagreb dans la Mercedes 190 décapotable que le Sturmbannführer du SD Emil Koob s'était empressé de me prêter après que je lui eus remis l'argent de Schellenberg. Waldheim était là aussi, afin de me présenter deux officiers SS revenus récemment d'Allemagne et devant se rendre à Sarajevo puis à Šavnik pour rejoindre leur division. Banja Luka se trouve presque à mi-chemin entre Zagreb et Sarajevo, et on avait promis aux deux officiers qu'un moyen de transport les attendrait au quartier général oustachi de cette antique cité bosniaque. J'aurais pu souhaiter des compagnons plus agréables que des SS, mais Waldheim m'assura qu'il s'agissait de volontaires ethniques : des Allemands croates connaissant le pays aussi bien que la langue. De plus, ajouta-t-il, des bruits couraient que les Partisans avaient effectué une percée depuis le sud-est de la Bosnie et se dirigeaient vers la côte dalmate, à travers la région même que nous devions parcourir. Ce qui signifiait que trois hommes dans une voiture valaient certainement mieux qu'un.

Des deux officiers, le sergent fut le premier à arriver. Il nous salua avec nonchalance et déclara s'appeler Oehl. Le côté droit de son visage avait été gravement brûlé, d'où sans doute la croix de fer de 2ᵉ classe épinglée à sa tunique et ses manières taciturnes. J'aurais été un brin taciturne moi aussi si j'avais eu la moitié de la figure comme une persienne. Ses cheveux courts et gris se mariaient parfaitement avec les poils courts et gris de son énorme menton ; ses petits yeux bleus ressemblaient à des embrasures dans les murailles d'une forteresse imprenable. En le regardant, je me sentis comme si je venais de tomber nez à nez avec un puissant gorille alors que je possédais la dernière banane subsistant au monde.

Waldheim jeta un coup d'œil à sa montre.

« Où est le capitaine Geiger ?

— On récupérera le chef en sortant de la ville.

— Où est-il en ce moment ?

— Vous n'avez pas envie de le savoir.

— D'accord. »

Je serrai la main à Waldheim et lui souhaitai bonne chance en Grèce, tandis que le sergent jetait son équipement à l'arrière de la voiture et, un *papa* serré sous le bras, grimpait sur le siège avant et allumai une cigarette.

« Il serait préférable que vous preniez le volant, capitaine. Si jamais on a des problèmes, je pourrais avoir besoin d'arroser la route avec ça. »

Un *papa* était un Tokarev PPSh de fabrication soviétique – un *papacha*, ce qui signifie « papa » en russe. Le *papa* d'Oehl était équipé d'un chargeur à tambour de soixante et onze cartouches, contre moitié moins pour un chargeur amovible.

Je démarrai la voiture et m'éloignai, Oehl m'indiquant les directions.

« On risque d'en avoir besoin ? demandai-je.

— À mon avis, ça devrait aller jusqu'à ce qu'on ait traversé la Sava ; ensuite, tout est foutrement possible. La première brigade prolétarienne a brisé l'encerclement. Et il y a des Tchetniks dans le même secteur. Les Prolos sont les communistes. Les hommes de Tito. Les Tchetniks sont royalistes. Certains d'entre eux se montrent amicaux à notre égard. D'autres non. Et d'autres encore sont en réalité des Prolos se faisant passer pour des Tchetniks amicaux afin de nous descendre. La seule façon d'en avoir le cœur net, c'est s'ils se mettent à vous dégommer. »

De l'irritation et de la lassitude s'entendaient vaguement dans le ton de sa voix. C'était un ton que je connaissais ; celui que vous finissez pas avoir quand on essaie de vous tuer depuis pas mal de temps.

« Vous avez assisté à beaucoup de combats par ici ? »

Il laissa échapper un soupir presque aussi sonore que le moteur de la voiture et sourit patiemment comme s'il s'efforçait de ne pas suivre sa première impulsion, à savoir me flanquer la crosse en bois bien ciré de son *papa* dans la figure. Le pistolet-mitrailleur était la seule chose vraiment propre chez lui.

« Il n'y a pas de combats par ici, répondit-il. Ils nous tuent quand on ne s'y attend pas. Et on les tue quand ils ne s'y attendent pas. C'est comme ça que ça marche avec les Partisans. Des tueries. Encore et toujours. Sauf qu'ils sont plus nombreux que nous. Vingt mille chez les Partisans. Probablement davantage. C'est en tout cas l'impression que ça donne à ceux de nos gars qui doivent les liquider. »

À sa demande, nous nous arrêtâmes devant un immeuble situé près de la nouvelle mosquée de la rue Franje Račkog ; à l'autre bout de la rue, on pouvait voir les flèches jumelles de la cathédrale catholique de Zagreb. L'entrée de l'immeuble grouillait de types portant des uniformes et des calots noirs. Oehl déclara que c'étaient des oustachis et que nos affaires seraient suffisamment en sécurité dans la voiture pendant que nous allions chercher le capitaine Geiger.

« Nous ?

— J'aurai peut-être besoin d'un coup de main pour le faire sortir.

— Vous êtes sûr pour nos affaires ? Le pistolet ? »

— Jamais personne n'oserait faucher quoi que ce soit dans une voiture allemande garée devant le quartier général oustachi, répondit-il. Raison pour laquelle on la laisse là. Le boxon est à deux pas. »

Nous tournâmes le coin de la rue jusqu'à un bâtiment crème avec une entrée de style pseudo-dorique et, au-dessus de la porte, un balcon à double contrefort de la taille d'une voiture blindée, où plusieurs filles à moitié dénudées profitaient déjà du chaud soleil croate. Nous montâmes au deuxième étage et pénétrâmes dans une

191

sorte de salon. Un soldat vêtu seulement de son pantalon était assis devant un petit harmonium sur lequel il essayait de jouer *Das Bolle-Lied* – une chanson traditionnelle berlinoise sur un habitant de Pankow qui va à la foire, perd son gosse, s'enivre, poignarde cinq personnes, rentre chez lui avec le nez cassé, les vêtements en lambeaux et un œil en moins, et, après que sa femme lui a caressé le crâne à l'aide d'un rouleau à pâtisserie, meurt étouffé dans son propre vomi. Une chouette petite chanson, pleine d'entrain, que tous les Berlinois connaissent et adorent, mais qui semblait étrangement s'appliquer à la Croatie.

Je suivis Oehl à travers un dédale de pièces contenant d'autres filles à moitié nues et plusieurs soldats, jusqu'à ce que nous tombions finalement sur un grand lascar cadavérique, affalé dans un fauteuil et fumant une cigarette. Il était revêtu de son uniforme SS, mais manifestement ivre. Près de son pied, une bouteille d'un alcool opaque et tout son fourbi, dont un autre *papa*. Il nous regarda à travers ses paupières mi-closes, puis hocha la tête.

« Où étiez-vous donc passé, sergent ?

— Voici le capitaine Gunther, répondit Oehl. Il va nous emmener à Banja Luka.

— Ah bon ? C'est très chic de sa part.

— Je vous l'ai expliqué hier soir. Que le lieutenant à l'Esplanade s'était arrangé pour qu'on descende dans le sud avec lui. Il est de Berlin.

— Nous étions à Berlin, la semaine dernière, marmonna le capitaine. Ou était-ce la semaine d'avant ? On pensait qu'il y aurait des femmes. Bon Dieu, tout le monde a entendu parler des femmes de Berlin. On pensait qu'il y aurait des boîtes de nuit. Mais ce n'était pas du tout comme ça. En définitive, on est restés dans une espèce de villa SS à la noix, à Wannsee. Vous connaissez ?

— La villa Minoux ? Oui, je connais.

— C'était à mourir d'ennui. Il y a plus de vie nocturne à Zagreb qu'à Berlin.

— Si j'en juge d'après cet endroit, ça ne fait guère de doute. »

Geiger sourit avec affabilité et me tendit la bouteille. Ne voulant pas démarrer du mauvais pied ce que j'espérais être notre brève association, je la pris et avalai une lampée de son contenu ; c'était du raki, le lait des braves, et, croyez-moi, il fallait être brave pour s'enfiler ce truc.

« Je vois que c'est la première fois que vous venez en Croatie. À la façon dont vous buvez le raki.

— La première fois. »

Estimant préférable de leur faire savoir que je n'étais pas tout à fait un blanc-bec, j'ajoutai que je revenais tout juste de Smolensk.

« Smolensk, hein ? C'est mieux ici. Pas autant de mecs de la Wehrmacht dans les parages pour vous mettre des bâtons dans les roues, avec leur sens de l'honneur, leur fair-play et toutes ces conneries.

— J'adore déjà.

— Prenez son barda, me dit Oehl. Je vais le remettre sur pied. »

Je rendis la bouteille à Geiger, hissai son paquetage sur mon dos et ramassai le *papa*.

« Faites gaffe, dit Geiger. Il a la détente légère. Vous ne voudriez pas zigouiller quelqu'un, pas vrai ? Du moins, pas avant d'avoir franchi la frontière bosniaque. Ensuite, peu importe sur qui vous lâchez la purée. »

Il éclata de rire comme s'il blaguait, et ce n'est qu'un peu plus tard ce jour-là que je découvris que ça n'avait rien d'une blague.

Oehl manœuvra le capitaine Geiger dans l'escalier derrière moi, ce dernier continuant à donner des conseils sur la manière dont les choses se passaient en Yougoslavie.

« L'important, c'est que vous leur tiriez dessus avant qu'eux ne le fassent. Ou pire. Croyez-moi, vous n'avez pas envie d'être capturé par ces salopards de la première brigade prolétarienne. Sauf si vous voulez savoir quel goût a votre propre bite. Ils aiment vous la couper, voyez-vous, et vous la faire manger avant de vous laisser saigner à mort. Les couilles aussi, s'ils sont d'humeur à se montrer généreux avec vos provisions.

— La bonne viande se fait rare partout », fis-je remarquer.

Geiger s'esclaffa tandis que nous émergions dans la rue.

« Il me plaît, sergent. Gunther, c'est ça ? Eh bien, capitaine Gunther, vous n'êtes pas aussi con que vous en avez l'air. Qu'en pensez-vous, sergent ?

« — Si vous le dites, chef.

— Est-ce que ce Tito possède une deuxième brigade prolétarienne ? demandai-je.

— Bonne question, répondit Geiger. Je n'en ai aucune idée. Mais ça fait réfléchir, hein ? Même quand vous êtes un putain de Prolo, il existe une sorte de division de classe. Une sacrée déception pour Marx. »

Il n'était pas encore neuf heures, mais il faisait déjà si chaud que mes vêtements me collaient à la peau. En arrivant à la Mercedes, je balançai l'équipement de Geiger sur le siège arrière et ôtai ma tunique. Geiger enleva également la sienne, révélant une longue et épaisse balafre sur sa poitrine, comme si quelqu'un l'avait entaillée de part en part avec un couteau. Ses yeux caves aux paupières tombantes surprirent les miens en train de la regarder, et il esquissa un maigre sourire sans éprouver pour autant le besoin d'offrir une explication quant à la manière dont il l'avait récoltée. Mais je savais que ce n'était pas en aidant les vieilles dames à traverser les rues encombrées. Grand, mince, blond, distingué même, il aurait pu être, dans une autre vie, un prince étudiant[1] ou un acteur ; mais à cet instant, il avait un regard tellement amer et dépravé qu'il me faisait surtout penser à un ange déchu. Il écarta les mains d'Oehl, tituba un peu, vomit copieusement dans le caniveau, puis grimpa à l'arrière de la voiture, où il poussa un grognement sonore avant de fermer les yeux.

« Par là, dit Oehl, un doigt pointé vers le pare-brise. Passez devant cette foutue mosquée et ensuite allez jusqu'au siège de la Gestapo. »

Nous quittâmes rapidement la ville. Le soleil tapait, le paysage semblait se recroqueviller sous ses rayons féroces. La capote repliée derrière nous tels les soufflets d'un accordéon, nous nous dirigeâmes vers le sud-est de Zagreb, en Slavonie. La terre était très plate et fertile, fruit de la mer Pannonienne qui s'étendait là il y a environ un demi-million d'années. Apparemment, elle avait duré neuf millions d'années, ce qui conférait probablement une certaine relativité

---

1. Titre de plusieurs films adaptés de la pièce *Vieil Heidelberg* de l'écrivain allemand Wilhelm Meyer-Förster, dont celui d'Ernst Lubitsch, sorti en 1927.

à ce qui allait se passer au cours des jours suivants. Mais je savais que plus vite j'aurais déguerpi de cet endroit pour me retrouver sain et sauf à Berlin et mieux ce serait. La seule chose à laquelle je pouvais penser, c'était coucher de nouveau avec Dalia Dresner. Surtout maintenant que j'avais fait la connaissance de mes deux compagnons de voyage. Chaque fois que je les regardais, j'avais un mauvais pressentiment au sujet de ce périple en voiture. Le sergent gardait son pistolet-mitrailleur rivé sur le bord de la portière comme un mitrailleur arrière de Donier et semblait impatient de s'en servir. Au bout d'une demi-heure, Geiger ouvrit les yeux et se mit à allumer une cigarette après l'autre, comme si l'air pur de la campagne était une insulte à ses poumons. Le pistolet-mitrailleur sur ses genoux aurait aussi bien pu être un vulgaire porte-documents tant il avait l'air détendu. Toutefois, le sourire qu'il affichait n'exprimait aucune satisfaction. C'était plutôt le sourire de Bolle, comme dans la chanson berlinoise, car, en dépit des actes épouvantables qu'il commet et de ce qui lui arrive, Bolle vit des moments formidables, bordel.

20

Usines, garages, cimetières de ferraille et scieries firent place à des bicoques à moitié finies ou à moitiés détruites, c'était difficile à dire. Des villages séculaires quasiment inhabités. La voiture cahotait le long de la route déserte. Je faisais de mon mieux pour éviter les nids-de-poule et, parfois, ce qui était à l'évidence des trous d'obus. Au bout d'un moment, la route rétrécit et se détériora, de sorte qu'on ne dépassait pas les trente kilomètres à l'heure. Nous continuâmes, passant devant de petites exploitations, des chèvres attachées à des haies, des hommes labourant des champs ou creusant des fossés. Ici et là, on apercevait des panneaux de signalisation, tous criblés d'impacts de balles, mais, le plus souvent, il n'y avait que la route poudreuse coupant ce pays abandonné de Dieu. Les rares personnes que l'on croisait ne nous accordaient que peu d'attention, sinon aucune. Ma mission était à des années-lumière de l'existence menée par ceux qui s'efforçaient de gagner leur pain ici. Par intermittence, une charrette remplie à ras bord de foin, de pastèques ou de maïs fournissait un bref contact avec la réalité. Elle était tirée par un cheval épuisé et conduite par des hommes qui ne semblaient que vaguement humains, le visage couvert de chaume et presque sans expression, comme s'il avait été taillé dans les chênes mêmes qui bordaient la route. Ces gens n'avaient besoin d'aucune justification à leur présence ici, d'aucune croyance ni idéologie tordue pour excuser leur existence libre en ce lieu. Ils étaient chez eux ;

ils l'avaient toujours été et le seraient toujours. Les hommes comme Geiger, Oehl et moi ne faisaient que passer, en route pour un enfer personnel que nous nous étions créé de toutes pièces. J'avais plaisir à voir ces êtres maigres et stoïques ; ils me rappelaient que j'appartenais à un monde où quelque chose d'aussi simple et honnête que cultiver du tabac et de la betterave à sucre ou élever des animaux existait encore ; mais ce sentiment ne durait jamais longtemps. De temps en temps, Geiger déchargeait son *papa* en direction d'une vache dans un champ et la faisait détaler comme un lapin. Et une fois un Focke-Wulf 190 passa à basse altitude au-dessus de nos têtes, déchirant le ciel dans une grande salve d'essence et de métal.

Personne ne dit grand-chose, jusqu'à ce que nous tombions sur la carcasse d'un cheval gisant près d'une chenillette italienne incendiée. À en juger par l'aspect et l'odeur du cadavre de l'animal, il datait de plusieurs jours ; mais mes deux compagnons insistèrent pour jeter un coup d'œil de plus près, l'arme à portée de main, ça va sans dire. Pendant qu'Oehl partait en reconnaissance le long de la route, Geiger examina la selle et déclara qu'elle appartenait à un Serbe.

« Comment pouvez-vous en être sûr ?

— Seul un Serbe serait assez stupide pour mettre une selle de cette manière. De plus, il y a une inscription en cyrillique sur le cuir.

— Je ne comprends pas pourquoi vous semblez haïr autant les Serbes. Ce n'est quand même pas parce qu'ils ont fait partie de l'empire ottoman, sinon pourquoi les oustachis auraient-ils construit cette fichue mosquée à Zagreb ? Sans compter que vous parlez la même langue.

— Qui vous a dit ça ?

— Le lieutenant Waldheim.

— Qu'est-ce qu'il en sait, putain ? rétorqua Geiger. Les langues sont similaires, je vous l'accorde. Mais avec des différences importantes. Le serbe s'écrit en caractères cyrilliques et le croate en alphabet latin. Et le serbe sonne de manière foutrement plus absurde que le croate.

— Oui, mais pourquoi vous haïssez-vous les uns les autres ?

— L'histoire. C'est la principale raison pour laquelle un individu en déteste un autre, non ? L'histoire et la race. Les Serbes sont stupides et paresseux, et méritent d'être jetés aux ordures raciales.

— Ce n'est pas exactement du Hegel.

— Si voulez du Hegel, retournez à Berlin. Ici, c'est juste de la boucherie.

— Croyez-moi, je n'y manquerai pas, dès que je peux.

— Très bien. En plus, les Serbes sont des hypocrites et des assassins. Qu'est-ce que vous dites de ça ? Il y a Stjepan Radić, un Croate abattu en plein Parlement fédéral par un député serbe, Puniša Račić, en 1928. Et auparavant, l'archiduc Ferdinand, bien entendu. Sans ces putains de Serbes, nous n'aurions peut-être pas eu la Grande Guerre. Songez-y, Gunther. Tous ces chics types que vous avez connus autrefois à Berlin qui seraient encore en vie aujourd'hui sans un connard de Serbe nommé Gavrilo Princip et sa Main noire. C'est vrai. Si vous pouviez demander à vos potes disparus ce qu'ils pensent des Serbes, je parie qu'ils vous enverraient balader. Voyez-vous, les Serbes ont l'habitude de commencer des guerres qu'ils ne finissent pas. Ils sont toujours du mauvais côté. Ils étaient du côté des Russes lors de la précédente et nous, les Croates, étions de votre côté. Les Croates ressemblent davantage à vous autres Allemands, et certains d'entre nous sont même allemands, bien sûr. Les Serbes ne sont que des paysans et des communistes. Si vous montriez des chiottes à un Serbe, il se laverait sans doute les mains dedans. Nous les détestons parce qu'ils se serrent toujours les coudes avec les Slovènes indépendamment des intérêts du pays. Frère slovène, frère serbe, comme nous disons, nous les Croates. Vous voulez d'autres raisons pour lesquelles nous les haïssons ? Alors en voilà encore une : ce sont de sales faux culs. Vous ne pouvez pas plus compter sur un Serbe que sur un Juif. Sauf pour vous laisser tomber.

— Je suis content de vous avoir posé la question. »

Il fronça les sourcils.

« Et d'ailleurs, qu'est-ce que vous fabriquez ici, Gunther ? Normalement, les capitaines du SD ne se montrent pas sur le terrain comme ça. Pas sans un escadron de la mort d'action spéciale derrière eux. D'habitude, les Fritz et les Fridolins tels que vous préfèrent laisser ce genre de besogne à des volontaires SS comme moi et le sergent Oehl.

— Commettre des assassinats n'a rien à voir avec la raison de ma présence ici, capitaine Geiger. Je suis en mission spéciale pour le compte du ministère de l'Éducation du peuple et de la Propagande du Reich. Je dois trouver un prêtre à Banja Luka afin de lui remettre une lettre du Dr Goebbels.

— Ce petit rat boiteux. Qu'est-ce qu'il lui veut, à ce satané prêtre ? Il déteste les prêtres. Tout le monde le sait. C'est pour ça que le pape a publié une encyclique contre les nazis.

— Il ne me dit pas pourquoi il a faim, seulement de lui apporter son petit déjeuner.

— Vous n'êtes pas un tout petit peu curieux de savoir pourquoi il vous a envoyé dénicher un prêtre à Banja Luka ?

— Quand j'étais avec le SD à Smolensk, j'ai appris qu'il valait généralement mieux ne pas discuter mes ordres.

— Exact. »

Je retournai à la voiture et pris quelques-unes des photographies du père Ladislaus.

« Mais puisque ça vous intéresse…

— Non, déclara Geiger. Sa tête ne me dit rien. Pour moi, tous les prêtres se ressemblent. Mais je peux vous assurer d'une chose. S'il est prêtre à Banja Luka, il a du pain sur la planche. Ça a été plutôt meurtrier dans le coin, il y a quelque temps. Et c'est peu dire dans ce pays, croyez-moi. »

Nous continuâmes, à travers des villages aux noms bizarres se réduisant à deux ou trois masures en ruine. Au-dessus de nous, le ciel était aussi gris qu'un maquereau mort. De chaque côté de la route s'étendaient de grands champs de maïs avec des épis plus longs que des verres de bière et presque aussi épais, des tas de fumier encore fumants, des pruniers, des noisetiers regorgeant de noisettes, et puis des arbres et encore des arbres. Un vol d'étourneaux fondit en piqué avant de remonter au-dessus de nos têtes telle une peste biblique. Un troupeau de vaches était couché avec tant de nonchalance au bord d'une rivière que je m'attendais presque à ce qu'elles aient apporté un panier de pique-nique. Trois poneys se tenaient dans l'ombre d'un vieux chêne. C'était un riche pays agricole, et pourtant on aurait pu se croire au siècle précédent.

Nous vîmes une traînée de fumée à l'horizon et sentîmes une légère odeur de cordite dans l'air. Puis nous entendîmes le fracas de tirs d'artillerie quelque part devant nous. Je ralentis, fis halte, et nous écoutâmes pendant un moment.

« Les nôtres ? » demandai-je.

Geiger se tourna vers Oehl, qui hocha la tête et murmura : « Hotchkiss », avant d'allumer une cigarette comme s'il n'y avait pas besoin d'en dire plus.

Un Hotchkiss était un char de fabrication française, et après 1940 nous en avions plus de cinq cents.

Nous repartîmes et pénétrâmes dans un petit village situé près de la frontière bosniaque. Et là, dans la cour de récréation d'une école déserte, nous aperçûmes soudain le Hotchkiss. Nous nous arrêtâmes pour regarder l'équipage composé de deux oustachis tirer avec le canon de trente-neuf millimètres sur un bâtiment à moitié en ruine accroché à un flanc de coteau au loin. Quelques soldats oustachis dormaient dans un champ à la lisière de la cour pendant que le char faisait feu par-dessus leur tête, ce qui ajoutait une touche de folie supplémentaire au spectacle. D'autres semblaient prendre des paris sur l'adresse du tireur du Hotchkiss. Ils avaient tous l'air d'adolescents. Aucun d'eux ne nous accordait la moindre attention.

« Sur qui est-ce qu'ils tirent ? demandai-je. Des Prolos ? Des Tchetniks ? »

Oehl dit quelque chose à un des équipiers barbus du char, qui se contenta de répondre avec un grand sourire : « *Gađanje*. »

« Exercice de tir », déclara Oehl, et, comme le char se remettait à faire feu, je vis, horrifié, un obus filer avec un léger sifflement dans le ciel bleu azur pour s'abattre sur le bâtiment, dont une partie du briquetage rouge et jaune s'effondra.

« C'est une église ! » m'écriai-je d'un ton indigné.

Plus grave encore, le fait qu'il y avait eu des gens à l'intérieur : deux corps gisaient dans les décombres. Un des Croates poussa une exclamation et se mit à applaudir, tandis que son voisin lui tendait un billet comme s'il avait gagné son pari.

« Bon Dieu, pourquoi se servent-ils d'une église pour faire un exercice de tir ?

— Sûrement une église orthodoxe serbe. Jamais ils ne tireraient sur une église catholique.

« — Mais une église est une église », insistai-je.

Oehl éclata d'un rire cruel.

« Pas en Yougoslavie.

— N'empêche, ne peut-on pas leur ordonner d'arrêter ?

— Ce ne serait pas une bonne idée, répondit Geiger. Croyez-moi, vous ne voudriez pas gâcher leur plaisir. Que nous soyons de leur côté ne veut pas dire qu'ils ne puissent pas devenir désagréables. Il n'y a qu'à Zagreb et à Sarajevo que votre grade fasse un sou de différence entre vous et eux. Sur la terre noire de Slavonie, ça n'en fait strictement aucune. Des trucs comme la convention de Genève et les règles de la guerre n'ont de sens qu'à Berlin. Ici, ça ne vaut pas tripette. La seule règle, s'agissant de traiter avec les oustachis sur le terrain, consiste à ne pas s'immiscer entre ces gars et leurs jouets. »

Oehl posait une question à l'un des hommes assis sur l'accotement herbeux. Il pivota ensuite vers nous.

« Il dit qu'il y a une sorte d'hôtel au bout de la rue. On pourrait peut-être y boire du café. »

Laissant les oustachis à leurs distractions, nous parcourûmes une courte distance jusqu'à l'hôtel Sunja, où mon impression de l'établissement fut gravement affectée par le fait que, juste devant, pendu à l'unique bec de gaz du village, se trouvait le corps d'un homme. Du moins, je pensais qu'il s'agissait d'un homme ; il y avait encore plus de mouches sur sa tête que sur le cheval mort croisé plus tôt. Geiger et Oehl ne lui prêtèrent aucune attention, comme s'il n'était pas rare de voir un type pendu devant un hôtel, et entrèrent. Au bout de quelques instants, je les suivis.

À l'intérieur, il faisait sombre. Une des petites fenêtres avait été condamnée avec un morceau de bois. Peu à peu, je distinguai quelques tables et chaises couvertes de poussière, et une sorte de bar, où Geiger abattit sa main sur le comptoir et appela. Un homme finit par sortir d'une pièce à l'arrière. Il portait un chapeau en feutre noir avec un œillet rouge sur le bord, une chemise blanche crasseuse et un gilet noir. L'œillet rouge me parut une coquetterie ridicule de la part d'un aubergiste dont la porte s'ornait d'un pendu.

Geiger s'adressa à lui à trois reprises, et chaque fois l'homme secoua la tête, jusqu'au moment où il dit quelque chose que Geiger sembla trouver très drôle ; ce dernier continuait à rire lorsqu'il revint à la table où nous étions installés, Oehl et moi, puis s'assit.

« Trois fois j'ai demandé du café à ce fils de pute slovène, raconta-t-il. D'abord en croate, *kava*. Puis en bosniaque, *kahva*, et la troisième fois en serbe, *kafe*. Et chaque fois il a répondu non, d'accord ? Comme vous avez pu le constater. Je pense à présent qu'il déteste les Croates, ou les Allemands. C'est peut-être son putain de frère qui est pendu au réverbère dehors. Alors je lui ai dit : "Quel est le problème, pourquoi est-ce qu'il n'y a pas de café ? Je t'ai posé la question gentiment, non, espèce de canaille ?" À quoi il a répondu : "Nous avons bien du café, simplement nous n'avons pas d'eau pour le faire." »

Geiger se remit à rire comme s'il n'avait rien entendu de plus drôle depuis un bon moment ; et à en juger d'après son visage, c'était sans doute le cas. Je n'avais encore jamais rencontré un homme aussi imprévisible. Son sourire semblait présager aussi bien quelque chose d'affreux que d'amusant ou d'agréable. J'allumai une cigarette et ne dis rien. Je commençais à me rendre compte du prix que j'allais devoir payer pour ma nuit avec Dalia Dresner. Le prix payé par Faust, peut-être, afin de passer une nuit avec Hélène de Troie.

« Voyez si vous ne pouvez pas trouver quelque chose à boire, sergent. Je vais faire un peu de lumière dans cette caverne de Neandertal, qu'on puisse voir ce qu'on fabrique. »

Et alors qu'Oehl disparaissait à l'arrière de l'hôtel, Geiger se leva, brisa la chaise sur laquelle il était assis en mille morceaux qu'il jeta dans la cheminée avec de vieux journaux. Il gratta une allumette, essaya d'allumer un feu, mais sans succès. Il continuait ses tentatives lorsque Oehl revint avec du pain, du fromage et trois grandes bouteilles en grès.

« De la rakija de prune, annonça-t-il. Faite maison.

— Jamais vous n'arriverez à faire partir ce feu, dis-je à Geiger. Pas sans des bouts plus petits ou des copeaux. »

Oehl ouvrit une des bouteilles, y goûta, eut un hoquet et la passa à Geiger.

« Bordel de merde ! s'exclama-t-il. C'est de la bonne gnôle. À mon avis, ce machin-là contient plus d'alcool que mon grand-père le jour de sa mort.

— Absurde, me dit Geiger. Je vais régler ça en deux secondes »,
et sans la plus petite hésitation, il avala une énorme goulée d'eau-
de-vie, puis la cracha dans l'âtre, moyennant quoi le mur entier et
une partie du plancher – et pas seulement la cheminée – explo-
sèrent en une boule de feu comme si un lance-flammes avait
embrasé des bidons d'essence dans une tranchée ennemie.

Je m'écartai d'un bond, mais pas assez vite car je sentis mes
sourcils roussir, pour le plus grand amusement de Geiger.

« Qu'est-ce qui vous prend, espèce de cinglé ? hurlai-je. Vous
allez fiche le feu à toute la baraque si vous ne faites pas attention.

— Je vous l'avais bien dit que je ferais démarrer ce feu,
non ? »

Oehl sourit et me donna sa flasque.

« Tenez, capitaine, asseyez-vous et à la vôtre. Bienvenue en
Croatie. Voici de la vraie rakija. Pas la pisse de chat que vous avez
bue tout à l'heure. Mieux vaut que vous ayez un breuvage digne de
ce nom dans le corps quand on traversera la Sava. »

Je bus pour me calmer les nerfs et me retenir d'expédier à
Geiger mon poing dans la figure.

« Vous avez raison, sergent, dit-il, continuant à rire. C'est de
la bonne gnôle. Doit sûrement titrer dans les quatre-vingts degrés.
Vous en refileriez suffisamment à une armée et vous pourriez
conquérir le monde.

— Ou le réduire en cendres », ajoutai-je.

Geiger fronça les sourcils.

« Même chose. »

21

La Sava était plus rapide et plus grande que je ne pensais, large d'au moins trente mètres et aussi brune que ma ceinture en cuir. Le pont – le seul qui n'avait pas été détruit sur des kilomètres – était un ouvrage en fer à treillis préfabriqué sur lequel avait été installé un important poste de contrôle oustachi, équipé de deux canons de vingt millimètres Flak et d'une autochenille allemande. De quelques-uns des dix ou quinze hommes se prélassant au soleil en haut des sacs de sable entourant les canons de vingt millimètres, Geiger et Oehl apprirent qu'une bande de Partisans bosniaques musulmans opérait le long de la route de Prijedor – la route du sud la plus directe pour Banja Luka –, et qu'ils nous conseillaient vivement de prendre celle de Gradiška à l'est, puis de bifurquer vers le sud.

« Des Partisans bosniaques musulmans, dis-je alors que, écoutant le conseil des oustachis, nous roulions vers l'est après avoir traversé le pont. Ils ne devraient pas être de notre côté ? S'ils sont musulmans ?

— On pourrait le penser, n'est-ce pas ? répondit Geiger. Sauf que ce n'est pas le cas. On pourrait penser qu'ils détestent les Juifs, tout comme nous. Mais ce n'est pas le cas non plus. Rien ici n'est ce qu'il devrait être.

— Rien, répéta Oehl.

— Par conséquent, si on rencontre des putains de musulmans entre ici et Banja Luka, on tire d'abord et on pose des questions ensuite. Pigé ? »

J'aurais pu débattre de ce point avec eux avant qu'ils n'ôtent le verrou de leur *papa* et ne pointent celui-ci par-dessus le bord de la Mercedes. Quand on est loin de chez soi, on finit par savoir quand il vaut mieux la boucler. Néanmoins, Geiger sembla sentir mon malaise et se crut obligé de fournir des explications.

« La semaine dernière, on était à Berlin-Babelsberg, le sergent et moi, pour participer à la formation de la Handschar. Une division SS de Bosniaques musulmans censée être sous le contrôle du grand mufti de Jérusalem. Sauf qu'elle ne l'est pas. Cette cervelle de serin n'arriverait pas à contrôler ses propres pets. Vous comprenez, beaucoup de ces salauds de musulmans ne veulent même pas faire partie de la SS. Et ils n'avaient pas la moindre envie de quitter leurs maisons en Bosnie. Seulement la moitié d'entre eux se sont engagés de leur plein gré, histoire de pouvoir mettre en gage les bottes et l'uniforme. La plupart se trouvent en France à l'heure qu'il est, pour parfaire leur entraînement, mais, à notre avis, ils ne sont absolument pas fiables. Aucun d'entre eux. Ils ne peuvent pas blairer les catholiques, et encore moins les oustachis. Cette mosquée que vous avez mentionnée. Ça ne veut rien dire. Le Poglavnik – c'est ainsi que se fait appeler Ante Pavelić, l'équivalent de votre Führer – a construit cette mosquée juste pour la décoration. Pour se gagner la faveur des musulmans et parce que lui et Himmler pensaient que c'étaient de purs Aryens et qu'ils détestaient les Juifs. Une double erreur, en réalité. En plus, il n'y a pas de musulmans dans l'administration oustachie, et il ne risque pas d'y en avoir non plus. Un grand nombre d'unités oustachies ont brûlé des villages musulmans parce que certains s'étaient ralliés aux Serbes. Les musulmans le savent. Ce qui fait que quantité d'entre eux se battent à présent aux côtés des Partisans.

— Ne faire confiance à personne qui ne porte pas d'uniforme, grommela Oehl, voilà ce que je dis. »

Geiger donna une tape au pistolet-mitrailleur posé sur ses genoux.

« Mais s'ils veulent qu'on les envoie au ciel, on est prêts. C'est ce qu'ils croient, voyez-vous, Gunther. S'ils se font tuer au combat en défendant Allah, ils seront aussitôt conduits en présence de Dieu. Au paradis. Un paradis avec de la nourriture et des breuvages délicieux, et soixante-douze épouses.

— Après cette semaine à Babelsberg, je serais ravi de rendre service au premier d'entre eux qui souhaite un billet pour là-haut, assura Oehl. Et c'est la pure vérité.

— Peut-être que le capitaine ne croit pas au ciel, suggéra Geiger. Qu'en pensez-vous, Gunther ? Croyez-vous au paradis ? »

Je réfléchis un instant. Je ne pouvais pas imaginer de meilleure définition du paradis que de se faire donner un bain par Dalia Dresner en déshabillé.

« Oh oui ! répondis-je. J'y suis allé. D'ailleurs, j'y étais encore l'autre soir. Mais il n'y avait qu'une épouse. Franchement, une seule épouse au paradis m'irait largement. Et je dirais que, si Dieu existe, il lui ressemble sûrement. En tout cas, dans mon ciel à moi.

— Vous avez de la chance, dit Oehl. Moi, je n'ai jamais été amoureux. Contrairement à vous, à ce qu'il semble.

— Ce gars est un Allemand typique, railla Geiger. Un idiot romantique ou je ne m'y connais pas.

— Pour le moment, je me sens plus idiot que romantique.

— C'est cette putain de Bosnie ! » s'exclama Oehl.

Geiger éclata de rire.

« Nous verrons si vous êtes toujours aussi romantique au bout d'une semaine ici. Ce pays suffirait à rendre n'importe qui abject et insensible. Regardez le sergent Oehl. Avant il écrivait de la poésie, n'est-ce pas, sergent ?

— C'est exact. J'en écrivais. J'avais un don pour ça, du moins d'après mes professeurs.

— Difficile à croire, je sais, dit Geiger. Et il semble que son don pour tuer soit encore plus grand que son don pour les vers. »

Oehl sourit. C'était la première fois que je le voyais sourire, et je fus frappé par la régularité et la blancheur de ses dents. Dans cette tête grise, les lèvres roses et les dents blanches faisaient incontestablement penser à un loup.

Nous dirigeant maintenant vers l'est, avec la Sava à gauche, d'épaisses forêts à droite et la route se réduisant pratiquement à un chemin de terre, nous avancions de nouveau moins vite. On n'aurait jamais cru qu'une route ne menant nulle part pût être aussi plate et aussi droite. Et pourtant, en dépit de tout ce que j'avais vu, je n'aurais pas pu me sentir moins cynique. J'essayais de me dire que chaque kilomètre parcouru ne m'éloignait pas de Berlin et de Dalia, mais me rapprochait au contraire de la bonne opinion qu'elle continuait à avoir de moi. Ne serait-elle pas pleine de reconnaissance lorsque je retrouverais enfin son père et donnerais à celui-ci la lettre de sa fille partie depuis longtemps ? Encore plus reconnaissante qu'elle ne l'avait été pendant la nuit avant mon départ de Berlin pour me rendre à Zagreb ? On pourrait même dire que j'étais déjà amoureux d'elle à ce moment-là, car qu'est-ce que l'amour, sinon le fait de penser constamment à une personne ?

Il régnait un profond silence à présent. Nous paraissions dériver dans la chaleur épaisse comme un grain de poussière dans un rayon de soleil. Tout était calme. Mais ce n'était pas un calme apaisant. C'était un calme surnaturel, comme si la forêt ou des créatures cachées lorgnaient avidement Hansel et Gretel. On n'entendait que le bruit du moteur de la voiture et un juron poussé sporadiquement par l'un d'entre nous quand une roue heurtait un énième nid-de-poule. Sans doute la raison pour laquelle nous nous sommes retrouvés avec un pneu à plat. Je me rangeai sur le côté de la route, même s'il n'y avait aucun autre véhicule que nous aurions pu gêner.

« Merde ! » fis-je en arrêtant le moteur et en regardant autour de moi.

Une odeur de bois brûlé flottait dans l'air, qui semblait indiquer une présence humaine aux alentours, mais on ne voyait rien à travers l'épais rideau d'arbres. Et pas même un souffle de vent pour apporter un peu de fraîcheur. Les feuilles sur les branches au-dessus de nos têtes demeuraient parfaitement immobiles, comme si tout retenait sa respiration autour de nous. Même les oiseaux s'étaient tus.

« On ferait bien de se dépêcher, déclara Geiger. Ce n'est pas un bon endroit pour changer une roue.

— Ce n'est jamais un bon endroit pour changer une roue »,
répliquai-je en sortant de la voiture.

Au lieu de m'aider à extraire la roue de secours de son loge-
ment sur le couvercle du coffre, les deux hommes firent une trentaine de pas le long de la route dans des directions opposées,
allumèrent une cigarette et, agenouillés sur une jambe, se mirent à
surveiller attentivement, le pistolet-mitrailleur prêt, me laissant
effectuer l'opération. Ils n'avaient pas besoin de dire quoi que ce
soit. Mieux valait qu'un seul change la roue pendant que les deux
autres faisaient le guet.

J'ôtai ma chemise et me mis rapidement au travail, en espérant
que le bruit des abeilles m'aiderait à rester aussi calme qu'elles en
avaient l'air dans leur quête de pollen. Mais mon cœur cognait dans
ma poitrine. Je savais que mes compagnons avaient raison. Ce
n'était pas un endroit où s'arrêter. On aurait pu cacher une division
entière de Partisans dans la forêt au bord de la route. Maintenant
encore, je sentais des yeux invisibles fixés sur le bas de mon dos nu.

Je n'avais pas changé une roue depuis un moment, mais je
réussis à le faire en un clin d'œil. Je m'apprêtais à crier que j'avais
fini quand je me rendis compte soudain que Geiger et Oehl avaient
tous deux disparu et que j'étais seul sur cette route déserte. Où
étaient-ils ? Parmi les arbres ? Près de la rivière ? J'attendis un bon
moment, n'osant pas appeler de crainte d'avertir des Partisans de
notre présence. Pour finir, j'allai chercher mon pistolet et me dirigeai rapidement vers la berge pour me laver les mains et remplir
une gourde. J'étais presque revenu à la voiture lorsque j'entendis
des coups de feu devant. Cela signifiait-il que nous étions attaqués,
je n'aurais su le dire, aussi je m'agenouillai à côté de la voiture et
attendis. Une minute s'écoula, puis je décidai de remonter dans la
Mercedes et de démarrer au cas où il nous faudrait filer au plus vite.
Après une minute supplémentaire, je mis la voiture en marche et
roulai lentement jusqu'à l'endroit d'où venait la fusillade.

Geiger me vit avant que je ne l'aperçoive. Oehl et lui se
tenaient dans une petite clairière, les yeux rivés sur quelque chose
dans les buissons.

« Ça va, lança-t-il. Fausse alarme. »

Je coupai le moteur et descendis jeter un coup d'œil. Les cadavres de deux hommes gisaient pêle-mêle dans un fourré, tel du linge épars séchant au soleil. Une grande tache rouge au centre de leur poitrine donnait l'impression de s'élargir de seconde en seconde. Ni l'un ni l'autre n'avaient plus de seize ans et tous deux étaient étonnamment beaux, ce qui semblait rendre leur mort accidentelle pire encore. Ce n'est que peu à peu que je me rendis compte qu'il s'agissait de jumeaux. Près de leur corps, un chien geignait de chagrin et s'efforçait de ramener un des jumeaux à la vie en le léchant. Un vieux fusil de chasse reposait sur le sol à quelques mètres de là.

« Fausse alarme ? dis-je. Et le flingue ?

— De simples chasseurs, à mon avis. Partis chercher de quoi faire bouillir la marmite. Pas des Partisans musulmans, c'est certain. »

Je contemplai les jumeaux ; leurs vêtements ne les distinguaient en rien des hommes que j'avais vus travailler sur les nouveaux minarets à Zagreb.

« Comment le savez-vous ?

— Le chien, répondit Oehl. Aucun musulman n'élèverait un chien.

— Ces pauvres bougres se trouvaient au mauvais endroit au mauvais moment. Ils s'étaient sans doute endormis, cachés dans le fourré, à guetter des pigeons, quand on est arrivés. J'ai entendu un bruit dans les buissons, aperçu le fusil et ouvert le feu. Aussi simple que ça.

— Dommage, fit observer Oehl. Beaux mecs. Des jumeaux, je dirais. »

Puis, tandis que nous continuions à regarder, l'un d'eux se mit à bouger et à gémir comme par magie, à croire que le chien avait opéré une sorte de miracle blasphématoire. Mais pas pour longtemps. Un reste d'esprit civilisé en moi s'apprêtait à suggérer qu'on pouvait encore faire quelque chose pour lui lorsque Geiger descendit à la fois l'homme et le chien d'une nouvelle rafale de son pistolet-mitrailleur.

« Ce n'était qu'un gosse, protestai-je.

210

— Venez, répliqua Geiger. On n'a pas de temps à perdre avec des sentiments stupides. Remettons-nous en route avant que les coups de feu n'incitent quelqu'un à s'enquérir de ce qui se passe. Avec un peu de chance, on devrait atteindre Banja Luka avant la tombée de la nuit. »

22

Occupant une hauteur à quelques kilomètres au nord de Banja Luka, le monastère franciscain de Petrićevac était facile à voir. Étroitement attaché à une imposante église catholique dont les flèches jumelles dominaient la campagne environnante, pareilles aux hauts chapeaux de sorciers des temps anciens, le monastère lui-même, au toit à quatre pans muni de deux grandes lucarnes, ressemblait davantage à un élégant manoir qu'à un cloître médiéval. Deux vieilles voitures étaient garées dans l'allée de gravier, et l'absence de toute activité agricole indiquait clairement que, pour ces moines, la contemplation n'impliquait pas de se servir d'une pelle ou de cultiver la vigne. Les quelques arbres ne faisaient que masquer la route, ce qui veut dire que je dus faire plusieurs fois le tour avant de trouver un moyen de m'approcher de l'entrée. Personne, pas même un poulet ou un chien, ne vint nous accueillir. Peut-être savaient-ils déjà qu'il vaut mieux ne pas parler à trois SS.

J'actionnai le klaxon et sortis de la voiture. Geiger alluma une cigarette et s'inclina sur son siège de façon à offrir son visage marqué aux derniers rayons du soleil. Je levai les yeux vers les nombreuses fenêtres du monastère sans distinguer une seule tête de curieux. L'endroit semblait avoir été déserté. Et pourtant, une vague odeur de cuisine flottait dans l'air.

« Sûrement des trappistes, fit remarquer Geiger.

— Ce sont des franciscains, dis-je. Pas des cisterciens.

— Quelle différence ?

— Ne me demandez pas, mais il y en a une.

— Comme la SS et le SD, probablement, suggéra Oehl.

— Eh bien, quels qu'ils soient, dit Geiger, ils ont peut-être fait vœu de silence.

— Espérons que non, répliquai-je. Sans quoi on risque d'y passer un moment. »

Je récupérai le dossier avec les photos du père Ladislaus et me dirigeai vers l'entrée principale.

« Si tout le reste échoue, déclara Geiger en m'emboîtant le pas, je pourrai tirer en l'air avec ça. »

Je me retournai pour m'apercevoir qu'il portait toujours le *papa*.

« Pour l'amour du ciel, laissez ce truc dans la voiture.

— Croyez-moi, s'agissant de mettre fin à un vœu de silence, il n'y a pas mieux qu'une de ces saloperies.

— N'empêche. S'il vous plaît. »

Geiger secoua la tête et tendit le *papa* à Oehl, avant de monter une courte volée de marches en calcaire jusqu'à une double porte en bois noir surmontée d'une imposte elliptique. Sur le mur adjacent se trouvaient une grande croix en fer et le portrait d'un moine ensommeillé tenant un crâne que je pris pour saint François, avec un chérubin jouant du luth au-dessus de sa tête. Je tirai à deux reprises sur un grand cordon de sonnette, tout en lorgnant à travers des fenêtres latérales vert clair.

« Ce n'est pas mon idée d'une vision, dit Geiger en examinant le tableau. Il m'arrive rarement de somnoler un crâne à la main.

— Je pense que le point essentiel est que nous allons tous nous endormir et mourir un jour. Comme ce gosse que vous avez abattu le long de la route aujourd'hui.

— Si ça peut vous soulager, je lui allumerai un cierge pendant qu'on est là.

— Je vous en prie. Mais ça ne le fera certainement pas se sentir mieux pour autant. » Voyant du mouvement derrière la vitre, j'ajoutai : « Nous voulons voir le père abbé. »

La porte s'ouvrit, révélant un homme musclé, en habit brun, avec une tête chauve et une grande barbe grise. S'exprimant avec aisance en chtokavien – un dialecte qui, m'avait-il expliqué, se composait de croate, de bosniaque, de serbe et de monténégrin –, Geiger lui dit que nous avions besoin de voir d'urgence le père abbé.

Le moine inclina poliment la tête, nous pria de le suivre, et nous pénétrâmes dans le monastère. C'était un lieu inhospitalier, plein de longs échos, de pénombre, de regards dissimulés, de silences tangibles et de l'odeur aigre du pain en train de cuire. Nous parcourûmes dans toute sa longueur un couloir sans tapis – rappelant davantage une prison qu'un endroit où des individus avaient choisi de vivre – qui courait entre des murs humides peints dans les deux tons réglementaires de vert et de beige, et longeâmes des portes en bois brut sans ornement d'aucune sorte. Des ampoules nues pendaient du plafond uni. Un autre moine balayait le plancher non verni avec un balai en genêt et, quelque part, une petite cloche dans une horloge sonnait l'heure. La porte d'une salle très éloignée claqua, mais, tandis que Geiger et moi avancions derrière le moine barbu, nos bottes étaient ce qu'il y avait de plus sonore dans le bâtiment, faisant un bruit presque profane. Nous franchîmes la porte ouverte d'un réfectoire à peine meublé dans lequel quarante ou cinquante hommes mangeaient en silence du pain et de la soupe, puis nous traversâmes une pièce où un homme se mit à réciter à haute voix une prière monotone en latin qui avait l'air plus superstitieuse que sacrée. Je n'avais pas l'impression d'être dans un lieu de retraite et de contemplation, plutôt dans une froide antichambre du purgatoire à des milliers de kilomètres du ciel. Je n'aurais pas aimé y séjourner. Rien que de se trouver entre ces murs faisait l'effet d'être déjà mort, ou dans les limbes, ou pire.

Le moine nous introduisit dans une pièce austère avec quelques fauteuils confortables mais usés, inclina de nouveau la tête et nous pria d'attendre pendant qu'il allait chercher le père abbé. Il ne revint pas. Geiger s'assit et alluma une cigarette. Je regardai par la fenêtre crasseuse le sergent Oehl, qui semblait s'être endormi sur la banquette arrière de la Mercedes. Au bout d'un moment, je m'assis à côté de Geiger et en allumai une moi aussi. En cas de doute, fumer, telle est la méthode du soldat.

Le père abbé finit par venir jusqu'à nous. Il était grand, âgé d'une soixantaine d'années, peut-être plus, avec de longs cheveux gris, des sourcils broussailleux aussi gros que des étoles de fourrure, un visage de chien de chasse et une barbe noire pareille à un gant de boxe. Ses yeux bleus perçants nous considérèrent avec une méfiance légitime. Les SS avaient beau être des défenseurs de l'État fasciste croate, lui-même défenseur de l'Église catholique, personne ayant fait le don de sa vie pour servir le Christ n'aurait pu croire sérieusement que servir Adolf Hitler était une meilleure solution.

Il leva la main en signe de bénédiction, traça une croix dans l'air au-dessus de nos têtes et dit :

« Que Dieu vous protège, vous tous qui êtes ici. »

Je me levai poliment. Geiger resta à fumer dans son fauteuil.

« Merci de nous recevoir, mon père. Je suis le capitaine Gunther. Et voici le capitaine Geiger.

— Que peut faire notre humble ordre pour vous, messieurs ? » demanda-t-il dans un allemand impeccable.

Sa voix mesurée et douce semblait dépourvue de toute émotion comme s'il parlait avec patience à des enfants.

« Je cherche un prêtre qui, si je ne me trompe, fait partie de votre ordre, expliquai-je. Un moine nommé le père Ladislaus. Également connu comme Antun Djurkovic. J'ai une lettre importante que mes supérieurs à Berlin m'ont chargé de lui remettre en mains propres. Nous avons roulé toute la journée depuis Zagreb pour venir ici.

— Zagreb ? » À l'entendre, on aurait cru qu'il s'agissait de Paris ou de Londres. « Cela fait bien des années que je ne suis pas allé à Zagreb.

— Ça n'a pas beaucoup changé, affirma Geiger.

— Vraiment ? J'ai entendu dire qu'il y avait une mosquée maintenant à Zagreb. Avec des minarets. Et un muezzin appelant les fidèles à la prière.

— Exact », admit Geiger.

Le père abbé secoua la tête.

« Pourrais-je avoir une cigarette ? demanda-t-il à Geiger.

— Certainement », répondit-celui-ci.

L'abbé aspira gaiement une bouffée et s'assit.

« Ces pistolets que vous portez, messieurs, déclara-t-il, se délectant visiblement de sa cigarette, je suppose qu'ils sont chargés.

— S'ils ne l'étaient pas, fit valoir Geiger, ça ne servirait pas à grand-chose de les trimbaler. »

Le père abbé garda quelques instants le silence avant de reprendre la parole.

« Cigarette et balle. Toutes les deux si petites et pourtant si efficaces. Si seulement on passait davantage de temps à utiliser l'une plutôt que l'autre, la vie serait beaucoup moins compliquée, vous ne pensez pas ?

— Elle serait sans doute moins dangereuse, concéda Geiger.

— Bon. Pour répondre à votre question, il est vrai qu'il y a eu ici durant un certain temps un homme appelé le père Ladislaus. Djurkovic de son nom civil, me semble-t-il. Heureusement, il n'appartient plus à notre ordre, et voilà plusieurs années qu'il ne vit plus dans ce monastère. Même selon les normes de ce malheureux pays, il avait des conceptions extrêmes, c'est le moins qu'on puisse dire. La plupart d'entre nous pratiquent la foi catholique avec des livres de prières et une croix. Hélas, Djurkovic croyait à la nécessité de la pratiquer avec des cartouches et des baïonnettes, ce pourquoi je lui ai demandé de quitter ce monastère et j'ai donné l'ordre de détruire le courrier qui lui était destiné. Par conséquent, il est mort pour nous. Sa vie de prêtre est indéniablement finie.

« À ma connaissance, il a rejoint les oustachis après son départ, et j'ignore totalement où il se trouve, ainsi que ses occupations actuelles. À mon avis, le mieux serait de vous renseigner à leur quartier général de Banja Luka. Pour trouver le local des oustachis dans le centre-ville, il vous suffit de chercher la cathédrale orthodoxe serbe de la Sainte-Trinité, qu'un bataillon disciplinaire de Juifs, de Serbes et de Tziganes est en train de démolir, à mains nues.

— Démolir ?

— Vous m'avez bien entendu, capitaine. Race et religion constituent un problème délicat dans cette partie du monde, pour employer un euphémisme. À la suite des dommages infligés à la cathédrale par un avion de chasse allemand, le gouvernement oustachi a décidé de finir le travail et ordonné de la détruire en totalité. Et comme si ce n'était pas suffisant, l'évêque de Banja Luka, Platon Jovanović, a été enlevé et assassiné de sang-froid. Oui, c'est bien ce que j'ai dit. Dans ce pays, un prêtre chrétien a été martyrisé pour la façon dont il a choisi de vénérer Dieu.

— En venant de Zagreb, j'ai vu des forces oustachies bombarder une église orthodoxe serbe. Pourquoi ? »

Le père abbé écarta les mains comme si cette question dépassait son entendement.

« À Petrićevac, nous nous efforçons de nous tenir à l'écart et de ne pas nous occuper de politique. Mais certains éléments fanatiques de l'ex-Yougoslavie considèrent l'Église orthodoxe serbe et ses fidèles prorusses avec une hostilité opiniâtre. Sans doute sont-ils en partie motivés par le fait que ce monastère a été lui-même détruit par les Serbes ottomans au milieu du siècle dernier. Je suis croate en ce qui me concerne, mais je ne fais pas partie de ceux qui croient au principe « œil pour œil, dent pour dent ». Comme nous le rappelle saint François, les voies qui mènent au Seigneur sont multiples, et nous prions pour tous ceux que l'on opprime cruellement et pour leur délivrance de la servitude. S'il existe des hommes qui n'excluront aucune créature de Dieu du refuge de la compassion et de la pitié, vous en avez également qui agiront de même avec leurs semblables.

— Amen, fis-je.

— Je suis heureux de vous l'entendre dire, capitaine Gunther. Vous resterez dîner, vos deux amis et vous, naturellement.

— Nous en serions ravis.

— Et comme vous avez fait tout ce chemin depuis Zagreb, vous cherchez peut-être aussi un endroit où dormir. Vous êtes invités à passer la nuit dans notre modeste demeure. C'est le véritable devoir d'un moine. Ainsi que nous y exhorte la Bible : "N'oubliez pas l'hospitalité, car en l'exerçant certains ont logé des anges sans le savoir." Hébreux, chapitre 13, verset 2.

— Je vous assure que nous sommes très loin d'être des anges, lui dis-je.

— Dieu seul connaît la vérité d'un homme, mon fils », répondit le père abbé.

Nous restâmes dîner à Petrićevac, mais nous n'y passâmes pas la nuit. Malgré les paroles courtoises du père abbé, l'endroit – et lui-même – avait quelque chose qui ne me plaisait pas. L'homme était aussi inquiétant que la face nord de l'Eiger. Il avait un air las de grand inquisiteur et, en dépit de ce qu'il avait dit, je n'aurais pas été surpris outre mesure de découvrir qu'il avait la charge d'un chevalet ou d'un jeu de poucettes. D'un autre côté, je n'aime pas beaucoup les prêtres. La plupart sont des fanatiques d'une divinité différente, moins temporelle qu'Adolf Hitler, mais des fanatiques tout de même.

Dès que nous eûmes fini de manger, nous remontâmes dans la Mercedes pour aller à Banja Luka. Comme l'avait promis le père abbé, il ne nous fallut pas longtemps pour trouver le quartier général des oustachis. Un grand bâtiment carré de couleur crème avec des particularités ottomanes – tout en piliers corinthiens et fenêtres en ogive –, faisant penser à un théâtre ou à un opéra. Un drapeau oustachi pendait mollement au-dessus d'une entrée principale remplie de types portant des uniformes noirs et des moustaches encore plus noires. De l'autre côté de la rue, des hommes plus âgés, en casquette et pantoufles, jouaient aux échecs dans un petit square comme on aurait pu en trouver par un soir d'été dans n'importe ville européenne de province. Sauf que n'importe quelle ville de province n'avait pas un bataillon disciplinaire de ses propres citoyens chargé de la destruction d'une cathédrale. Dans cet enfer sur terre, un rempart de fil barbelé avait été dressé autour de ce qui restait des murs de la cathédrale afin que les malheureux affectés à ce labeur de forçat ne s'échappent pas. Le travail n'avait pas encore cessé pour la journée et, derrière les tas de décombres, les visages émaciés de caryatides ambulantes, courbées sous leur fardeau de brique jaune, tournèrent vers moi leur regard désespéré au moment où je descendais de voiture. Une fascination horrifiée me cloua sur place. Sans savoir pourquoi, j'enlevai ma casquette, comme si une partie de moi-même reconnaissait quelque chose dans ce monceau de pierres qui était encore une église. Ou peut-être est-ce la vue de tant de souffrance humaine qui me poussa à ce geste, un geste de déférence envers des êtres qui, manifestement, n'étaient plus de ce monde pour très longtemps. Toutefois, je ne m'attardai pas à regarder ce que l'on faisait d'une église au nom d'une autre dans ce lieu d'infortune ; un garde oustachi s'avançant vers moi le fusil à la main me persuada de faire demi-tour et d'aller vaquer à mes occupations. Mais il y avait longtemps que l'inhumanité de l'homme envers l'homme ne m'étonnait plus, et j'aurais très bien pu obtempérer parce que j'étais devenu immunisé. Je dois avouer que tout ce qui m'intéressait à présent, c'était de retrouver le père Ladislaus, de lui donner la lettre de sa fille et de ficher le camp le plus vite possible de cet État indépendant de Croatie.

« Je ne m'attendrirais pas trop à ce sujet si j'étais vous, dit Geiger en me suivant à l'intérieur des locaux du siège des oustachis. Si vous aviez vu ce que leur camp a fait au nôtre dans cette guerre, vous ne les plaindriez pas une seconde.

— Je suppose que vous avez raison. Mais je les plains tout de même. Je dirais que, sans la pitié, nous serions sans doute des animaux.

— Que vous ayez pu entrer dans le SD me dépasse.

— C'est aussi un mystère pour moi. »

À l'intérieur du bâtiment, regorgeant de marbre poli et de lustres en cristal, je présentai mes lettres de créance à un officier de renseignements oustachi à l'air maussade, incapable de parler deux mots d'allemand et qui semblait plus soucieux de se curer le nez et de finir de tracer des arabesques sur son buvard que de m'écouter. La complexité du nœud gordien de son dessin, vu à l'envers, semblait une parfaite illustration de l'imbroglio de la politique en Yougoslavie.

Après avoir obtenu un moyen de transport pour le sergent Oehl et lui-même, et réussi à localiser le capitaine de la division SS Prinz Eugen, Geiger vint à mon aide, pour en arriver à la conclusion que l'homme anciennement connu comme le père Ladislaus était maintenant mieux connu comme le colonel Dragan.

« C'est une sorte de blague, j'imagine, dit-il. Colonel Dragan. Ça signifie le cher colonel. La blague tenant au fait que, d'après ce que raconte ce lascar, le colonel est extrêmement redouté dans le secteur et jouit d'une réputation des plus sinistres. Il se trouve actuellement dans un village appelé Jasenovac, à une centaine de kilomètres environ le long de la route sur laquelle nous étions. On y fabrique des briques, semble-t-il.

— Des briques ? Bon Dieu, j'aurais pensé qu'il y en avait des cargaisons à l'extérieur.

— On pourrait le croire, effectivement.

— Comment se fait-il qu'un moine franciscain soit devenu un colonel oustachi ? » dis-je, réfléchissant à haute voix.

Geiger haussa les épaules.

« Dans ce pays, il n'y a qu'un moyen. En étant un tueur de Serbes efficace.

— Demandez-lui ce qu'il sait d'autre sur ce colonel Dragan. »

Le capitaine Geiger se remit à parler, et l'officier oustachi s'anima peu à peu.

« Cet homme que vous cherchez, Gunther, est un grand héros, dit Geiger, me faisant une traduction simultanée. Révéré, quelque chose comme une légende vivante en Bosnie-Herzégovine. Il a souffert de la fièvre pendant un certain temps – apparemment, les marais de Jasenovac sont infestés de moustiques –, et on a craint pour sa vie. Mais des tas de bons catholiques ont prié Dieu et allumé des cierges, si bien qu'il a recouvré la santé et qu'il est en fait plus solide qu'auparavant et plus redouté que jamais. Même les oustachis ont peur du colonel, et pour de bonnes raisons. Parce qu'il est impossible de le raisonner. C'est du moins ce que prétendent ses hommes. Une fois qu'il s'est fourré une idée dans le crâne, il ne veut plus en changer. Son esprit est imprenable, c'est ce qu'affirme ce type. Mais aussi qu'on ne peut pas juger quelqu'un comme le colonel Dragan de la même façon qu'on jugerait un individu ordinaire. Il est tout sauf ordinaire. Peut-être parce qu'il a été prêtre, comme le père Tomislav, qui est également attaché aux troupes oustachies à Jasenovac. Il se peut que ce soit Dieu qui donne au colonel l'énergie de faire ce qu'il fait. C'est-à-dire d'être un homme capable de choses aussi terribles. Peut-être est-ce cette relation privilégiée avec Dieu qui le rend fort. Qui le rend si déterminé et fait de lui une source d'inspiration pour ses hommes. Pour tous les oustachis qui voudraient voir ce pays débarrassé de la menace du communisme, des Juifs et des musulmans, et des stupidités de péquenauds de l'Église orthodoxe russe.

— Et moi qui pensais que les nazis avaient le monopole de ce genre d'inepties. »

Geiger ouvrit son étui à cigarettes et m'en offrit une. Puis, me prenant par le bras, il sortit fumer dehors. Le soleil estival était maintenant bas derrière les nuages, et le ciel au-dessus de Banja Luka avait la couleur du sang. À la cathédrale orthodoxe serbe, le travail avait pris fin pour la journée, mais pas la cruauté. Je pouvais distinguer les cris d'une femme. Qu'est-ce que je faisais dans ce trou infernal ?

« Vous savez, il me semble bien avoir entendu parler de ce type, le colonel Dragan, lors de ma première période de service ici. De ces deux types. Votre père Ladislaus et ce père Tomislav. J'ai appris des trucs terrifiants. Des trucs comme il ne peut s'en produire qu'en Yougoslavie. Ce pays est plein de haine, là-dessus, le père abbé avait raison.

— Qu'avez-vous appris, Geiger ? Quel genre de trucs ?

— Des histoires horribles. Sur deux moines qui travaillaient avec les oustachis, pour n'en citer qu'une. Ils se faisaient appeler les prêtres de la mort d'Ante Pavelić. Oui. Les prêtres de la mort. Il paraît qu'ils ont tué une foule de gens. Pas seulement dans des combats. Et pas seulement des Partisans – qu'il était nécessaire d'abattre –, mais aussi des femmes et des enfants.

— Parce qu'ils étaient serbes ?

— Parce qu'ils étaient serbes. Écoutez, Gunther, ce que vous fichez là ne me regarde pas. Mais, dans ce pays, vous êtes un poisson hors de l'eau. À Berlin, vous savez probablement ce que vous faites, mais ici, vêtu de cet uniforme, vous n'êtes qu'une cible supplémentaire. Si j'ai un conseil à vous donner, c'est de vous tenir à l'écart de ce colonel Dragan et de Jasenovac. Laissez la lettre du ministre à ce gars-là, retournez à Zagreb et prenez le premier avion pour rentrer chez vous.

— J'y ai pensé. N'en doutez pas. Mais j'ai des raisons personnelles de m'assurer que cette lettre lui parvienne. En outre, le ministre ne serait pas très content de moi si je lui disais que j'aurais pu rencontrer cet homme et que je me suis défilé. Il risquerait de ne pas avaliser mes notes de frais, et alors qu'est-ce qui me resterait ?

— D'être encore en vie. Écoutez, je ne plaisante pas. Ce colonel est un vrai monstre. Le fait est que même les SS ne vont pas à Jasenovac s'ils peuvent l'éviter. Il y avait là-bas une usine de briques avant la guerre, mais maintenant, c'est un camp de concentration.

Pour les Serbes. Je crois que des Juifs s'y trouvaient aussi au début, mais ils sont tous morts à présents. Exterminés par les oustachis. »

Après Smolensk, je me demandais comment les choses pourraient être pires à Jasenovac. Du reste, je ne faisais que remettre une lettre. Ce qui ne me prendrait sûrement que très peu de temps. Sans compter que j'avais déjà rencontré le diable ; en fait, j'étais même quasiment certain d'avoir travaillé pour lui. Heydrich était ma meilleure idée de ce qu'était vraiment Satan. Et je ne pouvais pas imaginer que des meurtriers de masse croates puissent surpasser des meurtriers de masse allemands comme lui, ou Arthur Nebe. Mais qu'allais-je dire à Dalia Dresner ? Que son père était un monstre ? Entendre un truc pareil ne lui plairait probablement pas beaucoup.

« Ne vous en faites pas pour moi, dis-je. Je suis plus coriace que j'en ai l'air.

— Oh ! vous avez l'air suffisamment coriace. Ce n'est pas le problème. Le problème, c'est ce que j'ai vu au fond de vous, Gunther. Il reste là une étincelle de savoir-vivre. Voilà votre foutu problème. Que dit Nietzsche ? Un homme a beau penser qu'il peut regarder dans l'abîme sans tomber, l'abîme le regarde aussi. Il arrive que les abîmes aient un étrange effet sur notre sens de l'équilibre. Croyez-moi, j'en sais quelque chose. »

Je haussai les épaules.

« Je vais quand même à Jasenovac. D'ailleurs, comme vous l'avez dit, c'est sur le chemin du retour à Zagreb.

— Je vous aime bien, Gunther, dit Geiger. Je ne sais pas pourquoi, mais c'est ainsi. Peut-être est-ce cette étincelle de savoir-vivre en vous. Je vous l'envie. Moi, j'ai du sang jusqu'aux coudes. Mais vous, vous êtes différent. Je ne sais pas comment vous avez réussi à la conserver en appartenant au SD, néanmoins c'est un fait, et je vous admire. Donc vous ne me laissez pas d'autre alternative que d'aller à Jasenovac avec vous. Réfléchissez. Vous ne parlez pas le croate. Ni le serbo-bosniaque. De plus, supposons que vous tombiez sur des prolos ? Ou des nervis halal ? »

Des nervis halal, c'est ainsi que Oehl avait l'habitude d'appeler les musulmans.

« Je vous le répète. Ces salauds adorent vous faire sucer votre propre bite. Vous avez besoin qu'on vous accompagne, le sergent et moi. En plus, nous avons une deuxième voiture à présent. Avec un chauffeur. Vous serez encore plus en sécurité. »

Je devais reconnaître qu'il avait raison.

« Et quand allez-vous rejoindre votre unité SS ? »

Geiger eut un haussement d'épaules.

« Il y a tout le temps. D'ailleurs, maintenant qu'on est à Banja Luka, je connais un bon endroit où on peut manger et dormir. Ce soir, vous êtes mon invité. Et nous partirons tôt demain matin. »

23

C'était une belle et chaude journée, et nous avancions sans encombre le long de la petite route de Jasenovac. J'avais réussi à me persuader qu'une fois là je serais à mi-chemin de Zagreb et ensuite de l'Allemagne, de sorte que tout se passerait bien. On peut supporter de voir un tas de choses à condition que ça ne dure pas trop longtemps. Empestant l'alcool, Geiger somnolait sur le siège passager à côté de moi, tandis que Oehl et un autre SS suivaient dans la seconde voiture. Deux ou trois fois nous croisâmes des camions oustachis allant dans le sens inverse, mais les hommes à l'intérieur nous accordèrent à peine un regard. De temps à autre, on entendait des tirs d'armes légères au loin et, par mesure de précaution, nous nous arrêtions un moment et fumions une clope. Mais si c'étaient des Prolos, nous ne les vîmes pas. Notre nouveau compagnon, un caporal SS croate nommé Schwörer, était un garçon guère plus âgé que celui que Geiger avait abattu la veille. Ses cheveux ressemblaient à des fils d'or et il avait le teint aussi pâle qu'une écolière. Il ne parlait pas beaucoup. Ce n'était guère un lieu pour discuter. Il essayait de nous faire concurrence en fumant cigarette sur cigarette, mais il finit par vomir sur le bas-côté après être devenu verdâtre, ce que Geiger trouva très drôle. Nous reprîmes la route et, au bout de quelques heures, nous ralentîmes pour traverser un pont en bois au confluent de la Sava et de l'Una. Sous la brume légère suspendue au-dessus de l'eau tel le souffle d'une créature sous-marine, quelque chose attira mon attention. J'arrêtai la voiture, puis descendis pour jeter un coup d'œil et allumai prestement une cigarette en entendant le bruit d'un moustique. Je n'ai jamais beaucoup aimé me faire piquer, même par une femelle. Pendant un bref instant, je pris l'objet dans l'eau pour quelqu'un en train de nager. Mais comme je m'apprêtais à le découvrir, nous étions très loin de Wannsee et de la Havel, et de quoi que ce soit d'aussi innocent que la natation.

« Qu'est-ce que c'est ? demanda Geiger.

— Je n'en suis pas certain. »

Un doigt pointé vers la rivière, j'attendis que le courant lent et boueux ait rapproché l'objet, mais j'avais déjà de forts soupçons. C'était le cadavre d'une femme, encore vêtu d'une robe à fleurs, qui flottait juste sous le pont où nous nous tenions, assez près pour qu'on puisse voir qu'elle avait les mains attachées dans le dos, qu'on lui avait crevé les yeux et qu'il lui manquait une bonne partie de la tête. Un deuxième corps puis un troisième le suivaient à une courte distance ; des femmes également, mutilées elles aussi. Schwörer regardait, impassible, les cadavres, et j'eus l'impression très nette qu'en dépit de son visage à l'air innocent de tels spectacles lui étaient déjà familiers.

« Cette rivière traverse Jasenovac avant d'arriver ici, expliqua Geiger.

— Sur son chemin vers l'Hadès, sans doute. Ce qui signifie que vous pensez que c'est là qu'elles ont été tuées. À Jasenovac.

— Probablement.

— Merde alors !

— Je vous avais prévenu que ce n'était pas un endroit pour nous. Je crois qu'il y avait un bureau SS à Jasenovac, jusqu'à ce qu'on le ferme il y a un an, après qu'ils eurent liquidé le dernier Juif. C'est du moins la raison officielle. Plus de Juifs, plus d'intérêts allemands. Ce que le SSO fait des Serbes est leur affaire. Mais d'après ce que j'ai entendu dire, les cinq Allemands qui s'y trouvaient n'en pouvaient plus et ont mis les voiles sans autorisation. Ça ne devait pas être beau à voir. Comme ceci, je présume.

— Le SSO ?

226

— Le Service de sécurité oustachi. L'unité spéciale de police qui garde ces camps. Ce qui me fait penser, Gunther... lorsque nous serons à la briqueterie, je vous conseille fortement de contenir votre aversion manifeste. Les Serbes, les Juifs et les Tziganes ne sont pas les seuls à se volatiliser dans cette partie du monde. Mais également tous ceux que le SSO décide de prendre en grippe. Et cela peut très bien aller jusqu'à nous inclure, vous et moi. Pour autant que je sache, les cinq Allemands qui étaient stationnés là-bas n'ont nullement disparu mais ont été assassinés. Voyez-vous, ces fils de pute du SSO ne tuent pas uniquement pour des raisons idéologiques, comme le sergent et moi, mais parce qu'ils aiment tuer et qu'ils prennent plaisir à se montrer cruels, et vous ne voudriez pas les mettre en rogne avec vos manières de Berlin. Pour ma part, j'apprécie de temps à autre la compagnie d'un homme civilisé tel que vous, mais ces gars-là ne voient pas les choses de la même façon. Ici, les meilleurs anges de notre nature n'existent tout simplement pas. Ici, c'est seulement la bête, et la bête est insatiable. À Banja Luka, cet officier de renseignements m'a dit quelque chose concernant votre diabolique ami que j'ai oublié de mentionner. À deux reprises, il l'a appelé le Maestrovitch, et une fois il l'a même qualifié de maestro, ce qui, comme le savez j'en suis sûr, est un terme honorifique exprimant le respect. Eh bien, vous pouvez imaginer le genre de chose qui commande le respect dans les parages. Et ce n'est pas de jouer du fichu violoncelle. Alors tâchez de vous en souvenir quand vous remettrez votre putain de lettre. »

J'acquiesçai en silence.

« Qu'elle soit serbe ou pas, je ne vois pas l'utilité de tuer une gonzesse, à moins que ce soit une pute tueuse prolo, ou qu'elle ait une pétoire braquée sur vous, fit remarquer Oehl. Et encore, pas avant d'avoir pris un peu de bon temps avec elle.

— Vous voulez dire, de l'avoir violée, rectifiai-je.

— Ce n'est pas du viol, répondit Oehl. Je n'ai jamais baisé une pute tueuse qui ne voulait pas. Vraiment. Même une Prolo essaiera de vous inciter à la baiser si elle pense qu'elle va être abattue. Ce n'est pas du viol. Elles ont envie qu'on les baise. Quelquefois, elles en ont envie même quand elles savent que vous allez les buter juste après. C'est comme si elles tenaient à mourir avec de la vie frétillant encore en elles, si vous voyez ce que je veux dire. Mais ces filles n'ont pas l'air d'avoir été seulement touchées. »

Me disant que les finesses juridiques qui définissent le consentement échapperaient selon toute probabilité à un type comme Oehl, j'allumai une cigarette avec le mégot de la précédente.

« Des camps. Vous avez dit des camps, Geiger.

— La briqueterie de Jasenovac n'est que le plus grand d'au moins cinq ou six camps de concentration dans ce secteur. Mais il pourrait y en avoir davantage. Ici, dans ce marais, qui sait ? J'ai entendu dire qu'ils avaient un camp spécial pour les Tziganes, où tous les sévices habituels ont été perfectionnés jusqu'à atteindre un niveau démoniaque. (Il haussa les épaules.) Mais on entend raconter pas mal de choses dans ce pays. Toutes ne peuvent pas être vraies.

— Je ne pense pas que les oustachis puissent donner des leçons aux SS en matière de cruauté, répondis-je. Pas après ce que j'ai vu à Smolensk.

— Vous n'êtes pas au courant ? Il paraît que les SS en Pologne exterminent à présent les Juifs en utilisant des gaz toxiques, pour des motifs humanitaires. (Geiger éclata d'un rire sinistre.) Personne ne se fait gazer en Yougoslavie. Comme vous pouvez le constater vous-même. »

Pendant que nous étions là, neuf ou dix cadavres passèrent tel du bois flottant. La plupart avaient le crâne défoncé ou la gorge tranchée.

« Ils leur fracassent la tête avec de gros maillets, expliqua Geiger. Comme s'ils enfonçaient des piquets de tente. Voilà pour les considérations humanitaires. »

Je poussai un soupir, tirai une double bouffée de ma cigarette et opinai.

« Pour économiser des balles, je suppose, m'entendis-je suggérer.

— Non, dit Geiger. Je pense que le SSO aime tout simplement fendre des crânes serbes.

— Pourquoi les jettent-ils ainsi dans la rivière ? » demandai-je, comme si je m'attendais à une réponse qui puisse passer pour ne serait-ce que vaguement raisonnable.

En réalité, ce n'était pas vraiment une question, mais une observation née d'une infinie tristesse et de la certitude absolue que je n'avais pas ma place ici. J'enlevai ma casquette, l'expédiai dans la voiture et me frottai frénétiquement la tête avec le plat de la main comme si cela pouvait m'aider à y comprendre quelque chose. Ce ne fut pas le cas.

« Ça évite d'avoir à faire l'effort de les enterrer, dit Schwörer. Ils pensent sans doute que les poissons régleront le problème. Et ils ont raison sur ce point. Il y a des aspics dans cette rivière, dont certains peuvent atteindre au moins un mètre de long. J'y ai pêché un peu, alors je le sais. Un de mes amis a attrapé un aspic dans la Sava qui pesait douze kilos. Croyez-moi, dans un mois ou deux, vous ne saurez même plus qu'il y avait des cadavres ici. »

C'était plus qu'il n'en avait dit depuis notre départ de Banja Luka.

« Pourquoi n'avez-vous pas rejoint les oustachis ? lui demandai-je.

— Moi, capitaine ? Je ne suis pas un Croate. Je suis un Allemand ethnique. Et sacrément fier de l'être. »

À la lumière de ce que j'avais déjà vu, je ne me sentais pas fier d'être un humain, sans parler d'un Allemand, aussi je laissai tomber.

Nous retournâmes à la voiture et traversâmes une forêt épaisse et sombre, puis une grande plaine marécageuse, où nous eûmes notre première vision du camp. Peu après, nous nous arrêtâmes à un poste de contrôle où nous dûmes expliquer notre affaire aux sentinelles. Au loin, roulant parallèlement à la rivière, on pouvait voir un train se dirigeant vers le camp. La sentinelle décrocha le téléphone, prononça quelques mots, puis nous fit un signe de la main.

« Vous avez de la chance, dit Geiger. Il semble que le colonel Dragan soit là. Il n'y était pas hier. » Il se mit à rire. « Apparemment, il se trouvait à Zagreb.

— C'est en effet mon genre de chance. Pour rien au monde je n'aurais manqué ça. »

Finalement, nous arrivâmes à l'entrée principale de ce qui se présentait comme le Camp III. On voyait aisément pourquoi c'était une briqueterie ; l'ensemble était entouré par un énorme mur en brique d'environ trois mètres de haut, parfaitement monté, et mesurant plusieurs centaines de mètres de circonférence. Il y avait une arche d'entrée, en brique également, avec un grand écriteau et, au sommet, un blason oustachi représentant un U[1] ainsi qu'un drapeau croate rouge et blanc. Entre les montants de l'arche était accrochée une lanterne curieusement ornée. Laissant Oehl, Schwörer et les deux voitures, nous nous approchâmes, Geiger et moi. Le gardien croate nous escorta à l'intérieur, et c'est alors seulement que je me rendis compte de la taille réelle du camp, qui s'étendait sur une vaste plaine. L'atmosphère marécageuse, humide, était remplie de l'odeur de la mort et du sifflement infernal des moustiques, et je la respirais avec plus qu'une pointe de dégoût. Lorsque l'air lui-même sent la pourriture humaine, il vous prend à la gorge. Parallèlement à la rivière Sava, à l'est, courait une unique voie ferrée, où le train à vapeur noir que nous avions vu un peu plus tôt s'acheminait lentement et laborieusement vers le bout de la ligne.

En face de nous, au nord-ouest, se trouvaient les bâtiments du camp, composés de baraquements de plain-pied de cinquante ou soixante mètres de long ; derrière eux se dressaient plusieurs hautes cheminées et des miradors. Au loin, on distinguait à peine un lac, où des centaines de prisonniers s'échinaient au même instant à extraire l'argile destinée à la confection des briques. Tout semblait d'un calme irréel, mais déjà mes yeux avaient enregistré le corps pendu à un clou planté dans un poteau télégraphique, puis l'authentique potence à laquelle étaient suspendus deux autres corps. Cependant, tout ça n'était rien comparé au spectacle qui nous attendait dans un petit jardin clôturé, devant le pavillon en brique vers lequel on nous conduisait à présent. Là où n'importe qui en Allemagne aurait choisi de disposer des plantes dans des pots en terre cuite, une rocaille ou même des nains de jardin en céramique, il y avait une sorte de palissade de têtes humaines coupées. Comme je montais les marches menant à la porte d'entrée, j'en comptai au moins quinze. Le garde partit chercher le colonel pendant que, tout en l'attendant à l'intérieur du pavillon, nous découvrions avec horreur la manière exacte dont les têtes

---

1. Pour Ustaše (« oustachis »), les insurgés en serbo-croate.

accrochées dans le jardin avaient été obtenues. Entourant le portrait presque obligatoire de Mussolini sur le mur soigneusement tapissé, s'étalaient des photographies encadrées de décapitations, des hommes et des femmes, vraisemblablement serbes, à qui on coupait la tête avec des couteaux, des haches et, sur un cliché particulièrement répugnant, une tronçonneuse manuelle actionnée par deux hommes. Mais, comme si ça ne suffisait pas, c'étaient les visages souriants de la nombreuse équipe d'oustachis infligeant de telles atrocités qui me troublaient le plus. Ces photos donnaient aux *Désastres de la guerre* de Goya l'air de napperons illustrés. Je m'assis sur un canapé à la suspension mal en point et contemplai avec accablement l'extrémité de mes bottes.

« Rappelez-vous ce que je vous ai dit, murmura Geiger. Vous avez intérêt à la boucler si vous voulez qu'on sorte d'ici vivants. Ce ne sont pas vos oignons. Pas vos foutus oignons. Gardez ça en tête. Tenez. Buvez un coup. »

Il sortit une flasque en argent. Elle était remplie de la rakija de l'hôtel Sunja. Avec gratitude, j'en bus une gorgée et laissai l'alcool me brûler les entrailles ; c'était le breuvage que je méritais – un breuvage provenant du neuvième cercle de l'enfer –, et rien que de l'ingurgiter suffisait à vous rendre muet pendant plusieurs minutes, comme si un diablotin vous avait versé du feu liquide dans le gosier.

Nous attendîmes une demi-heure. Je m'efforçai de ne pas regarder les photos sur le mur, mais mes yeux étaient sans cesse attirés dans cette direction. Quel effet cela faisait-il de s'agenouiller devant un homme qui s'apprêtait à vous couper la tête avec un couteau ? Je pouvais difficilement imaginer un sort pire que celui-là.

« Bon, qu'est-ce que fabrique ce fumier ? demandai-je.

— D'après le garde, il était de l'autre côté de la rivière. À Donja Gradina. Une petite île appelée le lieu des soupirs. (Il haussa les épaules.) Ça paraît sympa. Presque délassant, à vrai dire. Mais j'ai le pressentiment que ce n'est rien de ce genre. »

Pour finir, on entendit des bruits de voix, et un homme grand, les cheveux noirs, portant un élégant uniforme gris, des bottes noires et un ceinturon entra dans la pièce.

231

« Je suis le colonel Dragan, dit-il. J'ai cru comprendre que vous vouliez me voir. »

Il parlait parfaitement l'allemand, avec un accent presque autrichien, comme la plupart des Allemands ethniques. Il était facile de voir d'où venait le physique de Dalia. Le colonel Dragan avait une mine renfrognée, mais la beauté d'une vedette de cinéma. Les revers de sa tunique et son calot arboraient la lettre U en or, mais j'aurais souhaité qu'il ait un U sur le front. J'espérais que quelqu'un en aurait l'idée après la guerre et prendrait sur lui de le marquer pour le désigner à l'ostracisme puis à la mort.

Nous nous présentâmes, Geiger et moi ; après tout, il était colonel.

« Puis-je vous demander si vous vous nommiez auparavant le père Ladislaus, au monastère de Petrićevac à Banja Luka, et avant ça, Antun Djurkovic ?

— Cela fait un bout de temps qu'on ne m'a pas appelé ainsi. Mais oui. C'est moi.

— Dans ce cas, j'ai une lettre pour vous de la part de votre fille », et ouvrant ma serviette, je lui donnai la lettre de Dalia.

Il regarda avec incrédulité le nom et l'adresse écrits à la main au dos de l'enveloppe comme si elle avait été postée sur Vénus. Il la leva même jusqu'à son nez et la renifla avec méfiance.

« Ma fille ? Vous dites que vous connaissez ma fille, Dragica ?

— Oui. Je suis sûr que sa lettre répondra à toutes vos questions.

— La dernière fois que je l'ai vue, ce n'était qu'une enfant. Ce doit être une jeune femme maintenant.

— En effet. Une très jolie jeune femme.

— Mais comment se fait-il qu'en pleine guerre Dragica ait deux garçons de course appartenant à la SS ? Est-ce quelqu'un de si important ? Frau Hitler, peut-être ? Aux dernières nouvelles, elle vivait en Suisse. À Zurich, me semble-t-il. Ou les Suisses ont-ils perdu leur neutralité ? La tentation d'envahir ce pays ridicule est-elle devenue trop forte pour votre Führer ?

— Elle est vedette de cinéma en Allemagne, répondis-je. À l'UFA-Babelsberg, à Berlin. Tout en étant ministre de l'Éducation du peuple et de la Propagande, le Dr Goebbels dirige les studios. C'est à sa demande personnelle que je suis ici. Je dois attendre que vous ayez lu la lettre au cas où il y aurait une réponse.

— Je n'en avais aucune idée. Elle a toujours été belle, comme sa mère. Mais une vedette de cinéma, dites-vous ? »

J'acquiesçai. Je jugeai préférable de ne pas mentionner que son ex-épouse était morte. Mieux valait laisser ce soin à la lettre de Dalia.

« J'étais tout jeune la dernière fois que je suis allé au cinéma, reprit le colonel. Bien entendu. Il s'agissait d'un film muet. » Il fronça les sourcils. « Comment m'avez-vous trouvé ?

— Votre ancien père abbé de Petrićevac à Banja Luka. C'était votre dernière adresse connue, apparemment.

— Le père Marko ? Je n'arrive pas à croire qu'on ne lui ait pas encore fait la peau. Il est beaucoup trop bavard pour son propre bien. Même pour un prêtre catholique. D'autres ont eu moins de chance que lui.

— Il m'a paru sympathique, mentis-je.

— Il nous a orientés vers le quartier général oustachi de la ville, expliqua Geiger. Où on nous a dit que vous étiez probablement ici. À Jasenovac. Fabriquant des briques.

— Pardonnez-moi, messieurs. Vous avez parcouru un long chemin. Vous aimeriez peut-être vous restaurer ? De la bière ? De la rakija ? Du pain et des saucisses ? »

Je m'apprêtai à refuser quand Geiger répondit soudain :

« Ce serait très aimable à vous, colonel Dragan. »

Le colonel partit donner l'ordre à ses hommes de nous apporter quelque chose et, vraisemblablement, lire sa lettre. Je me rassis sur le canapé. Et lorsque, vingt minutes plus tard, nourriture et boisson arrivèrent, Geiger se jeta dessus avidement. Je le regardai manger avec ce qui s'apparentait à du mépris, mais ne dis rien. Mon visage devait ressembler à une lettre d'Émile Zola.

« Vous ne mangez pas ? » demanda Geiger.

Il faisait un horrible rictus en mastiquant.

« Bizarrement, il semble que je n'aie pas apporté mon appétit avec moi.

— Un soldat apprend à ne pas trop prêter attention à son appétit. Vous mangez quand il y a de la nourriture, faim ou pas.

Mais en l'occurrence, j'ai faim. Et rien ne peut s'immiscer entre moi et ma boustifaille. » La bouche pleine de pain et de saucisse, il se leva pour examiner les photographies. « Même pas ces têtes et ce petit mur des héros oustachis. Je n'avais encore jamais vu de type se faire scier la tête. Style bûcheron, vous savez. Des choses terribles, j'en ai vu dans cette guerre. J'en ai fait moi-même quelques-unes. Mais je n'avais jamais rien vu de pareil. »

Il pivota et regarda par la fenêtre.

« Pourquoi ne pas demander au colonel Dragan de vous faire une démonstration ?

— Vous savez, je pourrais très bien, Gunther. Ça devrait être assez facile. Je suppose que les gens dans ce train n'ont rien de mieux à faire que de me procurer un peu de distraction. Après tout, j'imagine qu'ils vont mourir, de toute manière.

— Vous voulez dire qu'il y a des gens dans ces wagons ? »

J'allai à la fenêtre. Comme l'avait dit Geiger, les wagons de marchandises étaient maintenant ouverts, et plusieurs centaines de personnes en descendaient pour être conduites comme du bétail vers la rivière. Un chaland venait déjà les mener à leur sort des plus prévisibles.

« Des Serbes ? dis-je.

— Probablement. Je vous le répète, tous les Juifs dans la région sont morts. Mais il y a encore des quantités de Serbes à tuer. »

À son ton, il était difficile de savoir si Geiger approuvait ou non ce qui passait à Jasenovac.

Je pris la bouteille de rakija que les gardes oustachis avaient apportée et me remplis un verre à ras bord. Elle était presque aussi forte que celle que contenait la flasque de Geiger, mais je m'en foutais.

« Plus vite nous serons loin de ce bon Dieu de trou paumé, mieux ça vaudra. dis-je.

— J'aurais tendance à être d'accord avec vous, Gunther. Même si je pense que Dieu pourrait ne pas être de cet avis. Ce n'est pas Lui qui nous abandonne, mais les hommes qui abandonnent Dieu. Sa présence serait plus évidente ici, bien sûr, si, au lieu d'une haute muraille pour emprisonner et torturer les êtres humains, ils avaient édifié une grande cathédrale. Pour célébrer la gloire divine et la dignité humaine. De même que d'autres hommes semblables à ceux-ci – leurs arrière-grands-pères, peut-être – ont bâti une jolie cathédrale en brique à Zagreb. Mais dans le cas présent, ils ont construit ce lieu pour bien marquer où était l'homme et ce qu'il était. Pour témoigner de ce que nous avons tous en nous : cette capacité de semer la mort et la destruction que possèdent tous les hommes. Voyez-vous, pour chaque chapelle Sixtine, il existe des centaines d'endroits comme celui-ci, Gunther. Et laissez-moi vous poser cette question : franchement, y en a-t-il un qui soit moins pertinent que l'autre en tant qu'expression du comportement humain ? Non, bien sûr que non. Personnellement, je pense que Dieu n'est jamais très loin, même de cette horreur sans nom. Peut-être est-ce ce qui rend l'horreur vraiment horrible, en définitive. Savoir que Dieu voit tout et qu'il ne fait rien. »

Deux jours plus tard, la réponse du colonel Dragan à sa fille Dalia dans la poche de ma tunique et les propos cyniques de Geiger résonnant encore à mes oreilles, j'étais de retour à l'Esplanade à Zagreb et, n'ayant rien de mieux à faire de ma peau jusqu'à ce que je puisse, à mon grand soulagement, prendre l'avion pour rentrer à Berlin, je me changeai en touriste allemand. J'aurais aussi bien pu rester dans ma chambre et me soûler pour oublier grâce à la bouteille de rakija que j'avais rapportée. J'avais bien envie de le faire. Et je l'aurais fait, sans la crainte de ne pas pouvoir m'arrêter si je commençais à boire comme ça. Parmi tant d'autres qui étaient ivres de cruauté, qui aurait remarqué un type ivre d'alcool ? Je demandai donc au concierge de me prêter une carte et partis explorer la ville.

À Zagreb, il semblait y avoir plus d'églises catholiques entassées sur un espace réduit que dans l'annuaire téléphonique du Vatican. L'une d'elles, Saint-Marc, avait un toit de conte de fées qui semblait fait de milliers de bonbons Haribo. Sur la façade de chaque édifice se voyaient des atlantes, comme s'il ployait sous le poids de son propre passé. Ce qui était le cas. À elles deux, la dynastie des Habsbourg et l'Église catholique avaient broyé tous les lendemains de la ville, de sorte qu'il ne restait plus que le passé et, pour la plupart des habitants, un avenir très incertain. Bref, un endroit où l'on s'attendrait à trouver le Dr Frankenstein dans le bottin, même si la dernière fois que les citoyens galeux s'étaient révoltés, c'était pour brûler non pas le château d'un savant fou, mais les boutiques et les maisons de Serbes innocents. La plupart des autochtones aux yeux de fouine avaient l'air de continuer à garder une torche enflammée et une fourche derrière leur porte de cuisine. Je marchais le long de rues pavées bordées de maisons couleur moutarde, montais et descendais des escaliers en bois vertigineux, passais devant des jardins en terrasse abrupts avec de la vigne, traversais des places de la taille de steppes russes flanquées de bâtiments publics, dont beaucoup d'un jaune fané, comme du vieux sucre glace. Alors que j'approchais de la porte de la vieille ville, j'entendis un brouhaha de voix assourdies. En tournant au coin, je me retrouvai sous des arcades voûtées, où une centaine de femmes à tête de faucon et d'hommes mal rasés et ventripotents marmonnaient leur adoration à une châsse de la Vierge Marie installée derrière une grille en fer forgé baroque. Mais pour moi, on aurait dit une messe satanique. Un peu plus tard, je vis débouler une bande de jeunes types braillards. Le fait qu'ils soient tous habillés en noir me donna à réfléchir. Je crus qu'il s'agissait de brutes oustachies jusqu'à ce que je distingue leur col et comprenne que c'étaient des prêtres ; et je me dis : « Quelle différence ? » Après le spectacle auquel j'avais assisté à Jasenovac, le catholicisme faisait moins l'effet d'une foi que d'une sorte de malédiction. Comme si fascisme et nazisme ne suffisaient pas, ce culte plus ancien semblait presque aussi pernicieux.

En longeant la cathédrale, je tombai sur d'autres soldats allemands en quête d'un refuge contre la chaleur de la journée, ou peut-être, tout comme moi, cherchaient-ils quelque chose de spirituel. Au moment où j'entrais, l'un des soldats se signa pieusement et fit une génuflexion en direction de l'autel. Une religieuse au visage émacié lui demanda avec sévérité de dérouler ses manches de chemise par respect pour Dieu, et il obéit docilement, comme si Dieu se souciait réellement d'une telle observance dans un pays où, à moins de cent kilomètres, ses prêtres massacraient les femmes et les enfants. Après avoir délivré sa réprimande, la religieuse se retira dans une chapelle, sorte de petit Gethsémani de bougies scintillantes, et se mit à nettoyer le Christ en croix à l'aide d'un long plumeau. Il ne broncha pas. Cela devait le changer agréablement de la lance romaine enfoncée dans son flanc. Je me demandai ce que tous deux auraient pensé – le Christ et la nonne – de ce que j'avais vu à Jasenovac. Malgré toute leur cruauté païenne, les Romains n'auraient sans doute pas pu inventer quoi que ce soit de plus sanguinaire que les scènes dont j'avais été témoin dans ce marais. Cela dit, peut-être les oustachis appartenaient-ils à une tradition de persécution beaucoup plus ancienne que je ne l'avais supposé.

Avant que je ne quitte la démence paludéenne de Jasenovac, le colonel Dragan m'avait fièrement montré son gant spécial – plutôt une mitaine en cuir, en fait, servant habituellement à couper les gerbes de blé –, avec une lame courbe et tranchante comme un rasoir cousue sur la partie inférieure, ce qui lui permettait de couper les gorges avec plus de rapidité et d'efficacité. Grâce à ce *Srbosjek*, son « coupe-Serbe », l'innommable colonel s'était targué d'avoir égorgé plus de treize cents Serbes en une seule journée.

Ce à quoi, incapable de me retenir plus longtemps, j'avais répondu : « Qu'une créature aussi belle que Dragica puisse avoir un père tel que vous est tout bonnement incroyable. »

Geiger m'avait alors ramené en toute hâte à la voiture, et nous avions démarré sur les chapeaux de roues avant que le colonel croate fou n'ait eu le temps de réagir.

À cet instant, tandis que j'étais assis dans la cathédrale, la porte du confessionnal s'ouvrit et un jeune officier SS sortit de l'habitacle. Je me demandai ce qu'il venait d'avouer. Un meurtre, peut-être ? Mais pourrait-on jamais donner l'absolution à ce que nous autres Allemands avions mis en branle dans ce pays ? Les catholiques le pensaient probablement. C'est la croyance qu'ils suivaient. Pour ma part, j'avais quelques doutes. Peu après, j'arrivai à un magnifique parc, m'allongeai et regardai, hébété, l'herbe luisante, tout en songeant que les fourmis et les abeilles étaient plus dignes de la miséricorde de Dieu que moi. N'étais-je pas allemand ? Et n'avions-nous pas porté des monstres effroyables comme les oustachis et le colonel Dragan au pouvoir ? D'un autre côté, peut-être Geiger avait-il raison, en fin de compte. Peut-être les hommes étaient-ils tous coupables, d'une manière ou d'une autre. Les Belges avaient commis des horreurs au Congo, tout comme les Britanniques en Inde et en Australie. Les Espagnols n'avaient pas à être fiers de la façon dont ils avaient dévasté l'Amérique du Sud. Les Arméniens pardonneraient-ils jamais aux Turcs ? Et les Russes, eh bien, on ne pouvait guère les laisser en dehors de l'équation du mal non plus. Combien de millions d'exécutions Lénine et Staline avaient-ils ordonnées ? J'en avais eu la preuve sous les yeux à Katyn. Les Allemands étaient-ils si différents des autres ? Et serait-ce une excuse suffisante ? Seul le temps le dirait. À l'avenir, les morts parleraient depuis le passé de ce qui s'accomplissait ici dans le présent.

24

Goebbels écouta attentivement ce que je disais.

De nouveau, nous nous trouvions tous les deux seuls dans son vaste bureau du ministère. Compte tenu de ce qu'il était, que je parle et qu'il écoute semblait difficilement imaginable, mais c'était pourtant ainsi. Le singe instruisant le joueur d'orgue de Barbarie. Je me demandais si quiconque lui avait jamais relaté quelques-unes des horreurs qu'on perpétrait au nom de l'Allemagne. Tout en me bornant à évoquer les événements se déroulant dans l'ancienne Yougoslavie, je faisais indirectement référence à ce qui se passait sur le front de l'Est. Je n'aurais certainement pas pu ni voulu le faire de manière plus directe. Et Goebbels était beaucoup trop intelligent pour ne pas s'en rendre compte. Si quelqu'un savait que les mots signifient parfois autre chose que ce qu'ils semblent dire, c'était bien lui. Avec un doctorat de l'université de Heidelberg, il était sans doute le nazi le plus intelligent qu'il m'ait été donné de rencontrer. Sûrement plus intelligent que Heydrich, ce qui n'était pas rien. Je suppose qu'il me laissa parler ainsi dix ou quinze minutes sans interruption. Le chef des studios cinématographiques m'avait confié ce second rôle, et il était maintenant obligé de voir et d'entendre comment je l'avais joué. Finalement, il se pencha en avant sur le canapé et leva une de ses mains d'une délicatesse presque féminine pour prendre la parole :

239

« Il est indéniable que des choses terribles sont commises dans cette guerre, des deux côtés. Soyons clairs sur ce point. La nuit dernière, un raid aérien d'une exceptionnelle intensité a eu lieu sur Hambourg, avec les conséquences les plus graves pour la population civile. Cinq cents avions britanniques ont attaqué et bombardé la ville aveuglément. Pour le moment, personne ne peut fournir d'estimations quant au nombre de femmes et d'enfants allemands tués. Mais je peux vous dire qu'il s'agit de centaines, peut-être même de milliers. En outre, près de deux cent mille personnes se retrouvent sans abri, et je ne sais vraiment pas comment nous allons résoudre ce problème. Altona a été particulièrement touché. C'est une véritable catastrophe, de même que ce qui se passe en Croatie. Je le reconnais. Mais cette stupide inimitié historique entre Slaves est totalement accessoire par rapport à la vraie guerre. La guerre de l'Allemagne. Aussi nos premières pensées doivent-elles aller à ce qui passe ici, chez nous. Si jamais nos compatriotes perdaient leur volonté de résister, je n'ai pas besoin de vous dire ce qui arriverait. La crise la plus grave que ce pays ait connue. Les Russes feraient à l'Allemagne et aux Allemands ce que les oustachis font en Croatie. Il n'y a aucun doute là-dessus. Je sais que vous ne voulez pas ça, Gunther. Ni vous ni personne. »

Goebbels remua la tête comme s'il souffrait de la grippe aviaire. Avec ses cheveux noirs et son nez pointu, il me faisait étrangement penser à une corneille.

« Je suis d'accord avec vous, continua-t-il. Ce colonel Dragan a l'air d'un monstre absolu. Une bête meurtrière tout droit sortie des profondeurs de l'enfer. Je dois avouer que je n'avais pas idée qu'une chose semblable pouvait avoir lieu. C'est un prêtre, après tout. On ne s'attend pas à ce que des prêtres deviennent des assassins, n'est-ce pas ? Même si Staline a été séminariste avant de se mettre à braquer des banques. Non, si j'avais su qu'une telle chose était seulement possible, je ne vous aurais pas envoyé là-bas. À ce que je vois, cela n'a pas été une partie de plaisir, Gunther. J'en suis navré. Mais vous voilà de retour, et la question qui se pose à présent est la suivante : qu'allons-nous dire à Dalia ? Dans tous les cas, nous – vous, probablement – devrons lui dire quelque chose. Mais quoi ? Comme la plupart des actrices, elle est extrêmement sensible.

Imprévisible. Émotive. Mais vous le savez déjà. Au fait, elle parle de vous en termes très élogieux. Vraiment très élogieux. Vous semblez lui avoir fait une forte impression. Si l'on considère que vous n'avez eu que de très brefs contacts. »

J'allumai une cigarette en me demandant dans quelle mesure Goebbels était au courant de ce qui s'était passé entre sa vedette et moi. Je ne pensais pas une seconde que Dalia lui aurait dit que nous avions couché ensemble ; mais il était malin, et même un soupçon de sa part qu'il y avait quelque chose entre nous aurait été désastreux pour moi. Qu'il n'y ait pas de voyous dans son ministère ne signifiait pas que Goebbels ne pouvait pas décrocher le téléphone pour appeler la Prinz-Albrecht Strasse et m'expédier dans une cellule de la Gestapo en moins de temps qu'il ne lui en fallait pour défaire sa chaussure orthopédique.

« Je croyais que vous vouliez que je l'impressionne, monsieur le ministre. Quelqu'un possédant des qualités particulières, avez-vous dit. Un détective à la réputation éprouvée.

— Moi, j'ai dit ça ?

— Vous n'êtes pas quelqu'un qui a l'habitude de se montrer vague dans ses propos. Ni de les oublier. Nous savons tous les deux, je pense, que la dame a besoin d'être maniée avec beaucoup de précaution. J'avais dans l'idée que vous vouliez que je la persuade que je n'étais pas un laquais du ministère envoyé par vous pour arrondir les angles afin de vous permettre de la récupérer pour travailler sur ce film. Que j'étais un détective digne de ce nom et que j'avais une chance réelle de retrouver la trace de ce type. Ce que j'ai réussi à faire. Contre toute attente et avec des risques considérables pour moi, dois-je ajouter.

— Ce jardin était vraiment décoré de têtes humaines ?

— Comme s'il avait été dessiné par Salomé et Barbe Bleue. Rien que d'être là, j'en avais des démangeaisons dans le cou.

— Je ne pense pas qu'il soit envisageable d'inviter un tel individu à Berlin. Ce qui constitue apparemment la substance de la lettre qu'il lui a écrite. Il compte aller la voir aux studios.

— Vous l'avez lue ?

— Je l'ai fait traduire du croate. Oui, je l'ai lue. Le colonel Dragan dit qu'il souhaite la rencontrer dès que possible. Ma foi, je suppose qu'on peut difficilement reprocher à un homme d'éprouver le désir de voir sa fille dont il a été séparé. Surtout s'il s'agit d'une actrice de cinéma célèbre. »

Je fis la grimace.

« Quoi ? demanda-t-il.

— Cet individu est un maniaque homicide. Je ne crois pas que je me réjouirais d'apprendre que mon père est un criminel de guerre innommable qui prend plaisir à trancher des centaines de gorges en une journée. A fortiori de le voir débarquer chez moi.

— Non, dit Goebbels. Moi non plus. En outre, il faut prendre en compte les répercussions sur le plan de la publicité. Si le bruit se répandait que son père est un meurtrier de masse, cela pourrait très bien affecter sa carrière. Sans parler du film en cours. Les Allemands aiment bien que leurs vedettes féminines donnent l'impression d'être innocentes, pures, sans tache. Je sais que moi, oui. Ils n'ont pas envie qu'elles traînent un Igor[1] dans leur sillage. Ce qui m'incite à penser qu'on ne devrait peut-être pas lui donner la lettre non plus.

— Cela dépend de vous. Heureusement, je n'ai pas à prendre cette décision. Concernant la lettre ou ce qu'il faut lui dire.

— Néanmoins, comme vous allez la revoir – c'est la procédure habituelle, non ? C'est ce que vous feriez si vous étiez détective privé ? Vous iriez parler au client ?

— Oui, je suppose.

— Alors, compte tenu de cela, vos suggestions à cet égard seraient grandement appréciées. Nous devons réfléchir ensemble à ce qu'il faut faire. Pour son bien. Comment nous allons lui dire ce que nous allons lui dire sans compromettre davantage ce film.

— Bon, très bien. Que penseriez-vous de ceci ? Je me suis rendu au monastère de Banja Luka pour trouver Antun Djurkovic, également appelé le père Ladislaus. Dalia avait déjà envoyé plusieurs lettres là-bas. Restées sans réponse. Alors pourquoi ne pas dire qu'elles sont restées sans réponse parce qu'il est mort ? C'est d'ailleurs ce qu'a prétendu le père abbé auquel j'ai parlé. J'ignore quel genre de prêtre il faisait, mais le père Ladislaus est

---

1. Personnage du serviteur bossu, assistant des savants fous, sorciers et vampires.

maintenant le colonel Dragan. Et il serait préférable qu'elle ne le sache jamais.

— Ainsi, capitaine Gunther, vous conseillez de mentir à cette femme au sujet de son propre père ? (Goebbels éclata de rire.) Au cas vous l'auriez oublié, ce ministère est celui de la Vérité. »

Je ne l'avais pas oublié, bien entendu ; dans son costume d'été blanc, Goebbels avait presque l'air d'une personne de confiance ; mais étant donné le nombre de mensonges concoctés en ce lieu, je ne pensais pas qu'un de plus – un pieux mensonge, de surcroît – changerait beaucoup les choses. Pour autant, je n'allais pas le lui dire. En général, il n'est pas recommandé de rappeler au diable qu'il est le diable, surtout alors qu'on s'entendait si bien.

« Et vous pensez pouvoir dire ça à Dalia sans qu'elle devine qu'il s'agit d'un mensonge ? Tout le monde n'est pas capable de mentir sans se faire prendre. Une fois que vous avez proféré un mensonge, vous devez vous y tenir. Vous devez continuer à mentir, même au risque d'avoir l'air ridicule. Tout autant que mentir de nouveau pour protéger le mensonge que vous avez débité la première fois. Les mensonges sont comme des lapins. Un mensonge en engendre un autre. Croyez-moi, Gunther, je sais de quoi je parle. Et c'est une femme intelligente. Êtes-vous sûr de pouvoir la convaincre ? Êtes-vous suffisamment inventif ?

— Puis-je être honnête, monsieur le ministre ?

— Essayez toujours.

— Le fait est que voilà dix ans que je mens comme un arracheur de dents. »

Goebbels se mit à rire.

« Je vois ce que vous voulez dire. Depuis que les nazis sont arrivés au pouvoir. C'est bien ce que vous entendez par là, n'est-ce pas ?

— Il était plus facile de rester en vie de cette manière. En tout cas, pour quelqu'un ayant été social-démocrate. Mais vous le savez sûrement. Raison pour laquelle vous m'avez choisi pour ce travail, en fin de compte. Parce que je ne suis pas un nazi. Comme vous l'avez dit, tout est dans mon dossier. »

Goebbels opina.

« Vous savez, nous avons encore beaucoup trop de philistins dans le parti. Je dois dire que je préférerais vous avoir à bord comme collègue plutôt que certains de ceux que je suis forcé de rencontrer. Il est peut-être un peu tard, mais je vais vous obtenir une carte du Parti national-socialiste. Croyez-moi, c'est dans votre intérêt. Et je m'occuperai de tout. Je suis toujours le Gauleiter de Berlin. Vous n'aurez rien à faire. À part signer les papiers.

— Merci, monsieur le ministre. »

Goebbels se remit à rire.

« Votre gratitude me comble. J'ai de la sympathie pour vous, Gunther. J'ignore pourquoi, mais c'est ainsi.

— Et j'ai de la sympathie pour elle, monsieur le ministre, dis-je, changeant de sujet. Beaucoup de sympathie. Suffisamment pour vouloir lui épargner une pareille épreuve. Parce que l'autre solution serait que je lui dise la vérité et qu'elle ait à vivre avec cette idée le restant de ses jours. On conçoit aisément les conséquences que cela peut avoir sur quelqu'un. »

Pendant un instant, je me demandai ce que les enfants de Goebbels penseraient des crimes de leur père le jour où les nazis appartiendraient à l'histoire.

Goebbels acquiesça.

« Vous avez raison. Personne ne devrait être forcé de vivre en portant ce genre de croix. Mentir serait sans doute préférable dans le cas présent. Sans compter qu'il pourrait être difficile pour elle de jouer le rôle principal de ce film en sachant que son père est un monstre comme cet individu que vous avez rencontré. (Il s'interrompit pour réfléchir.) Elle est à Zurich en ce moment. Avec son espèce d'imbécile de mari. Il vous faudra aller là-bas et lui parler en personne.

— Comment est-il ?

— Le Dr Obrenović ? Riche. Très riche. Vieux. Du moins, beaucoup plus vieux qu'elle. Il est tout ce qu'on attendrait d'un avocat suisse, hormis le fait qu'il est vaguement apparenté à l'ancien roi de Serbie. (Goebbels claqua des doigts.) Vous savez ?

— Oui. Alexandre Ier. Celui qui a été assassiné à Marseille.

— Non, en fait, il s'agit d'un autre Alexandre. Ça, c'était Alexandre de Yougoslavie. Je veux parler d'Alexandre de Serbie.

244

Mais en l'occurrence, il a également réussi à se faire assassiner, par des officiers, en 1903. Quel peuple pour aimer autant les assassinats, hein ? On dirait l'Italie sous les Borgia.

— Vous voulez que j'aille à Zurich ?

— Eh bien, je peux difficilement y aller moi-même. Le gouvernement suisse aurait sûrement son mot à dire. De plus, après Zagreb, cela pourrait vous faire de gentilles petites vacances. Zurich possède d'excellents hôtels. C'est une chose que les Suisses font très bien. Pour le reste, ils constituent autant une nuisance que les Serbes et les Croates. Sans la Suisse, nous aurions pu fournir sans hésiter à Mussolini et à Kesselring un soutien dans la crise actuelle. Au lieu de quoi, nous obligeons nos troupes à faire un détour par l'Autriche et la France.

— Je ne suis jamais allé en Suisse. Mais c'est sûrement mieux que la Croatie.

— Je téléphonerai au ministère des Affaires étrangères, continua Goebbels. Afin qu'ils s'arrangent pour que vous puissiez vous y rendre immédiatement. Non, attendez une seconde. Aucun de ces fonctionnaires ne me paraît particulièrement compétent. J'ai croisé le nouveau sous-secrétaire l'autre jour, un certain Steengracht von Moyland. Encore un foutu aristocrate. D'une totale médiocrité. Non, je parlerai à Walter Schellenberg, des renseignements extérieurs du SD. Après tout, vous faites également partie du SD. Il est intelligent. Il saura quel est le meilleur moyen de vous faire pénétrer dans le pays. Et aussi quel est le meilleur hôtel, probablement. S'il y a une chose que je peux dire avec certitude au sujet de Schellenberg, c'est que c'est un homme qui voyage beaucoup, compte tenu du fait que nous sommes en guerre.

— Cela pourrait être agréable.

— Il n'y a qu'un problème, selon moi. (Goebbels sourit.) Vous allez devoir vous marier. »

Je m'entendis avaler ma salive.

« Me marier ? Je ne suis pas sûr de comprendre.

— Oh ! c'est très simple. La seule façon pour notre gouvernement d'être absolument certain qu'un citoyen reviendra d'un pays comme la Suisse est qu'il ait de la famille. Ce qui n'est pas votre cas. Du moins, pas encore.

— Je ne pense pas que cela change de sitôt, répondis-je.

— Ne dites pas ça, Gunther. Croyez-moi, l'amour d'une femme douce est un des grands plaisirs de la vie.

— C'est sans doute vrai, mais il n'y a aucune femme qui soit assez douce pour me supporter en ce moment. »

Goebbels se leva et disparut presque tandis qu'il contournait son bureau en clopinant, où il se mit à tourner les pages d'un dossier.

« Et cette femme que vous fréquentiez ? » Il sortit une page de la chemise et revint en faisant de nouveau le tour de son bureau. « L'institutrice du Fichte-Gymnasium dans la Emser Strasse. Kirsten Handlöser.

— Eh bien ?

— Ne pourriez-vous pas l'épouser ? Elle est célibataire.

— À ce petit détail près qu'elle n'est pas amoureuse de moi. Et que je ne suis pas amoureux d'elle. Pour être franc, monsieur le ministre, je ne tiens pas à me marier.

— Possible. Mais il y a ceci à considérer. Et qui est plus important encore. Pour elle, en tout cas. À savoir que vous lui rendriez service.

— Comment ça ?

— Indépendamment du fait qu'en tant que femme elle a pour devoir patriotique de se marier et d'avoir des enfants, comme ma propre épouse, Magda, vous lui éviteriez des ennuis. »

Je me raidis. Manifestement, ce qui descendait de la montagne n'allait pas beaucoup me plaire. Je commençais à me rendre compte que, dans la vie réelle, Goebbels fonctionnait de la même manière que lorsqu'il parlait en public : séducteur et persuasif à un moment donné, intimidant et coercitif l'instant suivant.

« Quel genre d'ennuis ? » demandai-je.

Goebbels émit un petit rire dur.

« Il n'existe qu'un seul genre d'ennuis en Allemagne, Gunther. Le genre sérieux. Apparemment, il y a une semaine ou deux, des hommes du SD sont venus dans son école pour réaliser une sorte de sondage. Ils voulaient savoir pourquoi aucune des filles de l'établissement n'avait choisi d'être évacuée dans un camp KLV. Pour échapper aux bombardements. Les KLV n'ont pas autant de succès qu'on aurait pu raisonnablement l'espérer. Quoi qu'il en soit, il semble que Fräulein Handlöser ait parlé en des termes on ne peut moins flatteurs des garçons que l'on trouve dans ces camps. Elle a même laissé entendre que des parents convenables éviteraient à tout prix d'envoyer leur fille dans un KLV. J'ai bien peur qu'elle ne soit de nouveau interrogée sur son attitude en général. D'aucuns pourraient qualifier ses propos sur les Jeunesses hitlériennes de comportement antisocial, en vertu du décret de 1939 contre les parasites du peuple. D'après le décret sur les criminels de guerre, ils pourraient même être considérés comme sapant l'effort de guerre. Elle pourrait facilement se retrouver à purger six mois à la prison de Brandebourg, sans parler de perdre son poste à l'école. Bien sûr, cela jouerait incontestablement en sa faveur si un officier du SD et membre du parti, bien que de fraîche date, devait l'épouser. Oui, même si c'était vous, cet officier du SD, Gunther. Cela montrerait la confiance que vous avez en elle. D'autant plus que j'enverrai certainement une lettre au SD pour leur dire toute l'estime que je vous porte, ainsi que pour bénir votre union. Ce qui aura valeur de référence pour tous les deux. Et écartera par conséquent la possibilité d'une peine d'emprisonnement.

— Supposons qu'elle ne veuille pas se marier ? Qu'elle considère six mois de prison comme un moindre mal ?

— J'ai dit six mois ? Cela pourrait même être pire. La guerre ne se passe pas très bien en ce moment. Un juge comme Roland Freisler pourrait décider de faire d'elle un exemple. Il est devenu plutôt sévère ces derniers temps. Vous avez entendu ce qui est arrivé à ces étudiants stupides[1] de Munich ? »

J'opinai.

« Alors, à vous de la convaincre, n'est-ce pas ? »

Je choisis mes mots avec soin.

« C'est très aimable à vous de vous soucier de mes affaires personnelles. Mais il y a juste une difficulté, à mon avis. Ce qui est peut-être une des raisons pour lesquelles je ne l'ai pas épousée avant. Au risque d'être moi-même accusé de remarques antisociales, il y a

---

1. Membres du réseau La Rose blanche, Hans et Sophie Scholl furent condamnés à mort le 22 février 1943 et guillotinés le jour même.

cette chose ridicule qu'on appelle l'école de la mariée, à laquelle toutes les épouses des membres de la SS et du SD ont l'obligation d'aller pour empêcher les hommes de s'unir à des femmes peu recommandables. Outre le fait que les femmes peu recommandables sont les seules qui m'aient jamais intéressé, il se trouve que celles qui vont à cette école doivent apprendre l'éducation des enfants, la couture, l'obéissance dans le mariage et, à la fin, un diplôme leur est délivré, sans lequel le mariage est jugé invalide. Quelque chose de ce genre, en tout cas. Apparemment, tout cela prend plusieurs mois. Je ne vois pas comment je pourrais me marier à temps pour aller en Suisse aussi vite que vous le souhaitez. »

Goebbels croisa les bras, l'air pensif, comme je l'avais vu faire quand il prononçait des discours aux actualités.

« Oui, ça me revient maintenant. Encore une des idées folles de Himmler sur le sang et le mariage. Comme toujours, il fait de la race des seigneurs une histoire d'insignes de boy-scouts. Écoutez, je parlerai aussi à Schellenberg à ce sujet. Je suis sûr qu'il y a un moyen de contourner cette absurdité. (Il sourit.) D'ailleurs, le mari de Dalia, le Dr Obrenović, se sentira beaucoup plus rassuré quant au fait qu'un beau garçon comme vous rencontre sa femme en sachant que vous êtes un homme heureux en ménage. Et moi aussi. Oui. Je vais faire de vous un type respectable, capitaine Gunther. Rien n'est impossible si on le veut vraiment. (Il rit.) Rien. Tâchez de vous en souvenir lorsque vous serez à Zurich. Débrouillez-vous pour ramener Dalia. Même si vous devez la kidnapper. »

25

Le lendemain, je pris la S-Bahn en direction de l'ouest de Berlin pour voir Walter Schellenberg. Il était assis derrière son bureau bien rangé, son sourire sardonique aux lèvres, caressant son visage glabre ou tripotant la croix de fer luisante sur sa poche de poitrine, l'air d'un écolier sournois qui se serait glissé par la porte de service de l'immeuble du SD dans la Berkaer Strasse, aurait essayé un uniforme qui traînait et découvert que, même si celui-ci avait de toute évidence une taille en trop, personne n'allait contester le chou-fleur de général sur ses revers. Certainement pas en Allemagne, où paraître physiquement inapte à de hautes fonctions n'a jamais été un handicap. Goebbels en était la preuve vivante, et personne n'avait l'air plus ridicule en uniforme militaire que lui, à l'exception peut-être du gros Hermann, même si cela avait davantage à voir avec ses uniformes de paon blanc qu'avec l'homme lui-même. Schellenberg n'était pas beaucoup plus grand que Goebbels, mais, comme il sied assurément à un chef du renseignement étranger, il parlait d'une voix beaucoup plus douce que le ministre du Reich et il était beau, par-dessus le marché. Maintenant que je le connaissais un peu mieux, je pouvais voir qu'il était probablement tout aussi cynique que Heydrich, sauf qu'il y avait quelque chose dans son caractère – peut-être était-ce son éducation française : Schellenberg avait passé une bonne partie de son enfance au Luxembourg – qui vous faisait appeler ça du pragmatisme.

Le major Eggen était là également, en raison de sa connaissance approfondie de la Suisse, qui devait sûrement inclure les meilleurs bijoutiers de Zurich et de Genève, compte tenu de la présence d'une jolie Rolex en or à son poignet. Nettement plus grand que le général, Eggen avait l'air d'un chirurgien ou d'un masseur à succès, celui qui soignait à la fois Himmler et Schellenberg, peut-être. Les deux hommes firent un effort symbolique pour ne pas profiter de ma situation difficile, mais ça ne marcha pas. Bientôt ils se mirent à rire et à faire des blagues à mes dépens. Ce qui m'allait très bien, j'y étais habitué.

« J'ai déjà entendu parler de mariage arrangé, dit Schellenberg. J'ai même entendu parler de mariage de complaisance. Mais je ne crois pas avoir jamais entendu parler de mariage d'incomplaisance. Et vous, Hans ?

— Je ne pense pas, général.

— Vous changerez d'avis quand vous la verrez, répliquai-je, essayant de m'en tirer le mieux possible. En fait, c'est une vraie beauté. Vous pouvez demander au général Nebe. Il a rencontré la fille. De plus, je suis persuadé qu'elle me dira non, de sorte que je n'aurai pas à aller en Suisse pour rien.

— Oh ! ne dites pas ça, protesta Schellenberg. Il se trouve que j'ai moi-même une mission importante pour vous en Suisse.

— Vous savez, Gunther, il est normal qu'un homme emmène sa femme en voyage de noces, dit Eggen.

— Mais beaucoup plus économique si vous ne le faites pas, ajouta Schellenberg. Et dans le cas présent, probablement conseillé. Du reste, j'ai tout arrangé. Sur mon assurance personnelle qu'il y avait une mission vitale pour le SD en Suisse, le Reichsführer a accepté de déroger aux exigences rigoureuses touchant le mariage d'un membre du SD. Vous êtes donc autorisé à vous rendre dans un pays neutre. Dès que vous serez marié, vous irez prendre une Mercedes neuve à l'usine de Genshagen et vous la conduirez au château de Paul Meyer-Schwertenbach à la frontière germano-suisse.

— C'est un cadeau, précisa Eggen. Un bakchich pour un important contrat d'exportation.

— D'Export Drives GmbH, je suppose. Au Syndicat suisse du bois, quoi que cela puisse être.

— Que savez-vous sur ces deux sociétés ? »

Le ton d'Eggen s'était durci.

« Pas grand-chose. Le capitaine Meyer a dû mentionner ces noms devant moi en passant, l'été dernier. Vous savez ? Quand je les distrayais après la conférence de l'IKPK.

— Bien sûr, dit Eiggen. Oui, cela doit être ça.

— Vous pourrez livrer la voiture après votre entrevue avec cette actrice à Zurich, dit Schellenberg. La mission du ministre du Reich en tant que cinéaste doit passer en premier. Je suis sûr que nous mourons tous d'envie de voir la version cinématographique de *Siebenkäs*. Mais Meyer a hâte de vous rencontrer de nouveau. Et de parler un peu plus plus avec vous de votre travail de détective.

— Je m'en réjouis également. Je ferais bien de ne pas oublier d'emporter mon shaker favori et mon petit chien blanc avec moi. Sans parler de la célèbre monographie de Gunther sur les taches de bière des plastrons. Je suis considéré comme une sorte de spécialiste en la matière.

— Le château de Wolfsberg se trouve à Ermatingen, expliqua Eggen sans répondre à ma tentative d'humour. Soit environ une heure de trajet en voiture au nord-est de Zurich. Un endroit charmant. Tout à fait agréable. À Zurich, vous logerez à l'hôtel Baur au Lac. C'est le meilleur de la ville. Vous devriez y être très bien. Bon, alors, vous viendrez de Genshagen et franchirez la frontière au fort de Reuenthal, dans le canton d'Argovie. Vous y rencontrerez le sergent Bleiker, un enquêteur de la police de Zurich, qui vous remettra votre visa et vous accompagnera ensuite pour traverser la frontière. Vous porterez des vêtements civils, naturellement. Et, de grâce, ne prenez pas de pistolet. Même un petit. Les Suisses n'aiment pas beaucoup qu'on se trimbale avec des armes à feu. À Zurich, vous aurez la visite à votre hôtel de l'inspecteur Albert Weisendanger, qui sera chargé de votre sécurité ; si vous avez des problèmes, c'est votre premier point de contact.

— Oui, je resterais à l'écart de l'ambassade d'Allemagne à Zurich, si j'étais vous, dit Schellenberg. Le personnel de bureau est plus ou moins inefficace. Les autres sont des crapules de la Gestapo n'ayant rien de mieux à faire que de fourrer leur nez là où on n'en veut pas. Mais je ne serais pas étonné qu'ils vous filent le train. Eux et les services de sécurité suisses.

— Je croyais que Meyer travaillait pour la sécurité suisse.

— Non, il travaille pour les services de renseignements de l'armée. Son patron, un certain Masson, préfère opérer indépendamment des services de sécurité. Il ne leur fait pas confiance. Un peu comme nous avec le Département VI et l'Abwehr. » Il marqua un temps d'arrêt, avant d'ajouter avec un sourire. « Et la Gestapo. Et la SS. Et les gens de la chancellerie du parti. Sans oublier Kaltenbrunner. Lui, nous ne lui faisons aucune confiance, c'est sûr. »

Eggen se mit à rire.

« On ne peut faire confiance à personne par les temps qui courent.

— Quelle coïncidence, remarquai-je. C'est exactement ce que j'entends dire aussi.

— En fait, reprit Schellenberg, toute la Suisse est un foyer d'intrigues. Un paradis d'espions. Les Suisses ont beau avoir l'air plutôt inoffensifs, il ne faut pas les sous-estimer. En particulier leurs services de renseignements. Et n'oublions pas que, s'agissant d'un pays neutre, il y aussi les services secrets britanniques, russes et américains à prendre en considération. Lesquels sont des plus efficaces. Les Américains en particulier. Ils ont un nouveau responsable, nommé Allen Dulles. C'est le chef du bureau de l'OSS[1] à Berne, mais il aime bien se balader. Genre universitaire, mais très actif. Et il raffole des hôtels de luxe quand il n'est pas à son domicile de la Herrengasse.

— Oui, la Suisse est fascinante, dit Eggen. Comme un mécanisme de montre extrêmement complexe. Ce n'est que lorsque vous regardez à l'intérieur du boîtier que vous vous apercevez que cela dépasse l'entendement normal. Vous aurez beaucoup d'argent, bien sûr. Le ministère des Affaires économiques partagera vos dépenses avec le ministère de la Propagande. Alors je veux une ribambelle de reçus, Gunther.

---

1. Office of Strategic Services. Agence de renseignements du gouvernement des États-Unis créée en 1942 après l'entrée en guerre du pays. Elle fut remplacée en 1945 par la CIA.

— Les meilleurs hôtels. Une belle actrice. Une Mercedes flambant neuve. De l'argent à foison et pas d'arme à feu. Je ne vous cache pas qu'après la Yougoslavie, tout cela a l'air d'un enchantement.

— Oui, la Yougoslavie, dit Schellenberg. Vous étiez sur le point de me raconter ce qui s'est passé là-bas. »

Mais avant que j'aie eu le temps d'ouvrir la bouche, il s'était lancé dans une anecdote qui révélait, semble-t-il, ses ambitions presque naïves de jeunot – il ne devait pas avoir beaucoup plus que la trentaine.

« Il y a trois ans, commença-t-il, il m'est venu à l'esprit que ne pas avoir de doctorat en droit risquait de freiner ma carrière dans le SD. Bref, je songeais à m'inscrire à l'université de Berlin et j'envisageais de faire ma thèse sur le gouvernement en Yougoslavie.

— Encore une chance que vous n'ayez pas continué, fis-je observer. Parce qu'il n'y a pas de gouvernement en Yougoslavie. Du moins, rien qu'un juriste allemand désignerait sous ce terme. » Je lui décrivis, avec quelques exemples à l'appui, le chaos total qui régnait sur place. « Le pays est une immense zone d'abattage. Quelque chose comme un concentré de la guerre de Trente Ans.

— Allons, cela ne peut pas être aussi sombre que ça, dit Eggen.

— En fait, je pense que la situation est bien pire que sombre. Et je ne vois assurément pas d'autre équivalent quand des prêtres croates égorgent des enfants serbes. Des bébés assassinés par centaines. Par pur sadisme.

— Mais pourquoi ? demanda Schellenberg. Quelle est la raison d'une telle férocité ?

— Si vous voulez mon avis, c'est en partie notre faute. Ils ont suivi notre exemple à l'Est. Mais, historiquement et culturellement, c'est la faute de l'Église catholique et des fascistes italiens. »

Schellenberg, qui venait de rentrer d'Italie pour rendre compte à Himmler des déconvenues de Benito Mussolini, avoua que les Italiens le déprimaient également.

« L'Italie constitue un terrible avertissement pour l'Allemagne, déclara-t-il. Au bout de vingt ans de fascisme, le pays qui a donné le jour à Michel-Ange, Léonard de Vinci et à la Renaissance est dans un état d'effondrement total. À Venise, même les gondoles ne fonctionnent pas. Vous imaginez ça ? J'ai essayé d'acheter une boîte à musique en marqueterie pour ma femme sans en trouver une seule. La Suisse est beaucoup mieux, comme vous le constaterez vous-même. Cinq cents ans de démocratie et de neutralité ont été extrêmement bénéfiques pour eux. Et le seraient également pour nous. Le pays a beau ne pas avoir d'autres ressources naturelles que l'eau, il arrive à produire bien plus que juste des coucous. Tout fonctionne bien en Suisse. Les mêmes choses qui fonctionnaient aussi en Allemagne, devrais-je ajouter. Trains, routes, banques. Et personne en Suisse ne reste éveillé toute la nuit de crainte de ce qui se passerait si un Popov frappait soudain à sa porte. Certes, ils craignent que nous ne les envahissions. Mais, entre vous et moi, je considère comme d'une importance vitale qu'ils demeurent en dehors de la guerre. Himmler aussi. Tout le monde, sauf Hitler. Il continue de caresser l'espoir de les entraîner dans le conflit à nos côtés. »

Nous nous tûmes un instant après cette mention du nom du Führer.

« Qu'avez-vous décidé en fin de compte, Herr General ? demandai-je poliment pour rompre le silence. À propos de votre doctorat ?

— Oh ! de ne pas m'enquiquiner à en obtenir un. À l'origine, je me disais qu'il faudrait que j'aie un doctorat en droit parce que c'est le cas de la moitié des officiers supérieurs du SD. Des types comme Ohlendorf, Jost, Pohl. Même certains membres de mon propre département, tels que Martin Sandberger. Puis nous avons envahi la Russie, et plusieurs de ces officiers sont partis commander des unités du SD chargées d'exterminer les Juifs en Ukraine et en Pologne. Alors j'ai pensé : à quoi bon posséder un doctorat en droit si, comme Sandberger, c'est pour finir par massacrer quinze mille Juifs et communistes en Estonie ? À quoi bon un doctorat en droit si ça vous mène à ça ? »

Eggen se tourna vers moi.

« Vous n'êtes pas juriste, vous non plus, Gunther ?

— Non, répondis-je. J'ai déjà une bonne paire de gants chez moi pour me tenir chaud aux mains en hiver. »

Eggen fronça les sourcils.

« J'entends par là que vous ne me prendrez pas la main dans le sac. C'est une blague. »

Ils sourirent sans beaucoup d'amusement. Cela dit, ils étaient tous deux des juristes.

26

Le lendemain matin, je me levai de bonne heure et, laissant mon uniforme du SD chez moi, j'allai faire des emplettes.

Avant la guerre, la Rochstrasse, à quelques pâtés de maisons de l'Alex, regorgeait de Juifs. Je me souvenais encore des différentes boulangeries et de la délicieuse odeur de *babkas*, de bagels et de *bialys* qui emplissait la rue. Alors que j'étais un jeune flic effectuant sa ronde, il m'arrivait souvent d'entrer dans une de ces boutiques pour un petit déjeuner ou un rapide en-cas et un brin de causette ; ils avaient la langue bien pendue, ces boulangers, et je me dis parfois que c'est là que j'ai acquis mon sens de l'humour. Que n'aurais-je pas donné à présent pour un *bialy* bien frais – une sorte de bagel, sauf que le trou était rempli d'oignon et de courgette caramélisés. Il y avait encore un marché tôt le matin dans la Rochstrasse, où on vendait des fruits et des légumes, mais je ne cherchais pas plus des oranges que des *bialys*. Non pas que j'y aurais trouvé des oranges, d'ailleurs : ces jours-ci, les tubercules étaient à peu près tout ce qu'on pouvait se procurer, même à cinq heures du matin. Je cherchais quelque chose de presque aussi difficile à dénicher qu'un *bialy* ou une orange. Je cherchais un bijou de bonne qualité.

Dans la Münzstrasse, au numéro 11, se dressait un immeuble en brique rouge de six étages, avec une baie vitrée à l'angle de chaque niveau. Voilà encore un ou deux ans, la boutique du rez-de-chaussée était occupée par une bijouterie appartenant à des Juifs.

Elle était désormais fermée, naturellement, et complètement barricadée, mais au dernier étage habitait un homme dont je savais qu'il aidait les Juifs se terrant dans Berlin et à qui il était possible d'acheter des bijoux convenables à de bons prix, susceptibles de permettre à une famille de survivre. Lui-même n'était pas juif, mais un ancien communiste qui avait fait un séjour à Dachau et appris à la dure à détester les nazis. Raison pour laquelle je le connaissais, bien sûr. Il s'appelait Manfred Buch.

Après un échange de plaisanteries, je lui offris une cigarette, et il me montra un petit plateau en velours avec des bagues en me laissant prendre mon temps.

« Vous lui avez déjà fait la demande ?

— Non.

— Alors si vous ne concluez pas le marché avec cette petite dame, ramenez-moi le *schmuck*[1]. Je ne vous poserai aucune question.

— Merci, Manni.

— Pour vous, ce n'est pas un problème. Le fait est que je pourrais vendre ces objets trois fois plus cher. La plupart des *schmucks* que vous trouverez dans les magasins chics comme Margraf sont de mauvaise qualité et onéreux. Ce que vous voyez là sont les dernières bonnes choses qui me restent. Pour le moment, du moins. Presque toute la marchandise de qualité a déjà été vendue ou se trouve bloquée jusqu'à la fin de l'hiver, où l'on suppose généralement que la situation devrait encore s'aggraver.

— Une analyse réaliste, d'après ce que j'ai entendu dire.

— Et naturellement, vous pouvez être absolument certain que tout ce que vous achetez aidera des gens vraiment dans le besoin. Pas des profiteurs ni des gangsters. Enfin, pour autant qu'on puisse faire la distinction entre eux et nos chers dirigeants.

— Que pensez-vous de celle-ci ?

— Une jolie bague. Or de bonne qualité. Dix-huit carats. Jolie et épaisse. Elle vous aimera pour le restant de ses jours si vous la lui offrez. Et dans le cas contraire, vous pourrez toujours l'enivrer et passer un peu de savon sur son doigt. Je vous certifie que vous la revendrez pour deux fois ce que je vous en demande.

---

1. Bijou en allemand.

— Il y a une inscription à l'intérieur. En caractères hébraïques.

— Elle est antisémite ?

— Non.

— Alors vous devriez prendre ça comme une garantie de qualité absolue. Aucune Juive ne mettrait une bague de pacotille à son doigt.

— Oui, mais qu'est-ce que ça veut dire ? »

Manfred prit la bague, porta une loupe à son œil et scruta l'inscription.

« Il s'agit d'une citation du Livre de Jérémie. "Car je connais les projets que je forme pour vous." »

Ça semblait tout indiqué.

Ce soir-là, je donnai rendez-vous à Kirsten au Kempinski, dans le Kurfürstendamm. D'ordinaire, en dépit du fait qu'il avait été aryanisé et qu'il n'y avait pas grand-chose sur la carte, l'établissement parvenait encore à avoir l'air d'un restaurant décent. J'avais décidé de lui demander de m'épouser sans faire mention des menaces de Goebbels ; c'était une fille bien, et je me disais qu'elle avait le droit de penser que je lui demandais sa main pour toutes les bonnes raisons, au lieu de vouloir simplement la protéger des griffes de la Gestapo. Je m'apprêtais à lui poser la question quand les hurlements des sirènes annonçant un raid aérien nous firent brusquement nous ruer vers l'abri le plus proche ; et c'est là que je finis par lui proposer le mariage.

« Je sais que je ne suis pas précisément une affaire, dis-je tandis que les murs vibraient autour de nous et que de la poussière tombait du plafond sur nos cheveux. Tu pourrais certainement trouver quelqu'un de plus jeune. Avec de meilleures perspectives. Mais je suis un type honnête. Autant qu'on peut l'être à l'heure actuelle. Et il se pourrait même que je fasse un bon mari. Parce que je t'aime, Kirsten. Je t'aime beaucoup. »

J'avais rajouté le petit couplet sur l'amour parce que je savais qu'en règle générale, c'est ce qu'une fille a envie d'entendre quand un homme lui demande sa main. Mais ce n'était pas vrai, et nous le savions tous les deux. Je suis plus doué pour mentir que pour jouer la comédie.

« Je présume que ta proposition a quelque chose à voir avec ceci », dit-elle.

Elle ouvrit son sac à main et en tira une enveloppe de couleur chamois qu'elle avait reçue le matin même. Elle ne portait pas de tampon, uniquement le cachet de la poste, et venait de toute évidence de la Gestapo.

Je sortis la lettre de l'enveloppe, notai l'adresse de la Burgstrasse et hochai la tête. Je connaissais l'endroit, bien sûr. Il faisait partie de la vieille Bourse de Berlin. Et la missive était une convocation officielle pour expliquer les remarques « antisociales » qu'elle avait faites au Kommissar Hartmut Zander. Ma seule crainte à présent était qu'elle puisse penser que j'avais manigancé toute cette histoire afin de la convaincre de m'épouser. C'était le genre de sale tour dont les types de la Gestapo étaient coutumiers afin de jeter un coup d'œil aux dessous d'une jolie fille.

« C'est très gentil à toi, Bernie, dit-elle, mais rien ne t'y oblige. Je ne peux pas te le permettre.

— Écoute, tu dois me faire confiance, mon ange. Je ne savais rien de cette lettre. Mais maintenant que je l'ai lue, voilà ce que je pense. Tu es en mauvaise posture. Ça ne fait aucun doute. Je viendrais bien avec toi, mais je n'en ai pas le droit. Et tu n'es même pas autorisée à avoir un avocat présent pendant l'interrogatoire. Mais épouse-moi, et je devrais pouvoir éliminer le problème. En fait, j'en suis même certain. Ensuite, tu n'auras pas besoin de me revoir si tu ne veux pas. J'oublierai l'alliance que j'ai dans ma poche et la soirée bruyante que j'avais prévue une fois que nous serions mariés. On appellera tout simplement ça un mariage de convenance et on s'en tiendra là. Ce sera comme un arrangement commercial. On se rencontrera pour boire un café dans un an et ça nous fera bien rire. Tu pourras divorcer tranquillement, et tout redeviendra comme avant.

— Pourquoi fais-tu ça, Bernie ?

— Disons que, dernièrement, ma propre absence de grandeur d'âme a commencé à me flanquer le bourdon. Oui, disons ça. Je ressens un besoin urgent d'accomplir une bonne action pour quelqu'un. Ces dernières semaines, j'ai vu bien trop d'horreurs, et le fait est que je tiens beaucoup à toi et que je ne voudrais pas qu'il t'arrive quelque chose. C'est aussi simple que ça, vraiment.

— Il pourrait m'arriver quelque chose ?

— Si ce que tu m'as raconté est vrai, ils vont te faire passer un moment difficile. Oh ! pas difficile à ce point-là. Juste une correction verbale. Et tu pourrais même réussir à t'en tirer. Certains y parviennent. Tu es peut-être du genre à leur rendre la pareille. Ne reconnais rien. C'est la meilleure façon de s'y prendre avec ces Kommissars de la Gestapo. Cela dit, il est également possible que tu t'effondres, auquel cas tu pourrais finir en prison pour une courte période. Mettons, six mois. D'habitude, ce n'est pas si mal. Mais depuis quelque temps, la vie en taule est devenue beaucoup plus pénible. Même à l'extérieur, la nourriture est rare. À Brandebourg, c'est plusieurs centaines de calories en moins. Une petite maigrichonne comme toi aurait peut-être du mal à le supporter. En tout cas, tu pourrais perdre ton emploi. Et il est difficile de retrouver un emploi quand on perd le sien à cause de la Gestapo. T'en procurer un autre pourrait être ardu. »

Elle acquiesça en silence.

« Cette bague, Bernie, puis-je la voir, s'il te plaît ?

— Bien sûr. »

Je la repêchai dans ma poche de veste et la frottai sur ma jambe de pantalon avant de la lui tendre.

Elle l'examina un moment, sourit d'un air charmant, puis la passa avec précaution au doigt de sa main gauche.

Le lendemain, nous étions mariés et, durant la cérémonie toute simple, Kirsten glissa la bague au doigt de sa main droite, comme si elle était réellement sérieuse, ainsi qu'une vraie épouse allemande. C'était un geste modeste mais important, et qui ne passa pas inaperçu de mon côté.

27

Le train de la S-Bahn pour Genshagen, à environ une heure au sud de Berlin, était bondé de travailleurs de l'industrie automobile et de dirigeants d'usine de retour d'une visite dans la famille, ainsi que de fonctionnaires du Front du travail, de la SS et de la Luftwaffe. À écouter d'une oreille discrète leurs conversations anodines, il était impossible de les différencier, ce qui m'amena à réfléchir à la longue et étroite relation qu'entretenaient les nazis avec Daimler-Benz AG. Jakob Werlin, l'un des membres du directoire de la société, était un ami personnel de Hitler avant même le putsch de 1923 et, d'après le *Münchener Post*, à la libération du Führer de la prison de Landsberg en 1924, c'est Werlin qui était venu le chercher à la porte et qui l'avait emmené dans une Mercedes-Benz neuve, dont il lui avait fait cadeau ensuite. Et peut-être était-ce le soutien de Daimler-Benz à Hitler qui avait persuadé les nazis de supprimer les taxes sur les automobiles allemandes peu après qu'ils eurent formé un gouvernement, un gentil petit avantage en échange de leur coup de main. Cependant, Daimler-Benz ne fournissait pas que des voitures aux nazis, mais aussi une énorme quantité de moteurs d'avions pour les chasseurs et les bombardiers ; la société était d'une importance cruciale pour l'effort de guerre du pays. J'espérais qu'un jour un historien sérieux soulignerait le lien étroit entre les voitures Mercedes-Benz et le dictateur préféré de l'Allemagne, et que le Seigneur trouverait un moyen de faire payer à ces

263

salopards l'aide qu'ils avaient apportée aux nazis pour arriver au pouvoir et s'y maintenir.

Un des administrateurs de la société, Max Wolf, m'accueillit à la descente du train et me conduisit directement à l'usine. Dans la fin de la cinquantaine, c'était un de ces Prussiens luthériens moustachus à l'allure guindée, originaire de Schwiebus en Pologne, et un homme pour qui la société Daimler-Benz constituait un mode de vie. Le petit insigne en or scintillant comme un minuscule diadème de satrape au revers de son costume fait sur mesure semblait indiquer que ce mode de vie lui avait parfaitement réussi jusque-là. Il n'aurait pas pu avoir l'air plus suffisant s'il avait été un morse à la fin d'une fructueuse saison des amours.

« Le directeur de l'usine, Herr Karl Müller, est un ami personnel du général Schellenberg, m'informa-t-il. Herr Müller m'a demandé de vous fournir toute l'assistance dont vous pourriez avoir besoin dans l'exécution de vos ordres, capitaine.

— C'est vraiment très gentil à lui, et à vous, Herr Wolf.

— Comme vous le savez probablement, nous nous occupons principalement de moteurs d'avions ici à Genshagen, expliqua-t-il durant le trajet. Les automobiles Mercedes-Benz sont fabriquées à Sindelfingen, près de Stuttgart. C'est là que se trouve actuellement la voiture du général Schellenberg. Je vous remettrai les documents d'exportation pour ce véhicule et vous en prêterai un autre qui vous permettra d'aller à Sindelfingen, où vous pourrez récupérer le véhicule neuf pour vous rendre en Suisse. »

Je fis légèrement la grimace. Chaque fois que j'entendais quelqu'un employer le mot « véhicule », cela me faisait penser à un agent de police guindé, ce qui, je m'en rendis compte à cet instant, était par-dessus tout ce que m'évoquait Wolf.

Nous pénétrâmes sur un site d'usine de la dimension d'une ville moyenne, entouré de canons antiaériens de 88 mm dernier cri. D'une efficacité manifeste, dans la mesure où l'on n'apercevait guère de dommages causés par des bombes. Je remarquai également la présence de plusieurs femmes SS. Wolf vit que je les observais avec attention.

« Étant donné la composition de la main-d'œuvre, les gardes SS sont un mal nécessaire, je le crains. La moitié de nos douze mille ouvriers sont des étrangers, dont un grand nombre de travailleurs forcés – des Juifs en majorité, et pour l'essentiel des femmes – provenant des camps de concentration de Sachsenhausen et de Ravensbrück, tout proches. Mais ils sont bien nourris et, je pense, plutôt satisfaits des conditions qui règnent ici.

— Je suppose que c'est pour ça que les gardes ont des fouets, fis-je remarquer. Pour qu'ils aient le sourire toute la journée.

— Nous ne tolérons aucun mauvais traitement à l'égard de nos travailleurs forcés, répondit Wolf sans la moindre trace d'embarras. Nos ouvriers allemands ne le permettraient pas. Ma foi, vous pouvez imaginer le genre de types. Des biftecks nazis, pour la plupart – vous savez, bruns à l'extérieur et rouges au milieu. Nos Juifs travaillent dur, et je n'ai aucune plainte à leur sujet. Franchement, ce sont les meilleurs travailleurs qu'on puisse souhaiter. Bien sûr, il arrive que nous surprenions nos ouvriers allemands à donner aux Juifs du pain supplémentaire ou à partager leur café avec eux, mais ce n'est pas facile à empêcher dans une usine de cette taille.

— J'aurais pensé que c'était assez facile, au contraire. Vous pourriez donner aux travailleurs juifs davantage à manger au moment des repas. »

Wolf sourit avec gêne et secoua la tête.

« Oh non ! Cela ne dépend absolument pas de moi. La politique du travail forcé est fixée à Berlin par le ministre du Reich Speer et mise en œuvre par la SS. Je fais seulement ce qu'on me dit. J'arrive tout au plus à obtenir suffisamment d'interprètes pour que la chaîne de montage continue à fonctionner efficacement. Nous avons ici des Polonais, des Russes, des Français, des Hongrois, des Norvégiens, des Tchèques et des Hollandais, et même quelques Anglais, m'a-t-on dit. Ce sont les plus paresseux, vous savez, avec les Français. Les Juives russes constituent notre meilleure main-d'œuvre. Elles travailleront toute la journée et la moitié de la nuit si on leur demande. Nous produisons près de quatre mille moteurs d'avions par an dans cette seule usine. Alors nous nous y entendons sûrement.

— Vous devez être très fiers, remarquai-je.

— Oh ! nous le sommes. Nous le sommes. Si vous voulez, vous êtes invité à vous joindre à nous pour déjeuner dans la salle à manger de direction. Vous vous apercevrez que nous formons un ensemble très varié. Des fonctionnaires du travail, des officiers comme vous-même... »

Je réfléchis environ un millième de seconde : certes, j'avais faim, mais après Jasenovac, je n'aurais pas pu imaginer pire que de déjeuner avec des types comme Max Wolf, surtout quand des ouvriers allemands faisaient passer du pain à des travailleurs forcés juifs. Les aliments me seraient restés en travers de la gorge.

« C'est très aimable à vous, mais je crois que je ferais bien de partir sans tarder. J'ai un long chemin qui m'attend.

— En effet. »

Il me conduisit directement jusqu'à l'emplacement où était garée la voiture. C'était une 190 avec peinture de camouflage, en tout point semblable à celle dont je m'étais servi en Croatie. Il me donna les clés et les papiers. Je suppose qu'il avait hâte de se débarrasser de moi. Mais pas autant que moi de me débarrasser de lui.

« Vous voudrez probablement prendre la route de Munich, déclara Wolf. De là, vous pourrez récupérer celle de Stuttgart. Cela semble plus long sur la carte de cette façon, mais bien entendu, ce n'est pas le cas. Grâce au Führer, nous possédons des *autobahn*, les meilleures routes du monde. Dans une Mercedes-Benz, vous pouvez être à Munich en moins de six heures depuis Berlin, avec encore deux heures pour Stuttgart. Si vous essayez d'aller directement d'ici à Stuttgart, cela vous prendra au moins onze ou douze heures. Croyez-moi, j'ai testé les deux et je sais de quoi je parle.

— Merci. Je vous sais gré de ce conseil. »

Conseil que je suivis. L'*autobahn* m'évita de gaspiller du temps. Ce qui montre que même la plus méprisable espèce de nazi jouant les gratte-papier de neuf à 17 peut parfois vous mettre sur la bonne voie pour où vous voulez exactement aller.

Après les routes croates, conduire sur celle-ci était un rêve. Je savourai presque le voyage. Toute publicité était interdite sur l'autoroute, ce qui en faisait une agréable évasion des perpétuelles affiches de propagande qui constituaient un tel fléau dans les villes. Ma seule inquiétude était qu'à rouler à grande vitesse sur une route toute droite avec pas grand-chose à voir je risquais de succomber à cette hypnose de l'autoroute contre laquelle Fritz Todt – le principal ingénieur d'Allemagne avant Speer et l'homme ayant le plus contribué à la construction de ces *autobahn* – avait mis en garde, même si, à vrai dire, la limite de vitesse avait considérablement diminué par rapport à autrefois ; pour économiser l'essence, elle n'était plus que de quatre-vingts kilomètres à l'heure. Mais avec deux voies de chaque côté d'un terre-plein central planté de chênes, elle continuait à courir aussi droit qu'une piste de terrain d'aviation. Raison pour laquelle, ici et là, des tronçons de ces terre-pleins avaient été convertis en pistes auxiliaires qu'utilisaient parfois des avions cachés dans les bois environnants. Le reste de la circulation se composait surtout de camions transportant des pièces de chars et des bateaux à moteur. Une fois, je dépassai même un U-Boot entier, ce qui me parut quelque peu surréaliste.

Sur les instructions de Schellenberg, je ne portais pas d'uniforme et, comme le trafic non militaire n'était autorisé sur les autoroutes que dans des circonstances exceptionnelles, l'Orpo[1] m'arrêta à plusieurs reprises pour contrôler mes papiers, ce qui rompit au moins la monotonie du voyage. À mi-chemin de Munich, je fis halte à une station-service de style alpin pour remplir le réservoir, boire un café et me dégourdir les jambes. Puis je repris aussitôt la route dans l'espoir d'atteindre la frontière suisse avant la nuit.

Quelque part sur le trajet, je songeai à ma nouvelle épouse et à notre mariage non consommé, bien que ce détail parût de moindre importance. Après la cérémonie, cela m'aurait donné l'impression de profiter de Kirsten dans ce contexte, d'autant plus que le contexte en question incluait indéniablement une forte intention de ma part de coucher de nouveau avec la dame de Zagreb, que ce soit à mon hôtel à Zurich ou à son domicile conjugal de Küsnacht. Mais par-dessus tout j'étais ravi d'avoir gardé Kirsten hors de portée de la Gestapo. Goebbels m'avait donné sa parole que le SD ne l'embêterait plus et, même si j'étais peu enclin à lui faire confiance, je n'avais pas beaucoup le choix. Naturellement, rouler seul pendant des heures d'affilée signifie que vous êtes beaucoup à l'intérieur de

---

1. Ordnungspolizei : forces de police chargées du maintien de l'ordre public.

votre propre crâne et, au bout d'un certain temps, vous vous mettez à voir des marques sur un mur blanc qui ne s'y trouvent peut-être pas en réalité. J'avais cette idée stupide que Goebbels savait que j'avais couché avec Dalia et que me forcer à épouser Kirsten était une façon de me rendre la monnaie de ma pièce, au double s'il choisissait, en définitive, de ne pas tenir parole.

Une autre idée stupide que j'avais était qu'on me suivait depuis Genshagen. Sauf qu'elle n'avait rien de stupide. Avec aussi peu de circulation automobile, il n'était pas facile de suivre quelqu'un sur l'autoroute sans se faire remarquer. Vous ne pouviez guère rater une deuxième Mercedes 190 dans votre rétroviseur, roulant à une vitesse équivalente pendant six cents ou sept cents kilomètres. Schellenberg m'avait prévenu que je risquais d'être filé par la Gestapo en Suisse. Qu'elle décide de me filer également en Allemagne ne m'étonnait pas outre mesure.

J'arrivai à l'usine de Sindelfingen juste avant six heures du soir. Ma voiture de remplacement – une autre 190, de couleur standard noire – m'attendait, et je repartis aussitôt, bien qu'avec nettement moins de plaisir qu'auparavant. Je rodais le moteur, bien sûr, mais cela n'aurait pas dû rendre la voiture neuve plus lourde et plus lente que l'ancienne. Aussi, peu après avoir quitté Sindelfingen, je m'arrêtai et ouvris le coffre, histoire de m'assurer que je ne transportais rien d'illégal. Sans résultat, mais cela continua de me tarabuster jusqu'au fort de Reuenthal, sur la rive sud du Rhin, où la douane suisse fouilla la voiture encore plus minutieusement et, à mon grand soulagement, ne trouva rien non plus.

Le fort méritait bien son nom. Il y avait des bunkers, des obstacles antichars, une caserne d'infanterie et des emplacements d'artillerie, y compris deux canons antichars à tir rapide de 75 mm. Voyant tout cela pour la première fois, je compris à quel point les Suisses prenaient au sérieux la question de la protection de leurs frontières contre tout agresseur étranger potentiel, autrement dit l'Allemagne.

Le sergent Bleiker, un enquêteur de la police de Zurich, vint me retrouver pour me remettre mon visa et de l'argent suisse, que je payai avec les reichsmarks en or qu'Eggen m'avait donnés : les Suisses n'étaient guère enclins à prendre notre papier-monnaie et, même avec la tête de Hitler dessus, préféraient les pièces de cent marks. L'or sonne mieux à l'oreille quand vous comptez votre argent. Âgé d'une quarantaines d'années, le flic suisse était un grand gaillard à l'air paisible, nanti d'une petite moustache. Il portait un costume de flanelle brun et un chapeau de feutre marron à large bord. Il avait une poignée de main ferme et paraissait du genre sportif. Mais il n'avait pas l'instinct grégaire. J'avais déjà eu des conversations plus longues avec un perroquet.

« Une sacrée forteresse que vous avez là, fis-je remarquer lorsque nous fûmes enfin en route.

— Ce n'est pas à moi qu'il faut le dire, répliqua-t-il. C'est à vos petits copains nazis en Allemagne.

— Quand a-t-elle été construite ? Elle a l'air moderne.

— En 1939. Juste à temps pour le commencement de la guerre. Autrement, qui sait ce qui aurait pu se produire ?

— Exact. Et à ce propos, pour que tout soit clair, je n'ai pas de petits copains nazis en Allemagne.

— J'espère que ça ne signifie pas que vous allez demander l'asile ici, capitaine Gunther. Parce que la barque est pleine. Et je ne voudrais pas que vous perdiez votre temps à essayer de rester pour vous mettre ensuite dans le pétrin auprès de vos propres collègues quand il nous faudra vous renvoyer chez vous.

— Non, non. Je viens de me marier. Si bien que je suis obligé de repartir. En fait, ils ont beaucoup insisté là-dessus. Que je me marie, je veux dire. Vous avez déjà entendu parler de mariage avec le couteau sous la gorge. Le mien incluait la menace d'un couperet.

— Félicitations.

— Vous pouvez donc vous détendre, sergent. Notre dirigeant, Adolf Hitler, n'aime pas que ses citoyens décident de ne pas regagner leurs pénates. »

Le sergent Bleiker fit la moue.

« Je ne pourrais même pas vous dire le nom du nôtre. Ni quoi que ce soit sur lui. »

Après ça, il ne parla pas beaucoup, sauf pour émettre des indications depuis le siège du passager, et comme ça jusqu'à Zurich, ce dont je lui sus gré, la plupart des routes étant étroites et tortueuses.

Nous franchîmes l'entrée de l'hôtel Baur au Lac, dans la Tal-strasse, à la nuit tombée. Bleiker supervisa mon enregistrement, inclina gravement la tête et m'informa que l'inspecteur Weisendanger viendrait à l'hôtel prendre le petit déjeuner avec moi en début de matinée.

Épuisé après mon long voyage, je dînai et allai me coucher. Mais pas avant d'avoir téléphoné à la dame de Zagreb.

28

Le matin, m'étant levé de très bonne heure, je fis une courte promenade le long du lac de Zurich et regardai un bac déverser son chargement de passagers, des hommes austères à lunettes, vêtus de costumes encore plus austères, allant travailler dans des banques et des bureaux. Même si je n'étais pas sûr d'envier leur existence stable, la prévisibilité de la vie suisse en général avait quelque chose de plaisant. L'eau semblait pure et l'air, frais, encore que cela tenait peut-être uniquement au fait que l'air et l'eau de Berlin étaient toujours remplis de la poussière des bombardements et d'une odeur de cordite. Parfois, après un raid intense de la RAF, le fameux air de Berlin empestait autant qu'une mine de soufre.

Je ne dirais pas que j'adorais Zurich, mais il était difficile de ne pas aimer une ville qui n'était pas bombardée jour et nuit et où on ne risquait pas de vous arrêter pour avoir fait une blague sur le dirigeant de votre pays. Du reste, personne à Zurich n'aurait été capable de vous dire le nom du Premier ministre suisse, ni ne connaissait la moindre blague. Avec un gouvernement à la démocratie directe, l'idée d'avoir un leader n'était tout simplement pas importante. Vous deviez chérir un tel pays, surtout quand vous étiez allemand. Il y avait aussi quelque chose d'extrêmement rassurant dans une ville possédant autant de banques, où la bière et la saucisse avaient encore goût de bière et de saucisse, où la dernière personne à avoir prononcé un discours était Jean Calvin et où même les jolies femmes ne se souciaient pas de leur apparence au point de ne pas porter de lunettes. Un autre motif de se sentir rassuré était que j'avais réservé dans l'un des meilleurs hôtels d'Europe. Un domaine dans lequel les Suisses excellaient également : les hôtels.

Ma chambre donnait sur un canal attrayant près de la Limmat, la rivière qui traversait Zurich et se jetait dans le lac. Le Baur au Lac était un peu comme l'Adlon à Berlin en ce que toutes les célébrités semblaient y avoir séjourné, dont Richard Wagner, le Kaiser et, plus récemment, Thomas Mann. D'après Hans Eggen, le baron von Mannerheim, le chef d'État finlandais qui avait signé un armistice avec l'Union soviétique après plusieurs années de guerre, et tentait à présent de négocier auprès de l'Allemagne l'indépendance de son pays – à la fureur d'Hitler –, y résidait actuellement.

En dépit de la guerre, l'atmosphère de l'hôtel demeurait huppée. On continuait de proposer du champagne sur le toit-terrasse de construction récente. Le thé de l'après-midi était servi dans le pavillon et des dîners dansants avaient lieu régulièrement. Mais la nourriture était rare, comme on pouvait s'y attendre. La pelouse qui s'étendait devant l'hôtel jusqu'au bord du lac était à présent un immense champ de pommes de terre. Lesquelles étaient protégées par les rouleaux de barbelés ayant autrefois servi à protéger l'hôtel lui-même, mais contre qui, cela restait un mystère, car il était impossible d'imaginer le haut commandement allemand épris de luxe traitant le plus bel hôtel de Zurich autrement qu'avec un extrême respect. Il y avait également un abri antiaérien au cas où la neutralité de la Suisse aurait été soudain écornée par la Luftwaffe.

L'inspecteur Weisendanger me rejoignit dans le restaurant pour le petit déjeuner. Il me tendit une carte de visite à deux mains, comme s'il me donnait les clés de la ville, et refusa de façon absurde de la lâcher avant d'être certain que j'avais lu ce qu'il y avait de marqué.

« Mon adresse et mon numéro de téléphone se trouvent ici, dit-il d'un ton grave. Et je suis à votre disposition pour toute la durée de votre séjour à Zurich. »

Comme Bleiker, il parlait très bien l'allemand – à moi, du moins –, mais, quand il s'adressait à un autre Suisse, il se servait d'un dialecte allemand à l'intonation chantante appelé l'alémanique, qui, au mieux, était difficile à comprendre et qui, à travers une moustache poivre et sel s'ajoutant à ses favoris, de l'épaisseur d'un boa de tapineuse, devenait totalement impénétrable.

« Je saisis. Je suis censé me servir de cette carte en cas de problème, c'est ça ? Je peux demander à un taxi de m'emmener à cette adresse. Ou trouver un téléphone et appeler ce numéro.

— Je ne sais pas ce qu'il en est des policiers de Berlin, répondit-il. Mais, en général, il vaut mieux supposer qu'aucun des policiers suisses que vous rencontrerez n'a le sens de l'humour.

— Merci pour le tuyau, inspecteur. Je tâcherai de m'en souvenir.

— S'il vous plaît. Mes supérieurs exigent que je vous rencontre à cet hôtel une fois par jour pour s'assurer que vous êtes en conformité avec les termes de votre visa. Si vous ne vous présentiez pas à cette entrevue, vous risqueriez d'être arrêté immédiatement et renvoyé en Allemagne. Est-ce clair, capitaine Gunther ?

— Cela signifie-t-il que nous allons encore prendre le petit déjeuner demain ?

— J'en ai peur. Pouvons-nous dire à 8 heures ?

— À 9 heures, cela me conviendrait mieux. Je pensais chercher un bar sympathique et me coucher tard.

— Autant dire à 8 heures. Nous n'avons pas beaucoup l'habitude de nous coucher tard à Zurich. Et dans la police, nous aimons bien nous lever tôt.

— Ce qui signifie, je suppose, que l'Allemagne aurait intérêt à lancer son invasion après l'extinction des feux. »

Weisendanger poussa un soupir.

« Tâchez de garder en tête ce que je vous ai dit sur le sens de l'humour, capitaine. Cela ne se traduit pas de l'allemand en alémanique. »

Nous finîmes un petit déjeuner composé d'œufs à la coque, de café et de pain grillé, après quoi je pris congé de lui avec force remerciements, récupérai ma voiture au garage de l'hôtel et longeai la rive nord du lac de Zurich en direction de la commune de Küsnacht et du domicile suisse de Dalia Dresner. Je brûlais d'impatience de revoir Dalia, d'autant plus que son mari, le Dr Obrenović, se trouvait à Genève.

Un quart d'heure plus tard, j'avais raté deux fois l'entrée de la maison de la Seestrasse, tellement le numéro sur le montant en pierre était bien caché. C'est seulement lorsque j'engageai la Mercedes dans une allée de gravier filant entre deux haies de buis avant de décrire une courbe jusqu'à la façade de la maison, où une longue pelouse bien entretenue donnait sur le saphir d'un bleu scintillant que formait le lac de Zurich, que je m'aperçus que Küsnacht se dissimulait comme une huître solitaire. Témoignant d'un sens aigu de la psychologie humaine, le psychiatre Carl Jung vivait et travaillait à Küsnacht. Sans doute avait-il parfaitement compris que les habitants choyés de la municipalité souffraient des mêmes névroses et phobies que tout le monde, avec beaucoup plus d'argent pour s'y complaire. Mais la meilleure façon de connaître vraiment Küsnacht était de la regarder depuis le bord du lac. Où elle se révélait être un peu comme Wannsee, avec seulement des maisons beaucoup plus grandes et des berges plus larges. Même les hangars à bateaux avaient l'air de résidences cossues. Certains d'entre eux possédaient des hangars annexes plus petits, où vivaient probablement les loueurs de canots. La plupart des maisons de Wannsee ne cachaient pas leur taille. Les demeures de la Seestrasse cachaient presque tout, à l'exception des journaux dans les boîtes aux lettres. Le blason de la petite ville représentait un coussin doré sur un fond de velours rouge, et après avoir jeté un coup d'œil à la villa du Dr Obrenović, on voyait mal comment cela aurait pu être quoi que ce soit d'autre qu'un gros sac de pièces d'or. Comme la plupart des Allemands, je suis très attaché à mon chez-moi, mais l'idée d'un chez-soi du mari de Dalia et la mienne avaient autant en commun que le lac de Zurich et un seau d'eau.

Je tirai la sonnette et attendis qu'elle attire l'attention de quelqu'un ; comme elle était aussi sonore qu'une cloche d'église, le contraire aurait été difficilement imaginable. À mon grand étonnement, ce fut le Dr Obrenović qui répondit, et il se présenta à moi avec l'empressement d'un vieux monsieur nanti d'une épouse beaucoup plus jeune, comme si rencontrer tous les amis et connaissances de Dalia était nécessaire à sa tranquillité d'esprit ; ou pas. La richesse ne protège pas des affres de la jalousie, uniquement de la douleur d'entendre un vaste cercle d'amis débattre de la conduite de sa femme. Cela dit, les hommes comme le Dr Obrenović n'ont pas un vaste cercle d'amis, juste un cercle restreint d'employés de confiance. À peine avait-il posé ses yeux bleus perçants sur moi que je sus qu'il savait, ou du moins soupçonnait, que quelque chose s'était passé entre Dalia et moi, quelque chose sortant du cadre normal des relations professionnelles détective-client. Ce qui me donna une drôle d'impression, comme de revoir mon père le jour où j'avais failli rater mon *abitur*. Mais cela ne me fit pas me sentir coupable, ni même gêné pour autant, simplement déraisonnablement jeune – c'est-à-dire plus jeune de dix ans qu'un homme qui avait probablement la soixantaine – et peut-être curieux de la raison pour laquelle une femme aussi belle que Dalia avait épousé un croulant comme lui. Ça ne pouvait pas être l'argent ; en tant que vedette de l'UFA, Dalia en gagnait beaucoup. Cela dit, pour certaines femmes, beaucoup n'est jamais assez.

Je pénétrai à l'intérieur, ôtai mon chapeau et le suivis à travers un hall d'entrée de la largeur du couloir de Dantzig et garni de plus de vieux maîtres que la cave de Goering.

« Ma femme est en train de se changer, expliqua-t-il en me conduisant au salon. Elle va descendre dans un instant.

— Je comprends.

— Alors vous êtes le détective qui s'est lancé à la recherche de son père, dit-il, sur un ton qui me laissa penser que l'idée elle-même l'amusait.

— C'est exact. Je rentre de Croatie.

— Comment était-ce ?

— J'en ai encore des cauchemars. Je n'arrête pas de rêver que je suis de retour là-bas.

— À ce point-là ?

— Pire que ça. Atroce. Comme dans un film d'horreur.

— Vous a-t-elle dit que j'étais serbe ? Originaire de Sarajevo ?

— Elle a dû le mentionner, répondis-je, sans savoir si c'était Dalia ou Goebbels qui m'avait dit d'où venait Obrenović.

— Bien sûr, cela fait des lustres que je n'y suis pas allé. Pas depuis que le roi a été assassiné. »

Il ne précisa pas lequel, et je me gardai bien de lui poser la question. D'après ce que j'avais pu constater, les souverains yougoslaves étaient un peu comme les taxis ; il ne s'écoulait jamais longtemps avant qu'il n'en vienne un autre en tête de file.

« S'il y a bien une chose que montre l'histoire européenne, c'est qu'il n'y a rien de plus jetable qu'un roi, dis-je.

— Vous croyez ?

— Ça n'a pas l'air d'être une denrée rare. »

Aussi grand que le Völki[1] à Leipzig, Obrenović avait une chevelure blanche abondante, portait des lunettes à montures invisibles, était doté d'une voix de ténor et arborait des oreilles comme des roues de bicyclette. Il marchait tel un vieillard, comme s'il avait les hanches raides – de la même façon que moi le matin au réveil, avant que la journée ne leur ait donné davantage de flexibilité.

« Vous ne savez apparemment pas qui je suis.

— Vous vous appelez Obrenović. Mis à part le fait que vous êtes docteur en quelque chose et marié à Fräulein Dresner, je ne sais absolument rien à votre sujet.

— Vraiment ? »

Légèrement intimidé par la dimension et le luxe de la pièce, je hochai la tête en silence. Cela me fait toujours un choc de rencontrer des gens comme Obrenović qui semblent posséder tant de choses : meubles de qualité, jolies peintures, bronzes habituels, boîtes en marqueterie, carafes étincelantes, bibelots, lustres, tapis et moquettes, un chien ou deux et, devant les portes-fenêtres, une Rolls-Royce. En ce qui me concerne, ne pas avoir grand-chose est le sentiment se rapprochant le plus de celui d'être un homme riche que je risque probablement d'éprouver, même si c'est le genre d'homme riche dont parlent les Évangiles, qui a suivi les conseils de Jésus à la lettre et vendu la totalité de ses biens pour donner de l'argent aux pauvres. Jamais une perfection comme la mienne

---

1. Völki : abréviation de *Völkerschlachtdenkmal*, le Monument de la bataille des Nations, construit en 1913 pour le centenaire de la bataille de Leipzig.

n'avait paru aussi minable, ce qui, pour ne pas changer, me rendit encore plus insolent. Mais cela aurait très bien pu être la déception de savoir que je n'allais pas faire l'amour avec Dalia, du moins, pas dans l'immédiat.

« Eh bien, capitaine Gunther, continua-t-il en prenant une cafetière en argent posée sur un petit plateau pour se remplir une tasse. L'avez-vous trouvé ? Nous mourons d'envie de le savoir. »

J'attendis un instant, jusqu'à ce que je sois sûr qu'il n'y avait pas de café qui allait venir à moi, et répondis :

« Trouvé qui ? »

Il porta la tasse de café à ses lèvres d'un air désapprobateur. Même de là où je me tenais, il avait meilleure odeur que le café de l'hôtel. Tout aussi important, il avait l'air chaud, comme je l'aime.

« Le papa de Dalia, évidemment. Le père Ladislaus. L'avez-vous trouvé à Banja Luka ?

— Non, pas à Banja Luka.

— À Zagreb, peut-être ?

— Pas là non plus.

— Je vois, dit-il patiemment. Alors à Belgrade ?

— Je ne suis pas allé à Belgrade. Ni à Sarajevo. Ni sur la côte dalmate. Ce qui est bien dommage car je crois que les plages là-bas sont très agréables à cette époque de l'année. Des vacances ne me feraient probablement pas de mal.

— Voilà qui ne me renseigne pas beaucoup.

— Je n'en avais certainement pas l'intention.

— Ma femme ne m'avait pas prévenu que vous aviez de si mauvaises manières.

— Vous devriez en discuter avec elle, pas avec moi.

— Je suppose que cela ne devrait pas me surprendre. Les Allemands ne sont pas réputés pour leur courtoisie.

— Faire partie de la race des seigneurs présente des désavantages sociaux, c'est vrai. Mais vous pouvez me croire sur parole, Doktor Obrenović. Je suis aussi mal élevé en Allemagne qu'en Suisse. Je suis assailli de plaintes de mes supérieurs. Je pourrais tapisser mes murs avec. Mais si vous veniez de faire tout le chemin de Zurich à Berlin, je vous offrirais au moins une tasse de café.

— Servez-vous », dit-il en s'écartant du plateau.

Je ne bougeai pas, sauf pour tourner mon chapeau dans mes mains.

« Vous ne voulez rien me dire, c'est ça ?

— Maintenant, vous y êtes.

— Puis-je vous demander pourquoi ?

— Je ne vous connais ni d'Adam ni du Premier ministre suisse. »

Il fronça les sourcils.

« Je croyais que vous désiriez du café.

— Non, ce n'est pas ce que j'ai dit, Doktor Obrenović. C'est la proposition que j'aurais surtout appréciée.

— Eh bien, je dois reconnaître que... je n'ai pas l'habitude que l'on me parle ainsi. Surtout dans ma propre maison. »

Je haussai les épaules.

« Je peux attendre dans la voiture si vous aimez mieux.

— Oui, ce serait sans doute préférable. »

29

Je retournai dehors, suivi d'un des chiens. Je me foutais pas mal qu'il sorte de la maison. Ce n'était pas mon chien. J'allumai une cigarette, puis m'assis sur le capot luisant de la voiture, sans me soucier de laisser des marques sur la peinture neuve. Ce n'était pas ma voiture. La matinée était déjà chaude ; j'expédiai ma veste sur le siège arrière de la Mercedes à côté de la bouteille de rakija artisanale que j'avais rapportée de Bosnie comme cadeau pour Dalia, puis jetai quelques pierres dans un bassin d'ornement plein de carpes. Ce n'était pas mon bassin. J'attendis un peu et, lorsque la grande porte se rouvrit, j'expédiai d'une pichenette ma cigarette dans le jardin. Ce n'était pas mon jardin. Dalia se dirigea vers moi et s'arrêta sans dire un mot devant la portière côté passager. Ce n'était pas ma femme, mais j'aurais sûrement préféré qu'elle le soit plutôt que celle que j'avais déjà à Berlin. Ses cheveux d'or étaient rassemblés en un petit chignon à l'arrière de sa tête, ce qui ajoutait une touche royale à son cou digne de Néfertiti, même si cela pouvait tout aussi bien être le collier en saphirs et diamants qu'il y avait autour. Elle portait une robe bleu marine ; ordinaire, pourrais-je dire, si ce n'est que rien de ce que portait la dame de Zagreb ne pouvait jamais sembler ordinaire. Elle sourit d'un petit air contrit, puis posa la main sur la poignée de la portière.

« On va quelque part ? demandai-je.

— Non. J'ai pensé que, maintenant que tu avais été banni de la maison, on pouvait simplement s'asseoir dans la voiture et parler un moment. »

J'ouvris la portière et elle monta dedans. Je fis le tour jusqu'à l'autre côté.

« Ma foi, on y est plutôt bien, dis-je en refermant la portière derrière moi.

— Tais-toi et donne-moi une cigarette. »

Je la lui allumai et elle aspira une âpre et longue bouffée.

« Désolée. Je ne m'attendais pas à ce que Stefan revienne avant demain. Il est arrivé au beau milieu de la nuit.

— Je m'en doutais.

— Qu'est-ce que tu as bien pu lui raconter ?

— Pas grand-chose.

— Il prétend que tu as été grossier avec lui.

— Seulement parce qu'il avait été grossier avec moi.

— Ça ne ressemble pas à Stefan. Ses manières sont générale-ment irréprochables. Je dois reconnaître ça à mon mari.

— Vraiment ? Je l'ai regardé se servir du café sans m'en offrir.

— Ah ! je vois. C'est donc ça. Dis-toi bien que Stefan est un aristocrate. Il ne pouvait pas plus te servir de ses propres mains que balayer le plancher.

— Il a répondu à la porte, non ?

— Je me suis posé la question. J'ai cru que c'était Agnes, ma domestique. J'ai donné sa journée à Albert. Parce que tu venais. Je voulais que nous soyons seuls dans la maison. Je n'ai pensé à rien d'autre depuis que tu m'as téléphoné hier soir.

— Albert ?

— Le majordome.

— Bien sûr. En règle générale, je réponds moi-même à la porte quand mon propre majordome est occupé à astiquer l'argen-terie ou à réparer le robinet qui goutte dans ma mansarde infestée de courants d'air.

— À t'entendre, ça a l'air plutôt romantique.

— Ma vie à Berlin… ressemble à *La Bohème*, je te l'accorde. Jusqu'à la toux et aux mains gelées en hiver.

280

— Malgré tout, je souhaiterais que nous soyons là-bas en ce moment, Bernie. Nus. Au lit.

— Ma chambre d'hôtel au Baur au Lac ne paie pas de mine, mais elle est quand même plus grande que mon appartement. La salle de bains aussi est plus grande. On pourrait y aller maintenant, si tu veux. Le préposé à la réception nous signalera très probablement à la police suisse, mais je pense pouvoir survivre au scandale. En fait, ça me plairait même assez.

— Je viendrai, dit-elle. Mais cela devra être cet après-midi. Vers 2 heures ?

— Je ne vois absolument pas ce que je pourrais faire de mieux à Zurich.

— Sauf que cet après-midi j'aimerais que tu prennes bien plus de temps pour faire ce que m'as fait la dernière fois que nous étions au lit. Ou, comme solution de rechange, tu pourrais faire quelque chose que tu n'as encore jamais fait. À aucune femme. Tu comprends ? Quelque chose dont tu as toujours rêvé, peut-être. Dans tes rêves les plus fous. À condition que tu puisses me faire ressentir ce qu'une femme est censée ressentir quand un homme lui fait l'amour.

— J'en serais ravi. Et à 2 heures, ça paraît bien. Mais il y a une chose qu'il faut que je te dise avant, Dalia. À propos de ton père.

— Ah ! mon Dieu, j'ai deviné que ce ne seraient pas de bonnes nouvelles quand Stefan m'a rapporté que tu n'avais pas voulu lui parler de papa.

— Je regrette de devoir te le dire, mais je suis plus ou moins certain que ton père est mort. »

Je me serais senti beaucoup plus coupable de lui faire ce mensonge flagrant si son père n'avait pas été un tel monstre. Néanmoins, je me sentais effectivement coupable.

« Je vois. Tu es allé là-bas ? En personne ? Au monastère de Banja Luka ?

— Hum. En voiture. Depuis Zagreb. Un voyage que je ne conseillerais à personne. J'ai passé plusieurs heures au monastère, où j'ai dîné avec les moines. L'abbé m'a informé que ton père en était parti pour rejoindre les oustachis. J'ai eu hélas l'impression qu'il le désapprouvait fortement, Dalia. Peut-être parce qu'il avait quitté l'ordre franciscain, mais plus probablement à cause de certains des actes commis par les oustachis. Comme dans toutes les guerres civiles, des atrocités ont sans doute été perpétrées des deux côtés. Après ça, je me suis rendu au quartier général oustachi à Banja Luka, et là j'ai appris que le père Ladislaus s'appelait maintenant le colonel Dragan, que c'était une sorte de héros local ; et qu'il était mort. Tué par des Partisans communistes lors d'une escarmouche dans les montagnes de Zelengora. Ce qui m'a été confirmé à Zagreb. Entre la guerre et le reste, les choses vont plutôt mal actuellement en Croatie et en Bosnie. J'ai vu plusieurs personnes tuées pendant que j'étais là-bas. Les types avec qui je voyageais, des Allemands ethniques de la SS, avaient la gâchette facile. Tu sais, le genre tirer-d'abord-et-poser-des-questions-ensuite. Très franchement, c'est le chaos, et obtenir des informations précises est extrêmement aléatoire. Mais je suis aussi sûr qu'on peut l'être qu'il est mort. Et j'en suis navré.

— Cela a dû être épouvantable pour toi, Bernie. Je suis désolée. Mais je te suis reconnaissante également. Très reconnaissante. Il semble que c'était dangereux. »

Je haussai les épaules.

« Une certaine dose de danger fait partie de l'emploi.

— Est-ce que Joseph sait ? À propos de mon père ?

— Bien entendu. Il m'a envoyé ici pour te mettre au courant et te ramener à Berlin. Ou, du moins, te persuader de retourner travailler aux studios.

— Eh bien, il fallait que j'essaie. Ou plutôt, que quelqu'un le fasse. Tu comprends, n'est-ce pas ?

— Oh ! bien sûr. Crois-moi, rien de plus naturel. Avec la mort de ta mère, il est parfaitement logique que tu aies voulu retrouver ton père.

— En définitive, c'est elle qui s'est brouillée avec lui, pas moi. Un père est censé avoir de l'importance. Même si on ne l'a pas vu pendant une éternité. » Elle tira une autre longue bouffée de sa cigarette. « Je pensais que cela me perturberait davantage. Mais ce n'est pas le cas. Tu ne trouves pas ça un peu bizarre ?

— Non, pas vraiment. Après tout, tu devais bien te douter qu'il était mort, dans la mesure où tes lettres précédentes étaient restées sans réponse.

— Oui, je suppose.

— Et tu ne me sembles pas plus mal en point qu'avant. Au moins, maintenant, tu sais à quoi t'en tenir. Tu peux mettre tout ça derrière toi et continuer ta vie.

— Il faut que j'y réfléchisse, en effet.

— Que vas-tu faire ? À propos du film, je veux dire.

— Je ne sais pas au juste. Si je rentrais à Berlin, je pourrais sans doute te voir, bien sûr. C'est un aspect de la chose. Pour être tout à fait franche avec toi, Bernie, tu es la seule bonne raison que j'aie de retourner en Allemagne maintenant. L'autre aspect, c'est que je n'ai pas particulièrement envie de travailler sur ce film stupide avec Veit Harlan. Je ne vois pas en quoi cela pourrait aider ma carrière à long terme de tourner un film avec un antisémite notoire tel que lui. Que je figure dans *La sainte qui n'existait pas* est déjà bien assez gênant. Je sais que je vais avoir du mal à faire oublier ça. Par-dessus le marché, il y a aussi le fait que Joseph Goebbels veut que je devienne sa maîtresse. Crois-moi, il fera tout son possible pour parvenir à ses fins. Il est rusé et sans scrupules, et tu n'as pas idée des difficultés que j'ai eues à empêcher ce petit Méphisto de me sortir de mes sous-vêtements. C'est une des raisons pour lesquelles je suis venue ici. Pour lui échapper.

— J'imagine très bien de quoi il est capable. J'ai moi-même été soumis à pas mal de pression, mon ange.

— Oui, je présume.

— En fait, tu n'en connais pas la moitié.

— Peut-être pas. Mais écoute, j'ai quelque chose à te dire. Je ne sais pas si c'est très important dans le contexte actuel. Mais je suis tombée amoureuse de toi, vraiment. Pendant ton séjour en Croatie, j'ai pensé à toi jour et nuit.

— Moi aussi.

— Et il en va de même maintenant que tu es de retour. Je dois faire tous mes efforts pour garder le sourire.

— Stefan n'est pas au courant à notre sujet, n'est-ce pas ?

— Non. Mais chez tous les hommes que je connais, le soupçon est un état d'esprit par défaut. Même s'il ne repose sur absolument rien. » Elle baissa la vitre et laissa tomber sa cigarette sur le gravier. « Oui, tu as entendu ce que je viens dire. Oh ! n'aie pas l'air si choqué ! Tu n'es pas exactement mon premier amant. Où est-il écrit que les femmes doivent se conduire d'une manière et les hommes, d'une autre ? Ce qui est bon pour les uns l'est aussi pour les autres. De plus, d'après le télégramme de Joseph, c'est toi qui viens de te marier. Quand prévoyais-tu de me le dire ? Au lit cet après-midi ? Ou est-ce que ça t'était sorti tout bonnement de la tête ? (Elle rit et prit ma main.) Je ne suis pas le moins du monde en colère, mon chéri. Après tout, je peux difficilement me permettre de te faire la morale. Bien que je sois un peu jalouse, peut-être. C'est vrai ce que je t'ai dit, que j'étais tombée amoureuse de toi. Compte tenu des circonstances, ça semble un risque beaucoup plus assurable que de dire "je t'aime", même si c'est un tout petit peu vrai aussi.

— Mon mariage. Ce n'est pas ce que tu crois. »

Je me sentais quelque peu pris au dépourvu par la franchise de son double aveu.

« C'est probable. La plupart des gens se marient pour les deux mêmes raisons. Stefan m'a épousée par amour. C'est la première raison. Mais j'ai épousé Stefan parce qu'il était riche et qu'il a fait de moi une baronne. C'est la seconde raison. Il le sait. Avant qu'on ne se marie, je lui ai dit que je prendrais des amants occasionnels et il a paru assez optimiste à cet égard. Au début, du moins. À l'exception des mariages arrangés et des alliances dynastiques entre familles royales, cela épuise sans doute les explications de la plupart des mariages modernes. Tu ne penses pas ?

— Je doute que même le roi Henri VIII ait eu à faire face à la raison pour laquelle je me suis marié, dis-je, et je lui parlai de Kirsten, de son problème avec le SD et du chantage exercé sur moi par Goebbels pour que je l'épouse.

— C'est la chose la plus romantique que j'aie jamais entendue, déclara-t-elle d'un ton plaintif. Je retire ce que j'ai dit. Je croyais que les hommes comme toi n'existaient que dans les histoires incluant des tables rondes et des armures étincelantes. Tu es vraiment un saint, tu sais ?

— Non, c'est simplement que, de temps en temps, je dois faire des choses saintes pour rétablir un peu l'équilibre. »

Elle serra le poing et secoua la tête.

« Bon sang, quelle ordure, ce type ! Tu sais, je ne crois vraiment pas que je vais retourner en Allemagne. Pas pour lui et son film stupide. Quelqu'un d'autre peut le faire à l'UFA. Une de ces girls aux cheveux blonds platinés avec lesquelles il n'arrête pas de s'envoyer en l'air.

— Ne dis pas ça. Le fait est que moi aussi, je suis tombé amoureux de toi. Et j'ai autant de chance de revenir en Suisse avant la fin de cette guerre que d'en sortir indemne.

— C'est à mon tour de protester contre tes formulations.

— La situation va devenir bien pire avant de pouvoir s'améliorer. Les Russes feront ce qu'il faut pour ça. » Je haussai les épaules. « Mais ta carrière ? Tu es une vedette de cinéma. Tu renoncerais à ça ?

— Je te l'ai déjà dit. Jouer la comédie ne m'intéresse pas vraiment. Je préférerais étudier les mathématiques. Je peux toujours prendre cette place à l'École polytechnique fédérale de Zurich. Et qu'est-ce qu'il adviendra de tous ceux qui travaillent aujourd'hui dans l'industrie cinématographique allemande quand les Russes feront leur apparition ?

— Bonne question.

— Il y a aussi ça à prendre en considération. Par ailleurs, si je reviens, ce dont je doute sérieusement, Goebbels ne sera pas aussi compréhensif avec mes faiblesses que mon mari. Si jamais j'avais une liaison avec lui ou qu'il s'aperçoive que tu représentes un obstacle à une liaison avec moi, il pourrait te rendre la vie extrêmement désagréable, Bernie. »

Elle semblait avoir pensé à tout.

« Ça en vaudrait la peine.

— Non, mon chéri. Tu ne sais pas ce que tu dis. Mais, écoute, l'amour finit toujours par triompher. Et nous avons encore Zurich et cet après-midi. Dans ta chambre d'hôtel du Baur au Lac. Quoi de plus romantique ? Maintenant que tu es là, s'il te plaît, Bernie, je t'en conjure, profitons-en au maximum. »

30

Je repartis lentement de Küsnacht, à la fois ravi et déprimé. Ravi à l'idée que Dalia m'aimait et déprimé à la pensée que la voir en Allemagne allait se révéler aussi problématique, sinon impossible. Elle avait raison, bien sûr. Je pouvais difficilement la blâmer. Quelle femme saine d'esprit se mettrait sciemment en danger en devenant la maîtresse de Méphisto ? Cependant, je me demandais assurément ce que j'allais bien pouvoir raconter à Goebbels lorsque je serais une fois de plus dans son bureau. Et il ne faisait aucun doute pour moi qu'il ne serait pas content quand il apprendrait que son actrice préférée refusait de rentrer à Berlin. Je pouvais déjà l'entendre me donner l'ordre de la ramener à tout prix. Même Carl Jung n'aurait pas eu la tâche facile pour persuader Dalia de changer d'avis.

J'arrivai à Zurich en me disant que je devrais probablement envoyer un télégramme à Goebbels pour l'aviser de l'issue de mon entretien avec Dalia. Il songerait peut-être à un moyen de la ramener au travail. Davantage d'argent, éventuellement. C'était un argument auquel toutes les actrices de cinéma semblaient extrêmement sensibles. On prétendait que Marlene Dietrich avait été payée 450 000 dollars par Alexander Korda pour jouer dans *Le Chevalier sans armure*. Dalia aurait sûrement pu obtenir autant que Dietrich. Elle était certainement plus belle. Et ses films étaient plus populaires aussi. En tout cas, en Allemagne.

Je continuais d'y penser en pénétrant dans le parking du Baur, situé à gauche de l'hôtel, de l'autre côté du canal. Je descendais de voiture et verrouillais la portière lorsqu'un homme sortit de l'automobile garée à côté de moi et me demanda du feu. Sans me méfier, je cherchai mon briquet, pour me retrouver tout à coup avec un gros Colt automatique enfoncé dans le bide, tandis qu'un autre homme me fouillait en quête d'une arme. Je fus rapidement invité à monter à l'arrière de ma propre Mercedes, à côté du type au pistolet. Celui qui m'avait fouillé avait pris mes clés de voiture et mon passeport, et était maintenant installé au volant. Quelques minutes plus tard, nous quittions à toute allure le parking de l'hôtel, l'autre voiture juste derrière nous.

J'imagine qu'ils m'avaient suivi depuis Küsnacht. Ce n'était pas mon genre de ne pas repérer une filature, mais avec tout ce que j'avais en tête, je ne m'en étais tout simplement pas rendu compte. Ils étaient quatre : deux dans ma voiture et deux dans celle de derrière. Je me retournai pour jeter un coup d'œil, mais l'individu assis à côté de moi me donna un petit coup éloquent sur le lobe de l'oreille avec le Colt en m'ordonnant de regarder devant moi.

« Qui êtes-vous ? demandai-je. Vous n'appartenez pas à la Gestapo. Pas avec ces costumes et cette eau de Cologne. »

Le type au pistolet ne répondit pas. Je savais à présent que nous nous dirigions vers le nord. C'est facile quand la rivière coule vers l'ouest et à votre gauche. Cinq minutes plus tard, nous tournions dans un quartier tranquille, plein de grandes maisons blanches avec des toits à double pente. Un des hommes dans la voiture derrière ouvrit une porte de garage, et nous nous y engouffrâmes. Puis je montai un escalier, franchis la porte d'un appartement d'angle à peine meublé à l'étage supérieur – une planque, présumai-je, avec une jolie vue sur pas grand-chose. Un homme fumant une pipe et vêtu d'un costume trois-pièces était assis derrière une table de réfectoire. Il avait des cheveux fins et blancs ainsi qu'une large moustache grise. Il portait un nœud papillon à pois et des lunettes à monture métallique. Il continua à écrire quelque chose sur une feuille de papier avec un stylo plume tandis qu'on me conduisait à une chaise posée au milieu de la pièce. Je m'assis en attendant de découvrir qui étaient ces types. Jusqu'ici leur accent m'avait laissé supposer qu'ils n'étaient ni suisses ni allemands, et j'en arrivai rapidement à la conclusion qu'ils étaient anglais ou américains.

Finalement, l'homme derrière la table de réfectoire se mit à parler dans un excellent allemand, trop parfait pour un Américain.

« Comment allez-vous aujourd'hui, général ? demanda-t-il.

— Très bien, merci, mais, hélas, vous avez manifestement fait erreur sur la personne. Je ne suis pas général. La dernière fois que j'ai regardé mon livret de solde, il indiquait capitaine. »

Le type à la pipe ne dit rien et continua à écrire.

« Si vous preniez la peine de consulter mon passeport, vous verriez que je ne suis pas l'homme que vous pensez probablement que je suis. Je m'appelle Bernhard Gunther.

— Dans notre profession, aucun de nous n'est jamais vraiment ce qu'il a l'air d'être », répondit le type à la pipe.

Il parlait calmement, à la manière d'un professeur ou d'un diplomate, comme s'il expliquait une question philosophique à un étudiant borné.

« Dans l'Allemagne nazie, ne pas être ce qu'on est constitue un mode de vie normal, pour tout le monde. Vous pouvez me croire sur parole. »

La pipe dégageait une odeur suave, une odeur de vrai tabac, en fait, non frelaté, d'où je conclus qu'il devait être américain. Les Anglais étaient aussi mal lotis que nous pour le tabac.

« Oh ! nous savons très bien qui vous êtes.

— Et moi, je vous répète que vous commettez une erreur. Vous croyez, j'imagine, que je suis le général Walter Schellenberg. Je conduis sa voiture, après tout. Il m'a demandé de l'amener ici, depuis l'usine Mercedes de Sindelfingen. Et maintenant que je vous ai vus, je commence à comprendre pourquoi. Je suppose qu'il s'attendait à ce que quelque chose de ce genre se produise. Se faire enlever en pleine rue par des espions américains. C'est bien ce que vous êtes, n'est-ce pas ? Je veux dire, vous n'êtes pas allemands. Je sais que vous n'êtes pas suisses. Et je sais que vous ne pouvez pas être anglais. Pas avec de tels costumes. »

Le fumeur de pipe se remit à écrire. Je n'avais rien à perdre à discuter le bout de gras. Ce que je fis. Avec un peu de chance, j'arriverais peut-être même à me tirer d'affaire à coups de boniments.

« Écoutez, j'ai un rendez-vous important à mon hôtel à 14 heures. Avec une dame. Aussi je vous dirai tout ce que vous désirez savoir. Ce qui se résume à peu de choses. Gardez la voiture. Ce n'est pas la mienne. Mais je préférerais ne pas rater ce rendez-vous.

— Cette dame. Comment s'appelle-t-elle ? »

Je ne répondis pas.

« Si vous nous le dites, nous laisserons un mot à votre hôtel comme quoi vous avez eu un empêchement.

— Pour pouvoir l'enlever elle aussi ?

— Pourquoi ferions-nous une chose pareille alors que nous vous avons, général ?

— Je préférerais ne pas mentionner son nom. Nous sommes amants, d'accord ? Mais la dame est mariée. Je suppose que vous pourriez le trouver, mais je préférerais ne pas le dire.

— Et qu'est-ce qu'en pense votre femme, Irene ?

— À mon avis, Irene n'a aucun problème avec ça, étant donné que je ne suis pas marié avec elle.

— J'ai bien peur que vous ne soyez là pour un moment, dit l'homme. Par conséquent, mieux vaut vous habituer à cette idée. Vous ne serez pas à votre rendez-vous avec votre petite amie. Vous nous aiderez à répondre à plusieurs questions importantes que nous nous posons. Et il serait regrettable, tant pour vous que pour nous, que vos réponses ne soient pas sincères.

— Écoutez. Vous connaissez le prénom de l'épouse du général Schellenberg. Félicitations. Mais à l'évidence, c'est à peu près tout. Sans quoi vous sauriez que nous ne nous ressemblons en rien. Il est petit. Je suis grand. Il est plus jeune que moi. Trente-trois ans, je crois. Plus beau également, même si cela paraît peu plausible, je le reconnais. Il parle couramment le français, compte tenu du fait qu'il a vécu au Luxembourg. Langue dans laquelle je suis incapable de dire deux mots. Et c'est une anguille, raison pour laquelle je suis ici à sa place. Écoutez, il y a quelqu'un – un Suisse – qui peut se porter garant de l'exactitude de mes déclarations. Un capitaine nommé Paul Meyer-Schwertenbach. Il travaille pour les renseignements militaires. Son patron est un certain Masson. Meyer sait qui je suis parce qu'il a rencontré le vrai général Schellenberg. Et qu'il m'a rencontré, à Berlin. L'année dernière, il est venu à une conférence internationale sur le crime. Je le connais assez bien. Il habite un château à Ermatingen, le Schloss Wolfsberg. Pourquoi ne pas lui téléphoner ? Il vous dira à quoi ressemble Schellenberg et à quoi je ressemble, si bien que nous pourrons régler cette histoire en quelques minutes. Je n'ai rien à cacher. Je ne suis pas un espion. Il n'y a vraiment pas grand-chose que je puisse vous apprendre. J'ai été Kommissar à la Kripo à Berlin, et jusqu'à récemment je travaillais pour le Bureau des crimes de guerre, au quartier général de l'armée. J'ai été envoyé ici pour une mission à caractère privé par le Dr Goebbels en sa qualité de chef des studios de l'UFA. Il y a une actrice habitant Zurich…, il désire en faire la vedette de son prochain film. Voilà, messieurs. Je suis désolé de vous décevoir, mais, cette fois-ci, vous avez attrapé le singe, pas le joueur d'orgue de Barbarie.

— Cette conférence. Où a-t-elle eu lieu ?

— À la villa Minoux, à Wannsee. Une sorte de maison d'hôtes appartenant à la SS.

— Qui y avait-il d'autre ? »

Je haussai les épaules.

« Les suspects habituels. Gestapo Müller, Kaltenbrunner, Himmler. Le général Nebe. Et Schellenberg, bien sûr. C'est lui qui m'a présenté au capitaine Meyer-Schwertenbach.

— Vous évoluez dans de très hautes sphères pour un simple capitaine.

— Je vais où on me dit d'aller.

— Étiez-vous déjà venu en Suisse ?

— Non. Jamais. »

Le fumeur de pipe sourit d'une manière impersonnelle, sans rien montrer de ses émotions, de sorte qu'il m'était impossible de déterminer s'il pensait que ce que j'avais dit était vrai ou faux, comique ou absolument méprisable. Les trois autres types dans la pièce n'étaient que de petites frappes : style Gestapo, avec de meilleures coupes de cheveux et une haleine plus agréable.

« Dites-moi, général, quels sont les projets de l'Allemagne pour l'invasion de la Suisse ? demanda-t-il.

— Moi ? Je n'en ai pas la moindre idée. Vous pourriez aussi bien me demander quand Hitler va jeter l'éponge et capituler. Mais d'après le peu que j'ai entendu, notre cher Führer croit encore à l'idée d'envahir la Suisse. Sauf que ça n'emballe pas du tout l'équipe dirigeante. C'est Goebbels lui-même qui me l'a dit. En fait, tout le monde dans l'armée allemande vit dans la crainte d'envahir ce petit pays parce que les soldats suisses ont la réputation d'être des tireurs hors pair. Ça et l'existence des Alpes signifient que même la Luftwaffe ne pèserait pas lourd s'agissant d'essayer de mettre la Suisse à genoux. Ça n'en vaut tout simplement pas la chandelle. »

Le type à la pipe passa plusieurs minutes à griffonner. Je regardai ma montre et vit qu'il était déjà midi.

« Puis-je avoir une cigarette ? demandai-je.

— Donnez-lui une cigarette », ordonna le fumeur de pipe, et, sans hésitation, un de ses hommes s'élança avec un étui ouvert. J'en pris une, notai le nom – Viceroy – sur le papier, puis la glissai entre mes lèvres. Il me l'alluma et se rassit. D'après la vitesse avec laquelle il s'était déplacé, je me dis que le type à la pipe n'était pas un espion ordinaire ; peut-être s'agissait-il du maître espion américain lui-même. Il répondait indéniablement à la description que m'en avait faite Schellenberg.

« Ainsi vous êtes américain, dis-je. L'OSS, je suppose. » Je souris au fumeur de pipe. « Et peut-être même êtes-vous M. Allen Dulles en personne, de l'OSS de Berne. »

Le fumeur de pipe garda son sourire impénétrable.

« Vous savez, monsieur Dulles, les Suisses seront absolument furieux contre vous en apprenant que vous m'avez kidnappé. Ils prennent vraiment leur neutralité très au sérieux. Votre comportement à mon égard, un visiteur allemand titulaire d'un visa, pourrait bien provoquer un incident diplomatique. Après tout, un membre de la police ou des services de renseignements suisses a dû vous informer que je me trouvais à Zurich. Ça ne plaira pas beaucoup aux gens de notre ambassade lorsqu'ils sauront ce qui s'est passé. Et ils le sauront forcément si je ne fais pas mon rapport à Berlin.

— Général, cela irait beaucoup plus vite si nous nous contentions, moi de poser les questions et vous de donner les réponses. Dès que vous l'aurez fait à mon entière satisfaction, vous sortirez d'ici en homme libre. Vous avez ma parole. Ni l'Abwehr ni votre patron, Heinrich Himmler, ne seront au courant. C'est lui qui tient actuellement les rênes du Département VI, n'est-ce pas ? Je veux dire, depuis la mort du général Heydrich. Vous êtes le plénipotentiaire spécial de Himmler et ne rendez compte qu'à lui.

— Écoutez, je ne suis même pas membre du parti nazi. Comment puis-je vous convaincre que je ne suis pas le général Schellenberg ?

— Très bien. Essayons toujours. Vous ne niez pas que vous conduisez sa voiture. Tous les papiers dans la boîte à gants attestent que Walter Schellenberg est bien le propriétaire exportateur. Et la société importatrice, le Syndicat suisse du bois. Et puis il y a la réservation à votre hôtel. Faite par une société, Export Drives GmbH, filiale d'une autre société, la Stiftung Nordhav, dont Walter Schellenberg est l'un des administrateurs et Reinhard Heydrich, l'ancien président. Cette même société a également réglé la note d'un certain Hans Eggen au Baur au Lac, lorsque, en février de cette année, il est venu à Zurich. Il s'est rendu en Suisse en même temps que Walter Schellenberg, qui disposait également d'une chambre au Baur, mais qui n'y a pas logé, en fait. Les deux hommes ont traversé la frontière en voiture au fort de Reuenthal.

— Si tel est le cas, alors la police du canton de Zurich pourra aisément confirmer que je ne suis pas Schellenberg. Vous pouvez demander au sergent Bleiker ou à l'inspecteur de police Weisendanger. Je crois que j'ai la carte de l'inspecteur dans mon portefeuille, si vous voulez bien regarder.

— Comme vous le savez certainement, général, ce n'est que depuis votre précédente visite que le colonel Müller, de la Sécurité suisse, votre homologue, en quelque sorte, a insisté pour que vous soyez mis sous surveillance par la police de Zurich chaque fois que vous vous trouvez en Suisse. Il aimerait savoir tout autant que moi ce que vous mijotez. Raison pour laquelle, probablement, vous vous servez à présent d'un pseudonyme. Hormis le fait qu'Eggen et vous ayez tenu des réunions avec Meyer et Roger Masson du renseignement militaire, on ne sait que fort peu de choses sur vos activités en Suisse. Peut-être souhaitez-vous profiter de cette occasion pour m'éclairer. Que faites-vous ici en ce moment ? Et qu'y faisiez-vous précédemment ? Après tout, voilà presque deux semaines que vous êtes là. De quoi avez-vous discuté avec Masson et Meyer ?

— Ne serait-il pas plus simple de leur poser la question ?

— Je doute que les Suisses consentent à partager des informations avec moi. Ils ferment les yeux sur ce que nous faisons en Suisse, tout comme ils s'efforcent d'ignorer ce que vous autres Allemands y manigancez. Soyons francs : leur surveillance à votre égard n'est guère contraignante, n'est-ce pas ? Que pouvez-vous me dire sur le Syndicat suisse du bois ?

— Rien du tout.

— J'ai du mal à le croire. »

Je haussai les épaules.

« Allons, général. Inutile de jouer les saintes-nitouches à ce sujet. Les baraquements en bois fabriqués par SWS. La SS et l'armée allemande ont sans doute besoin de baraquements en bois.

— Si vous le dites.

— Sauf que certains de ces baraquements sont utilisés dans les camps de concentration.

— Je n'en sais vraiment rien. Attendez, je viens de me souvenir d'une chose. Quelqu'un d'autre qui pourrait confirmer qui je suis. Heinrich Rothmund, de la division de la police du Département fédéral de justice et de police. Quand j'étais enquêteur pour la Kripo à Berlin, j'ai eu plusieurs conversations avec Rothmund. Une affaire de personne disparue qui n'a jamais été élucidée. Je ne dirais pas que nous sommes de vieux amis, néanmoins il saura exactement de quoi nous avons discuté alors.

— Si ce n'est que, comme vous l'avez dit vous-même, la police helvétique voit d'un très mauvais œil toute ingérence du corps diplomatique dans son pays. Je peux difficilement demander à Herr Rothmund de venir vous identifier sans lui indiquer que vous êtes retenu contre votre gré. Je me retrouverais bientôt contraint de quitter la Suisse définitivement, j'en ai peur.

— Vous trouverez bien une manière de ne pas éveiller ses soupçons. Après tout, vous travaillez dans le monde du renseignement, pas à l'épicerie du coin. Avec un cerveau comme le vôtre, vous devriez même arriver à concevoir un moyen permettant d'établir sans l'ombre d'un doute que je suis bien ce que je prétends être. (Je haussai les épaules.) Écoutez, monsieur Dulles, j'essaie de nous économiser à tous les deux un temps précieux.

— Cela me fait penser, général : pour quand est prévue votre prochaine réunion avec l'inspecteur Weisendanger ?

— Ce soir. À 18 heures.

— Nous savons l'un et l'autre que cela ne peut pas être vrai. Aux termes de votre visa, il est seulement tenu de vous rencontrer une fois par jour. Pour s'assurer que vous ne vous attirez pas d'ennuis. Comme vous avez pris le petit déjeuner ensemble ce matin, il me faut en déduire que votre prochaine réunion est fixée à demain. Mais il serait utile de savoir à quelle heure. Prendrez-vous de nouveau le petit déjeuner demain ?

— Oui.

— Nous avons donc jusque-là pour faire plus ample connaissance. »

Allen Dulles – car j'étais persuadé qu'il s'agissait de lui – regarda sa montre et se leva.

« Je vous verrai cet après-midi, général. J'ai un déjeuner, ici à Zurich. On s'occupera bien de vous pendant mon absence. Et vous pourrez profiter de ce laps de temps pour réfléchir à notre entretien. À défaut de votre coopération, je serais navré d'avoir à demander à mes collègues ici présents de vous traiter de façon plus brutale, de même que je regretterais de devoir fournir une preuve de notre conversation aux services de renseignements allemands. Une fois brûlé, vous ne me seriez plus d'aucune utilité, général. Je préférerais de beaucoup que nous parvenions à établir une bonne relation de travail pour l'avenir.

— Ce qui signifie que vous voulez que j'espionne pour votre compte ? (Je souris.) Bon sang, pourquoi ne pas l'avoir dit plus tôt ? Je n'ai pas besoin d'être le général Schellenberg pour ça. Bernie Gunther pourrait se révéler un espion non moins utile. Je ne coûte pas aussi cher qu'un général. Et il m'arrive effectivement d'évoluer dans de hautes sphères, pour reprendre votre expression. N'ayant jamais été un nazi, je souhaite sincèrement que cette guerre finisse le plus vite possible. Est-ce suffisamment clair ? Dans la mesure où mon pays a été pris en otage par une bande de gangsters, je n'ai aucune raison de ne pas le trahir, et eux en particulier, au profit de gens comme vous. Aussi, je vous en prie, discutons de cette idée que je devienne un espion américain. Où dois-je signer ? »

Allen Dulles vérifia le fourneau de sa pipe, la ralluma soigneusement et me fixa avec des yeux se plissant lentement derrière ses lunettes.

« Nous en reparlerons cet après-midi. »

Il s'apprêtait à quitter la pièce lorsqu'un de ses sbires de l'OSS lui remit une photographie, qu'il examina pensivement pendant quelques secondes à travers les nuages de fumée de sa pipe.

« Eh bien, voilà qui est intéressant. Pendant que nous parlions, un de mes analystes les plus consciencieux a déniché ce document. Peut-être aimeriez-vous faire quelques commentaires. »

Il me le passa. Sur une étiquette apposée au bas du tirage figurait une légende que j'eus à peine besoin de regarder car je reconnus immédiatement le cliché en question. On pouvait y lire : *Photo prise au Circus Krone à Prague, en octobre 1941, pour un journal tchèque local. Les deux officiers au premier plan sont les généraux Heydrich et Frank. Apparaissent également sur la photo la femme de Heydrich, Lina, la femme de Frank, Karola, trois aides de camp de Heydrich, vraisemblablement Ploetz, Pomme et Kluckhohn, ainsi qu'un inconnu, sans doute un officier supérieur du SD.*

« C'est vous, n'est-ce pas ? fit Dulles. Cet officier allemand "inconnu" en compagnie des généraux Heydrich et Frank ?

— Oui, c'est moi, admis-je. Je ne vois pas l'intérêt de le nier. Mais je doute que cela vous apprenne grand-chose, monsieur Dulles. Après tout, aucun de nous ne porte d'uniforme. Cela ne vous indique assurément pas que je suis SS-Obersturmbannführer, ce qui, me semble-t-il, est le grade que possédait Walter Schellenberg à ce moment-là.

— Cela m'indique que vous connaissiez sacrément bien Heydrich si vous êtes allé à ce putain de cirque avec lui et sa femme. »

31

Ils m'enfermèrent dans une chambre. Il n'y avait pas de barreaux à la fenêtre, mais elle se trouvait dans la tour – celle qui ressemblait de l'extérieur à un clocher d'église –, et la distance jusqu'au sol en pente était d'au moins quinze mètres. Les Trois Toledo n'auraient pas fait un saut pareil même si les célèbres Erwingo[1] avaient été là pour les rattraper. Je n'avais nullement l'intention de tenter le coup.

Il y avait une table à tiroir et une chaise. J'ouvris le tiroir, qui contenait un bloc de feuilles Prantl, ce qui aurait pu me servir si j'avais prévu de m'échapper par la fenêtre dans un avion en papier. Je me couchai sur le lit étonnamment propre, cherchai mes cigarettes et me rappelai soudain qu'elles m'avaient été confisquées avec le reste de mes affaires, à l'exception de ma montre. Et 13 heures devirent 13 h 30, puis 13 h 45. Mon moral ne cessait de baisser tandis que je me représentais Dalia arrivant au Baur au Lac pour découvrir à son grand étonnement que je n'y étais pas. Comment réagirait-elle ? Combien de temps attendrait-elle avant d'en arriver à la conclusion que je ne viendrais pas ? Un quart d'heure ? Une demi-heure ? Durant un instant, je m'imaginai au lit avec elle et les plaisirs que je ratais sûrement, ce qui ne m'aida pas. Ça me donnait seulement envie de cogner contre la porte ou de casser la fenêtre.

---

1. Acrobates des années 1930.

À 14 heures pile, j'allai à la fenêtre à guillotine et m'efforçai de l'ouvrir, mais elle était bloquée par la peinture sur le montant. Je songeai à briser la vitre et à interpeller les passants, sauf que, pendant tout le temps que je restais à regarder dehors, je ne vis personne dans la rue. Même pas un chien ou un chat. Zurich était habituellement silencieux. Mais ce quartier était aussi silencieux qu'un mouvement de montre suisse. De plus, je me disais qu'à la minute où je me mettrais à crier par la fenêtre, l'Américain assis de l'autre côté de la porte – je pouvais entendre le raclement de ses pieds sur le sol et sentir l'odeur de ses cigarettes – entrerait me flanquer une raclée. Je m'étais déjà fait taper dessus et ça ne me dérangeait pas de recommencer, mais j'allais avoir besoin de toute ma tête si je voulais persuader Dulles que je n'étais pas le général Schellenberg.

J'avais apparemment jusqu'au matin pour le faire. Et si je n'y parvenais pas, que se passerait-il ? Me laisseraient-ils réellement partir ? S'il s'agissait effectivement de faire du chef du renseignement extérieur du SD un espion, comment prévoyaient-ils de le compromettre suffisamment pour l'inciter à se retourner contre ses maîtres nazis ? Rien de ce qu'avait dit Allen Dulles ne me donnait à penser qu'ils possédaient beaucoup d'informations sur le vrai Schellenberg. Comme ils ne savaient même pas de quoi il avait l'air, tout ça ressemblait à une expédition de pêche mal conçue. Du moins, jusqu'à ce qu'on envisage une autre éventualité, nettement plus désagréable, à savoir qu'ils comptaient me questionner le plus longtemps possible avant de me tuer ou de m'expédier aux États-Unis pour de nouveaux interrogatoires. Me faire sortir d'un pays enclavé – après tout, la Suisse était entourée de l'Allemagne, de l'Italie fasciste, de la France de Vichy et de l'Autriche nazie – représentait un défi de taille, même pour les Américains. M'exécuter semblait une meilleure option. S'ils pensaient que j'étais un général nazi éminent, me tuer serait du reste parfaitement logique. En dépit des assurances onctueuses de Dulles, une balle dans la nuque paraissait être le véritable sort qui m'attendait. Assassiner le général responsable du service du renseignement étranger du SD ne serait pas moins utile pour l'effort de guerre allié qu'assassiner Heydrich ou le maréchal Rommel, qui avait échappé de justesse, comme chacun s'en souvenait, à un attentat perpétré par un commando britannique en novembre 1941.

À deux heures et demie, j'allai à la porte et me mis à écouter attentivement. L'Amerloque de l'autre côté semblait lire le journal. Je crus l'entendre péter et j'en fus certain quelques secondes plus tard.

« J'aimerais bien une cigarette, dis-je avant de reculer à bonne distance. On n'est jamais seul avec une cigarette.

— Désolé, répondit le type en allemand. Ordres du patron. Pas de cigarettes, au cas où vous mettriez le feu à la piaule. Et ensuite que se passerait-il ? Il faudrait qu'on fournisse des explications aux pompiers de Zurich ?

— Et une tasse de café ? Vous avez des ordres qui vous interdisent de donner à boire et à manger au prisonnier ?

— Non. À vrai dire, je pensais vous en apporter. Mais avant, je cherchais l'expression allemande pour "Pas de tour de passe-passe, espèce de fumier de nazi, ou je te tire un pruneau dans tes putains de guiboles".

— À mon avis, vous vous êtes parfaitement fait comprendre.

— Comment aimez-vous votre café ?

— Noir. Avec beaucoup de sucre, si vous en avez. Ou de la saccharine.

— Très bien. Attendez là.

— Eh bien, je crois que c'est ce que je vais faire. »

Je me laissai tomber sur le plancher et lorgnai sous la porte juste à temps pour voir une paire de solides chaussures de marche marron s'éloigner bruyamment et un mégot de cigarette qu'il avait jeté, contenant encore plein de bon tabac – en fait, il continuait à se consumer. J'allai vite prendre une feuille de papier dans le tiroir du bureau et la glissai sous la porte, puis sous le mégot de cigarette. Peu après, je m'allongeai gaiement sur le lit et tirai des bouffées de la Viceroy de l'Amerloque. Aucune clope n'avait jamais eu meilleur goût que celle-là. Elle donnait l'impression d'une exquise petite victoire, temporaire, mais non moins satisfaisante pour autant, ce qui est, bien sûr, le plaisir incarné.

J'avais espéré que l'Amerloque reviendrait avec le café à temps pour voir la clope au coin de ma bouche. Mais je la fumai jusqu'au bout, en me rappelant combien je préférais les cigarettes européennes, sans qu'il soit revenu. Quand j'entendis tout à coup un bruit sourd, je me mis de nouveau à plat ventre pour regarder sous la porte.

Je pouvais toujours apercevoir les chaussures de marche, mais elles étaient maintenant pointées vers le plafond, et, alors que j'en étais encore à me demander pourquoi, il y eut un coup de feu. Puis un autre. La police suisse ? Je ne voyais pas qui d'autre aurait essayé de me porter secours ; cela dit, il semblait peu probable que les Suisses ouvrent le feu sur des étrangers, mettant ainsi en péril leur neutralité elle-même. De nouveaux coups de feu éclatèrent. Puis j'entendis des pas devant la porte. Quelques secondes plus tard, une clé tourna dans la serrure, et la porte s'ouvrit sur un gaillard en costume gris, à l'évidence plus allemand que suisse ou américain. Il était blond comme les blés, avait un petit *schmiss*[1] de duel sur la joue, et on ne pouvait pas se tromper sur son accent.

« Êtes-vous le Hauptsturmführer Gunther ? aboya-t-il.

— Oui.

— Venez avec nous ! Vite ! »

Je n'eus pas besoin qu'on me le dise deux fois. Sortant de la chambre de la tour, je suivis le type jusqu'à la porte d'entrée, où je m'arrêtai pour jeter un coup d'œil autour de moi, examinant la pièce où j'avais été interrogé un peu plus tôt. L'odeur de la poudre emplissait l'appartement. Elle flottait visiblement dans l'air tel un poltergeist. Trois des Amerloques se vidaient de leur sang sur le sol ; deux avaient été atteints d'une balle à la tête et étaient certainement morts ; le troisième avait une bulle rougeâtre en expansion rapide dans une de ses narines, ce qui semblait indiquer qu'il respirait encore. Un autre Allemand rechargeait son Mauser Broomhandle au cas où il aurait besoin de s'en resservir.

« Mon passeport, dis-je. Mes clés de voiture.

— On a tout, répondit mon sauveteur. Venez. Dépêchons-nous de fiche le camp avant que les flics se pointent. Même les Suisses ne vont pas faire mine d'ignorer des coups de feu. »

Nous dévalâmes l'escalier. Dehors, une Citroën était garée le long du trottoir. L'autre type – celui que j'avais vu avec le Mauser – sortait en marche arrière la Mercedes du garage de la planque des Amerloques.

---

1. En allemand, « balafre ».

« Montez, dit Scarface en désignant la Citroën. Il nous suivra dans votre voiture. »

Cette fois-ci, nous nous dirigeâmes vers l'est. Je le sais parce qu'on traversa la rivière avant d'obliquer de nouveau vers le sud. Je me retournai à plusieurs reprises et vis que la Mercedes nous suivait de près. Il n'y avait pas d'arme braquée sur moi à présent.

« Tenez, dit Scarface en me passant une cigarette.

— Merci. Et aussi pour le coup de main. »

Je l'allumai ; après la Viceroy, elle aurait dû avoir mauvais goût, mais pour moi, c'était comme fumer du haschich de premier choix. Je hochai la tête et souris.

« Qui êtes-vous ? L'Abwehr ? »

Scarface éclata de rire.

« L'Abwehr ! Autant demander à un chat crevé de surveiller un chien. Nous sommes de la Gestapo, bien sûr.

— Je n'aurais jamais pensé que je serais ravi de voir la Gestapo. Vous n'êtes que deux ? »

Il acquiesça.

« Vous avez de la chance d'avoir été filé vingt-quatre sur vingt-quatre depuis Genshagen. Vous avez été notre cible depuis que vous avez pris une chambre dans cet hôtel de Zurich. On a vu les Amerloques vous cueillir dans le parking ce matin. Tout d'abord on s'est dit que c'étaient peut-être des Tommies, mais quand Dulles et son chauffeur sont sortis de l'immeuble, on a compris qu'il s'agissait des Ricains. D'ailleurs, les Tommies n'auraient pas eu le culot de faire un truc pareil. Ils sont encore plus respectueux de la neutralité suisse que les Italiens, ce qui n'est pas peu dire. En tout cas, quand Dulles et son chauffeur sont partis, on ne savait pas combien il en restait au juste à l'intérieur. Le gars dans la voiture derrière a passé près d'une heure à écouter à la porte de chaque appartement de l'immeuble.

— Ils me prenaient pour le général Schellenberg.

— À juste titre, je dirais. Vous conduisiez sa voiture, après tout. Vous êtes un veinard, Gunther. Après vous avoir interrogé, ils vous auraient descendu, sûr et certain. Les Américains aiment bien abattre les gens qu'ils considèrent comme une menace. Mais seulement après leur avoir démoli le portrait. Ils s'imaginent que

301

l'Europe est comme le Far West. L'année dernière, ils ont organisé le meurtre d'un amiral français de Vichy nommé Darlan. »

Au bout d'un moment, nous grimpâmes une route sinueuse, et bientôt j'aperçus le lac de Zurich en contrebas derrière nous.

« Où va-t-on ?

— Une planque à seulement quelques kilomètres de Zurich. Ringlikon, au pied de l'Uetliberg. Vous pourrez regagner l'hôtel quand on sera tous sortis de ce guêpier. La baraque ne paie pas de mine, mais elle appartient depuis avant la dernière guerre à un producteur laitier suisse allemand. »

La maison de Ringlikon était un bâtiment à colombages de deux étages situé à côté d'un champ avec des vaches brunes. À quoi s'attendre d'autre dans un champ suisse ? À l'intérieur d'un hangar proche se trouvait un énorme taureau abandonné à lui-même. Il avait l'œil mauvais. Sans doute avait-il envie d'être parmi les vaches. Sentiment qui m'était familier. Nous garâmes les voitures et entrâmes dans la ferme. Il y avait une ribambelle de meubles en bois et des photographies qui donnaient l'impression d'être là depuis un siècle. Le drapeau suisse au-dessus de la porte de derrière avait quelque chose de sympathique. Mais presque aussitôt, je repérai une bouteille de schnaps sur les étagères de la cuisine.

« Je boirais bien un verre.

— Bonne idée, répondit Scarface, et il alla chercher la bouteille et des verres. J'ai encore les mains qui tremblent.

— Je vous remercie tous les deux. Et notre hôte, quel qu'il soit.

— Il est parti pour le moment. Livrer du lait à des clients. Mais vous rencontrerez peut-être Gottlob un peu plus tard. C'est un bon nazi.

— Je peux attendre. »

L'agent de la Gestapo tendit une main.

« Walter Nölle. »

Nous nous serrâmes la main, trinquâmes et, pendant un moment du moins, nous nous comportâmes comme si nous étions copains. Une demi-heure s'écoula avant que je demande :

« Où est l'autre type ? Celui qui conduisait ma voiture.

— Edouard, il sera ici dans une minute. Il envoie probablement un message à la radio. » Il jeta un coup d'œil à sa montre.

« On pointe habituellement vers cette heure-là. » Il resservit du schnaps. « Eh bien, qu'avez-vous raconté aux Amerloques ?

— Rien. Je leur ai dit que c'était un cas d'erreur d'identité et que, par conséquent, je pouvais difficilement répondre aux questions qu'ils avaient préparées à l'intention de Schellenberg. Je pense qu'ils comptaient corser le jeu cet après-midi. Mieux vaut ne pas y penser. Il n'y a rien de pire que de se voir poser des questions dont on ne connaît pas les réponses. Mais vous savez sûrement tout sur ce genre de chose.

— Quelqu'un dans la police suisse leur a manifestement refilé le tuyau, fit remarquer Nölle. Au sujet de la voiture. »

Je hochai la tête.

« Ça en a l'air.

— Le général Schellenberg vous a-t-il dit pourquoi il exportait une voiture destinée à ce Syndicat suisse du bois ?

— C'est un général. Il n'est pas dans ses habitudes de rendre des comptes à un simple capitaine. »

Nölle poussa un long soupir.

« Écoutez, Gunther, nous allons devoir rédiger un rapport complet sur ce qu'on a fabriqué aujourd'hui, pour nos supérieurs à Berne. Vous êtes flic. Vous savez comment ça se passe. Nos supérieurs ne seront pas du tout contents qu'on ait abattu trois Américains à Zurich. Les Suisses vont faire un véritable scandale. Parce que, même sans l'ombre d'une preuve, les Américains nous pointeront certainement du doigt. Je dois fournir à mon patron une explication détaillée de la raison pour laquelle nous avons agi ainsi – à savoir, venir à votre rescousse –, et que vous soyez un citoyen allemand ne va pas lui suffire. Par conséquent, tout ce que vous pourrez nous dire sera grandement apprécié. N'importe quoi. Mais il va nous falloir raconter quelque chose à ces enfoirés à Berlin. »

Il marqua une pause.

« Bon, vous pourriez peut-être nous expliquer pourquoi Goebbels vous a envoyé jusqu'ici pour voir Dalia Dresner ? Il la baise ? C'est ça ?

— Je suis désolé. Ne croyez pas que je ne vous suis pas reconnaissant, mais j'ai la bouche cousue. J'aimerais bien pouvoir vous aider. Vraiment. Pour autant que je sache, le ministre veut l'avoir comme vedette d'un nouveau film intitulé *Siebenkäs*, adapté d'un roman merdique du même nom. En sa qualité de chef des studios de l'UFA à Babelsberg. Rien de plus. Schellenberg a huilé les rouages de mon expédition. C'est tout.

— Goebbels vous a envoyé jusqu'ici rien que pour ça ? Bon Dieu, c'est une jolie petite balade. Il doit sûrement la baiser.

— Votre opinion là-dessus vaut la mienne. Écoutez, à ma connaissance, les Suisses fabriquent des baraquements en bois pour l'armée allemande et la SS. La voiture est un pot-de-vin destiné à faciliter la conclusion d'un marché avec la SS, voilà tout.

— La SS, dites-vous ?

— Oui. Mais je ne pense pas que ce soit un secret. (Je fronçai les sourcils.) À moins...

— Quoi ? »

Pendant un instant, je songeai au camp de Jasenovac.

« Eh bien, certains de ces baraquements ont sans doute été utilisés pour édifier des camps de concentration. Sous la houlette de la SS. Des endroits comme Dachau et Buchenwald. Je veux dire, avec l'armée allemande en mouvement et vivant sous des tentes ou dans les villes qu'elle a conquises, il va de soi que des baraquements lui sont beaucoup moins utiles. En revanche, les camps de concentration en ont besoin, d'accord ? J'ai comme dans l'idée que les Suisses seraient un peu embarrassés si la chose venait à se savoir. Ce qui pourrait certainement expliquer le meurtre du Dr Heckholz l'année dernière. »

Je revis la scène dans le cabinet d'avocat de la Wallstrasse, à Berlin-Charlottenburg : le corps de Heckholz gisant sur le parquet blanc, la tête entouré d'une mare de sang après avoir été frappé avec un buste en bronze du Führer. Pas étonnant que je n'aie pas interprété la scène de crime correctement : j'avais été beaucoup trop distrait par l'idée cocasse qu'il ait été tué par Hitler. J'étais passé à côté du fait qu'au lieu d'écrire le nom de l'assassin avec son propre sang, Heckholz s'en était servi pour tracer une croix sur le parquet blanc : une croix blanche dans du sang rouge.

« Bien sûr, continuai-je. C'est le drapeau suisse qu'il essayait de dessiner avec son sang. Ce ne sont pas les hommes de Schellenberg qui l'ont tué, mais les Suisses. Voilà ce qu'il voulait dire. Que

Meyer, ou plus vraisemblablement le type qui l'accompagnait, Leuthard, l'avait assassiné. Ils sont allés à l'Opéra allemand ce soir-là, lequel se trouve tout près. Leuthard a prétendu avoir dormi pendant tout l'acte III du *Freischütz* de Weber. Il a dû le tuer à ce moment-là. Pour empêcher Heckholz de révéler ce que les Suisses avaient concocté avec la Stiftung Nordhav ; pour qu'il ne s'adresse pas à la presse internationale.

— Je suis ravi pour vous, dit Nölle, mais tout cela ne m'aide en rien. Je suis censé découvrir ce que vous fichez ici. Si Schellenberg est un traître. S'il cherche à passer un accord secret avec les Alliés sur les instructions personnelles de Himmler. Voilà ce que je veux savoir. Et pas si Goebbels a une liaison avec Dalia Dresner. Jusqu'ici, vous m'avez dit que dalle. Ça ne va pas aller, Gunther. Pas aller du tout. (Il secoua la tête.) Je vous le demande gentiment. Dites-moi tout ce que vous savez. Étant donné que je viens de vous sauver la vie, ce serait la moindre des choses.

— J'ignore totalement si Schellenberg nous trahit au profit des Alliés. Ça n'a absolument aucun sens. Écoutez, le fait que les Amerloques m'aient kidnappé et qu'ils m'interrogeaient en croyant que j'étais le général Schellenberg prouve sûrement qu'ils ne savent rien non plus à ce sujet. Non, ça ne tient pas debout. Les Suisses sont en affaires avec la SS. Et plus particulièrement avec la Stiftung Nordhav, une société détenue par quelques responsables triés sur le volet. C'est un secret qui vaut la peine de tuer. »

Le profond soulagement d'avoir échappé aux Amerloques et maintenant la satisfaction de savoir que j'avais très probablement « résolu » l'assassinat de Heckholz m'avaient peut-être rendu aveugle à la menace pesant désormais sur moi. Toutefois, la question de la façon dont les choses risquaient de tourner fut soudain différée par l'apparition à la porte de la cuisine de l'autre agent de la Gestapo. Il ne portait pas de veste. Ses manches étaient retroussées, il avait du cambouis sur le visage et les mains, et il avait l'air d'avoir sué sang et eau.

« Vous feriez bien de venir voir ça, chef ! » lança-t-il.

32

Nous franchîmes la porte de la cuisine pour nous retrouver dans un grand garage où la Mercedes reposait sur une fosse, une lampe électrique éclairant le dessous. Il faisait sombre dehors et, par une haute fenêtre, de l'air frais chargé de papillons de nuit et plein d'une odeur douceâtre de bouse de vache pénétrait dans la pièce. Sur un panneau au-dessus de la porte, on pouvait lire : « Attention taureau ». Quelques poulets entraient et sortaient pour voir ce que devenait ma voiture, ce qui n'avait rien de surprenant. On aurait dit qu'une petite grenade avait explosé à l'intérieur. Le capot, le coffre et les portières étaient grands ouverts. La roue de secours gisait sur le sol jonché de paille, à côté de la bouteille de rakija que j'avais l'intention d'offrir à Dalia. On avait ôté les panneaux en cuir des portières. Même les bas de caisse avaient été ouverts. Ce que l'autre agent de la Gestapo avait fichu pendant que je parlais à Nölle était maintenant parfaitement clair.

« Qu'as-tu trouvé, Edouard ?

— De l'or, répondit l'autre. On croirait que cette bagnole a appartenu au nain Tracassin. »

Il passa la main dans le bas de caisse et en retira un lingot d'or. Puis un autre. Quelques minutes plus tard, huit lingots d'or s'alignaient sur le sol du garage. J'en pris un. Il était lourd.

« Doit peser au moins dix kilos, dis-je, avant de le passer à Nölle.

— Plutôt douze, fit-il en le soupesant. À trente-cinq dollars l'once, chacun de ces lingots vaut probablement, quoi... quatorze mille dollars ? Soit environ deux cent cinquante mille reichsmarks.

— Deux millions en or, dis-je. Pas étonnant si la direction semblait dure. Et si je consommais autant d'essence. Je faisais traverser la frontière suisse à la moitié de la Reichsbank. »

Nölle jeta le lingot par terre.

« Vous voulez dire que vous n'en saviez rien ? me demanda-t-il.

— Évidemment. Si je l'avais su, je serais planqué en ce moment, à me préparer pour une nouvelle vie au Mexique. Mais ça explique effectivement pourquoi Schellenberg ne voulait pas conduire lui-même cette voiture en Suisse. À quoi bon courir un tel risque alors que je pouvais m'en charger ? Toute la question est de savoir à qui appartient cet or. S'agit-il de la réserve personnelle de Schellenberg ? De l'or de la Stiftung Nordhav ? La société dont je vous parlais. Ou de celui de Himmler ?

— Je ne vous suis pas.

— Eh bien, écoutez, c'est votre idée, pas la mienne. Mais il me semble que si vous et vos supérieurs avez raison et que Himmler se sert de Schellenberg pour tenter de négocier une paix avec les Alliés, cela nécessite des capitaux. La neutralité de ce pays ne s'étend pas à l'argent. Les Suisses n'aiment pas notre papier-monnaie. Ni eux ni personne. Très judicieusement, ils préfèrent de beaucoup l'or. Par ailleurs, cet or vise peut-être aussi à faire en sorte que le Reichsführer ait une bonne assurance contre les mauvais jours. Si la guerre tourne à notre désavantage, il aura besoin d'une réserve de fric hors d'Allemagne, pas vrai ? Je dirais qu'un solide dépôt d'or dans une banque suisse devrait épargner au Reichsführer quelques nuits blanches.

— Vous êtes un beau parleur, Gunther, dit Nölle, et il glissa la main sous sa veste. C'est ce qu'indique votre dossier. Il est facile de voir pourquoi Schellenberg vous a choisi pour ce boulot. Si quelqu'un est capable de se sortir d'un mauvais pas par des salades, c'est probablement vous. La façon dont vous avez sauté sur ce que j'ai dit tout à l'heure, à propos des initiatives de paix de Himmler, pour me le resservir à l'instant en y allant de votre interprétation, c'était très astucieux. Pas vrai, Edouard ?

— Un sacré petit malin, pour sûr, répondit l'autre. Typique de la Kripo. Un meilleur criminel que les criminels. »

Le Mauser Broomhandle dans la main de Nölle n'échappa pas à mon attention. Ne serait-ce que parce qu'il était pointé sur moi. Et qu'il y avait trois cadavres dans un appartement de Zurich qui me disaient qu'il était prêt à s'en servir.

« Je vous aime bien, Gunther. Vraiment. Dommage que nous ayons l'ordre de vous tuer. (Il haussa les épaules.) Mais c'est comme ça. Dès que nous aurons découvert ce que vous fabriquiez en Suisse. Eh bien, je considère que c'est chose faite à présent. Du moins, à présent que nous avons quelque chose à nous mettre sous la dent. Mais je ne crois pas que je rapporterai la moitié des foutaises que vous nous avez débitées dans cette maison. À vrai dire, je n'arriverais même pas à m'en souvenir, de toute manière. Je suppose que vous avez raison pour l'essentiel. Mais mon niveau de salaire n'inclut pas que je réfléchisse beaucoup.

— Oh ! je ne sais pas. Vous avez été plutôt rapide pour calculer la valeur de cet or.

— Avant la guerre, je travaillais dans une banque. Je crois qu'il vaut mieux que je dise à mes supérieurs que vous sortiez clandestinement de l'or d'Allemagne et que je m'en tienne là. Tout le reste risque de me mettre dans de sales draps rien que de le mentionner. Ce que font les généraux est leur affaire, pas celle de gars comme moi. Maintenant, je peux rédiger mon rapport et me laver les mains de toute cette histoire.

— C'est un sentiment que je connais fort bien, dis-je. Le crime ne semble plus aussi important quand il s'en commet à tire-larigot un peu partout. Que les choses deviennent totalement incontrôlables. Au bout d'un certain temps, on n'a plus qu'une envie, c'est de se tenir peinard et de faire comme si de rien n'était. Vous avez toute ma sympathie.

— Je suis content que vous voyiez les choses sous cet angle.

— Bien sûr. J'en ferais probablement autant à votre place. Nous sommes taillés dans la même étoffe, Nölle. Deux flics ordinaires essayant de se débrouiller. De mon point de vue, il y a là assez d'or pour que nous vivions tous les trois comme des coqs en pâte jusqu'à la fin de nos jours.

— Vous feriez vraiment ça ? Voler l'or ?

— Pourquoi pas ? Ils l'ont bien volé à quelqu'un. Aux Juifs, probablement. Qu'est-ce qui nous empêche de le récupérer ? Deux millions en or divisés en trois ? Ça fait sept cent cinquante mille pour chacun de vous et un demi-million pour moi. Qu'est-ce que vous en dites ? »

Il regarda son collègue, qui secoua lentement la tête.

« Désolé, dit Nölle. Mais nous ne pouvons pas faire ça. Non pas que ça nous déplairait, notez bien. Mais nous ne sommes pas comme vous, Gunther. Nous n'avons sans doute pas assez d'estomac. De plus, il y a Gottlob à prendre en compte. Notre ami le fermier. C'est ce qu'on pourrait appeler un nazi pur et dur. Jamais il n'acceptera ce que vous proposez.

— Alors vous allez réellement m'abattre ? »

Il acquiesça.

« Malheureusement. Je pourrais vous tuer sur-le-champ, mais je ne tiens pas à courir le risque que les voisins entendent la détonation. Le son porte loin par ici. Surtout la nuit. En outre, j'imagine que les flics de Zurich ont eu suffisamment de coups de feu pour la journée. Nous allons faire une petite promenade, je pense. Edouard, amène la voiture. Et prends la bouteille. Nous boirons un dernier verre avant le finale, Gunther. Je ne tiens pas à rendre ça plus désagréable qu'il n'est nécessaire.

— Très obligeant à vous, j'en suis sûr.

— Vous n'avez pas idée. Gottlob vous ferait probablement bouffer par ses cochons. »

Nölle m'ayant forcé à remettre l'or dans la Mercedes, nous montâmes tous à bord de la Citroën noire, quittâmes Ringlikon pour prendre une route de montagne en lacets, puis, après avoir traversé une voie ferrée, nous arrivâmes en haut de l'Uetliberg, qui, avec près de neuf cents mètres d'altitude, est le point le plus élevé de Zurich. Cela prit environ dix minutes pour atteindre le sommet depuis la planque. En toute autre circonstance, j'aurais été enchanté d'être là. Il y avait un hôtel – l'Uto Kulm – et une tour d'observation de trente mètres de haut, comme si la cime de la montagne et ses nombreux sentiers abrupts ne suffisaient pas. Essayer d'améliorer l'œuvre de la nature semblait presque un blasphème. Mais ainsi sont les Suisses, je suppose.

L'obscurité et une brusque averse avaient découragé les habituels amoureux et joyeux randonneurs, de sorte que nous avions apparemment l'endroit pour nous. Nous descendîmes de voiture, et je regardai autour de moi. Pendant un moment, mes yeux se fixèrent sur d'affreuses statues de cerfs ressemblant davantage à des chameaux, et je me demandai comment on avait pu laisser mettre ces ornements hideux dans un endroit aussi beau. Quoi que dise Schellenberg sur les Suisses, ils étaient capables des fautes de goût les plus épouvantables.

Sous la menace d'un pistolet, les deux agents de la Gestapo me forcèrent à grimper dans la tour. Je ne pensais pas que c'était pour admirer la vue spectaculaire de la ville la nuit, ni les toits rouges de l'hôtel lui-même. Je n'ai jamais beaucoup aimé les hauteurs, et celle-ci commençait déjà à me lasser.

« C'est agréable, fis-je. J'avais besoin d'un peu d'air.

— Ici, il y en a plein, approuva Nölle. Tout l'air qu'on peut souhaiter.

— Je suppose que nous ne sommes pas venus pour profiter du paysage, dis-je, une fois en haut de la tour.

— Vous avez raison, répondit Nölle, et il sortit la bouteille de rakija qu'il avait trouvée dans ma voiture. Pour vous, c'est la fin du voyage, Gunther, alors buvez, soyez gentil. »

À contrecœur, j'avalai une lampée. Avec un pistolet braqué sur moi, je pouvais difficilement faire autrement. La rakija avait goût de lave liquide et était probablement tout aussi inflammable.

« Vous ne buvez pas ? demandai-je.

— Pas cette fois. Ce qui est très bien parce que ça en fera plus pour vous. Je veux que vous la vidiez. Entièrement, compris ? »

J'en bus une nouvelle gorgée du bout des lèvres.

« Je pige. Je vais me soûler et avoir un accident. C'est ça ? Comme ces communistes qui tombaient dans le canal de la Landswehr et se noyaient. Avec un petit coup de pouce de la Gestapo.

— Quelque chose de ce genre, répondit Nölle. D'ailleurs, cet endroit est très prisé pour les suicides. Les Suisses ont un des taux de suicide les plus importants d'Europe. Vous le saviez ? Bien sûr, ça a peut-être rapport avec le fait que le suicide assisté est autorisé dans ce pays depuis 1941.

— Passionnant.

— Alors on pourrait presque dire que ce que nous faisons est légal. Vous aider à vous suicider. Voyez-vous, la police locale aimera infiniment mieux que vous sautiez plutôt que de vous retrouver avec une balle dans le crâne. C'est-à-dire quand elle finira par vous retrouver. Buvez. C'est ça. Croyez-moi, les arbres sont plutôt épais en bas. Nous vous écrirons une gentille lettre de suicide à notre retour, que nous laisserons demain dans votre chambre d'hôtel.

— Bonne idée. L'Allemand tout seul à l'étranger. Loin de chez lui, il se sent déprimé et se met à boire comme un trou. Peut-être a-t-il quelque chose à voir avec la mort de ces Américains. Ça ferait un joli petit nœud pour attacher l'ensemble.

— Tout comprendre, c'est tout pardonner, dit Nölle.

— Buvez, ordonna Edouard. Vous ne buvez pas. Vous vous sentirez beaucoup mieux avec quelques verres dans le nez. Si j'étais à votre place, je sais que je le ferais. »

Il porta la bouteille à mes lèvres et me fit couler davantage d'alcool dans la bouche. J'avalai le feu liquide, dont je recrachai une partie par-dessus la balustrade. Mais je commençais déjà à me sentir un peu ivre. Je tombai sur les genoux, recroquevillé dans le coin contre le parapet. Le Mauser était appuyé juste sous mon oreille. Je savais que, si je finissais la bouteille, je mourrais de toute façon, qu'ils n'auraient pas à me pousser de la tour pour me tuer.

« Ne vomissez pas, m'intima Nölle. Ça gâcherait tout. »

Une légère brise agitait mes cheveux, mais ce n'était rien comparé à l'effet de l'altitude sur mes pulsations cardiaques. Je jetai un coup d'œil par-dessus la balustrade. À travers le toit en verre fortement éclairé du jardin d'hiver de l'hôtel, je pouvais voir des gens dégustant des boissons, fumant des cigarettes et lisant des journaux sans avoir la plus petite idée de ce qui était sur le point de m'arriver.

« Écoutez, bredouillai-je, si vous devez me tuer, donnez-moi une clope, pour l'amour du ciel. Laissez-moi au moins en griller une dernière en buvant mon verre. Je n'ai jamais beaucoup aimé l'un sans l'autre.

— Bien sûr. Nous allons tous fumer une cigarette. Et ensuite, vous pourrez finir cette bouteille. Avant de prendre votre envol, pour ainsi dire. »

Je me levai, glissai une cigarette entre mes lèvres, les mains tremblantes, l'allumai et leur rendis le paquet avant de prendre la plus grosse gorgée possible de rakija, sauf que cette fois je ne l'avalai pas. Aucun des deux gestapistes ne me regardait. J'attendis qu'ils aient une cigarette aux lèvres et qu'ils l'inclinent vers le briquet jailli dans les mains de Nölle. Puis je crachai toute la gorgée de rakija sur la flamme entre leurs têtes penchées.

Je fus moi-même surpris de ce qui se passa ensuite. J'avais entendu des récits horribles sur ce qui se produisait quand on nettoyait une tranchée à l'aide d'un *flammenwerfer* sur le front de l'Ouest – des histoires de torches humaines et de Français brûlés vifs –, mais je suis heureux de dire que je ne l'avais jamais vu de mes propres yeux. Ce n'est pas une arme dont j'aurais pu me servir avec la conscience tranquille. Expédier une balle de fusil dans la tête d'un type est une chose, y mettre le feu en est une autre. Dès que la rakija, dont Geiger avait dit qu'elle titrait à plus de quatre-vingts degrés d'alcool, toucha la flamme du briquet de Nölle, elle transforma les mains, les épaules, les vestes, les visages et les cheveux des deux hommes en brasier. Un impitoyable *flammenwerfer* n'aurait pas fait du meilleur boulot. Une forte odeur de cheveux roussis et de chair grillée emplit soudain l'air vif et rougeoyant en même temps que leurs hurlements. Edouard tira sur ses cheveux calcinés, dont une partie resta dans sa main brûlante. Nölle se tordit dans un sens puis dans l'autre avec une hideuse lenteur, telle une chandelle romaine vivante. L'instant d'après, l'alcool s'était consumé et les flammes avaient disparu. Au bout d'un moment, ils cessèrent de crier. Je les avais au minimum aveuglés.

J'eus à peine une hésitation. J'attrapai Nölle par les chevilles, le soulevai et le balançai par-dessus la balustrade comme les ordures d'un navire en mer. Edouard comprit ce qui était arrivé et se mit à décocher des coups au petit bonheur. Saisissant son poignet, je lui tordis brutalement le bras dans le dos, l'inclinai sur la balustrade et essayai de passer une main sous son genou. Mais, comme une mule entêtée, il appuya fermement ses pieds sur le sol et ne bougea plus, jusqu'à ce que je lui expédie mon poing dans les couilles à plusieurs reprises. Je le sentis alors mollir. Il vomit un peu, j'imagine, puis je le soulevai par les pieds.

« Non, je vous en prie ! » cria-t-il, mais il était trop tard.

La seconde suivante, il tomba dans le vide en glapissant comme un renard blessé, et c'est seulement lorsqu'il eut disparu à travers la cime des arbres et heurté le sol que la montagne retrouva le silence.

Horrifié par ce que je venais de faire et pourtant soulagé d'être toujours en vie, je m'assis et avalai une nouvelle rasade de rakija. Puis je vomis.

33

Tremblant violemment comme si je venais de toucher un fil électrique sous tension, je redescendis la montagne à bord de la Citroën jusqu'à la planque de Ringlikon. La nuit n'était pas encore terminée. Un camion chargé de bidons de lait était garé au bord du champ. Les lumières étaient allumées dans la ferme, et un homme – le producteur laitier, présumai-je – allait et venait entre la cuisine et la cour. Grand et robuste, il portait une veste noire à manches courtes avec passepoil rouge, une chemise blanche et un pantalon en cuir noir. C'était probablement la grande vogue à Zurich. Je ne voulais pas lui faire de mal, j'avais eu mon content de violence pour la soirée, mais je tenais à récupérer mon passeport et mon portefeuille, ainsi que ma voiture, et je ne voyais pas comment j'allais pouvoir y parvenir à moins d'avoir un pistolet à la main. Je restai assis quelques minutes dans la Citroën à essayer de me calmer et à me demander si j'arriverais à lui donner le change, mais j'étais incapable d'imaginer quoi que ce soit qui aurait ne serait-ce qu'une demi-chance. On ne gère pas une planque de la Gestapo sans être quelque peu roublard, voire belliqueux. Nölle l'avait décrit comme un nazi pur et dur qui m'aurait jeté en pâture à ses cochons. Même si je n'avais pas vraiment vu de porcs, cela scella assurément son sort en ce qui me concerne. Je ne pensais pas que le type allait me laisser continuer mon petit bonhomme de chemin sans opposer de résistance. Tout d'abord, je songeai à me faufiler derrière lui et à le frapper avec un objet quelconque. Puis un mugissement sourd déchira l'air de la nuit suisse, et je me dis que je pourrais peut-être obtenir l'aide du taureau dans le hangar. Je ne savais absolument rien sur les taureaux, à part qu'ils sont souvent dangereux. Surtout quand un grand panneau au-dessus d'une porte dans la cour vous invite à vous en méfier. On aurait aussi bien fait de me mettre un panneau au-dessus de la tête. Mécontent de la tournure prise par la journée et privé d'un agréable après-midi avec une femelle de mon espèce, je me sentais assez énervé et dangereux moi-même.

Je sortis de la voiture et manœuvrai avec d'infinies précautions la poignée de la porte d'entrée. Ce n'était pas fermé. Un village suisse n'est pas le genre d'endroit où les gens ferment leur porte à clé. Regagnant la route, j'escaladai la clôture du champ pour pouvoir pénétrer dans la cour de cette façon. De près, le taureau avait l'air encore plus méchant que je ne l'avais supposé. Ses cornes étaient assez courtes, mais ça ne gênait en rien sa capacité d'intimidation. Le fermier était manifestement du même avis, car, dans ses naseaux roses et massifs, l'animal avait un anneau attaché à une courte chaîne qui partait de son museau et faisait une boucle autour de chaque corne. Il ressemblait à la dernière chose à laquelle vous aviez envie de vous tenir pour tirer la chasse d'eau des toilettes dans le noir. Alors même que je m'approchais de sa stalle, il se recula un peu de la porte, s'ébroua, agita sa queue, baissa la botte de foin lui servant de tête et se mit à ratisser la paille avec un sabot. Au bout d'un moment, comprenant que j'étais à l'abri derrière la porte, il parut se lasser et se retourna comme pour me montrer ses couilles, qui étaient plus grosses qu'un bas de soie rempli de pamplemousses. Toutes démonstrations qui semblaient destinées à m'indiquer une seule et même chose : les taureaux sont dangereux. Je regardai autour de moi à la recherche d'un moyen de l'asticoter quand j'aperçus une fourche, ce qui paraissait idéal. Je la ramassai donc et lui donnai de petits coups avec l'extrémité arrondie. Comme ça ne donnait rien, je le piquai rapidement avec l'extrémité pointue, moyennant quoi il ne tarda pas à me décocher de nouvelles œillades. Cette fois, il mugit pour faire bonne mesure et donna de la tête contre la porte, qui trembla comme une vieille guimbarde sur une route défoncée. Il était temps que j'exécute mon plan improvisé. Tirant le verrou de la porte, j'ouvris celle-ci de quelques centimètres, puis je me mis à courir. Dans ma hâte de déguerpir, je glissai sur le sol pavé et faillis tomber, mais une fois en sécurité de l'autre côté de la clôture, je remontai la route et gagnai l'avant de la maison. De là, j'avais une vision claire de tout. Le taureau était maintenant en liberté dans la cour faiblement éclairée. Il était immobile, la tête baissée à dessein, reniflant de frustration de ne pas me trouver à côté de lui et ressemblant pas mal à la fontaine du Bœuf de la fertilité, sur l'Arnswalder Platz à Berlin, où les couples sans enfant allaient parfois en quête d'un miracle.

Pendant ce temps, le fermier semblait n'avoir rien remarqué de spécial. Il fallait que je le fasse sortir dans la cour afin de pouvoir me précipiter dans la maison et verrouiller la porte de la cuisine derrière lui. Je pris donc une des bouteilles de lait posées sur le pas de la porte et la balançai au milieu de la cour, où elle explosa comme une grenade en verre. Puis une autre. J'entendis crier une question dans la maison, après quoi on tira les épais verrous de la porte de la cuisine. J'ouvris la porte d'entrée, attendis une seconde, puis me ruai à l'intérieur juste à temps pour voir le fermier s'avancer, passant de sa cuisine bien éclairée à la quasi-obscurité de la cour. Je piquai un sprint jusqu'à la cuisine et claquai la porte derrière lui. Le fermier se retourna et se mit à tambouriner contre la porte, ignorant encore à quel point sa situation était précaire.

« Qu'est-ce que c'est que ce bordel ? brailla-t-il. Ouvrez cette putain de porte. Edouard, c'est toi ? Arrête de déconner, tu veux ? J'ai eu une longue journée et je suis fatigué. Je ne suis pas d'humeur pour des blagues stupides. Tu m'entends ? Ouvre cette putain de porte ! »

Je ne vis pas la suite de la scène. D'une part, j'étais occupé à chercher mon passeport, les clés de voiture et un pistolet ; et, d'autre part, aucune fenêtre ne donnait sur la cour. Mais j'entendis plus ou moins tout ce qui se passa.

« Nom de Dieu ! s'écria le fermier. Pour l'amour du ciel, ouvrez la porte. Ah ! bon Dieu ! Putain de merde ! »

J'aurais difficilement pu l'éviter. J'ai entendu des choses terribles dans ma vie – le bruit des tranchées restera à jamais gravé dans ma mémoire –, mais celle-ci n'était pas loin derrière.

Le taureau émit des beuglements sonores, puis des sabots martelèrent les pavés. Le fermier se remit à pousser des cris, et la porte de la cuisine vibra soudain comme si elle avait été heurtée par un panzer. Puis une nouvelle fois. En tout, la porte fut secouée ainsi cinq fois de suite avant que ne cesse le vacarme et que tout ne redevienne silencieux dans la cour. Je préférais ne pas penser à ce qui était arrivé de l'autre côté. Et je me sentais coupable comme si j'avais poignardé le fermier avec la fourche. Tout en me disant que Gottlob m'aurait sûrement abattu s'il en avait eu la possibilité, je continuai à chercher mes affaires, que je finis par dégoter dans le tiroir de la cuisine, à côté d'une lampe de poche, d'un Arminius – un revolver de calibre .22 de chez Hermann Weihrauch, une entreprise fabriquant aussi des vélos – et d'une boîte de munitions. L'Arminius était un peu plus menaçant qu'un vélo chargé, mais tout juste. Je glissai l'arme sous la ceinture de mon pantalon et la boîte de munitions dans ma poche, jusqu'à ce que je voie le Walther P38 accroché dans un étui d'épaule à l'arrière de la porte d'entrée. Je vérifiai le Walther et, constatant qu'il était chargé, remis l'Arminius dans le tiroir. Un .38 tient toujours mieux dans la main qu'un .22. Surtout quand vous essayez de faire valoir votre point de vue dans une discussion.

Me sentant un peu plus courageux maintenant que j'avais une arme convenable, j'allai à la porte de la cuisine, l'entrouvris et promenai le faisceau de la lampe de poche à travers la cour dans le vague espoir que le fermier serait encore en vie et que je pourrais lui offrir un refuge. Mais il était trop tard, de toute évidence. Le dénommé Gottlob était étendu roulé en boule sur les pavés comme s'il prévoyait de dormir à la belle étoile. Il était mort, bien sûr. On aurait dit que son visage avait été embouti par un boulet de démolition. La lumière se refléta dans le grand œil brun du taureau, qui chargea de nouveau. Je refermai promptement la porte et la verrouillai, en haut et en bas, juste avant que l'animal ne cogne avec sa tête contre les panneaux tenant à peine. À travers les planches de l'épaisseur de ma main, il faisait l'effet d'être aussi gros qu'un éléphant.

J'entrai dans le garage où nous avions laissé la Mercedes et replaçai les bas de caisse par-dessus les lingots et les panneaux sur les portières. Comme il y avait une pompe à essence, j'en profitai pour faire le plein de la 190. Puis je me lavai à un évier dans le garage, redressai ma cravate, brossai mon costume et essayai pour l'essentiel d'avoir l'air de quelqu'un logeant dans un charmant hôtel de Zurich. Avec un peu de chance, j'aurais peut-être une nuit tranquille, après quoi je rencontrerais l'inspecteur Weisendanger pour prendre le petit déjeuner comme si de rien n'était. Je n'étais pas très fier de mon boulot de la journée. D'une façon ou d'une autre, six hommes – trois Américains et trois Allemands – étaient morts à cause de moi. Mais je n'avais rien demandé. J'aurais largement préféré passer l'après-midi au lit avec Dalia Dresner. Comme n'importe quel homme.

Au Baur au Lac, l'antique horloge sur le manteau de la cheminée indiquait 22 heures passées. Tout était exactement comme je l'avais laissé un peu plus tôt, et dans cette oasis de calme lacustre, on avait du mal à croire que des organisations telles que l'OSS et la Gestapo existaient ou même que le monde était en guerre. Le front russe et les bombardements de Hambourg et de Berlin auraient pu appartenir à une autre planète. Le réceptionniste à la barbe impeccable portait un nœud papillon et une jaquette noire assortie, et avait l'air imperturbable de quelqu'un que rien ne peut surprendre. Il accueillit mon retour dans l'élégant hall lambrissé de l'hôtel avec de vives manifestations de plaisir, ce qui n'est pas rien pour un Suisse. Je suppose que je n'avais tout simplement pas l'air du genre de client capable de doubler le taux annuel d'homicides du pays en une soirée. Et alors que je lui demandais la clé de ma chambre, il me remit également un mot écrit sur l'épais et coûteux papier de l'hôtel. S'il sentit l'odeur de l'alcool dans mon haleine ou sur mes vêtements, il n'en laissa rien paraître.

« Y a-t-il autre chose que je puisse faire pour vous ce soir, Herr Gunther ?

— Oui. Demandez au service en chambre de m'apporter une bouteille de bière et des œufs brouillés, voulez-vous ? Du pain et du fromage, des saucisses et des pickles. Ce que vous avez. Et dès que possible, s'il vous plaît. J'ai une faim de loup. »

Une fois seul dans ma chambre, je lus plusieurs fois le mot de Dalia avant l'arrivée de mon dîner. Puis je pris un bain chaud. Je songeai à lui téléphoner, mais il était tard d'après les normes suisses, et je décidai de le faire dans la matinée, après le petit déjeuner en compagnie de Weisendanger. J'allai me coucher avec de tendres pensées pour Dalia. Dans sa lettre, elle s'excusait de son retard – apparemment, elle n'avait pas pu échapper à son mari avant presque quatre heures et supposait que mon absence de l'hôtel avait quelque chose à voir avec ça – et proposait qu'on se retrouve le lendemain. Il y avait des tas de baisers au bas de la feuille, dont un vrai dessiné avec du rouge à lèvres. J'avais l'impression d'avoir de nouveau quinze ans. Dans le bon sens du terme. Plus vous avancez en âge et plus l'idée commence à sembler attrayante. Et lorsque je la verrais, ce serait d'autant plus agréable que j'avais survécu à un enlèvement et à une tentative de meurtre.

Peut-être est-ce vrai ce que dit Goethe, que le destin exauce nos vœux, mais à sa manière, pour nous donner plus encore que nous ne souhaitons. Curieusement, alors que je suis sur le point de sombrer dans le sommeil, il m'arrive souvent de me dire que j'aurais pu être Goethe. Il se peut que ce soit son dédain pour l'Église et la loi, et les nazis, bien entendu – il aurait sans aucun doute détesté Hitler ; c'est sûrement aux nazis qu'il pensait quand il nous conseille de traiter avec mépris ceux chez qui le désir de punir est fort. Un jour, je suis allé visiter le célèbre restaurant Auerbachs Keller à Leipzig, où le poète a passé la plupart de ses années d'étudiant à boire du vin, et je me suis senti une affinité avec l'homme comme avec personne d'autre. Cela dit, il se peut que ce soient toutes ces images sur les murs lambrissés de Faust trinquant avec Méphistophélès. Je me suis souvent senti une affinité avec lui aussi. Sinon, comment expliquer que je sois encore en vie ? Mon esprit éluda une fois de plus le présent et, pendant un moment, je me retrouvai en train de boire dans les profondeurs souterraines d'une cave médiévale ; puis, à califourchon sur un tonneau de vin aussi gros qu'un taureau, je franchissais la porte et débouchais sur la place du marché, où la dernière scène du *Juif Süss* était déjà commencée, et le pauvre Oppenheimer hurlait qu'on lui laisse la vie sauve, tandis que la cage transportant la potence était hissée au sommet d'une tour loin au-dessus des têtes de la foule. Je restais à regarder, avant que l'oubli ne m'emporte dans son sein de velours noir. C'était un rêve très allemand.

34

Je suis normalement un lève-tôt. Surtout l'été, quand le soleil est debout avant tout le monde. Mais ce matin-là, nous n'étions prêts ni l'un ni l'autre pour l'arrivée de la police à 5 h 30. Weisendanger était là, bien sûr. Il attendit en silence pendant que je m'habillais et que ses hommes fouillaient la chambre, sans résultat. Lorsque j'étais rentré au Baur la veille au soir, j'avais pris la précaution de planquer mon pistolet derrière la roue d'une énorme Duesenberg recouverte d'une housse dans le parking, de sorte qu'il n'y avait pas lieu de s'inquiéter.

« Que se passe-t-il, inspecteur ? Je suis en retard pour le petit déjeuner ? Ou le ciel est particulièrement beau ce matin ?

— Bouclez-la et habillez-vous. Vous verrez bien.

— La dernière fois qu'on m'a réveillé ainsi, j'ai passé une journée très inconfortable avec la Gestapo.

— Je vous avais prévenu que nous aimions bien démarrer tôt dans la police suisse.

— Je ne pensais pas que ça signifiait aussi tôt. Espérons que le petit déjeuner est meilleur là où nous allons. »

Nous nous rendîmes au siège de la police dans la Kasernenstrasse, lequel se trouvait à un quart d'heure de marche de l'hôtel et à seulement un jet de pierre de la gare principale. Je le sais parce que je dus retourner au Baur à pied une fois qu'ils eurent fini de m'interroger sur les trois Amerloques qu'ils avaient découverts tués par balle dans l'appartement de la Huttenstrasse. Le siège de la police était un bâtiment à créneaux démesurément grand, avec une gosse horloge centrale, deux ailes peintes en blanc et ce qui ressemblait à un immense terrain de manœuvres à l'arrière.

« Un sacré tas de merde pour un pays sans véritable criminalité, fis-je remarquer alors que nous montions péniblement les quatre volées de marches.

— C'est peut-être pour ça que nous en avons très peu, répondit Weisendanger. Vous y avez songé ? »

Nous pénétrâmes dans une pièce au dernier étage avec trois barres latérales à la fenêtre. Je suppose qu'elles auraient pu empêcher un obèse de se suicider en s'écrasant sur le trottoir au-dessous – ce qui était une des techniques d'interrogatoire préférées de la Gestapo –, mais tout juste. De la pièce où ils me questionnèrent, je pouvais voir, de l'autre côté de la rivière, ce qui avait l'air d'une caserne avec des écuries. J'allumai une cigarette et m'assis.

« Où étiez-vous hier ? demanda Weisendanger.

— Après un très agréable petit déjeuner avec vous, répondis-je, j'ai passé la matinée à Küsnacht. Chez le Dr Stefan Obrenović. Vous pouvez lui poser la question, je présume. Il se souviendra certainement de ma visite. Je ne lui ai pas beaucoup plu.

— Je me demande bien pourquoi.

— C'est exactement ce que j'ai pensé. Ensuite, j'ai fait le tour du lac en voiture. Une jolie balade. C'est un lac superbe que vous avez là. Puis je suis allé au zoo, où j'ai pris un déjeuner tardif. Vous auriez pu me demander tout ça devant un œuf à la coque et une tasse de café.

— Au zoo ?

— Oui, dans les collines. Il est beaucoup mieux que celui de Berlin, je dois reconnaître. Un grand nombre de nos animaux ont été mangés, vous savez. Une politique à courte vue pour un zoo, à mon avis.

— Quels animaux avez-vous vus ?

— Des lions et des tigres. Des trucs à fourrure. Le genre habituel.

— Qu'avez-vous fait ensuite ?

— Attendez. J'ai bu un café au Sprüngli, sur la Paradeplatz. Aucune visite de Zurich ne serait complète sans ça. Puis une bière à la Kronenhalle. Peut-être même deux ou trois parce que j'ai piqué un roupillon dans la voiture. Je suis rentré vers 21 heures.

— D'après le réceptionniste, il était plus près de 22 heures.

— Si tard que ça ?

— Vous n'étiez pas du côté de la Huttenstrasse, par hasard ?

— Pas à ma connaissance. Qu'est-ce qu'il y a dans la Huttenstrasse ?

— En ce moment, les cadavres de trois Américains.

— Et vous pensez que j'y suis pour quelque chose ?

— Pendant cinq ans, nous avons eu la paix et la démocratie dans cette ville. Et le lendemain de votre arrivée, voilà que nous écopons de trois victimes par balle en une seule journée. Une fichue coïncidence, vous ne trouvez pas ?

— Seriez-vous aussi contrarié s'il s'agissait de trois Allemands ?

— Mettez-moi à l'épreuve.

— Je ne voudrais pas avoir l'air d'un vieux routier, mais quand je faisais partie de la police de Berlin, nous avions l'habitude de chercher quelque chose que nous appelions de façon pittoresque des preuves, avant d'amener un suspect pour l'interroger. Ce qui nous permettait de le prendre en défaut si jamais il mentait. Vous devriez essayer un de ces jours. Vous seriez surpris de voir à quel point cela peut se révéler efficace dans ce genre de situation.

— Vous vous croyez très malin, hein, Gunther ? L'Allemand arrogant typique.

— Aux dernières nouvelles, ce n'est pas un crime. Même en Suisse.

— Vous savez, j'aurais parfaitement le droit de vous expulser de ce pays sur-le-champ.

— Si c'était le cas, vous l'auriez déjà fait. C'est évident. Alors pourquoi suis-je ici ? Ça ne peut pas être la vue. Et ce n'est certainement pas le café. Il paraît que les Suisses aiment bien pêcher, mais la coutume veut qu'on laisse pendre son hameçon dans de l'eau de plus de deux centimètres de profondeur. Vous regardez dans une flaque de pisse, et vous le savez.

— Je vous ai déjà averti, Gunther. Les flics de Zurich n'ont pas le sens de l'humour.

— D'accord, vous m'avez passé la corde au cou. Tapez des aveux et je les signerai immédiatement.

— Nous avons encore la peine de mort en Suisse, fit remarquer Weisendanger. Pour certains crimes.

— Laissez tomber. Je n'ai pas tué ces Amerloques. »

Je parcourus la pièce des yeux. Sur le mur se trouvaient un drapeau et une carte de la Suisse, dans le cas où on aurait oublié où on était. Ce qui me paraissait peu probable. Weisendanger avait beau parler en allemand, ce qu'il disait n'avait quand même pas beaucoup de sens. Jusqu'à présent, parfaitement Suisse. À moins que...

« Puis-je vous dire ce qui s'est passé, d'après moi ? Ne vous emballez pas, inspecteur. Je ne vais pas vous exposer une théorie ingénieuse sur la mort de ces Américains. Je ne sais rien là-dessus. Mais je parierais du bon argent suisse que la petite farce de ce matin était une idée de politicien. Pas de quelqu'un connaissant le travail de police, comme vous et moi. Est-ce que je me trompe ?

— Le conseiller du gouvernement responsable de la sécurité a hâte que vous déguerpissiez, de Zurich, en tout cas.

— Je viens juste d'arriver. Pourquoi devrais-je partir ? Je n'ai enfreint aucune loi. Et je n'ai pas l'intention de le faire non plus.

— Il a le sentiment que vous pourriez constituer un élément indésirable.

— Croyez-moi, j'ai déjà une longue habitude de ça chez moi. Voyez-vous, je ne suis pas un nazi. J'en ai seulement l'air.

— Un commissaire de police peut rendre la vie extrêmement désagréable à quelqu'un.

— Ça ne semble pas très démocratique. À vrai dire, c'est même le genre de truc que dirait un nazi.

— Mais vous avez à faire à Ermatingen, n'est-ce pas ?

— Oui.

— Alors je vous conseille fortement d'y aller et de vous en occuper, pendant que vous le pouvez encore.

— Dommage. Je commençais à aimer cette ville.

— Je ne voudrais pas que vous me deviez quelque chose. Comme votre vie.

— Ça ressemble à une menace.

— Vous n'écoutez pas ce que je dis, Gunther. Voyez-vous, j'ai l'impression que vous avez une fâcheuse tendance à vous attirer des ennuis. Et comme je suis censé vous protéger durant votre séjour à Zurich, je ne voudrais pas avoir à sauver vos couilles du feu. Peut-être n'avez-vous rien à voir avec la mort de ces trois Américains. Peut-être. Mais d'autres risquent de penser différemment. Les Américains, par exemple. Lesquels pourraient bien commettre la même erreur stupide que moi. Vous voyez ce que je veux dire ? Nous sommes une petite ville tranquille. Et elle nous plaît comme ça. »

Je repensai au cadavre dans le village de Ringlikon. Au moins sa mort soudaine aurait l'air d'un accident. Des fermiers se font tuer tous les jours par des taureaux. C'est un risque professionnel. Mais les deux hommes qui étaient tombés de la tour d'observation au sommet de l'Uetliberg, il aurait été difficile de dissimuler le fait qu'ils portaient l'un et l'autre au visage des brûlures au second degré. Et quand on les aurait identifiés comme étant des Allemands, voire des agents de la Gestapo, quelqu'un risquait de faire le lien avec le fermier, et la police suisse commencerait à croire qu'elle avait une guerre intestine sur les bras entre nous et les Yankees. Weisendanger avait donc probablement raison. Si les Amerloques n'essayaient pas de me choper, les Suisses me cueilleraient certainement de nouveau, et alors que deviendrait ma mission ? Il valait mieux que j'aille à Ermatingen. Même si cela signifiait que je n'allais pas coucher de sitôt avec Dalia. C'était regrettable, mais on ne pouvait rien y faire. Sauf si son mari repartait pour Genève.

Dès que je fus de retour dans ma chambre au Baur, je lui téléphonai chez elle, à Küsnacht. Agnes, la domestique, me répondit que sa maîtresse allait me rappeler dans cinq minutes. Ce qu'elle fit vingt minutes plus tard.

« Mon chéri, que s'est-il passé hier ? À l'hôtel ? Je sais bien que j'étais en retard, mais tu as sûrement deviné la raison. Tu étais en colère contre moi ?

— Non, pas du tout. J'ai dû sortir. Pour affaires. Qu'il suffise de dire que ç'a été une très longue journée.

— Cela semble compliqué.

— Tu peux le dire. Écoute, je suppose que tu n'as pas changé d'avis à propos de ton retour en Allemagne ?

— Pour tourner dans ce film ? Non. Être une vedette de cinéma ne m'intéresse plus beaucoup. J'ai décidé d'aller étudier les mathématiques à l'École polytechnique. En particulier la théorie des ensembles et l'hypothèse du continu. Il y a un théorème que j'aimerais vérifier, dû à un certain Georg Cantor.

— Bien sûr. Je connais. Le chanteur. Banjo Eyes. »

Dalia éclata de rire.

« Ça, c'est Eddie Cantor.

— Je sais. Mais je ne voulais pas que tu penses que je suis un total ignorant.

— J'espère que ma décision ne te met pas dans une position délicate par rapport à Joseph.

— Joseph ? »

Je souris en m'imaginant une seconde appelant le ministre de l'Éducation du peuple par son prénom.

« Non. Je suis sûr que tout se passera très bien.

— Ça va, mon chéri ? Tu as l'air fatigué. Tu me manques tellement.

— Pas de problème. Et tu me manques aussi. Je n'arrive pas à croire que tu sois à la fois si proche et si éloignée. Chaque fois que je regarde ce lac, je me dis que tu le regardes également. Pourquoi est-ce que je n'irais pas à la nage jusque là-bas pour te voir ? Maintenant. Ça ne devrait pas me prendre plus de deux ou trois heures. Sérieusement, je suppose qu'il n'y a aucune chance que ton mari parte en voyage d'affaires aujourd'hui. Malheureusement, je dois quitter Zurich.

— Si vite ? Oh, non. Quel dommage. Tu retournes en Allemagne ?

— C'est probablement ce qui se produira. Mais avant, je dois aller quelque part. Le long de la frontière germano-suisse. Je ne sais pas quand je redescendrai, à supposer que je le fasse.

— Stefan est encore ici, et il se montre extrêmement soupçonneux, Bernie. C'est-à-dire encore plus que la normale. Eh bien, tu as eu mon mot à l'hôtel. Qu'allons-nous faire ? Je crois que j'en mourrai si je ne te vois pas bientôt.

— Écoute, je vais dans un château, dans un village appelé Ermatingen.

— Ermatingen ? Ce n'est pas très loin. Environ une heure en voiture. On pourrait peut-être s'y rencontrer. Mais Rapperswil serait mieux pour moi. Je pourrais m'y rendre facilement, et il y a plein d'hôtels à Rapperswil.

— Je t'appellerai quand je serai à Wolfsberg. On pourra peut-être se retrouver à Rapperswil. Je ne sais pas. Mais ne perds pas espoir, mon ange. Ne perds pas espoir. Comme tu l'as dit toi-même, l'amour finit toujours par triompher. »

35

Le château de Wolfsberg occupait un plateau élevé orienté au nord, entre la vallée de la Thur et l'Untersee du lac de Constance. Je me garai à côté d'un vaste verger de poiriers et me dirigeai vers un des bâtiments. Alerté par le crissement des pneus de ma voiture sur le gravier, Paul Meyer-Schwertenbach s'avança vers moi, encore plus grand et plus beau que dans mon souvenir, et souriant chaleureusement. Il portait une tenue décontractée de gentilhomme du sud de l'Allemagne : veste de chasse grise style Trachten avec passepoil vert et cerf doré sur les revers, culotte de cheval assortie et courtes bottines marron. Il avait un verre de vin du Rhin à la main. Il devait y avoir des domestiques aux alentours, mais, à cet instant du moins, je ne les vis pas, et Meyer me paraissait du genre à prétendre que sa femme et lui étaient des âmes simples préférant de beaucoup prendre en personne soin d'eux-mêmes. Préférer prendre seul soin de soi-même et le faire par nécessité sont deux choses très différentes ; surtout quand vous avez un majordome, une femme de ménage, une cuisinière et peut-être un ou deux jardiniers pour vous aider à effectuer de menus travaux autour de la maison.

« Vous avez réussi à venir, dit-il, avant de me tendre le verre. J'en suis très heureux. Bienvenue chez moi. Bienvenue à Wolfsberg.

— Merci. »

Je goûtai le vin, un délicieux riesling.

« C'est le meilleur accueil que j'ai reçu depuis que je suis en Suisse.

— Nous ne vous attendions pas avant demain.

— J'ai dû changer mes plans.

— Permettez-moi de vous faire visiter les lieux, proposa-t-il avec une légitime fierté.

— Vous avez une propriété magnifique, dis-je de façon superflue.

— Il y a eu une maison sur cet emplacement depuis 1272.

— Pas mal. Avec une telle situation, on se demande pourquoi ils ont attendu si longtemps.

— Je suis content de vous l'entendre dire. »

Le château comprenait le vieux château et le nouveau château – subtilité qui me dépassait complètement, si ce n'est qu'il y avait deux bâtiments distincts –, une jolie petite chapelle, une bibliothèque, une remise, un passage avec un toit en tuile et, qui sait, un praesidium de la police et un donjon habité par l'homme au masque de fer. Meyer m'expliqua que le nouveau château était en piètre état, ce qui pouvait sembler paradoxal, et que je logerais avec lui et sa femme Patrizia ainsi que leurs autres invités dans le vieux château. Avec ses trois étages et une façade donnant sur un ravissant jardin à la française, le vieux château était une construction carrée aux fenêtres mansardées et au toit pyramidal surmonté d'un clocher en oignon ressemblant à une cerise sur un très gros gâteau blanc, le genre de gâteau que seuls les riches peuvent se payer. C'était une demeure impressionnante, mais, à mon avis, c'est le panorama qui la rendait particulièrement enviable, car, au milieu du lac de Constance, on pouvait voir jusqu'à l'île allemande de Reichenau avec sa fameuse abbaye. Meyer me dit qu'il avait de puissantes jumelles montées sur un trépied à travers lesquelles on pouvait distinguer les soldats allemands faisant boire leurs chevaux dans le lac. Je n'en doutais pas une seconde. Du château de Wolfsberg, vous auriez probablement pu voir l'abbé Bernon de Reichenau prenant son petit déjeuner en 1048.

Une chose que je ne m'attendais pas à voir depuis la terrasse du château de Wolfsberg, c'était le général Schellenberg. Vêtu d'un costume d'été, il était assis sur la pelouse à l'arrière de la maison, en compagnie d'une femme, sans doute Patrizia, l'épouse de Meyer, de deux chiens et, sans ordre particulier, du major Eggen. Meyer me fit descendre un escalier pour aller les saluer.

« Voici l'homme dont je t'ai parlé, ma chérie, dit-il à son épouse. Le célèbre policier de Berlin. Bernie Gunther.

— Oui, bien sûr. Bienvenue à Wolfsberg, Herr Gunther. »

Elle se leva poliment pour me serrer la main. Patrizia était d'une beauté exceptionnelle qui me rappelait un peu Hedy Lamarr. Grande et élancée, avec un rire facile, elle portait une robe d'été à fleurs, des lunettes de soleil Persol et fumait comme si sa vie en dépendait. Je lui aurais peut-être accordé, à juste titre, plus d'attention si je n'avais pas eu conscience que Schellenberg et Eggen s'étaient certainement servis de moi pour faire passer de l'or de l'autre côté de la frontière suisse, que j'avais pris tous les risques, à mon insu, pendant qu'ils voyageaient bien tranquillement.

« Tout va bien, Gunther ? » demanda Schellenberg.

Je décidai de ne pas révéler pour l'instant que j'étais au courant au sujet de l'or, ni que l'OSS m'avait pris pour Schellenberg, avec des conséquences meurtrières. Les deux Allemands demeuraient immobiles, souriant d'un petit air narquois comme s'ils étaient très satisfaits d'eux-mêmes. Mais ça me démangeait de sortir le P38 de l'étui d'épaule que je portais sous ma veste.

« Oui, tout va bien, général.

— Des problèmes avec la voiture ?

— Aucun.

— Parfait. Et où se trouve-t-elle en ce moment ? »

Je fus tenté de répondre que je l'avais laissée à Zurich. Au lieu de quoi je m'assis, laissai Patrizia remplir de nouveau mon verre et dis après un court délai :

« À l'entrée. »

J'agitai les clés devant son nez, puis les remis dans ma poche.

« C'était comment, Zurich ? demanda-t-elle.

— J'ai bien aimé. Surtout le lac. Et l'hôtel était très agréable.

— Où êtes-vous descendu ?

— Au Baur au Lac.

— C'est le meilleur.

— Eh bien, voilà qui semble très convivial, déclarai-je. Je ne pensais assurément pas vous trouver ici tous les deux. Général. Major.

— Une sorte de coup de tête », expliqua Eggen.

Quelques gouttes de sueur coulèrent de son front sur l'arête osseuse de son nez. Il faisait chaud, mais pas tant que ça, et je compris qu'il était nerveux, à cause de moi, peut-être.

« Je pourrais rester assis là toute la journée à admirer le panorama, dis-je à Patrizia.

— Il nous arrive souvent de le faire, répondit-elle. La table du bureau de Paul est installée à dessein contre un mur, de manière à ce que la vue ne l'empêche pas d'écrire. C'est un truc qu'il tient de Somerset Maugham, quand nous étions sur la Côte d'Azur avant la guerre. Même si Paul n'a pas été aussi radical que Maugham. Lorsque celui-ci a acheté la villa *La Mauresque*, il a fait murer la fenêtre de son bureau pour ne pas être distrait par le paysage.

— Il est déjà suffisamment difficile d'écrire un roman sans passer son temps à regarder par la fenêtre, dit Meyer.

— J'avais le même problème au siège de la police sur l'Alexanderplatz à Berlin. Je me surprenais fréquemment à regarder dehors. En me demandant ce que je fichais là.

— J'ai hâte d'en apprendre davantage à cet égard, s'exclama Meyer.

— Oh ! oh ! fit Patrizia, j'entends se réveiller l'écrivain. Si vous voulez bien m'excuser, je vais voir où en est le dîner.

— Je viens vous aider », dit Eggen.

Schellenberg attendit qu'ils soient partis.

« Je croyais vous avoir dit de ne pas emporter d'arme en Suisse. »

Mon étui d'épaule n'avait pas échappé à son regard perçant.

« Celle-ci ? » Je me donnai une tape sur le côté gauche de la poitrine. « Je ne l'ai pas emportée en Suisse. Je me la suis procurée en cours de route. Un souvenir de ma visite, en quelque sorte.

— Débarrassez-vous-en, pour l'amour du ciel. Cela rend notre hôtesse nerveuse.

— Vous savez, je ne pense pas que je vais le faire, général. Pas pour l'instant. Il s'est passé beaucoup trop de choses depuis mon arrivée en Suisse. Mieux vaut la laisser où elle est. Nichée dans son petit étui.

— Je peux vous assurer que Patrizia n'a rien contre les armes à feu, affirma Meyer. Comme la plupart des Suisses, nous en gardons quelques-unes dans la maison.

— Il est trop tard pour ça, répliquai-je. Les Allemands ont déjà débarqué.

— Je croyais que vous aviez dit qu'il n'y avait pas de problèmes, Gunther, fit observer Schellenberg.

— Avec la voiture. La voiture se porte comme un charme. Elle est à l'entrée. En ce qui me concerne, les choses ont été un peu plus ardues. »

Schellenberg parut soulagé.

« C'est-à-dire ?

— Rien que je n'aie pu régler.

— Voilà qui semble de mauvais augure.

— Pas du tout. (J'allumai une cigarette.) Enfin, pas vraiment. Voyez-vous, c'est déjà arrivé. À moi, en tout cas. Je vous le raconterai un de ces jours, général. Quand je serai d'une humeur plus égale. Ce qui vaudra beaucoup mieux pour vous. Dans l'immédiat, j'ai juste envie de profiter de cette vue si impressionnante, de cet excellent vin et de cette cigarette. Et de bavarder avec le capitaine Meyer bien sûr. Je ne vous ai pas vu depuis juillet dernier, capitaine. Nous avons un peu de retard à rattraper, vous et moi. (Je souris d'un air sarcastique.) Avec l'accent sur rattraper, peut-être.

— Que voulez-vous dire ? Et s'il vous plaît, appelez-moi Paul.

— Merci, mais je m'en tiendrai à capitaine pour le moment, si ça ne vous ennuie pas. Et ce que je veux dire ? Eh bien, au risque de paraître grossier, il me faut vous poser une question précise. Une question de flic, je le crains.

— De quoi diable parlez-vous ? demanda Schellenberg.

— Lors de notre dernière rencontre, capitaine Meyer, à l'Opéra allemand de Berlin, un meurtre a été commis juste à côté. Un certain Heckholz. Le Dr Heckholz. Quelqu'un lui a défoncé le crâne avec un buste de Hitler. Ça avait l'air d'une blague, mais pas pour lui. Vu qu'il était mort. Pas la première personne tuée par

Hitler et sûrement pas la dernière non plus. Voilà, je l'ai faite. La blague.

— Personne ne rit, Gunther, répliqua Schellenberg.

— Laissez-moi finir. Heckholz était l'avocat de la famille Minoux, autrefois propriétaire de la villa au bord du lac Wannsee. Où a eu lieu la conférence de l'IKPK. Heckholz s'apprêtait à poser des questions gênantes sur la Fondation Nordhav et l'acquisition de la villa, et qui avait empoché l'argent de la vente. D'abord, j'ai pensé que le général avait ordonné à ses hommes de faire taire Heckholz. Après tout, il est l'administrateur principal de la Nordhav et dirige fort opportunément un service bourré d'assassins.

— Vraiment, Gunther, vous êtes l'individu le plus affreusement impertinent que je connaisse, protesta Schellenberg.

— Puis j'ai fini par comprendre, hier seulement, en fait, qui l'a réellement tué. Ce n'est pas le général, ni un de ses hommes. Et je ne crois pas que ce soit vous, capitaine Meyer. Vous ne me semblez pas avoir le profil. Mais vous savez qui c'est. Ce qui m'amène à la question précise. Est-ce votre collègue, le lieutenant Leuthard, qui a tué le Dr Heckholz ?

— Franchement, intervint de nouveau Schellenberg, voilà qui dépasse tout. Vous venez chez un homme, en tant qu'invité, et dans les dix minutes qui suivent, vous l'accusez quasiment d'être l'auteur d'un meurtre de sang-froid. Vous me sidérez.

— En réalité, général, je ne pense pas qu'il ait été tué de sang-froid. À mon avis, le lieutenant l'a frappé à l'improviste. Avec le premier objet lourd qui lui est tombé sous la main. S'il était venu pour l'assassiner, il aurait certainement apporté une arme plus efficace qu'un bronze d'Adolf Hitler. Raison pour laquelle je suis convaincu que le capitaine n'a pas donné l'ordre de tuer Heckholz non plus. Non, je dirais que Leuthard a dépassé le cadre de sa mission. D'ailleurs, capitaine, vous avez déclaré vous-même que Leuthard était dans le meilleur des cas un personnage difficile. Légèrement tête brûlée, avez-vous ajouté, si je me souviens bien. »

Schellenberg se leva.

« Vous devriez partir maintenant, Gunther.

— Dans la Mercedes ? (Je souris.) Celle avec laquelle je suis arrivé ? J'en doute. Ça ne vous plairait pas beaucoup.

— Asseyez-vous, Schelli, dit Meyer. Asseyez-vous et restez un moment tranquille. Le capitaine Gunther a tout à fait raison. Le lieutenant a effectivement tué le Dr Heckholz. De la manière dont il l'a raconté.

— Voilà au moins un point d'acquis, dis-je.

— Leuthard était bien plus qu'une tête brûlée. Plutôt une brute. J'ignorais totalement de quel genre d'individu il s'agissait quand il m'a accompagné à Berlin. L'armée insistait pour que je l'emmène avec moi, par mesure de sécurité au cas où quelqu'un de la Gestapo déciderait de m'enlever pendant la conférence. De peur que je ne révèle des secrets d'État sous la torture.

— Auriez-vous l'obligeance de me dire ce qui s'est passé exactement, capitaine ?

— Mon Dieu, Gunther, se plaignit Schellenberg, vous me faites penser à un garde-champêtre.

— Je préfère ne pas vous dire à quoi vous me faites penser, général. Je pourrais être tenté de prendre ce pistolet. Nous sommes dans un pays neutre, après tout.

— Non, non, Schelli. Gunther a entièrement raison. Du reste, il était le premier sur la scène de crime. Heckholz menaçait de révéler aux journaux suisses l'existence d'un accord commercial entre le Syndicat suisse du bois et une filiale de la Nordhav, Export Drives GmbH.

— Vous voulez dire, l'accord pour fournir des baraquements en bois à la SS et à l'armée allemande ?

— Comment le savez-vous ? demanda Schellenberg.

— Exactement, dit Meyer. Deux mille. Les cinq cents premiers ont été expédiés l'année dernière. L'ensemble de la transaction représente beaucoup d'argent pour l'économie suisse plutôt mal en point. Près de douze millions de francs, pour être précis. Non que ce soit la première fois que nos deux pays font des affaires ensemble. En 1939, le service du major Eggen nous a acheté une grande quantité de mitrailleuses. Cela ne plaît pas à tous les Suisses que leur pays passe des accords commerciaux avec le vôtre. Surtout quand ils portent sur de l'équipement militaire. Mais ceux qui s'opposent à de tels accords ne nous disent pas comment ce pays est censé survivre économiquement tout en restant un pays neutre entouré par l'Allemagne et ses alliés. De fait, nous devons exporter pour survivre. Nous avons besoin de l'argent allemand, et pour rester neutres nous avons besoin de faire des affaires avec l'Allemagne. Mais il s'agit d'un sujet extrêmement sensible, et que les journaux suisses en parlent n'aurait servi à personne. C'est aussi simple que ça. Schelli a été très utile à la conclusion de tels accords. Il croit fermement à la neutralité suisse. C'est même la raison pour laquelle il est ici en ce moment.

— Vous lui en dites beaucoup plus que ce qu'il a vraiment besoin de savoir, intervint Schellenberg. Il n'a pas autant d'importance.

— Revenons-en au rôle de Leuthard dans tout cela, dis-je à Meyer.

— Peu après notre arrivée à l'Adlon, j'ai reçu un message de Heckholz sollicitant un entretien. Aussi, pendant que vous et moi discutions au soleil devant l'hôtel, j'ai envoyé Leuthard à son cabinet pour fixer quelque chose. Il était sorti. J'ai donc renvoyé Leuthard pendant l'opéra. Et cette fois Heckholz était là. Tout ce que devait faire Leuthard, c'était organiser une rencontre. Je ne m'attendais certainement pas à ce qu'il lui mette la tête en bouillie. J'ai été horrifié quand il m'a relaté ce qui s'était produit. Dès mon retour en Suisse, je me suis arrangé pour qu'il soit transféré dans un autre service.

— Ainsi, vous êtes en train de dire que Heckholz n'a pas été tué pour éviter de mettre la Suisse dans l'embarras à propos des utilisateurs finals de ces baraquements. »

Meyer eut l'air perplexe.

« À part le fait qu'elles sont occupées par des soldats allemands, répondit-il, je ne vois pas qui pourrait bien se plaindre s'agissant de foutues baraques en bois. Ce n'est pas comme si nous étions en train de vendre des mitrailleuses à votre pays. Ce pourquoi nous le faisons. Un baraquement n'est qu'un baraquement. Beaucoup moins passionnel que des armes à feu, je peux vous le garantir.

338

— D'accord. Tout de même, je me demande ce que diraient les Suisses s'ils savaient à quoi la SS emploie certains de ces baraquements.

— Je ne comprends pas.

— Ils sont acheminés dans des camps de concentration. Vous en avez entendu parler, je suppose.

— Vous n'en savez rien, Gunther, fit remarquer Schellenberg. Ce ne sont que des suppositions.

— Deux mille ? Il me semble raisonnable de supposer qu'une partie d'entre eux a fini dans un camp de concentration ou un autre.

— Taisez-vous, Gunther, rétorqua Schellenberg, tout cela vous dépasse.

— Assez curieusement, j'en ai l'habitude.

— Vous n'avez pas la moindre idée de ce que nous essayons d'accomplir ici.

— Bien entendu, ils ne sont pas destinés à des soldats, capitaine Meyer. Mais à la main-d'œuvre forcée juive. Aux Juifs et à tous ceux que le Troisième Reich considère comme sous-humains et donc interchangeables. J'aimerais vous en dire davantage à ce sujet, mais je ne sais malheureusement pas grand-chose sur ce qui se passe dans ces camps, encore que ce ne soit pas difficile à deviner.

— Je vois. » Meyer regarda Schellenberg d'un air sévère. « Vous le saviez, Schelli ?

— S'il ne le savait pas, il le soupçonnait sûrement. Et quand un homme aussi intelligent et possédant autant de relations que le général soupçonne quelque chose, vous pouvez parier qu'il ne s'écoule pas longtemps avant qu'il ne se fasse un devoir de tout connaître sur la question. Après tout, c'est le boulot de Schelli. D'établir où les autres ont caché la vérité.

— Bon Dieu, Gunther, comment osez-vous débarquer ici avec vos godillots pointure quarante-cinq et piétiner le travail que nous réalisons depuis des mois, le major Eggen et moi-même ?

— Mais parfois il fait également son affaire personnelle de fermer les yeux sur ce qu'il soupçonne, continuai-je. De même qu'il a très habilement réussi à échapper à l'œuvre de mort à laquelle la plupart de ses malheureux subordonnés ont été contraints de prendre part. N'est-ce pas, général ? Vos petites mains blanches sont bien propres, pas vrai ? »

Schellenberg sembla sur le point d'exploser de colère. Comme beaucoup d'hommes petits, il aboyait plus qu'il ne mordait.

« Pensez-vous sincèrement être différent ? maugréa-t-il à travers ses dents serrées. Si j'ai évité de recevoir du sang sur mes petites mains blanches, c'est uniquement parce que je me planquais dans les mêmes chiottes que vous, Gunther. Nous sommes tous les deux tapis dans la cabine du fond, tenaillés par la peur d'être obligés d'accomplir pour rester en vie des actes tels que le fait de rester en vie semble un prix trop élevé à payer pour ce que nous avons dû faire. Ce n'est pas ça ? Alors qu'est-ce qui vous donne le droit de me juger ? Croyez-vous que les capitaines soient moins coupables que les généraux ? Ou que mon âme ait déjà payé un prix beaucoup plus élevé en raison de ce que je suis ? Eh bien, vous vous trompez. Si j'ai réussi à arriver là où je me trouve avec un reste d'estime pour moi-même, c'est parce que je suis meilleur que vous pour faire de la corde raide. Vous y avez songé ? Et vous ne pouvez pas davantage lire en moi et me connaître que je ne peux lire en vous. Selon moi, il est de mon devoir de sauver ce pays et, par conséquent, ma patrie de la destruction totale. En d'autres termes et pour résumer la situation d'une façon que même vous pouvez comprendre, Gunther : ce n'est que si la Suisse reste neutre qu'il existera un endroit où l'Allemagne pourra mener des négociations de paix avec les Alliés. C'est aussi simple que ça. Les Américains sont ici. Les Anglais également. Même les Russes. Tout ce qu'on a à faire, c'est de trouver un endroit tranquille avec une gentille petite table ronde et de s'asseoir autour pour discuter. Il m'a fallu des mois pour persuader le Reichsführer Himmler que c'était l'unique voie s'offrant à l'Allemagne. Comprenez-vous ? Il est de notre devoir de mettre un terme à cette guerre. Et pour y parvenir, nous avons besoin de ce pays.

— Joli discours, général. Sans ces autres généraux stupides qui ont fait foirer les choses pour le Fritz moyen, je commencerais à croire que je me suis totalement mépris sur votre compte. Les généraux de Verdun, d'Arras, d'Amiens. Sans parler de cette bande d'officiers incompétents qui a essayé, à chaque fois sans succès, de tuer Hitler. Vous me pardonnerez si je ne vous embrasse pas sur la joue en vous décorant de la croix de Chevalier avec feuilles de chêne. »

En dépit de mes paroles, je me sentais légèrement malade à l'idée d'avoir peut-être retardé d'importantes négociations qui auraient pu mettre rapidement fin à la guerre.

« Est-ce vrai, Schelli ? demanda Meyer. Est-ce que ces baraquements que nous exportons vers l'Allemagne servent à loger des travailleurs forcés juifs ?

— Probablement, oui. Mais ce n'est pas votre problème, Paul. J'ai pensé qu'il valait mieux que vous ne soyez pas au courant, sur la base du principe que ce qu'on ne sait pas ne peut pas nous nuire. Écoutez, tout ce que vous avez dit demeure fondamentalement vrai. Si la Suisse veut conserver sa neutralité, il lui faut l'argent allemand pour couvrir ses frais. Écoutez-moi, Paul. Il y a un intérêt supérieur en jeu. C'est ce que vous devez garder à l'esprit. Faites-moi confiance. L'objectif que nous nous sommes fixé peut encore être atteint.

— Après ce que le capitaine Gunther vient de me dire, comment puis-je continuer à vous faire confiance ? demanda Meyer.

— Parce que je peux vous prouver ma loyauté envers vous, affirma Schellenberg, ainsi qu'envers ce pays. Dans la Mercedes de Gunther est cachée une grande quantité d'or. En signe de la bonne foi du Reichsführer. Et pas seulement ça. À l'intérieur du tuyau d'échappement se trouve quelque chose qui devrait vous mettre en odeur de sainteté auprès du général Masson – auprès de tous les membres du monde du renseignement suisse, en fait. Même le Reichsführer Himmler n'en sait rien. Je vous ai apporté les joyaux de la couronne, pour ainsi dire, Paul. Ou plus exactement, Gunther. Cette voiture qu'il a conduite jusqu'ici depuis l'usine en Allemagne contient les plans secrets élaborés par le haut commandement sur les ordres de Hitler en prévision d'une invasion de la Suisse. J'ai trahi mon pays afin de le sauver. Voilà ce que j'ai fait, Gunther. Pouvez-vous vraiment en dire autant ? »

36

Là, Schellenberg me posait une colle, je dois bien l'admettre. À ma connaissance, je n'avais jamais commis de trahison. Mais il y a un début à tout.

« Pour l'Allemagne et pour vous, général Schellenberg, je me porte volontaire. En quoi puis-je être utile ?

— Vous pourriez commencer par me dire ce qui s'est passé, nom d'un chien. » Il secoua avec irritation sa tête aux cheveux bien peignés. « De toute évidence, il s'est passé quelque chose. Votre attitude. Cette arme à feu. Vos remarques sibyllines sur la voiture. Dites-moi que l'or est toujours là.

— Il est toujours là. Je vous le répète, la voiture n'a rien.

— Mais ? »

Me sentant un peu honteux d'avoir si mal jugé Schellenberg, je lui racontai tout pendant que nous retournions à la voiture, avec Meyer.

« On ne peut rien y faire, déclara Schellenberg. Leurs trois agents compenseront les trois nôtres. C'est ainsi que ces questions diplomatiques se règlent habituellement. Avec un peu de chance, cette affaire se calmera, et nous pourrons nous atteler à la tâche délicate consistant à négocier les négociations. Les plans ? Ils sont toujours là également ?

— La Gestapo a trouvé l'or et rien d'autre. Mais tout est là. Tout. Ne vous inquiétez pas.

— Et vous êtes sûr que ces deux types n'ont pas eu le temps d'envoyer un message à Berlin pour signaler leur découverte ?

— Absolument sûr.

— Parce que ce serait exactement la preuve dont Kaltenbrunner a besoin pour faire tomber Himmler. Et moi par conséquent. Toutefois, il se contenterait certainement de moi s'il ne parvenait pas à coincer Himmler.

— Je ne sais pas pourquoi, mais je ne vois pas le Reichsführer en artisan de la paix, dis-je.

— Avez-vous déjà entendu parler d'un gangster américain nommé Arnold Rothstein ? demanda-t-il.

— Vaguement.

— En 1919, Rothstein paria une somme énorme sur la défaite des Chicago White Sox, largement favoris dans la finale du championnat de base-ball. Et il gagna son pari parce qu'il avait payé certains des joueurs des White Sox pour perdre. Deux ans plus tard, Rothstein misa une somme colossale sur un cheval de course appelé Sporting Blood, après s'être arrangé pour que l'autre favori soit éliminé au dernier moment de la course. Ce que je veux dire, c'est qu'il n'y avait rien de sportif chez M. Rothstein. Comme tous les parieurs de haut niveau, il préférait nettement les certitudes. Himmler n'est pas différent. Sauf que, dans le cas présent, il parie sur les deux chevaux à la fois. Si Hitler gagne, Himmler gagne. Et si Hitler perd, Himmler gagne également. (Schellenberg haussa les épaules.) Bien sûr, si jamais Hitler l'emportait, le Reichsführer devrait faire la preuve de sa loyauté envers le Führer. Ce qui veut dire que je suis un homme mort. Vous comprenez ? Je suis non seulement un émissaire utile dans toute cette affaire, mais aussi un bouc émissaire commode si les choses tournent mal. Moi. Eggen. Et vous, Gunther, si on découvre le pot aux roses.

— C'est noté, général.

— Conduisez la voiture dans le garage », ordonna Schellenberg.

Meyer ne disposait pas d'une fosse d'inspection, mais il avait une rampe d'accès et, dès qu'on eut récupéré les lingots d'or dans les bas de caisse, je fis monter la Mercedes sur la rampe. Meyer passa une scie à métaux à Schellenberg pour sectionner une partie du pot d'échappement de la voiture.

« Au fait, capitaine Gunther, dit Meyer. Appelez ça de la curiosité professionnelle, mais, avant que je n'oublie, vous avez dit avoir trouvé hier seulement qui avait tué le Dr Heckholz. Comment avez-vous compris que c'était Leuthard le coupable, et non les hommes de Schelli ? »

J'expliquai qu'au moment de son agonie le Dr Heckholz avait tracé un drapeau suisse dans une mare de son propre sang sur le parquet blanc.

« Très malin de votre part.

— Pas vraiment. Voyez-vous, j'ai eu un an pour y réfléchir. Ce qui ne plaide pas en faveur de mes capacités de détective. Parfois, un homme stupide n'est qu'à deux ou trois bonnes suppositions de ressembler à un homme intelligent. L'inverse est également vrai, bien entendu. Mais il y a ce mauvais point pour moi, et maintenant ceci. Je veux dire que j'ai cru que le général travaillait pour lui dans cette histoire. L'habitude, n'est-ce pas. En réalité, chacun travaille pour lui ces jours-ci en Allemagne. Moi inclus. C'est devenu un passe-temps national. Quoi qu'il en soit, à la vérité, Paul, je me sens aussi malin que si j'avais un pois chiche en guise de cervelle. Aussi, la prochaine fois que vous écrirez un roman policier, tâchez de trouver un moyen pour que votre héros ait l'air stupide. Ce sera beaucoup plus réaliste ainsi.

— Un détective stupide ? Ça ne pourrait jamais marcher. Le lecteur n'aimerait pas du tout. Cela ressemble beaucoup trop à la vie réelle pour les amateurs de romans policiers. Pour les écrivains également. Personne n'a envie de réalisme, Bernie. On en a déjà suffisamment chez soi en lisant les journaux. On lit des livres pour échapper à la vie réelle, pas pour s'en souvenir. Croyez-moi, le réalisme passe très mal dans la fiction moderne. »

Je souris.

« Je suppose que vous connaissez votre métier. Mais je connais aussi le mien.

— Est-ce que vous lisez beaucoup, Bernie ?

— Un peu. Il n'y a pas grand-chose d'autre à faire le soir en Allemagne, à l'heure actuelle. À condition que l'électricité fonctionne.

— Qu'est-ce que vous aimez lire ?

345

— De l'histoire, principalement. Mais j'aime encore plus regarder un général se salir les mains. »

Quelques minutes plus tard, Schellenberg retira une portion du tuyau d'échappement, dont il extirpa ensuite un rouleau de papier soigneusement enveloppé, d'environ un mètre de long.

Nous emportâmes le rouleau dans la maison. Sur l'étroite table du bureau de Meyer, et sous les yeux d'un portrait de famille assez sévère, de style flamand, nous essayâmes de dérouler les plans ; mais nous ne tardâmes pas à les poser par terre, où il était plus facile de les maintenir à plat. De temps à autre, je jetais un coup d'œil au décor. La maison était pleine de plafonds à chevrons, de parquets en noyer, de placards gothiques, de tapisseries anciennes, de poêles recouverts de céramique et d'œuvres d'art coûteuses. Grâce au dernier livre de Bernard Berenson sur les vieux maîtres, je savais qu'elles étaient coûteuses parce qu'elles avaient des cadres dorés encore plus grands que les peintures. C'est ce qu'on appelle s'y connaître. Mais il n'y avait pas besoin d'être un connaisseur pour voir que la plus belle chose dans la maison était Patrizia elle-même. Très probablement, il s'agissait de la seconde épouse de Meyer-Schwertenbach – elle était certainement assez jeune pour ça. C'est ce qu'on appelle du cynisme. Même si j'ai du mal à imaginer qu'il ait pu y avoir un homme dans les parages, moi y compris, qui, voyant les chiens le museau posé sur ses genoux et les oreilles repliées, ne les ait pas enviés juste un peu. Elle et Eggen vinrent nous rejoindre dans le bureau de son mari et écoutèrent avec attention, tandis que Schellenberg décrivait le contenu des plans allemands.

« Je les ai fait voler à la section de la planification stratégique du Bendlerblock. Le lendemain du jour où le bâtiment a été endommagé par une bombe de la RAF. Ainsi, je pensais qu'on ne s'apercevrait pas de leur absence. Du moins, pas avant un moment.

— Alors c'était vous ? dis-je. Très astucieux. Vous savez qu'ils m'ont demandé d'enquêter sur la disparition de certains plans. Pour éviter d'impliquer la Gestapo.

— Et quelles ont été vos conclusions ?

— Qu'ils avaient été détruits dans l'incendie. »

Schellenberg hocha la tête.

« Bien.

— On m'a dit de ne pas trop m'en faire parce qu'il est apparu qu'il existait des copies des plans à la Tanière du Loup à Rastenburg. Si bien que j'ai laissé tomber.

— Ce projet portait le nom de code opération Tannenbaum et datait d'octobre 1940. Il avait été soumis à l'examen du général Ritter von Leeb, du groupe d'armées C, en réponse à une directive du général Halder, de la section logistique du haut commandement de l'armée de terre. Les troupes allemandes – les flèches bleues – attaqueraient depuis la France occupée à l'ouest, l'Allemagne au nord et l'Autriche à l'est. Les flèches noires représentent les troupes italiennes, qui attaqueraient depuis le sud. Le nombre de divisions allemandes, vingt et une, est une bonne indication du niveau de résistance attendu. Von Leeb estimait que jusqu'à quatre cent soixante-dix mille soldats suisses s'opposeraient aux nôtres. Mais la vraie raison pour laquelle le projet fut écarté, c'est que Hitler prit la décision d'attaquer la Russie au printemps de l'année suivante. Peut-être même plus tôt, dans la mesure où une note jointe montre que Tannenbaum fut annulé dès le 11 novembre 1940.

— Par conséquent, dit Meyer, sans l'invasion de la Russie, nous serions aujourd'hui dirigés par les nazis.

— Une invasion de la Suisse peut toujours se produire, déclara Schellenberg. Comme le montre ce plan ultérieur. L'opération Wartegau fut préparée durant l'été 1941 par le colonel Adolf Heusinger, chef de la section des opérations du haut commandement de l'armée de terre. C'est Heusinger qui avait planifié l'opération Barbarossa pour l'invasion de l'Union soviétique.

— Un homme très pris en 1941, remarquai-je. Pas vrai ?

— Vous pouvez voir ici en quoi Wartegau diffère de Tannenbaum. D'une part, il prévoit la traversée du Rhin dans l'obscurité ou le brouillard, avec des hydravions transportant des troupes équipées d'armes légères qui se poseraient sur les principaux lacs suisses, dont ceux de Zurich, Lucerne et Génève. L'idée étant que ces troupes attaquent les défenses frontalières suisses par l'arrière, rendant les fortifications inutiles. Himmler appelle ce plan le Projet suisse et, jusqu'à récemment, cela restait celui qui serait très vraisemblablement mis en œuvre dans l'hypothèse où Hitler déciderait qu'il a besoin d'une victoire rapide pour rétablir la confiance des Allemands dans son commandement. Himmler a même désigné l'homme responsable de l'État policier nazi que deviendrait la Suisse : un général SS nommé Gottlob Berger. Lequel a toujours été un nazi des plus énergiques, avec tout ce que suppose une telle appellation.

— Ce type est un salaud absolu, dis-je. Il dirige le bureau central de la SS à Berlin.

— Vous avez dit « jusqu'à récemment », fit remarquer Patrizia. Sommes-nous enfin en sécurité ?

— Hélas non, répondit Schellenberg. En raison des derniers événements survenus en Italie, la Suisse a pris une importance stratégique plus grande que jamais. L'effondrement de Mussolini et des fascistes italiens paraissant imminent, la tâche de défendre l'Italie incombe maintenant à l'armée allemande. Ce qui veut dire que les routes d'approvisionnement italiennes sont cruciales. Et que de nouveaux plans sont élaborés à l'heure même où nous parlons. J'ai appris qu'un autre général SS, Hermann Böhme, également chef des renseignements militaires autrichiens, avait été chargé par Himmler de concevoir un nouveau plan d'invasion d'ici la fin de l'année, pour une mise en œuvre à l'été 1944.

— Nom de Dieu ! m'exclamai-je. Et c'est là l'homme qui veut sonder les Alliés en vue d'un accord de paix.

— Comme je l'ai dit, Himmler aime les certitudes.

— Mais, intervint soudain Patrizia, vous avez maintes fois déclaré, Schelli, que la Wehrmacht tenait nos troupes en haute estime. Que l'adresse de nos tireurs et notre esprit combatif contribueraient à la dissuader de nous attaquer.

— En effet, Patrizia. Néanmoins, c'est à présent à nous... de contribuer à la dissuader encore plus.

— Voilà un défi de taille s'agissant de gens que l'énormité de la tâche d'envahir la Russie n'a pas suffi à dissuader.

— C'est précisément pour cela que je suis ici, Gunther, à Wolfsberg, en ce moment, affirma Schellenberg. Toute guerre utilise des espions pour découvrir des informations révélant les véritables intentions de l'ennemi. Mais cela n'a jamais été suffisant. La tromperie est tout aussi importante. Bonaparte était un maître en la matière. Il appelait ça : les manœuvres arrière. À la bataille du pont de Lodi, il fit traverser le Pô à une partie de son armée afin de faire croire au commandant autrichien von Beaulieu qu'il l'attaquait ; mais en réalité, le gros de son armée avait traversé un peu plus loin en amont, ce qui lui permit de prendre Beaulieu à revers et de le vaincre. Je suis le chef du service du renseignement étranger du SD. C'est mon travail de découvrir les véritables intentions de l'ennemi. Mais c'est aussi mon travail que d'échafauder des mystifications. Les Russes ont pour ça un terme que j'aime bien. *Maskirovka*. Et à mon avis, il n'y a pas mieux pour inventer une *maskirovka* efficace et convaincante qu'un écrivain de fiction. Et en particulier, de romans policiers. Un homme comme Paul Meyer-Schwertenbach, possédant une imagination sans égale. Ensemble, nous avons concocté un plan que je vais rapporter en Allemagne pour le présenter au haut commandement. Ce sera un travail de fiction complet, bien sûr. Mais, comme dans les meilleures fictions, il y aura une grande part de vérité. Le genre de vérité que certains généraux en Allemagne, à l'instar du pauvre Johann von Beaulieu, ne demandent qu'à croire. »

37

Dans une élégante salle à manger, une domestique au visage chevalin servit un dîner composé de filets de lapin froids au raifort, ainsi que de brochet et de perche à la sauce au poivre, dans de la vaisselle de Meissen de la même couleur que les serviettes et les rideaux bleu et blanc. Une sorte de corne d'abondance pleine de poires, de groseilles rouges et de prunes occupait un point central entre deux candélabres. Les couverts en argent scintillaient et les verres en cristal tintaient légèrement tandis que Meyer versait un délicieux Spätburgunder d'une ancienne et probablement très précieuse carafe. Patrizia se levait de temps à autre d'une chaise Zopfstil en acajou au dossier presque aussi droit que son dos, aidant la domestique à apporter sur la table soupières de légumes et poissons, bols de radis et de pickles, corbeilles à pain et saucières. Sur un portrait accroché au mur, une femme portant une guimpe aussi haute qu'un chapiteau de cirque contemplait notre dîner helvétique tout simple et se léchait les babines à la vue d'une telle quantité de nourriture. Sans doute était-elle allemande.

« Hans me disait que vous vous étiez marié juste avant de venir en Suisse, déclara Patrizia. Que vous n'aviez même pas eu le temps de partir en lune de miel. »

Je me tournai vers Eggen et le fusillai de mon regard le plus bleu.

« C'est exact, Frau Meyer.

« — Parlez-moi d'elle ? Est-elle jolie ?

— Elle s'appelle Kirsten, et oui, elle est jolie. Plus jeune que moi également. Son père possède un petit hôtel à Dachau. Dont elle est originaire. Mais elle travaille comme institutrice dans une école de filles de Berlin.

— Était-ce une chose soudaine ?

— Plutôt.

— Eh bien, je vous souhaite tout le bonheur du monde.

— Merci, mais nous n'en demandons pas tant. D'ailleurs, je pense que le général lui-même va avoir besoin d'un peu de chance pour mener à bien ce plan dont il parlait. J'aimerais en entendre un peu plus à ce sujet si c'est possible. »

Schellenberg eut un hochement de tête.

« Oui, je pense que vous le méritez. (Il haussa les épaules.) Les transactions effectuées par la Fondation Nordhav avec le Syndicat suisse du bois ne sont pas seulement destinées à fournir à la Suisse des devises indispensables et à montrer ma bonne foi aux renseignements militaires helvétiques. Elles constituent également une couverture fort utile pour moi. C'est ainsi que j'ai pu travailler sur l'opération Noé avec Paul sans trop attirer les soupçons. Même si ça n'a pas l'air d'avoir fonctionné en ce qui vous concerne, Gunther. »

J'acquiesçai, mais je commençais à comprendre la complexité de l'existence de Schellenberg et combien il lui fallait faire preuve de prudence. En comparaison, ma propre vie semblait presque insouciante, pour ne pas dire un tantinet irresponsable. Tandis que le petit général se consacrait au maintien de la neutralité de la Suisse afin que des négociations de paix entre les Alliés et les puissances de l'Axe puissent enfin démarrer, je folâtrais de mon côté avec une belle actrice. Lui manifester le respect qu'il méritait semblait être le moins que je puisse faire.

« Oui, général. J'en suis désolé. Je peux le voir à présent.

— Je pars demain pour Berlin puis Rastenburg, dit-il. Avec le renversement imminent de Mussolini, il n'y a pas un instant à perdre. Pendant que Paul sera à Berne, présentant les véritables plans à ses supérieurs des renseignements de l'armée suisse, je serai à la Tanière du Loup, exposant ces faux plans aux miens. Très probablement à Hitler lui-même. Quoi qu'on dise à son sujet, Hitler écoute toujours ses généraux. Même moi, je dois le reconnaître. En outre, étant beaucoup plus jeune que les autres, je dispose d'une certaine latitude pour m'exprimer librement.

— Hitler est-il un monstre ? demanda Patrizia. On s'imagine toujours que c'est forcément le cas.

— Pour être honnête avec vous, Patrizia, c'est l'homme le plus extraordinaire que j'aie jamais rencontré, répondit Schellenberg. Il serait mort en 1940, ce serait le plus grand Allemand qui ait jamais vécu. Si seulement il s'était intéressé un peu plus à la diplomatie, il aurait peut-être été mieux servi dans ce domaine, et nous aurions pu éviter complètement la guerre. Que Ribbentrop soit le ministre des Affaires étrangères de l'Allemagne n'aide pas beaucoup. Ce type est un imbécile. Non que cela ait jamais beaucoup préoccupé Hitler, qui semble privilégier la solution militaire pour régler presque tous les problèmes. Voilà ce que vous devez retenir à son sujet. Il préfère obtenir ce qu'il veut par des moyens violents. Ce qui signifie que lui parler, lui donner des conseils, est une perspective qui me rend toujours nerveux. Je me sens un peu comme Franz Reichelt, qui s'élança du haut de la tour Eiffel pour prouver la valeur de son invention : un parachute. Celui-ci ne fonctionna pas, malheureusement pour lui, et il fut tué. Je me rappelle encore avoir vu, étant gosse, des séquences d'actualités où des journalistes parisiens se servaient d'une règle pour mesurer la profondeur du trou dans le sol qu'avait fait son corps.

— S'il vous plaît, soyez prudent, dit Patrizia en touchant sa main. Nous vous apprécions beaucoup, Schelli. Et vous aussi, Hans. N'est-ce pas, Paul ? »

Meyer acquiesça.

« Absolument. Puisque c'est mon ennemi, c'est également un de mes meilleurs amis.

— Merci, Paul.

— Avant que vous ne vous jetiez de la tour Eiffel, général, j'aimerais en entendre davantage sur ces faux plans, dis-je.

— Bonne idée, répliqua Eggen. Un sain degré de cynisme berlinois est exactement ce dont nous avons besoin ici.

— On dirait que vous n'êtes pas convaincu de la réussite de cette idée, capitaine. Ou bien si ? Vous pensez qu'elle marchera ?

— Si quelqu'un est capable d'y parvenir, c'est Schelli, répondit Eggen. D'après mon expérience, il n'y a pas mieux que lui pour ce qui est de pratiquer la *maskirovka*.

— Oh ! je ne sais pas, dit Schellenberg. J'ai l'impression que le capitaine Gunther lui-même fait de l'assez bon travail s'agissant de cacher ce qu'il est réellement.

— Ce n'est pas ce que je vous ai demandé, capitaine, dis-je à Eggen. Je vous ai demandé si vous pensiez que son idée marcherait.

— Alors je me contenterai de dire ceci : je pense que Hitler et ses généraux y croiront, oui. Je pense que les plans de l'opération Noé sont parfaitement plausibles. Paul et Schelli ont mis sur pied un scénario assez brillant, en vertu duquel envahir ce pays semblerait de la sottise et de la folie. L'ennui, c'est que la sottise et la folie sont aujourd'hui aux commandes. La sottise et la folie de continuer cette guerre une semaine de plus sont évidentes en la personne de notre Führer, Adolf Hitler. Hitler ne vit pas dans le monde réel. Il a une confiance absurde dans l'armée allemande. Il croit encore que l'on peut accomplir l'impossible. C'est le vrai problème avec ces plans. Non qu'ils soient fautifs, inadéquats ou tirés par les cheveux, mais que Hitler soit fautif et inadéquat. Il estime peut-être que la destruction de ce pays est le prix à payer pour l'audace de celui-ci à s'opposer à sa volonté en premier lieu. J'ai le terrible pressentiment qu'il a la même chose en tête pour l'Allemagne si jamais nous nous avisions de le décevoir.

— Néanmoins, j'aimerais en savoir plus sur l'opération Noé. Je suis juste encore un peu penaud de ne pas avoir eu davantage foi en vous, général.

— La foi n'a jamais été votre point fort, n'est-ce pas, Gunther ?

— La foi est faite pour ceux qui croient à quelque chose. Pour ma part, je ne crois pas à grand-chose. Plus maintenant. Après tout, regardez où nous a menés la croyance. »

Schellenberg et Meyer échangèrent un regard.

« Voulez-vous lui dire ? demanda le Suisse.

354

— C'est vous le conteur, Paul, répondit Schellenberg. Dites-le-lui.

— Bon. Eh bien, comme le faisait observer Napoléon lui-même... »

Schellenberg sourit.

« Paul est un passionné de Bonaparte.

— Il prétendait que la nature avait destiné la Suisse à devenir une société des nations et qu'aucun homme avisé ne tenterait de la conquérir.

— Ce qui laisse Hitler en piste, dit Eggen. Il n'a pas agi comme un homme avisé depuis 1940.

— Nous avons toujours eu le plus important pourcentage de soldats au monde par rapport au nombre d'habitants, six cent mille pour une population de seulement quatre millions de personnes. Nous pourrions très probablement mobiliser l'ensemble de la population pour notre défense. Chacun sait tirer dans ce pays. Hitler a appris à ses dépens la ténacité mise par le peuple russe à défendre sa patrie. La Suisse a toujours proclamé que nous ne serions pas moins tenaces. Vous pouvez le voir à la façon dont nous avons installé les défenses de nos principaux cols : le Sargans à l'est, le Saint-Gothard au sud et le Saint-Maurice à l'ouest. Chaque zone dispose d'une série d'immenses fortifications s'étirant à travers l'un des terrains montagneux les plus accidentés et les plus impraticables d'Europe. Tout envahisseur serait accueilli par des tirs d'artillerie lourde sur des kilomètres. Bref, ce n'est pas un pays pour des Panzers. Ces défenses ne sont pas non plus vulnérables aux attaques de la Luftwaffe. Et comme si cela ne suffisait pas, il y a aussi la menace que nous fassions sauter ces cols de montagne afin d'en interdire l'usage à l'ennemi. En d'autres termes, ce qui fait que ce pays vaut la peine d'être envahi – à savoir comme une route plus facile vers l'Italie – deviendrait inutilisable. L'Allemagne remporterait une victoire à la Pyrrhus. De plus, ayant sacrifié des milliers d'hommes pour sécuriser la Suisse, l'armée allemande se retrouverait elle-même enclavée, sans nulle part où aller. Et pas seulement enclavée, mais littéralement enlisée. Voyez-vous, toutes les terres que vous apercevez entre ici et le lac de Constance ont été jadis des marécages, et un système de canaux a été construit pour les drainer. Mais ces mêmes canaux peuvent redéverser toute l'eau sur les plaines inondables. Il y a trois ans, à la grande irritation des agriculteurs locaux, moi compris, l'armée suisse a effectivement essayé, à titre d'expérience. Avec un succès total. Il est ainsi devenu clair qu'une armée allemande d'invasion se trouverait bientôt incapable de bouger.

« Nous avons tout simplement décidé de franchir une étape supplémentaire, Schelli et moi. Nous avons élaboré des plans fictifs, mais tout à fait réalisables et convaincants, baptisés opération Noé, qui ne sont ni plus ni moins qu'un scénario apocalyptique suisse fondé sur le dynamitage des plus grands lacs de glaciers, dont ceux de Genève, Zurich, Neuchâtel, Lucerne, Lugano, Constance ainsi que le lac Majeur. L'idée est que, en détruisant les moraines terminales de ces lacs glaciaires, nous transformerions la seule grande ressource naturelle de la Suisse, l'eau, en une arme qui anéantirait le pays tout entier, comme la RAF l'a fait il y a quelques mois lorsqu'elle a bombardé vos barrages de la Möhne et de l'Eder, provoquant des inondations catastrophiques dans la vallée de la Ruhr. Une moraine est une sorte de bonde de baignoire glaciaire retenant l'eau d'un lac. Il existe plus de cinquante lacs suisses d'une superficie supérieure à un kilomètre carré. D'après nos estimations, si l'on détruisait la moraine terminale du plus grand de ces lacs, celui de Genève, près de quatre-vingt-dix kilomètres cubes d'eau se déverseraient sur la zone environnante. Si les moraines des dix lacs les plus importants étaient dynamitées en même temps que les principaux cols, on pourrait changer la Suisse en une vaste mer européenne. Aucune armée au monde n'arriverait à faire face à une catastrophe de ce genre sur une telle échelle.

— Le tout, ajouta Schellenberg, sera de convaincre Hitler que les Suisses mettraient réellement un tel plan à exécution. Manifestement, les généraux à Berlin estiment que la Suisse n'hésiterait pas à faire sauter les cols, raison pour laquelle l'opération Wartegau a été abandonnée. Mais une fois Mussolini parti, il me paraît clair que nous allons avoir besoin d'autre chose pour achever de les dissuader, quelque chose d'encore plus radical qui les convaincra que tout type d'atterrissage sur les lacs par des hydravions allemands serait un suicide, non seulement pour eux, mais aussi pour les Suisses. Par conséquent, je dirai tout simplement à Hitler et aux généraux que mon agent le plus brave et le plus ingénieux – nom de code Tschudi –, employé au service technique de guerre de l'état-major général suisse à Berne, a volé ces plans dans le bureau du colonel von Wattenwyl. Plans qui donneraient à la campagne de Russie l'air d'une promenade dans le Tiergarten.

— Nous avons rédigé une étude pour estimer si l'opération Noé était réalisable, expliqua Meyer, comme si elle avait été faite par le colonel von Wattenwyl lui-même. Je l'ai rencontré. Il appartient à l'une des familles suisses les plus distinguées ; en outre, c'est un tacticien militaire extrêmement doué. Nous possédons également une note du chef de l'état-major, le général Henri Guisan, qui décrit cette opération comme s'inscrivant dans le cadre du concept de Redoute nationale, ou forteresse de montagne, qu'il a exposé dans un discours adressé au corps des officiers suisses en 1940. Nous disposons même de faux rapports de la branche navale des forces armées concernant le lac de Zurich, rapports censés indiquer l'emplacement de mines sous-marines destinées à faire sauter la moraine terminale du lac de Zurich et prévoyant l'évacuation partielle de la ville, qui serait bien évidemment inondée. Y sont analysés les effets antérieurs de la rupture de la moraine située entre Pfäffikon et Rapperswil, que l'on peut observer dans la partie supérieure peu profonde, l'Obersee, et dans la partie inférieure, l'Untersee.

— Nous espérons bien avoir pensé à tout, conclut Schellenberg. Dans le cas contraire, j'ai l'impression qu'ils auront besoin d'une règle pour mesurer la profondeur du trou dans le sol que je ferai dans la forêt de Rastenburg. Ce salopard d'Ernst Kaltenbrunner creusera lui-même ma tombe. »

38

Le lendemain, Schellenberg et Eggen retournèrent en Allemagne. Nous les emmenâmes, Meyer et moi, à un petit embarcadère privé, dans un vaste verger de poiriers se trouvant sur la propriété de Meyer. Un bateau de l'armée suisse attendait pour leur faire traverser discrètement le lac de Constance jusqu'à l'île de Reichenau, où une voiture d'état-major SS devait conduire le général à un aérodrome à Constance. De Constance, Eggen se rendrait par la route à Stuttgart pour attraper un train le ramenant à Berlin, tandis que le général avait prévu d'aller directement à la Tanière du Loup, à Rastenburg. Je ne lui enviais pas ce voyage. Outre ma peur de l'avion, que n'avait pas aidée le violent orage que nous avions essuyé à mon retour de Zagreb, tromper Hitler et tous ses généraux d'état-major était une tâche qui aurait largement donné à réfléchir à n'importe quel homme ordinaire. Tromper Stefan Obrenović, le mari de Dalia, semblait bien plus à ma portée. Lui et peut-être le ministre de la Propagande, pour qui, bien sûr, je continuais à travailler ; sans quoi j'aurais sans doute choisi de rentrer en Allemagne en compagnie d'Eggen. Après les événements de l'Uetliberg, j'en avais assez de la Suisse. Mais il y avait encore le problème de l'avenir de Dalia à prendre en considération, car, même si elle me semblait avoir donné une réponse définitive à la question de son propre retour en Allemagne, je savais que je serais forcé de lui poser de nouveau la question, ne serait-ce qu'à cause de l'identité de mon client. Goebbels n'était pas du genre à me laisser prendre Dalia au mot. Je pouvais presque entendre ses sarcasmes quand il me traiterait comme une serpillière avec son accent de Westphalie pour ne même pas avoir essayé de lui faire entendre raison.

« Quels sont vos projets à présent, Bernie ? demanda Meyer.

— Je ne peux pas retourner à Zurich. Pas après ce que m'a dit ce flic stupide du siège de la police. Je ne sais pas exactement ce que je vais faire maintenant. Tout dépend d'un coup de fil que je dois passer. J'ai ma propre mission, beaucoup plus banale, à accomplir.

— Vous pouvez utiliser notre téléphone. Et rester ici, à Wolfsberg. Aussi longtemps que vous voudrez.

— Croyez-moi, votre femme et vous ne me supporteriez pas tout ce temps.

— Schelli m'a dit grand bien de vous hier soir, après que vous êtes parti vous coucher. Il pense que vous êtes un homme précieux à avoir avec soi dans une situation délicate.

— Possible. Sauf que, ces derniers temps, l'étau semble se resserrer.

— J'aimerais bien que vous restiez pour que je puisse vous poser d'autres questions sur vos vieilles affaires. Vous savez ? En vue de mon prochain livre. Je réfléchis à l'histoire d'un flic suisse possédant des relations à Berlin. Avant la guerre, bien sûr.

— Bien sûr. Quand il y avait encore de vrais crimes. » J'esquissai un sourire. D'une manière ou d'une autre, l'idée de donner un coup de main à Meyer pour son livre m'attirait beaucoup moins que la possibilité de revoir Dalia. « Et aussi de vrais enquêteurs.

— Exactement.

— C'est gentil à vous, Paul, mais ça m'est impossible. Je pensais aller en voiture à Rapperswil pour envoyer un télégramme à Goebbels, puis attendre de nouvelles instructions. Je ne peux pas vraiment quitter la Suisse avant qu'elles ne soient arrivées. J'ai entendu dire que Rapperswil est très jolie. Avec un château et tout.

— Oh oui ! Très pittoresque. Mais vous savez, je pourrais vous y conduire moi-même. Il se trouve qu'un meurtre non résolu a eu lieu à Rapperswil. L'inspecteur de police est un de mes amis. Peut-être même vous souvenez-vous que j'en ai fait mention quand j'étais à Berlin l'année dernière. »

Je ne m'en souvenais pas et, bien entendu, je me fichais pas mal de cette vieille affaire de meurtre, mais il me vint à l'esprit que, si j'allais effectivement à Rapperswil, il pourrait m'être utile d'avoir un inspecteur de police suisse à mes côtés, surtout si je devais rencontrer l'épouse d'un homme d'affaires local de renom. En outre, avec l'OSS toujours persuadée probablement que j'étais Walter Schellenberg, ça ne pouvait pas faire de mal d'avoir un poulet pour me donner un coup de main s'ils essayaient une nouvelle fois de me kidnapper, ou pire.

« Je serai franc avec vous, Paul. Je vous aime bien. Je vous remercie pour votre hospitalité et je ne voudrais pas vous mettre dans l'embarras. Mais il y a une dame que je dois voir quand je serai là-bas.

— Cette actrice à laquelle s'intéresse le Dr Goebbels. Celle dont il veut qu'elle retourne travailler aux studios de l'UFA. Bien sûr, je comprends.

— Non, vous ne comprenez pas. Il se trouve qu'il n'est pas le seul à s'intéresser à elle. Vous voyez ce que je veux dire ? Elle et moi... c'est compliqué. Elle a un mari. À Küsnacht. Au nord de Rapperswil, le long de la rive du lac, d'accord ? »

Meyer hocha la tête.

« Elle et moi, nous nous sommes dit que nous pourrions nous retrouver dans un joli petit hôtel. Pour l'après-midi.

— Bernie, je suis un écrivain de romans policiers, pas un moine.

— Vous seriez surpris de ce dont les moines sont capables. Croyez-moi, vous pourriez écrire un bouquin du tonnerre sur un certain moine que j'ai rencontré en Croatie.

— Écoutez, je sais où vous pourriez aller tous les deux. À Rapperswil. La pension du Lac. Je m'inscrirai à l'hôtel Schwanen, à côté, de façon à ce que vous ne risquiez pas l'un ou l'autre de vous sentir gênés. Nous descendrons cet après-midi. Dînerons avec l'inspecteur Leuenberger ce soir. Discuterons de l'affaire. Vous pourrez voir votre amie demain. Puis nous rentrerons. Quoi de plus simple ?

— Laissez-moi l'appeler d'abord. »

39

Située sur la rive nord du lac de Zurich, Rapperswil était une charmante ville de carte postale, dominée par une sorte de château à la Guillaume Tell, avec une tour de guet et probablement quelques arbalètes à louer. Ça ne m'aurait pas surpris le moins du monde que les Suisses défendent leur pays contre une invasion allemande avec des arbalètes.

C'était un après-midi chaud, et l'eau paraissait aussi fraîche et tentante qu'un énorme gin tonic. Le soleil rayonnant sur la surface bleue et calme avait incité une volée de moineaux à prendre un bain. Moi-même, une petite baignade ne m'aurait pas dérangé. Une chaussée d'environ un kilomètre de long, munie d'un pont tournant, reliait Rapperswil à Hurden sur la rive sud du lac, séparant le lac de Zurich proprement dit de l'Obersee. Meyer m'expliqua que cette chaussée avait été construite sur une ancienne moraine qui s'était brisée des siècles auparavant.

« Jusque-là, ajouta-t-il, Zurich ne se situait probablement pas au bord d'un lac. »

Étant une sorte de citadin, je trouve généralement les villages comme Rapperswil un peu trop vieillots à mon goût, mais, après Zagreb et Zurich, l'endroit me plaisait bien. Il continua à me plaire, même quand une guêpe s'envola d'un tilleul et me piqua sur le nez alors que je tentais de la chasser de mon visage. Après ce que j'avais enduré en Croatie, il semblait presque risible de prendre une telle blessure au sérieux, mais, sur l'insistance de Meyer, nous allâmes à l'hôtel Schwanen tout proche demander du vinaigre pour que j'en tamponne mon nez enflé. Cela diminua la douleur, mais pour le reste de mon séjour en Suisse, je ressemblai au clown Grock. Ce que Dalia allait maintenant penser de moi, je l'ignorais. J'allais devoir la laisser rire un peu à mes dépens. D'un autre côté, cela aurait pu être pire ; rien n'aurait empêché la guêpe de ramper le long de ma jambe de pantalon et de faire des dégâts ailleurs. Dans la grande économie de l'univers – même quand vous avez l'intention de faire l'amour avec une jolie femme –, un nez rouge n'est pas si grave que ça.

Ayant envoyé un message à Goebbels au bureau télégraphique de la Bahnhofplatz et reçu mes nouvelles consignes dans sa réponse rapide, je me joignis à Meyer au bord du vaste saphir que dessinait le lac, où il me mit au courant du meurtre non résolu ayant eu lieu dans la petite ville. Mais, tandis qu'il parlait, mon esprit se mit à vagabonder, si bien que j'en vins à me demander pourquoi un homme tel que Meyer s'intéressait autant à un meurtre pour commencer. Dans mon cas, c'était seulement un boulot. Si j'avais vécu dans un endroit aussi splendide que le château de Wolfsberg, avec une femme aussi adorable que Patrizia, j'aurais sans doute laissé complètement tomber le sujet des meurtres. Les vrais meurtres vous collent aux semelles et sont malsains pour les narines et l'estomac. Et je préfère l'odeur des tilleuls en été, à moins qu'il n'y ait des guêpes dedans. Du reste, j'avais moi-même tué suffisamment de gens pour savoir que ça n'avait rien de divertissant. Qu'est-ce que les crimes mystérieux avaient donc qui les rendaient si fascinants pour des types comme Meyer ? Peut-être était-ce le fait qu'à la fin, dans la fiction, la justice est toujours rendue. Ce qui est le propre de la fiction, naturellement, et n'a rien à voir avec la vie réelle. La vie n'a pas de fin bien ficelée. Et même dans le cas contraire, il faut souvent plusieurs années pour attacher le nœud ; j'en avais pour preuve les homicides Kuhlo. Mais quel genre de fin bien ficelée et conforme à la justice satisferait jamais les Russes, les Britanniques, les Américains et les Français ? Sans oublier les Juifs, les homosexuels, les Témoins de Jéhovah, les Tziganes et les Serbes ? J'aurais bien voulu voir le détective qui rassemblerait dans la bibliothèque tous les suspects d'Allemagne et leur dirait qui était coupable et qui ne l'était pas. À mon avis, cela nécessiterait un peu plus qu'un chapitre. Peut-être la fin bien ficelée comporterait-elle une potence ou deux.

Meyer interrompit ma rêverie.

« Comme je vous le disais, il y a plusieurs années, des plongeurs travaillant pour une société d'ingénierie suisse exploraient la partie supérieure du lac, appelée l'Obersee. Celle à droite du Seedamm que vous voyez ici. Il s'agissait d'un simple contrôle de routine, mais c'est leur besogne qui m'a donné l'idée de l'opération Noé. Quoi qu'il en soit, ils découvrirent un bateau englouti – une vedette fluviale – contenant le cadavre d'une femme. Le corps était attaché par le cou à l'ancre. Dans sa partie la plus profonde, le lac fait près de cent cinquante mètres de fond, mais le bateau reposait sur une corniche située à moins de cinquante mètres. Sans ça, ils ne l'auraient probablement jamais retrouvé. Son visage avait été presque entièrement dévoré par les sandres. À en croire le pathologiste, cela faisait au moins un an que le corps séjournait dans l'eau. À ce jour, la femme n'a toujours pas été identifiée. Mais il ne faisait aucun doute qu'elle avait été assassinée, parce que, d'après un fabricant de bateaux du coin, les vannes étaient ouvertes et qu'il y avait plusieurs trous percés dans la coque, ce qui laissait supposer qu'on avait sabordé l'embarcation. Il y avait même une perceuse abandonnée sur le plancher de la cabine. La femme présentait une fracture du crâne, comme si quelqu'un l'avait frappée à la tête, et peut-être était-elle déjà morte quand on avait coulé le bateau. En outre, le nom de celui-ci avait été effacé à l'avant et à l'arrière au moyen d'un chalumeau. Aucune femme de la région n'a jamais été portée disparue. Ni aucun bateau signalé comme coulé ou volé. Ce sont des choses qui n'arrivent tout simplement pas à Rapperswil. »

J'allumai une cigarette, expédiai l'allumette dans le lac et le regrettai presque aussitôt lorsqu'une vieille femme suisse poussa une exclamation réprobatrice en me regardant d'un air dégoûté. C'est alors seulement que je me rendis compte combien l'eau était propre. Raison pour laquelle, sans doute, les moineaux se baignaient dedans.

« Qu'en pensez-vous, Bernie ?

— De quoi ?

— De ce meurtre.

— Je dois admettre que ça ne ressemble pas beaucoup à un suicide, répondis-je. Mais n'ayant vu ni le bateau ni le corps, je ne crois pas pouvoir dire grand-chose. Ça a l'air du crime parfait. Je tâcherai de m'en souvenir le jour où je voudrai assassiner mon épouse.

— Le corps est enterré depuis longtemps, dit Meyer. Mais on peut encore voir le bateau si vous le souhaitez. »

J'étouffai un bâillement.

« D'accord. J'y jetterai un coup d'œil. Mais, d'après mon expérience, avec les affaires non résolues de ce genre, il n'y a vraiment pas grand-chose à se mettre sous la dent. Que je capture Gormann était un coup de chance incroyable. Je ne pouvais pas le dire à la conférence l'été dernier, pour des raisons évidentes. Mais c'est ainsi. J'aurais pu en raconter davantage à cet égard, sauf que mes chefs au sein du RSHA n'auraient pas beaucoup apprécié. Ils croient dur comme fer à l'efficacité allemande et à l'omniscience de la police. Eh bien, voilà ce que j'appelle de la fiction. »

Nous longeâmes la rive jusqu'à un chantier naval miteux avec le mot RAPPERSWIL peint en gros caractères au-dessus d'une porte coulissante, en cas de doute sur l'endroit où nous étions. Un panneau indiquant la location de bateaux s'appuyait, à demi-oublié, contre le mur. En examinant la cour, on avait du mal à voir une embarcation qui aurait pu garder vos pieds au sec. Un petit homme barbu, aussi brun qu'une pomme cuite au four, une pipe de bruyère à la bouche, sortait avec précaution un canot à moteur du lac pour le déposer dans la cour. Il y avait un trou dans la coque. Les autres bateaux entreposés étaient pour la plupart à des stades analogues de délabrement. À l'extrémité de la cour, un deuxième type armé d'un chalumeau soudait un gouvernail. Un petit chien dormait à l'intérieur de la jante d'un grand pneu de voiture et une radio jouait de la musique de fanfare allemande. Le barbu sembla reconnaître Meyer et interrompit un moment le grutage du canot pour bavarder dans cet allemand bizarre que les gens parlaient autour du lac de Zurich. J'avais depuis longtemps renoncé à essayer de comprendre. Nous suivîmes l'homme dans un coin de la cour, nous faufilant avec prudence entre les bateaux, les remorques, les boîtes à outils, les rouleaux de corde, les défenses et les bouées, les bidons d'huile, les planches en bois et les moteurs hors-bord. Tout en tirant des bouffées de sa pipe comme pour trouver un nouveau souffle, il arracha une bâche, révélant une vedette d'environ neuf mètres de long sur deux de large, avec une petite cabine à l'arrière. Puis il nous trouva un escabeau et, juchés dessus, nous contemplâmes l'intérieur dévasté, ce qui ne m'apprit strictement rien. Non pas que je m'attende à ce que le bateau m'apprenne quoi que ce soit. Je commençais à me sentir gêné que Meyer ait l'air de me prendre pour une sorte de grand détective, un de ces limiers omniscients de la littérature populaire. J'avais envie de lui dire que lesdits détectives n'étaient pas plus réels que les dieux qu'ils semblaient imiter et peut-être même tout aussi mensongers dans la dévotion qu'ils semblaient inspirer.

« La femme a été trouvée par terre en position fœtale, expliqua Meyer. Ce qui laisserait supposer qu'elle avait été tuée et placée là avant que la rigidité cadavérique n'intervienne. Le nœud de la corde autour de son cou sortait légèrement de l'ordinaire. Un peu comme un nœud de cravate. Et elle portait une robe chasuble rose, des chaussures de luxe, des bas de soie et – le plus intéressant – une bague ornée d'un joli diamant. Oui, un très joli diamant. Au moins trois carats et valant beaucoup d'argent pour n'importe qui. Je veux dire, il est difficile d'imaginer qu'on n'ait pas pris cette bague avant de se débarrasser du corps. C'est ce qui a retenu l'attention de la presse. La taille du diamant. Quoi d'autre ? Des housses de coussin rouge et blanc sur les sièges. Rien d'extraordinaire à ça. Les Suisses aiment bien le rouge et le blanc, les couleurs de notre drapeau national. C'est à peu près tout, je pense.

— Je ne comprends pas, dis-je à Meyer. Le corps d'une femme a été retrouvé dans le lac. Et alors ? Pourquoi est-ce que ça vous intéresse ? Paul, on est en 1943. Si ce sont des cadavres que vous voulez, je peux vous emmener en Ukraine et vous en montrer des milliers.

— Nous sommes en Suisse, Bernie. Il ne se produit pas de meurtres de ce genre ici. En temps de paix, nous avons l'un des taux d'homicide les plus bas d'Europe. La plupart sont familiaux, et, dans la moitié des cas, une arme à feu est impliquée. Moins de dix pour cent de nos affaires de meurtre demeurent non élucidés. Mais c'est la bague qui a éveillé l'intérêt du public. Je veux dire, un diamant de trois carats fait la taille d'un œuf d'oiseau. Alors cette femme devait forcément être quelqu'un, non ? Voilà ce qui me fascine. Un jour, j'écrirai un livre sur cette affaire. Je pense l'intituler *La Dame du lac*[1]. C'est un bon titre, vous ne trouvez pas ?

— Oh ! certainement. Mais écoutez, Paul, tout le monde est quelqu'un. Même quand il n'est rien. C'est la première chose que vous vous dites lorsque vous devenez membre de la Commission criminelle. Peu importe qu'il s'agisse d'un vieillard sans abri, d'un enfant de dix ans, de Walther Rathenau ou du roi de Yougoslavie. Tous méritent une enquête. Ou du moins, ils le méritaient avant que notre gouvernement ne se mette à perpétrer la plupart des assassinats. »

Ça sonnait bien, mais, à la vérité, après ce que j'avais vu dans la forêt de Katyn quelques mois auparavant, je n'étais guère enclin à considérer la mort d'une femme comme ayant la moindre importance. La mort avait déjà emporté tant d'êtres humains depuis le début de la guerre qu'un meurtre de plus semblait dérisoire.

« Bien sûr, bien sûr. Je pensais qu'il vous viendrait peut-être une idée, voilà tout, continua Meyer. Dans votre discours, l'année dernière, vous avez déclaré qu'une affaire non résolue n'était que la somme des indices faux ou trompeurs qui, pendant des années, ont été admis comme vrais. Qu'il fallait commencer par remettre patiemment en cause tout ce qu'on pensait savoir. »

Je hochai la tête. Je ne voulais pas me montrer grossier avec Meyer après son aimable hospitalité, mais c'est tout ce que je pouvais faire pour me retenir de lui dire qu'il gaspillait son temps et le mien. Compte tenu de ce que j'avais pu constater jusqu'ici, cette affaire était maintenant aussi froide que les victimes du saillant d'Ypres. Et ce n'était pas sa faute s'il avait réussi à traverser la guerre sans voir un seul cadavre. Je l'enviais pour ça, de même que pour son merveilleux château de Wolfsberg et sa charmante épouse. En outre, mon nez me faisait mal, et je n'avais en réalité qu'une idée

---

1. Titre d'un des romans les plus célèbres de Raymond Chandler (*The Lady in the Lake*), paru en 1943.

en tête : revoir Dalia. Surtout maintenant que j'avais un télégramme de Goebbels. Au moins, après notre rendez-vous galant à l'hôtel, je pourrais l'informer que j'avais eu une nouvelle entrevue avec elle. Je pourrais peut-être même emmener celle-ci au bureau du télégraphe de Rapperswil pour qu'elle lui envoie un télégramme, ce qui me mettrait hors du coup.

Le dîner à l'hôtel Schwanen avec Meyer et l'inspecteur de police Leuenberger ne fut guère plus instructif que ma visite de l'après-midi au chantier naval. Très judicieusement, le flic suisse posa quelques photographies couleur sur la table, mais je ne les regardai pas, et il y a de meilleurs sujets de conversation après un repas qu'une femme qui s'est fait à moitié dévorer par les sandres, surtout quand il y en a au menu. En dépit de tout ce que je savais à présent sur son régime alimentaire, j'aimais bien le sandre. Mais le riesling était un excellent Trocken, et j'en bus un peu trop, ou du moins suffisamment pour poser quelques questions sur la dame du lac, questions qui m'apprirent seulement que les flics de Rapperswil n'avaient pas la moindre piste. Apparemment, l'un des meilleurs enquêteurs de Berne avait même déclaré forfait.

« Elle ne l'avait peut-être pas volé, suggérai-je au moment où, ayant fini le vin, nous attaquâmes le schnaps. Peut-être que personne ne s'est manifesté parce que les gens étaient contents de la savoir morte. Ça arrive, vous savez. Il n'y a pas que les individus gentils et innocents qu'on assassine. Ceux qui le sont moins également. On lui a peut-être défoncé le crâne parce qu'elle le méritait. Vous y avez songé comme mobile ? Que quelqu'un avait rendu service à la planète ? »

L'inspecteur Leuenberger fronça les sourcils.

« Je n'y crois pas une seconde. Personne ne devrait mourir de cette façon. Et c'est une chose très cruelle que de dire ça d'une femme qu'on ne connaît pas. »

Je faillis éclater de rire.

« Cruelle ? Oui, je suppose que je suis devenu cruel. Ce qui n'est pas vraiment une surprise. J'ai été formé par des experts. Mais l'argument n'en reste pas moins valable. Si personne n'a signalé la disparition de cette femme, cela ne peut être que parce qu'elle ne manque à personne. Et si elle ne manque à personne, c'est probablement parce que les gens sont ravis d'en être débarrassés. Écoutez, oubliez la dame du lac et pensez plutôt à cette bague avec un diamant. Elle ne manque à personne non plus. Ce qui devrait vous indiquer quelque chose. Il faut pas mal de haine pour vaincre l'attrait d'un joli diamant, surtout un diamant de la grosseur d'un œuf d'oiseau. Ça ou beaucoup d'argent. D'après ce que vous m'avez expliqué, vous avez cherché l'assassin parmi le genre de clients qui commettent des assassinats. Filous et gangsters. Les suspects habituels. Mais vous faites complètement fausse route. Vous voulez que je vous dise ? Je pense que je peux déjà vous donner une description parfaite de l'individu qui a tué cette femme. En fait, j'en suis même certain. Croyez-moi, il est facile de reconnaître un assassin. Ce sont presque toujours des honnêtes gens, inspecteur. Vous feriez mieux de chercher quelqu'un de respectueux des lois.

— Il a raison, dit Meyer à Leuenberger. Gormann travaillait dans une banque, n'est-ce pas, Bernie ? C'était un homme respectable. »

J'acquiesçai et allumai une cigarette.

« Alors on devrait peut-être chercher un suspect ailleurs. Quelqu'un de respectable.

— Bien sûr qu'il s'agit de quelqu'un de respectable, dis-je. L'assassin vivait pendant tout ce temps sous votre nez et vous ne vous en êtes pas aperçu. C'est votre voisin. Votre patron. Votre dentiste. Votre médecin. Le directeur de la banque du coin. C'est comme ça qu'ils s'en tirent. Qu'ils passent à travers les mailles du filet. Raison pour laquelle, lorsque la police finit par en embarquer un pour le coller en taule, les voisins restent plantés dans la rue, l'air ahuri, en disant : "Qui aurait cru que le vieux Untel était un meurtrier. À le voir, on aurait dit qu'il était incapable de faire du mal à une mouche." »

Meyer prenait à présent des notes et, beurré comme je l'étais, j'avais fini par m'enthousiasmer pour mon sujet.

« Vous n'arriverez peut-être pas à identifier la femme. Aussi vous devriez essayer d'identifier le *schmuck*, je veux dire la bague à son doigt. L'avez-vous montrée à des marchands ? Avez-vous fait passer une photo dans le journal ?

— Non.

— Et pourquoi donc ? »

Leuenberger s'empourpra.

« Parce que nous ne voulions pas avoir affaire à un tas de casse-pieds qui prétendraient qu'elle leur appartenait alors qu'il n'en était rien. Voilà pourquoi. »

Je me remis à rire.

« Avoir affaire à un tas de casse-pieds, c'est ce qui caractérise ce boulot, inspecteur. C'est pour ça qu'on nous paie. Pour perdre notre temps. Je suis parfaitement sérieux. C'est à ça que se résume l'essentiel du travail de police. Une perte de temps. Chaque fois que j'entends un flic dire : "Je ne suis pas payé pour perdre mon temps", je lui réponds : "C'est exactement pour ça qu'on vous paie." Inspecteur, à votre place, j'irais porter cette bague à chaque diamantaire du canton. Puis du canton voisin. Quatre-vingt-dix-neuf pour cent de vos efforts seront gaspillés, bien sûr. Mais il est très possible qu'un pour cent se révèle utile. Vous verrez si je me trompe. J'ai l'impression que vous n'avez encore effectué que la moitié de l'enquête. La plus grande partie du vrai boulot reste à faire. Le cadavre et le bateau sont probablement les éléments les moins importants de toute cette affaire.

— Vous devriez peut-être rouvrir le dossier, dit Meyer.

— Peut-être, admit Leuenberger. Il faudra que je demande au commissaire. Je ne suis pas sûr qu'il sera d'accord. Rouvrir un dossier n'est pas une chose que nous faisons très souvent en Suisse. Les gens du coin préfèrent vivre tranquilles. Pour rouvrir un dossier, j'aurais besoin de preuves concrètes. Et pour en obtenir, je devrais motiver un budget auprès de mon patron. Ce qui m'est impossible à l'heure actuelle. Les temps sont durs ici. »

Je me versai un autre verre de schnaps et partis d'un nouvel éclat de rire, savourant la gêne manifeste de l'inspecteur. Parfois, le seul plaisir de venir d'une grande ville est de faire en sorte que les gens venant d'un endroit petit se sentent encore plus petits.

« Je ne vous blâme pas. Et franchement, inspecteur, quelle importance ? Dans presque tous les pays en dehors de la Suisse, le meurtre a cessé d'être une chose absolument révoltante. Vous pouvez me croire sur parole. D'après ce que j'ai entendu dire, c'est devenu un mode de vie en Pologne. L'individu qui a assassiné votre dame du lac était un novice comparé à certains des personnages pour qui je travaille.

— C'est la guerre, je suppose, soupira-t-il.

— Oui, c'est la guerre. »

Il était clair qu'il n'avait aucune idée de ce dont je parlais ; et je n'étais guère enclin à lui ouvrir les yeux. J'avais déjà suffisamment honte d'être allemand.

« Tout de même, reprit Leuenberger, pour dire ce que vous dites, capitaine Gunther, et de la manière dont vous le dites, il ne faut croire à rien. Et le christianisme ? Et l'amour de son prochain ? Et savoir pardonner à ses ennemis ?

— Oh ! j'ai bien l'intention de leur pardonner. Dès que je leur aurai logé une balle dans le crâne après les avoir fait cavaler à travers la pièce à coups de pied.

— Vous parlez comme un nihiliste.

— Je ne pense pas que la vie ait beaucoup de sens, non.

— Pour être un nihiliste, poursuivit-il, eh bien, j'imagine qu'un homme doit se sentir très seul pour ne croire à rien du tout, comme vous, apparemment.

— Être seul ne me dérange pas. La solitude est un risque professionnel. Dans notre métier, on a besoin d'être seul pour pouvoir ignorer le brouhaha de l'ignorance et de la stupidité de ses collègues. Mais je ne suis pas assez bête pour me sentir esseulé. Il y a une différence entre ça et la solitude. Dès que je me sens esseulé, je me mets à m'apitoyer sur moi-même et je ne le supporte pas. Je finis par faire des trucs que je ne devrais pas. Comme boire un peu trop. Voler les épouses des autres. Essayer de sauver ma peau à tout prix. Et chercher un peu de bonheur dans cette vie. Vous savez, je me dis souvent que, si je n'avais pas été policier, j'aurais peut-être été un type vraiment bien.

— Allons, Bernie, mais vous êtes un type bien, déclara Meyer. Vous essayez seulement de nous choquer.

— Vous pensez ? Je me pose la question, même si je me pose surtout des questions sur la dame que je vais voir demain. La dame *au bord* du lac. Peut-être que si elle ne revêtait pas à ce point la forme de la tentation, je pourrais résister plus facilement à ce genre de chose. D'un autre côté, ça explique pourquoi les femmes sont

372

ainsi faites. Si ce n'était pas le cas, je suppose que la race humaine serait beaucoup moins prospère.

— Il y a une goutte de venin dans presque tout ce que vous dites, capitaine, fit remarquer l'inspecteur.

— Ça me vient naturellement. Ma mère était scorpion. Écoutez, je vais vous raconter une dernière chose sur la nature humaine, puis j'irai me coucher avant d'avoir trop bu et de devenir réellement cynique. La dame que je vois demain ne me remerciera certainement pas si je n'arrive pas à tenir debout. Elle aime les bonnes manières. Cela dit, peut-être que si je bois suffisamment elle ne s'apercevra pas que j'ai le nez rouge. Alors, écoutez. Voici une vraie leçon de sagesse pour votre prochain livre, Paul. Les bons ne sont jamais aussi bons qu'on le croit, et les méchants, aussi méchants. Loin de là. Certains jours, nous sommes tous bons. Et d'autres jours, méchants. Telle est l'histoire de ma vie. Telle est l'histoire de la vie de chacun. »

40

Dalia avait à peine franchi la porte qu'elle se mit à se déshabiller. C'était comme si elle ne se faisait pas assez confiance pour ne pas changer d'avis, ou à moi pour ne pas parler de Goebbels et du rôle cinématographique qui l'attendait à son retour à Berlin. Et cela marcha, du reste. Dès qu'elle eut jeté son Borsalino en paille et son blazer bleu en lin, et commencé à déboutonner le chemisier en coton blanc qu'elle portait, je me sentis obligé de lui venir en aide ; ses doigts étaient tout simplement trop lents à pousser les boutons à travers leurs trous fortement amidonnés. En quelques instants, j'avais ses seins nus dans mes mains, après quoi il me fut impossible de penser à autre chose qu'à elle. Le temps passa ensuite rapidement, comme toujours dans ce genre de circonstances. Tout ce que comprime le désir rétrécit un peu. Goethe a dressé une liste de ce qu'on doit faire pour parachever le sens du beau que Dieu a implanté dans l'âme humaine ; et à une liste comprenant écouter un peu de musique, lire un peu de poésie et voir un beau tableau chaque jour de votre existence, j'aurais seulement ajouté contempler le corps nu d'une jolie femme comme Dalia Dresner pendant une bonne demi-heure avant de faire l'amour avec elle. En fait, je l'aurais sans doute placé tout en haut de la liste.

« Ne t'arrête pas », murmura-t-elle tandis que ma bouche et mes doigts emboîtaient le pas à son plaisir manifeste.

Je n'avais pas l'intention de m'arrêter, même pas lorsque, loin derrière elle, j'eus fini et ne fus plus qu'un pelvis poussant de façon spasmodique contre l'espace entre ses cuisses, tels les derniers battements d'un cœur agonisant essayant de retarder l'inéluctable séparation.

Nous restâmes un moment sans bouger. Finalement, elle dit :
« Tu as une tête comme un feu rouge. Qu'est-il arrivé à ton nez ?
— Une guêpe m'a piqué. »
Dalia fit de son mieux pour réprimer un gloussement.
« Ça fait mal ?
— Maintenant que tu es là, je ne sens plus aucune douleur.
— Bien. Je me disais qu'on t'avait peut-être frappé.
— Qui voudrait faire une chose pareille ?
— Je peux imaginer quelqu'un.
— Ton mari, je suppose. J'ai eu peur qu'il ne t'empêche de venir.
— Tu avais raison de t'inquiéter. J'ai bien failli ne pas pouvoir être ici. Stefan a pris ma voiture. Sa Rolls-Royce se trouve au garage. Du moins, à ce qu'il prétend.
— Comment as-tu fait ?
— J'ai un bateau à moteur. Amarré à la jetée juste devant.
— Ça ne me serait jamais venu à l'idée.
— Tout le monde à Zurich et dans les alentours a un bateau quelque part. C'est le principal avantage d'habiter ici. En fait, je suis bien contente d'avoir dû prendre le bateau aujourd'hui. Il y a des travaux dans la Seestrasse, et c'était sûrement plus rapide que la voiture. Moins d'une demi-heure. En plus, le lac est ravissant à cette période de l'année. L'eau est beaucoup plus calme que la route en ce moment. »

Elle m'embrassa tendrement sur la tête, me repoussa avec fermeté sur le lit, puis m'embrassa sur la poitrine et le ventre avant de me prendre dans sa bouche pour me « nettoyer », selon son expression. Je n'avais jamais autant apprécié d'avoir besoin d'un nettoyage.

« Tu m'as manqué, dit-elle lorsqu'elle eut fini.
— Toi aussi, mon ange.
— Je serais venue aussi hier soir, mais je n'ai pas pu m'échapper. Il y avait quelqu'un de l'École polytechnique fédérale à dîner.

Pour parler de mon cours de mathémathiques. Apparemment, je pourrai commencer en septembre, à condition de réussir l'examen d'entrée. Pour voir si j'étais à la hauteur, il m'a demandé si j'arrivais à calculer de tête la somme des nombres de un à cent. En réalité, c'est très simple. Il te suffit de les additionner par paires, le premier et le dernier, le deuxième et l'avant-dernier, etc., et alors tu t'aperçois rapidement que cela donne cinquante fois cent un, soit cinq mille cinquante.

— Inutile de m'expliquer. Je veux dire, à propos du fait que tu restes en Suisse. Pas des maths. J'en ai la migraine rien que d'entendre ça. Tout ce que je suis capable de calculer, c'est deux et deux font cinq.

— Je regrette de devoir te le dire, mais deux et deux font quatre.

— Pas en Allemagne. Deux et deux font cinq, c'est de la simple algèbre nazie telle que décrite par ton ami Joseph. Ce qui me fait penser. Personne ne reçoit à la fois l'intelligence et la beauté de nos jours. Lui, certainement pas. Alors dans quelle file d'attente te trouvais-tu à ta naissance ?

— Deux et deux égalent cinq, ce n'est pas une somme. Seulement une prière pour obtenir un miracle. Ô Seigneur, permets qu'il en soit ainsi ! Un peu comme avec toi et moi, tu ne crois pas ? » Elle sourit, sans artifice, et m'embrassa l'épaule. « Eh bien, qu'as-tu fait hier soir ? Sans moi ?

— J'ai rencontré l'inspecteur de police du coin. Un certain Leuenberger. Ainsi que le propriétaire de château de Wolfsberg, le type dont je t'ai parlé.

— L'écrivain de romans policiers ?

— Oui. Paul Meyer-Schwertenbach. Un ami de l'inspecteur.

— Ciel, est-ce qu'il y aurait eu un crime à Rapperswil ? Tu m'étonnes.

— Pas précisément. Non, nous avons dîné à l'hôtel Schwanen, à côté.

— Je crois que je préfère cet endroit. En fait, je voudrais ne jamais quitter cette chambre. On resterait là éternellement, n'est-ce pas ? Et on pourrait faire l'amour tous les jours.

— J'aimerais bien, moi aussi.

« — De quoi avez-vous parlé, tes deux amis et toi ?

— Meyer souhaiterait que je l'aide à écrire un livre sur une vieille affaire de meurtre. *La Dame du lac,* c'est ainsi qu'il l'intitule. Il y a quelques années, on a retrouvé une femme assassinée à bord d'un bateau qui avait été coulé délibérément dans l'Obersee pas très loin d'ici. En fait, il n'a pas arrêté de me raser avec ça.

— Délibérément ? Comme peuvent-ils affirmer une chose pareille ? Je veux dire, les bateaux coulent, non ? Je devrais le savoir, j'en ai moi-même coulé un certain nombre.

— Parce que les planches de la coque ressemblaient à du fromage suisse. L'assassin avait même laissé sa perceuse à l'intérieur.

— Je me souviens effectivement de cette affaire. Tous les journaux helvétiques en ont parlé. »

J'acquiesçai.

« Quoi qu'il en soit, la police songe à la rouvrir.

— Il y a de nouveaux éléments ?

— Non. »

Je poussai un soupir.

« Pourquoi fais-tu cette tête ?

— Je me suis mal conduit hier soir... La manière dont je me suis moqué de ce flic. Je ne pense pas que ce soit un complet idiot comme j'ai essayé de lui en donner l'impression. Je ne sais pas, j'avais peut-être trop bu. En ce moment, à Berlin, je n'en ai pas souvent l'occasion. De boire, je veux dire. En tout cas, c'est une totale perte de temps, si tu veux mon avis. Ils ne connaissent même pas le nom de la victime. Alors qu'elle portait un énorme diamant, qui est manifestement la clé de tout. Ils ont beau ne pas savoir qui c'est, je suis persuadé qu'ils peuvent identifier ce *schmuck* à son doigt. »

Dalia hocha la tête.

« Je t'aime, dit-elle. Je suppose que tu le sais.

— Et moi aussi, mon ange.

— Peux-tu rester en Suisse ? Pour toujours ?

— Je ne demanderais pas mieux, mais ça ne plairait sans doute pas aux Suisses. J'en suis même certain. Et ce n'est pas tout. Si je ne repars pas, les nazis mèneront probablement la vie dure à ma femme. C'est la seule raison pour laquelle on rentre en

Allemagne aujourd'hui. Parce que quelqu'un d'autre risque d'en souffrir si on ne le fait pas.

— Ah oui ! je l'avais oubliée. Cette femme dont tu dis que tu as dû l'épouser pour la protéger des griffes de la Gestapo. Kirsten, c'est ça ? Je suis très jalouse d'elle.

— Il n'y a pas lieu. Je ne suis pas amoureux d'elle. On pourrait presque dire que c'était un mariage de convenance.

— Ce n'est pas à cause de ça que je suis jalouse, mon chéri. Je suis jalouse que tu ne puisses pas faire quelque chose d'aussi noble pour moi. Personne n'a jamais rien fait d'aussi noble pour moi. On devrait te nommer chevalier. Ou te décerner une médaille. Une croix de fer sur un joli ruban. Ou peu importe ce qu'on donne pour des actes aussi désintéressés.

— Je ne suis pas sûr qu'il soit aussi désintéressé que tu sembles le croire. Si je ne l'avais pas épousée, Goebbels ne m'aurait jamais laissé partir en Suisse pour te parler.

— Oui, je vois ce que tu veux dire. » Elle me donna une tape sur le bras. « Maintenant, tu as tout gâché.

— Comment ?

— En me disant ça. Je préfère de beaucoup penser à toi comme faisant quelque chose de noble.

— Je ne suis pas très bon dans ce domaine, avouai-je. D'ailleurs, il n'y a pas beaucoup de demande pour ça actuellement. Pas en Allemagne.

— En ce qui me concerne, si. Et je crois sincèrement que tu te sous-estimes. À mon avis, tu es aussi noble que ces chevaliers teutoniques en croisade de l'histoire médiévale. Quelle était leur devise déjà ? Aider, défendre, guérir. C'est tout à fait toi, Gunther. Tu as du pain sur la planche pour quand je rentrerai à Berlin.

— Je croyais que tu restais ici pour apprendre à devenir Carl Friedrich Gauss.

— Oh ! tu vas sans doute me juger terriblement capricieuse, mais j'ai bien l'impression que, si je reste ici, Stefan va se montrer encore plus difficile qu'il ne l'est déjà. Ces derniers temps, il est devenu beaucoup plus possessif. Pour ne pas dire abusivement jaloux. Ce qui ne faisait nullement partie de notre arrangement. Je suis sûre que sa satanée voiture n'a absolument rien. Qu'il cherchait

379

juste une excuse pour prendre la mienne, de manière que je ne puisse aller nulle part aujourd'hui. De fait, je commence à me dire que Goebbels serait peut-être plus facile à manier. Après tout, il est beaucoup plus petit. Et au moins, il a bien d'autres choses en tête. Comme de gagner une guerre perdue d'avance. De plus, il y aura forcément une nouvelle actrice dans pas longtemps. Qui lui plaira davantage. Avec un peu de chance, je pourrais même lui en procurer une. À vrai dire, je crois que je connais quelqu'un.

— Tu es sérieuse ? »

Elle réfléchit un instant.

« Je pense.

— Voilà une excellente nouvelle. Je me disais que j'allais devoir t'enlever et te ramener en Allemagne dans le coffre de ma voiture. Ce que Goebbels voudrait que je fasse. Il m'a envoyé un télégramme hier. Je dois utiliser tous les arguments possibles et imaginables pour te persuader de revenir. Y compris l'argent. Il t'offre le double de ce qu'on t'avait proposé. Et plus que ce que Zarah Leander a obtenu l'année dernière pour *Un grand amour*. Quoi que ça puisse être. Et aussi dans la monnaie que tu souhaites.

— Plus que Zarah Leander, répondit Dalia. Voilà qui est intéressant. Que je sois payée plus qu'elle. La diva du Troisième Reich. J'ai entendu dire que Zarah était payée en couronnes suédoises. Je pourrais peut-être me faire payer en dollars américains. Eh, peut-être même que je pourrais en partager une partie avec toi.

— Et si ça ne marche pas, je dois t'allonger sur mon genou et te flanquer une bonne fessée cul nu jusqu'à ce que tu acceptes.

— Tu inventes.

— Pour la fessée, oui. Mais pas pour l'argent. Non seulement ça, mais tu pourras garder la maison de Griebnitzsee. (Je haussai les épaules.) Même Faust ne s'est pas vu offrir une bicoque pareille.

— C'est un démon, n'est-ce pas ?

— Si tu signes un pacte avec lui, veille à avoir deux ou trois anges pour intervenir en ta faveur lorsqu'il viendra réclamer sa part du marché.

— C'est sûrement là que tu entres en scène.

— Mes pouvoirs terrestres sont faibles comparés aux siens. »

Elle sourit.

« Ce n'est pas ce que je dirais. Pas si je me fie à ce qui vient de se passer dans cette chambre d'hôtel. »

Là-dessus, elle grimpa sur moi comme une Walkyrie montant le cheval à huit jambes d'Odin, et nous refîmes l'amour. J'aurais dû attacher plus d'importance à l'histoire de Méphisto, bien sûr, mais, pour ma propre défense, il est difficile de penser clairement quand la fille s'immolant sur vous est une vedette de cinéma dans le plus simple appareil. Tous les démons ne font pas au lit ce dont vous avez toujours rêvé et ne vous donnent pas l'impression d'être un dieu.

Un peu plus tard, elle me demanda si j'accepterais de la ramener à Berlin.

« Et le bateau à moteur dehors ?

— Je ne parlais pas de maintenant, mon chéri. Je veux dire, ce soir. Dans ta voiture. Non, attends, tôt demain matin serait mieux. À 6 heures, par exemple. Stefan ne sera pas encore levé. Agnes peut me préparer un sac de voyage et venir à Berlin en train dans quelques jours avec le restant de mes bagages.

— De mon côté, je dois repasser au château de Wolfsberg pour récupérer des affaires. Mais je peux faire ce que tu demandes, oui.

— On pourrait même trouver un hôtel à mi-chemin. À Munich. Le Bayerischer Hof. Ils me connaissent et ne poseront pas trop de questions du moment que nous prenons deux chambres séparées. Ce serait merveilleux, non ? Cela nous permettrait de passer toute une nuit ensemble. Je pourrais me réveiller dans tes bras. Ça ne te plairait pas également ?

— Tu veux vraiment faire ça ? Je peux t'imaginer t'arrangeant pour tenir Goebbels à distance. Ou presque. Pour des raisons évidentes, le Doktor n'a pas des réactions aussi rapides que les tiennes. Si quelqu'un peut y parvenir, c'est bien toi. Mais où est passée ton animosité à l'égard de cette industrie stupide ? Qu'est devenue ta répugnance à travailler avec un antisémite comme Veit Harlan ? Et qu'est-ce que tu diras à Stefan ?

— Si je suis aussi convaincante que Zarah Leander, mon amour, je peux certainement faire retirer Veit Harlan de ce film. Je dirai à Jo de désigner un autre metteur en scène. Quelqu'un d'un peu moins controversé. Rolf Hansen, par exemple. Il a dirigé

Un grand amour. Il peut bien me diriger. En fait, je pense qu'il ferait du bon travail. Quiconque peut donner à Zarah Leander l'air distingué est forcément bon. Cette femme est une géante. Ils ont dû se servir de SS travestis dans le film parce qu'ils n'arrivaient pas à trouver des girls aussi grandes qu'elle. Je ne plaisante pas. Quant à Stefan, je lui dirai juste que l'argent était beaucoup trop tentant. C'est le genre de chose qu'il comprend très bien.

— Alors c'est réglé. Je passerai te prendre demain matin. À 6 heures. »

Peu après, nous longeâmes le bord du lac, où les habitants de Rapperswil se promenaient dans le soleil de fin d'après-midi, mangeant des glaces et examinant la surface comme s'ils s'attendaient à ce qu'il en sorte quelque chose : un bras de femme tenant une épée, peut-être. Au café en face de l'hôtel Schwanen, les gens buvaient du café et regardaient une procession de canards se frayer majestueusement un chemin vers l'eau. Si un peintre français, de l'espèce la plus rare qui s'intéresse davantage à la lumière qu'à l'eau-de-vie, avait été là, il aurait déplié un chevalet et se serait mis aussitôt au travail, et je ne l'aurais nullement blâmé s'il avait réalisé un de ces chefs-d'œuvre mouchetés qui vous font croire que vous avez besoin d'une nouvelle paire de lunettes. Une grosse cloche se mit à sonner au beffroi de l'église. Tout donnait l'impression d'un jour d'été ordinaire. Même si ce n'était pas ce que je ressentais. Ce n'est jamais un jour ordinaire quand une jolie femme vous laisse la jouissance de son corps nu.

Dalia me conduisit à une courte distance de l'endroit où les ferries à vapeur et les bateaux taxis exerçaient leurs activités, jusqu'à un ponton en forme de L où était amarrée une série de *runabouts*, parmi lesquels une vedette en acajou élégamment vernie, avec un petit drapeau croate rouge et blanc à la poupe. On aurait dit une voiture de sport flottante. Dalia m'embrassa tendrement, leva légèrement l'ourlet de sa jupe, et je lui tins la main tandis qu'elle montait dans le bateau.

« Pourrais-tu me détacher, chéri ? demanda-t-elle avant de ramener les défenses.

— Bien sûr.

— Je te verrai demain matin à 6 heures. »

Je hochai la tête, puis reniflai mes doigts avec ostentation. Elle savait que je ne les avais pas lavés – je voulais pouvoir sentir son odeur sur moi longtemps après son départ –, et elle s'empourpra.

« Arrête, s'écria-t-elle. Tu me fais rougir.

— J'aime bien. Ça me rappelle que tu es vraiment humaine et pas une créature descendue de l'Olympe pour la journée.

— Demain, ne te gare pas dans l'allée. Reste dans la rue, je viendrai te retrouver. D'accord ? »

Je hochai de nouveau la tête.

« Tu ne vas pas me laisser tomber, hein, Gunther ? Je n'aime pas beaucoup les films où la fille se fait poser un lapin.

— Pour être là, je serai là. N'en doute pas. Les chevaliers teutoniques sont toujours à l'heure. Surtout quand il s'agit d'une damoiselle. »

Dalia s'assit derrière le volant en cuir blanc, alluma une cigarette, chaussa des lunettes de soleil et cala son postérieur galbé sur un coussin assorti au drapeau à l'arrière. Elle tourna une clé sur le tableau de bord, un gros moteur se mit à tousser et de l'eau gicla des deux embouts d'échappements chromés situés de part et d'autre du nom du bateau peint en lettres dorées : *Le Gretchen.* J'enroulai avec soin les cordes mouillées, puis les jetai sur le plancher caoutchouté du bateau. À présent, plusieurs personnes la regardaient, et je dois reconnaître que Dalia n'aurait pas pu ressembler davantage à une vedette de cinéma si elle avait descendu un tapis rouge avec Emil Jannings d'un côté et Leni Riefenstahl de l'autre. Et si elle n'avait ressemblé qu'à ça, j'aurais peut-être éprouvé un sentiment de fierté, étant donné ce qui venait de se passer entre nous. Je me serais dit : « Gunther, mon vieux, si tu racontais à certains de ces quidams ce que vous avez fait dans cette chambre d'hôtel, elle et toi, jamais ils ne te croiraient. » Moi-même, j'arrivais à peine à le croire, pas plus que je n'arrivais à accepter ce que je pouvais constater de mes propres yeux, à savoir qu'elle – ou quelqu'un de très proche – avait fort probablement assassiné la dame du lac de Meyer-Schwertenbach. Ce n'était pas seulement la housse de coussin au damier de carrés rouges et blancs qui semblait rigoureusement identique à celle qui avait été découverte dans l'épave, ni l'idée que sa vaste maison de Küsnacht possédait un hangar à bateaux bien

383

pratique à partir duquel il était facile de lancer une expédition pour saborder une vedette dans le lac ; ni la grosse bague avec un diamant que j'avais vue au doigt de Dalia et qui m'avait rappelé qu'il fallait posséder une bague aussi volumineuse que celle retrouvée sur la main de la morte – et vraisemblablement plusieurs autres – pour se permettre de ne pas la prendre avant de couler l'embarcation ; ni même le savoir-faire avec lequel elle manœuvra son propre bateau à moteur pour quitter le ponton. De toute évidence, elle s'y connaissait en matière de bateaux. Non, c'était la façon dont elle avait retourné sa veste à propos de la question de son retour en Allemagne presque à la minute où je lui avais dit que l'inspecteur Leuenberger avait l'intention de rouvrir le dossier de la dame du lac. Elle avait affirmé avec une telle conviction qu'elle ne voulait plus travailler pour Goebbels quand nous en avions discuté précédemment ; et maintenant, elle se préparait à revenir à Berlin avec moi dans la matinée. D'un seul coup. Ça n'avait pas de sens, sauf si elle avait un lien avec le meurtre et qu'elle était maintenant désireuse de quitter la Suisse avant que l'inspecteur Leuenberger ne déniche quelque chose de compromettant pour elle et son mari.

Je regardai s'éloigner la vedette jusqu'à ce qu'elle ne soit plus qu'un grain argenté franchissant à toute allure le fil bleu marine de l'horizon. J'avais beau plisser les yeux pour me protéger de l'éclat du soleil, je pouvais quand même voir que Dalia se servait sans doute de moi. Ce qui ne me dérangeait pas outre mesure. Parfois, être utilisé ne pose pas de problème si vous le savez. Vous faites avec. Surtout si vous êtes un homme et que c'est une jolie femme qui se sert de vous. L'exploitation peut avoir l'air bien pire qu'une chose aussi humaine que ça. Voilà à coup sûr ce que je me disais. Nous nous servons tous de quelqu'un d'autre pour une finalité quelconque, si nous sommes vraiment honnêtes avec nous-mêmes. Une sorte de marché ou de transaction réside au cœur de la plupart des relations humaines. Karl Marx savait tout ça. Il a écrit un livre très important sur le sujet. Bien sûr, la partie de moi-même qui continuait d'être un flic avait envie d'aller à l'hôtel Schwanen chercher Paul Meyer-Schwertenbach pour l'emmener au poste de police de Rapperswil situé à deux pas, où je décrirais le coussin du bateau de Dalia à l'inspecteur Leuenberger, avant de lui suggérer de perquisitionner la maison de Küsnacht. Tout au moins, Stefan Obrenović et elle avaient de sérieuses explications à donner. Voilà ce que j'aurais certainement fait avant la guerre, quand des notions comme le meurtre et être flic, le droit et la justice, semblaient compter. Combien nous étions naïfs d'imaginer que de telles notions auraient toujours de l'importance. Peut-être en auraient-elles de nouveau un jour, mais, à cet instant, la partie en moi qui était un homme disait quelque chose de très différent quant à la façon dont je devrais gérer cette dernière découverte et, alors même que la partie archaïque – la partie flic – parlait encore, je portai mes doigts à mes narines pour inhaler le plus précieux et le plus intime parfum du plaisir de Dalia, et je fus aussitôt certain que jamais je ne la dénoncerais pour un crime que tout le monde en Suisse semblait avoir oublié de toute manière. Je savais, aussi sûrement que Heinrich Steinweg savait confectionner un bon piano, que j'allais attendre dans une voiture devant la maison de Küsnacht à 6 heures le lendemain matin. À moins que l'inspecteur Weisendanger n'apparaisse au château de Wolfsberg ou qu'un camion entier d'agents de l'OSS ne me kidnappent à nouveau, il n'y avait pas l'ombre d'une chance que je n'y sois pas.

41

Le Kon Tiki Bar, au sous-sol de l'hôtel Bayerischer Hof, était censé évoquer une paillote sur une île polynésienne exotique, sauf qu'il paraissait un peu trop lugubre pour convaincre quiconque que nous nous trouvions dans le Pacifique Sud plutôt que dans le centre-ville de Munich. J'ignore si les mâts totémiques et les masques tribaux s'alignant sur les murs, de même que le poisson-globe accroché au plafond de bambou, étaient authentiques, mais les cocktails avaient l'air assez vrais – même s'ils contenaient un maximum de sucre –, surtout que Dalia avait sorti une bouteille de rhum d'un sac à main en crocodile pour leur donner du corps supplémentaire. Elle était pleine de surprises de ce genre. Nous étions effectivement d'une humeur à boire un verre ou deux après le long trajet depuis Küsnacht et, avec plusieurs derrière la cravate, nous n'aurions probablement pas remarqué si toute la RAF avait rappliqué pendant que nous étions là, d'autant plus que le bar servait aussi d'abri antiaérien à l'hôtel. Mais pour une fois, c'était une soirée calme – phénomène rare par pleine lune –, et nous décidâmes de faire quelques pas pour respirer l'air de Munich et essayer d'une manière générale de nous dégriser un peu avant d'aller nous coucher. Sur le côté de l'hôtel, le meilleur de la ville, passait la Promenadestrasse, où Kurt Eisner, le ministre-président de Bavière juste après l'abolition de la monarchie, avait été assassiné par un antisémite en 1919. Premier d'une longue série d'assassinats politiques analogues commis à Munich. Et c'est peut-être ce fait, ajouté à plusieurs cocktails au rhum, qui me poussa à aborder l'épineux sujet du meurtre pendant que nous marchions dans les rues pavées jusqu'à la tristement célèbre Hofbräuhaus. Nous n'entrâmes pas dans la brasserie où, en 1920, Hitler avait lancé le programme du parti national-socialiste, raison pour laquelle l'établissement était considéré comme un lieu de pèlerinage, avec des drapeaux nazis et un policier pour les garder. Le rhum et la bière édulcorée qu'on y servait probablement ne se mélangeaient pas mieux qu'à l'oreille une joyeuse fanfare et une semi-accusation d'assassinat chuchotée à voix basse. Au lieu de ça, nous restâmes sous les arcades de l'entrée, regardant un moment à travers la porte en verre certains des énergumènes en *lederhose* avec un chapeau tyrolien, avant de nous replier à une distance plus sûre.

« Tu sais, ce n'est vraiment pas mes affaires, et franchement je m'en moque éperdument d'une façon ou d'une autre. Je suis sûr que tu avais tes raisons pour ce qui est arrivé – de bonnes raisons, en plus –, mais hier, quand nous étions à Rapperswil, j'ai eu cette drôle d'idée que c'était toi, ou quelqu'un de ton entourage, qui avais tué cette fille qu'on a retrouvée au fond du lac de Zurich.

— Qu'est-ce qui te fait croire ça, Gunther ? » Elle retira une cigarette de l'étui qui se trouvait dans ma poche et l'alluma si calmement qu'elle aurait pu être en train de jouer une scène de film. « Franchement, cela m'étonne que tu puisses seulement dire une chose pareille.

— Je n'ai nullement l'intention d'avertir la police suisse, mon ange. Tu n'as pas besoin de t'en faire à ce sujet. Le vrai travail de police a depuis longtemps cessé de m'intéresser. Et si j'en parle maintenant, c'est uniquement pour que tu aies une haute opinion de moi. Je sais que ça peut paraître étrange, mais le fait est que ton opinion sur moi a tout à coup plus d'importance qu'elle n'en avait hier. Alors attends que j'aie fini et tu pourras parler ensuite.

« Quand tu m'as raconté que tu avais fait du calcul mental pour ton copain de l'École polytechnique fédérale l'autre soir, j'ai été impressionné. Puis je me suis assis avec un crayon et du papier, et j'en ai moi-même mis un coup, pour me rendre compte que c'était exactement comme tu l'avais dit, que chaque premier et chaque dernier nombre faisaient cent un et qu'ils formaient cinquante paires. Ce qui m'a amené à penser que je n'étais pas assez intelligent pour toi. Non que ça me dérange particulièrement. J'ai rencontré beaucoup de femmes plus intelligentes que moi. D'habitude, j'aime bien. Ça m'oblige à rester sur le qui-vive d'être avec des femmes intelligentes. Ça m'évite d'avoir à m'expliquer. Mais je me suis rendu compte qu'il était important pour moi que tu comprennes que, à ma façon un peu fruste, je suis intelligent également. Peut-être pas tout à fait aussi intelligent que toi, mon ange, mais suffisamment pour avoir compris que tu avais quelque chose à voir avec la dame du lac. Je ne suis pas sûr de pouvoir expliquer comment ou ce que tout ça signifie aussi parfaitement que la façon dont tu as expliqué ces chiffres hier. Je ne peux même pas te promettre que cela fait un joli nombre comme cinq mille cinquante, mais, sous la racine de mes cheveux, tout me dit que tu la connaissais et que toi seule peux me révéler comment elle a fini au fond du lac de Zurich, à chercher l'épée en trop de quelqu'un.

— Tu m'excuseras si je demande à entendre comment tu es parvenu à cette conclusion, dit-elle, l'air toujours sceptique.

— Oh ! bien sûr. Tiens, laisse-moi te montrer. »

Je m'emparai de sa main menue mais étonnamment ferme, l'ouvris et, telle une diseuse de bonne aventure, passai en revue chaque doigt, à commencer par le plus petit, et lui attribuai une raison pour laquelle je pensais ce que je pensais. Mais son index constituait l'argument décisif. Je le tins un certain temps, expliquant qu'une housse de coussin dans le bateau coulé s'ornait du drapeau croate rouge et blanc, laquelle housse était identique à celle que j'avais vue sous ses fesses à bord de son propre bateau, *Le Gretchen*, la veille, et que, si elle s'acquittait de son travail avec un minimum de rigueur, même la police suisse pourrait probablement faire le rapprochement entre les deux.

« Rouge et blanc, dit-elle. Ce n'est pas une combinaison de couleurs particulièrement exceptionnelle en Suisse, Gunther. Ils font même des petits couteaux de poche rouge et blanc. Je t'en achèterai un pour ton anniversaire si tu arrives à te souvenir de la date.

— Oui, c'est vrai. Rouge et blanc. Je comprends bien. Mais le coussin sur *Le Gretchen*, tout comme celui sur le bateau coulé, est incurvé devant et droit derrière, avec vingt-cinq carrés rouges et argent. Ils ont l'air blanc, mais les experts en héraldique les décrivent comme argent. Treize rouges et douze argent. Je les ai comptés. L'échiquier, c'est ainsi qu'on l'appelle, n'est-ce pas ?

— Un *šahovnica*, murmura-t-elle. Oui.

— Bien. Donc, il n'y a aucun doute à ce sujet, mon ange. C'est bel et bien le drapeau croate. J'ai passé suffisamment de temps à Zagreb et dans plusieurs trous perdus au sud à voir tous les jours ce fichu drapeau pour le connaître comme le dos de ma main, et pour souhaiter en toute franchise ne plus jamais le revoir. À l'instar du chien de Pavlov, je pense que, désormais, j'associerai pour toujours le drapeau de la Croatie au mot assassinat. Alors, quand je l'ai vu sous ton ravissant derrière, mon ange – ce derrière que j'avais à peine fini d'embrasser tendrement à la pension du Lac –, eh bien, cela a en quelque sorte retenu mon attention. »

Elle sourit lorsque la porte de la brasserie s'ouvrit et que nous entendîmes l'orchestre de la Hofbräuhaus attaquer *Solang der Alte Peter*[1], ce qui aurait suffi à amener un sourire sur le visage de n'importe qui.

« D'accord, je suis impressionnée, dit-elle. Admettons que tu ne sois pas aussi stupide que tu en as l'air. Et alors ? »

Je la pris par le bras et l'entraînai à l'écart de la brasserie, dans une ruelle tranquille.

« Si je dois effectuer un peu de dressage pour toi, mon ange, j'ai besoin de savoir ce qui s'est passé. C'est tout. Vois-tu, quand on est flic et qu'on découvre que quelqu'un a tué quelqu'un d'autre, il est stipulé à la page un du manuel de police qu'on a le devoir de faire quelque chose. Simple question d'éthique professionnelle. Comme je l'ai déjà dit, c'était avant. Mais je dois continuer à pouvoir me regarder dans la glace chaque matin. Et ça ne me servirait à rien de perdre l'estime de moi-même à cet égard. Non qu'il en reste tellement, n'est-ce pas, mais peut-être encore assez pour que j'arrive à croiser mon propre regard. N'importe quel policier te le dira. Trouver des indices, résoudre une affaire, élucider un crime – même si ça ne vaut guère mieux que de résoudre les mots croisés

---

1. « Aussi longtemps que le vieux Pierre ». Hymne de la ville de Munich.

dans le canard du jour –, c'est ce que font les détectives, mon ange, quitte à ne pas lever le petit doigt ensuite. C'est tout ce que je dis. J'ai attrapé des démangeaisons et je veux que tu m'aides à me gratter. Après, on pourra oublier tout ça. Parole d'honneur. Mais j'ai besoin de savoir, tu comprends ? »

Elle poussa un soupir, tira vivement une bouffée de sa cigarette, puis me lança un regard boudeur.

« Eh bien, je t'écoute, dis-je en la saisissant par le coude. Tu la connaissais. Raconte-moi ce qui s'est passé.

— D'accord, répondit-elle en se dégageant une nouvelle fois. Mais ce n'était pas un meurtre, Gunther. Pour ça, tu te trompes. Je te le promets, je n'avais pas l'intention de la tuer. Il s'agissait d'un accident.

— Qui était-ce ? La femme dans le bateau.

— Est-ce que cela a encore de l'importance ?

— Je pense.

— Bien. C'était une vieille amie à moi. Habitant Zurich. Elle a débarqué à la maison à Küsnacht un soir, s'est mise à boire comme un trou et on s'est disputées. J'avais peut-être un coup dans le nez moi aussi. Je ne sais pas. On s'est disputées au sujet d'un homme. Quoi d'autre ? Elle comptait aller le voir, et je lui ai dit qu'elle ferait mieux de s'en dispenser. C'était probablement un peu plus énergique que ça. En tout cas, les choses se sont envenimées. Je ne sais pas trop pourquoi, elle a essayé de me frapper, mais sans y parvenir. J'ai alors riposté. Je l'ai giflée pour la ramener à la raison. En vain. Puis je l'ai giflée un peu plus fort et touchée en plein sur le menton, moyennant quoi elle s'est affaissée comme Schmeling au premier round. Sa tête a heurté un des chenets en fonte, et voilà tout. Elle était morte. Agnes, qui a été infirmière, a vérifié son pouls, mais ce n'était pas bon. Il y avait du sang un peu partout sur le tapis et il était évident qu'elle avait cessé de vivre. Tu as déjà tué ton meilleur ami ? Il n'y a rien de pire. Je suis restée longtemps là à pleurer et à me demander ce que j'allais faire. Navrée pour elle, mais encore plus navrée pour moi, je présume. Je n'étais pas mariée à Stefan à l'époque, nous vivions seulement sous le même toit, en quelque sorte. Les Suisses auraient pu m'expulser sur-le-champ. Bref, lorsqu'il est rentré à la maison, il a pris les choses en main.

C'est lui qui a suggéré qu'on se débarrasse du corps. Que ça ne m'aiderait certainement pas dans ma carrière ni lui dans la sienne si nous avertissions la police. À ce moment-là, j'avais recouvré en partie mon sang-froid. Alors au beau milieu de la nuit, nous l'avons transportée jusqu'au hangar à bateau, nous l'avons mise dans la vieille vedette amarrée à l'intérieur, que Stefan a conduite tandis que je suivais à bord du *Gretchen*. Nous avons navigué un peu le long du rivage, puis nous l'avons sabordée. C'est tout. Et pour devancer ta question, j'ai épousé Stefan la semaine suivante. Elle est restée au fond de l'eau près d'un an avant qu'on ne la retrouve. Mais il était devenu presque impossible de l'identifier, bien sûr. Je me suis donc crue tirée d'affaire. Du moins, jusqu'à hier, Gunther. » Elle jeta sa cigarette et tapa du pied. « Pourquoi fallait-il… » Elle poussa un soupir. « … que tu sois aussi sacrément malin. Je te déteste. Je pourrais te tuer, Gunther. Vraiment.

— C'est un gentil petit coin tranquille. Il n'y a pas un chat. Tu devrais peut-être profiter de cette chance.

— Pardon ? De quoi parles-tu ? »

Je tirai le Walther de son étui d'épaule, actionnai la glissière pour faire monter une cartouche dans la chambre, le posai dans sa main et lui levai le bras de façon à ce que l'arme soit pointée droit sur mon cœur.

« Tu as dit que personne n'avait jamais rien accompli de noble pour toi. Eh bien, c'est ce que je fais en ce moment. Je me sacrifie pour ton bonheur. Comme un chevalier teutonique.

— Prends garde. Je n'hésiterai pas, tu sais.

— Vas-y. Je t'en prie. C'est un P38 que tu tiens. Il tire huit cartouches de 9 mm Luger. Mais à cette portée, une seule est largement suffisante pour me faire un trou d'une taille convenable.

— Ne sois pas si sûr que je ne le ferai pas, espèce de primate.

— C'est précisément le but de l'exercice, mon amour. Il y a un mois ou deux, j'aurais dit que tu me rendais service ou quelque chose de ce genre. Mais depuis que je t'ai rencontrée, j'ai changé d'avis.

— Tu es ivre.

— Pas au point de ne pas savoir ce que je fais. Il te suffit de presser la détente, de laisser tomber le pistolet et de t'éloigner rapidement. C'est vrai. Réfléchis. Moi mort, personne en Allemagne ne saura jamais que tu as tué cette fille. Tu pourras continuer à être une vedette de cinéma sans t'inquiéter le moins du monde. Jamais on n'imaginera une belle femme comme toi sous les traits d'une meurtrière. Surtout pas à Munich. Contrairement aux Prussiens, les Bavarois sont un peu vieux jeu sur ce plan. Allez, tire.

— Arrête, Gunther.

— Tu peux le faire si tu veux. Tu as dit que tu avais envie de me tuer. Crois-moi, par une nuit sombre, dans une rue tranquille, avec une arme chargée à la main, jamais tu n'auras de meilleure occasion.

— Arrête, répéta-t-elle. Bien sûr que je n'ai pas envie de te tuer, Gunther. Je disais juste ça comme ça. Pourquoi voudrais-je te voir mort, espèce d'idiot ? Est-ce que je ne t'ai pas dit que je t'aimais ? Eh bien, oui, je t'aime. »

Elle baissa le pistolet et tourna son visage vers le mur. Je lui enlevai le Walther des mains et rabattis le chien. La sûreté était encore en place – elle l'avait toujours été –, mais elle n'avait pas besoin de le savoir. C'est ce qu'il y a de bien avec le P38 : il a toujours été très sûr, comme pistolet. On peut garder en permanence une cartouche dans la chambre sans courir le risque de s'arracher l'oreille. Je remis l'arme dans mon étui d'épaule, la pris dans mes bras, puis embrassai son visage mouillé de larmes.

« Sauf qu'à présent j'en suis sûr, dis-je à voix basse. Et c'est la seule chose qui compte vraiment, n'est-ce pas ?

— Tu es fou. Et si je t'avais tiré dessus ?

— Tu ne l'as pas fait. Et dans le cas contraire, cela n'aurait guère eu d'importance, de toute façon. À vrai dire, l'idée de continuer ma vie sans toi ne me plaît pas beaucoup. Tu m'aurais rendu service, mon ange.

— Je ne crois pas. »

Je l'embrassai de nouveau.

« Bien sûr que si.

— Qu'est-ce qui va se passer ? À propos de l'autre chose ?

— La dame du lac ? »

Elle hocha la tête.

« Rien. Peut-être que tu n'écoutais pas. De nos jours, le meurtre n'est plus un crime, c'est une carte de ce qu'on nomme les protectorats et États satellites de l'Allemagne, avec la quantité de morts fournie et annoncée fièrement tel un cadeau d'anniversaire pour le Führer. Il n'y a aucune raison pour que tu comprennes ce que je veux dire par là, ni que quiconque te l'indique. Je te l'expliquerai peut-être un jour, mais pas maintenant. Donc, oublions tout ça et partons du principe suivant : quoi qu'il se soit passé, quoi que tu aies fait, je m'en moque. Tout ce qui importe à présent, c'est aujourd'hui. Et voilà tout ce qui importera demain. Et après-demain. Avec moi, ton secret est bien gardé. Et chaque fois que tu voudras balancer quelqu'un ou quelque chose dans un lac, mon ange, je suis ton homme. »

42

« Qu'est-ce qui est arrivé à votre nez ?

— Je me suis mouché un peu trop fort, je pense. Ça ou il fait beaucoup plus froid à Berlin que je ne l'aurais pensé. »

Goebbels sourit.

« Vous l'avez vraiment ramenée de Suisse ?

— Je l'ai laissée buvant un café à la maison, à Griebnitzsee, il y a une heure. Elle va bien, elle lisait son script, impatiente de commencer à travailler lundi.

— Mais, je ne comprends pas, pourquoi ne m'a-t-elle pas appelé ?

— Je l'ignore, monsieur le ministre.

— Peut-être devrais-je aller là-bas, avec un bouquet de fleurs. Ou un bijou, éventuellement. Je me demande si Margraf dans la Kanonierstrasse a quelque chose.

— Il me semble qu'elle a dit qu'elle allait prendre un bain. La route est longue depuis Munich, monsieur le ministre. Et il a fait chaud. Peut-être a-t-elle l'intention de vous appeler plus tard. Quand elle se sera rafraîchie un peu.

— Oui, vous avez raison, je suppose. Je n'en reviens pas, Gunther. Entre les bombardements et cette malheureuse histoire avec son père, je pensais qu'elle ne remettrait jamais les pieds à Berlin. La dernière fois que nous nous sommes parlé au téléphone, elle m'a quasiment envoyé promener. J'avais même commencé à chercher une autre actrice pour la remplacer. Dans le film, je veux dire. » Il sourit.

« Elle est vraiment là ? À Griebnitzsee ?

— Dès que je l'ai vue franchir la porte d'entrée saine et sauve, je suis venu directement ici vous en informer. J'aurais téléphoné, mais je pensais que je devais vous le dire en personne.

— Je savais que ça allait être un grand jour, dit Goebbels. Hier, en revenant de l'aéroport de Tempelhof, je réfléchissais à la folie des êtres humains qui font la guerre quand la nature est si belle. On a du mal à imaginer qu'une chose pareille puisse avoir lieu par une journée aussi radieuse, n'est-ce pas ? Et maintenant ceci. Votre nouvelle fantastique. Vraiment, je ne pourrais pas être plus enchanté. »

Goebbels s'esclaffa, ouvrit la boîte à cigarettes en argent et fit un léger bond sur le coussin du canapé.

« Servez-vous, capitaine. Remplissez votre étui. »

J'esquissai un sourire, déboutonnai la poche de poitrine de ma tunique et en sortis mon étui. J'étais de nouveau en uniforme. Mon costume gisait sur le sol de la chambre de Dalia dans la maison de Griebnitzsee, où elle l'avait jeté à la hâte avant que nous n'allions nous coucher. J'avais oublié de le suspendre et je craignais maintenant que le costume ne soit encore là s'il prenait brusquement l'envie au ministre de l'Éducation du peuple et de la Propagande d'aller saluer son actrice préférée de retour à Berlin. Dalia ne brillait pas par ses qualités ménagères et, sans Agnes pour se souvenir des choses, il y avait de grandes chances que le costume soit toujours à la même place quand Goebbels ferait son apparition. Et pas seulement mon costume, mais aussi mes sous-vêtements sales et l'étui d'épaule avec le P38 que j'avais emprunté au fermier de Ringlikon. Le pistolet, j'aurais encore pu l'expliquer, mais pas les sous-vêtements.

Dans son propre costume d'été blanc, Goebbels ressemblait à s'y méprendre à un infirmier dans un asile d'aliénés, ce qui n'était peut-être pas très loin de la vérité. Faire la guerre, une guerre totale, était l'un des plus célèbres mantras du Mahatma, et d'entendre ses envolées lyriques sur les folies de la guerre me prit au dépourvu. Que pouvait-il savoir sur la paix et la nature ?

Je fus également étonné qu'il m'ait reçu sans rendez-vous. Le ministère était plein de secrétaires et de sténographes se précipitant d'un bout à l'autre du palais comme des forcenés. Il se passait manifestement quelque chose de grave, mais ceux à qui je posais la question ne semblaient nullement enclins à me dire quoi. Pendant quelques glorieux instants, je supposai que l'ensemble du gouvernement fuyait Berlin, rumeur qui courait les rues depuis que les bombardements de la RAF s'étaient intensifiés. Hambourg, qui avait été de nouveau touché, devait être en ruine. Et il ne faisait aucun doute que certains bâtiments publics de Berlin avaient été évacués. Le ministre de l'Intérieur, Wilhelm Frick, était censé avoir emmené la totalité de son département à la campagne. Chaque vrai Berlinois que je connaissais avait hâte d'être débarrassé d'eux tous. Mais Goebbels ne faisait assurément pas l'effet d'un homme qui s'apprêtait à fuir la capitale de Hitler. En fait, il avait l'air si content des nouvelles que je venais de lui donner et si détendu qu'il croisa les jambes, m'offrant une vue parfaite de son pied droit déformé se balançant devant mon visage, chose que je ne lui avais jamais vu faire ; je pris soudain conscience qu'il croisait habituellement la gauche sur la droite.

« Comment diable avez-vous fait ? demanda-t-il. Vous devez tout me dire parce ce n'est certainement pas de Dalia elle-même que j'obtiendrai la vérité. Elle me racontera je ne sais quelle sottise comme quoi elle ne voulait pas laisser tout le monde tomber. Moi, Veit Harlan, le reste de la distribution. Les femmes sont de grandes menteuses. Croyez-en quelqu'un qui a du flair pour la vérité. Que diable lui avez-vous dit ? »

Je pris une cigarette dans mon étui de nouveau plein, la roulai sous mon nez pour savourer le doux parfum du bon tabac, qui, contrairement à la plupart des cigarettes allemandes, restait serré dans le papier et ne tombait pas dans votre poche, puis l'allumai avec le briquet de table.

« L'argent, monsieur le ministre. » Je soufflai la fumée vers le haut plafond et haussai les épaules. « Je lui ai parlé de l'argent et de la maison que vous comptiez lui offrir pour faire le film. Comme vous l'avez mentionné dans votre télégramme.

— Elle a toujours su qu'il y avait davantage d'argent en prévision, dit-il en secouant la tête. C'est ainsi que fonctionnent ces gens-là, vous savez. Les acteurs. Les femmes sont particulièrement impitoyables. Elles attendent de vous tenir entre les mâchoires de leurs tenailles pour commencer à vous presser jusqu'au dernier pfennig. Mais l'argent n'a jamais été le vrai problème avec elle. Elle a un mari riche. Maisons et argent ne sont pas si importants pour Dalia. Non, il doit y avoir quelque chose d'autre, Gunther. Quelque chose que vous ne me dites pas. Elle est de retour à Berlin pour autre chose que de l'argent. Mais quoi ? »

Je ne pensais pas qu'il avait envie d'entendre parler de la dame du lac, ni que sa présence à Berlin avait un léger rapport avec moi, aussi je tirai une longue bouffée de la cigarette, avalai cette fois la fumée et déclarai :

« Je lui ai dit qu'elle aurait encore plus d'argent pour ce film que Zarah Leander pour tourner *Le Grand Amour*.

— *Un grand amour*. (Goebbels fronça les sourcils.) Le film s'intitule *Un grand amour*, mais, maintenant que j'y pense, *Le Grand Amour* fait beaucoup plus moderne. Plus américain. Quoi qu'il en soit, le point crucial est qu'il n'y avait rien sur Zarah Leander dans mon télégramme. Tout ce que j'ai dit, c'est que je doublerais ce qu'on avait proposé auparavant à Fräulein Dresner. Ce qui représente déjà une somme colossale, je ne vous le cache pas, Gunther. Vous n'imaginez pas ce que ces gens-là qualifient de salaire.

— Oui, monsieur le ministre. C'est exact. Je crains d'avoir pris la liberté d'ajouter cette petite tirade sur Zarah Leander afin d'améliorer votre offre. Et en l'occurrence, Fräulein Dresner a été ravie quand je lui ai fait remarquer qu'elle gagnerait encore plus d'argent que Leander. Elle a semblé littéralement aux anges lorsque j'ai suggéré qu'elle serait l'actrice la mieux payée du cinéma allemand. De tous les temps. Je suppose qu'on pourrait aller jusqu'à appeler ça de la politique. À la suite de quoi, je vous ai peut-être créé un problème avec Zarah Leander. Vous risquez d'avoir à arbitrer une lutte de pouvoir entre les deux.

— Génial ! s'exclama Goebbels, et il se mit à applaudir bruyamment. Génial ! Pourquoi n'y ai-je pas pensé ? Oui, bien sûr. Toutes ces actrices sont maladivement jalouses les unes des autres.

Dalia déteste Zarah, qui déteste Marika Rökk. Et chacune déteste Marlene. Comment le saviez-vous ?

— Je ne le savais pas. Mais quand j'ai fait de la physique à l'école, j'ai appris un truc appelé la loi de Coulomb, en vertu de laquelle des particules chargées électriquement et dont les charges sont de même signe se repoussent. Parfois violemment. Il en va souvent de même avec les femmes. Quand il y a dans une pièce une femme attirant tous les hommes, cela peut très bien inspirer de la répulsion aux autres femmes. Je le sais d'expérience. Parfois, je pense que les femmes s'accordent mutuellement davantage d'attention qu'elles n'en accordent aux hommes.

— N'est-ce pas ? dit Goebbels. Et pas seulement les femmes, je vous le garantis. Les acteurs masculins sont exactement pareils. Heinz Rühmann ne peut pas se trouver dans la même pièce que Ferdinand Marian. Notez que personne d'autre ne peut supporter d'être dans la même pièce que Ferdinand Marian non plus. Son ex-femme est une Juive, vous savez. Ils ont même une fille demi-juive. Sa seconde épouse a également été mariée à un Juif. Incroyable, non ? N'étant pas juif lui-même, on pourrait penser qu'il se montrerait un peu plus prudent par rapport à ce genre de chose, vous ne croyez pas ? Je veux dire, surtout lui. »

Je fis un vague signe de tête ; Ferdinand Marian était l'acteur qui avait joué le Juif Süss dans le film du même nom.

« Mais c'est strictement la même chose à la Wilhelmstrasse. Chacun s'escrime à attirer l'attention du Führer. Oui, certains sont comme des actrices, Bormann et Speer étant les pires d'entre eux. Vous avez bien fait, Gunther. Très bien fait. Je ne peux pas vous dire à quel point je suis heureux. »

— Je vous remercie, monsieur le ministre. »

Je regardais déjà vers la sortie, me demandant quand je pourrais enfin échapper à l'euphorie du Doktor et regagner mon propre appartement. Après avoir conduit toute la matinée depuis Munich, j'étais fatigué. Surtout au lendemain d'une nuit blanche passée au lit avec Dalia. Comme amante, elle semblait absolument insatiable.

« Vous perdez votre temps au Bureau des crimes de guerre, Gunther. Vous devriez venir travailler pour moi ici. Il me faut quelqu'un de débrouillard. Capable de penser par lui-même.

Je suppose que c'est ce qui vous a freiné dans la carrière que vous avez choisie. Je veux dire, il est très difficile de faire son chemin quand on a autant d'indépendance d'esprit que vous. Mais je peux utiliser ça. Et maintenant que j'y pense, il y a encore un travail que j'ai besoin que vous fassiez pour moi. Oui, j'ai bien peur que vous ne puissiez pas aller retrouver votre nouvelle épouse tout de suite. Désolé, mais ceci est beaucoup plus urgent. On pourrait même dire que c'est votre faute : le résultat de votre excellent travail précédent. C'est certainement injuste. Mais on n'y peut rien. Oui, cela doit être réglé dès que possible. (Il regarda sa montre.) Le plus tôt sera le mieux. Maintenant que Mussolini est parti – hélas oui, Gunther, le Duce a démissionné et Badoglio s'est emparé de l'Italie. C'est ce qui provoque toute cette agitation. Ici, dans les corridors du pouvoir, pour ainsi dire. La raison pour laquelle tout le monde court à droite à gauche comme un troupeau de dindons. L'ensemble de la situation est encore très obscur. Je reviens du quartier général du Führer à Rastenburg, où j'ai passé plusieurs heures en conférence avec lui. Bon, tout est en pleine mutation ici, en Italie bien sûr et en Croatie. Ante Pavelić, le Poglavnik croate, est déjà à Berlin pour demander des assurances à Ribbentrop. Non que Ribbentrop puisse donner des assurances à quiconque sur quoi que ce soit. Malheureusement, notre illustre ministre des Affaires étrangères est diplomatiquement illettré et n'arriverait pas à rassurer un simple écolier même s'il avait des sucettes plein les poches. »

Je pris une profonde inspiration avant de l'inciter à continuer. Tout ce que je désirais maintenant, c'était de rentrer chez moi.

« Eh bien, quel est ce travail que je vous voulez que je fasse, monsieur le ministre ?

— Ah oui ! Eh bien, cela constitue notre problème, voyez-vous. Celui que nous avons créé il y a quelques jours dans ce même bureau, vous et moi. Oui, j'en conviens, c'est ma faute également. Mais pour ma défense, Gunther, je dirais que l'idée venait de vous. Corrigez-moi si je me trompe, mais c'est bel et bien vous qui avez eu cette idée. Le Poglavnik a amené quelques-uns de ses hommes avec lui. Son chef de la sécurité intérieure, Eugen Kvaternik ; Lorković, son ministre chargé de la liaison avec l'Allemagne ; Perić, son ministre des Affaires étrangères, ainsi que divers gardes du corps et officiers oustachis. Et voici le véritable cheveu sur la soupe : il semble qu'un de ces officiers ne soit nul autre que votre vieil ami, le colonel Dragan. Oui, tout à fait. Le père de Dalia. Le père... Comment s'appelle-t-il déjà ?

— Le père Ladislaus. Il est ici à Berlin ? Bon Dieu, comment est-ce possible ?

— C'est entièrement la faute de Ribbentrop. Il a passé outre et a délivré des visas à tous les membres de la délégation du Poglavnik sans consulter quiconque dans ce ministère, ni même au ministère de l'Intérieur. Encore aurait-il fallu pouvoir mettre la main sur quelqu'un au ministère de l'Intérieur, je suppose. Bref, il est maintenant ici, et il semble plus que probable qu'il essaiera de prendre contact avec Dalia s'il le peut, vous ne pensez pas ? J'ai déjà appelé les services de sécurité aux studios afin qu'on ne l'autorise pas à entrer.

— Il n'ira pas aux studios, dis-je. Il n'en aura pas besoin. L'adresse de Griebnitzsee figurait sur la lettre que j'ai remise au colonel quand je l'ai rencontré à Jasenovac. Je ne peux pas imaginer qu'il l'ait perdue. Lorsque je la lui ai donnée, il l'a glissée dans sa poche de poitrine, sur son cœur.

— C'est fâcheux.

— La maison sera sa première escale.

— Vous comprenez indubitablement le problème. Je n'en doutais pas. Alors il vous appartient maintenant de faire en sorte qu'il ne la voie jamais. Après tout, il est censé être mort. C'est du moins ce que vous avez raconté à Dalia, n'est-ce pas ? Que le père abbé du monastère de Banja Luka vous avait informé qu'il avait été tué pendant la guerre par les Serbes ou quelque chose de ce genre ? Cela ne donnerait rien de bon s'ils se rencontraient maintenant. Pas après tous les efforts que nous avons déployés pour la ramener à Berlin. Il est probable qu'elle repartirait immédiatement en Suisse. Et nous nous retrouverions alors à la case départ. »

J'acquiesçai. J'entendais déjà de quelle façon il présenterait les choses si jamais Dalia venait lui réclamer des explications :

« Je comprends très bien que vous soyez en colère, Dalia. Mais inutile de vous en prendre à moi. Et ne songez même pas à rentrer en Suisse. De fait, ce type affreux, Bernhard Gunther, nous a menti à tous

401

les deux. Il m'a dit à moi aussi que votre père était mort. Pour quelle raison, je n'en ai aucune idée. C'est inexcusable, je suis d'accord, mais je n'ai rien à voir là-dedans, vous devez me croire. »

« Allez à Griebnitzsee, pour commencer, et veillez à ce que le colonel Dragan ne franchisse pas cette foutue porte. Dites à Dalia que c'est un imposteur, un assassin, dites-lui tout ce que vous voudrez, et abattez-le s'il le faut, mais faites en sorte qu'ils ne puissent pas se rencontrer. Dans le cas contraire, elle saura que nous lui avons menti tous les deux. Vous et moi. Et aucun plaidoyer quel qu'il soit ne pourra arranger ça. Il s'agit de son père, après tout, même si c'est un psychopathe.

— Où loge la délégation croate ?

— Partout dans la ville. Pavelić et Kvaternik sont à l'Adlon avec certains des gardes du corps. Perić à l'ambassade. La plupart des officiers oustachis à la villa Minoux, à Wannsee. Mais quelques-uns, dont le père de Dalia, habitent chez le grand mufti, dans sa villa de la Goethestrasse.

— Bon sang, c'est à mi-chemin de Babelsberg.

— Sans doute le mufti et lui se consultent-ils sur ce régiment SS de musulmans bosniaques que Hadj Amin a persuadé Himmler de mettre sur pied afin d'aller tuer davantage de Juifs. Comment s'appelle-t-il ?

— Le Handschar, répondis-je.

— Absurde, si vous voulez mon avis, mais une chose comme le bon sens a-t-elle jamais arrêté Himmler ? Eh bien ? Avez-vous des idées lumineuses ? Sur ce qu'il faut faire pour remédier à cette pagaille épouvantable que nous avons créée.

— Le mieux, je pense, serait que je la conduise hors de la ville pendant quelques jours. Jusqu'à ce que la délégation croate ait quitté Berlin.

— Voilà une excellente idée. Mais pas en Suisse, hein ? Nous venons juste de la récupérer. Quelque part en Allemagne serait préférable. Qu'est-ce que vous suggérez ?

— Il vaudrait mieux que ce ne soit pas à Berlin. Dalia est trop célèbre pour s'installer dans un hôtel de la capitale. Pourquoi ne vous accompagnerait-elle pas à Rastenburg ?

— Vous plaisantez, n'est-ce pas ?

— Désolé. (Je réfléchis un instant.) Voyons, vous n'auriez pas une maison sûre ? Un endroit où vous vous réfugiez quand vous ne voulez pas qu'on vous trouve ?

— Je suis un homme marié, père de six enfants. Sept, si l'on compte Harald, le fils de ma femme. Pour qui me prenez-vous, Gunther ?

— Je pourrais toujours l'emmener à mon appartement.

— Non, je ne crois pas que ce serait très approprié. » Il réfléchit à son tour. « Je possède un petit chalet près de la forêt de Potsdam, à Wirtshaus Moorlake, un peu au sud-ouest de Pfaueninsel. Vous pourriez la conduire là-bas, je suppose. Dites-lui… dites-lui que le ministre de l'Air nous a transmis des informations selon lesquelles il devrait y avoir un raid aérien sur les studios, pour saper le moral des Allemands.

— Y a-t-il le téléphone ? demandai-je. Dans ce chalet ?

— Oui, bien sûr. Ou vous pourriez lui dire que le Juif à qui appartenait autrefois la maison de Griebnitzsee s'est échappé et qu'il s'apprêterait à rentrer à Berlin. Qu'il risque de s'attaquer à ceux qui y habitent. Oui, cela pourrait marcher. Ce sont des choses qui arrivent, vous savez. Tous les Juifs n'acceptent pas le processus d'aryanisation sans broncher.

— Alors je l'amènerai au chalet. Vous pourrez m'avertir quand il n'y aura plus de danger.

— Ou dites-lui simplement qu'on a proféré des menaces contre ma vie et celle de mes proches. Cela marcherait aussi, vous ne croyez pas ? »

Je commençais à me demander à quel point ils étaient effectivement proches. Je n'avais que la parole de Dalia pour attester que Goebbels et elle n'étaient pas amants. Mais qu'il ait parlé de fleurs et d'acheter un bijou chez Margraf témoignait plutôt du contraire.

« Vous feriez mieux de me dire où se trouve ce chalet, monsieur le ministre. Et de me donner le numéro de téléphone. »

Il me communiqua l'adresse et me montra où elle se situait sur le plan qu'il avait pris dans son bureau.

« Je connais bien le coin, lui dis-je. J'y ai déjeuné une fois avec le général Nebe. C'est agréable à cette époque de l'année. Tout à fait charmant, au bord du lac. Et très discret, je présume. Très romantique également, bien sûr. (Je souris.) Vous y allez souvent, monsieur le ministre ? »

Goebbels me lança un regard glacial, qui me fit me sentir beaucoup plus à l'aise. Ainsi, je savais exactement où j'en étais avec lui.

« Je vais vous trouver la clé, dit-il. Téléphonez-moi dès que vous serez arrivé. »

43

J'appelai la maison de Griebnitzsee depuis un téléphone privé de couleur crème du ministère, mais il n'y eut pas de réponse. Cela ne m'inquiéta pas. Dalia était probablement dans son bain. Je n'avais jamais connu de femme passant autant de temps dans une salle de bains. Elle pouvait mettre plus d'une heure à se laver et à se sécher les cheveux. À l'hôtel Bayerischer Hof à Munich, où elle avait pris une suite de la taille du Tiergarten, elle avait utilisé six grandes serviettes en une seule soirée, ce qui aurait scandalisé bon nombre d'Allemands qui s'efforçaient de faire durer une serviette une semaine entière. Mais, sans que je sache pourquoi, ça m'amusait. La plupart du temps, Dalia réussissait à vivre comme si la guerre n'existait que pour les autres. Je l'admirais pour ça. À quoi bon faire semblant d'être aussi misérable que le citoyen lambda quand vous aviez déjà tout ce qu'on aurait jamais pu rêver d'avoir en temps de paix ? Moi, je voulais juste être près de quelqu'un comme ça le plus longtemps possible et profiter, bien que de manière indirecte, de cette existence insouciante. Cela paraissait un entracte bienvenu dans le film d'horreur en noir et blanc qu'était ma vie. Naturellement, nous vivions tous les deux dans l'instant présent, mais pour des raisons diamétralement opposées : Dalia, parce qu'elle ne voyait aucune raison de se refuser quelque plaisir terrestre que ce soit ; et moi, parce que tous les plaisirs terrestres semblaient pouvoir m'être refusés à tout instant. Dans mon monde, on coupait d'ordinaire les têtes à la prison de Brandebourg ou à Jasenovac. Mais dans le sien, les seules têtes qu'il y avait besoin de couper étaient celles des roses.

C'est du moins ce que je me disais.

Je me dirigeais vers les escaliers en marbre lorsque j'aperçus la salle de projection où le secrétaire d'État Leopold Gutterer m'avait fait lire le discours que j'avais dû prononcer à la conférence de l'IKPK à Wannsee. Peut-être était-ce mon nez rouge de clown, mais, malgré mon inquiétude pour Dalia, je me sentais d'humeur à commettre un petit sabotage après cet entretien avec Goebbels. J'entrai dans la salle, fermai la porte derrière moi et m'approchai de la grosse radio Telefunken installée contre un mur. Vu sa taille, on aurait dit les commandes d'un navire de croisière avec lequel on aurait pu remonter de la Wilhelmstrasse jusqu'à la mer Baltique. De même que toutes les radios en Allemagne, celle-ci portait un petit signe d'avertissement sur le bouton en plastique de réglage du son afin de vous rappeler qu'écouter des stations interdites était un délit passible de la peine de mort. Il ne me fallut que quelques secondes pour régler le poste toujours éteint sur la BBC. Je poussai le volume à fond avant de finir par allumer et m'éclipsai de la pièce. Ainsi que la plupart des radios – même du genre de celle-ci, qui semblait avoir dix ou douze lampes –, la Telefunken mettrait près d'une minute à chauffer, et je serais alors à bonne distance de la scène de crime. Comme acte de résistance, ce n'était pas grand-chose, mais au moins ça me fit rire. S'agissant des nazis, l'humour est parfois la meilleure arme qui existe.

Je quittai le ministère et regagnai rapidement la Mercedes. Cette voiture me manquerait quand viendrait le moment de la rendre à Schellenberg. J'accélérai et m'éloignai à toute allure, tra- versai le Tiergarten, passai devant la colonne de la Victoire et gagnai l'ouest de la ville avant de tourner vers le sud sur l'Avus. La Goethestrasse se trouvait sur le chemin pour aller à Griebnitzee, et il était logique que je m'y arrête d'abord. Si je trouvais le colonel Dragan, je m'arrangerais pour le persuader de filer aux studios de Babelsberg pour qu'il puisse parler à sa fille depuis si longtemps perdue de vue. À la place, je le conduirais au fin fond de la forêt de Potsdam et l'y laisserais, abandonné comme Blanche-Neige, à des kilomètres de nulle part, pendant que je retournerais à la maison de la Kaiserstrasse et conduirais Dalia au chalet près de Pfaueninsel. Nous pourrions probablement nous y terrer pendant au moins une semaine, jusqu'à ce que Goebbels me donne le signal de fin d'alerte.

La Goethestrasse était une rue située dans les quartiers chics, avec de grosses voitures et des maisons luxueuses ; le grand mufti semblait indéniablement avoir atterri sur ses sandales en cuir. Sans faire partie des plus imposantes, l'élégante villa mandarine au coin de la Schillerstrasse était probablement l'une des plus belles. C'était le genre d'endroit où j'aurais moi-même choisi d'habiter si j'avais eu un bon pote comme Adolf Hitler. Je garai la voiture à l'ombre d'un grand bouleau, coupai le moteur et posai le pied sur le trottoir pavé. On était très loin de Jérusalem. Six ans plus tôt – cela devait être en septembre 1937 –, le Département juif du SD m'avait envoyé avec deux sous-officiers en Palestine et en Égypte pour une mission exploratoire. Au Caire, j'étais présent dans la chambre de l'hôtel National lorsque les deux Allemands qui m'accompagnaient avaient rencontré le grand mufti, dont la haine des Juifs n'était rien de moins que pathologique, et mon vœu le plus cher était d'éviter autant que possible de rencontrer de nouveau ce mollah fou. Non pas que je pensais qu'il se souviendrait de moi. Ou que je l'apprécierais davantage maintenant qu'il vivait à Berlin.

Je donnai un faux nom au Handschar maussade gardant la grille, au cas où le colonel essaierait de me retrouver. Je n'étais pas près d'oublier son penchant à couper les gorges et à trancher les têtes. Son jardin à Jasenovac continuait à me donner des cauchemars. Le Handschar portait ce qui ressemblait à un fez vert-de-gris, avec un aigle nazi et une tête de mort SS sur le devant. Un gland noir se balançait au sommet tel un cordon de sonnette infernal. Il ne faisait pas particulièrement ottoman. D'une part, il parlait assez bien l'allemand. Et, d'autre part, il n'aurait pas eu l'air de se barber davantage s'il avait été modèle dans un cours de dessinateurs aveugles.

« Bonjour, capitaine, dit-il poliment comme je me présentais à la grille. En quoi puis-je vous aider ?

— Je souhaiterais voir le colonel Dragan. Il fait partie de la délégation croate du Poglavnik. Je crois qu'il est l'invité du grand mufti. J'ai besoin de lui parler au sujet d'une affaire personnelle urgente.

— Je vois.

— Est-il ici en ce moment ?

— Je l'ignore. Les gens vont et viennent sans arrêt. Personne ne me dit rien. Je suis juste le chien à la porte. »

La grille demeurait fermée et le temps filait. Mais je n'avais guère envie de lui aboyer des ordres. Il avait l'air du genre à aimer aboyer à son tour.

« Vous êtes loin de chez vous, pas vrai, fiston ? La Bosnie, hein ? D'où venez-vous, les gars de la SS musulmane ? »

Le Handschar hocha la tête avec mélancolie comme si son pays lui manquait.

« J'étais là-bas il y a quelques semaines, continuai-je. Un endroit appelé Banja Luka.

— Vous étiez à Banja Luka ? »

À l'entendre, on aurait cru que j'avais passé un week-end dément à Paris.

« C'est exact.

— Si seulement je pouvais y être, dit-il. J'habite Omarska. Pas très loin. » Il secoua tristement la tête. « Je me demande bien ce que je fabrique ici. Mais c'est comme ça. La semaine prochaine, je dois aller suivre une formation en France. Sauf que je n'ai aucune envie d'y aller. J'ai seulement envie de rentrer chez moi, capitaine.

— Vous serez rentré chez vous en un rien de temps. Avec une histoire à raconter. Sans parler d'une jolie paire de bottes que vous pourrez revendre. »

Il sourit et m'ouvrit la grille.

« Il y a des oustachis qui logent ici, confirma-t-il. Mais certains sont sortis, me semble-t-il. Il vaudrait mieux poser la question à l'intérieur. »

Je remontai une courte allée de gravier entre des pelouses soigneusement taillées, passai devant une fontaine circulaire et grimpai une volée de marches menant à un portique de quatre colonnes doriques. Je frappai vigoureusement à une grande porte en acajou avant de me retourner pour regarder le jardin. À droite de la maison, un sentier public conduisait à un petit lac. Dans la grande maison blanche en face, plusieurs dizaines de fenêtres brillaient d'un éclat attrayant. Quelque part derrière les arbres, je pouvais entendre l'herbe croître rapidement et les écureuils haleter, et je sentais le silence aussi fortement que s'il me giflait les oreilles. La nature paraissait assez respectable, mais cela m'offusquait qu'un fanatique comme le mufti puisse vivre dans un aussi joli quartier de Berlin que Zehlendorf. Si j'avais habité en face de cette brute, j'aurais organisé des fêtes tous les soirs, avec beaucoup d'alcool et de filles à moitié nues, rien que pour l'enquiquiner. Mais maintenant que j'y songeais, je ne voyais pas pourquoi une fête de ce genre ne serait pas une bonne idée de toute façon.

Contrairement au garde à l'entrée, l'homme qui répondit à la porte était arabe. Il portait une djellaba blanche et un tarbouche rouge. Dans sa main se trouvait un chapelet, et il sentait légèrement les graines de cardamome et les cigarettes turques. Son visage était tout grêlé, et de sa chemise longue dépassait une colonie d'affreux ongles noirs qui auraient été mieux à leur place au pavillon des insectes du zoo de Berlin. Derrière lui, je pouvais apercevoir un grand hall rond et une table en mosaïque avec un vase en terre cuite vernissée de style persan contenant des lys. Sur un mur, un grand drapeau noir s'ornait de caractères arabes blanc argenté, sans doute conçu pour la SS par Hugo Boss. Cela dit, peut-être était-il censé représenter une fosse aux serpents. De nos jours, avec l'art moderne, on a du mal à savoir. Sur un autre mur était accroché un portrait d'Adolf Hitler, ce qui m'incita à me demander pourquoi il détestait les Juifs et pas les Arabes. Après tout, certains Juifs ne sont que des musulmans ayant un meilleur tailleur.

« Je cherche le colonel Dragan, expliquai-je. J'ai cru comprendre qu'il logeait ici.

— Oui, il loge ici, répondit le portier. Mais je crois bien qu'il est sorti. Il y a environ vingt minutes.

— A-t-il dit où il allait ?

— Pas à moi.

— Était-il à pied ? Ou en voiture ?

— Il a emprunté une bicyclette.

— Une bicyclette ?

— Et une carte de Berlin.

— Quel genre de carte ? Pharus ou Schaffmann ?

— Je ne sais pas. C'était juste une carte.

— Une Pharus va plus au sud, dis-je. Cela fait une grande différence. »

Le portier haussa les épaules.

« Puis-je informer le colonel de qui l'a demandé ?

— Capitaine Geiger, répondis-je. Nous avons servi tous les deux en Croatie. »

Je pivotai pour redescendre les marches et m'arrêtai soudain. Dans une pièce à l'arrière, je pouvais entendre une voix masculine chercher le ton juste sans y parvenir. D'un autre côté, c'était peut-être une sorte de prière.

« Qu'est-ce que ça veut dire ? demandai-je en désignant par-dessus l'épaule du portier le drapeau sur le mur. Les caractères arabes sur votre drapeau. Qu'est-ce que ça veut dire ? Ça m'intéresse. »

Le portier le considéra un instant.

« C'est la *Chahada*. Cela signifie : "J'atteste qu'il n'y a de dieu qu'Allah et que Mohamed est son messager." »

J'acquiesçai.

« Et comment est-ce que cela se traduit par "tuer tous les Juifs" ?

— Je ne comprends pas.

— Bien sûr que si. Qu'est-ce que vous avez contre les Juifs, vous autres ? Est-ce que c'est dans votre livre de les haïr ? Comme dans le nôtre ?

— Votre livre ?

— Celui de Hitler. *Mein Kampf*. Vous connaissez ?

— Pour autant que je sache, vous êtes le premier Allemand à poser la question. »

Je haussai les épaules.

« J'ai tendance à fourrer mon nez partout.

— Je m'en suis douté rien qu'en vous voyant. »

Je touchai mon nez et souris. Cela ne faisait plus mal, mais j'oubliais continuellement combien je devais avoir l'air comique. Pourtant, ce n'était pas vraiment le sentiment que j'éprouvais. Si j'avais été inquiet avant, je l'étais encore plus maintenant. On se trouvait à seulement douze kilomètres de Griebnitzsee, où Dalia vivait. Vingt minutes en voiture. Un peu plus longtemps en vélo, mais pas tant que ça. Berlin est une ville extrêmement plate, idéale pour les cyclistes. Il est possible d'aller de la porte de Brandebourg jusqu'à Potsdam – soit une distance de près de trente kilomètres – sans rencontrer une seule colline. De fait, le colonel était peut-être déjà assis au salon avec sa fille.

« Oui, c'est dans notre saint Coran de tuer tous les mécréants, y compris les Juifs. »

J'opinai.

« Je voulais juste savoir. À titre de référence pour la suite, vous comprenez. »

Je retournai dare-dare à la voiture et démarrai.

44

Tout en conduisant, je passai en revue les explications que je pourrais donner à Dalia pour lui avoir menti de manière aussi flagrante. « Je ne faisais qu'obéir aux ordres » ne me servirait à rien, c'était évident. Et non moins évident que Goebbels avait raison : si le colonel se trouvait déjà avec Dalia, aucun argument quel qu'il soit ne la ferait changer d'avis, à savoir que je l'avais trompée, cruellement. Essayer de justifier mes actes au nom de ses sentiments n'améliorerait pas les choses non plus. Peut-être plus tard me serait-il possible de lui présenter des excuses pour mon comportement, mais plus j'approchais de la maison de Griebnitzsee et plus je me rendais compte que, si Dragan était déjà là, me retirer bien gentiment et les laisser à leurs retrouvailles était sans doute ce que je pouvais faire de mieux. Il devenait également clair pour moi que, même si j'avais agi avec les meilleures intentions du monde, j'avais eu tort de lui mentir. Après tout, Dalia n'était plus une enfant ; elle aurait dû avoir la possibilité de se faire sa propre opinion sur le genre d'homme qu'était son père. Protéger de la vérité une femme adulte n'était pas une solution dans un monde déjà régi par des mensonges. Voilà ce que c'est que de respirer le même air que le ministre de la Vérité ; au bout d'un certain temps, la vérité n'est plus qu'une fête pascale supplémentaire que vous pouvez déplacer à votre guise en fonction du calendrier. Je me dégoûtais moi-même.

Je garai la voiture dans la Kaiserstrasse et marchai le long de la grande maison crème. Il n'y avait pas trace d'un vélo dans le jardin ni à proximité de la porte d'entrée. Apparemment, j'avais réussi à arriver avant le colonel Dragan. La fenêtre de la chambre de Dalia était ouverte et un rideau de dentelle débordait de la tourelle crénelée, comme si une damoiselle s'y trouvait, agitant son mouchoir pour faire signe à son prince charmant de venir la sauver. Tout avait l'air exactement comme auparavant, lorsque j'avais quitté l'endroit quelques heures plus tôt. Je poussai un soupir de soulagement et inspectai la rue au cas où j'apercevrais un cycliste, mais il n'y avait personne en vue, même pas un jardinier.

Je fis le tour par l'arrière en direction de la porte de la cuisine, qui était rarement fermée à clé. Dalia préférait la laisser ouverte pour avoir un courant d'air dans la maison. Il n'y avait pas beaucoup de délits dans cette partie de Berlin, et je ne pouvais pas lui reprocher de vouloir un peu d'air frais. Il ne faisait pas loin de trente degrés et, au fond du jardin, je pouvais voir des bateaux monter et descendre la rivière sous le soleil. C'était une journée splendide. Goebbels avait également raison sur ce point. Le ciel semblait si vaste et si bleu, et les nuages si harmonieux que je m'attendais presque à voir le bord d'un cadre doré au-dessus de ma tête. Au lieu de ça, j'aperçus un vélo couché sur la pelouse sous les feuilles les plus basses d'un saule pleureur.

Je gagnai rapidement la porte de la cuisine et entrai. Des assiettes et des soucoupes blanches occupaient les rainures d'un égouttoir en bois semblable au squelette d'un animal fossilisé. Une cafetière était posée sur la cuisinière. Elle était froide au toucher. De l'eau coulait du robinet de l'évier dans l'office. Je commençai à monter lentement l'escalier en bois grinçant. Pendant quelques secondes, j'entendis des éclats de voix dans une chambre au-dessus de ma tête, puis un coup de feu claqua. La détonation me prit de court. Sept autres suivirent.

L'arme au poing, je grimpai deux à deux le reste des marches et pénétrai dans le hall. Une casquette d'officier surmontée de la lettre U autour du drapeau croate se trouvait sur la table à côté du courrier non ouvert de Dalia. Une forte odeur de poudre planait dans la maison. Après huit coups de feu, quelqu'un était mort. Mais qui ?

J'aperçus mon propre reflet dans le grand miroir du porte-manteau où le chapeau qu'elle portait à Munich était accroché à côté de quelques-uns de ses nombreux sacs à main. J'avais l'air anxieux et déconcerté. Où était-elle ? Comment allait-elle ?

« Dalia ? criai-je. C'est moi, Gunther. Où es-tu ? »

J'entendis un objet dur tomber sur le plancher. Probablement une arme à feu. Je me précipitai dans le salon.

L'horloge noire en forme de lyre tictaquait bruyamment sur le manteau de la cheminée, comme pour me rappeler qu'on ne peut inverser le cours du temps et que, pendant les dix secondes qu'il avait fallu pour tirer huit coups de pistolet, tout avait changé à jamais. Je n'avais pas prêté attention jusqu'ici aux tableaux d'Emil Nolde, mais il y en avait notamment un qui me paraissait à présent sinistre : des masques riant de façon grotesque, peints dans des tons criards qui évoquaient plus Halloween que l'Afrique. Et j'avais l'impression à cette seconde qu'ils se moquaient de moi. Mais qu'est-ce que tu t'imaginais ? Comment as-tu pu être aussi stupide ? Voilà où te mène ton insouciance. Comment as-tu pu croire que cela pouvait bien finir ?

Vêtue d'une robe d'été blanche soulignant son bronzage, Dalia était assise sur le tabouret de piano, le dos tourné à l'instrument et faisant face au canapé Swan Biedermeier en cuir blanc où elle et moi nous étions embrassés pour la première fois. Elle alluma une cigarette avec une longue allumette de cheminée. Le P38 que j'avais laissé dans sa chambre reposait, maintenant vide mais encore fumant, sur le sol à un mètre environ du cadavre du colonel Dragan. Son uniforme gris clair était couvert de sang en raison de toutes les balles qu'elle lui avait tirées dessus, encore que celle qui lui avait transpercé l'œil droit ait sans doute suffi à le tuer. Le globe oculaire pendait sur sa joue comme un œuf poché servi avec désinvolture.

Elle me vit regarder le tableau et sourit d'un air triste.

« Je me demande si Hitler n'avait pas raison, en fin de compte, quand il a conseillé à Jo de se débarrasser de ces peintures, déclara-t-elle. Ce n'est pas qu'elles soient dégénérées. Je ne sais pas ce que ça signifie dans le contexte d'une chose comme l'art. C'est que les couleurs de l'artiste semblent jaillies du plus profond de l'âme humaine. Comme si c'étaient bien plus que de simples couleurs. Tu

415

vois ce que je veux dire ? Sans ce tableau, je ne sais pas si je l'aurais tué. Tu comprends, ça m'a rappelé qui et ce qu'il était. Je sais que ça ne va pas loin comme explication pour un homme comme toi. Un policier. Ce n'est pas très logique, je dois bien l'admettre. Mais devant ce tableau, là, à cet instant, voilà comment je me sens. Quelque part sur le spectre de couleurs entre le ciel et l'enfer. »

Son approche de l'appréciation de l'art était plus convaincante que la mienne.

« Je suis désolé de t'avoir menti. À propos de ton père. Quand je t'ai dit qu'il avait été tué, je voulais simplement t'éviter de savoir qui il était. Te dissimuler la vérité.

— Il est mort à présent. Du moins, je l'espère. Je veux dire, c'était assurément mon intention. De tuer cette espèce de salopard. »

Je supposais qu'elle l'avait tué parce qu'elle avait cru très exactement ce que je lui avais raconté, à savoir que son père était mort, et qu'elle avait pensé que l'individu dans sa maison était un imposteur. Il avait dû lui flanquer la frousse. Quelque chose de ce genre. Je ne sais pas. Des gens sont assassinés pour beaucoup moins que ça. Je m'agenouillai du côté du corps où il y avait le moins de sang sur le tapis et appuyai mes doigts sur le cou du cadavre, qui était encore tiède au toucher. Le tir groupé sur sa poitrine avait légèrement brûlé sa chemise sous la tunique. Le sang se répandait rapidement sous lui, comme si c'était un animal gisant sur le sol d'un abattoir.

« Il est effectivement mort », dis-je en me relevant.

Je devais reconnaître qu'elle avait fait du bon boulot. Le colonel Dragan avait coupé sa dernière gorge et posé la dernière tête humaine sur sa rocaille de Jasenovac. S'il y avait quoi que ce soit de triste dans ce qui venait d'arriver, c'est seulement que personne ne devrait se retrouver dans une position où il finit par tuer son propre père, aussi abominable qu'ait été celui-ci. On ne se remet jamais de ce genre de chose. Et comme si ça ne suffisait pas, je pouvais voir que m'incombait à présent l'horrible tâche de dire à la femme que j'aimais cette vérité inacceptable : que l'homme qu'elle venait d'abattre était réellement son père.

45

La vie passe à la vitesse de l'éclair quand la fumée d'un pistolet flotte encore dans l'air au-dessus d'un cadavre. En quelques secondes, une arme à feu change pour toujours le temps et le reste. Pourquoi l'avais-je laissée là ? C'était ma faute. Et je ne voyais aucun moyen au monde d'arranger ça.

« Bien, dit-elle. Et tu n'as pas de souci à te faire. Ce n'est certainement pas mon père.

— Tu ne comprends pas. Je suis désolé. Écoute, je sais que je t'ai dit qu'il était mort, mais c'est faux. Ou du moins, ça l'était. Voici le père Ladislaus. C'est à lui que j'ai donné ta lettre, à Jasenovac.

— C'est toi qui ne comprends pas, répliqua-t-elle. Oh ! je ne doute pas qu'il soit ce que tu dis. Que cet individu, Antun Djurkovic, soit le père Ladislaus, mieux connu à présent comme le colonel Dragan. Mais je peux t'assurer qu'il n'était pas mon père. Je le sais, parce que je sais aussi que c'est l'homme qui l'a tué. Sans parler de Dieu sait combien d'autres en Yougoslavie depuis.

— Des milliers, murmurai-je, toujours sans comprendre.

— Tu l'as donc rencontré.

— Oui. Quand j'étais en Croatie, je suis allé dans un camp de concentration où lui et un autre prêtre exterminaient des Serbes pour le plaisir. Je t'ai dit qu'il était mort parce que je pensais que tu n'avais pas besoin de savoir quel monstre il était. Personne ne devrait avoir à apprendre une chose pareille.

— C'était généreux de ta part. Plus généreux que je ne l'ai été avec toi, probablement. Va me chercher quelque chose à boire, veux-tu, Gunther ? Un cognac. Je pense que je te dois au moins la vérité. »

Je remplis un verre pour chacun, m'assis sur le canapé et attendis patiemment que la vérité sorte de ses lèvres. Elle avala le cognac d'un trait, essuya une larme à sa paupière, puis alluma une nouvelle cigarette. Je remarquai une minuscule tache de sang sur l'ourlet de sa robe.

« Crois-moi, Gunther, voilà longtemps, très longtemps que j'ai envie de le tuer. J'ai rêvé de le faire. Bien des fois et de bien des manières. Mais maintenant qu'il est mort, je m'aperçois avec étonnement que je ne suis pas aussi heureuse que je l'avais imaginé. Pourquoi, à ton avis ?

— Tuer un homme est un sacré truc. On a toujours l'impression que les balles traversent deux personnes : celle qui les reçoit et celle qui les tire. Je sais ce que tu ressens. Mais si tu as le moindre doute sur ce que tu as fait, mon ange, je peux t'assurer qu'il était absolument nécessaire d'abattre ce type, comme un chien enragé ou un cochon fou. Tu ne peux pas encore les entendre, mais il y a dix mille cloches qui sonnent dans le ciel pour célébrer sa mort et seulement des lamentations dans le coin le plus sombre de l'enfer pour regretter qu'un des leurs ait eu ce qu'il méritait amplement.

— Dommage que cela ait été aussi rapide. J'aurais souhaité qu'il souffre davantage pour ce qu'il a fait. Je veux dire, je pense qu'il avait son compte après le premier coup de feu, mais j'ai continué à tirer. Je me demande comment.

— C'est le problème avec les pistolets automatiques. Ils semblent posséder une tête à eux, c'est sûr. Parfois, Dieu ou le diable presse la détente, et on ne peut rien y faire. Le nombre de fois où je voulais tirer une seule balle et où j'ai fini par en tirer deux ou trois... C'est ce qui fait la différence entre la vie et la mort. »

Je bus une gorgée de cognac et la laissai en arriver à sa manière à l'explication.

« As-tu un mouchoir ? » demanda-t-elle.

Je lui tendis le mien. Elle se moucha, puis s'excusa pour le bruit avec un petit rire nerveux.

« Pardon.

— Oublie ça. Et prends ton temps, mon ange.

— Ce n'était pas mon père.

— Je comprends. Encore que je n'en sois pas certain.

— La nuit dernière, à Munich, tu m'as demandé si j'avais quelque chose à voir avec la mort de la dame du lac et je t'ai tout dit, sauf une chose. Son nom. Tu te rappelles quand nous nous sommes assis dans cette pièce et que je t'ai déclaré que je m'appelais en réalité Dragica Djurkovic ? Eh bien, non, je m'appelle Sofia Branković. Dragica Djurkovic est la femme qui se trouvait dans le lac. Tu comprends ? Tout ce que je t'ai raconté sur la façon dont elle a fini là est vrai. À savoir qu'il s'agissait d'un accident. C'en était un. Dragica et moi étions amies. De bonnes amies, pendant un certain temps. Mais, de fait, Dragica Djurkovic était la fille de cet homme.

— Je vois.

— Non, tu ne vois pas. Pas encore. En 1930, mon vrai père, Vladimir Branković, a été assassiné par le type qui se trouve allongé sur le sol : Antun Dragun Djurkovic. On l'a tué parce que c'était un homme politique serbe de premier plan. Presque personne sauf ma mère ne savait qui avait fait cela, et, craignant pour nos vies, elle et moi avons fui la Croatie pour nous réfugier en Suisse, où je suis devenue Dalia Dresner. Nous avons commencé une nouvelle vie et essayé de ne pas accorder trop d'attention à ce qui se passait en Yougoslavie. Ce qui était assez facile à Zurich. La neutralité suisse est une caractéristique non seulement politique, mais aussi de tempérament. Au bout d'un certain temps, nous avons appris que Djurkovic s'était repenti et qu'il était devenu moine franciscain à Banja Luka, mais, comme il avait été aumônier militaire pendant la Grande Guerre, ma mère m'a dit que son repentir ne durerait qu'un court été et qu'on ne peut pas changer sa nature. Elle avait raison, bien entendu.

« Environ huit ans plus tard, je me trouvais à une réception donnée par mon futur mari à Zurich, et c'est là que j'ai rencontré la vraie fille de Djurkovic, Dragica. Nous avions été amies à l'école à Zagreb, mais pendant un moment, nous ne nous sommes même pas reconnues. Elle avait pris le nom de Stepinac, et il s'avéra qu'elle était venue vivre à Genève avec sa grand-mère pour échapper à son père, qu'elle détestait parce qu'il battait sa mère et qu'il avait tenté de la violer. Ma carrière d'actrice commençant à décoller, je décidai de me rapprocher de nouveau d'elle et d'essayer de l'aider. D'ailleurs, nous avions beaucoup en commun : nous aimions les mêmes livres, la même musique, les mêmes films, nous partagions les mêmes goûts pour les vêtements, nous nous ressemblions même un peu. Puis sa grand-mère est morte, et Dragica s'est mise à boire. Plusieurs fois, j'ai payé pour qu'elle aille dans une clinique suivre une cure de désintoxication. Mais quand la nouvelle des activités de son père aux côtés des oustachis a commencé à se répandre en Suisse, ses problèmes d'alcoolisme se sont aggravés. Je pouvais difficilement la blâmer. Il avait quitté son monastère et faisait partie, d'après la rumeur, d'un escadron de la mort qui massacrait des milliers de Juifs et de Serbes. Raison pour laquelle nous avons eu une prise de bec, elle et moi. Dragica avait prévu de se rendre en Yougoslavie. La veille de son départ, elle est venue à la maison à Küsnacht et m'a expliqué qu'elle allait là-bas pour essayer de le convaincre de changer son comportement. Je ne sais pas comment elle comptait s'y prendre, mais, dans tous les cas, nous nous sommes disputées, et comme elle était ivre, elle a essayé de me frapper ; au lieu de ça, c'est moi qui l'ai frappée, elle s'est cogné la tête et en est morte. Et nous avons caché son corps dans le lac, Stefan et moi.

« Le temps a passé. Bien entendu, le corps a finalement été retrouvé. Stefan et moi avons retenu notre souffle et attendu, mais il est bientôt devenu évident que personne ne découvrirait jamais qui elle était. Tout le monde à Zurich pensait que Dragica était retournée en Yougoslavie et, du fait de la guerre, il était impossible de prouver le contraire. Personne n'avait seulement signalé sa disparition. Dans l'intervalle, nous avons commencé à entendre davantage parler des atrocités commises par le colonel Dragan en Croatie et, étant de bons Yougoslaves, nous avons décidé, Stefan et moi, d'essayer de faire quelque chose à ce sujet. Stefan est serbe, et un ardent patriote, tu sais, et il avait depuis longtemps envie d'aider son pays. Mais en ce qui me concerne, ce n'était que de la vengeance. Je suis serbe aussi, et le désir de vengeance est profondément enraciné en nous.

« La stratégie était que je profite de ma nouvelle amitié avec Goebbels, qui s'était manifestement entiché de moi. Il semblait qu'il n'y avait rien qu'il ne ferait pas pour sa dernière starlette. Très peu de personnes à Berlin savaient que mon vrai nom était Sofia Branković. Que je ne sois pas juive était la seule chose dont on paraissait se soucier. Goebbels me crut sur parole à cet égard et me fit établir lui-même un certificat d'aryanité. Puis je lui demandai s'il pouvait m'aider à retrouver mon père. C'est là que tu entres en scène. Je suis désolée. Non pas de t'avoir rencontré, Bernie, mais de t'avoir menti. L'idée était que je fasse semblant d'être Dragica. Nous avions le même âge. Nous étions toutes les deux originaires de Zagreb. Et Dragica était aussi jolie que moi, je veux dire, elle aurait facilement pu être elle-même une vedette de cinéma. Dès que tu aurais retrouvé le colonel, nous aurions fait pression sur Goebbels pour que le ministère des Affaires étrangères l'invite à venir à Berlin, afin qu'il puisse se réconcilier avec sa fille perdue de vue depuis longtemps, Dragica. C'est ce que la lettre l'incitait à faire. Et le plan était que, une fois qu'il serait à Berlin, nous nous rencontrerions dans un endroit agréable et discret – le genre d'endroit où l'on peut organiser de petites réunions privées – et, pendant que nous parlerions, Stefan le tuerait.

« Mais c'est alors que tu es revenu de Croatie et que tu nous as dit que le colonel Dragan avait été tué. Les détails que tu fournissais semblaient extrêmement convaincants. Il n'y a pas beaucoup de nouvelles provenant actuellement de Yougoslavie pour te contredire. Dans tous les cas, il était clair que Dragan n'allait pas débarquer de sitôt à Berlin pour des retrouvailles familiales. À vrai dire, je me sentais soulagée. Si la mort de Dragica m'a appris quelque chose, c'est que je ne peux pas supporter d'avoir ce genre de fardeau sur la conscience. Et maintenant ceci.

« Quand la sonnette d'entrée a retenti, j'ai cru que c'était toi, bien sûr. Mais c'était lui. Pendant un moment, il est resté là, puis il s'est mis à pleurer. Je l'ai laissé me serrer dans ses bras, ce qui était odieux. Il semblait penser réellement que j'étais Dragica. Après tout, elle n'était qu'une enfant la dernière fois qu'il l'avait vue, de sorte qu'il ne pouvait absolument pas se rendre compte que je n'étais pas elle. Mais il n'y avait pas beaucoup de temps pour réfléchir. Je savais que si je ne le tuais pas tout de suite, je ne le ferais jamais. De plus, une aussi belle occasion ne se présenterait peut-être plus. Je me suis rappelé que tu avais laissé ton pistolet sur le dossier de la chaise dans ma chambre, aussi je lui ai demandé d'attendre ici et je suis montée pour le chercher. Et au moment où je regagnais le salon, j'ai vu le tableau et je me suis mise à tirer. C'est alors que tu es arrivé.

— Je vois ça. Tu as fait de l'excellent travail. D'après l'aspect du corps, toutes les cartouches du chargeur ont dû l'atteindre. Si j'avais un poisson rouge, je te le donnerais, fillette. »

J'éprouvais un immense soulagement de ne pas avoir participé à une chose aussi affreuse qu'une fille tuant son propre père. J'avais presque l'impression d'être redevenu présentable. Et je voyais désormais clairement où résidait le chemin de mon propre avenir. Je pouvais peut-être accomplir un acte noble, pour changer.

« Tu m'en aurais empêchée ? demanda-t-elle.

— Probablement pas. Il ne l'avait pas volé, et bien davantage encore.

— Mon Dieu, soupira-t-elle. On coupe la tête des gens en Allemagne, n'est-ce pas ? Pour meurtre ? »

Je ne répondis pas. Pendant un bref instant, je me souvins de Gormann l'étrangleur et du moment terrible où les hommes à haut-de-forme noir l'avaient poussé, criant et gesticulant, sous le couperet de la guillotine. Même si je ne faisais rien d'autre de ma vie, j'allais empêcher que Dalia connaisse le même sort. Quand bien même cela signifierait mettre mon propre cou sous la lame. D'ailleurs, qu'est-ce qu'un chevalier teutonique était censé faire d'autre ? Si j'avais eu une épée, je me serais mis à genoux et je lui aurais prêté un serment d'allégeance.

« Est-ce qu'ils me couperont ma petite tête pour ça, selon toi ? Comme à cette pauvre fille en février ? Sophie Scholl, n'est-ce pas ? Je ne peux pas imaginer que le Poglavnik sera très content. Ni Hitler. Ni Ribbentrop. Ni Goebbels, en l'occurrence. Ils me mettraient à mort à cause de cette histoire, d'après toi ?

— Il n'arrivera rien de mal à ta petite tête, entends-tu ? Je ne permettrai pas qu'une chose pareille se produise. Crois-moi, mon ange. Tout se passera bien. Mais si tu veux garder la tête sur les épaules, tu vas d'abord devoir veiller à ne pas la perdre. Ce qui signifie qu'il va te falloir faire exactement ce que je te dis. Sans discuter. »

Elle sourit.

« Mon chevalier teutonique à la rescousse. (Elle secoua la tête.) Aider, défendre, guérir. Si ce n'est qu'il semble avoir dépassé le stade de la guérison, tu ne penses pas ?

— Effectivement. »

Elle se mit alors à pleurer. Je m'assis à côté d'elle sur le tabouret de piano et passai un bras autour de ses épaules.

« Mais je peux encore t'aider et te défendre, non ?

— J'ai peur, dit-elle.

— Inutile. Tout ira bien. Je te le promets.

— Même toi, tu ne peux plus m'aider, Bernie Gunther.

— Si, je peux, à condition que tu m'écoutes. Lorsque Goebbels m'a dit que Dragan était à Berlin, nous nous sommes mis d'accord pour que je t'emmène en lieu sûr. Dans un endroit que lui seul connaissait, et qu'il m'appellerait lorsqu'il n'y aurait plus de danger, que nous aurions eu le temps de mettre Dragan hors circuit. Raison pour laquelle je suis venu ici. Pour t'avertir. C'est là que je vais aller quand nous aurons terminé cette conversation.

— Est-ce que je viens avec toi ?

— Non, mon ange. Tu ne peux pas venir avec moi cette fois-ci. Ce que je veux que tu fasses, c'est que tu grimpes dans cette grande et belle Mercedes et que tu roules jusqu'en Suisse. Immédiatement. Tu connais la route. Tu sais combien de temps ça va prendre. Peut-être dix ou douze heures. Sauf que, cette fois, tu ne t'arrêteras pas à Munich. Tu continueras jusqu'à ce que tu aies franchi saine et sauve la frontière. Et tu ne reviendras pas. Jamais, tu m'entends ? Pas tant que les nazis seront au pouvoir. Tu iras à l'École polytechnique fédérale et tu étudieras les mathématiques, comme tu l'avais prévu. Ne t'en fais pas pour les flics de Zurich. Je doute sérieusement qu'ils rouvrent le dossier de la dame du lac. Et dans le cas contraire, ils ne retrouveraient pas leurs mains dans leurs poches de manteau.

— Et toi ?

— Je vais rester à Berlin, comme je l'ai dit.

— Pourquoi ne viens-tu pas avec moi ?

— Parce que quelqu'un doit rester et mentir à notre petit ministre de la Vérité. Je dois l'appeler de son chalet pour l'informer que tu t'y trouves. Si je ne le fais pas, il est capable d'envoyer quelqu'un ici. Et nous ne voulons pas de ça. Pas avant demain, en tout cas.

— Supposons qu'il veuille me parler ? Au téléphone ?

— Je lui dirai que tu dors. Ne t'inquiète pas, depuis que je travaille pour lui, je commence à devenir un menteur accompli. En outre, les Suisses ne sont pas près de me laisser retourner dans leur pays. Pas après la façon dont je me suis conduit la dernière fois.

— Non, Bernie, non.

— Tu dois m'écouter, Dalia. Lorsque j'aurai parlé à Goebbels, j'estime pouvoir gagner du temps jusqu'à demain matin. À ce moment-là, tu seras déjà rentrée. Dès que tu arriveras à Küsnacht, je veux que tu appelles ce numéro. » Je lui tendis la carte de visite que Goebbels m'avait donnée, avec le numéro du chalet inscrit au dos.

« Laisse sonner deux fois, puis raccroche. Ainsi, je saurai que tu es en sécurité. (Je souris.) Après ça, je pourrai me détendre.

— Et nous ?

— Nous ? Écoute, mon ange, je pensais te l'avoir dit. Je suis un homme marié. Ou as-tu oublié ? Il est temps que je retourne auprès de mon épouse bien-aimée. Elle va se demander où je suis. »

Je pouvais voir qu'elle ne me croyait pas ; j'avais bien du mal à y croire moi-même.

« Bernie, ils t'enverront dans un camp de concentration. Ou pire.

— Pas de problème. Je suis un survivant. Écoute, je dirai juste la vérité à Goebbels. À savoir que tu as tiré sur le colonel, puis que tu as fichu le camp. Et qu'il m'a semblé qu'il serait aussi ravi que moi de te voir t'en sortir. Certes, ça ne lui plaira pas beaucoup. Et il lui faudra revoir la distribution de son film stupide. Mais, après mûre réflexion, il se rendra compte qu'il vaut mieux pour tout le monde que tu ne passes pas en justice à cause de ça. Et pour lui en particulier. La dernière chose que souhaite le ministre de l'Éducation du peuple, c'est qu'on connaisse la vérité sur ce qui s'est passé ici. Je suppose qu'il voudra étouffer toute cette affaire le plus vite possible. Le colonel s'est tiré huit balles. Si j'en juge d'après mon expérience de la mort subite et des nazis. Un cas de suicide, de toute évidence. »

Je formais des vœux pour que ce soit vrai. Mais j'avais le sentiment que les choses allaient empirer considérablement pour moi avant de s'améliorer.

Elle m'enlaça.

« Emmène-moi au lit, dit-elle. Emmène-moi au lit une dernière fois et dis-moi que tu m'aimes comme je t'aime. »

Je saisis les bras de Dalia et la remis debout.

« Nous n'avons pas le temps. Pas maintenant. Tu dois partir. Et tout de suite. On ne va pas manquer de s'apercevoir de la disparition du colonel. Qui sait, ta lettre est peut-être posée sur sa table de chevet. Ou bien il a informé un autre officier oustachi qu'il venait ici. Il ne faudra pas longtemps avant que quelqu'un n'arrive et ne découvre qu'il est mort. J'irais bien le balancer dans le lac, mais il y a tellement de monde qui profite du soleil qu'on risquerait de me voir. Et on ne tarderait certainement pas à le retrouver. Du reste, je pense qu'un cadavre dans un lac est suffisant en ce qui te concerne. »

Je l'entraînai hors du salon jusqu'au pied de l'escalier.

« Fais ton sac. Dépêche-toi. Et change de robe. Il y a du sang sur celle-ci. »

Un quart d'heure plus tard, j'ouvris la porte du garage, et Dalia descendit l'allée au volant de sa propre Mercedes, puis s'avança dans la rue. Je me penchai par la vitre et l'embrassai brièvement.

« Est-ce que je te reverrai ? demanda-t-elle, en larmes.

— Bien sûr.

— Quand ?

— Je ne sais pas. Désolé, mon ange, je n'ai pas de meilleure réponse pour l'instant. En tout cas, aucune que tu aimerais entendre. Écoute, tu ferais bien d'y aller. Avant que ta voiture ne commence à attirer l'attention. Avec un peu de chance, en la voyant sur la route, les gens penseront que c'est juste Faust sortant de la cave d'Auerbach à cheval sur un tonneau.

— Au revoir, murmura-t-elle. Et merci. »

46

Lorsque j'arrivai au chalet près de Pfaueninsel, je téléphonai à Goebbels pour lui dire que tout allait bien. Il parut soulagé. Puis je dénichai une bouteille de Korn dans un placard et une cartouche de cigarettes, fis du café et attendis. Treize heures plus tard, le téléphone sonna deux fois. Je brûlais d'envie de répondre, naturellement, mais je ne le fis pas. Je savais que ça ne ferait que rendre les choses encore plus difficiles pour tous les deux. Puis je rappelai Goebbels. Je ne l'avais pas entendu hurler ainsi depuis son discours sur la guerre totale au Sportpalast en février. Si j'avais été avec lui, il aurait sûrement ordonné à quelqu'un de m'abattre.

Ils m'arrêtèrent, bien entendu, et me conduisirent au poste de police de Babelsberg, juste à la sortie de Potsdam, mais je m'en fichais parce que je savais Dalia en sécurité en Suisse. Ils me gardèrent pendant deux jours dans une cellule avant de m'emmener à l'hôtel Linden. Ce n'était pas vraiment un hôtel. Les habitants de Potsdam l'appelaient tout simplement ainsi parce qu'il se trouvait dans la Lindenstrasse. En réalité, ce grand bâtiment blanc crème aux fenêtres rouge brique était une prison de la Gestapo. Là, ils m'enfermèrent dans une cellule avec encore plus de serrures sur la porte qu'un coffre-fort suisse et me laissèrent seul, mais en compagnie d'un repas et de cigarettes. Je ne manquais pas de lecture. Les murs de ma cellule étaient couverts de graffitis. L'un d'entre eux me resta en tête encore longtemps après ; il proclamait : « Vive notre Allemagne sacrée ! » Eh bien, c'était quelque chose de noble que de donner de l'espoir à un homme, à la différence de la petite tyrannie laïque que Hitler avait imposée à mon beau pays.

Cinq jours après que Dalia eut quitté définitivement l'Allemagne, je reçus un visiteur. Qui ne manqua pas de me surprendre. C'était le secrétaire d'État Gutterer, du ministère de la Propagande. Il avait pris un peu de poids depuis notre dernière rencontre, mais il était toujours aussi hautain. Néanmoins, je fus content de le voir. Après avoir passé une semaine tout seul, j'aurais été content de voir n'importe qui. Même un type à haut-de-forme noir.

« Fort heureusement pour vous, vous n'allez pas rester ici beaucoup plus longtemps, déclara-t-il. Vous avez de la chance d'avoir des amis influents. »

J'opinai.

« Voilà qui semble prometteur.

— Dès que possible, vous quitterez Berlin, continua-t-il. Vous pourrez passer quelques semaines sur l'île de Rügen avec votre épouse, après quoi vous rejoindrez les renseignements de l'armée sur la ligne Panther-Wotan. Il s'agit d'une section sans intérêt de la ligne défensive qui s'étend du lac Peïpous à la mer Baltique sur le front de l'Est. Vous serez lieutenant dans la 132ᵉ division d'infanterie appartenant au groupe d'armées Nord, où vos talents négligeables pourront être appréciés à leur juste valeur. À l'heure actuelle, je pense qu'il fait terriblement chaud là-bas. Des hordes de moustiques. Mais vous ne serez pas étonné d'apprendre que la température descend sérieusement en hiver, lequel arrivera dans seulement deux mois. Sans compter que les Russes approchent. Ils devraient vous tenir occupé tout le temps que vous parviendrez à rester en vie. »

Je hochai la tête.

« De l'air frais, ça a l'air pas mal. Et l'île de Rügen avec ma femme. Ce serait sympa. Merci. Voilà qui devrait lui plaire. »

Gutterer marqua un temps d'arrêt.

« Comment ? Pas de galéjades, lieutenant Gunther ?

— Non, pas cette fois.

— Vous me décevez. Vraiment.

— Dernièrement, sans que je sache vraiment pourquoi, j'ai perdu mon sens de l'humour, Herr Staatssekretär. Je suppose que loger à l'hôtel Linden pèse quelque peu sur mes épaules, évidemment. Ce n'est pas un endroit particulièrement hilarant. Ça et le fait que je sois revenu brutalement sur terre et que j'aie compris que je n'étais plus un dieu. J'ai soudain cessé d'avoir l'impression d'être peint en or et de vivre sur le mont Olympe.

— J'aurais pu vous le dire, Gunther.

— Pendant un court instant, elle m'a fait me sentir ainsi. Je marchais comme le plus grand des hommes, respirais un air plus pur et me réjouissais de façon absurde. J'arrivais même à me regarder dans une glace. Je pensais que, si elle éprouvait du plaisir à me voir, je pourrais peut-être en faire autant. Mais maintenant, je vais devoir m'habituer à être de nouveau quelqu'un d'ordinaire. Autrement dit, en tout point semblable à vous, Gutterer : ignoble, inhumain, mesquin, stérile, laid, avec un esprit comme un coupe-papier.

— Ce que vous racontez n'a aucun sens, vous le savez ?

— Je dois reconnaître qu'un homme possédant vos hautes compétences de manieur de mots aurait pu écrire ce discours bien mieux que moi, Herr Staatssekretär. Mais vous me pardonnerez si j'ajoute que vous seriez incapable d'éprouver aucune de ces choses. Même en mille ans. Vous n'avez jamais été un chevalier teutonique du Saint Empire romain germanique. Vous n'avez jamais combattu de troll ni de dragon. Vous ne vous êtes jamais sacrifié pour une noble cause. Vous n'avez jamais prêté allégeance à une femme sur votre épée. Or, c'est tout ce qui importe dans la vie. »

Gutterer ricana.

« Permettez-moi de vous dire quelque chose. Et dans ce domaine, vous pouvez vous fier au ministère de l'Éducation du peuple et de la Propagande. Elle vous oubliera, Gunther. Peut-être pas aujourd'hui, peut-être pas demain, mais avec le temps, je peux vous le garantir. Vous n'aurez assurément plus de ses nouvelles. Mon ministère y veillera. Les lettres envoyées ou reçues de son domicile en Suisse n'arriveront pas. Les télégrammes resteront sans réponse. Rien. Croyez-moi, à Noël elle ne se souviendra même plus de votre nom. Vous serez juste une petite aventure sentimentale

429

qu'elle aura eue un été alors qu'elle jouait les Lili Marleen à un soldat ayant un pied dans la tombe. Une note de bas de page dans la vie d'une actrice de cinéma mineure au talent insignifiant. Pensez-y quand vous serez planté dans une tranchée glaciale au bord du Dniepr, à attendre une mort ignominieuse. Pensez à elle, enveloppée d'une fourrure de renard, et dans les bras d'un autre homme, son mari peut-être, ou un crétin dans votre genre s'imaginant être davantage que son jouet préféré. »

Gutterer se leva pour partir.

« Ah ! j'ai failli oublier une chose importante. » Il jeta sur la table devant nous une enveloppe à l'aspect officiel et sourit d'un air désagréable. « Ce sont deux tickets de cinéma pour vous. Un dernier cadeau du Dr Goebbels. *La sainte qui n'existait pas,* avec pour vedette Dalia Dresner, se joue au Kammerlichtspiele du Haus Vaterland. Le ministre a pensé que cela vous ferait peut-être plaisir, étant donné que vous ne la reverrez jamais.

— Très gentil de sa part. Mais c'est pareil pour lui, non ? »

Alors que Gutterer sortait de ma cellule, je me souvins du graffiti sur le mur et, pour je ne sais quelle raison, je le dis à haute voix.

« Vive notre Allemagne sacrée ! »

Je ne pense pas qu'il ait compris ce que cela signifiait. En fait, j'en suis même persuadé.

Épilogue

Je ne suis pas sûr que la fin de mon histoire aurait satisfait un écrivain digne de ce nom tel que Paul Meyer-Schwertenbach. Il n'y avait pas de restauration de l'ordre moral, du moins, à ma connaissance ; une telle chose semblait impossible tant que les nazis seraient au pouvoir. Sans parler du fait que le policier avait aidé l'assassin à s'échapper. À deux reprises. Ce qui était déjà suffisant. Mais, dans mon histoire, le flic avait l'esprit tellement lent qu'il lui avait fallu l'aide du coupable pour comprendre ce qui s'était passé sous ses propres yeux. Et j'allais oublier le fait que le policier avait lui-même tué deux personnes. Trois en comptant le fermier encorné par un taureau. Ce qui n'était pas bon non plus. Les policiers sont censés résoudre les meurtres, pas en commettre. Au total, je pensais que c'était un assez piètre alibi pour un roman policier. En fait, le seul meurtre réellement élucidé, celui du Dr Heckholz, encore n'était-ce guère plus qu'une piste intéressante, se voyait rapidement passé à la trappe. Peut-être est-ce pourquoi seul le policier était puni. Du moins, c'est l'impression que ça donnait. Je ne sais pas comment décrire autrement le fait de rencontrer une fille, de tomber amoureux d'elle et de ne plus jamais la revoir, sinon sur un écran de cinéma, ce qui, comme il me semble l'avoir déjà dit, constitue en soi un genre de châtiment extrêmement raffiné. À l'instar de ce qui arrive au demi-dieu Tantale, pour qui eau et nourriture sont, pour toujours et de manière désespérante, placées hors de portée.

Ces jours-ci, je lis beaucoup. L'hiver, il n'y a pas grand-chose d'autre à faire sur la Côte d'Azur. Les philosophes grecs et allemands – j'adore ces foutaises. Je ne vois pas l'intérêt de lire un livre écrit par quelqu'un de plus idiot que soi, ce qui englobe les trois quarts de la fiction moderne. Platon parle de ce qu'il appelle l'*anamnesis* : quand une chose depuis longtemps oubliée remonte à la surface de la conscience. Bon, j'admets que ça paraît un bien grand mot pour désigner le souvenir, sauf qu'en réalité il s'agit de plus que ça, parce qu'avec le souvenir il n'est pas nécessaire d'avoir oublié quoi que ce soit, ce qui introduit une distinction subtile. C'est ce que fait le cinéma. Il ramène des choses à la surface. Lorsque vous vous y attendez le moins, de surcroît, ce qui explique que vous sortiez le visage en larmes après avoir vu un navet à La Ciotat. Goebbels avait été un tortionnaire extrêmement raffiné quand il avait chargé Gutterer de me remettre ces tickets de cinéma à l'hôtel Linden à Potsdam. Depuis, j'avais évité d'aller voir les films de Dalia ; la douleur aurait été trop forte. Mais au bout d'un peu plus de dix ans, je pensais en avoir terminé, et cela me fit un choc de découvrir que je pouvais encore me mettre à pleurer comme un bébé en la voyant à l'écran. Non qu'il y ait quoi que ce soit de mal à pleurer devant un film. Si un film ne vous fait pas pleurer, rien ne le pourra. La première fois que j'ai vu *Dumbo*, j'ai cru que je n'arriverais jamais à m'arrêter.

Après avoir quitté l'Éden, je longeai le front de mer jusqu'à un bar où j'allais souvent en été après avoir fini mon travail à l'hôtel Miramar. Mais on était pour le moment en hiver, l'hôtel fermait, et je me demandais comment j'allais subsister jusqu'au printemps. Ne venaient à La Ciotat en novembre que les navigateurs sérieux, même si certains bars restaient ouverts toute l'année pour faire tourner la boutique. Au demeurant, cela pouvait en valoir la peine. Si vous pouvez vous payer un yacht, c'est que vous avez les moyens. Tout en buvant mon café et mon schnaps, j'empruntai les jumelles du patron du bar et observai un yacht tout ce qu'il y a de convenable en train de s'amarrer. Si vous avez comme moi un sens de l'humour un peu spécial, vous pouvez pas mal vous amuser en regardant certains quidams érafler leur joujou hors de prix, puis pousser une gueulante contre quelqu'un, généralement leur épouse. Mais s'agissant de celui-là, ils savaient ce qu'ils faisaient. C'était un bateau à la coque en bois, gréé en goélette, mesurant environ trente-cinq mètres de long et jaugeant une centaine de tonneaux ou même plus, avec un drapeau français à l'arrière. Le propriétaire et son équipage débarquèrent et passèrent devant ma table dans un nuage de cigarettes, de parfums coûteux et un concert d'accents.

À ma grande surprise, l'un d'eux s'arrêta et me dévisagea. Je le dévisageai à mon tour. Je n'oublie jamais un visage et j'aurais souhaité avoir oublié celui-là, mais son nom continuait à m'échapper. Il m'adressa la parole en allemand.

« Vous êtes bien Gunther, n'est-ce pas ?

— Non, répondis-je, également en allemand. Je m'appelle Wolf, Walter Wolf. »

L'homme se tourna vers ses amis.

« Je vous rejoins », leur dit-il, puis il s'assit.

Une fois qu'ils eurent disparu, il m'offrit une cigarette, que je refusai, et fit signe au patron du bar.

« Que buvez-vous, Herr Wolf ?

— Du schnaps.

— Deux schnaps, dit-il. Il vaudrait mieux que vous apportiez la bouteille. Et faites en sorte que ce soit du bon, si vous en avez. » Il alluma une cigarette et sourit. « Il me semble me rappeler que vous avez un penchant pour le schnaps.

— Votre mémoire est meilleure que la mienne, j'en ai peur. Vous savez qui je suis, mais je ne vous connais pas, Herr...

— Leuthard. Ueli Leuthard. »

J'opinai.

Le patron du bar revint avec une bouteille d'excellent Korn et deux verres qu'il laissa sur la table.

« La dernière fois que nous avons fait ça, c'était en juil-let 1942. » Leuthard remplit les verres. « Dans le Tiergarten. Vous vous rappelez à présent ? Vous aviez volé la bouteille et les verres à la villa Minoux, à Wannsee. Votre initiative m'avait beaucoup impressionné. Mais j'étais jeune alors.

— Maintenant que j'y pense, ça me revient, en effet. C'était le soir où vous avez défoncé la tête d'un homme avec un buste de Hitler, pas vrai ? Heckholz. Le Dr Heckholz. C'est ainsi qu'il s'appelait.

— Je savais que vous vous rappelleriez.

— D'ailleurs, qu'est-ce qui vous avait poussé à le tuer ?

— Est-ce que cela importe désormais ?

— Non. Je suppose que non. »

Leuthard eut un instant l'air sombre.

« Croyez-moi, je ne suis pas fier de l'avoir tué. Franchement, ça n'a cessé de me tracasser depuis. Mais il le fallait. J'avais des ordres. Mon général m'avait demandé de réduire Heckholz au silence une fois pour toutes, et c'est ce que j'ai fait. Je l'aurais abattu si on m'avait autorisé à porter une arme à feu en Allemagne, mais comme ce n'était pas le cas, j'ai dû improviser. Écoutez, c'était la guerre, après tout. Même pour la Suisse. On avait beau ne pas être en guerre, ce n'est pas le désir de s'emparer de notre pays qui manquait à l'Allemagne. Je devais donc le tuer. Cela aurait été embarrassant pour les autorités suisses si on avait su le volume d'affaires que nous réalisions avec le gouvernement allemand, et en particulier avec la SS. Pour ne pas dire compromettant, sur le plan diplomatique. Notre neutralité était en jeu.

— Je vous assure que ça ne m'intéresse pas. Pas vraiment. Ce ne sont pas mes oignons. C'était la guerre. Voilà tout ce qu'il y a à dire à ce sujet, en réalité.

— Avez-vous changé de nom parce que vous apparteniez à la SS ? Je veux dire, soyons honnêtes, Gunther. Je parie que vous avez un passé vous aussi, exact ?

— Non, ce n'est pas à cause de ça. Mais vous avez raison. J'ai un passé. Et même plutôt lourd. Et chaque année, il semble qu'il s'ajoute un peu plus de ce truc que d'avenir.

— J'ai appris que vous aviez compris que c'est moi qui avais tué cet avocat. Paul Meyer me l'a dit. C'était astucieux de votre part.

— Pas vraiment. Comment va-t-il ? Votre ami Meyer ?

— Il continue à écrire des livres. Mais nous n'avons jamais été amis à proprement parler. Ce qui s'est passé ce soir-là l'a vraiment fichu en rogne.

— Je l'aimais bien.

— Lui aussi. Et votre copain… ce nazi bon teint, le général Schellenberg.

— Ce nazi a également contribué à sauver la Suisse.

434

— Sans blague ? » Leuthard sembla encore moins convaincu par cet argument, mais je ne me sentais pas très enclin à discuter du cas de Schellenberg. « J'ai lu quelque part qu'il était mort, n'est-ce pas ?

— C'est vrai. Il y a quatre ans.

— Il ne devait pas avoir tellement plus de la quarantaine.

— Quarante-deux. Il souffrait d'une maladie du foie. La même que la mienne, j'imagine. C'est une maladie qu'on attrape quand on n'arrête pas de se servir de son foie pour transformer de grandes quantités d'alcool.

— En parlant de ça. (Leuthard leva son verre.) À quoi buvons-nous ?

— Aux amis absents ?

— Aux amis absents. »

Nous bûmes, puis Leuthard remplit de nouveau les verres.

« Que faites-vous en ce moment ? demanda-t-il.

— Je travaille dans un hôtel du coin.

— Un bon ? Je crois que je préférerais coucher à terre ce soir.

— Pas vraiment. Heureusement pour vous, il vient de fermer pour l'hiver, ce qui nous évite à tous les deux le problème de ma recommandation, qui serait mensongère.

— C'est mon yacht au ponton.

— Oui, je l'ai vu s'amarrer. Très impressionnant. Je ne distingue pas le nom.

— *Le Zaca*. Il est très agréable, mais les lits sont un peu durs. Je vais devoir les remplacer. Ou acheter un nouveau yacht. Vous avez travaillé dans un autre hôtel, non ? L'Adlon ? À Berlin ? »

J'acquiesçai.

« C'est exact. J'étais responsable de la sécurité. J'ai moi-même essayé de diriger un hôtel après la guerre, mais ça n'a pas marché.

— Ah ? Pourquoi ça ?

— Il n'était pas situé au bon endroit. Pour un hôtel, c'est toujours plus important qu'on ne pense.

— Un métier difficile. Surtout en hiver. J'en sais quelque chose, je dirige un hôtel moi aussi. Il appartient à quelqu'un d'autre. Mais j'aide à le faire fonctionner. Le Grand Hôtel de Saint-Jean-Cap-Ferrat. Vous en avez peut-être entendu parler. »

Je souris.

« Tout le monde sur la Côte d'Azur a entendu parler du Grand Hôtel de Saint-Jean-Cap-Ferrat. C'est comme demander à un Allemand s'il a entendu parler de Konrad Adenauer.

— En fait, il est descendu chez nous, l'été dernier.

— On ne s'attendrait pas à moins d'un bon chrétien-démocrate.

— Qu'avez-vous entendu d'autre ? Sur l'hôtel, je veux dire ?

— Que c'est le meilleur de la Côte.

— Vous ne trouvez pas que le Pavillon Éden-Roc au Cap d'Antibes est de même niveau ? Ou un des autres ?

— Le Pavillon dispose d'une piscine plus grande, mais le service est décevant et le décor, un peu fatigué. Et ils sont peut-être légèrement inflexibles en matière de crédit. Le Grand Hôtel du Cap-Martin ne marche pas très bien en ce moment ; d'après la rumeur, il devrait fermer à brève échéance et être reconverti en appartements. La rumeur est exacte, du reste. Étant situé sur l'artère principale, le Carlton de Cannes est trop bruyant, de même que le Majestic. Non seulement ça, mais les gens peuvent voir dans les chambres donnant sur la mer lorsque les clients laissent les portes-fenêtres ouvertes, ce qui n'est pas d'une grande discrétion pour des célébrités. Le Negresco à Nice a le meilleur barman de la Côte d'Azur, mais le nouveau chef ne convient pas du tout. Il paraît qu'il boit. L'hôtel de Paris à Monaco est bourré d'escrocs et d'Américains – les escrocs filent les Américains, de sorte que vous avez intérêt à surveiller votre portefeuille – et beaucoup trop cher pour ce que c'est. Ce n'est pas un hasard si Alfred Hitchcock a choisi de tourner une grande partie de son film haut en couleur dans cet hôtel. Vous trouverez plus de voleurs travaillant dans le restaurant que dans le casino. Cinquante francs une omelette, c'est un peu poussé, même pour la Côte d'Azur. Non, si c'était mon fric et que j'en aie suffisamment, je descendrais à votre hôtel. Mais je demanderais quand même un tarif d'hiver. »

Leuthard sourit.

« Et ici ? Où préféreriez-vous loger ? »

Je haussai les épaules.

« Comme je vous l'ai dit, on est maintenant hors saison. Mais si j'avais vraiment envie de dormir à terre, je choisirais le Rose Thé, sur le boulevard Beaurivage. Ce n'est pas l'hôtel le plus chic, mais il est propre et confortable, et pour une nuit, ça devrait aller. Bon restaurant par-dessus le marché. Meilleur que la plupart. Vous devriez essayer les rougets. Et goûter le rosé de Bandol. Ah ! et au fait, si j'étais vous, je laisserais quelqu'un pour surveiller le bateau. Certains des autochtones peuvent être un peu chapardeurs à cette époque de l'année où leurs perspectives d'emploi se tarissent. On ne peut pas leur en vouloir.

— Je suis impressionné.

— Pas la peine. Après avoir été flic à Berlin pendant vingt ans, glaner des informations vous colle à la peau comme du fil blanc à un pantalon noir. Il fut un temps où je pouvais dire si un indicateur était digne de confiance. Ou si un homme était armé rien qu'à la façon dont il boutonnait son manteau. Aujourd'hui, je peux juste dire quelle compagnie de taxis est la plus fiable. Ou si une fille est en chasse.

— Comment faites-vous la différence ? Ça m'intéresse.

— Ici ? Elles sont toutes en chasse.

— Vous n'incluez pas les femmes mariées, j'espère.

— Surtout les femmes mariées. »

Leuthard sourit.

« Dites-moi, Gunther…

— Wolf, Walter Wolf.

— À part l'allemand, quelles langues parlez-vous ?

— Le français. L'espagnol. Le russe. Mon anglais ne cesse de s'améliorer.

— Eh bien, il n'y pas beaucoup de demande pour le russe sur la Côte d'Azur et, grâce à leur gouvernement socialiste, les Anglais n'ont pas d'argent. Mais il me semble que je pourrais utiliser un homme comme vous. Un homme aux aptitudes particulières.

— Je vais bientôt avoir soixante ans. Ma période de détective est révolue, Herr Leuthard. Je ne retrouverais pas une personne disparue dans une cabine téléphonique.

— J'ai besoin d'un bon concierge, pas d'un détective. Quelqu'un parlant plusieurs langues et qui soit bien informé. Un bon concierge doit être un peu comme un détective, je présume. On s'attend à ce qu'il soit avisé. À ce qu'il arrange les problèmes. Parfois, il lui faut même savoir des choses qu'il ne devrait pas. Et en faire que d'autres ne voudraient pas faire. Plaire aux clients peut être une tâche délicate. Surtout quand ils ont beaucoup d'argent. Gérer efficacement ceux qui ont trop bu ou qui viennent de gifler leur femme, je suis certain que vous pourriez faire ça les yeux fermés. J'ai dû renvoyer le dernier concierge. En fait, nous en avons trois. Mais Armand était notre chef concierge.

— Parlez-moi de lui.

— Franchement, il était paresseux. Plus intéressé par le jeu aux machines à sous à Monaco. Et il y avait une femme.

— Il y a toujours une femme.

— Et en ce qui vous concerne ?

— Il y avait une femme, oui. Elisabeth. Elle est repartie en Allemagne.

— Qu'est-ce qui a cloché ?

— Pas grand-chose. Disons que ma conversation n'est plus aussi stimulante qu'auparavant. Me taire était jadis une nécessité. Aujourd'hui, c'est ma caractéristique principale. Elle s'ennuyait, la pauvre. Et elle n'a jamais réussi à apprendre le français. Elle se sentait isolée ici, je présume. Alors elle est rentrée. Moi, j'aime bien lire. Jouer aux échecs, le seul jeu auquel je joue. Non, ce n'est pas vrai. Je joue aussi au backgammon et j'ai appris le bridge. Je vais volontiers au cinéma. En règle générale, je me tiens à l'écart des ennuis. J'évite la police et les criminels, même si ce sont souvent les mêmes sur la Côte d'Azur.

— Vous avez remarqué ça, vous aussi. » Il se laissa aller en arrière. « Vous savez, on prétend que les Suisses font les meilleurs hôteliers, mais ce n'est qu'en partie vrai. Les meilleurs hôteliers sont suisses allemands. À mon avis, c'est le côté allemand qui est important. Les hôtels de Berne et de Zurich sont bien mieux que ceux de Genève. Les Français ont un poil dans la main. Même en Suisse. C'est pourquoi je me suis débarrassé de mon concierge. L'Adlon a définitivement fermé ses portes. Mais quand il fonctionnait, c'était probablement le meilleur hôtel d'Europe. Je pourrais peut-être utiliser un peu de cette excellence allemande dans mon hôtel. »

Je souris.

« Je suis tout à fait sérieux.

— Je n'en doute pas. J'ai vu ce que vous étiez capable de faire avec un buste en bronze de Hitler.

— Le salaire est bon. Les pourboires, excellents. Et c'est un bel endroit où travailler. Bien évidemment, vous devrez porter une queue-de-pie. Mais après l'uniforme SS, vous pouvez vous habituer à porter n'importe quoi, non ? »

Je souris patiemment.

« En effet.

— Alors, Gunther. Qu'en dites-vous ? Vous m'enlèveriez une épine du pied. Je m'apprête à partir en vacances et j'ai vraiment besoin de quelqu'un pour prendre le poste. Le plus tôt possible serait le mieux.

— Ma foi, c'est la chose que vous n'avez jamais envie d'entendre. Un type qui vous demande de lui enlever une épine du pied. Le plus tôt possible.

— Qu'allez-vous faire à La Ciotat jusqu'à ce que démarre la saison prochaine ? Aller au cinéma tous les jours ?

— Cette semaine, ça se pourrait.

— Allons. Acceptez.

— Dites-moi, je parie que vous recevez toutes sortes de vedettes de cinéma dans votre hôtel.

— Oh, certainement. Charles Boyer est un habitué. Et aussi Charlie Chaplin. La discrétion m'interdit de citer d'autres noms célèbres. Nous protégeons avec soin l'intimité de nos clients. »

Je haussai les épaules.

« Eh bien, pourquoi pas ? Vous ne seriez pas le premier assassin pour qui j'ai travaillé, Herr Leuthard. Ni peut-être le dernier. » Je songeai un instant à la dame de Zagreb et souris. « Il semble que même les gens les plus sympathiques soient capables de tout ou presque. »

NOTES DE L'AUTEUR
ET
REMERCIEMENTS

Friedrich Minoux mourait de faim lorsqu'il fut libéré de la prison de Brandebourg par les Alliés en avril 1945. Il ne recouvra jamais la santé et mourut à Berlin-Lichterfelde le 16 octobre 1945. Il fut enterré à l'Alter Friedhof, dans la Friedenstrasse, à Wannsee.

Walter Schellenberg témoigna contre d'autres nazis au procès de Nuremberg. En 1949, il fut condamné à six ans de détention et écrivit ses Mémoires, intitulés *Le Labyrinthe*. Il fut libéré en 1951 en raison d'une détérioration de ses problèmes de foie et passa en Suisse, où il sollicita l'appui de Roger Masson. Le chef des renseignements suisses essaya d'aider son vieil ami, mais en fut empêché par les autorités fédérales. Après avoir reçu une assistance financière de Coco Chanel en personne, Schellenberg alla s'installer à Turin, en Italie, où il mourut en 1952.

Hans Eggen rendit plusieurs services héroïques à la Suisse à la fin de la guerre, facilitant l'évacuation de nombreux Suisses d'Allemagne. Roger Masson, le chef des renseignements militaires suisses, l'invita à Berne afin de le remercier personnellement. N'ayant pas de visa, Eggen fut arrêté par la police helvétique. Il fut emprisonné en Suisse jusqu'en septembre 1945, puis expulsé du pays. Roger Masson dut démissionner de la direction des renseignements en raison de ses liens avec Schellenberg et le RSHA. Il prit sa retraite à l'âge de cinquante-trois ans.

Paul Meyer-Schwertenbach continua à écrire des romans sous le nom de Wolf Schwertenbach. Dans les années 1960, Eggen essaya sans y parvenir de lui extorquer 250 000 francs suisses. Meyer mourut en 1966.

Le château de Wolfsberg fut vendu en 1970 à la banque suisse UBS, qui le transforma pour en faire ce qu'il est aujourd'hui : un centre de formation et de conférences.

Je remercie le Dr Toni Schönenberger, directeur général, et Rea Reichen, chef des affaires culturelles de Wolfsberg, pour l'aide qu'ils m'ont apportée dans mes recherches, sans parler d'un délicieux repas dans le superbe château lui-même. En parcourant ce qui avait été la demeure d'un autre écrivain, je me suis senti une grande affinité avec cet homme, ardent patriote, et tout à fait admirable selon moi. J'ai essayé de retrouver des exemplaires de ses romans, sans y parvenir.

Les Suisses avaient bel et bien prévu de faire sauter les principaux cols de montagne afin d'empêcher Hitler, qui, en 1944, échafaudait encore des plans pour envahir la Suisse, de s'emparer de leur pays.

Le personnage de Dalia Dresner est fondé sur deux vedettes de l'UFA : Pola Negri et Hedy Lamarr. Quiconque doute qu'une starlette de l'UFA ait pu être également une mathématicienne de talent devrait lire la biographie de Lamarr. Elle coinventa une technologie devenue une composante clé de tous les systèmes modernes de données sans fil. À l'époque, le gouvernement des États-Unis jugea l'invention de Lamarr d'une importance tellement vitale pour la défense nationale que les publications scientifiques lui furent interdites. Elle tenta de s'inscrire au Conseil national des inventeurs, mais se vit répondre qu'elle ferait mieux d'utiliser son statut de célébrité pour vendre des obligations de guerre.

Le personnage du colonel Dragan/père Ladislaus est fondé sur deux ou trois figures oustachies ayant réellement existé. Ancien élève d'un collège franciscain de Herzégovine, Petar Brzica fit partie des gardiens de Jasenovac ; là, il remporta un concours en égorgeant le plus grand nombre de victimes en une seule journée à l'aide d'un *srbosjek*, le couteau courbe servant à moissonner décrit dans le roman. Son sort demeure inconnu. Aumônier militaire de l'ordre des franciscains, Miroslav Filipović était moine au monastère cité dans ce livre. Il excellait dans le sadisme et était surnommé par les détenus « le démon de Jasenovac » ; les troupes croates l'appelaient « le glorieux ». Il fut pendu, vêtu de la robe de l'ordre franciscain, après sa condamnation par un tribunal civil en 1946. Bien que chassé de l'ordre, il ne fut jamais excommunié. Un autre prêtre franciscain, Zvonimir Brekalo, aida Filipović dans les tueries ; un jour, ces deux prêtres catholiques organisèrent la mise à mort de cinquante-deux jeunes enfants. Entre quatre-vingt mille et cent mille Juifs, Serbes et Tziganes furent brutalement assassinés à Jasenovac. Ce n'était pas un camp de concentration, ni un camp de la mort comme Auschwitz, mais un camp de meurtre où des sadiques tels que ces trois prêtres pouvaient satisfaire leur cruauté naturelle. Jasenovac est aujourd'hui un mémorial ouvert au public avec un centre d'accueil. Du camp il n'y a rien à voir, à l'exception du train qui menait ces malheureux à la mort. Cependant, près de la frontière de la Croatie et de la Bosnie Herzégovine se trouve le site du sous-camp de Stara Gradiška, où beaucoup de gens moururent et qui constitue un lieu de méditation bien plus évocateur. Je ne crois pas que j'aimerais vivre dans les immeubles qui se dressent à proximité.

En Croatie, je fus aidé avec patience et bravoure par l'infatigable Zdenka Ivkovcić, dont je ne saurais assez vanter les qualités de guide et de traductrice. On peut voir encore aujourd'hui l'emplacement de la mosquée de Zagreb ; c'est un centre culturel croate. On peut aussi visiter le monastère de la Sainte-Trinité de Petrićevac, à Banja Luka, même si, lors de ma venue, personne ne se montra.

Kurt Waldheim devint secrétaire général des Nations unies.

Le grand mufti de Jérusalem était un triste sire. En février 1943, lorsqu'une initiative de la Croix-Rouge rendit possible l'évacuation de cinq mille enfants juifs en Palestine, Hadj Amin al-Husseini déconseilla fortement à Himmler d'accepter ; les enfants furent envoyés à Auschwitz et gazés. Le grand mufti avait le grade de SS-Gruppenführer.

En ce qui concerne la Handschar – la 13ᵉ division de montagne de la Waffen SS –, je tiens à mentionner le fait que la plupart de ces jeunes hommes venaient de familles pauvres, qu'il s'agissait en général de « volontaires » réticents et qu'un grand nombre d'entre eux n'étaient nullement antisémites. En septembre 1943, à Villefranche-de-Rouergue, dans le sud-ouest de la France, un groupe d'officiers et de sous-officiers musulmans se mutinèrent contre leurs maîtres SS ; la révolte fut étouffée, et cent cinquante d'entre eux furent abattus ou exécutés par la suite. Finalement, plus de huit cents Bosniaques furent retirés de la division et envoyés comme main-d'œuvre forcée en Allemagne. Deux cent soixante-cinq refusèrent de travailler et furent expédiés au camp de concentration de Neuengamme, où la plupart périrent. Tous les musulmans ne haïssent pas les Juifs.

Une conférence internationale sur le crime eut bien lieu à la villa Minoux, à l'été 1942, juste quelques mois après la conférence, plus célèbre, présidée par Heydrich pour décider du sort des Juifs d'Europe.

Quiconque souhaite visiter la villa peut prendre la S-Bahn jusqu'à la gare de Wannsee. Ou, mieux encore, louer un vélo et le transporter dans le train. De la villa, il me fut facile de me rendre ainsi à la maison du grand mufti dans la Goethestrasse, puis aux studios UFA-Babelsberg, qui continuent à produire d'excellents films. Comme toujours, je suis descendu au superbe hôtel Adlon à Berlin, et j'aimerais profiter de cette occasion pour remercier la merveilleuse Sabina Held, du groupe hôtelier Kempinski, pour son indéfectible gentillesse.

Il me faut également remercier Ivan Held, de Penguin Putnam, pour m'avoir vivement encouragé à écrire *La Dame de Zagreb*. Après dix « Bernie », il m'arrive de me dire que les gens en ont peut-être assez de ce personnage, mais, persuadé du contraire, Ivan m'a fortement incité à reprendre la plume. Pour cette raison, ce livre lui est dédié. Je souhaiterais remercier également mes éditeurs Marian Wood et Jane Wood (aucun lien de parenté), mon ingénieux et toujours génial attaché de presse Michael Barson, mes agents Caradoc King, Robert Bookman et Linda Shaughnessy, ainsi que mon excellent avocat de Munich, Martin Diesbach. Je remercie également mon épouse, l'auteur Jane Thynne, qui m'a aidé dans mes recherches.

PHILIP KERR, Londres, octobre 2014

Composition et mise en pages
Nord Compo à Villeneuve-D'ascq

Impression réalisée par
CPI BRODARD ET TAUPIN
À La Flèche (Sarthe)
Pour le compte des Éditions Jean-Claude Lattès
en décembre 2015

LE MASQUE
s'engage pour l'environnement
en réduisant l'empreinte carbone
de ses livres.
Celle de cet exemplaire est de :
1,2 kg éq. CO_2
Rendez-vous sur
www.lemasque-durable.fr

PAPIER À BASE DE
FIBRES CERTIFIÉES

Imprimé en France
Dépôt légal : janvier 2016
N° d'édition : 01 – N° d'impression : 3015045